U0716844

史记

（普及本）文白双栏对照

中华经典

司马迁·著
李景星·评议
陈书良 周柳燕·整理

《**史记**》是中国文化史上少数几部**最伟大的著作**之一，历来受到人们的推崇，被尊为**典范**。本书**采用双栏文白对照**的形式，类似“**直读**”，读者可以“不求甚解”地欣赏太史公的**典雅美妙**的文章。

中南大學出版社
www.csupress.com.cn

前 言

《史记》是整个中国文化史上少数几部最伟大的著作之一，作者是西汉的司马迁。

司马迁（公元前145年—约公元前87年），字子长，夏阳（今陕西韩城）人。他的父亲司马谈是一个渊博的学者。司马迁十岁时，随就任太史令的父亲迁居长安，以后曾师从大儒董仲舒、孔安国等学习经书，奠定了他的学问基础。二十岁以后，他开始了广泛的漫游。几次漫游，他考察了历史遗迹和山川形胜，接触到各个阶层各种人物的生活，开拓了胸襟和眼界，并且搜集到许多历史资料和传说。这一切，对他后来写作《史记》起了很大的作用。

汉武帝元封元年（公元前110年），司马谈去世。临终前，把著述历史的未竟之业作为一项遗愿嘱托给司马迁。元封三年（公元前108年），司马迁继任太史令。

几年后，发生了一场巨大的灾难。天汉二年（公元前99年），李陵抗击匈奴，力战之后，兵败投降。消息传来，武帝大为震怒。司马迁却为李陵辩护，陈说李陵投降乃出于无奈，兵败实由武帝任用无能的外戚李广利为主帅所致。司马迁的陈词触怒了武帝，他因此受到“腐刑”。对于司马迁来说，这是人生的奇耻大辱。他一度想到自杀，但他不愿宝贵的生命在毫无价值的情况下结束，于是“隐忍苟活”，在著述历史中求得生命价值的最高体现。终于在太始四年（公元前93年）左右，司马迁完成了《史记》这部空前的巨著，这是一部“无韵之《离骚》”，是一位学者对君主的淫威和残酷的命运所能采取的反抗。

《史记》原名《太史公书》，东汉末始称《史记》。它是古代第一部由个人独力完成的具有完整体系的著作。总共一百三十卷，五十二万余字，又是到那时为止规模最大的一部著作。全书由本纪、表、书、世家、列传五种体例构成。“本纪”是用编年方式叙述历代君主或实际统治者的政迹,是全书的大纲;“表”是用表格形式分项列出各历史时期的大事,是全书叙事的补充和联络;“书”是天文、历法、水利、经济等各类专门事项的记载;“世家”是世袭家族以及孔子、陈胜等历代祭祀不绝的人物的传记;“列传”为本纪、世家以外各种人物的传记,还有一部分记载了中国边缘地带各民族的历史。《史记》通过这五种不同体例的文字相互配合、相互补充,构成了完整的历史体系。这种著作体裁简称为“纪传体”,以后成为了历代正史的通用体裁。

司马迁在《报任安书》中坦承,他的目标是“究天人之际,通古今之变,成一家之言”。因此,《史记》不仅是一部史学巨著,而且在文学上、哲学上都具有极高的成就。

为了再现历史上的场景和人物活动,《史记》很多传记,是用一系列栩栩如生的故事构成的。如本书所选《廉颇蔺相如列传》就是用完璧归赵、渑池会、负荆请罪等故事构成。而且,《史记》的故事,有不少极富戏剧性,在逼真的场景、尖锐的矛盾冲突中展开。如《李将军列传》写霸陵醉尉呵斥李广夜行,就是一个很好的戏剧小品。另外,《高祖本纪》中记叙了著名的“鸿门宴”的故事,简直是一场高潮迭起、扣人心弦的独幕剧,人物的出场、退场、神情、动作、戏话,乃至坐位的朝向,都交代得清清楚楚。

《史记》中写得最为壮丽动人的,是英雄人物的悲剧命运。如《项羽本纪》写项羽最后失败自杀,竟用了一二千字,淋漓酣畅,动人心魄。

《史记》的语言艺术,也历来受到人们的推崇,被尊为典范,代表了骈文以前所谓“古文”的最高成就。

我们从《史记》中选出十八篇,供初学者学习。在编排方面,我们略去了注释,采用双栏文白对照的形式,这种形式类似“直读”,读者可以“不求甚解”地欣赏太史公的典雅美妙的文章。

另外,每篇篇末的评议是从李景星《史记评议》中选出。李景星是山东费县人，生当清末民初，精研历史，有《史记评议》、《汉书评议》、《后汉书评议》、《三国志评议》等著作，可惜现在社会上已经很难看到李氏的这些著作了。需要指出的是，李氏的评议是难得的好文章，他大至篇章的命题、作品的中心、作者的用意、历史人物的品评、历史材料的运用，以及各书之间的异同、各篇自身的结构，小至一词一语、一时一地的勘核推敲，都花费了许多工夫，作出了许多令人叹服的分析和论断。读者只要认真一读，就可知所言决非溢美。

最后，由于我们水平有限，应该有不少疏漏之处，敬请读者多多指教。

整理者

2011年7月26日

目录

五帝本纪 // 1
项羽本纪 // 19
高祖本纪 // 58
越王勾践世家 // 99
孔子世家 // 117
陈涉世家 // 153
留侯世家 // 168
伍子胥列传 // 188
苏秦列传 // 202
孟尝君列传 // 238
廉颇蔺相如列传 // 255
屈原贾生列传 // 273
淮阴侯列传 // 289
李将军列传 // 320
游侠列传 // 336
滑稽列传 // 346
货殖列传 // 367
太史公自序 // 391

五帝本纪

黄帝者，少典之子，姓公孙，名曰轩辕。生而神灵，弱而能言，幼而徇齐，长而敦敏，成而聪明。

黄帝是少典氏的儿子，姓公孙，名轩辕，生下来就神奇灵异，襁褓中能言语，幼小伶俐，长大厚重勤勉，成年后聪明通达。

轩辕之时，神农氏世衰。诸侯相侵伐，暴虐百姓，而神农氏弗能征。于是轩辕乃习用干戈，以征不享，诸侯咸来宾从。而蚩（音痴）尤最为暴，莫能伐。

轩辕的时候，炎帝神农氏的势力已经衰微。诸侯互相侵伐，残害百姓，神农氏却无力征讨。于是轩辕不断用兵，以武力征讨不来朝贡的诸侯。四方诸侯都来臣服于神农氏。但蚩尤最为残暴，一时还没有力量去讨伐他。

炎帝欲侵陵诸侯，诸侯咸归轩辕。轩辕乃修德振兵，治五气，蓺（音艺）五种，抚万民，度（音夺）四方，教熊、罴、貔、貅、貙（音出）、虎，以与炎帝战于阪泉之野，三战，然后得其志。

炎帝准备侵犯诸侯，不得人心，因而诸侯都来归属于轩辕。轩辕于是规范道德，约束军纪，顺应四时五方的自然现象，种植五谷，安抚百姓，使远方人民也能安居；驯服熊、罴、貔、貅、貙、虎等猛兽，用于与炎帝战于阪泉之野。三度交战，终于实现了他打败炎帝的壮志。

蚩尤作乱，不用帝命。于是黄帝乃征师诸侯，与蚩尤战于涿鹿之野，遂禽杀蚩尤。而诸侯咸尊轩辕为天子，代神农氏，是为黄帝。天下有不顺者，黄帝从

蚩尤作乱，不听从命令，于是轩辕向四方诸侯征集军队，与蚩尤战于涿鹿的原野，生擒蚩尤，并把他杀死。四方诸侯都尊轩辕为天子，以取代神农氏，这就是黄帝。天下有不顺从命令的，黄帝便去征

而征之,平者去之。披山通道,未尝宁居。

东至于海,登丸山,及岱宗。西至于空桐,登鸡头。南至于江,登熊、湘。北逐荤粥(音勋玉),合符釜山,而邑于涿鹿之阿。迁徙往来无常处,以师兵为营卫。官名皆以云命,为云师。置左右大监,监于万国。万国和,而鬼神山川封禅与为多焉。获宝鼎,迎日推策。举风后、力牧、常先、大鸿以治民。顺天地之纪,幽明之占,死生之说,存亡之难。时播百谷草木,淳化鸟兽虫蛾,旁罗日月星辰水波土石金玉,劳勤心力耳目,节用水火材物。有土德之瑞,故号黄帝。

黄帝二十五子,其得姓者十四人。

黄帝居轩辕之丘,而娶于西陵之女,是为嫘(音雷)祖。嫘祖为黄帝正妃,生二子,其后皆有天下:其一曰玄嚣,是为青阳,青阳降居江水;其二曰昌意,降

伐;平定之后,便离去。披荆斩棘,开山通道,没有过一天安适的日子。

东边到达大海边,登上丸山和东岳泰山;西边到达崆峒,登上鸡头山;南边到达长江,登上熊山、湘山;北边驱逐荤粥(古代民族),与诸侯在釜山相会;而建都于涿鹿山下的平地。平时迁徙往来,没有固定的居所;走到哪里,就在哪里扎营以自卫。百官都用云命名,军队称云师。设立左右大监,以监察万国。万国协和,而行鬼神山川的祭祀和封禅之礼,黄帝亲临主持的居多数。获得宝鼎,用蓍草推算历数,预测未来的节气朔望。任用风后、力牧、常先、大鸿等臣相,以治理人民。顺应天地四时的纲纪,阴阳五行的故常,死生的道理和存亡的困苦。种植百谷草木,教化及于鸟兽昆虫,遍布于日月、星辰、水波、土石、金玉,勤劳心力耳目,节用水火财物。黄龙地螟出现,具有土德的祥兆,所以征为黄帝。

黄帝有二十五个儿子,得到了姓的只有十四个。

黄帝住在轩辕之丘,娶西陵氏的女儿为妻,这就是嫘祖。嫘祖是黄帝的正妃,生了两个孩子,他们的后代都曾掌有天下:一个是玄嚣,就是青阳,青阳降为诸侯,住在长江;另一人是昌意,分封为

居若水。昌意娶蜀山氏女，曰昌仆，生高阳，高阳有圣德焉。黄帝崩，葬桥山。其孙昌意之子高阳立，是为帝颛顼（音专虚）也。

诸侯，住在若水。昌意娶蜀山氏女儿名叫昌仆的为妻，生高阳，高阳有大德于民。黄帝死后，葬于桥山，他的孙儿也就是昌意的儿子高阳继承帝位，这就是帝颛顼。

帝颛顼高阳者，黄帝之孙而昌意之子也。静渊以有谋，疏通而知事，养材以任地，载时以象天，依鬼神以制义，治气以教化，絜诚以祭祀。北至于幽陵，南至于交阯，西至于流沙，东至于蟠木。动静之物，大小之神，日月所照，莫不砥属。

帝颛顼名高阳，是黄帝的孙儿，也就是昌意的儿子。沉静渊深而有智谋，清明通达而知事理，生养财物以尽地利，顺时行事执行天道，凭依鬼神以制公义，调理五行以教化，洁净虔诚以祭祀。领域北到幽陵，南到交阯，西到流沙，东到蟠木。动物或植物，大神或小神，只要是日月所能照临的，莫不归属于他。

帝颛顼生子曰穷蝉。颛顼崩，而玄嚣之孙高辛立，是为帝喾（音库）。

帝颛顼的儿子名叫穷蝉。颛顼死，玄嚣的孙儿高辛继立帝位，这就是帝喾。

帝喾高辛者，黄帝之曾孙也。高辛父曰蟜极，蟜极父曰玄嚣，玄嚣父曰黄帝。自玄嚣与蟜极皆不得在位，至高辛即帝位。高辛于颛顼为族子。

帝喾高辛是黄帝的曾孙。高辛的父亲是蟜极，蟜极的父亲是玄嚣，玄嚣的父亲就是黄帝。自玄嚣到蟜极，都没有得到帝位，到高辛才即帝位。高丰是颛顼的侄儿。

高辛生而神灵，自言其名。普施利物，不于其身。聪以知远，明以察微。顺天之义，知民之急。仁而

高辛生下来便神奇灵异，会说自己的名字。即位后，广施恩泽，利及万物，却不为自己。闻言而辨，能洞悉远方；见事而察，能烛照幽微。顺应上天的旨意，知

威,惠而信,修身而天下服。取地之财而节用之,抚教万民而利诲之,历日月而迎送之,明鬼神而敬事之。其色郁郁,其德嶷嶷。其动也时,其服也士。帝喾溉执中而遍天下,日月所照,风雨所至,莫不从服。

道人民的急需。仁厚而威严,慈爱而笃实,修身而天下景仰。取地之财物而节制使用,教养百姓而顺性利导,观测日月的运行而致其迎送之礼,宣扬鬼神的道理而恭敬奉祀。他的颜面和穆,他的品德高尚,他的举止适时,他的穿着普通。帝喾秉持中庸之道而平治天下,凡是日月所照,风雨所至的地方,没有不来听命的。

帝喾娶陈锋氏女,生放勋。娶娵訾(音居子)氏女,生挚。帝喾崩,而挚代立。帝挚立,不善,而弟放勋立,是为帝尧。

帝喾娶陈锋氏的女儿,生放勋;娶訾氏的女儿,生挚。帝喾去世,挚继承帝位。帝挚在位没有政绩,他死后弟放勋继立,这就是帝尧。

帝尧者,放勋。其仁如天,其知如神。就之如日,望之如云。富而不骄,贵而不舒。黄收纯衣,彤车乘白马。能明驯德,以亲九族。九族既睦,便章百姓。百姓昭明,合和万国。

帝尧就是放勋。他的仁德如天大,他的智慧如神般微妙。接近他如太阳般和煦,远望他如云彩般绚丽。富有而不骄纵,显贵而不惰慢。戴黄色冠冕,穿黑色朝服,乘红色车,驾白色马。能弘扬顺从美德,亲密各族。各族和睦之后,又明确划分百官的职责。于是百官的治绩卓著,也团结了天下诸侯。

乃命羲、和,敬顺昊天,数法日月星辰,敬授民时。分命羲仲,居郁夷,曰旸谷,敬道日出,便程东作,日中,星鸟,以殷中

于是命令羲氏、和氏主管天官,恭敬地顺应上天。考察日月星辰的运行,定出一年的历法,敬谨地把时令传授给百姓。分别命令羲仲住在郁夷叫旸谷的地方,敬谨地迎接旭日的初升,管理督导春季的耕种,日夜的长度均等,傍晚鸟星在正

春，其民析，鸟兽字微。申命羲叔，居南交，便程南为，敬致，日永，星火，以正中夏，其民因，鸟兽希革。申命和仲，居西土，曰昧谷，敬道日入，便程西成，夜中，星虚，以正中秋，其民夷易，鸟兽毛毨（音显）。申命和叔，居北方，曰幽都，便在伏物，日短，星昴，以正中冬。其民燠（音裕），鸟兽氄（音冗）。岁三百六十六日，以闰月正四时。信饬百官，众功皆兴。

南方出现，依据此一景象来定准春分的日子。人民于是都分散到田野里，鸟兽也在生育交尾。再命令羲叔住在南方大交山，管理督导夏季的农作，敬谨的祀日并记下日影。白天最长，傍晚火星在正南方出现，依据此一景象来定准夏至的日子。人民于是尽全力助耕，鸟兽的羽毛也变得稀疏了。再命令和仲住在西方叫昧谷的地方，敬谨地恭送太阳的隐没，管理督导秋收，日夜的长度均等，傍晚虚星在正南方出现，依据此景象来定准秋分的日子。人民于是喜悦和乐，鸟兽也生长出新的羽毛。再命令和叔住在北方叫幽都的地方，管理考察农作物的储藏。白天最短，傍晚昂星在正南方出现，依据此景象来定准冬至的日子。人民于是都留在室中取暖，鸟兽的羽手也长得茸茸的。确定一年为三百六十六天，又用置闰的减差法来调整四时的误差。确实整饬百官，各种事业都欣欣向荣。

尧曰："谁可顺此事？"放齐曰："嗣子丹朱开明。"尧曰："吁！顽凶，不用。"尧又曰："谁可者？"欢兜曰："共工旁聚布功，可用。"尧曰："共工善言，其用僻，似恭漫天，不可。"尧又曰："嗟，四

尧说："谁可以接替羲、和，治理国事？"放齐说："嗣子丹朱通达明理，可以继任。"尧说："唉！顽劣好讼的人，不能用。"尧又说："还有谁可以？"欢兜说："共工遍揽事务，颇见成绩，可以用。"尧说："共工巧言善辩，而用心邪僻，行似恭敬，却连天都敢欺谩，不能用。"尧又说："啊，四岳（四方诸侯之长），滚滚洪水漫天而

岳,汤汤洪水滔天,浩浩怀山襄陵,下民其忧,有能使治者?"皆曰鲧(音衮)可。尧曰:"鲧负命毁族,不可。"岳曰:"异哉,试不可用而已。"尧于是听岳用鲧。九岁,功用不成。

来,浩浩荡荡地包围了群山,淹没了丘陵,老百姓忧心忡忡,有谁能去治理呢?"四岳说:"鲧可以。"尧说:"鲧这人违背命令,残害同类,不可以。"大家都说:"先用用看吧,真的不行再撤换。"尧接受了他们的意见,用鲧治水,九年下来,治水的事业一点没有成绩。

尧曰:"嗟!四岳:朕在位七十载,汝能庸命,践朕位?"岳应曰:"鄙德忝帝位。"尧曰:"悉举贵戚及疏远隐匿者。"众皆言于尧曰:"有矜在民间,曰虞舜。"尧曰:"然,朕闻之。其何如?"岳曰:"盲者子。父顽,母嚚(音银),弟傲,能和以孝,烝烝治,不至奸。"尧曰:"吾其试哉。"于是尧妻之二女,观其德于二女。舜饬下二女为妫汭,如妇礼。尧善之,乃使舜慎和五典,五典能从。乃遍入百官,百官时序。宾于四门,四门穆穆,

尧说:"啊,四岳,我在位七十年,你们谁能顺从天命,接替我的帝位?"四岳回复说:"我们鄙陋的德行,会玷污帝位的。"尧说:"那么你们尽量推荐,无论是显贵的亲戚,或者是没有关系的隐居人士。"四方诸侯之长同声向尧推荐说:"有一个没有结婚的平民叫虞舜的可以考虑。"尧说:"不错,我也听说过,到底怎么样?"四岳说:"他是个盲人的儿子,父亲心不向善,母亲言不及义,弟弟倨傲无礼,他却能够和睦孝顺,把一个家处理得雍雍穆穆,没有出什么差错。"尧说:"我来试试吧。"于是尧把两个女儿嫁给舜,从他怎样对待她们来观察他的为人。舜居然使她们甘心纡尊降贵住在妫水湾里,一切依照妇人之道行事。尧十分满意,就指使舜用心宣扬五种伦理,五种伦理都为人民所乐为。又指派舜总领百官职事,各种政事都处理得井然有序。指使他在国都四门接待宾客,四门的宾馆一

诸侯远方宾客皆敬。尧使舜入山林川泽，暴风雷雨，舜行不迷。尧以为圣，召舜曰："女谋事至而言可绩，三年矣。女登帝位。"舜让于德不怿。正月上日，舜受终于文祖。文祖者，尧大祖也。

片和睦，从诸侯国远道而来的宾客都肃然起敬。尧又派舜巡视原始山林川泽之地，在暴风雷雨中，舜能够不迷失方向。尧认为舜是个了不起的人物，于是把舜召来说："你计划事情周密，你所说的必定可以做到，这样已经三年了，你来登帝位。"舜总觉得自己德行不够，心里一直为此耿耿不安。正月上旬的一个吉日，舜在文祖庙接受了替尧执政的咐托。文祖就是尧的始祖。

于是帝尧老，命舜摄行天子之政，以观天命。舜乃在璇玑玉衡，以齐七政。遂类于上帝，禋（音阴）于六宗，望于山川，辩于群神。揖五瑞，择吉月日，见四岳诸牧，班瑞。岁二月，东巡狩，至于岱宗，柴（音禅），望秩于山川。遂见东方君长，合时月正日，同律度量衡，修五礼、五玉、三帛、二生、一死为

于是帝尧养老于家，命舜代行天子的政令，以观察天的意旨，看天是否愿意授受舜为天子。舜于是透过操作运转的玉玑和保持水平的玉衡来观测天象，察看日月五星的方位是否正确，以体验政治上有无差失。于是用类祭的礼仪祀昊天上帝，用禋祭的礼仪祀天地四时，用望祭的礼仪祀名山大川，又普遍地祭祀其他神灵。收下来朝贡诸侯所持的五种玉器（桓圭、信圭、躬圭、谷璧、蒲璧），选择吉月吉日，接见四方诸侯和十二州首长，把祥瑞玉器颁给他们。同年的二月，去东方巡视，到达泰山，用烧柴祭祀天，又用望祭依次祀山川。于是接见东方诸侯，校定四时月份，改正日子的误差，统一音律、丈尺、斗斛、斤两，整饬吉、凶、宾、军、嘉五种礼仪。用五种玉器、三种彩缯（赤缯、黑缯、白缯）、两种生物——（小羊和

挚,如五器,卒乃复。五月,南巡狩;八月,西巡狩;十一月,北巡狩:皆如初。归,至于祖祢庙,用特牛礼。五岁一巡狩,群后四朝,遍告以言,明试以功,车服以庸。肇十有二州,决川。象以典刑,流宥五刑,鞭作官刑,扑作教刑,金作赎刑。眚(音省)灾过,赦;怙终贼,刑。钦哉,钦哉,惟刑之静哉!

雁)、一种死物(山鸡),作为初见面时赠送礼品;赠送的如果是玉器,礼成之后,仍然还给他们。五月去南方巡视,八月去西方巡视,十一月去北方巡视,都像巡视东方一样。回来后,到尧的父庙和祖庙祭祀,各用公牛一头作为祭品。每五年巡视一周。四方诸侯分别在四年里来朝见天子,普遍地陈述政见,经过审慎的试行而能收到效果的,便以车马衣服赏给他们享用。开始设立十二州,又疏通各州的河道。以不变的刑法告示人民。用放逐来宽恕墨、劓、剕、宫、大辟五刑的罪犯,用鞭杖作为官府的刑罚,用槚楚作为学校的刑罚,用黄铜作为赎罪的处罚,因过失或因灾难而犯罪的赦免不究,怙恶终身为害于人的不予赦免。"谨慎啊,谨慎啊,对于刑法,要切实留意啊!"

欢兜进言共工,尧曰"不可",而试之工师,共工果淫辟。四岳举鲧治鸿水,尧以为不可,岳强请试之,试之而无功,故百姓不便。三苗在江淮、荆州数为乱。于是舜归而言于帝,请流共工于幽陵,以变北狄;放欢兜于崇山,以变南蛮;迁三苗于三危,以变西戎;殛鲧于

欢兜推荐共工辅政,尧说"不可",而让他试用为工师,共工果然邪僻。四岳举鲧治理洪水,尧认为不行,诸侯领袖力请试用,试用后不见绩效,使百姓深受其苦。三苗在长江、淮河、荆州一带不断作乱,舜巡视天下回来,便向帝尧报告,请求把共工发配到幽陵,让他改变北狄的风俗;把欢兜放逐到崇山,让他改变南蛮的风俗;把三苗迁徙到三危,以变化西戎;把鲧充军到羽山,让他改变东夷的风

羽山，以变东夷：四罪而天上咸服。

俗。这四大恶首处置了之后，天下人都心悦诚服。

尧立七十年得舜，二十年而老，令舜摄行天子之政，荐之于天。尧辟位凡二十八年而崩。百姓悲哀，如丧父母。三年，四方莫举乐，以思尧。尧知子丹朱之不肖，不足授天下，于是乃权授舜。授舜，则天下得其利而丹朱病；授丹朱，则天下病而丹朱得其利。尧曰“终不以天下之病而利一人”，而卒授舜以天下。尧崩，三年之丧毕，舜让辟丹朱于南河之南。诸侯朝觐者不之丹朱而之舜，狱讼者不之丹朱而之舜，讴歌者不讴歌丹朱而讴歌舜。舜曰：“天也！”夫而后之中国践天子位焉，是为帝舜。

尧在帝位七十年而得到舜的辅佐，又过了二十年而告老，令舜代行天子之职，把舜推荐给上天。尧帝从帝位退下来，二十八年而寿终，百姓十分伤痛，像是死了父母一样。三年之内，天下不奏乐，以表示对尧的怀念。尧知道自己的儿子丹朱不贤，不能把天下传给他，于是一反常道，传给了舜。——“把天下传给舜，全天下便都可以得到好处，只是丹朱痛苦；传给丹朱，全天下便都痛苦，只是丹朱得到好处。”尧这样衡量了很久说道：“总不能拿全天下人的痛苦，去造福一个人。”终于把天下传给了舜。帝尧去世，三年之丧过后，舜为了要让位给丹朱，避走到南河的南方。诸侯来朝见天子的，不去朝见丹朱而去朝见舜；打官司的，不去找丹朱而去找舜；歌颂政德的，不歌颂丹朱而歌颂舜。舜说：“这是天意吧。”于是回到京都，登上天子之位。这便是帝舜。

虞舜者，名曰重华。重华父曰瞽叟，瞽叟父曰桥牛，桥牛父曰句望，句望父曰敬康，敬康父曰穷蝉，穷蝉父曰帝颛顼，颛顼父曰昌意。以至舜七

虞舜，名叫重华。重华父亲人称瞽叟，瞽叟父亲名叫桥牛，桥牛父亲名叫句望，句望父亲名叫敬康，敬康父亲名叫穷蝉，穷蝉父亲就是帝颛顼，颛顼父亲名叫昌意，到舜已经七代了。从穷蝉一直到帝

世矣。自从穷蝉以至帝舜,皆微为庶人。

舜,都卑微只是普通百姓。

舜父瞽叟盲,而舜母死,瞽叟更娶妻而生象,象傲。瞽叟爱后妻子,常欲杀舜,舜避逃;及有小过,则受罪。顺事父及后母与弟,日以笃谨,匪有解。

舜的父亲瞽叟瞎了眼睛,舜的母亲死后,瞽叟续弦生了象。象狂傲骄纵。瞽叟喜欢后妻的儿子,时常想杀死舜,舜每次都躲避逃走;有小过失的时候,便接受处罚,以顺从的态度待父亲、后母和弟弟,一天比一天诚笃小心,从不懈怠。

舜,冀州之人也。舜耕历山,渔雷泽,陶河滨,作什器于寿丘,就时于负夏。舜父瞽叟顽,母嚚,弟象傲,皆欲杀舜。舜顺适不失子道,兄弟孝慈。欲杀,不可得;即求,尝在侧。

舜是冀州人,曾经在历山种过田,在雷泽捕过鱼,在黄河边作过陶器,在寿丘作过多种手艺,又在负夏赶集作过小生意。舜的父亲瞽叟愚蠢无知,母亲愚蠢顽固,弟弟象狂傲骄纵,都想杀死舜。舜顺从父母不失子道,待兄弟友善。象想杀他,找不到藉口;他却一心只是希望常侍候在父母的身边。

舜年二十以孝闻。三十而帝尧问可用者,四岳咸荐虞舜,曰可。于是尧乃以二女妻舜以观其内;使九男与处以观其外。舜居妫汭,内行弥谨。尧二女不敢以贵骄事舜亲戚,甚有妇道。尧九男皆益笃。舜耕历山,历山之人皆让畔;渔雷泽,雷泽上人皆让居;陶河滨,河滨

舜二十岁因孝顺出名,三十岁的时候,帝尧询问谁是可用之材,四岳都推荐说虞舜可以。于是尧便把两个女儿嫁给舜,观察他怎样治家;又派九个儿子与舜共处,观察他怎样处世。舜住在妫水湾里,家居行为认真不苟,尧的两个女儿不敢因为身分高贵而骄傲,事奉舜的亲人,能遵守为妇之道;尧的九个儿子也都更加友爱。舜在历山耕种,历山的人都能互让自己的田界;在雷泽捕鱼,雷泽边的人都能互让自己的住所;在黄河沿岸作陶

器皆不苦窳。一年而所居成聚,二年成邑,三年成都。

器,黄河沿岸出产的陶器没有粗制滥造的。一年之后,他所住的地方成了村落,两年便成城邑,三年便成都市。

尧乃赐舜絺(音吃)衣与琴,为筑仓廪,予牛羊。瞽叟尚复欲杀之,使舜上涂廪,瞽叟从下纵火焚廪。舜乃以两笠自扞而下,去,得不死。后瞽叟又使舜穿井,舜穿井为匿空旁出。舜既入深,瞽叟与象共下土实井,舜从匿空出,去。瞽叟、象喜,以舜为已死。象曰:“本谋者象。”象与其父母分,于是曰:“舜妻尧二女,与琴,象取之。牛羊仓廪予父母。”象乃止舜宫居,鼓其琴。舜往见之。象鄂不怿,曰:“我思舜正郁陶!”舜曰:“然,尔其庶矣!”舜复事瞽叟爱弟弥谨。于是尧乃试舜五典百官,皆治。

尧于是赏给舜细麻的布衣和琴,又为他建筑仓廪,并送给他牛羊。瞽叟还是想杀死舜,要舜到仓廪上去涂合缝隙,瞽叟从下面放火焚烧仓廪,舜利用两个斗笠护住身子,跳下来逃走了,得以不死。后来瞽叟又要挖井,舜在挖井的时候,特别开了个隐密的小孔道,可以从旁边出来。等舜已经深入井中,瞽叟与象合力倾倒泥土把井填实,舜从隐密的小孔道潜逃出来了。瞽叟和象非常高兴,以为舜已死。象说:“主谋的是象;象愿意把舜的一份财物分给父母。”于是说:“舜的妻子——尧的两个女儿和那把琴,象来享用;牛羊仓廪,分给父母。”象就到舜的卧室居住,弹他的琴。这时,舜去看他,象鄂然不快,说道:“我想念你正想得厉害啊!”舜说:“这样的话,你就很好了啊!”舜仍然孝顺瞽叟,友爱弟弟,更加谨慎。于是尧试用五种伦理和各种官职来考察舜的才能,结果都办得令人满意。

昔高阳氏有才子八人,世得其利,谓之“八恺”。高辛氏有才子八人,世谓之

从前,高阳氏有八个好儿子,世人受了他们的好处,把他们叫做“八恺”。高辛氏有八个好儿子,当时人们称之

"八元"。此十六族者,世济其美,不陨其名。至于尧,尧未能举。舜举八恺,使主后土,以揆百事,莫不时序。举八元,使布教于四方,父义,母慈,兄友,弟恭,子孝,内平外成。

为"八元"。这十六个家族,世世代代都能保持前人的善行,不曾损毁过他们的名誉。到了尧的时代,尧没有能任用他们。舜起用八恺的后人,派他们管理土地,揆度各地农务,结果都办得井井有条。又任用八元的后人,使五种伦理宣扬于四方,于是父义、母慈、兄友、弟恭、子孝,家庭融洽,社会祥和。

昔帝鸿氏有不才子,掩义隐贼,好行凶慝,天下谓之浑沌。少皞氏有不才子,毁信恶忠,崇饰恶言,天下谓之穷奇。颛顼氏有不才子,不可教训,不知话言,天下谓之梼杌(音桃物)。此三族世忧之。至于尧,尧未能去。缙云氏有不才子,贪于饮食,冒于货贿,天下谓之饕餮(音涛帖)。天下恶之,比之三凶。舜宾于四门,乃流四凶族,迁于四裔,以御螭(音吃)魅,于是四门辟,言毋凶人也。

从前,帝鸿氏有个不成材的儿子,掩盖他人的善行,隐瞒自己的罪过,好做坏事,天下人称他为"浑沌"。少皞氏有个不成材的儿子,诋毁诚信,嫉恶忠直,奖饰邪恶的言论,天下人称他"穷奇"。颛顼氏有个不成材的儿子,不接受教育,不知道什么是好话,天下人称他"梼杌"。这三个家族,世世代代为人所患。到了尧的时代,没有能驱逐他们。缙云氏有个不成材的儿子,贪饮食,好货财,天下人称他"饕餮",大家讨厌他,把他和浑沌、穷奇、梼杌三个恶徒相提并论。舜被开辟四门接待宾客,流放这四个凶族,把他们赶到四境最偏远的地区,去抵御人面兽身的妖魔鬼怪。于是宾客络绎道中,四门敞开,大家都相传没有凶人了。

舜入于大麓,烈风雷雨不迷,尧乃知舜之足授天下。尧老,使舜摄行天子政,

舜进入原始森林,遇暴风雷雨而不迷失方向,尧于是知道足以向舜托付天下。尧自己从帝位退下来,使舜代

巡狩。舜得举用事二十年，而尧使摄政。摄政八年而尧崩。三年丧毕，让丹朱，天下归舜。而禹、皋陶、契、后稷、伯夷、夔、龙、倕、益、彭祖自尧时而皆举用，未有分职。于是舜乃至于文祖，谋于四岳，辟四门，明通四方耳目，命十二牧论帝德，行厚德，远佞人，则蛮夷率服。舜谓四岳曰："有能奋庸美尧之事者，使居官相事？"皆曰："伯禹为司空，可美帝功。"舜曰："嗟，然！禹，汝平水土，维是勉哉。"禹拜稽首，让于稷、契与皋陶。舜曰："然，往矣。"舜曰："弃，黎民始饥，汝后稷播时百谷。"舜曰："契，百姓不亲，五品不驯，汝为司徒，而敬敷五教，在宽。"舜曰："皋陶，蛮夷猾夏，寇贼奸轨，汝作士，五刑有服，五服三就；五流有度，五度三居；维明能信。"舜曰："谁能驯予工？"皆曰垂可。于

行天子之事，巡视天下。舜被重用，替尧办事二十年，尧派他代行政事。摄政八年，帝尧逝世，三年之丧过后，让位给丹朱，天下人都来归属于舜。禹、皋陶、契、后稷、伯夷、夔、龙、倕、益、彭祖等人，从尧的时代都已被任用，却没有分配适当的职务。于是舜到先祖庙，与四方诸侯领袖谋商，大开四面城门，以畅通四方的见闻；命令十二州首长，评论天子的言行，施厚德于民，不接近谄佞的人，蛮夷便都能服从。舜对四岳说："谁能够努力工作，光大帝尧的事业，就派他任官辅佐政事。"都说："派伯禹作司空，可以光大帝尧的事业。"舜说："啊，不错！禹，你来治理水土，可要尽忠职守啊！"禹跪拜叩头，想让给后稷、契和皋陶。舜说："很好，你去吧。"舜说："弃，老百姓已经没有吃的，你来主持农业，种植各种谷物。"舜说："契，老百姓不和睦，父母兄弟子女不融洽，你来作司徒，用心推行五常之教，可要慢慢来。"舜说："皋陶，野蛮民族扰乱华夏，杀人越货，内忧外患，你来任法官。五种刑罚要量刑适中，裁定的五种罪犯，分送三处执行；五刑减为流放的，流放的远近各有规定，给予三种居所。只有公正廉明才能使人心服。"舜说："谁能办好我的工务。"都说："垂可以。"于是派垂作共工。舜说："谁管理我山陵沼泽的草木鸟

是以垂为共工。舜曰:“谁能驯予上下草木鸟兽?”皆曰益可。于是以益为朕虞。益拜稽首,让于诸臣朱虎、熊罴。舜曰:“往矣,汝谐。”遂以朱虎、熊罴为佐。舜曰:“嗟!四岳,有能典朕三礼?”皆曰伯夷可。舜曰:“嗟!伯夷,以汝为秩宗,夙夜维敬,直哉维静洁。”伯夷让夔、龙。舜曰:“然。以夔为典乐,教稚子,直而温,宽而栗,刚而毋虐,简而毋傲;诗言意,歌长言,声依永,律和声,八音能谐,毋相夺伦,神人以和。”夔曰:“於!予击石拊石,百兽率舞。”舜曰:“龙,朕畏忌谗殄伪,振惊朕众,命汝为纳言,夙夜出入朕命,惟信。”舜曰:“嗟!女二十有二人,敬哉,惟时相天事。”三岁一考功,三考绌陟,远近众功咸兴。分北三苗。

兽?”都说:“益可以。”于是派益主管山泽。益跪拜叩头,想让给几个同僚朱、虎、熊、罴。舜说:“去吧,你最合适。”就派朱、虎、熊、罴为助理。舜说:“啊,四岳,什么人能主持我的三种典礼?”都说:“伯夷可以。”舜说:“啊,伯夷,由你作秩宗官,早晚都要小心恭敬,只有清明才能正直。”伯夷想让给夔和龙,舜说:“他们是不错的。”派夔作典乐官,教导贵族的子弟,教导他们正直而能温和,宽容而能谨慎,刚强而不暴虐,平易而不怠慢。用诗来表达意志,用歌唱来曳长语音,用音乐衬和曼妙的歌声,用律吕来调节音乐。各种乐器的声音要和谐,不要乱了节奏,神和人都能和睦了。夔说:“啊!我用轻重不同的手法敲击石磬,连野兽都相率舞蹈起来。”舜说:“龙,我厌恶谗言和绝灭德行的人,骚扰我的人民,命你为民喉舌,早晚替我宣布政令,并转达下情,一定要信实。”舜说:“啊,你们二十二个人,要小心谨慎啊!要时刻辅助上天交付我的事业。”每三年考核政绩一次,经过三次考核,该降级的降级,该升迁的升迁,该疏远的疏远,该亲近的亲近,于是一切事业都振兴了起来,并且分解了三苗。

此二十二人咸成厥功。皋陶为大理,平,民各伏得其实。伯夷主礼,上

这二十二个人都能完成他们的工作。皋陶作狱官,能持平,百姓对他的判决心服。伯夷主持礼义,上上下下都能谦

下咸让。垂主工师，百工致功。益主虞，山泽辟。弃主稷，百谷时茂。契主司徒，百姓亲和。龙主宾客，远人至。十二牧行而九州莫敢辟违；唯禹之功为大，披九山，通九泽，决九河，定九州，各以其职来贡，不失厥宜。方五千里，至于荒服。南抚交阯、北发，西戎、析枝、渠廋（音搜）、氐、羌，北山戎、发、息慎，东长、鸟夷：四海之内咸戴帝舜之功。于是禹乃兴《九韶》之乐，致异物，凤皇来翔。天下明德皆自虞帝始。

让。倕主理百工，每一项工务都能完成。益主管山泽，山陵沼泽都开辟了。弃主持农业，各种谷类都长得茂盛。契作司徒，百姓亲睦。龙主持接待宾客，远方人都来朝贡。设十二州长，九州的人没不敢邪避违法的。只有禹的功劳最大，导通了九大山，整治了九大泽，疏浚了九大河，界定了九大州。各州都拿特产来入贡，没有不合规定的。五千里见方的领域，一直通到边陲的荒服。安抚了南方的交阯、北发，西方的戎、析枝、渠廋、氐、羌，北方的山戎、发、肃慎，东方的长夷、鸟夷。四海之内，都感戴帝舜的功德。于是禹创《九韶》乐来歌颂，使各方奇异的珍品都送到中国来，凤凰也来展献舞姿。天下颂扬帝德，都从虞舜开始。

舜年二十以孝闻，年三十尧举之，年五十摄行天子事，年五十八尧崩，年六十一代尧践帝位。践帝位三十九年，南巡狩，崩于苍梧之野。葬于江南九疑，是为零陵。舜之践帝位，载天子旗，往朝父瞽叟，夔夔唯谨，如子道。封弟象为诸侯。舜子商均亦不肖，舜乃豫荐禹于

舜二十岁以孝顺闻名，三十岁尧举用了他，五十岁代行天子之事，五十八岁时尧去世，六十一岁取代帝尧登上帝位。登帝位后三十九年，到南方巡狩，死于苍梧郊野。葬于长江之南的九疑山，这就是零陵。舜登上帝位之后，乘有天子旗的车子，去朝见父亲瞽叟，恭恭敬敬的，一点不敢大意，完全是儿子对待父母的态度。封弟象为诸侯。舜的儿子商均也不成材，舜于是早作打算，把禹推荐给上天，代行天子之政。十七年后寿终；三年之丧过

天。十七年而崩。三年丧毕,禹亦乃让舜子,如舜让尧子。诸侯归之,然后禹践天子位。尧子丹朱,舜子商均,皆有疆土,以奉先祀;服其服,礼乐如之。以客见天子,天子弗臣,示不敢专也。

后,禹也把天子之位让给舜的儿子,就像舜让位给尧的儿子一样。直到诸侯都来归属于他,然后才登上天子之位。尧的儿子丹朱,舜的儿子商均,都有封地,以供奉先人的祀典,穿自己的衣服,礼乐也都用自己的;用客人的身份见天子,天子不把他们当作自己的臣下,表示不敢专有天下。

自黄帝至舜、禹,皆同姓而异其国号,以章明德。故黄帝为有熊,帝颛顼为高阳,帝喾为高辛,帝尧为陶唐,帝舜为有虞。帝禹为夏后而别氏,姓姒氏。契为商,姓子氏。弃为周,姓姬氏。

从黄帝到舜、禹,都同一姓,只是改了国号,以显扬各人的美德。所以黄帝为有熊,帝颛顼为高阳,帝喾为高辛,帝尧为陶唐,帝舜为有虞,帝禹为夏后,而以氏为区别,姓姒氏。契为商,姓子氏。弃为周,姓姬氏。

太史公曰:学者多称五帝,尚矣。然尚书独载尧以来;而百家言黄帝,其文不雅驯,荐绅先生难言之。孔子所传宰予问《五帝德》及《帝系姓》,儒者或不传。余尝西至空峒,北过涿鹿,东渐于海,南浮江淮矣,至长老皆各往往称黄帝、尧、舜之处,风教固殊焉,总之不离古

太史公说:学者大多说,五帝的年代太久远了。但是《尚书》只记载尧以来的事;而百家叙述黄帝,文字很不典雅,很不通顺,大人先生们也都说不清楚。《宰予问五帝德》和《帝系姓》两篇,一般儒者以为并非圣人孔子的话,因而也就不加传授。我曾经西边到了崆峒,北边过了涿鹿,东边差不多抵达海边,南边泛舟于长江、淮河,所到之处,长老们各人所说黄帝、尧、舜的时候,风俗教化不相同。大概说来,以不背离古文尚书,比较真切。我

文者近是。予观《春秋》、《国语》，其发明《五帝德》、《帝系姓》章矣，顾弟弗深考，其所表见皆不虚。《书》缺有间矣，其轶乃时时见于他说。非好学深思，心知其意，固难为浅见寡闻道也。余并论次，择其言尤雅者，故著为本纪书首。

阅读《春秋》、《国语》，其中能发现《五帝德》和《帝系姓》的地方，非常显著，只是通常都不去深刻地考求，所记述的一点都不虚假。《尚书》残缺，遗漏的地方很多，它所遗失的却时常见于其他记载；要不是好学深思，心领神会，固然是很难向浅见寡闻的人叙说的。我现在一并论列，选择了文字最为典雅的，因而作成本记，为全书的第一篇。

评议

孔子删《书》，断自二典，详政治也；太史公记史，始于五帝，重种族也。盖五帝始于黄帝，为我国种族之所自出。黄帝之子二十五人，后世或居中国，或居夷狄。其正妃所出二人：玄嚣、昌意是也。帝颛顼，昌意之子也；帝喾，玄嚣之孙也。帝尧，帝喾之子，为玄嚣之曾孙，而帝舜出于帝颛顼，则又昌意之七世孙也。篇中考世系处，极分明，亦极错落。至于叙事，更详略得宜，变化尽致。排句学周语，秀句参诸子，古句、奥句仿经书。所举五帝大事，如天地山川、礼乐制度、设官分职、修德布政，有演为数百言者，有缩为数言者，节节照应，处处关通，而实则高古典质，一丝不苟。盖《史记》开首第一篇文字，亦全部《史记》中第一篇加意文字也。后人不达史公本旨，或于此纪之前，更补《三皇本纪》；或任意攻击，谓此篇非史公极笔。似此谬妄，于《史记》固毫无所损，但为读《史记》者开端拦路，岂非大大罪过？故余于此篇首论及之。赞语吞吐离合，自然超妙，亦为全书诸赞之冠。

惟篇内所述事迹，间有与诸书异同之处，如“象乃止舜宫居，鼓其琴。"按《孟子》作"舜在床琴。""舜曰:'然,尔其庶矣'"按《孟子》作"惟兹臣庶"。"世得其利,谓之'八恺'。"按《左传》,无"得利"语。"命十二牧论帝德。"按舜命十二牧,无"论帝德"之语。凡此,或书传流传古今本不同,不然,则史公所引或者用其意,不尽泥其文邪?

项羽本纪

项籍者，下相人也，字羽。初起时，年二十四。其季父项梁，梁父即楚将项燕，为秦将王翦所戮者也。项氏世世为楚将，封于项，故姓项氏。

项籍，下相人，字羽。项籍起兵的时候，年二十四岁，项籍的四叔父名项梁，项梁的父亲就是被秦将王翦所杀的楚国名将项燕。项氏世代为楚国将，封在项城，因而姓项氏。

项籍少时，学书不成，去学剑，又不成。项梁怒之。籍曰："书足以记名姓而已。剑一人敌，不足学，学万人敌。"于是项梁乃教籍兵法，籍大喜，略知其意，又不肯竟学。项梁尝有栎阳逮，乃请蕲狱掾曹咎书抵栎阳狱掾司马欣，以故事得已。

项籍年少时候，读书不行，改学剑术，又不成。叔父项梁发怒责备他。项籍答说："读书不过记姓名而已；剑术不过能敌一个人，都不值得学习。值得学的是可以敌万人的学问。"项梁以为有道理，于是教项籍兵法。项籍对学兵法非常喜欢，但只略知兵法的大意，就不肯钻研到底了。项梁曾经因罪案被牵连，被栎阳县逮捕。项梁于是托蕲县主狱官曹咎，写一封说人情的信，送到栎阳狱掾司马欣处，项梁得以脱罪无事。

项梁杀人，与籍避仇于吴中。吴中贤士大夫皆出项梁下。每吴中有大徭役及丧，项梁常为主办，阴以兵法部勒宾客及子弟，以是知其

后来项梁又杀了人，为了逃避死，为了躲避复仇，就和项籍渡江迁住在吴中。吴地的贤士大夫才智都在项梁之下。吴中人凡有大的征役和丧葬事宜，常由项梁主办。每当此时，项梁便暗中用兵法部署，指挥宾客和子弟，因此项梁能察知宾客和吴中子弟

能。

秦始皇帝游会稽，渡浙江，梁与籍俱观。籍曰："彼可取而代也。"梁掩其口，曰："毋妄言，族矣！"梁以此奇籍。籍长八尺余，力能扛鼎，才气过人，虽吴中子弟皆已惮籍矣。

秦二世元年七月，陈涉等起大泽中。其九月，会稽守通谓梁曰："江西皆反，此亦天亡秦之时也。吾闻先即制人，后则为人所制。吾欲发兵，使公及桓楚将。"是时桓楚亡在泽中。梁曰："桓楚亡，人莫知其处，独籍知之耳。"梁乃出，诫籍持剑居外待。梁复入，与守坐，曰："请召籍，使受命召桓楚。"守曰："诺。"梁召籍入。须臾，梁眴(音舜)籍曰："可行矣！"于是籍遂拔剑斩守头。项梁持守头，佩其印绶。门下大惊，扰乱，籍所击杀数十百人。

们每人的能力如何。

秦始皇出游，巡行会稽郡，渡浙江，项梁和项籍都旁观秦始皇的出巡行列。项籍见秦始皇的仪仗队伍那样威严盛大，说："我可以取代！"项梁忙掩住了项籍的口，说："不要胡说！可要灭族啊！"因此，项梁认为项籍很不寻常。项籍的身长八尺有余，力大能举铁鼎，才气超过常人。吴中地方的子弟，都畏惧项籍。

秦二世元年七月，陈涉等九百余人起义于大泽乡。元年九月，会稽郡守殷通对项梁说："长江以西都起兵反秦，这也就正是天要秦亡的时候了，我曾经听说过：'先发可以制人，后发的就要被人所制。'因此我要先起兵，派你和桓楚为将。"这时候桓楚正逃亡藏在深山草泽之中。项梁说："桓楚正在逃亡隐藏之中，没有人知道他藏匿的所在，只有项籍知道。"项梁于是先出来，命令项籍，手持宝剑等待在厅堂外。项梁便又走入厅堂，和郡守殷通同坐。项梁说："请郡守召项籍进来，可以传郡守的命令派他召桓楚回来。"郡守说："好！召项籍进来！"项梁叫项籍进入厅堂。项梁使眼色示意项籍，说："可以行动了！"于是项籍拔剑斩下郡守殷通的头。项梁手持殷通的头，身上佩起郡守的印绶。郡守部下大惊，一时大乱，项籍杀死了几十个以至百人。郡守府中人都惊

一府中皆慑伏，莫敢起。梁乃召故所知豪吏，谕以所为起大事，遂举吴中兵。使人收下县，得精兵八千人。梁部署吴中豪杰为校尉、候、司马。有一人不得用，自言于梁。梁曰："前时某丧使公主某事，不能办，以此不任用公。"众乃皆伏。于是梁为会稽守，籍为裨将，徇下县。

惧畏服，拜伏于地，不敢起来。项梁便召来以往所知道的地方豪强官吏，向他们说明要起大事除残暴的道理，大家都赞成。于是吴地之兵派人接收了吴郡所属各县，共得精兵八千人。项梁部署吴地豪杰，派为校尉、侯、司马等职位。有一个人没有被派官位职务，他便去问项梁。项梁说："前些日子，有一件丧事，曾经由你主持一项事务，你不能作好，因此我不能任用你。"大家都极为佩服。于是项梁作了会稽郡守，项籍作了副将，管理所属众民。

广陵人召平于是为陈王徇广陵，未能下。闻陈王败走，秦兵又且至，乃渡江矫陈王命，拜梁为楚王上柱国。曰："江东已定，急引兵西击秦。"项梁乃以八千人渡江而西。闻陈婴已下东阳，使使欲与连和俱西。陈婴者，故东阳令史，居县中，素信谨，称为长者。东阳少年杀其令，相聚数千人，欲置长，无适用，乃请陈婴。婴谢不能，遂强立婴为长，县中从者得二万人。少年欲

广陵人召平，这时受陈王陈涉之命招抚广陵，没有能成功，听说陈王已经败于秦军而退走，而秦兵又将要来攻召平。召平于是带兵渡过了长江，假传陈王的命令，拜项梁为楚王上柱国。召平说："江东之地，已经安定下来，要赶快发兵西进，攻击暴秦。"项梁便以八千兵，渡江向西进攻。这时听说陈婴已攻下东阳，因此派使者与陈婴联络，要和陈婴连兵合作，一起向西攻秦。陈婴原是东阳的书吏，在本县平素作事守信谨慎，被称道为有学问有道德的人。东阳的少年们起事，杀了东阳令，聚合起几千人，想要推立一位领导者，找不到适当的人，于是就请陈婴出来作领导。陈婴辞谢，说自己能力不够。少年们不理会陈婴的意见，强行立了陈婴为首领。当时县中愿从陈婴起事的有二

立婴便为王,异军苍头特起。陈婴母谓婴曰:“自我为汝家妇,未尝闻汝先古之有贵者。今暴得大名,不祥。不如有所属,事成犹得封侯,事败易以亡,非世所指名也。”婴乃不敢为王。谓其军吏曰:“项氏世世将家,有名于楚。今欲举大事,将非其人,不可。我倚名族,亡秦必矣。”于是众从其言,以兵属项梁。项梁渡淮,黥布、蒲将军亦以兵属焉。凡六七万人,军下邳。

万人。东阳的少年们此时就想立陈婴为王。兵士都用玄青色布包头,命名为苍头军,有别于其他军队。陈婴的母亲对陈婴说:“自从我作陈家的媳妇,从来没听说过你家先前有过大贵的人物,现在你突然之间,竟然得到了大名,不是吉祥的事!你不如寻求一个领头的人,你作他的属下。如果起事成功,也还能封侯。如果起事失败,你还容易逃亡隐避。因为你不是当世最被注意,而被指名追捕的人。”陈婴以为然,于是不敢为王。陈婴对他的兵士官吏说:“项氏是世代将传,在楚国有大名。现在要举大事,恐怕非项氏出来领导不可。如果项氏来领导,我们都依靠有名望的世族,一定可以消灭暴秦了。”于是大家都听从陈婴的话,把兵卒归属于项梁。项梁带兵渡过了淮水,黥布、蒲将军也带兵来归属项梁的麾下。项梁这时共有六七万人,驻军在下邳。

当是时,秦嘉已立景驹为楚王,军彭城东,欲距项梁。项梁谓军吏曰:“陈王先首事,战不利,未闻所在。今秦嘉倍陈王而立景驹,逆无道。”乃进兵击秦嘉。秦嘉军败走,追之至胡陵。嘉还战一日,嘉死,军降。景驹走死梁地。项梁

这时候,秦嘉已立景驹为楚王,驻军在彭城以东,想要阻止项梁军西进。项梁向士兵官吏们说:“陈王最先起事,后来作战不利,现在不知所在。而今秦嘉竟背叛陈王,立景驹为楚王,真是大逆不道!”项梁便进兵攻击秦嘉,秦嘉兵败走,项梁追秦嘉兵到胡陵,秦嘉回兵和项梁作战,战斗了一天,秦嘉战死,秦嘉的兵投降项梁。景驹逃走,死在梁地。项梁收并了秦嘉的兵卒以后,就

已并秦嘉军，军胡陵，将引军而西。章邯军至栗，项梁使别将朱鸡石、余樊君与战，余樊君死。朱鸡石军败，亡走胡陵。项梁乃引兵入薛，诛鸡石。项梁前使项羽别攻襄城，襄城坚守不下。已拔，皆阬之。还报项梁。项梁闻陈王定死，召诸别将会薛计事。此时沛公亦起沛，往焉。

驻军在胡陵，准备引兵西进攻秦。这时秦将章邯领兵到了栗县，项梁便派遣别将朱鸡石、余樊君二人领兵与章邯作战，余樊君战死，朱鸡石兵败，逃回胡陵。项梁于是引兵入薛，杀了兵败的朱鸡石。项梁曾经派遣项羽另带一支兵去进攻襄城，襄城坚守，一时攻不下来。最后到底破了襄城，把守城的军民完全活埋了，并回报项梁作战成功。项梁此时听说陈王陈涉确实已死，便召集所有分据各处将领，在薛聚会，共同商议大事。这时沛公刘邦也已在沛县起事，便领兵来薛地会项梁。

居鄛人范增，年七十，素居家，好奇计，往说项梁曰："陈胜败固当。夫秦灭六国，楚最无罪。自怀王入秦不反，楚人怜之至今，故楚南公曰'楚虽三户，亡秦必楚也'。今陈胜首事，不立楚后而自立，其势不长。今君起江东，楚蜂起之将皆争附君者，以君世世楚将，为能复立楚之后也。"于是项梁然其言，乃求楚怀王孙心民间，为人牧羊，立以为楚怀王，从民所望也。陈婴

居鄛人范增，年七十岁，平素居家喜好研究奇巧计谋。范增此时来薛，游说项梁说："陈胜固然应当失败。当初秦灭了六国，其中楚国最为无罪。自从楚怀王受骗入秦而不能回归楚国，楚人同情怀念怀王至如今。所以楚南公说：'楚国虽只余三家，灭亡秦国的必是楚国。'这次陈胜先起事，不立楚国后人而自立为王，所以陈胜不能长久。现在项君你起事于江东，楚国将士有如众蜂飞起而响应。所以都争相归附于项君的缘故，只因项君世代为楚将；大家意料项君将会立楚国之后，以复兴楚国。"项梁以为范增所言甚为合宜，便寻到了楚怀王的孙子，名叫心；当时王孙心流落在民间，给人牧羊。项梁便立心为楚怀王，以顺从民意。

为楚上柱国,封五县,与怀王都盱台。项梁自号为武信君。

项梁于是任命陈婴为楚的上柱国,封地五县,并且由他来辅助怀王心在盱台建都。项梁也就自称为武信君。

居数月,引兵攻亢父,与齐田荣、司马龙且军救东阿,大破秦军于东阿。田荣即引兵归,逐其王假。假亡走楚。假相田角亡走赵。角弟田间故齐将,居赵不敢归。田荣立田儋子市为齐王。项梁已破东阿下军,遂追秦军。数使使趣齐兵,欲与俱西。田荣曰:"楚杀田假,赵杀田角、田间,乃发兵。"项梁曰:"田假为与国之王,穷来从我,不忍杀之。"赵亦不杀田角、田间以市于齐。齐遂不肯发兵助楚。项梁使沛公及项羽别攻城阳,屠之。西破秦军濮阳东,秦兵收入濮阳。沛公、项羽乃攻定陶。定陶未下,去,西略地至雍丘,大破秦军,斩李由。还攻外黄,外黄未下。

过了数月,项梁带兵进攻亢父,和齐国的田荣、司马龙且二人所领的兵合救东阿,大破秦军于东阿。田荣当即引兵回临淄,驱逐了齐王假。齐王假逃亡到楚国,齐王假的相国田角,逃亡到赵国。田角的弟弟田间原是齐将,居留在赵国,不敢回齐国。田荣乃立田儋的儿子田市为齐王。项梁击破东阿的秦军之后,便追逐秦败军。并且屡次派使者到齐国,催促齐国出兵,与项梁一同向西进攻。田荣说:"楚国如果杀了田假,赵国如果杀了田角和田间,齐国就出兵。"项梁说:"田假是我楚国的盟国之王,穷途末路来投楚国,我不忍杀害。"赵国也不肯以杀田角和田间,来向齐国表示好感。齐国于是不肯发兵帮助楚去攻击秦。项梁就派沛公刘邦和项羽兵攻城阳,攻下了城阳,屠杀城阳守军。又向西攻破秦军濮阳的东边。秦收拾败兵,入濮阳坚守不出。沛公刘邦和项羽就领兵攻陶,定陶坚守,不能攻下。于是放弃攻定陶之计,领兵西向,攻取秦地至雍丘,大破秦军,杀掉秦国大将李由。然后回军进攻外黄,外黄不能攻下。

项梁起东阿,西,

项梁引兵自东阿向西进攻,等到了定

(北)[比]至定陶,再破秦军,项羽等又斩李由,益轻秦,有骄色。宋义乃谏项梁曰:"战胜而将骄卒惰者败。今卒少惰矣,秦兵日益,臣为君畏之。"项梁弗听。乃使宋义使于齐。道遇齐使者高陵君显,曰:"公将见武信君乎?"曰:"然。"曰:"臣论武信君军必败。公徐行即免死,疾行则及祸。"秦果悉起兵益章邯,击楚军,大破之定陶,项梁死。沛公、项羽去外黄攻陈留,陈留坚守不能下。沛公、项羽相与谋曰:"今项梁军破,士卒恐。"乃与吕臣军俱引兵而东。吕臣军彭城东,项羽军彭城西,沛公军砀。

陶,又大破秦军。此时因项羽刘邦已斩李由,项梁就更为轻视秦军,有骄傲之意。宋义于是谏项梁说:"凡是用兵打仗,如果战胜而将领骄傲,士兵怠惰,那就要失败了。现在士兵已经稍有怠惰了,而秦兵日益增援兵力,在我看来,很为将军忧惧。"项梁不肯听从,却派宋义出使齐国。宋义在路上遇到齐国使者高陵君显。宋义问高陵君:"高陵君是要去见武信君项梁吗?"高陵君说;"是的!"宋义说:"依我的推断,武信君项梁必然兵败!高陵君,你如果慢步缓行,就可以避免被杀,如果疾步快行,就一定遇上杀身之祸。"秦军果然全力起兵增援章邯,大破楚兵于定陶,项梁战死。沛公刘邦和项羽退离外黄,围攻陈留。陈留坚守,不能攻下。刘邦和项羽互相商量说:"现在项梁军已被击破,一时军心恐惧。"于是和吕臣同时领兵而东。吕臣军驻彭城东,项羽军驻彭城西。沛公刘邦军驻在砀。

章邯已破项梁军,则以为楚地兵不足忧,乃渡河击赵,大破之。当此时,赵歇为王,陈馀为将,张耳为相,皆走入巨鹿城。章邯令王离、涉闲

章邯击败项梁之后,就以为楚地之兵不强,不足以为患。于是引兵渡过黄河向北,进攻赵国,大破赵兵。这时候赵歇为赵王,陈馀为赵大将,张耳为赵相国,都退入巨鹿城。章邯命部将王离和涉闲二人领兵围住巨鹿,章邯自己驻军在巨鹿之南,修筑

围巨鹿,章邯军其南,筑甬道而输之粟。陈馀为将,将卒数万人而军巨鹿之北,此所谓河北之军也。

甬道,而由道中运输粮草。陈馀为赵将,率兵数万人驻守巨鹿之北,这就是所谓河北之军。

楚兵已破于定陶,怀王恐,从盱台之彭城,并项羽、吕臣军自将之。以吕臣为司徒,以其父吕青为令尹。以沛公为砀郡长,封为武安侯,将砀郡兵。

楚兵既已败于定陶,楚怀王很恐惧,便从盱眙来到彭城,把项羽和吕臣二人的军队,都收归他自己统帅。以吕臣为司徒,以吕臣的父亲吕青为令尹,以沛公刘邦为砀郡郡守,并封刘邦为武安侯,率领砀郡兵。

初,宋义所遇齐使者高陵君显在楚军,见楚王曰:"宋义论武信君之军必败,居数日,军果败。兵未战而先见败征,此可谓知兵矣。"王召宋义与计事而大说之,因置以为上将军,项羽为鲁公,为次将,范增为末将,救赵。诸别将皆属宋义,号为卿子冠军。行至安阳,留四十六日不进。项羽曰:"吾闻秦军围赵王钜鹿,疾引兵渡河,楚击其外,赵应其内,破秦军必矣。"宋义曰:"不

先前宋义所遇到的齐国使者高陵君显,此时已来到楚军中,见到了楚怀王说:"宋义推断武信君项梁的兵必败,过了几天,项梁兵果然败了。兵还没有出战,宋义就可以看出兵败的征兆,这真可以说是懂得用兵了。"楚怀王因此召宋义来议事,并十分高兴,因此置宋义为上将军,项羽为鲁公,为次将;范增为末将,出兵救赵。其他一切副将都为宋义部属。宋义号为卿子冠军。出兵行到安阳,停留四十六天,不再前进。项羽说:"我听说秦军在巨鹿围住赵王,我们应该尽快的带兵渡河,楚兵从外围打进去,赵兵在巨鹿城中作内应,这样内外夹攻,必定可以破秦兵了!"宋义说:"不然,叮

然。夫搏牛之虻不可以破虮虱。今秦攻赵,战胜则兵罢,我承其敝;不胜,则我引兵鼓行而西,必举秦矣。故不如先斗秦赵。夫被坚执锐,义不如公;坐而运策,公不如义。”因下令军中曰:“猛如虎,很如羊,贪如狼,强不可使者,皆斩之。”乃遣其子宋襄相齐,身送之至无盐,饮酒高会。天寒大雨,士卒冻饥。项羽曰:“将戮力而攻秦,久留不行。今岁饥民贫,士卒食芋菽,军无见粮,乃饮酒高会,不引兵渡河因赵食,与赵并力攻秦,乃曰‘承其敝’。夫以秦之强,攻新造之赵,其势必举赵。赵举而秦强,何敝之承!且国兵新破,王坐不安席,埽境内而专属于将军,国家安危,在此一举。今不恤士卒而徇其私,非社稷之臣。”项羽晨朝上将军宋义,即其帐中斩宋义头,

咬牛的牛虻是不会去消灭小虱子的,我的志在大,不在小。现在秦兵正在全力的围攻赵国,如果秦胜,秦兵一定疲惫不堪。我们就正好趁他们的疲败之际,可以破秦。如果秦兵不胜,我们就直引大兵,擂鼓长驱西向,必定击败秦兵了!所以不如先让秦赵相斗,我们等待取利。若论披甲胄,执兵器,冲锋陷阵,宋义不如你。但是坐下来运用策略,你可就不如我宋义了!”宋义因此又下令给军中:“势猛如虎,心狠如羊,性贪如狼,倔强而不听指挥的人,都斩首!”于是宋义派他的儿子宋襄去齐国为相,亲自送宋襄到无盐,饮酒大会贵宾,当时天寒大雨,士卒既冷又饿。项羽对将士说:“现在大家应该作的事,是合力攻秦,但我们却久久按兵不肯前进,又今年饥荒,百姓穷困;因此我们的士兵都吃芋头豆类等蔬菜,军队没有半点存粮,而宋义还要饮酒大会贵宾,不肯引兵渡河;不去从赵国取得食粮,不肯和赵国合力攻秦,却说‘等着秦兵疲败’。以秦的强盛,攻击新建立的赵国,势必破赵无疑。赵破而秦更强,还有甚么疲败的机会可乘?并且我们楚军新近失败,楚怀王坐立不安,把境内全部的兵力,交给上将军一人独掌指挥,国家的安危,就在此一举。现在上将军不顾念国家,不体恤士卒,而竟徇私,不是社稷的臣子。”项羽在早晨去见上将军宋义,就在宋义的帐中,斩下宋义的头。发

出令军中曰:“宋义与齐谋反楚,楚王阴令羽诛之。”当是时,诸将皆慑服,莫敢枝梧。皆曰:“首立楚者,将军家也。今将军诛乱。”乃相与共立羽为假上将军。使人追宋义子,及之齐,杀之。使桓楚报命于怀王。怀王因使项羽为上将军。当阳君、蒲将军皆属项羽。

令于军中说:“宋义和齐国同谋反楚。楚怀王有令,我项羽杀掉他!”这时候诸将都畏服项羽,没有人敢有异议。大家都说:“领头立楚怀王的是项将军家。现在将军杀了作乱之人,有大功。”于是共同立项羽为代理上将军。项羽派人追宋义的儿子宋襄,追到齐地,杀了宋襄。项羽派桓楚去向楚怀王报告,怀王因此就传命项羽为上将军。当阳君黥布和蒲将军都归了项羽的属下。

项羽已杀卿子冠军,威震楚国,名闻诸侯。乃遣当阳君、蒲将军将卒二万渡河,救巨鹿。战少利,陈馀复请兵。项羽乃悉引兵渡河,皆沈船,破釜甑,烧庐舍,持三日粮,以示士卒必死,无一还心。于是至则围王离,与秦军遇,九战,绝其甬道,大破之,杀苏角,虏王离。涉间不降楚,自烧杀。当是时,楚兵冠诸侯。诸侯军救钜鹿下者十余壁,莫敢纵兵。及楚击秦,诸将皆从壁上观。楚战士无不一

项羽已经杀了卿子冠军宋义,威名震撼楚国,声名遍闻于诸侯。项羽就派遣当阳君、蒲将军二人率领二万人渡过漳河,去救巨鹿。战有小胜。赵将陈馀又请项羽再出兵。项羽便领全部的兵渡过漳河。兵过了河以后,便破船,沉入水中,把作饭的锅和蒸饭的瓦甑都敲破;把房屋都烧掉;保留三天的粮食,用以向士兵表示,如不能战胜,就只有死,没有退还的可能,士卒们没有一个有退回之心。于是大军一到,便围了王离,楚军勇猛作战,九战九胜,断决了秦军的甬道,大破秦军;杀了秦将苏角,虏获了王离;涉闲不肯降楚,引火自焚而死。在这大战之间,楚兵勇气百倍,冠于诸侯。诸侯军前来救赵,到巨鹿的兵,筑有十多个大营垒,但都不敢出兵。等到项羽兵攻击秦军的时候,各诸侯的诸将都在壁垒之上观望。这时楚

以当十，楚兵呼声动天，诸侯军无不人人惴恐。于是已破秦军，项羽召见诸侯将，入辕门，无不膝行而前，莫敢仰视。项羽由是始为诸侯上将军，诸侯皆属焉。

章邯军棘原，项羽军漳南，相持未战。秦军数却，二世使人让章邯。章邯恐，使长史欣请事。至咸阳，留司马门三日，赵高不见，有不信之心。长史欣恐，还走其军，不敢出故道，赵高果使人追之，不及。欣至军，报曰："赵高用事于中，下无可为者。今战能胜，高必疾妒吾功；战不能胜，不免于死。愿将军孰计之。"陈馀亦遗章邯书曰："白起为秦将，南征鄢郢，北坑马服，攻城略地，不可胜计，而竟赐死。蒙恬为秦将，北逐戎人，开榆中地数千里，竟斩阳周。何者？功多，秦不能尽封，因以

国战士，都是勇猛无前，以一当十；楚兵作战之时，呼喊叱咤，声震天地。诸侯军都无不人人恐怖畏惧，惊骇万分。于是项羽在大破秦军之后，召见各诸侯将。诸侯将进了辕门，都跪倒在地，膝行向前，不敢抬头仰视！项羽由此开始，为诸侯上将军，所有诸侯军队都归项羽部下。

这时章邯的兵驻守棘原，项羽的兵扎营在漳南，两军对阵相持，还没有作战。秦军就数次退却，秦二世皇帝派使者责备章邯。章邯恐惧，派长史司马欣赴咸阳有所请求。司马欣到了咸阳，被留在司马门，等了三天，赵高不肯接见，赵高有不信任章邯所派使者的意思。司马欣恐惧，连忙奔回驻守地棘原，不敢走来时的路，走了另一条新路。赵高果然派人追杀司马欣，没能追得上。司马欣回到了章邯军中，向章邯报告说："赵高在宫廷之中独揽大权，下面的人没有可以作事的机会。现在我们的战事能得胜，赵高必嫉妒我们的功劳；战事不胜，就不免于死。希望将军们仔细考虑。"这时陈馀也给章邯一封信说："白起为秦将，南征楚之鄢郢，北败赵之马服，攻城取地之多，无法计算，秦王最后赐白起一死。蒙恬为秦将，北面驱逐戎人，开辟榆中之地数千里之广，后来竟在阳周被杀。为何有如此结

法诛之。今将军为秦将三岁矣，所亡失以十万数，而诸侯并起滋益多。彼赵高素谀日久，今事急，亦恐二世诛之，故欲以法诛将军以塞责，使人更代将军以脱其祸。夫将军居外久，多内郤，有功亦诛，无功亦诛。且天之亡秦，无愚智皆知之。今将军内不能直谏，外为亡国将，孤特独立而欲常存，岂不哀哉！将军何不还兵与诸侯为从，约共攻秦，分王其地，南面称孤。此孰与身伏鈇质，妻子为僇乎？"章邯狐疑，阴使候始成使项羽，欲约。约未成，项羽使蒲将军日夜引兵度三户，军漳南，与秦战，再破之。项羽悉引兵击秦军汙水上，大破之。

果？立功太多了，秦不能尽按其功而封其爵，故而用法诛杀功臣。如今将军作秦将已经三年，战争所失的士卒，不下十万，而诸侯的兵越来越多。赵高平素谄谀日久，目前国事甚急，惟恐二世皇帝会杀他，所以要用法诛杀将军，以求免于谴责；另派人代替将军职位，以推脱其罪。将军带兵在外太久，与宫廷之内更多嫌隙。所以有功也要被诛，无功也要被诛。况且天要亡秦，无论愚智之人，都已知道。现在将军在朝廷内不能直接向皇帝进谏，在外为亡国之将！孤单独立，而想要维护常久存在，岂不是可哀的事吗？将军何不还兵和诸侯订立盟约，共同攻秦，成功之后，可以分得其地为王，南面称孤！这样作不是比身受腰斩、妻儿被杀好得多吗？"章邯接信后，狐疑不能决定。暗中派军侯始成到项羽营中，洽谈合纵缔约的事，没能成功。项羽派蒲将军昼夜赶路引兵渡三户进军漳北，与秦军战。再破秦军。项羽乘势领全军进击秦军于汙水上，大破秦军。

章邯使人见项羽，欲约。项羽召军吏谋曰："粮少，欲听其约。"军吏皆曰："善。"项羽乃与期洹水南殷虚上。已盟，章邯见项羽而流涕，为言赵

章邯又派人见项羽，又要求订约投降，项羽召来军吏商量。项羽说："我们的粮草少，可以接受订约。"军吏都以为接受为好，项羽便和章邯订期在洹水南殷虚上相见。缔结盟约之后，章邯见到项羽垂涕流泪，伤心说出赵高弄权害人的情

高。项羽乃立章邯为雍王，置楚军中。使长史欣为上将军，将秦军为前行。到新安。诸侯吏卒异时故繇使屯戍过秦中，秦中吏卒遇之多无状，及秦军降诸侯，诸侯吏卒乘胜多奴虏使之，轻折辱秦吏卒。秦吏卒多窃言曰："章将军等诈吾属降诸侯，今能入关破秦，大善；即不能，诸侯虏吾属而东，秦必尽诛吾父母妻子。"诸将微闻其计，以告项羽。项羽乃召黥布、蒲将军计曰："秦吏卒尚众，其心不服，至关中不听，事必危，不如击杀之，而独与章邯、长史欣、都尉翳入秦。"于是楚军夜击阬秦卒二十余万人新安城南。

形。项羽乃立章邯为雍王，安置在楚军之中。派长史司马欣为上将军，统领秦军，作为前锋，向西进攻。行至新安，诸侯统帅的官吏士卒，从前作过役戍到过秦中，秦中的吏卒们待他们非常苛虐，现在秦军投降诸侯，诸侯的吏卒乘战胜之威，反过来报复，对秦的吏卒视为奴虏，轻视屈辱，加以凌虐。秦的吏卒难于忍受，偷偷地讨论说："章邯将军等诈骗我们投降诸侯。如今假使能够攻入关中，击破秦国，当然很好。如果不能，诸侯必然俘虏我们返回东方。那时我们留在关中的父母妻子，必被秦王完全杀死。"大家在议论，项羽部下将士们稍稍得知这些情形，报告了项羽。项羽便召来黥布和蒲将军计议说："秦的降吏降卒，人数还不少，他们心中仍旧不服，如果到了关中，不肯听我的命令，我们的大事必受危害。不如把这些人都杀了，而只让章邯、长史司马欣、都尉董翳入秦。"大家都以为然。于是楚军乘夜间突击坑杀秦降卒二十余万人于新安城南。

行略定秦地。函谷关有兵守关，不得入。又闻沛公已破咸阳，项羽大怒，使当阳君等击关。项羽遂入，至于戏西。沛公军霸上，未得与项羽相

然后进军向西攻取秦地。到了函谷关，有兵守在关隘，不能进入。又听说沛公刘邦已经攻破了咸阳，项羽大怒，命当阳君英布等攻关。项羽便带兵进入函谷关，长驱直进，到了戏水西岸。当时沛公刘邦驻扎霸上，未得与项羽相见。沛公的

见。沛公左司马曹无伤使人言于项羽曰："沛公欲王关中，使子婴为相，珍宝尽有之。"项羽大怒，曰："旦日飨士卒，为击破沛公军！"当是时，项羽兵四十万，在新丰鸿门，沛公兵十万，在霸上。范增说项羽曰："沛公居山东时，贪于财货，好美姬。今入关，财物无所取，妇女无所幸，此其志不在小。吾令人望其气，皆为龙虎，成五采，此天子气也。急击勿失。"

左司马曹无伤派一使者向项羽密报说："沛公有意称王于关中，要任秦王子婴为相，要将所有秦的珍宝，都据为己有。"项羽大怒，说："明日一早，让士卒饱餐，出兵攻破刘邦的军队！"这个时候，项羽的兵有四十万，驻在新丰鸿门，沛公刘邦的兵有十万，驻在霸上。范增向项羽献计说："沛公从前住在山东的时候，贪财好色。现在入关，对财物丝毫不取，对妇女也没有接近。由这种情形看来，他的志不在小。我命人望其气，发现沛公呈现龙虎五彩的景象，这是天子之气。赶快攻击刘邦，消灭了他，千万不要失误。"

楚左尹项伯者，项羽季父也，素善留侯张良。张良是时从沛公，项伯乃夜驰之沛公军，私见张良，具告以事，欲呼张良与俱去。曰："毋从俱死也。"张良曰："臣为韩王送沛公，沛公今事有急，亡去不义，不可不语。"良乃入，具告沛公。沛公大惊，曰："为之奈何？"张良曰："谁为大王为此计者？"曰："鲰生说我曰'距

楚左尹项伯，是项羽的叔父，早年和留侯张良交游为好友。张良此时随沛公入关，正在军中。项伯便在夜间骑快马飞驰到沛公大营。私见张良，把项羽明早进击沛公的事，原原本本告诉了张良。项伯想要张良和他一起逃离沛公军中。项伯对张良说："不要和他们一块死掉！"张良说："我是为韩王送沛公来的，如今沛公有急难，我自己逃走，这是不义的。我不能不报告沛公。"张良就入见沛公，报告了项伯所说的事。沛公大惊，说："这如何是好？"张良说："是谁出的主意？"沛公说："鲰生向我建议，'守住函谷关，不要

关，毋内诸侯，秦地可尽王也’。故听之。”良曰：“料大王士卒足以当项王乎？”沛公默然，曰：“固不如也，且为之奈何？”张良曰：“请往谓项伯，言沛公不敢背项王也。”沛公曰：“君安与项伯有故？”张良曰：“秦时与臣游，项伯杀人，臣活之。今事有急，故幸来告良。”沛公曰“孰与君少长？”良曰：“长于臣。”沛公曰“君为我呼入，吾得兄事之。”张良出，要项伯。项伯即入见沛公。沛公奉卮酒为寿，约为婚姻，曰：“吾入关，秋豪不敢有所近，籍吏民，封府库，而待将军。所以遣将守关者，备他盗之出入与非常也。日夜望将军至，岂敢反乎！愿伯具言臣之不敢倍德也。”项伯许诺。谓沛公曰：“旦日不可不早自来谢项王。”沛公曰：“诺。”于是项伯复夜去，至军中，具以沛公言报项王。因言曰：“沛

让诸侯入关，那么秦地就属于你，可以为王’，所以我听了他的意见。”张良说：“沛公估计一下，我们的军队，足够抵挡项羽的攻击吗？”沛公默然不语，半晌说：“我们当然不如项军！但事已如此，如何是好？”张良说：“这事只有请沛公自己向项伯说明，说沛公不敢背叛项羽。”沛公问：“你怎么和项伯有交情呢？”张良说：“从前在秦的时候，项伯和臣有交往，项伯杀人，臣设法救了他。如今事情危急，幸亏他告诉我这个消息。”沛公问：“项伯和你谁年长？”张良说：“项伯比臣大。”沛公说：“好，你请他进来，我应当用兄长之礼待他。”于是张良出，请项伯。项伯入，见沛公。沛公自己举杯敬项伯酒，并且约为儿女亲家。沛公说：“我入关以后，秋毫不犯，吏民都造册存籍，府库公产都加封，专为等待项将军来接收。所以要派遣将士守住函谷关，是为了防备其他的盗贼窜入，或怕有意外的变故。我守在这里，日夜盼望将军来，怎敢反叛呢？千万请伯兄向项将军进言，详细说明刘邦之心；刘邦不敢背德，绝无二心。”项伯应许沛公，一定向项羽解释，项伯嘱咐沛公说：“明早不可以不早来向项王谢罪。”沛公说：“是！”于是项伯又乘夜回至项羽军中，把沛公的话，详细地向项羽解释。随即向项羽说：“假如不是沛公先击破关中秦军，

公不先破关中，公岂敢入乎？今人有大功而击之，不义也，不如因善遇之。”项王许诺。

沛公旦日从百余骑来见项王，至鸿门，谢曰：“臣与将军戮力而攻秦，将军战河北，臣战河南，然不自意能先入关破秦，得复见将军于此。今者有小人之言，令将军与臣有郤。”项王曰：“此沛公左司马曹无伤言之；不然，籍何以至此？”项王即日因留沛公与饮。项王、项伯东向坐。亚父南向坐，亚父者，范增也。沛公北向坐，张良西向侍。范增数目项王，举所佩玉玦以示之者三，项王默然不应。范增起，出召项庄，谓曰：“君王为人不忍，若入前为寿，寿毕，请以剑舞，因击沛公于坐，杀之。不者，若属者且为所虏。”庄则入为寿。寿毕，曰：“君王与沛公饮，军中无以为乐，请以剑舞。”项王曰：

将军怎敢长驱直入关中呢？现在沛公有入关破秦的大功，而我们出兵攻击人家，这是不义的行为，倒不如因此善待沛公。”项羽答应了。

次日早晨，沛公只带随从骑士百余人，来见项羽。到了鸿门，向项羽谢罪说：“我和将军，合力攻秦。将军战于河北，我战于河南。但是我自己也没想到能先入关破秦国，而能再和将军在这里相见。现在，有小人在挑拨，使将军和我之间有嫌隙。”项羽说：“这是沛公你的左司马曹无伤说的，不然，我何至于如此？”项羽当即留沛公一同饮酒。项羽和项伯东向而坐。亚父范增坐向南，沛公向北；张良向西侍候。范增屡次使眼色示意项羽杀掉沛公，又举所佩带的玉块，作杀状以示意项羽，连作了三次，项羽默然，无何反应。范增起来走出，召来项庄，范增对项庄说，“君王为人心肠太软，不忍亲自下手。你进帐去，上前向沛公敬酒，敬酒完了，你就请求在坐前舞剑。就乘舞剑之便，刺杀沛公在他的席位上。不然的话，你们这些都将要被他俘虏！”项庄于是进帐中，向沛公刘邦敬酒。敬酒毕，项庄说：“君王和沛公饮酒，军中没有甚么可供娱乐的，请准我作剑舞。”项羽说：“好！”项庄于是拔剑起

"诺。"项庄拔剑起舞，项伯亦拔剑起舞，常以身翼蔽沛公，庄不得击。于是张良至军门，见樊哙。樊哙曰："今日之事何如？"良曰："甚急。今者项庄拔剑舞，其意常在沛公也。"哙曰："此迫矣，臣请入，与之同命。"哙即带剑拥盾入军门。交戟之卫士欲止不内，樊哙侧其盾以撞，卫士仆地，哙遂入，披帷西向立，瞋目视项王，头发上指，目眥尽裂。项王按剑而跽曰："客何为者？"张良曰："沛公之参乘樊哙者也。"项王曰："壮士！赐之卮酒。"则与斗卮酒。哙拜谢，起，立而饮之。项王曰："赐之彘肩。"则与一生彘肩。樊哙覆其盾于地，加彘肩上，拔剑切而啖之。项王曰："壮士，能复饮乎？"樊哙曰："臣死且不避，卮酒安足辞！夫秦王有虎狼之心，杀人如不能举，刑人如恐不胜，天下皆叛之。

舞，项伯看出项庄的心意，也拔剑起舞。在二人同时舞剑的时候，项伯经常用自己的身体掩护沛公，项庄因此没有机会刺杀沛公。张良看情形不对，忙起身出帐，到军门，找到樊哙，樊哙问张良："今天的事情怎么样？"张良说："十分紧急！现在项庄拔剑起舞，他的用心是时时想刺杀沛公！"樊哙说："这可大紧急了！我进去，和沛公同生同死！"樊哙带着宝剑，持着盾，进入军门。军门守卫的兵士交戟拦阻樊哙，制止他不许进去。樊哙持盾掩着身体，向卫兵撞去，卫兵倒地，樊哙就进入了大帐。樊哙分开帐帷，向西而立，面正对着项羽，张圆了眼睛，怒瞪着项羽，头发都竖了起来，眼角都睁裂。项羽按剑跪起大声问："来客，是干甚么的？"张良说："沛公的随身护卫樊哙！"项羽说："真是壮士！赐他一杯酒！"左右便送过一斗卮酒。樊哙拜谢，起立，一饮而尽。项羽说："赐给他一只猪腿！"左右却送过去一只生猪腿。樊哙把盾覆在地上，把猪腿放在盾上，拔剑切猪腿，大嚼起来，吞食而下。项羽看樊哙，大为赞许说："真是壮士！你能再喝酒吗？"樊哙大声说："臣连死都不怕，一杯酒还有什么可推辞的！现在秦王暴虐狠毒，有虎狼之心，杀人如麻，用刑最严又最重。天下人苦痛不堪，都起而反秦。楚怀王和诸将有约：'先破

怀王与诸将约曰'先破秦入咸阳者王之'。今沛公先破秦入咸阳，豪毛不敢有所近，封闭宫室，还军霸上，以待大王来。故遣将守关者，备他盗出入与非常也。劳苦而功高如此，未有封侯之赏，而听细说，欲诛有功之人。此亡秦之续耳，窃为大王不取也。"项王未有以应，曰："坐。"樊哙从良坐。坐须臾，沛公起如厕，因招樊哙出。

秦进入咸阳的为王！'如今沛公先破秦，进入咸阳，对咸阳的一切财富，毫毛都不敢接近；封闭宫室，回军霸上，专等待大王前来接管。所以要派遣将士守函谷关，是为了防备其他盗贼进来，并且防非常的变故。我们沛公如此的劳苦而有大功，不仅没有封侯之赏，反而大王听信小人之言，要杀有功之人。这种作法，不过是已亡的暴秦的继续者而已！樊哙愚见，大王实不该如此！"项羽听了樊哙一大篇谈论，竟没有应答。只说："你坐！"樊哙于是随张良坐在一起。稍过一会，沛公见情势紧张，便起身说要小解，随即走出帐外，召唤樊哙也出来。

沛公已出，项王使都尉陈平召沛公。沛公曰："今者出，未辞也，为之奈何？"樊哙曰："大行不顾细谨，大礼不辞小让。如今人方为刀俎，我为鱼肉，何辞为？"于是遂去。乃令张良留谢。良问曰："大王来何操？"曰："我持白璧一双，欲献项王；玉斗一双，欲与亚父。会其怒，不敢献，公为我献之。"张良曰："谨诺。"当是时，项王军在鸿门下，

沛公出帐以后，项羽就派都尉陈平去召沛公回来。沛公和樊哙商议说："我现在应该走了，但是出来的时候没有告辞，这怎么办？"樊哙说："做大事的时候，不必太顾虑细谨小节，大礼当前的时候，无须拘执细小的谦让。如今人家正是刀和俎，我们正是鱼和肉，还讲甚么告辞？"于是沛公决定逃走，就令张良留下来，向项羽称谢。张良就问："沛公今天来这里，带了甚么礼物？"沛公说："我带来白璧一对，想要献给项羽，又有玉斗一双，想要赠给亚父，但看他们正在发怒，我不敢献，你替我献给他们好了。"张良说："谨遵命！"这时项羽的军队在鸿门，沛公的

沛公军在霸上，相去四十里。沛公则置车骑，脱身独骑，与樊哙、夏侯婴、靳强、纪信等四人持剑盾步走，从郦山下，道芷阳间行。沛公谓张良曰："从此道至吾军，不过二十里耳。度我至军中，公乃入。"沛公已去，间至军中，张良入谢，曰："沛公不胜杯杓，不能辞。谨使臣良奉白璧一双，再拜献大王足下；玉斗一双，再拜奉大将军足下。"项王曰："沛公安在？"良曰："闻大王有意督过之，脱身独去，已至军矣。"项王则受璧，置之坐上。亚父受玉斗，置之地，拔剑撞而破之，曰："唉！竖子不足与谋。夺项王天下者，必沛公也，吾属今为之虏矣。"沛公至军，立诛杀曹无伤。

居数日，项羽引兵西屠咸阳，杀秦降王子婴，烧秦宫室，火三月不灭，收其货宝妇女而东。人或

军队在霸上，两地相去四十里。沛公留下车马随从在鸿门不用，独自一人骑马，脱身而走，樊哙、夏侯婴、靳强、纪信等四人持盾步行，从郦山下，经过芷阳，抄小路往前走。沛公向张良说："从这条小路到我军驻军处，不过二十里而已。你估计我到军中的时候，就进帐向项羽辞谢。"沛公走了以后，张良估计时间沛公可先到军中，便进帐，向项羽告罪。张良说："沛公不胜酒力，酒醉不能支持，所以不能进帐向大王告辞。谨派张良，奉白璧一对，再拜献大王足下。玉斗一对，再拜献大将军足下。"张良奉上白璧和玉斗。项羽说："沛公现在哪里？"张良说："沛公听说大王对沛公有督责其过之意，甚为恐惧，故而自己先走了，此时想已回到军中了！"项王便接受了白璧，放在座上。范增接过玉斗，放在地上，拔剑一击，玉斗粉碎！范增又恨又怨地叹息说："唉！这些年轻无见识之辈，不足以同谋大事！夺项王天下的人，必定是刘邦了！我们这些人如今要作刘邦的俘虏了！"沛公回到军中，立刻杀了曹无伤。

过了几天，项羽引兵西进，屠杀咸阳军民，杀了秦降王子婴，焚烧了秦的宫室，大火三个月不灭。收取了秦宫的财宝，虏取了秦宫的妇女，后来都带回关

说项王曰:“关中阻山河四塞,地肥饶,可都以霸。”项王见秦宫皆以烧残破,又心怀思欲东归,曰:“富贵不归故乡,如衣绣夜行,谁知之者!”说者曰:“人言楚人沐猴而冠耳,果然。”项王闻之,烹说者。

东。这时有人向项羽建议说:“关中之地,有山河险阻,四面有关塞之隘,其间土地肥沃,可以建都以成霸业。”项羽此时见秦的宫室都已经烧毁残破,心中怀念故乡,很想要东归彭城。项羽便说:“富贵而不归故乡,就像身穿锦绣夜间出游,谁知道他已经富贵了呢?”这一游说的人,见项羽不肯纳其见,出来批评项羽说:“人们说:‘楚人是沐猴戴帽。’果然不错!”项羽听人报告了这些话,大怒,烹杀了那一游说的人。

项王使人致命怀王。怀王曰:“如约。”乃尊怀王为义帝。

项羽派人请示楚怀王,楚怀王说:“应照原来约定行事!”于是尊称楚怀王为义帝。

项王欲自王,先王诸将相。谓曰:“天下初发难时,假立诸侯后以伐秦。然身被坚执锐首事,暴露于野三年,灭秦定天下者,皆将相诸君与籍之力也。义帝虽无功,故当分其地而王之。”诸将皆曰:“善。”乃分天下,立诸将为侯王。

而项羽要自己为王,于是先对诸侯将相加封王爵。他对诸侯将相说:“天下开始起兵发难的时候,借立楚怀王的后裔,以便于讨伐秦国。然而身穿铠甲,手执矛戈,冲锋陷阵,暴露在山野,三年之间,灭亡了暴秦,安定天下,都是各位诸侯将相和我项籍所出的力量,义帝尽管没有功,我们也应该分割天下的土地让他称王。”诸侯将相都说:“好!”于是便分割天下之地,由项羽封诸侯将相为侯王。

项王、范增疑沛公之有天下,业已讲解,又恶负约,恐诸侯叛之。乃阴谋曰:“巴、蜀道险,秦之

项羽和范增担忧沛公刘邦有取天下之心,不过此事已和解,但又怕担当背约之举,恐怕诸侯不服而背叛项羽。因此暗中阴谋说:“以为巴蜀之地,道路险阻,秦

迁人皆居蜀。”乃曰:“巴、蜀亦关中地也。”故立沛公为汉王,王巴、蜀、汉中,都南郑。而三分关中,王秦降将以距塞汉王。项王乃立章邯为雍王,王咸阳以西,都废丘。长史欣者,故为栎阳狱掾,尝有德于项梁;都尉董翳者,本劝章邯降楚。故立司马欣为塞王,王咸阳以东至河,都栎阳;立董翳为翟王,王上郡,都高奴。徙魏王豹为西魏王,王河东,都平阳。瑕丘申阳者,张耳嬖臣也,先下河南(郡),迎楚河上,故立申阳为河南王,都洛阳。韩王成因故都,都阳翟。赵将司马印定河内,数有功,故立印为殷王,王河内,都朝歌。徙赵王歇为代王。赵相张耳素贤,又从入关,故立耳为常山王,王赵地,都襄国。当阳君黥布为楚将,常冠军,故立布为九江王,都六。鄱君吴芮率百越佐诸侯,

时被迁逐的人都居住在蜀地。”于是项羽就说:“巴蜀也是关中之地。”于是立沛公刘邦为汉王,领有巴、蜀、汉中之地,以南郑为都。项羽把关中之地,分而为三,封秦的降将为王,用以阻汉王刘邦来路。项羽乃封章邯为雍王,领有咸阳以西之地,以废丘为都。长史司马欣,从前作过栎阳狱椽,曾经有恩德于项梁,使项梁在栎脱罪无事。都尉董翳,原来曾劝章邯降楚。故封司马欣为塞王,领有咸阳以东至黄河之地,以栎阳为都。封董翳为翟王,领有上郡之地,以高奴为都。迁封魏王豹为西魏王,迁于河东之地,以平阳为都。瑕丘申阳这人,原是赵相张耳的宠信臣属,曾抢先攻下河南郡,迎接楚项羽军于河上,故而封瑕丘申阳为河南王,以洛阳为都。韩王成仍为韩王,仍以旧都为都,都城为阳翟。赵将司马印,攻取河南,屡次立功,封司马印为殷王,领有河内之地,以朝歌为都。改封赵王歇为代王,迁于代地,设都于代。赵相张耳,素有贤名,又随项羽入关,故封张耳为常山王,领有赵地,以襄国为都。当阳君黥布,为楚将,经常为楚军勇敢之冠,故封黥布为九江王,以六为都。鄱君吴芮,曾率领百越将士协助诸侯攻秦,又随军入关,故封吴芮为衡

又从入关,故立芮为衡山王,都邾。义帝柱国共敖将兵击南郡,功多,因立敖为临江王,都江陵。徙燕王韩广为辽东王。燕将臧荼从楚救赵,因从入关,故立荼为燕王,都蓟。徙齐王田市为胶东王。齐将田都从共救赵,因从入关,故立都为齐王,都临菑。故秦所灭齐王建孙田安,项羽方渡河救赵,田安下济北数城,引其兵降项羽,故立安为济北王,都博阳。田荣者,数负项梁,又不肯将兵从楚击秦,以故不封。成安君陈馀弃将印去,不从入关,然素闻其贤,有功于赵,闻其在南皮,故因环封三县。番君将梅锅功多,故封十万户侯。项王自立为西楚霸王,王九郡,都彭城。

山王,以邾为都。义帝的柱国共敖,领兵攻南郡,立功很多,因此封共敖为临江王,以江陵为都。改封燕王韩广为辽东王。燕将臧荼,随楚军救赵,因而随军入,故封臧荼为燕王,以蓟为都。改封齐王田市为胶东王,以即墨为都。齐将田都,从共救赵,因随军入关,故封田都为齐王,都于临淄。旧时被秦所灭的齐王建的孙子田,曾攻下济北数城,引兵降项羽,故封田安为济北王,以博阳为都。田荣,屡次背弃项梁,又不肯领兵从楚军攻秦,因此不封爵。成安君陈馀,抛弃相印而去,不从楚军入关,然而平素贤名远播,又有功于赵,知道陈馀目前在南皮,因而把南皮周围的三县封给他。番君将梅锅,立功很多,封十万户侯。项王自立为西楚霸王,领有九郡之地,以彭城为都。

汉之元年四月,诸侯罢戏下,各就国。项王出之国,使人徙义帝,曰:“古之帝者地方千里,必居上游。”乃使使徙义帝

汉王元年四月,诸侯结束了军事,各从戏水撤兵,分别各就其所封之国。项王出关就国于彭城,派人让义帝迁徙,项羽说:“自古为帝,地方千里之大,必居于上游之地。”于是派人迁义帝于长沙郴县,

长沙郴县。趣义帝行。其群臣稍稍背叛之。乃阴令衡山、临江王击杀之江中。韩王成无军功，项王不使之国，与俱至彭城，废以为侯，已又杀之。臧荼之国，因逐韩广之辽东，广弗听，荼击杀广无终，并王其地。

田荣闻项羽徙齐王市胶东，而立齐将田都为齐王，乃大怒，不肯遣齐王之胶东，因以齐反，迎击田都。田都走楚。齐王市畏项王，乃亡之胶东就国。田荣怒，追击杀之即墨。荣因自立为齐王，而西杀击济北王田安，并王三齐。荣与彭越将军印，令反梁地。陈馀阴使张同、夏说说齐王田荣曰："项羽为天下宰，不平。今尽王故王于丑地，而王其群臣诸将善地，逐其故主赵王，乃北居代，馀以为不可。闻大王起兵，且不听不义，愿大王资馀兵，请以击常山，以复赵

义帝被迫只得前往。左右群臣见义帝迁徙，渐渐背叛离去，项王乃暗中密令衡山王吴芮，临江王共敖击杀义帝于江中。韩王成没有军功，项王不许他就国，带了他一起回彭城。把韩王成废去，又把韩王成杀掉。燕王臧荼到燕，因原燕王韩广迁封为辽东王，就驱逐韩广去辽东。韩广不肯，臧荼击杀韩广于辽东王都无终，兼并了辽东王所封之地。

田荣听到项王改封齐王市为胶东王，而封齐将田都为齐王，大怒。他不肯让齐王去胶东，因而以齐地之兵反项王，迎击新封来的就国的齐王田都。田都败走于楚。但齐王市怕项王治罪，自己逃亡，去胶东就国。田荣大怒，追击田市，杀田市于即墨。田荣因之自立为齐王，而西向攻击新封的济北王田安，杀了田安，于是田荣并三齐而为三齐之王。田荣授予彭越将军印，令彭越在梁地起兵反楚。这时陈馀暗中派张同、夏说两人去游说齐王田荣。他们向田荣说："项羽为天下主宰，作事不公平，如今完全把贫瘠土地，封给六国后人。而让自己的群臣诸将，都封了好的肥美之地。驱逐了陈馀的旧君主赵王歇，而派他北迁居于代地。陈馀以为这绝不可以。知道大王已起兵反项羽，而且不听不义之言。望大王资助陈馀兵力，陈馀愿请准大王之命，以光复赵地，

王，请以国为扞蔽。”齐王许之，因遣兵之赵。陈馀悉发三县兵，与齐并力击常山，大破之。张耳走归汉。陈馀迎故赵王歇于代，反之赵。赵王因立陈馀为代王。

而复赵王之位。这样，就可以赵国作齐国的屏藩了。”齐王允许陈馀之请，因而派遣兵力赴赵。陈馀倾三县兵力而出击，和齐兵合力攻常山，大破常山之兵。常山王张耳败走逃归汉。陈馀从代地迎接旧赵王歇，回到赵地。赵王因此立陈馀为代王。

是时，汉还定三秦。项羽闻汉王皆已并关中，且东，齐、赵叛之，大怒。乃以故吴令郑昌为韩王，以距汉。令萧公角等击彭越。彭越败萧公角等。汉使张良徇韩，乃遗项王书曰：“汉王失职，欲得关中，如约即止，不敢东。”又以齐、梁反书遗项王曰：“齐欲与赵并灭楚。”楚以此故无西意，而北击齐。征兵九江王布。布称疾不往，使将将数千人行。项王由此怨布也。汉之二年冬，项羽遂北至城阳，田荣亦将兵会战。田荣不胜，走至平原，平原民杀之。遂北烧夷齐城郭室屋，皆坑田荣降卒，系虏其老弱妇女。徇齐至北

这时候，汉王已经还兵取得三秦。项王闻知汉王兼并关中已成事实，移兵东来，齐和赵都又反楚，大怒。项王以旧吴县县令郑昌为韩王，用以防阻汉兵；并令萧公角等击彭越；彭越击败萧公角等。汉派张良巡行韩地，给项王一封信说：‘汉王失去了汉中王的职轶封号，希望得到汉中，出兵攻取三秦。不过汉王所以要取三秦，只是为遵行以往所订之约，先入关者为王。当即留止关中，不敢东进。”张良又以齐梁二国的反叛的事，报告项王。说：“齐要合力灭楚。”项王因此没有向西攻击关中之意，而向北击齐。项王此时为增加兵力，向九江王黥布征调兵力。黥布称病不肯自去，派一将，领几千兵去助阵。项王由此怨恨黥布。汉王二年冬，项王军北至城阳。田荣也领兵前来会战。田荣败走到平原。平原百姓杀了田荣。项王乃向北追击齐兵，烧毁齐国各城郭室屋，把田荣的降卒完全坑杀，俘虏齐老弱妇女。攻下齐地直至齐的北海，所到之处，

海，多所残灭。齐人相聚而叛之。于是田荣弟田横收齐亡卒，得数万人，反城阳。项王因留，连战未能下。

多处残杀毁灭。齐人恨楚，相聚而反楚。于是田荣之弟田横，收得齐的散兵数万之众，在城阳起兵而反楚。项王因此留连作战，而一时不能攻下城阳。

春，汉王部五诸侯兵，凡五十六万人，东伐楚。项王闻之，即令诸将击齐，而自以精兵三万人南从鲁出胡陵。四月，汉皆已入彭城，收其货宝美人，日置酒高会。项王乃西从萧，晨击汉军而东，至彭城，日中，大破汉军。汉军皆走，相随入谷、泗水，杀汉卒十余万人。汉卒皆南走山，楚又追击至灵壁东睢水上。汉军却，为楚所挤，多杀。汉卒十余万人皆入睢水，睢水为之不流。围汉王三匝。于是大风从西北而起，折木发屋，扬沙石，窈冥昼晦，逢迎楚军。楚军大乱，坏散，而汉王乃得与数十骑遁去，欲过沛，收家室而西；楚亦使人追之沛，取汉王家；家皆亡，不与汉

春天，汉王率领五诸侯兵共五十六万人，东向进兵伐楚。项王知悉这一消息，就命诸将留下来攻击齐国，而自己带精兵三万人从鲁地绕过胡陵。四月，汉兵已攻入彭城，收取楚的财物珍宝美女，每天摆酒大会宴饮。项王乃挥兵西向，从萧地拂晓攻击汉军。向东进军，到达彭城，中午，大破汉军。汉军全败走，项王兵追逐汉军到谷水和泗水，杀汉卒十余万人。汉卒至此都向南逃，走山路，楚兵又追击到灵壁东睢水之上。汉军不得已后退，被楚兵追及包夹，多遭杀伤。汉卒十余万人都落于睢水之中，睢水因之不流！楚兵围汉三匝。忽然大风从西北而起，风势狂暴，折断大树，吹倒房屋，沙石飞扬，天昏地暗，白昼变成黑夜。楚军遭逢大风，军阵大乱，队败坏，因此汉王乃得与数十骑士逃出。汉王既逃走，想要过沛县取家室妻儿，一同西归。项王也派人追至沛县要取得汉王家人，但汉王家人都已逃走，汉

王相见。汉王道逢得孝惠、鲁元,乃载行。楚骑追汉王,汉王急,推堕孝惠、鲁元车下,滕公常下收载之。如是者三。曰:"虽急不可以驱,奈何弃之?"于是遂得脱。求太公、吕后,不相遇。审食其从太公、吕后间行,求汉王,反遇楚军。楚军遂与归,报项王,项王常置军中。

王没能和家人相见。在半途忽然遇到长子孝惠和长女鲁元,于是汉王将子女载在车上同行。楚兵急追汉王,汉王急,便将孝惠和鲁元推落车下,滕公下车抱起孝惠和鲁元坐在车上。这样推下抱起,前后三次。滕公向汉王说:"眼前事态虽然危急,车子跑得嫌慢,可是怎能抛弃儿女!"这样汉王才不再推子女下车,终得脱出。汉王寻求父亲太公和夫人吕氏,没有遇到。审食其随太公、吕夫人走隐僻处,潜行,同时也在找汉王,不幸遇到楚军。楚军就带了太公、吕夫人回去报告项王,项王将太公和吕夫人经常留置军中。

是时吕后兄周吕侯为汉将兵居下邑,汉王间往从之,稍稍收其士卒。至荥阳,诸败军皆会,萧何亦发关中老弱未傅悉诣荥阳,复大振。楚起于彭城,常乘胜逐北,与汉战荥阳南京、索间,汉败楚,楚以故不能过荥阳而西。

这时吕后兄周吕侯吕泽为汉将,领兵居下邑。汉王潜往下邑投吕泽,渐渐收集汉的士卒,行到荥阳,汉各路败军都会合于此,兵力渐多。萧何此时也正好遣派关中二十三岁以下、五十六以上的老弱之众全都到了荥阳集合,因此汉王的军力又复大振。楚兵出击,以彭城为根据地,经常乘胜北与汉军战于荥阳南京邑、索亭之间。汉击败楚兵,楚因此不能过荥阳而西进。

项王之救彭城,追汉王至荥阳,田横亦得收齐,立田荣子广为齐王。汉王之败彭城,诸侯皆复与楚而背汉。汉军荥阳,

当项王回军救彭城,追汉王到荥阳的时候,田横乘此时收复了齐地,田横便立田荣之子田广为齐王。汉王在彭城的失败,引起诸侯的变心,又都附楚而背汉。汉王军驻守荥阳,筑起甬道,连到黄

筑甬道属之河，以取敖仓粟。汉之三年，项王数侵夺汉甬道，汉王食乏，恐，请和，割荥阳以西为汉。

河，用以运取敖仓之米。汉三年，项王屡次出兵侵夺汉的甬道所运粮米。汉王军食粮缺乏，心存恐惧，与楚讲和，要求割荥阳以西的汉王之地。

项王欲听之。历阳侯范增曰："汉易与耳，今释弗取，后必悔之。"项王乃与范增急围荥阳。汉王患之，乃用陈平计间项王。项王使者来，为太牢具，举欲进之。见使者，详惊愕曰："吾以为亚父使者，乃反项王使者。"更持去，以恶食食项王使者。使者归报项王，项王乃疑范增与汉有私，稍夺之权。范增大怒，曰："天下事大定矣，君王自为之。愿赐骸骨归卒伍。"项王许之。行未至彭城，疽发背而死。

项王打算允许这个条件。历阳侯范增说："汉兵是很容易打败的，如今放手而不把汉军消灭，将来必定后悔。"项王听取范增的建议，急围荥阳。汉王深以为患，于是用陈平的计谋，离间项王和范增。项王派使者来，汉王派人盛馔招待。在捧着佳肴进陈之际，细看使者，忽假装惊讶说："我以为是亚父范增的使者，想不到竟然是项王的使者。"于是竟把盛馔撤回，改以粗食供使者。使者回去，把这情形报告项王，项王乃怀疑范增与汉之间私下勾结，渐渐夺去范增的权柄。范增大怒，对项王说："天下事已经大定，君王可以自己作主。范增希望大王赐我骸骨能够归于原来的卒伍之列。"项王允许范增辞归，范增起程回家，没到彭城，背上毒疮发作病死。

汉将纪信说汉王曰："事已急矣，请为王诳楚为王，王可以间出。"于是汉王夜出女子荥阳东门被甲二千人，楚兵四面击之。纪信乘黄屋车，傅左纛，曰："城中食尽，汉王

汉将纪信向汉王建议说："情况紧急了！臣请大王准臣为大王诳骗楚兵，大王可以乘机暗中出城。"汉王乃用纪信之计，乘夜间由荥阳东门，先走出许多美貌女子，后随甲士二千人。楚兵见汉兵由东门出，四面包围来击。纪信这时乘一辆用黄绸做蓬的车子，左辕张旗而出。传话喊

降。"楚军皆呼万岁。汉王亦与数十骑从城西门出，走成皋。项王见纪信，问："汉王安在?"曰："汉王已出矣。"项王烧杀纪信。

道："城中粮食已经没有了，汉王出降!"楚军见汉王真的出降，都大呼万岁。而汉王就乘这时带了数十骑，从城西门脱出，奔向成皋。项王见纪信不是汉王，问汉王在哪里，纪信说："汉王早已脱身出围了!"项王大怒，烧杀纪信。

汉王使御史大夫周苛、枞公、魏豹守荥阳。周苛、枞公谋曰："反国之王，难与守城。"乃共杀魏豹。楚下荥阳城，生得周苛。项王谓周苛曰："为我将，我以公为上将军，封三万户。"周苛骂曰："若不趣降汉，汉今虏若，若非汉敌也。"项王怒，烹周苛，并杀枞公。

汉王派御史大夫周苛、枞公、魏豹守荥阳。周苛和枞公相与商议说："魏豹是个叛变过的国王，难和他共守城池。"二人乃共谋，杀了魏豹。楚兵终于攻下了荥阳城，虏获了周苛。项王对周苛说："你投降作我的将军吧!我以你作我的上将军，封三万户。"周苛大骂说："如果你不早早降汉，汉现在就要虏获你，你不是汉王的敌手!"项王大怒，烹杀周苛，并杀了枞公。

汉王之出荥阳，南走宛、叶，得九江王布，行收兵，复入保成皋。汉之四年，项王进兵围成皋。汉王逃，独与滕公出成皋北门，渡河走脩武，从张耳、韩信军。诸将稍稍得出成皋，从汉王。楚遂拔成皋。欲西，汉使兵距之巩，令其不得西。是时，彭越渡河击楚东阿，杀楚将军薛

汉王出了荥阳，向南走向宛、叶，得与九江王黥布会合，收聚残兵，又得入据成皋。汉王四年，项王进兵围成皋，汉王逃脱，独与滕公逃出成皋北门，渡黄河奔向修武，投奔张耳和韩信的军中。汉诸将也渐由成皋出来追随汉王。楚乃攻下成皋，打算继续向西进攻。汉派兵阻拒楚兵于巩，使楚兵不能西进。这时彭越渡过黄河，击楚的东阿，杀了楚将军薛公，项王

公。项王乃自东击彭越。汉王得淮阴侯兵，欲渡河南。郑忠说汉王，乃止壁河内。使刘贾将兵佐彭越，烧楚积聚。项王东击破之，走彭越。汉王则引兵渡河，复取成皋，军广武，就敖仓食。项王已定东海来，西，与汉俱临广武而军，相守数月。

乃自己引兵东向击彭越，汉王得了韩信的兵，想要渡河南进。郑忠谏说汉王，以为不可。汉王乃止于河内，另派刘贾领兵助彭越，烧楚的积聚粮草。项王东进击破刘贾，败走彭越。汉王这时引兵渡黄河，又取得成皋，驻军广武，仍取敖仓食粮。项王已平定东海，乃西来，与汉王都靠近广武扎营。两军相持数月。

当此时，彭越数反梁地，绝楚粮食。项王患之，为高俎，置太公其上，告汉王曰："今不急下，吾烹太公。"汉王曰："吾与项羽俱北面受命怀王，曰'约为兄弟'，吾翁即若翁，必欲烹而翁，则幸分我一杯羹。"项王怒，欲杀之。项伯曰："天下事未可知，且为天下者不顾家，虽杀之无益，只益祸耳。"项王从之。

这时，彭越屡次由梁地出兵，攻楚兵，断绝楚军粮食，项王以为患。于是项王做了个高腿的俎(放祭品的器物)，把汉王父亲太公放在俎上，放置高处，汉军可以望见。项王告诉汉王说："你现在如果不快快投降，我就烹杀太公！"汉王说："吾和项羽，都是楚怀王之臣，同时在怀王面前，北面受命。怀王说：'你们约为兄弟。'所以我的父亲就是你的父亲。你如果一定要烹杀你的父亲，则请你分给我一杯羹！"项王大怒，要杀太公。项伯说："天下事还不可预料，不要做得太过。况且争天下的人不顾家，即使你杀了他的父亲，于事无益，只增加祸患而已！"项王听从项伯的话，不杀太公。

楚汉久相持未决，丁壮苦军旅，老弱罢转漕。项王谓汉王曰："天下匈

楚汉久久相持不下，不能决胜负，一时壮年男子颇苦于军役之劳，老弱则疲于水陆运输之苦。项王对汉王说："天下

匈数岁者，徒以吾两人耳，愿与汉王挑战决雌雄，毋徒苦天下之民父子为也。”汉王笑谢曰：“吾宁斗智，不能斗力。”项王令壮士出挑战。汉有善骑射者楼烦，楚挑战三合，楼烦辄射杀之。项王大怒，乃自被甲持戟挑战。楼烦欲射之，项王瞋目叱之，楼烦目不敢视，手不敢发，遂走还入壁，不敢复出。汉王使人间问之，乃项王也。汉王大惊。于是项王乃即汉王相与临广武间而语。汉王数之，项王怒，欲一战。汉王不听，项王伏弩射中汉王。汉王伤，走入成皋。

混乱不安几年只因我你二人而已，我愿意向你单独挑战，一决雌雄，不要因为我们两人使天下人民父子白白受苦！”汉王笑着推辞说：“我这个人，宁肯斗智，不能斗力。”项王命壮士出马挑战。汉王部下有善骑射的楼烦人，楚派出挑战壮士三次，都被楼烦人射杀。项王大怒，自己披甲持戟，出马挑战。楼烦人要射项王，项王怒目叱咤，楼烦人竟不敢正视项王，手不敢发箭，便赶快避走入营垒中，不敢再出来。汉王派人问他，因知道挑战者是项王而畏惧，汉王大惊。于是项王乃走近汉王广武涧军阵前交谈。汉王当面指数项王之罪，项王怒，要与汉王一战。汉王不肯，项王暗伏弩手，射中汉王。汉王负伤而走，入城皋。

项王闻淮阴侯已举河北，破齐、赵，且欲击楚，乃使龙且往击之。淮阴侯与战，骑将灌婴击之，大破楚军，杀龙且。韩信因自立为齐王。项王闻龙且军破，则恐，使盱台人武涉涉往说淮阴侯。淮阴侯弗听。是时，彭越复

项王闻悉韩信已攻取河北，攻破了齐国和赵国，并且将要攻击楚地。项王急派大将军龙且领兵去击韩信。韩信和龙且战，骑将灌婴击龙且，大破楚军，杀了龙且。韩信因攻下齐地，乃自立为齐王。项王闻悉龙且军败，心中恐惧，派盱台人武涉去游说韩信，韩信不肯听武涉之言。

反，下梁地，绝楚粮。项王乃谓海春侯大司马曹咎等曰："谨守成皋，则汉欲挑战，慎勿与战，毋令得东而已。我十五日必诛彭越，定梁地，复从将军。"乃东，行击陈留、外黄。

这时彭越又叛变，攻下梁地，断绝楚军粮食。项王对海春侯大司马曹咎等说："你们要谨慎地看守住成皋，如果汉兵挑战，切莫出战。总之，不要让汉兵有东进的机会而已。我带兵出去，十五天必定杀掉彭越，平定梁地，再回来和将军们会合。"于是项王领兵东行，击陈留、外黄。

外黄不下。数日，已降，项王怒，悉令男子年十五已上诣城东，欲坑之。外黄令舍人儿年十三，往说项王曰："彭越强劫外黄，外黄恐，故且降，待大王。大王至，又皆坑之，百姓岂有归心？从此以东，梁地十余城皆恐，莫肯下矣。"项王然其言，乃赦外黄当坑者。东至睢阳，闻之皆争下项王。

外黄坚守。攻打数日，不能攻下。最后，守军不支，终于投降，项王因外黄拒守多日，甚为恨怒，下令外黄十五岁以上的男子，全部到城东集合，项王要全部坑杀。外黄县令门客的儿子，年才十三岁，前往说项王。他说："彭越用强力劫外黄，外黄城中人很恐惧，因而暂时降彭越，等着大王来。现在大王到了外黄，又要把外黄的男子都坑杀，恐怕从今以后，由此向东，梁地十几个城池，都怕大王坑杀，一定拼命坚守，不会再肯投降了！"项王觉得很有道理，就赦免了外黄的全体男子。项王挥兵东进，到睢阳。睢阳人听到项王来，都争先归于项王。

汉果数挑楚军战，楚军不出。使人辱之，五六日，大司马怒，渡兵汜水。士卒半渡，汉击之，大破楚军，尽得楚国货赂。大司马咎、长史翳、塞王欣皆自到汜水上。大司马咎

在成皋，汉军果然屡次向楚军挑战，楚军不肯出战。汉军派人侮辱楚军，连续五六天，楚大司马曹咎怒不可遏，出兵渡汜水击汉。楚士卒渡水一半时，汉兵突击楚军，大破楚军，虏获楚军所有的物资。大司马曹咎、长史董翳、塞王司马欣，都自到于汜水上。大司马曹咎，原是旧时蕲

者，故蕲狱掾，长史欣亦故栎阳狱吏，两人尝有德于项梁，是以项王信任之。当是时，项王在睢阳，闻海春侯军败，则引兵还。汉军方围钟离眛于荥阳东，项王至，汉军畏楚，尽走险阻。

县的狱椽。长史司马欣也是从前栎阳狱吏，二人都曾有恩于项梁，所以项王信任他们。此时项王在睢阳，闻悉海春侯兵败，引兵赶回，汉军其时正围住钟离眛于荥阳以东之地，项王一到，汉军很怕楚军，全军退守险要之地。

是时，汉兵盛食多，项王兵罢食绝。汉遣陆贾说项王，请太公，项王弗听。汉王复使侯公往说项王，项王乃与汉约，中分天下，割鸿沟以西者为汉，鸿沟而东者为楚。项王许之，即归汉王父母妻子。军皆呼万岁。汉王乃封侯公为平国君。匿弗肯复见。曰："此天下辩士，所居倾国，故号为平国君。"项王已约，乃引兵解而东归。

这时汉军势盛而粮食充足，项王的兵已疲倦，粮食已断绝。汉就派陆贾去说项王，请求放回汉王父太公，项王不肯。汉王又派侯公说项王，项王乃与汉成立和约：中分天下，割鸿沟以西之地为汉地，鸿沟以东之地为楚地。项王同意。于是送回汉王父母妻子。太公吕后等回到汉军中，军中都高呼万岁。汉王封侯公为平国君，侯公隐匿而不肯见汉王。汉王说："此人是天下辩士，所居之处，可以倾国，故而号为平国君。"项王与汉王订立了和约，乃解阵引兵东归。

汉欲西归，张良、陈平说曰："汉有天下太半，而诸侯皆附之。楚兵罢食尽，此天亡楚之时也，不如因其机而遂取之。今释弗击，此所谓'养虎自遗

汉王也准备西归。张良和陈平说汉王："如今汉有天下之地的大半，诸侯也都归附于汉。而楚却正是兵疲粮绝之际，这正是天亡楚的时候！不如乘楚兵的疲饥无力，趁机会加以攻取。如果现在有此机会而放走了楚兵，不加攻击，这就是所

患'也。"汉王听之。汉五年,汉王乃追项王至阳夏南,止军,与淮阴侯韩信、建成侯彭越期会而击楚军。至固陵,而信、越之兵不会。楚击汉军,大破之。汉王复入壁,深堑而自守。谓张子房曰:"诸侯不从约,为之奈何?"对曰:"楚兵且破,信、越未有分地,其不至固宜。君王能与共分天下,今可立致也。即不能,事未可知也。君王能自陈以东傅海,尽与韩信;睢阳以北至谷城,以与彭越。使各自为战,则楚易败也。"汉王曰:"善。"于是乃发使者告韩信、彭越曰:"并力击楚,楚破,自陈以东傅海与齐王,睢阳以北至谷城与彭相国。"使者至,韩信、彭越皆报曰:"请今进兵。"韩信乃从齐往,刘贾军从寿春并行,屠城父。至垓下。大司马周殷叛楚,以舒屠六,举九江兵,随刘贾、彭越皆会垓下,

谓养虎而自留祸患!"汉王听信了张良陈平之说。汉王五年,汉王引兵追项王至阳夏南,停军,约期会合韩信和彭越军,共同击楚军。汉王兵到固陵,而韩信彭越二人之兵不能按约期来会。楚乘势攻击汉军,大破汉军。汉王又坚守壁垒,掘深沟而自守。汉王对张良说:"诸侯韩信彭越,不从约定,如何是好?"张良答说:"楚兵将破,韩信彭越二人,没有分到土地。他们不来,固然是合理的了!君王能与韩彭二人共分天下,他们可以立刻来到。如今假如不能得合兵攻楚,将来情势发展,是不可预测的,恐怕很危险。君王如果能自己说出,自陈地以东,到海边之地,尽给韩信;睢阳以北到谷城之地,给彭越,使他们各自为战,向楚进攻,那样楚就很容易击溃!"汉王说:"好极了!"于是汉王派发使者,告诉韩信和彭越,说:"你们发兵来合力攻楚。楚破以后,自陈地以东,到海边为止,都给齐王韩信;睢阳以北,到谷城为止,都给相国彭越。"使者到达宣布汉王之意以后,韩信和彭越都回报说:"如今我请求进兵攻楚。"韩信乃从齐出发,刘贾军从寿春并行共攻楚军,攻下城父而屠杀其守军,到了垓下。这时大司马周殷叛楚,以舒城之兵,攻破了六城,带了全部九江之后,随刘贾、彭越,都会聚于垓下,合围项王军。

诣项王。

项王军壁垓下，兵少食尽，汉军及诸侯兵围之数重。夜闻汉军四面皆楚歌，项王乃大惊曰：“汉皆已得楚乎？是何楚人之多也！”项王则夜起，饮帐中。有美人名虞，常幸从；骏马名骓，常骑之。于是项王乃悲歌慷慨，自为诗曰：“力拔山兮气盖世，时不利兮骓不逝。骓不逝兮可奈何，虞兮虞兮奈若何！”歌数阕，美人和之。项王泣数行下，左右皆泣，莫能仰视。

项王军作营垒于垓下，兵少粮食又将吃完，汉军和诸侯之兵，包围项王军好几层。夜间忽然听到四面唱的都是楚国的歌声，项王大惊说：“难道汉兵已经取得了楚地吗？为什么汉营中有这样多的楚人呢？”项王甚为忧虑，夜间起来，在帐中饮酒。项王有一美人，名叫虞，经常随从项王。项王有一匹骏马，名叫骓，项王经常乘骑。项王在四面楚歌的危急情况之下，乃悲歌慷慨，自己作诗唱道：“力大足以拔掉一座山呵，豪气盖过一世；时机对我不利呵，骓马也不肯奔驰；骓马不肯奔驰呵怎么办，虞呵虞呵你怎么办！”项王自己唱了好几遍，虞美人作了一首和诗。项王感伤，流下热泪数行！左右诸臣也都感动流涕，哭泣得不能抬头。

于是项王乃上马骑，麾下壮士骑从者八百余人，直夜溃围南出，驰走。平明，汉军乃觉之，令骑将灌婴以五千骑追之。项王渡淮，骑能属者百余人耳。项王至阴陵，迷失道，问一田父，田父绐曰“左”。左，乃陷大泽中。以故汉追及之。项王乃复引兵而东，至东城，乃有二

于是项王决定突围，他骑上骏马骓，麾下骑马随从的有八百多人。乘夜色昏暗，突破重围，向南飞驰脱走。到了天明时刻，汉军才发觉，汉王急命骑将灌婴带五千骑兵追赶项王。项王渡过了淮水，现在仍能追随的骑士，只有一百多人而已。项王到了阴陵，迷了路，问一耕田的老者，耕田的老者骗他说：“向左走。”项王便依言向左走，乃陷入大沼泽之中。汉兵追上了项王。项王于是又带领骑士向东，到了东城。能够追随项王的人只有二

十八骑。汉骑追者数千人。项王自度不得脱。谓其骑曰:“吾起兵至今八岁矣,身七十余战,所当者破,所击者服,未尝败北,遂霸有天下。然今卒困于此,此天之亡我,非战之罪也。今日固决死,愿为诸君快战,必三胜之,为诸君溃围,斩将,刈旗,令诸君知天亡我,非战之罪也。”乃分其骑以为四队,四向。汉军围之数重。项王谓其骑曰:“吾为公取彼一将。”令四面骑驰下,期山东为三处。于是项王大呼驰下,汉军皆披靡,遂斩汉一将。是时,赤泉侯为骑将,追项王,项王瞋目而叱之,赤泉侯人马俱惊,辟易数里。与其骑会为三处。汉军不知项王所在,乃分军为三,复围之。项王乃驰,

十八骑。而汉骑兵追项王的有几千人。项王自己揣度,实已无法脱身。他对跟随他的二十八个骑士说:“我起兵以来,至今已经八年,身经七十多次战阵,谁抵挡我,谁就被击破;我攻击谁,谁就降服!从来没有败过,我所以能有天下而称霸王!然而今天,终于被困在此,这是天要使我败亡,绝不是我不会作战之过。今天固然非死不可了,但是我要在死以前,为你们各位向汉军作一决战。你们看,我一定连胜汉军三次,我要为你们各位,突破重围!斩汉将!砍倒汉旗!使各位了解,今天我的必死,是天要亡我,不是我作战之罪!”于是项王分他所带的二十八骑士为四队,分四个方向。这时汉军围住项王,重重严密。项王对他的二十八骑士说:“我为你们斩汉军一将!”项王即命四队骑士分四个方向飞驰而下,冲出重围后,在山的东边分三处集合。于是项王大声呼叫,驱马飞驰而下!汉军遭项王冲杀,如风吹草偃,都披散纷乱而倒。项王便斩了汉军一将。这时赤泉侯杨喜为骑将,见项王冲杀,由背后追项王。项王发现,回头怒目大吼一声!杨喜人马俱惊,一时控制不了,倒退了好几里,才停止下来。项王乃和他的骑士集合于山东三处。汉军找不到项王所在,乃分全军为三部分,合围。项王见汉军又合围,就又驰马冲杀,

复斩汉一都尉，杀数十百人，复聚其骑，亡其两骑耳。乃谓其骑曰："何如？"骑皆伏曰："如大王言。"

又斩汉军一都尉，又杀了数十人至于百人。再集合他的骑士，仅仅丧亡两骑而已。项王对他的骑士说："你们看了吧?怎么样。"骑士都伏地说："大王所说，果然不差。"

于是项王乃欲东渡乌江。乌江亭长檥船待，谓项王曰："江东虽小，地方千里，众数十万人，亦足王也。愿大王急渡。今独臣有船，汉军至，无以渡。"项王笑曰："天之亡我，我何渡为！且籍与江东子弟八千人渡江而西，今无一人还，纵江东父兄怜而王我，我何面目见之？纵彼不言，籍独不愧于心乎？"乃谓亭长曰："吾知公长者。吾骑此马五岁，所当无敌，尝一日行千里，不忍杀之，以赐公。"乃令骑皆下马步行，持短兵接战。独籍所杀汉军数百人。项王身亦被十余创。顾见汉骑司马吕马童，曰："若非吾故人乎？"马童面之，指王翳曰："此项王也。"项王乃曰："吾

于是项王退到乌江西岸，要渡江东归。乌江的亭长把船靠好，等待项王上船。乌江亭长对项王说："大王，江东虽小，地方足有千里，民众数十万，也足以为一方之王，请大王快些上船渡江。现在这里只有臣有船，汉军追到也无法渡江。"项王笑说："天要亡我，我渡江过去有什么用?何况我项籍原来带了子弟八千人渡江西进，如今没有一人跟回去，只剩我一人渡江西归，即使江东父老可怜我仍称我为王，我有什么面子去见他们呢?他们不说什么，我项籍岂能于心无愧?"于是项王向亭长说："我知道亭长你是一位有德行的长者。我骑了这匹马五年了，所向无敌，曾经一天走千里之远，我不忍杀这匹马，就把这匹马赐给你吧！"项王将马交与亭长，命骑士都下马步行，持短兵器接战。汉军这时已追到，独有项王，一人杀了汉军数百人。而项王也身受创伤十余处。项王回头发现了汉骑司马吕马童，项王说："你不是我的部下吗?"吕马童因项王为故人，不好意思面对面而视，对王翳说："这就是项王！"

闻汉购我头千金，邑万户，吾为汝德。”乃自刎而死。王翳取其头，余骑相蹂践争项王，相杀者数十人。最其后，郎中骑杨喜，骑司马吕马童，郎中吕胜、杨武各得其一体。五人共会其体，皆是。故分其地为五：封吕马童为中水侯，封王翳为杜衍侯，封杨喜为赤泉侯，封杨武为吴防侯，封吕胜为涅阳侯。

项王说：“我知道汉王悬赏买我的头，值千金，封邑万户。我就赠给你这一点好处吧！”项王挥剑自刎而死！王翳在前，取得项王的头，其余的人，奔驰向前争取项王的身体，互相蹂躏践踏，自相践杀数十人。最后，郎中骑杨喜，骑司马吕马童，郎中吕胜，郎中杨武各得项王身体的一部分。以上五个人将项王身体头颅相合在一起，都确属项王的身体。因此把项王封地分为五分，封吕马童为中水侯，封王翳为杜衍侯，封杨喜为赤泉侯，封杨武为吴防侯，封吕胜为涅阳侯。

项王已死，楚地皆降汉，独鲁不下。汉乃引天下兵欲屠之，为其守礼义，为主死节，乃持项王头视鲁，鲁父兄乃降。始，楚怀王初封项籍为鲁公，及其死，鲁最后下，故以鲁公礼葬项王谷城。汉王为发哀，泣之而去。

项王已死，楚地都降了汉王，独鲁地不降。汉乃引天下之兵，要攻破鲁城加以屠杀。鲁之所以不肯降，是为了守礼义，因项王原为鲁公，鲁为鲁公守其节义，宁死不降。汉知悉这个原因，便把项王的头举出来，给鲁的父老们看，使他们知道鲁公已经死了，鲁的父老才决定降服。楚怀王初封项籍为鲁公，因此以鲁公礼葬项王于谷城。汉王并亲临丧祭，哭项王，然后离去。

诸项氏枝属，汉王皆不诛。乃封项伯为射阳侯。桃侯、平皋侯、玄武侯皆项氏，赐姓刘。

许多项氏的支属家族，汉王都不杀，乃封项伯为射阳侯。其余的有桃侯，平皋侯，玄武侯，都是项氏家人，赐姓刘。

太史公曰：吾闻之周

太史公评论说：我听到周生说：舜的

生曰“舜目盖重瞳子”，又闻项羽亦重瞳子。羽岂其苗裔邪?何兴之暴也!夫秦失其政，陈涉首难，豪杰蜂起，相与并争，不可胜数。然羽非有尺寸，乘执起陇亩之中，三年，遂将五诸侯灭秦，分裂天下，而封王侯，政由羽出，号为“霸王”，位虽不终，近古以来未尝有也。及羽背关怀楚，放逐义帝而自立，怨王侯叛己，难矣。自矜功伐，奋其私智而不师古，谓霸王之业，欲以力征经营天下，五年卒亡其国，身死东城，尚不觉寤而不自责，过矣。乃引“天亡我，非用兵之罪也”，岂不谬哉!

眼睛是双瞳子，又听说项羽也是双瞳子。项羽难道是舜的后裔吗?何以兴起得如此凶猛呢?当秦政事失败，陈涉首先发难，随后诸侯豪杰，纷纷起事，各树势力，并立争胜。然而项羽没有尺寸之地，乘势起事于田野之中，三年之间，竟能为五国诸侯的统帅而灭秦!分裂天下土地，而封授王侯;一切政令，全由项羽一人出，自号为霸王，其势位虽未能终久，而近古以来，未尝有如此人物。及项羽放弃先入关为王之约，又怀念楚之故地，东归而都于彭城，放逐义帝，杀义帝而自立，更为众意所不许，而项羽却怨诸王侯背叛于楚，如此作为而求人不叛，那实在太难了!项羽骄矜自许成功之大，惟自信一己的智能，而不师法古人，以为霸王之业已成，要以武力征伐经营天下，以致只有五年，终于亡国，本人身死东城，还不能觉悟，而不肯自己检讨自责，那实在是错了!项羽有这些失误，最后还要说:“是天要亡我，不是用兵之罪!”岂不是大谬吗!

评议

《项羽本纪》是太史公本色出力文字，叙次摹写无不工妙。大旨以分封侯王为前后关键。分封以前，如召平，如陈婴，如秦嘉，如田荣，如章邯诸事，逐段另起一头，合到项氏，有百川归海形势。分封以后，如田荣反齐，陈馀反赵，周吕侯居下邑，周苛杀魏豹，彭越下梁，淮阴侯举河北，逐段追叙前事，合到本文，有千山起伏形势。而中间总处，提处，间接处，遥接处，多用“于是”、“当是时”等字为之联络，遂觉神情一片。又一篇之中往往以“东西”字为眼目，如伐秦则由东而西，伐齐则由西而东；与汉王战又由东而西，解而归又由西而东。故曰“引军而西”，曰“无西意，北击齐”，曰“拔成皋欲西”，曰“解而东归”。层层点顿，最有情致，有章法。至于纪中附《项梁传》、《项伯传》、《范增传》，或连叙，或分叙，前后都有照顾。总之皆为项羽作用，如众星之显孤月而已。实事实力纪中已具，故赞语只从闲处著笔，又如风雨骤过，几点余霞遥横天际也。

篇内“会稽守通谓梁曰”，按《汉书》籍传作项梁语，非“通谓梁”也，叙事亦异。“使使与连和”，按《汉书》“与”上有“欲”字。“逆无道”，按《汉书》“逆”上有“大”字。“士卒食芋菽”，按《汉书》作“半菽”。“诸侯皆属焉”，按《汉书》作“兵皆属焉”。“毋从俱死也”，按《汉书》“从”作“特”。“先下河南郡”，按《汉书》籍传“河南”下无“郡”字。“汉之四年”，按此下所叙之事，前后倒置，不但与《汉书》异，并与《高纪》不同。“大司马咎、长史翳、塞王欣皆自到汜水上。”按《高纪》及《汉书》纪传，皆无“翳塞王”三字。“不如因其机而遂取之”，按《汉书高纪》及《汉纪》皆作“几”。

高祖本纪

高祖,沛丰邑中阳里人,姓刘氏,字季。父曰太公,母曰刘媪。其先刘媪尝息大泽之陂,梦与神遇。是时雷电晦冥,太公往视,则见蛟龙于其上。已而有身,遂产高祖。

高祖,沛县丰邑中阳里人。姓刘,字季。父亲叫刘太公,母亲叫刘媪。先前,刘媪曾经在大泽的堤上休息小睡,梦见与天神相遇交合。这时候天空雷电交作,天色昏暗。太公去寻找刘媪,看见有蛟龙在她身上。此后刘媪便怀了孕,生下高祖。

高祖为人,隆准而龙颜,美须髯,左股有七十二黑子。仁而爱人,喜施,意豁如也。常有大度,不事家人生产作业。及壮,试为吏,为泗水亭长,廷中吏无所不狎侮。好酒及色。常从王媪、武负贳(音是)酒,醉卧,武负、王媪见其上常有龙,怪之。高祖每酤留饮,酒雠数倍。及见怪,岁竟,此两家常折券弃责。

高祖这个人,高鼻梁,面貌有龙相,胡须很美,左大腿上有七十二颗黑痣。喜欢施舍,意志豁达,一向大度宽宏,不肯从事家人从事的生产劳动。到了壮年,试着作官,作泗水亭长。高祖为亭长,对公所中吏人,无不加以捉弄。高祖好酒好女色,常常向王媪、武负二人的酒馆赊酒。喝醉了就睡倒不起。武负、王媪常看见高祖身上面有龙出现,感到很奇怪。高祖每次留在酒馆中喝酒,二人的酒比平时多卖几倍。等二人见高祖醉卧而有龙出现的怪事以后,年底算帐的时候,这两家酒馆经常撕了帐单,不向高祖索债。

高祖常繇咸阳,纵观,观秦皇帝,喟然太息曰:"嗟乎,大丈夫当如此也!"

高祖曾到秦都咸阳服劳役,一次秦始皇出巡,允许百姓观看。高祖看到了皇帝的威仪盛势,他感慨长叹说:"啊!大丈夫应当像这个样子!"

单父人吕公善沛令，避仇从之客，因家沛焉。沛中豪杰吏闻令有重客，皆往贺。萧何为主吏，主进，令诸大夫曰："进不满千钱，坐之堂下。"高祖为亭长，素易诸吏，乃绐为谒曰"贺钱万"，实不持一钱。谒入，吕公大惊，起，迎之门。吕公者，好相人，见高祖状貌，因重敬之，引入坐。萧何曰："刘季固多大言，少成事。"高祖因狎侮诸客，遂坐上坐，无所诎。酒阑，吕公因目固留高祖。高祖竟酒，后。吕公曰："臣少好相人，相人多矣，无如季相，原季自爱。臣有息女，愿为季箕帚妾。"酒罢，吕媪怒吕公曰："公始常欲奇此女，与贵人。沛令善公，求之不与，何自妄许与刘季？"吕公曰："此非儿女子所知也。"卒与刘季。吕公女乃吕后也，生孝惠帝、鲁元公主。

单父县人吕公与沛县县令很友善。吕公为躲避仇人，到沛县县令这里作客，并在沛县落户。沛县的豪绅官吏们听说沛令有贵客来，都前往道贺。当时萧何为主吏，主持收管贺礼，他向贵宾们说："凡是赠礼金，不满一千钱的，就请坐在堂下。"高祖当时为亭长，平日轻视沛县衙中吏人。于是假写了一张礼帖，上写：贺钱一万。实际连一钱都没有带去。礼帖送到吕公手上，吕公看了大惊，自己起身，于门前迎接高祖。吕公好给人相面，看见高祖的相貌，因而特别敬重，引高祖入座。萧何说："刘季一向满口说大话，很少做成什么事情。"高祖因吕公对他的敬重，便捉弄诸客，高坐上座，毫不谦让。吕公在席间以目示意，留高祖不要退席。在客人都散去之后，高祖便留下来，吕公对高祖说："我从年少的时候起，就好给人相面。我相过的人太多了，但没有一位像你的相貌这样高贵的。我希望你能多多自爱！我有一个女儿，愿意嫁给你作妻子。"酒席结束后，吕媪生气地向吕公说："你平素总是说，这个女儿不寻常，应该嫁给贵人。沛县令和你关系极好，求娶我们女儿，你不肯，为什么自己胡乱地就把女儿嫁与刘季？"吕公说："这就不是女子所能了解的事了。"吕公终于把女儿嫁给刘季。吕公的女儿就是后来的吕后，生了孝惠皇帝和鲁元公主。

高祖为亭长时，常告归之田。吕后与两子居田中耨，有一老父过请饮，吕后因铺之。老父相吕后曰："夫人天下贵人。"令相两子，见孝惠，曰："夫人所以贵者，乃此男也。"相鲁元，亦皆贵。老父已去，高祖适从旁舍来，吕后具言客有过，相我子母皆大贵。高祖问，曰："未远。"乃追及，问老父。老父曰："乡者夫人婴儿皆似君，君相贵不可言。"高祖乃谢曰："诚如父言，不敢忘德。"及高祖贵，遂不知老父处。

高祖作亭长时，常常休假到田里看看。有一次吕后带两个孩子在田里锄草，有一个老人经过，求些水喝，吕后给了一些。老人给吕后相面，说："夫人是天下的贵人。"吕后又要老人看两个孩子，老人看看孝惠皇帝，说："夫人所以能够大贵，就是因为有这个孩子。"老人又相鲁元公主，也说是贵相。老人走了之后，高祖正好从邻居家来，吕后给高祖说客人路过此地，相孩子和自己都是大贵之相。高祖问老人在哪里。吕后说："刚走，不会走远。"高祖便追过去问老人。老人说："方才我相过夫人和小孩，相貌高贵都像你，你的相貌贵不可言。"高祖便道谢说："如果真如先生所言，我不会忘记您的恩德。"后来，高祖作了天子，可是老人却不知去向。

高祖为亭长，乃以竹皮为冠，令求盗之薛治之，时时冠之，及贵常冠，所谓"刘氏冠"乃是也。

高祖作亭长，用刚生出的竹子皮作帽子。派捕盗卒到薛地去找人制作，经常戴这种竹皮帽，后来贵为天子，仍经常戴这种竹皮帽，所谓的刘氏帽就是指这个。

高祖以亭长为县送徒郦山，徒多道亡。自度比至皆亡之，到丰西泽中，止饮，夜乃解纵所送徒。曰："公等皆去，吾亦从此逝矣！"徒中壮士愿

高祖以亭长的身份，为县令送役徒去郦山。走到中途，役徒多偷偷逃走。高祖估计，等到了郦山的时候，役徒就要逃光了。走到丰西山泽地带，便停下来饮酒。夜间，高祖放所送役徒逃走。并说："你们都走吧！我也从此逃走了！"役徒中

从者十余人。高祖被酒，夜径泽中，令一人行前。行前者还报曰："前有大蛇当径，愿还。"高祖醉，曰："壮士行，何畏！"乃前，拔剑击斩蛇。蛇遂分为两，径开。行数里，醉，因卧。后人来至蛇所，有一老妪夜哭。人问何哭，妪曰："人杀吾子，故哭之。"人曰："妪子何为见杀？"妪曰："吾子，白帝子也，化为蛇，当道，今为赤帝子斩之，故哭。"人乃以妪为不诚，欲告之，妪因忽不见。后人至，高祖觉。后人告高祖，高祖乃心独喜，自负。诸从者日益畏之。

有精壮少年十余人，都愿意追随高祖。高祖喝酒很多，夜间通过湖泽，命一人前行开路。前行的人跑回来报告说："前面有一条大蛇，挡住去路，请回头吧！"高祖酒醉，说："壮士只有向前，有什么可怕的？"高祖于是直向前行，拔剑劈击，蛇被斩为两段，道路开通！走了几里之后，高祖醉得厉害，便躺下来。后面的人走到斩断大蛇的地方，看见一老妇人，夜间在那里哭泣。问她为什么哭？老妇人说："有人杀了我的儿子，所以我哭。"路人说："老太太，你的儿子为什么被杀？"老妇人说："我儿子是白帝子，变为蛇当道而卧，如今被赤帝子所杀，所以我才哭！"路人以为老妇人不诚实，要打她，老妇人忽然不见了。后来路人到了高祖醉卧之处，高祖也已酒醒。路人将老女妇人说的话告诉高祖。高祖便心中暗自欢喜，自信为非常之人。而那些追随他的人，因此一天比一天敬畏他。

秦始皇帝常曰"东南有天子气"，于是因东游以厌之。高祖即自疑，亡匿，隐于芒、砀山泽岩石之间。吕后与人俱求，常得之。高祖怪问之。吕后曰："季所居上常有云气，故从往常得季。"高祖心喜。沛中子弟或闻之，多

秦始皇帝常说："东南有天子气。"因此便巡游东方，意在镇服东南的天子气。高祖因此自己怀疑，便逃亡藏匿在芒砀二地之间的山泽岩洞。吕后和人们寻找时，常常一找便得。高祖以为奇怪，问吕后为何能如此。吕后说："你所藏的地方，上面经常有云气，所以我就依着云气去找，就能找到你。"高祖听了心中喜悦，沛县的子弟也有人听说这件事，很多人都

欲附者矣。

想归附他。

秦二世元年秋，陈胜等起蕲，至陈而王，号为“张楚”。诸郡县皆多杀其长吏以应陈涉。沛令恐，欲以沛应涉。掾、主吏萧何、曹参乃曰：“君为秦吏，今欲背之，率沛子弟，恐不听。愿君召诸亡在外者，可得数百人，因劫众，众不敢不听。”乃令樊哙召刘季。刘季之众已数十百人矣。

秦二世元年秋季，陈胜等在蕲县起事，到了陈便称王。号称“张楚”。一时许多郡县多杀其郡县的长吏，响应陈胜。沛令恐惧，想要以沛县响应脨胜。沛县的主吏萧何和狱掾曹参向沛令说：“县令乃是秦吏，如今要起事反秦，领导沛地的子弟，恐怕沛子弟不肯听。希望县令召来已往逃亡在外的人，可以得几百人。就以这个力量，胁持县中群众，群众不敢不听。”沛令便令樊哙召刘季。刘季这时已经率有数百人之众。

于是樊哙从刘季来。沛令后悔，恐其有变，乃闭城城守，欲诛萧、曹。萧、曹恐，逾城保刘季。刘季乃书帛射城上，谓沛父老曰：“天下苦秦久矣。今父老虽为沛令守，诸侯并起，今屠沛。沛今共诛令，择子弟可立者立之，以应诸侯，则家室完。不然，父子俱屠，无为也。”父老乃率子弟共杀沛令，开城门

于是樊哙随刘季来到沛县。沛令此时又后悔，恐怕刘季率众入城后发生变故。便闭城坚守，不许刘季等人入内，并要杀萧何和曹参。萧、曹二人恐惧，偷偷逾城墙逃出，依附刘季。刘季便写信给城中全体父老，把信用箭射到城上，信中说：“天下苦于秦的暴政太久了！如今沛县的父老们，替沛令坚守城池，而此时各国诸侯都已起事，沛城不免被攻破而遭屠城之祸！如果沛中父老，现在共同起来杀了县令，选择沛中子弟可以立为首领的，立为首领，用以响应诸侯，那就能够家室完整，不然，全县老少都被屠杀，而死得毫无意义。”沛中父老果然率领子

迎刘季，欲以为沛令。刘季曰："天下方扰，诸侯并起，今置将不善，一败涂地。吾非敢自爱，恐能薄，不能完父兄子弟。此大事，愿更相推择可者。"萧、曹等皆文吏，自爱，恐事不就，后秦种族其家，尽让刘季。诸父老皆曰："平生所闻刘季诸珍怪，当贵，且卜筮之，莫如刘季最吉。"于是刘季数让。众莫敢为，乃立季为沛公。祠黄帝，祭蚩尤于沛庭，而衅鼓旗，帜皆赤。由所杀蛇白帝子，杀者赤帝子，故上赤。于是少年豪吏如萧、曹、樊哙等皆为收沛子弟二三千人，攻胡陵、方与，还守丰。

弟，共同杀了沛令，开城门，迎刘季，要立刘季为沛令。刘季说："天下正在纷扰混乱之中，一时诸侯都已起事，如今领兵的人选择得不妥当就会一败涂地。我刘季并不是过于爱惜自己的生命，而是怕自己能力薄弱，不能保全父老兄弟，这是一件大事，希望父老们慎重选择，推出一位可以任大事的人。"萧何曹参等都是文吏，爱惜生命，怕将来事不成，被秦帝族灭其家。于是大家都推让而共举刘季。沛中诸父老说："我们平日听到刘季许多珍奇怪异的事情，他一定会大贵的。又经过卜筮，没有比刘季更为吉利的。"刘季又屡次推让，而大家都不敢作，最后便立刘季为沛公。沛公既立，在沛县祭祀能定天下的黄帝和善制兵器的蚩尤，又杀牲祭战鼓战旗，旗帜都用红色，这是因沛公曾斩蛇，老妇人说蛇是白帝子，杀蛇的人是赤帝子，所以尚红色。于是沛中少年豪绅吏人，如萧何、曹参、樊哙等人，都出动为沛公收沛中子弟为兵，得二三千人。便出发攻胡陵、方与，回守丰邑。

秦二世二年，陈涉之将周章军西至戏而还。燕、赵、齐、魏皆自立为王。项氏起吴。秦泗川监平将兵围丰，二日，出与战，破之。命雍齿守丰，引

秦二世二年，陈胜的部将周章所领的兵，西攻至于戏而回。这时燕、赵、齐、魏都起兵自立为王。项梁、项羽起事于吴地。秦的泗川监，名平，率兵围丰。两天后，沛公领兵出战，击破秦兵。沛公便命雍齿将兵守丰地，沛公自己率兵去薛。泗

兵之薛。泗州守壮败于薛,走至戚,沛公左司马得泗川守壮,杀之。沛公还军亢父,至方与。周市来攻方与,未战。陈王使魏人周市略地。周市使人谓雍齿曰:"丰,故梁徙也。今魏地已定者数十城。齿今下魏,魏以齿为侯守丰。不下,且屠丰。"雍齿雅不欲属沛公,及魏招之,即反为魏守丰。沛公引兵攻丰,不能取。沛公病,还之沛。沛公怨雍齿与丰子弟叛之,闻东阳宁君、秦嘉立景驹为假王,在留,乃往从之,欲请兵以攻丰。是时秦将章邯从陈,别将司马𡰖将兵北定楚地,屠相,至砀。东阳甯君、沛公引兵西,与战萧西,不利。还收兵聚留,引兵攻砀,三日乃取砀。因收砀兵,得五六千人。攻下邑,拔之。还军丰。闻项梁在薛,从骑百余往见之。项梁益沛公卒五千人,五大夫将十人。沛公

川守壮,兵败于薛,逃到戚,沛公的左司马追上泗川守壮,杀死了他。沛公回军亢父,再到方与。周市来攻方与,未及作战,陈王陈胜使魏人周市攻取丰地。周市派人向雍齿说:"丰地,从前是梁国迁徙之地。现在魏地已经攻下占定的有数十城。雍齿如今若能降魏,魏当以雍齿为侯守在丰地,不然我军将要屠丰地。"雍齿原来就很不情愿归属沛公,此刻魏周市招他投降,雍齿便反沛公而归魏,并且为魏背守丰。沛公引兵来攻丰,攻不下。沛公也生病了,便回军至沛。沛公怨恨雍齿和丰地子弟背叛他,听说东阳宁君、秦嘉在留县立景驹为假王,沛公于是率兵去附从景驹,想请景驹出兵协助攻丰。这时秦将军章邯率兵追击陈王。章邯的部将司马夷将兵向北攻占楚地,屠了相城,而后到了砀。东阳宁君和沛公率兵向西,与司马夷战于萧西,一无所获,收兵退聚于留城,又率兵攻砀。攻了三日取得砀,并收得砀降兵五六千人。又攻占下邑,回军于丰。此时沛公听说项梁在薛,便带了随从骑兵一百余人,去见项梁。项梁拔给沛公五千人,使增加兵力,又拨给五大夫级的将领十人。沛公回来,率兵攻丰。

还，引兵攻丰。

从项梁月余，项羽已拔襄城还。项梁尽召别将居薛。闻陈王定死，因立楚后怀王孙心为楚王，治盱台。项梁号武信君。居数月，北攻亢父，救东阿，破秦军。齐军归，楚独追北，使沛公、项羽别攻城阳，屠之。军濮阳之东，与秦军战，破之。

沛公跟随项梁一个多月。其间项羽已经攻下襄城回来了。项梁召全体别将，聚于薛地。项梁听说陈王陈胜已确实死去，所以立楚怀王孙熊心为楚王，建都盱台。项梁号为武信君。停了几个月，向北进攻亢父，救东阿，破秦军。齐军归齐，而楚项梁军独追击秦军。派沛公和项羽另外攻打城阳，沛公等攻下城阳而屠杀其守军。沛公与羽军驻濮阳东，与秦军大战，打败秦军。

秦军复振，守濮阳，环水。楚军去而攻定陶，定陶未下。沛公与项羽西略地至雍丘之下，与秦军战，大破之，斩李由。还攻外黄，外黄未下。

秦军兵力又振作起来，坚守濮阳，引水环城以作守卫。沛公、项羽兵一时不能攻下，转而攻定陶。定陶也未能攻下，沛公与项羽转兵向西，攻取秦地，至于雍丘。与秦军交战，大破秦军，杀了秦的大将李由。然后回军攻外黄，未能攻下。

项梁再破秦军，有骄色。宋义谏，不听。秦益章邯兵，夜衔枚击项梁，大破之定陶，项梁死。沛公与项羽方攻陈留，闻项梁死，引兵与吕将军俱东。吕臣军彭城东，项羽军彭城西，沛公军砀。

项梁因又一次打败秦军，有骄矜之意。宋义谏项梁不可骄傲，项梁不肯听。秦帝急派兵增援章邯，于夜间派兵衔枚偷袭项梁，大破项梁军于定陶，项梁战死。沛公与项羽此时正在攻陈留，听到项梁战死的消息，率兵和将军吕臣一起东归。吕臣兵驻彭城东，项羽兵驻彭城西，沛公军驻砀山。

章邯已破项梁军，则以为楚地兵不足忧，乃渡河，北击赵，大破之。当是

章邯击败项梁，以为楚地的兵不足为患，便渡漳河，北击赵地，大破赵兵。当时赵歇为赵王，秦将王离围赵歇于巨鹿

之时，赵歇为王，秦将王离围之巨鹿城，此所谓河北之军也。

城，这就是所谓的“河北之军”。

秦二世三年，楚怀王见项梁军破，恐，徙盱台都彭城，并吕臣、项羽军自将之。以沛公为砀郡长，封为武安侯，将砀郡兵。封项羽为长安侯，号为鲁公。吕臣为司徒，其父吕青为令尹。

秦二世三年，楚怀王见项梁的兵已被打败，很恐惧，便迁离盱台而建都于彭城；将项羽和吕臣二人的兵，收归自己指挥。怀王以沛公为砀郡长，封为武安侯，统领砀郡之兵。封项羽为长安侯，号为鲁公；吕臣为司徒，吕臣的父亲吕青为令尹。

赵数请救，怀王乃以宋义为上将军，项羽为次将，范增为末将，北救赵。令沛公西略地入关。与诸将约，先入定关中者王之。

赵屡次请楚来救。楚怀王便以宋义为上将军，项羽为次将，范增为末将，出兵北上救赵。命沛公领兵西进入关攻秦地。楚怀王与诸将约定，谁先攻入关中，谁便为关中王。

当是时，秦兵强，常乘胜逐北，诸将莫利先入关。独项羽怨秦破项梁军，奋，愿与沛公西入关。怀王诸老将皆曰：“项羽为人僄悍猾贼。项羽尝攻襄城，襄城无遗类，皆坑之，诸所过无不残灭。且楚数进取，前陈王、项梁皆败。不如更遣长者扶义而西，告谕秦父兄。秦父

这时候，秦兵很强大，常是乘胜追击。诸将没有认为先入关是有利的。唯独项羽怨恨秦军击破项梁，心中愤激，愿意和沛公西进入关。怀王的老将们都说：“项羽这个人，性情急躁而凶悍，奸猾狠毒，项羽曾经攻打襄城，城破后，城中没留一个活口，全遭坑杀。项羽所经过各处，没有不残杀毁灭的。况且楚军已经屡次攻取而不胜，前陈王陈涉和项梁都失败。不如变更办法，派遣一宽厚长者，持仁义而西进，告谕秦地父兄以宽仁爱民

兄苦其主久矣，今诚得长者往，毋侵暴，宜可下。今项羽僄悍，今不可遣。独沛公素宽大长者，可遣。”卒不许项羽，而遣沛公西略地，收陈王、项梁散卒，乃道砀至成阳，与杠里秦军夹壁，破(魏)[秦]二军。楚军出兵击王离，大破之。

沛公引兵西，遇彭越昌邑，因与俱攻秦军，战不利。还至栗，遇刚武侯，夺其军，可四千余人，并之。与魏将皇欣、魏申徒武蒲之军并攻昌邑，昌邑未拔。西过高阳。郦食其为监门，曰：“诸将过此者多，吾视沛公大人长者。”乃求见说沛公。沛公方踞床，使两女子洗足。郦生不拜，长揖，曰：“足下必欲诛无道秦，不宜踞见长者。”于是沛公起，摄衣谢之，延上坐。食其说沛公袭陈留，得秦积粟。乃以郦食其为广野君，郦商为将，将陈留兵，与偕攻开

之道。秦地父兄苦于秦很久了，如今如果真能得到一位宽厚长者去秦，能够爱民，不加欺凌暴虐，应该能够攻下秦地。项羽是一位暴躁凶悍人物，目前颇不适宜派他去；只有沛公，平时就是宽大忠厚的长者，可以派他西去。”怀王终于不许项羽西进，而遣沛公西进攻取秦地。沛公一路收得陈胜和项梁的残兵。经过砀郡，到成阳，与杠里县的秦军对垒，击破秦的两支军队。楚兵出击秦王离军，大破王离。

沛公乃率兵西进，在昌邑遇彭越。便与彭越一同攻秦军，战不利，回军至粟，在粟遇到刚武侯。沛公夺刚武侯兵，得四千多人，归为己有。于是沛公便又与魏将皇欣、魏申徒武蒲所属之兵合力攻昌邑，未能攻下。沛公西过高阳。高阳有郦食其说：“领兵的将军们，经过此地的很多，我看只有沛公是一位仁厚长者。”郦食其便去求见，游说沛公，沛公正蹲坐在床边，让两个女子为他洗脚。郦生不下拜，作一深揖，说：“足下，假如你决计要诛灭无道的暴秦，就不应该蹲坐着接见长者！”沛公于是忙起立，整装致歉，请郦生入上坐。郦食其便劝沛公袭击陈留。由陈留可以得到秦所积聚的粮食。沛公以郦食其为广野君，以郦商为将军，率领陈留兵，与他一起攻开封，开封未能攻下。又向西

封，开封未拔。西与秦将杨熊战白马，又战曲遇东，大破之。杨熊走之荥阳，二世使使者斩以徇。南攻颍阳，屠之。因张良遂略韩地轘辕。

与秦将军杨熊战于白马。又战于曲遇东，大破杨熊军。杨熊失败后，逃至荥阳。秦二世派使者杀杨熊示众。沛公又向南进攻颍阳，屠杀颍阳城中军民。又因张良的协助，攻取韩地轘辕。

当是时，赵别将司马昂方欲渡河入关，沛公乃北攻平阴，绝河津。南，战洛阳东，军不利，还至阳城，收军中马骑，与南阳守齮战犨东，破之。略南阳郡，南阳守齮走，保城守宛。沛公引兵过而西。张良谏曰："沛公虽欲急入关，秦兵尚众，距险。今不下宛，宛从后击，强秦在前，此危道也。"于是沛公乃夜引兵从他道还，更旗帜，黎明，围宛城三匝。南阳守欲自刭，其舍人陈恢曰："死未晚也。"乃逾城见沛公，曰："臣闻足下约，先入咸阳者王之。今足下留守宛。宛，大郡之都也，连城数十，人民众，积蓄多，吏人自以为降必死，故皆坚守乘城。今足

这时候，赵将司马昂正要渡黄河，进入关中，沛公便向北进攻平阳，断绝了黄河津渡。然后转兵向南，与秦军在洛阳交战，未能取胜，便退到阳城，又调集所属骑兵，与南阳守吕齮战于犨东，破齮军，攻占南阳郡地。吕齮失败后，退守宛城。沛公绕过宛城，率兵西进。张良谏沛公说："你虽然急于入关，但秦兵还很多，又距守险要。今如不先攻下宛城，而直进兵向西，宛城兵如从背后追击，强秦在前，宛兵在后，这种战术，是危险的。"沛公便在夜间率兵从另一道路回军，换了旗帜，黎明之时，围了宛城三匝，南阳守齮见此情形，要自刎，齮的舍人陈恢说："必要时候再死，还不晚呢！"于是陈恢越城墙而出，见沛公。陈恢说："我听说，您和诸侯约，先入咸阳者为王。如今您不向西进，留守在宛城。宛城是大郡的都城，连城数十，人民众多，积蓄也丰富。当地吏人，自己以为投降就必死，所以都拼命坚守，登城防卫。现在您如发令，全日进攻不止，

下尽日止攻，士死伤者必多；引兵去宛，宛必随足下后；足下前则失咸阳之约，后又有强宛之患。为足下计，莫若约降，封其守，因使止守，引其甲卒与之西。诸城未下者，闻声争开门而待，足下通行无所累。”沛公曰：“善。”乃以宛守为殷侯，封陈恢千户。引兵西，无不下者。至丹水，高武侯鳃、襄侯王陵降西陵。还攻胡阳，遇番君别将梅鋗，与皆，降析、郦。遣魏人宁昌使秦，使者未来。是时章邯已以军降项羽于赵矣。

死伤必多；如不攻，引兵离开宛城，宛城的兵必从后面追您。您前进不得，乃失咸阳之约；而后面又有强大的宛城之患。为您设想，不如约宛城投降，封地郡守的官，因之使他停留在此，为您守住宛城。您可以领宛城的兵，和您的兵一起西进。这样许多没有攻下的城，听到这个消息，都会争着开城等待您。您便可以通行无阻，进入关中了。”沛公说：“好极了！”乃以南阳守吕齮为殷侯，仍守南阳宛城，封陈恢千户。然后引兵西进，果然各城没有不攻下的。到丹水，高武侯戚鳃、襄侯王陵都降于西陵。回军攻胡阳，遇番君所属别将梅鋗。便与梅鋗兵相偕攻析和郦，二地都投降。沛公乃派魏人宁昌使秦，暗中联络赵高，赵高未派使者来，这时章邯已经带领全军在赵地投降了项羽。

初，项羽与宋义北救赵。及项羽杀宋义，代为上将军，诸将黥布皆属，破秦将王离军，降章邯，诸侯皆附。及赵高已杀二世，使人来，欲约分王关中。沛公以为诈，乃用张良计，使郦生、陆贾往说秦将，啖以利，因袭攻武关，破之。又与秦军战于蓝田南，益张疑兵旗帜，

先前项羽和宋义带兵北上救赵，后来项羽杀了宋义，代宋义为上将军，黥布等部将都归属项羽。项羽击破秦将王离军，章邯投降，诸侯也都属项羽。赵高杀二世后，派使者来见沛公，想要订约，分关中各自为王。沛公以为是赵高的阴谋，便用张良计谋，派郦食其和陆贾去游说秦将，利诱秦将。沛公乘秦将懈怠，突袭武关，大破秦军！沛公军又与秦军战于蓝田南，设疑兵旗帜，以示兵多。命诸将兵

诸所过毋得掠卤。秦人憙,秦军解,因大破之。又战其北,大破之。乘胜,遂破之。

士,所过之处,不得掠虏。秦人非常喜悦,秦军瓦解,因此沛公大破秦军,攻下蓝田,又战于蓝田之北,乘胜大破秦军!

汉元年十月,沛公兵遂先诸侯至霸上。秦王子婴素车白马,系颈以组,封皇帝玺符节,降轵道旁。诸将或言诛秦王。沛公曰:“始怀王遣我,固以能宽容;且人已服降,又杀之,不祥。”乃以秦王属吏,遂西入咸阳。欲止宫休舍,樊哙、张良谏,乃封秦重宝财物府库,还军霸上。召诸县父老豪杰曰:“父老苦秦苛法久矣,诽谤者族,偶语者弃市。吾与诸侯约,先入关者王之,吾当王关中。与父老约,法三章耳:杀人者死,伤人及盗抵罪。余悉除去秦法。诸吏人皆案堵如故。凡吾所以来,为父老除害,非有所侵暴,无恐!且吾所以还军霸上,待诸侯至而定约束耳。”乃使人

汉王元年十月,沛公兵先于各路诸侯到了霸上。秦王子婴乘素车,驾白马,脖子系了绳子,封了皇帝的玉玺符节,于轵道旁投降。沛公部将有人主张杀秦王子婴的。沛公说:“在初发兵的时候,怀王派我攻秦,原本是因为我能宽容大量。况且秦王已经降服,如杀了他,这么做不吉利。”于是将秦王交下属看管,自己西入咸阳。沛公想要留在秦宫中休息,樊哙张良谏沛公不要住秦宫中。沛公将秦宫中的珍贵宝物、财物府库都加了封,然后回军霸上。沛公召来各县的父老豪杰等,对他们说:“父老们,你们在秦的严刑苛政之下生活很久了。秦法规定如果人民有诽谤朝廷的,就族灭;人民有相聚谈话的,就是犯弃市死罪。我和诸侯有约,先入关的为关中之王。现在我当为关中之王。现在我要父老约法三章:杀人者偿命,伤人者和抢劫者依法治罪,此外一切秦法,完全废除。所有官吏和百姓照常安居乐业。我所以领兵入关,是为父老们除害而来。不是来侵暴的,大家不要害怕。我所以回军到霸上,只是为了等待诸侯们来到,订立束约,以求安定百姓。”于是

与秦吏行县乡邑，告谕之。秦人大喜，争持牛羊酒食献飨军士。沛公又让不受，曰："仓粟多，非乏，不欲费人。"人又益喜，唯恐沛公不为秦王。

沛公便使人和秦吏巡回各县乡邑，将约法三章告谕众民。秦人非常高兴，争相送牛羊酒食给沛公的军士。沛公再三谦让，不肯接受，说："仓库中粮食很多，并不缺乏。不愿意民众破费。"民众们更为喜悦，唯恐沛公不作秦王。

或说沛公曰："秦富十倍天下，地形强。今闻章邯降项羽，项羽乃号为雍王，王关中。今则来，沛公恐不得有此。可急使兵守函谷关，无内诸侯军，稍征关中兵以自益，距之。"沛公然其计，从之。十一月中，项羽果率诸侯兵西，欲入关，关门闭。闻沛公已定关中，大怒，使黥布等攻破函谷关。十二月中，遂至戏。沛公左司马曹无伤闻项王怒，欲攻沛公，使人言项羽曰："沛公欲王关中，令子婴为相，珍宝尽有之。"欲以求封。亚父劝项羽击沛公。方飨士，旦日合战。是时项羽兵四十万，号百万。沛公兵十万，号二十万，

有人游说沛公说："秦地富裕，财富十倍于天下，且地形险阻。如今听说章邯已投降于项羽，项羽给章邯封号为雍王，统治关中。现在就要来关中就国，那时沛公你恐怕就没有关中之地了。为今之计，应该快派兵守函谷关。不许诸侯入关，并且在关中征兵，增强兵力，以抗拒诸侯兵。"沛公以为此计颇好，便依计行事。十一月中，项羽果然率领诸侯兵西进，要入关，关门紧闭不得入。项羽听说沛公已平定关中，大怒，使黥布等攻破函谷关。十二月中，项羽军到达戏水。沛公部下左司马曹无伤听说项羽大怒，要攻击沛公，便使人向项羽说："沛公要作关中王，令子婴为相，珍宝财物都已归他。"曹无伤想用这一暗中传信，取悦项羽，封他官爵。范增劝项羽进攻沛公。项羽让士兵饱吃一顿，准备次日合力作战。这时项羽有四十万，号称百万。沛公兵十万，号称二十万。沛公兵力不敌项羽。恰好当时项伯

力不敌。会项伯欲活张良,夜往见良,因以文谕项羽,项羽乃止。沛公从百余骑,驱之鸿门,见谢项羽。项羽曰:“此沛公左司马曹无伤言之。不然,籍何以生此!”沛公以樊哙、张良故,得解归。归,立诛曹无伤。

要救张良,夜间到沛公军中见张良,因此写信给项羽晓以大义,项羽便不出兵击沛公。次日,沛公带了一百多名骑士,驰至鸿门,向项羽谢罪。项羽说:“这是沛公你的左司马曹无伤对我说的,不然,何至于要这样?”在鸿门,沛公因樊哙、张良二人的协助,得脱身而回。回到军中,立即杀了曹无伤。

项羽遂西,屠烧咸阳秦宫室,所过无不残破。秦人大失望,然恐,不敢不服耳。

项羽乃挥兵西进,屠烧咸阳的秦宫室,所过之处无不残破,秦人大失所望,但因恐怖畏惧,不敢不服从。

项羽使人还报怀王。怀王曰:“如约。”项羽怨怀王不肯令与沛公俱西入关,而北救赵,后天下约。乃曰:“怀王者,吾家项梁所立耳,非有功伐,何以得主约!本定天下,诸将及籍也。”乃佯尊怀王为义帝,实不用其命。

项羽使人报告怀王,怀王说:“照原来所约定的办理。”项羽怨恨怀王原来不肯令他和沛公同时西进入关,而派他北上救赵,以致在此争天下的约定中落后。项羽便说:“怀王所以为王,是我家项梁所立而已,他并没有任何功劳,怎能主持约定?本来安定天下的人,是各位将士和我项籍之功。”项羽便假装崇敬怀王,尊为义帝,实际不听义帝命令。

正月,项羽自立为西楚霸王,王梁、楚地九郡,都彭城。负约,更立沛公为汉王,王巴、蜀、汉中,都南郑。三分关中,立秦三将:章邯为雍王,都废

元年正月,项羽自立为西楚霸王,统辖梁、楚九郡之地,以彭城为都。背弃原立的约定,改立沛公为汉王,统辖巴、蜀、汉中之地,以南郑为都。将关中之地分为三:封章邯为雍王,以废丘为都;司马欣

丘;司马欣为塞王,都栎阳;董翳为翟王,都高奴。楚将瑕丘申阳为河南王,都洛阳。赵将司马卬为殷王,都朝歌。赵王歇徙王代。赵相张耳为常山王,都襄国。当阳君黥布为九江王,都六。怀王柱国共敖为临江王,都江陵。番君吴芮为衡山王,都邾。燕将臧荼为燕王,都蓟。故燕王韩广徙王辽东。广不听,臧荼攻杀之无终。封成安君陈馀河间三县,居南皮。封梅鋗十万户。

为塞王,以栎阳为都;董翳为翟王,以高奴为都。楚将瑕丘申阳封为河南王,以洛阳为都。赵将司马卬封为殷王,以朝歌为都。赵王歇迁徙代,封为代王。赵相张耳封为常山王,以襄国为都。当阳君黥布封为九江王,以六为都。怀王的柱国共敖封为临江王,以江陵为都。番君吴芮封为衡山王,以邾为都。燕将臧荼封为燕王,以蓟为都。原燕王韩广迁徙于辽东,封为辽东王。韩广不肯受封,臧荼攻杀韩广于无终。封成安君陈馀河间三县,居南皮。封梅鋗十万户。

四月,兵罢戏下,诸侯各就国。汉王之国,项王使卒三万人从,楚与诸侯之慕从者数万人,从杜南入蚀中。去辄烧绝栈道,以备诸侯盗兵袭之,亦示项羽无东意。至南郑,诸将及士卒多道亡归,士卒皆歌思东归。韩信说汉王曰:"项羽王诸将之有功者,而王独居南郑,是迁也。军吏士卒皆山东之人也,日夜跂(音

元年四月,诸侯都结束军事,各从戏水撤兵,各就其所封之国。汉王启行就国,项王派兵三万人,随汉王去南郑。楚和其他诸侯所属士卒,慕汉王为人而附从的,有好几万人。汉王率兵从杜南入蚀中,走过后,便烧栈道,以防备诸侯或其他盗兵袭击,同时也向项羽表示,没有再回军东来之意。到了南郑,汉王部将和士卒多逃亡东归而去。士卒们都思念家乡,极想东归。韩信于是说汉王:"项羽封诸将有功的为王,而大王独封于远僻的南郑,这实际上就是贬迁远方。大王的军吏士卒都是崤山以东之人,日夜期盼还乡,

器)而望归,及其锋而用之,可以有大功。天下已定,人皆自宁,不可复用。不如决策东乡,争权天下。”

正该乘其意气最盛的时候,加以利用,可以成大功。如等到天下已定,人人都自求安宁,就不能再用了。不如此时决策,东向出兵,争取天下!”

项羽出关,使人徙义帝。曰:“古之帝者地方千里,必居上游。”乃使使徙义帝长沙郴县,趣义帝行。群臣稍倍叛之。乃阴令衡山王、临江王击之,杀义帝江南。项羽怨田荣,立齐将田都为齐王。田荣怒,因自立为齐王,杀田都而反楚;予彭越将军印,令反梁地。楚令萧公角击彭越,彭越大破之。陈馀怨项羽之弗王己也,令夏说说田荣,请兵击张耳。齐予陈馀兵,击破常山王张耳。张耳亡归汉。迎赵王歇于代,复立为赵王。赵王因立陈馀为代王。项羽大怒,北击齐。

项羽出关东归,派人迁徙义帝,说:“古时为帝者,地方千里之大,且必居于上游。”项羽便派使者,迁徙义帝于长沙郴县,催促义帝西行。义帝在去郴县路上,群臣随行,有些陆续背叛义帝。项羽乘机密令衡山王吴芮、临江王共敖袭击义帝,杀义帝于江南。项羽因怨恨田荣,故不封田荣,而立齐相田都为齐王。田荣怒,因而自立为齐王,杀田都而反楚。田荣给彭越将军印,令彭越起兵梁地反楚。楚王命萧公角击彭越,彭越大破萧公角军。陈馀怨恨项羽对他不封以王位,便命夏说去游说田荣,请求给予兵力以攻击常山王张耳。齐田荣便给予陈馀兵力,陈馀击破常山王张耳。张耳逃归于汉王。陈馀迎赵王歇于代,复立为赵王。赵王因此立陈馀为代王。项王大怒,出兵北向击齐。

八月,汉王用韩信之计,从故道还,袭雍王章邯。邯迎击汉陈仓,雍兵败,还走;止战好畤,又复

汉王元年八月,汉王用韩信计谋,从故道回军关中,袭击雍王章邯。章邯于陈仓迎击汉王,章邯兵败而逃;又停军于好畤再次交战,又被打败,退到废丘。汉王

败，走废丘。汉王遂定雍地，东至咸阳，引兵围雍王废丘，而遣诸将略定陇西、北地、上郡。令将军薛欧、王吸出武关，因王陵兵南阳，以迎太公、吕后于沛。楚闻之，发兵距之阳夏，不得前。令故吴令郑昌为韩王，距汉兵。

便平定雍地，东至于咸阳。汉王率兵围雍王于废丘，又派遣部将攻取陇西、北地、上郡。命将军薛欧、王吸二人领兵出武关，凭借王陵的兵在南阳之便，迎接刘太公和吕后于沛县。楚王听到这个消息，发兵阻拒于阳夏，汉兵不能前进。楚令旧吴令郑昌为韩王，以抵抗汉兵。

二年，汉王东略地，塞王欣、翟王翳、河南王申阳皆降。韩王昌不听，使韩信击破之。于是置陇西、北地、上郡、渭南、河上、中地郡；关外置河南郡。更立韩太尉信为韩王。诸将以万人若以一郡降者，封万户。缮治河上塞。诸故秦苑囿园池，皆令人得田之，正月，虏雍王弟章平。大赦罪人。

汉王二年，汉王向东进攻各地。塞王司马欣、翟王董翳、河南王瑕丘申阳都投降了汉王。韩王郑昌不肯降，汉王使韩信打败郑昌。于是汉设置陇西、北地、上郡、渭南、河上、中地各郡。关之设置河南郡。又改立韩太尉信为韩王。汉王下令：诸将如有一万兵、以一郡地降汉者，封万户侯。又整修河上要塞。将原来秦的苑囿园地都开放，令人在其地上种田。正月，汉虏获雍王章邯之弟章平。大赦罪人。

汉王之出关至陕，抚关外父老。还，张耳来见，汉王厚遇之。

汉王出关到陕县，抚慰关外父老。归来后，张耳来见汉王，汉王厚待张耳。

二月，令除秦社稷，更立汉社稷。

二月，汉令废除秦的社稷，改立汉的社稷。

三月，汉王从临晋渡，魏王豹将兵从。下河

三月，汉王从临晋渡黄河，魏王豹领兵随汉王，攻下河内，虏殷王司马卬，设内，虏殷王，置河内郡。南渡平阴津，至洛阳。新城三老董公遮说汉王以义帝死故。汉王闻之，袒而大哭。遂为义帝发丧，临三日。发使者告诸侯曰："天下共立义帝，北面事之。今项羽放杀义帝于江南，大逆无道。寡人亲为发丧，诸侯皆缟素。悉发关内兵，收三河士，南浮江汉以下，愿从诸侯王击楚之杀义帝者。"

置河内郡。汉王向南渡过平阴津，到洛阳。新城三老董公拦汉王诉说义帝被项王所杀之事。汉王闻悉，去袍服而大哭。于是为义帝发丧，汉王亲自临丧三日。并派使者告诸侯说："天下共立义帝，奉为天下之尊主。如今项羽竟放逐义帝，而杀义帝于江南，实为大逆无道。我现在亲自为义帝发丧，诸侯都穿孝服；调集全部关内之兵，并收河南、河北、河内三地豪杰之士；向南沿江水、汉水而下，愿从诸侯王攻打楚国杀义帝的人。"

是时项王北击齐，田荣与战城阳。田荣败，走平原，平原民杀之。齐皆降楚。楚因焚烧其城郭，系虏其子女。齐人叛之。田荣弟横立荣子广为齐王，齐王反楚城阳。项羽虽闻汉东，既已连齐兵，欲遂破之而击汉。汉王以故得劫五诸侯兵，遂入彭城。项羽闻之，乃引兵去齐，从鲁出胡陵，至萧，与汉大战彭城灵壁东睢水上，大破汉军，多杀士卒，睢水为之不流。乃取汉王

这时项王正在出兵北攻齐地。齐王田荣与项王战于城阳，田荣失败，逃至平原，平原的老百姓杀了田荣。齐全部降楚。楚兵因而焚烧齐的城郭，虏掠齐人的子女。齐人怒而叛楚，田荣弟田横立田荣的儿子为齐王。齐王田广于城阳起兵反楚。项王虽然闻知汉王已经进兵东下，然已与齐接战，想先破齐而后回军击汉。汉王乘势劫取雍王、塞王、翟王、殷王、韩王五诸侯兵，攻入彭城。项羽闻知，便率兵离齐，从鲁地出胡陵到了萧县，与汉兵大战于彭城灵壁之东的睢水之上。楚军大破汉军，杀汉军士卒极多，睢水因尸体堵塞而不流通。楚军从沛县抓获汉王父母

父母妻子于沛，置之军中以为质。当是时，诸侯见楚强汉败，还皆去汉复为楚。塞王欣亡入楚。

吕后兄周吕侯为汉将兵，居下邑。汉王从之，稍收士卒，军砀。汉王乃西过梁地，至虞。使谒者随何之九江王布所，曰："公能令布举兵叛楚，项羽必留击之。得留数月，吾取天下必矣。"随何往说九江王布，布果背楚。楚使龙且往击之。

汉王之败彭城而西，行使人求家室，家室亦亡，不相得。败后乃独得孝惠，六月，立为太子，大赦罪人。令太子守栎阳，诸侯子在关中者皆集栎阳为卫。引水灌废丘，废丘降，章邯自杀。更名废丘为槐里。于是令祠官祀天地四方上帝山川，以时祀之。兴关内卒乘塞。

是时九江王布与龙且战，不胜，与随何间行归汉。汉王稍收士卒，与

妻子，置于项王军中以为人质。这时，诸侯见楚强大而汉败退，都脱离汉王，又归附于楚王。塞王司马欣逃入楚地。

吕后之兄周吕侯周泽为汉领兵驻守下邑。汉王战败后，乃奔赴下邑会合吕泽。渐渐收聚士卒，驻军于砀。于是汉王又西行，过梁地到虞。派谒者随何赴九江去见九江王。汉王说："你如果能游说英布，能使他举兵反楚，项羽一定要留军击英布。如果能使项羽留兵数月，我必能取天下了。"随何于是去说服九江王英布，英布果然叛楚。楚使大将龙且领兵击英布。

当汉王败于彭城而西走之际，使人寻求家室。其时汉王家室也已逃走，不能寻得。战败之后，只找到刘盈。这年六月，立刘盈为太子，大赦罪人。汉王令太子盈守栎阳；诸侯的子弟凡在关中的都集居在栎阳，以为拱卫。汉王引水灌攻废丘，废丘降汉，章邯自杀，汉王将废丘更名为槐里。于是令祠官依四时节日祭祀天地、四方、上帝、山川。又发动关内兵坚守边塞。

这时，九江王英布与楚将龙且大战，九江王不能胜，乃与随何潜逃归汉王。汉王遂收聚士卒，加上诸将和关中的兵士，

诸将及关中卒益出,是以兵大振荥阳,破楚京、索间。

在荥阳军势大振,大败楚兵于京、索之间。

三年,魏王豹谒归视亲疾,至即绝河津,反为楚。汉王使郦生说豹,豹不听。汉王遣将军韩信击,大破之,虏豹。遂定魏地,置三郡,曰河东、太原、上党。汉王乃令张耳与韩信遂东下井陉击赵,斩陈馀、赵王歇。其明年,立张耳为赵王。

汉王三年,魏王豹说父母有病,请求去探视。魏王回至河东,立即断绝渡口,叛汉而归楚。汉王使郦食其赴魏游说魏王豹,魏王豹不肯听。汉王派将军韩信攻击魏王豹,大破魏军,虏魏王豹。于是平定魏地,置三郡:河东郡、太原郡、上党郡。汉王令张耳和韩信领兵向东进攻,攻下井陉,进攻赵,斩陈馀和赵王歇。次年,立张耳为赵王。

汉王军荥阳南,筑甬道属之河,以取敖仓。与项羽相距岁余。项羽数侵夺汉甬道,汉军乏食,遂围汉王。汉王请和,割荥阳以西者为汉。项王不听。汉王患之,乃用陈平之计,予陈平金四万斤,以间疏楚君臣。于是项羽乃疑亚父。亚父是时劝项羽遂下荥阳,及其见疑,乃怒,辞老,愿赐骸骨归卒伍,未至彭城而死。

汉王兵扎荥阳南,筑甬道连接于黄河,以便运送敖仓的粮食。汉王与项羽两军相对,经一年多,相持不下。项羽兵屡次侵夺汉的甬道,汉军缺粮,项羽兵又包围汉王。汉王与项羽讲和,要求割荥阳以西为汉地。项羽不肯。汉王很忧虑,于是,用陈平的计策,给陈平金四万斤,以离间项羽与范增。于是项羽怀疑亚父范增。这时候亚父劝项羽,趁此时机,急攻下荥阳。后见项羽对他怀疑,便发怒,以年老求归于卒伍之列。范增未到彭城就死了。

汉军绝食,乃夜出女

汉军已临绝食,就在夜间从东门放

子东门二千余人，被甲，楚因四面击之。将军纪信乃乘王驾，诈为汉王，诳楚，楚皆呼万岁，之城东观，以故汉王得与数十骑出西门遁。令御史大夫周苛、魏豹、枞公守荥阳。诸将卒不能从者，尽在城中。周苛、枞公相谓曰：“反国之王，难与守城。”因杀魏豹。

出女子两千多人，都穿上铠甲，楚兵因此四面围击。将军纪信坐了汉王的车，假装为汉王，以骗楚兵。楚兵以为汉王出降，都高呼万岁，争赴城门观看。汉王这才与数十骑士，潜出西门而逃。汉王临行令御史大夫周苛、魏豹、枞公三人守荥阳。将士不能随汉王走出的，都留在城中。汉王去后，周苛和枞公商议说：“魏豹是叛国之王，难和他共守城池。”因此二人杀了魏豹。

汉王之出荥阳入关，收兵欲复东。袁生说汉王曰：“汉与楚相距荥阳数岁，汉常困。愿君王出武关，项羽必引兵南走，王深壁，令荥阳、成皋间且得休。使韩信等辑河北赵地，连燕、齐，君王乃复走荥阳，未晚也。如此，则楚所备者多，力分，汉得休，复与之战，破楚必矣。”汉王从其计，出军宛叶间，与黥布行收兵。

汉王脱出荥阳，入关收集兵力，想要再出兵收复东边之地。袁生对汉王说：“楚和汉在荥阳相持不下，已经好几年了，其间汉常处困境。这一次愿大王出兵于武关，项羽必引兵.南走迎击大王。大王深沟高垒，坚守不战，牵住项羽的兵。使荥阳、成皋之间得以休息。同时使韩信等联合河北、赵地、燕、齐兵力。大王那时再引兵赴荥阳，也还不晚。这样，楚所准备应付的方面很多，力量分散。汉军经过休息，兵力复振，再与楚战，必定打败楚了。”汉王听从袁生的计策，出兵于宛叶之间，与黥布随即收聚兵马。

项羽闻汉王在宛，果引兵南。汉王坚壁不与战。是时彭越渡睢水，与项声、薛公战下邳，彭越

项羽听说汉王在宛，果然引兵向南。汉王坚守壁垒，不与项羽作战。这时彭越渡过睢水，与项声、薛公战于下邳，彭越

大破楚军。项羽乃引兵东击彭越。汉王亦引兵北军成皋。项羽已破走彭越,闻汉王复军成皋,乃复引兵西,拔荥阳,诛周苛、枞公,而虏韩王信,遂围成皋。

大破楚兵。项羽闻报,又引兵向东来击彭越,汉王乘机也引兵北向驻扎成皋。项羽击败彭越兵,又得知汉王又回军成皋,便引兵西进,攻打荥阳,杀死周苛和枞公,而虏韩王信,又围成皋。

汉王跳,独与滕公共车出成皋玉门,北渡河,驰宿脩武。自称使者,晨驰入张耳、韩信壁,而夺之军。乃使张耳北益收兵赵地,使韩信东击齐。汉王得韩信军,则复振。引兵临河,南飨军小脩武南,欲复战。郎中郑忠乃说止汉王,使高垒深堑,勿与战。汉王听其计,使卢绾、刘贾将卒二万人,骑数百,渡白马津,入楚地,与彭越复击破楚军燕郭西,遂复下梁地十余城。

汉王逃脱,独自与滕公夏侯婴同车出成皋北面玉门,向北渡黄河,宿于修武。汉王自称汉使者,于清晨驰入张耳、韩信的营中,夺取了张耳、韩信的军队。又派张耳向北进攻,增收兵卒于赵地;使韩信东进兵,攻击齐。汉王得了韩信的军队,声势复振,引兵到黄河。驻扎在小修武南方,计划再战。郎中郑忠阻止汉王出兵,请汉王高垒深堑,不与项羽战。汉王听取郑忠之计,使卢绾、刘贾领兵二万人,骑兵数百,渡白马津,进入楚地,和彭越军合力击破楚兵于燕郭西,又攻下梁地十余城。

淮阴已受命东,未渡平原。汉王使郦生往说齐王田广,广叛楚,与汉和,共击项羽。韩信用蒯通计,遂袭破齐。齐王烹郦

淮阴侯韩信已经受命东进攻齐,还没有渡过平原。汉王又使郦食其去齐,游说齐王田广。田广叛楚与汉和,共同进攻项羽,而韩信用蒯通的计谋,袭击田广而破齐。齐王田广以为郦生欺骗,烹杀郦

生，东走高密。项羽闻韩信已举河北兵破齐、赵，且欲击楚，则使龙且、周兰往击之。韩信与战，骑将灌婴击，大破楚军，杀龙且。齐王广奔彭越。当此时，彭越将兵居梁地，往来苦楚兵，绝其粮食。

生，自己东逃至高密。项羽听到韩信已用全部河北兵击破齐、赵，而且将要击楚，便派龙且、周兰二将领兵去击韩信。韩信与楚兵战，骑将灌婴大破楚兵，杀了龙且。齐王田广奔投彭越。当时，彭越领兵在梁地，往来游击，苦扰楚兵，断绝楚兵粮食。

四年，项羽乃谓海春侯大司马曹咎曰："谨守成皋。若汉挑战，慎勿与战，无令得东而已。我十五日必定梁地，复从将军。"乃行击陈留、外黄、睢阳，下之。汉果数挑楚军，楚军不出，使人辱之五六日，大司马怒，度兵汜水。士卒半渡，汉击之，大破楚军，尽得楚国金玉货赂。大司马咎、长史欣皆自刭汜水上。项羽至睢阳，闻海春侯破，乃引兵还。汉军方围钟离眛于荥阳东，项羽至，尽走险阻。

汉王四年，项羽对海春侯大司马曹咎说："你要谨慎地看守成皋。如果汉来挑战，千万不可交战，只要不让汉军东进就行。我十五天以内，必定攻得梁地，回来再和将军共事。"项羽引兵东行，击陈留、外黄、睢阳，都攻下。汉军果然屡次向楚军挑战，楚军不肯出战。汉军派人辱骂楚军，连连辱骂五六天，大司马曹咎怒，出兵渡汜水。当楚士卒半渡之际，汉兵突然袭击，大破楚军，掠得楚所有金玉财宝。大司马曹咎、长史司马欣都自刎于汜水上。项羽到睢阳，听到海春侯已兵败，就率军返回。当时汉军正围困钟离眛于荥阳东，项羽兵一到，汉兵都移到险要地带。

韩信已破齐，使人言曰："齐边楚，权轻，不为假王，恐不能安齐。"汉王欲攻之。留侯曰："不如因

韩信已经破齐，使人传言说："齐国接近楚国，如果权势太轻，不作假王，恐怕不能安定齐地。"汉王听了，要出兵攻韩信。留侯张良说："不如因而立韩信为

而立之,使自为守。"乃遣张良操印绶立韩信为齐王。

齐王,使韩信自己守齐地。"汉王便派张良带印绶前去,立韩信为齐王。

项羽闻龙且军破,则恐,使盱台人武涉往说韩信。韩信不听。

项羽闻报龙且军败,心中恐惧,于是使盱台人武涉赴齐游说韩信。韩信不肯听。

楚汉久相持未决,丁壮苦军旅,老弱罢转饷。汉王项羽相与临广武之间而语。项羽欲与汉王独身挑战。汉王数项羽曰:"始与项羽俱受命怀王,曰先入定关中者王之,项羽负约,王我于蜀汉,罪一。项羽矫杀卿子冠军而自尊,罪二。项羽已救赵,当还报,而擅劫诸侯兵入关,罪三。怀王约入秦无暴掠,项羽烧秦宫室,掘始皇帝冢,私收其财物,罪四。又强杀秦降王子婴,罪五。诈坑秦子弟新安二十万,王其将,罪六。项羽皆王诸将善地,而徙逐故主,令臣下争叛逆,罪七。项羽出逐义帝彭城,自都之,夺韩王地,并王梁楚,多自予,罪八。项

楚汉久久相持,胜负不能决,丁壮长期苦于军役,老弱病疲于转运粮食。汉王和项羽有一天隔广武涧对谈。项羽要与汉王单独挑战。汉王指项羽,历数其罪行。说:"在开始时候,我与你都受楚怀王之命,约定先入关中者为王。你背约,要我为王于蜀汉,这是你的罪之一。你假传怀王意旨,杀了卿子冠军宋义,而自己取上将军的尊号,这是罪之二。你已经救赵,应当还报楚怀王,而你擅自劫取诸侯之兵而入关,这是罪之三。楚怀王曾经约束,入秦之后,不许有暴虐劫掠,你烧秦宫室,掘秦始皇坟墓,私自收取秦的财物,罪之四。又强杀秦的降王子婴,罪之五。又以欺诈手段,坑杀秦降兵子弟二十万人于新安,而封其章邯为王,罪之六。你对附从你的将帅,都封好地为王,而无理地逐齐、赵、韩的故王田市、赵歇、韩广,使他们臣下争为叛逆,罪之七。你将义帝逐出彭城,而自己取彭城为都,又夺韩王地,合并梁楚之地,都归于自己,罪之八。你秘密派人暗杀义帝于江南,罪之

羽使人阴弑义帝江南，罪九。夫为人臣而弑其主，杀已降，为政不平，主约不信，天下所不容，大逆无道，罪十也。吾以义兵从诸侯诛残贼，使刑余罪人击杀项羽，何苦乃与公挑战！”项羽大怒，伏弩射中汉王。汉王伤胸，乃扪足曰：“虏中吾指！”汉王病创卧，张良强请汉王起行劳军，以安士卒，毋令楚乘胜于汉。汉王出行军，病甚，因驰入成皋。

九。为人臣而杀其君主，杀已降之兵，为政不能公平，主持公约而不守信，这种人为天下所不能容，真乃是大逆无道，罪之十。我以仁义之师，随从诸侯，诛除残暴贼害。我要用刑余的罪人，就能够杀你！我自己何苦和你挑战？”项羽大怒，以暗伏的弩箭射中汉王。汉王伤胸，但却自己握住脚说：“贼射中了我的脚趾。”汉王因伤痛而卧床不起，张良请汉王勉强起床，巡行慰劳军士，以安士卒，不要使楚乘机会进攻而胜汉。汉王出来慰劳军士，因伤势严重而驰入成皋休养。

病愈，西入关，至栎阳，存问父老，置酒，枭故塞王欣头栎阳市。留四日，复如军，军广武。关中兵益出。

伤愈，便西行入关，到栎阳，慰问父老，设酒宴请父老饮，斩已故塞王司马欣的头于栎阳市。在栎阳停留四天，又回到军中，统军于广武。关中的兵越来越多。

当此时，彭越将兵居梁地，往来苦楚兵，绝其粮食。田横往从之。项羽数击彭越等，齐王信又进击楚。项羽恐，乃与汉王约，中分天下，割鸿沟而西者为汉，鸿沟而东者为楚。项王归汉王父母妻子，军中皆呼万岁，乃归

当此时，彭越带兵居于梁地，往来游击，苦扰楚兵，绝楚兵粮食。齐田横前往梁地，随从彭越。项羽屡次击彭越等，而齐王韩信又进兵击楚。项羽恐惧，乃与汉王订约，中分天下，割鸿沟以西之地为汉地，鸿沟以东之地为楚地。项羽送回汉王的父母妻子，汉军中都高呼万岁，项羽撤军归去。

而别去。

项羽解而东归。汉王欲引而西归，用留侯、陈平计，乃进兵追项羽，至阳夏南止军，与齐王信、建成侯彭越期会而击楚军。至固陵，不会。楚击汉军，大破之。汉王复入壁，深堑而守之。用张良计，于是韩信、彭越皆往。及刘贾入楚地，围寿春，汉王败固陵，乃使使者召大司马周殷举九江兵而迎武王，行屠城父，随何、刘贾、齐梁诸侯皆大会垓下。立武王布为淮南王。

项羽解兵东归。汉王要引兵西归了，而用留侯张良和陈平之计，进兵追项羽，追到阳夏之南与齐王韩信、建成侯彭越约期会于固陵，一起进攻楚军。但汉王军到了固陵，韩信与彭越没有来相会。于是楚兵攻击汉军，大败汉军。汉王又入壁垒，掘深沟而坚守。因用张良之计，于是韩信彭越都领兵来会合。刘贾入楚地，围攻寿春。汉王既败于固陵，便派使者召大司马周殷，尽发九江之兵而迎武王黥布，武王攻下城父而屠杀之，随何、刘贾、齐、梁诸侯，都大会于垓下。汉王封武王英布为淮南王。

五年，高祖与诸侯兵共击楚军，与项羽决胜垓下。淮阴侯将三十万自当之，孔将军居左，费将军居右，皇帝在后，绛侯、柴将军在皇帝后。项羽之卒可十万。淮阴先合，不利，却。孔将军、费将军纵，楚兵不利，淮阴侯复乘之。大败垓下。项羽卒闻汉军之楚歌，以为汉尽得楚

五年，高祖与诸侯兵共击楚军，与项羽决胜负于垓下。淮阴侯韩信师三十万兵，独当一面。韩信部将孔熙居左，陈贺居右。汉王领兵随后，绛侯周勃、柴将军又跟在汉王之后。项羽这时有士兵约十万人。淮阴侯首先与楚军交锋，不顺利而退却。孔将军与费将军纵兵击项羽，楚兵不利，韩信再度乘势进击，大败楚军于垓下。项羽夜间听到汉军中唱楚歌，以为汉军尽得楚地。项羽败退逃走。于是全军大溃败。高祖使骑将翟婴追杀项羽于东城，

地，项羽乃败而走，是以兵大败。使骑将灌婴追杀项羽东城，斩首八万，遂略定楚地。鲁为楚坚守不下。汉王引诸侯兵北，示鲁父老项羽头，鲁乃降。遂以鲁公号葬项羽谷城。还至定陶，驰入齐王壁，夺其军。

斩首八万，并平定楚地。只有鲁独为楚坚守，一时不能攻下。汉王率诸侯兵北至鲁，把项羽的头拿给鲁县父老们看，鲁县人便投降。以鲁公封号将项羽葬于谷城。高祖回军至定陶，驰马自入齐王韩信军中，夺韩信兵。

正月，诸侯及将相相与共请尊汉王为皇帝。汉王曰："吾闻帝贤者有也，空言虚语，非所守也，吾不敢当帝位。"群臣皆曰："大王起微细，诛暴逆，平定四海，有功者辄裂地而封为王侯。大王不尊号，皆疑不信。臣等以死守之。"汉王三让，不得已，曰："诸君必以为便，便国家。"甲午，乃即皇帝位汜水之阳。

五年正月，诸侯将相共同请求尊汉王为皇帝。汉王说："我听说过，皇帝尊号必为贤德之人才能够有的。空言虚语，无实的名位，不是我所要取得而能持守的，我不敢当皇帝之位。"群臣都说："大王起于微细平民，诛杀暴逆，平定四海，有功的就裂而封为王侯。大王如不称皇帝尊号，大家会怀疑自己王侯的封号。我们以死坚守这个建议。"汉王谦让三次，群臣坚持尊汉王为皇帝，汉王不得已，说："诸君一定以为我作皇帝能使国家安宁。"二月甲午日，汉王即皇帝位于汜水之北。

皇帝曰义帝无后。齐王韩信习楚风俗，徙为楚王，都下邳。立建成侯彭越为梁王，都定陶。故韩王信为韩王，都阳翟。徙衡山王吴芮为长沙王，都临湘。番君之将梅鋗有功，从入武关，故德

皇帝说义帝没有后嗣，齐王韩信熟悉楚国风俗，迁齐王韩信为楚王，以下邳为都。立彭越为梁王，以定陶为都。旧的韩王信，仍为韩王，以阳翟为都。迁衡山王吴芮为长沙王，以临湘为都。吴芮的部将梅鋗有功，随军入武关，所以高祖这样感谢吴芮。淮南王英

番君。淮南王布、燕王臧荼、赵王敖皆如故。

布、燕王臧荼、赵王敖,都依旧为王不变。

天下大定。高祖都洛阳,诸侯皆臣属。故临江王欢为项羽,叛汉,令卢绾、刘贾围之,不下。数月而降,杀之洛阳。

天下大定。高祖建都于洛阳,诸侯都为天子下属臣。原临江王欢,效忠项羽而叛汉,高祖令卢绾、刘贾领兵围攻临江王。一时不能攻下。几个月后,临江王不能守,投降,高祖杀临江王于洛阳。

五月,兵皆罢归家。诸侯子在关中者复之十二岁,其归者复之六岁,食之一岁。

五年五月,汉兵都解甲归家。诸侯国的人留在关中的,除免其赋税十二年。不愿留居关中而回其故国的,免赋六年,食禄一年。

高祖置酒洛阳南宫。高祖曰:"列侯诸将无敢隐朕,皆言其情。吾所以有天下者何?项氏之所以失天下者何?"高起、王陵对曰:"陛下慢而侮人,项羽仁而爱人。然陛下使人攻城略地,所降下者因以予之,与天下同利也。项羽妒贤嫉能,有功者害之,贤者疑之,战胜而不予人功,得地而不予人利,此所以失天下也。"高祖曰:"公知其一,未知其二。夫运筹策帷帐之中,决胜于千里之外,吾不如子房。镇国家,抚百姓,给馈饷,不绝粮道,

高祖于洛阳南宫举行酒宴。高祖说:"列侯诸将,大家不许隐讳于朕,都要直言真情。朕所以能得有天下,是什么原因?项氏所以失掉天下,是什么原因?"高起和王陵二人回答道:"陛下傲慢而侮辱人,项羽仁厚而爱人。然而陛下使人攻城略地,所招降攻下之地,陛下就肯将原地封与攻占的将帅,陛下能与天下人同利。项羽嫉妒贤能,人有功,项羽便加以杀害。贤能之人,对项羽怀疑不肯相信。诸将战胜而不酬功,得地而不给诸将应得之利,因此所以失天下。"高祖说:"你们便知其一,不知其二!论到运筹谋画在帷帐之中,而胜于千里之外,我不如张良;论镇守国家,安抚百姓,供给粮饷,不绝粮道,我

吾不如萧何。连百万之军，战必胜，攻必取，吾不如韩信。此三者，皆人杰也，吾能用之，此吾所以取天下也。项羽有一范增而不能用，此其所以为我擒也。”

不如萧何；统百万大军，战必胜，攻必取，我不如韩信。这三个人都是人中豪杰！我能够用这三个人，这就是取得天下的缘故！项羽有一个范增，但他不能用，所以项羽被我所擒！”

高祖欲长都洛阳，齐人刘敬说，乃留侯劝上入都关中，高祖是日驾，入都关中。六月，大赦天下。

高祖以洛阳为都，齐人刘敬向高祖劝谏，留侯也劝高祖入关中建都。高祖当日起驾入关中，建都关中。六月，大赦天下。

十月，燕王臧荼反，攻下代地。高祖自将击之，得燕王臧荼。即立太尉卢绾为燕王。使丞相哙将兵攻代。

十月，燕王臧荼反叛，攻下代地。高祖亲自领兵击臧荼，虏臧荼。立太尉卢绾为燕王，使丞相樊哙领兵平定代地。

其秋，利几反，高祖自将兵击之，利几走。利几者，项氏之将。项氏败，利几为陈公，不随项羽，亡降高祖，高祖侯之颍川。高祖至洛阳，举通侯籍召之，而利几恐，故反。

本年秋，利几反叛。高祖亲自领兵攻利几，利几败走。利几原是项羽的部将，项羽败，利几当时为陈令，不随项羽，逃亡而投降高祖。高祖封利几为颍川侯。高祖到洛阳，按照名册召见诸侯，利几自以为原是项羽的部将，内心恐惧，不敢应召，因而造反。

六年，高祖五日一朝太公，如家人父子礼。太公家令说太公曰：“天无二日，土无二王。今高祖虽子，人主也；太公虽父，人臣也。奈何令人主拜人臣！如此，则威

六年，高祖五天一见太公，仍以父子之礼。太公家令谏太公说：“天无二日，民无二主。如今皇帝虽然是太公的儿子，但他是皇帝，是人主，太公虽然是父亲，而属于人臣，如何可以使人主拜人臣呢？这样下去，就要使天于失去

重不行。”后高祖朝,太公拥慧,迎门却行。高祖大惊,下扶太公。太公曰:“帝,人主也,奈何以我乱天下法!”于是高祖乃尊太公为太上皇。心善家令言,赐金五百斤。

威严了。”下一次高祖又来见太公,太公拥抱着扫帚,迎接在门前,却步退走。高祖大惊,忙下车扶太公。太公说:“皇帝是人主,怎能因为我为父亲的缘故,乱了天下脚大法!”于是高祖乃奉太公为太上皇。高祖心中赞美家令所言极好,赐金五百斤。

十二月,人有上变事告楚王信谋反,上问左右,左右争欲击之。用陈平计,乃伪游云梦,会诸侯于陈,楚王信迎,即因执之。是日,大赦天下。田肯贺,因说高祖曰:“陛下得韩信,又治秦中。秦,形胜之国,带河山之险,县隔千里,持戟百万,秦得百二焉。地埶便利,其以下兵于诸侯,譬犹居高屋之上建瓴水也。夫齐,东有琅邪、即墨之饶,南有泰山之固,西有浊河之限,北有勃海之利。地方二千里,持戟百万,县隔千里之外,齐得十二焉。故此东西秦也。非亲子弟,莫可使王齐矣。”高祖曰:“善。”赐黄金五百斤。

十二月,有人上书密告楚王韩信谋反。高祖问左右辅臣,如何处理。左右争先说要出击韩信。高祖不听,而用陈平的计谋,伪作出游云梦,要会诸侯于陈,楚王韩信迎高祖于陈,高祖就势捕囚韩信。这一日,大赦天下。田肯来祝贺,并对高祖说:“陛下得擒韩信,又建都于关中,关中秦地,得形势之胜,阻山带河,是险固之国。山河阻隔,与诸侯县,悬隔千里,诸侯持戟武士百万,而秦得百万之二倍。地势便利,用此情势,发兵攻诸侯,譬如居住高屋之上,倒下瓶水,直流无阻而下。若齐地,东有琅琊即墨之富饶,西有黄河天然界限,北有渤海的利益。地方二千里,诸侯之众。持戟武士百万人,与他地悬隔千里之外,而齐得持戟之武士二十万人。故齐地与秦地,都为富强之地,实一东秦与一西秦。除非陛下亲子弟,不可以使为齐王。”高祖说:“好!”赐田肯金五百斤。

后十余日，封韩信为淮阴侯，分其地为二国。高祖曰将军刘贾数有功，以为荆王，王淮东。弟交为楚王，王淮西。子肥为齐王，王七十余城，民能齐言者皆属齐。乃论功，与诸列侯剖符行封。徙韩王信太原。

后十余日，封韩信为淮阴侯，并将他原来的辖地分为二国。高祖说："将军刘贾，屡次有功，封为荆王，有淮东之地。又封弟弟刘交为楚王，有淮西之地。皇子刘肥为齐王，有齐地七十余城，凡人民能说齐地方言的，都属于齐国。"于是论功绩高低，剖符封各功臣为列侯。迁韩王信于太原。

七年，匈奴攻韩王信马邑，信因与谋反太原。白土曼丘臣、王黄立故赵将赵利为王以反，高祖自往击之。会天寒，士卒堕指者什二三，遂至平城。匈奴围我平城，七日而后罢去。令樊哙止，定代地。立兄刘仲为代王。

七年，匈奴攻韩王信于马邑，韩王信因与匈奴谋反于太原。白土地方的曼丘臣和王黄二人，共立赵旧将赵利为王，反叛朝廷，高祖亲自领兵前往镇压。正值天寒，士卒手指冻掉的十分之二三。进兵到平城后，匈奴围困高祖七天，然后罢兵离去。高祖令樊哙留北方，平定代地。高祖立兄刘仲为代王。

二月，高祖自平城过赵、洛阳，至长安。长乐宫成，丞相已下徙治长安。

二月，高祖从平城经过赵地、洛阳回到长安。长乐宫建成，高祖命令丞相以下官员，全体由栎阳迁至长安。

八年，高祖东击韩王信余反寇于东垣。

萧丞相营作未央宫，立东阙、北阙、前殿、武库、太仓。高祖还，见宫阙壮甚，怒，谓萧何曰："天下匈匈苦战数岁，成败未可知，是何

八年，高祖领兵东下在东垣一带进攻韩王叛军的残余。丞相萧何营造未央宫，修建了东阙、北阙、前殿、武库和太仓。高祖归来，见未央宫非常壮丽，高祖大怒，对萧何说："天下不安，连年苦战，如今成败还不可知，为什么建造这样豪华过度的宫室？"萧何说：

治宫室过度也?”萧何曰:“天下方未定,故可因遂就宫室。且夫天子四海为家,非壮丽无以重威,且无令后世有以加也。”高祖乃说。

“就是因为天下还没平定,所以乘这时候造成宫室。况且天子以四海为家,非壮丽不足以表示天子的尊重威严,并且也不要让后世的宫殿更加壮丽。”高祖这才喜悦。

高祖之东垣,过柏人,赵相贯高等谋弑高祖,高祖心动,因不留。代王刘仲弃国亡,自归洛阳,废以为合阳侯。

高祖领兵去东垣之时,经过柏人,赵相贯高等人谋杀高祖。高祖当时心有所动,感觉不安,因而不停留于柏人。代王刘仲弃国逃亡,自己回到洛阳。高祖废刘仲王号,以为合阳侯。

九年,赵相贯高等事发觉,夷三族。废赵王敖为宣平侯。是岁,徙贵族楚昭、屈、景、怀,齐田氏关中。

九年,赵相贯高等谋杀高祖事被发觉,他们的三族被诛灭。废赵王张敖为宣平侯,本年迁徙楚国贵族昭、屈、景、怀,齐国的贵族田氏到关中。

未央宫成。高祖大朝诸侯群臣,置酒未央前殿。高祖奉玉卮,起为太上皇寿,曰:“始大人常以臣无赖,不能治产业,不如仲力。今某之业所就孰与仲多?”殿上群臣皆呼万岁,大笑为乐。

未央宫建成,高祖大会诸侯群臣,置酒宴于未央宫前殿。高祖自捧玉杯,起立向太上皇敬酒,祝健康长寿,说:“早先,大人常说我没有出息,不会经营产业,不如二哥刘仲殷勤用力。如今我成就的产业,和二哥刘仲比一比,是谁的多?”殿上群臣听了,都高呼万岁,大笑欢乐。

十年十月,淮南王黥布、梁王彭越、燕王卢绾、荆王刘贾、楚王刘交、齐王刘肥、长沙王吴芮皆来朝长乐宫。春夏无事。

十年十月,淮南王黥布、梁王彭越、燕王卢绾、荆王刘贾、楚王刘交、齐王刘肥、长沙王吴芮都来朝于长乐宫。春夏二季无事。

七月，太上皇崩栎阳宫。楚王、梁王皆来送葬。赦栎阳囚。更命郦邑曰新丰。

七月，太上皇于栎阳宫逝世。楚王刘交、梁王彭越都来送葬，赦栎阳囚犯，将郦邑改名新丰。

八月，赵相国陈豨反代地。上曰："豨尝为吾使，甚有信。代地吾所急也，故封豨为列侯，以相国守代，今乃与王黄等劫掠代地！代地吏民非有罪也。其赦代吏民。"九月，上自东往击之。至邯郸，上喜曰："豨不南据邯郸而阻漳水，吾知其无能为也。"闻豨将皆故贾人也，上曰："吾知所以与之。"乃多以金啖豨将，豨将多降者。

八月，赵相国陈豨于代地反叛。高祖说，"陈豨曾经作我的使者，很可信任。代地空虚，急需可信之人防守，我所以封陈豨为列侯，以相国名义守代地。如今竟和王黄等劫掠代地，代地的吏民都没有罪，赦免代地全体吏民。"九月，高祖亲自领兵，东进攻打陈豨。兵到了邯郸，高祖大喜，说："陈豨不在南方以邯郸为据守之地，却靠漳水阻隔为阵，我可以看出陈豨是个没有作为的人。"又听说陈豨部将都是从前作买卖的。高祖说："我知道怎样对付他们了。"高祖于是多多用金钱诱买陈豨部将，陈豨部将多数投降。

十一年，高祖在邯郸诛豨等未毕，豨将侯敞将万余人游行，王黄军曲逆，张春渡河击聊城。汉使将军郭蒙与齐将击，大破之。太尉周勃道太原入，定代地。至马邑，马邑不下，即攻残之。

十一年，高祖在邯郸，诛除陈豨等事还未完毕。陈豨将侯敞率领万余人游动作战，王黄军留在曲逆，张春渡黄河击聊城。汉派将军郭蒙与齐将同击张春兵，大破张春。太尉周勃从太原领军入代，平定代地。兵到马邑，马邑不得攻下，周勃连攻马邑，将马邑打得残破不堪。

豨将赵利守东垣，高祖攻之，不下。月余，卒骂高祖，高祖怒。城降，令出骂者

陈豨部将赵利守东垣，高祖攻东垣，一月余不能攻下。士卒骂高祖，高祖大怒。其后东垣投降，高祖令交出骂

斩之,不骂者原之。于是乃分赵山北,立子恒以为代王,都晋阳。

者斩首,未骂的得宽恕。于是便分赵国山北之地归于代,以增大代的统治区域。立皇子刘恒为代王,以晋阳为都。

春,淮阴侯韩信谋反关中,夷三族。

本年春,淮阳侯韩信谋反于关中,他的三族被灭。

夏,梁王彭越谋反,废迁蜀;复欲反,遂夷三族。立子恢为梁王,子友为淮阳王。

夏、梁王彭越谋反,被废除王号迁到蜀;后来又要谋反,被灭三族。高祖立皇子刘恢为梁王,皇子刘友为淮阳王。

秋七月,淮南王黥布反,东并荆王刘贾地,北渡淮,楚王交走入薛。高祖自往击之。立子长为淮南王。

秋七月,淮南王黥布反,东进并取荆王刘贾之地,又北进渡淮,楚王刘交失败逃到薛。高祖亲自领兵击黥布。又立皇子刘长为淮南王。

十二年,十月,高祖已击布军会甀(音崔),布走,令别将追之。

十二年十月,高祖已击败黥布军于会甀,黥布逃走,高祖令别将追黥布。

高祖还归,过沛,留。置酒沛宫,悉召故人父老子弟纵酒,发沛中儿得百二十人,教之歌。酒酣,高祖击筑,自为歌诗曰:“大风起兮云飞扬,威加海内兮归故乡,安得猛士兮守四方!”令儿皆和习之。高祖乃起舞,慷慨伤怀,泣数行下。谓沛父兄曰:“游子悲故乡。吾虽都关中,万岁后吾魂魄犹乐

高祖回师,停留于沛县,设酒宴于沛宫,召来全县故交父老子弟畅饮。高祖拣出沛中儿童,得一百二十人,教以歌唱。大家饮酒到半醒半醉的时侯,高祖自己击筑,自己作歌诗,唱道:“大风卷起啊白云飘扬,皇威普海内啊我又归故乡。怎样才能得到猛士啊守卫四方!”高祖命儿童都熟习、高唱,高祖便跳起舞,慷慨伤怀,流下行行热泪。高祖对沛县父兄们说:“游子悲故乡,我虽以关中为都,长住都中,但万年之

思沛。且朕自沛公以诛暴逆，遂有天下，其以沛为朕汤沐邑，复其民，世世无有所与。”沛父兄诸母故人日乐饮极欢，道旧故为笑乐。十余日，高祖欲去，沛父兄固请留高祖。高祖曰：“吾人众多，父兄不能给。”乃去。沛中空县皆之邑西献。高祖复留止，张饮三日。沛父兄皆顿首曰：“沛幸得复，丰未复，唯陛下哀怜之。”高祖曰：“丰吾所生长，极不忘耳，吾特为其以雍齿故反我为魏。”沛父兄固请，乃并复丰，比沛。于是拜沛侯刘濞为吴王。

后，我魂魄仍然思念沛县。我从做沛公开始讨伐暴君逆贼，终于取得天下。因此，以沛县作我的汤沐邑，免沛县全民赋税，世世代代不必纳税。”沛县父老兄弟，以及妇女长辈，每天陪高祖饮酒，彼此极为欢乐，回述从前旧事，谈笑取乐。十余日高祖想要离去，沛县父老兄弟坚请高祖再多留几日。高祖说：“我带来人马太多，父兄们不能供应这样多人的花费。”高祖离沛时，沛县一时成为空城，全县民众都到邑西送高祖，献牛酒。高祖在邑西又停留，设帷帐和大家饮酒三日，沛父老兄弟叩首要求高祖说：“沛县有幸，得免赋税，而丰邑未得免，请陛下哀怜丰邑，也赐予免税。”高祖说：“丰邑是朕所生长之地，最不能忘，朕所以不免丰邑赋税，只为雍齿的缘故，雍齿居然反朕而投魏！”沛县父兄仍向高祖固请，高祖便也免了丰邑赋税，照沛县一样。于是封沛侯刘濞为吴王。

汉将别击布军洮水南北，皆大破之，追得，斩布鄱阳。

汉将此时击黥布军于洮水南北之地，南北二地都大破黥布军，黥布败退，汉军追获黥布，斩于鄱阳。

樊哙别将兵定代，斩陈豨当城。

樊哙领兵，北定代地，斩陈豨于当城。

十一月，高祖自布军至长安。

十一月，高祖从征黥布军回到长安。

十二月，高祖曰："秦始皇帝、楚隐王、陈涉、魏安釐王、齐缗王、赵悼襄王皆绝无后，予守冢各十家，秦皇帝二十家，魏公子无忌五家。"赦代地吏民为陈豨、赵利所劫掠者，皆赦之。陈豨降将言豨反时，燕王卢绾使人之豨所，与阴谋。上使辟阳侯迎绾，绾称病。辟阳侯归，具言绾反有端矣。二月，使樊哙、周勃将兵击燕王绾，赦燕吏民与反者。立皇子建为燕王。

十二月，高祖说："秦始皇帝、楚隐王、陈涉、魏安釐王、齐缗王、赵悼襄王都绝嗣无后。赐守墓者各十家。秦始皇帝二十家，魏公子无忌五家。"赦代地吏民被陈豨、赵利所劫掠的都无罪。陈豨的降将说陈豨反的时候，燕王卢绾派人来到陈豨处，与陈豨同作阴谋。高祖闻知此事，乃使辟阳侯审食其迎卢绾到长安。卢绾称病，不肯来。辟阳侯回报高祖说，说明卢绾造反的种种迹象。二月，声祖使樊哙、周勃领兵击燕王卢绾，赦免燕地吏民参与卢绾反叛的人。又立皇子刘建为燕王。

高祖击布时，为流矢所中，行道病。病甚，吕后迎良医。医入见，高祖问医。医曰："病可治。"于是高祖嫚骂之曰："吾以布衣提三尺剑取天下，此非天命乎？命乃在天，虽扁鹊何益？"遂不使治病，赐金五十斤罢之。已而吕后问："陛下百岁后，萧相国即死，令谁代之？"上曰："曹参可。"问其次，上曰：

高祖亲击黥布时，被流矢射中。归途中发病，很严重。吕后忙接来良医看病，医生入见高祖，高祖问医生病势如何，医生说，可以医治得好。高祖辱骂医生说："我以布衣平民，提三尺剑取得天下，这不是天命吗？我的命由上天安排，虽有扁鹊，对我的病有什么益处？"高祖不要这位医生医病，赐医生金五十斤，使医生离去。过后，吕后见高祖病沉重，便问高祖："陛下百岁以后，萧相国再死去，使谁代替萧相国的位置？"高祖说："曹参可以！"吕后又问其次。高祖说："王陵可以，但是

"王陵可。然陵少戆，陈平可以助之。陈平智有余，然难以独任。周勃重厚少文，然安刘氏者必勃也，可令为太尉。"吕后复问其次，上曰："此后亦非而所知也。"

王陵年青而憨直，陈平可以帮助他。陈平智慧有余，然而难以担当重任；周勃为人沉重宽厚而缺少学问。但能安定我刘氏天下的，必定是周勃，可以让池作太尉。"吕后又问其次。高祖说："在这以后，你也不能知道了！"

卢绾与数千骑居塞下候伺，幸上病愈自入谢。

卢绾带领数千骑兵，居留塞下等待。希望高祖病愈后，可以自巴入长安谢罪。

四月甲辰，高祖崩长乐宫。四日不发丧。吕后与审食其谋曰："诸将与帝为编户民，今北面为臣，此常怏怏，今乃事少主，非尽族是，天下不安。"人或闻之，语郦将军。郦将军往见审食其，曰："吾闻帝已崩，四日不发丧，欲诛诸将。诚如此，天下危矣。陈平、灌婴将十万守荥阳，樊哙、周勃将二十万定燕、代，此闻帝崩，诸将皆诛，必连兵还乡以攻关中。大臣内叛，诸侯外反，亡可翘足而待也。"审食其入言之，乃以丁未发丧，大赦天

十二年四月甲辰，高祖于长乐宫逝世。过了四天，吕后不发布丧事消息，她和审食其暗中谋画。吕后说："皇帝所属将帅们，原来和皇帝都一样是编户平民。后来诸将作了高祖的属臣，大家常怏怏不乐。如今再使他们事奉少主，他们怎肯心服？不杀掉这些人，天下会不安定！"有人听了这个话，便告诉将军郦商。郦商去见审食其说："我听说皇帝已崩逝四天，而不发布丧事消息，计谋杀尽将帅们。真这样做，天下可就危险了！陈平、灌婴领十万兵守荥阳，樊哙、周勃领二十万兵定燕代。此时若知道皇帝崩逝，将帅们都被杀，必定联合进攻关中，那时大臣在内叛乱，诸侯在外造反，天下之亡，可以翘足而待！"审食其以为确实如此，忙入宫向吕后陈述。于是在丁未日发丧，大赦天下。

下。

卢绾闻高祖崩，遂亡入匈奴。

卢绾闻知高祖死了，便逃入匈奴。

丙寅，葬。己巳，立太子，至太上皇庙。群臣皆曰："高祖起微细，拨乱世反之正，平定天下，为汉太祖，功最高。"上尊号为高皇帝。太子袭号为皇帝，孝惠帝也。令郡国诸侯各立高祖庙，以岁时祠。

五月丙寅葬高祖，己巳立太子刘盈为皇帝。帝与群臣到太上皇庙聚议。群臣都说："先皇帝兴起于微细平民，而能拨转乱世，还归于正道，平定天下，为汉的大祖，功最高，上尊号为高皇帝。"太子袭号为皇帝，就是孝惠皇帝，令各郡各国诸侯，各立高祖庙，依年节时令祭祀。

及孝惠五年，思高祖之悲乐沛，以沛宫为高祖原庙。高祖所教歌儿百二十人，皆令为吹乐。后有缺，辄补之。

到了孝惠皇帝五年，孝惠皇帝思念高祖在回沛县时的悲乐情形，命以沛宫为高祖原庙。高祖在沛所教歌唱的儿童一百二十人，都令作为原庙的乐队，以后有缺额一律补足。

高帝八男：长庶齐悼惠王肥；次孝惠，吕后子；次戚夫人子赵隐王如意；次代王恒，已立为孝文帝，薄太后子；次梁王恢，吕太后时徙为赵共王；次淮阳王友，吕太后时徙为赵幽王；次淮南厉王长；次燕王建。

高祖有八个儿子，长子是庶出，就是齐悼王刘肥；次子吕后生，便是孝惠皇帝刘盈；第三子是戚夫人所生的赵隐王如意；第四子是代王刘桓，后来立为孝文皇帝，是薄太后所生；第五子是梁王刘恢，吕太后时迁徙为赵共王；第六于是淮阳王刘友，吕太后时迁徒为赵幽王；第七子为淮南厉王刘长。第八子是燕王刘建。

太史公曰：夏之政忠。忠之敝，小人以野，故殷人承之以敬。敬之敝，小人以鬼，故周人承之以文。文之敝，小人以僿，故救僿莫若以忠。三王之道若循环，终而复始。周秦之间，可谓文敝矣。秦政不改，反酷刑法，岂不缪乎？故汉兴，承敝易变，使人不倦，得天统矣。朝以十月。车服黄屋左纛。葬长陵。

太史公说：夏代的政治主要在一个“忠”字，所谓“忠”，就是诚信敦厚；它的弊端在于常常会使小人粗鄙、缺乏礼节。等到殷人承续夏代掌握政权的时候，却又特别请求一个“敬”字。它的弊端在于常常会使人迷信鬼神。等到周人承续殷代掌握政权的时候，却又特别讲求一个“文”字，不免就会产生若干只重繁琐形式的弊端。纠正这项缺失，实在没有比“忠”更具有效益了。因此，夏、商、周三代的君王施政的中心思想，交递变换，各有注重。在周秦之际，礼乐制度被破坏无遗，因而发生许多严重的失偏现象。到了秦代，施政非但未能加以革新，反而采用严苛的刑罚去治理人民，岂非错上加错！等到汉代兴起，承续秦代的弊端，而又有所改变，让所有人民都能享受安乐的生活，实现大道循环的正统。十月诸侯前往京城朝觐皇帝。官员们的乘黄缯作盖的车辆，在车左用雉尾或牦牛尾作奖饰。将高祖葬在长陵。

评议

三代以下，以匹夫而有天下者，自汉高祖始，故太史公作纪多用特笔，与他本纪不同。篇幅虽长，约而言之，可分五截读：自首至“多欲附者矣”为一截，是纪其出身之异；自“秦二世元年”至“此所谓河北之军也”

为一截,是纪其起兵;自“秦二世三年”至“惟恐沛公不为秦王”为一截,是纪其灭秦;自“或说沛公曰”至“而利几恐 故反”为一截,是纪其灭楚;自“六年”至末为一截,是纪其定天下以后各事。而一篇收束又分为五层:叙高起、王陵语为一层,叙高祖未央宫语为一层,叙高祖过沛语为一层,叙高祖死时语为一层,叙群臣上庙号语为一层,洋洋万余言组成一片,纵横驰骤,一丝不乱,非有神力,安能办此!赞语揭出天统,上承三代,下开百王,片言扼要,尤为得体。

篇内“蛟龙”,按《汉书》作“交龙”。“泗水”,按《汉书》作“泗上”。“皆似君”,按《汉书》“似”作“以”。“破魏二军”,按《汉书》“魏”作“其”。“黎明”,按《汉书》作“迟明”。“随何、刘贾、齐梁诸侯皆大会垓下”,按《汉书》无“何”字,《项羽纪》亦作“随刘贾”。“甲午,乃即皇帝位汜水之阳”。按《汉书》是“二月甲午”,此阙“二月”两字。“夫运筹策帷帐之中”,按《汉书》无“策”字,“帷帐”作“帷幄”。“楚隐王陈涉”,按“陈涉”二字疑衍,《汉书》诏辞无之。

越王勾践世家

越王勾践，其先禹之苗裔，而夏后帝少康之庶子也。封于会稽，以奉守禹之祀。文身断发，披草莱而邑焉。后二十余世，至于允常。允常之时，与吴王阖庐战而相怨伐。允常卒，子勾践立，是为越王。

越王勾践的祖先，是禹的远世子孙。当时夏后帝少康的庶子，封于会稽，负责看守供奉禹的祭祀，他们身上刺着花纹，剪断了头发，从事开发草莱，建设都邑的工作。后来传了二十多代，到了允常。在允常的时代，越侯与吴王阖庐发生战争，相互间结下了怨恨，允常去世以后，允常的儿子勾践即位，就是越王。

元年，吴王阖庐闻允常死，乃兴师伐越。越王勾践使死士挑战，三行，至吴陈，呼而自刭。吴师观之，越因袭击吴师，吴师败于槜李，射伤吴王阖庐。阖庐且死，告其子夫差曰："必毋忘越。"

勾践即位的第一年，吴王阖庐听说允常死了，就起兵讨伐越国，越王勾践派了敢死队去挑战，排成三列，在吴国的军阵前，大声呼叫，并一齐刎颈自杀，吴国的军队看得出了神，原来严整的队伍也散乱了，越国就藉着这个机会袭击吴军，吴国的军队在槜被打败了。并且用箭射伤吴王阖庐。阖庐将死的时候，告诉他的儿子夫差说："一定不要忘记越国！"

三年，勾践闻吴王夫差日夜勒兵，且以报越，越欲先吴未发往伐之。范蠡谏曰："不可。臣闻兵者凶器也，战者逆德也，争者事之末也。阴

勾践即位的第三年，勾践听说吴王夫差日夜辛勤、训练军队，将用来报复越国。越国想先发制人，往伐吴国。范蠡就劝谏说："不可以的！我听说过：兵器就是凶器，作战就是违背道义的事，争斗就是处事中的下策。暗中图谋着逆行，喜欢常用凶器，

谋逆德，好用凶器，试身于所末，上帝禁之，行者不利。”越王曰：“吾已决之矣。”遂兴师。吴王闻之，悉发精兵击越，败之夫椒。越王乃以余兵五千人保栖于会稽。吴王追而围之。

将自身去尝试种种下策，上帝会禁绝他，那样去做一定不利！”越王说：“我已经定了！”于是兴兵去攻打吴国，吴王得到越王出兵的消息，派遣所有精兵一齐出动来打越国，在夫椒那里把越国打败了，越王只剩下的军队五千人，保守在会稽山上，吴王追过去将他团团围住。

越王谓范蠡曰：“以不听子故至于此，为之奈何?”蠡对曰：“持满者与天，定倾者与人，节事者以地。卑辞厚礼以遗之，不许，而身与之市。”勾践曰：“诺。”乃令大夫种行成于吴，膝行顿首曰：“君王亡臣勾践使陪臣种敢告下执事：勾践请为臣，妻为妾。”吴王将许之。子胥言于吴王曰：“天以越赐吴，勿许也。”种还，以报勾践。勾践欲杀妻子，燔宝器，触战以死。种止勾践曰：“夫吴太宰嚭(音匹)贪，可诱以利，请间行言之。”于是勾践以美

越王就对范蠡说：“因为不听你的话，才弄到这个地步，现在该怎么办呢?”范蠡回答说：“想要执持盈满的人，必须效法天道的盈而不溢；想要平定倾覆的人，必须懂得人道的谦卑受益；想要节制事理的人，必须效法地道的因时制宜。现在只有用谦卑的言辞，送厚重的礼物去给他，若还不获允许，就只好你自己也抵押给他作随从。”勾践说：“好的。”就命令大夫文种到吴国去求和，文种用膝盖跪着走路，低头向吴王行礼说：“君王!您逃亡的臣子勾践，派了您臣子手下的臣子文种，大胆地向您手下的办事人员报告：‘勾践请求做您的臣子，他的妻子做您的侍妾!”吴王就想答应他，伍子胥却对吴王说：“上天有意将越国赐给吴国，切勿答应他!”文种回来将吴国拒绝的意思向勾践报告，勾践就想杀掉妻子，焚毁宝器，像困兽一样拼死决战。文种就制止勾践，并对勾践说：“吴国的太宰嚭很贪心，可以用财利来引诱，请派我秘密地去游说

女宝器令种间献吴太宰嚭。嚭受,乃见大夫种于吴王。种顿首言曰:"愿大王赦勾践之罪,尽入其宝器。不幸不赦,勾践将尽杀其妻子,燔其宝器,悉五千人触战,必有当也。"嚭因说吴王曰:"越以服为臣,若将赦之,此国之利也。"吴王将许之。子胥进谏曰:"今不灭越,后必悔之。勾践贤君,种、蠡良臣,若反国,将为乱。"吴王弗听,卒赦越,罢兵而归。

他。"于是勾践就用美女和宝器,命令文种秘密地去献给太宰嚭,嚭接受了馈赠,就引见大夫文种于吴王,文种顿首行礼说:"希望大王能赦免勾践的罪过,把越国的宝器全部收归给吴国。如果不幸不能赦免勾践,那勾践将要杀尽他的妻妾与孩子,烧光他的宝器,全部五千人作困兽的决一死战,一定可以杀死与五千人相当数字的人!"嚭就借机劝吴王说:"越王已经降服为臣子,如果把他赦免了,这是国家的利益。"吴王将允许赦免越王,伍子胥便进来说:"现在不消灭越国,将来一定会后悔,勾践是一位贤君,文种、范蠡都是能干的臣子,如果从会稽回国以后,即将造成叛乱。"吴王不听他的谏言,终于赦免了越国,停止作战而回吴国去了。

勾践之困会稽也,喟然叹曰:"吾终于此乎?"种曰:"汤系夏台,文王囚羑里,晋重耳奔翟,齐小白奔莒,其卒王霸。由是观之,何遽不为福乎?"

当勾践被围困在会稽山上的时候,曾喟然叹息说:"我将死在这里了吧?"文种便说:"汤曾被关在夏桀的台里,文王被囚在羑里,晋国的公子重耳出奔于狄,齐国的公子小白出奔于莒,他们最后都称王称霸,由此看来,怎见得祸不能转化为福气呢?"

吴既赦越,越王勾践反国,乃苦身焦思,置胆于坐,坐卧即仰胆,饮食亦嚐胆也。曰:"女忘会稽之耻邪?"身自耕

吴王既赦免了越王,越王勾践就回到越国,于是勤劳受苦,忧心思虑,挂一个动物的胆在座旁,坐着卧着即能仰起头来望着面前的苦胆,饮食的时候也尝尝胆的苦味,并且告诫自己说:"你忘了会稽所受的

作,夫人自织,食不加肉,衣不重采,折节下贤人,厚遇宾客,振贫吊死,与百姓同其劳。欲使范蠡治国政,蠡对曰:“兵甲之事,种不如蠡;填抚国家,亲附百姓,蠡不如种。”于是举国政属大夫种,而使范蠡与大夫柘稽行成,为质于吴。二岁而吴归蠡。

耻辱吗?”勾践亲自耕种劳作,夫人也亲自织布,食物中肉类并不多,衣着时彩色并不艳,放下架子谦恭地去礼贤下士,对待宾客更是优厚礼遇,赈济贫苦吊慰死者,与百姓共同操劳。勾践想让范蠡来主持国家的政治,范蠡说:“兵甲作战的事,文种比不上我,至于镇安国家、使百姓亲附,我也比不上文种。”勾践于是把整个国家的政事嘱托给大夫文种,而派范蠡和大夫柘稽去议和,留在吴国作人质。二年以后,吴国放回了范蠡。

勾践自会稽归七年,拊循其士民,欲用以报吴。大夫逢同谏曰:“国新流亡,今乃复殷给,缮饰备利,吴必惧,惧则难必至。且鸷鸟之击也,必匿其形。今夫吴兵加齐、晋,怨深于楚、越,名高天下,实害周室,德少而功多,必淫自矜。为越计,莫若结齐,亲楚,附晋,以厚吴。吴之志广,必轻战。是我连其权,三国伐之,越承其弊,可克也。”勾践曰:“善。”

勾践从会稽归国满了七年,一直抚慰越国的士兵和一般人民,想用来报复吴国。大夫逢同进谏说:“国家新近遇到流亡的事,到现在才又殷富起来,如果致力于修治装备、具备利器,吴国一定会害怕,一害怕,灾难就会降临,况且猛鸷的鸟要出击,一定故意藏匿他的形体。现在吴国的军力施及齐、晋;楚、越也结下了很深的怨恨,名声虽高过天下各国,实际上有害于周朝的王室,德行少而战功多,一定会过分地自矜自夸。替越国打算,不如结交齐国、亲近楚国、随附晋国,并且大大地捧高吴国的欲望,吴国的欲望一提高,一定会轻易地去战争,这便是我们连络这些势力,齐、晋、楚三国来讨伐吴国,越国乘着吴国疲惫的时候去进攻,就可以打败它。”勾践说:“很好。”

居二年,吴王将伐

又耽了二年,吴王将去征伐齐国,伍子

齐。子胥谏曰："未可。臣闻勾践食不重味，与百姓同苦乐。此人不死，必为国患。吴有越，腹心之疾，齐与吴，疥瘲也。愿王释齐先越。"吴王弗听，遂伐齐，败之艾陵，虏齐高、国以归。让子胥。子胥曰："王毋喜！"王怒，子胥欲自杀，王闻而止之。越大夫种曰："臣观吴王政骄矣，请试尝之贷粟，以卜其事。"请贷，吴王欲与，子胥谏勿与，王遂与之，越乃私喜。子胥言曰："王不听谏，后三年吴其墟乎！"太宰嚭闻之，乃数与子胥争越议，因谗子胥曰："伍员貌忠而实忍人，其父兄不顾，安能顾王？王前欲伐齐，员强谏，已而有功，用是反怨王。王不备伍员，员必为乱。"与逢同共谋，谗之王。王始不从，乃使子胥于齐，闻其托子于鲍氏，王乃大怒，曰："伍员果欺寡

胥进谏说："不可以的，我听说勾践吃饭时不多加菜，和百姓同甘共苦。这个人不死，一定会变成吴国的忧患，吴国有了越国，是心腹中的疾病；齐国对吴国来说，不过是疥疮癣斑而已，希望王能停下攻齐的计划，先打越国。"吴王不肯听从，就去征伐齐国，在艾陵打败了齐国的军队，俘虏了高子和国子，带着胜利的战果归来，便去责让伍子胥。伍子胥说："王且勿开心！"吴王很愤怒，伍子胥就想自杀，吴王听到这消息就制止他。越国的大夫文种说："我看吴王的执政已十分骄傲，请试着去向他借食粟，藉以试探他对我们的态度，可以卜问出事态发展的契机。"就向吴国请求借谷子，吴王想借给越国，伍子胥谏议说不要借，吴王还是决定借了，越国私下里很高兴。伍子胥说："王现在不听我的劝谏，三年以后，吴国应该是一片废墟吧！"太宰嚭听到这消息，屡次和伍子胥争论对越国的政策，借机进谗言害伍子胥说："伍员这个人外貌敦厚，其实是个残忍的人，他连自己的父兄都不顾，哪里会顾到王呢？王前次想伐齐，伍员一再进谏，后来伐齐有了功绩，因此反而怨恨王，王如果不防备伍员，伍员一定会作乱。"嚭与越国的大夫逢同共同谋划，用这些谗言去迷惑吴王。吴王一开始不信从谗言，就派伍子胥到齐国去，听说伍子胥在齐国时，把他的儿子托给鲍氏去照顾，吴王就大怒，并

人!”役反,使人赐子胥属镂剑以自杀。子胥大笑曰:“我令而父霸,我又立若,若初欲分吴国半予我,我不受,已,今若反以谗诛我。嗟乎,嗟乎,一人固不能独立!”报使者曰:“必取吾眼置吴东门,以观越兵入也!”于是吴任嚭政。居三年,勾践召范蠡曰:“吴已杀子胥,导谀者众,可乎?”对曰:“未可。”

说:“伍员果然是在欺骗我!”待伍子胥完成出使任务归来,就派人赐给伍子胥一把快利的属镂剑,让他自杀。伍子胥大笑说:“我使你父亲称霸,我又立了你,让你即位,你当初要分吴国的一半给我,我不肯受,没过多久,现在你反而因为谗言要杀我,唉!唉!你孤独的一个人必然是不能独立长久的!”就回答使者说:“一定要取下我的眼睛,放置在吴国城东门,以便看到越国的兵从哪边进入!”于是吴国就任命嚭主持一切政事。又耽了三年,勾践就召见范蠡说:“吴国已杀掉了伍子胥,阿谀逢迎的人愈来愈多,这是可以进攻的时机了吧?”范蠡回答说:“还不可以。”

至明年春,吴王北会诸侯于黄池,吴国精兵从王,惟独老弱与太子留守。勾践复问范蠡,蠡曰“可矣”。乃发习流二千[人],教士四万人,君子六千人,诸御千人,伐吴。吴师败,遂杀吴太子。吴告急于王,王方会诸侯于黄池,惧天下闻之,乃秘之。吴王已盟黄池,乃使人厚礼以请成越。越自度亦未能灭吴,乃与吴平。

到了下一年的春天,吴王到北方黄池去会盟诸侯,吴国精锐的部队都随从着吴王,只有老弱与太子留守在吴国,勾践又问范蠡,范蠡说:“可以了。”于是派熟练于水战的兵二千人,训练有素的部队四万人,受过良好教育而职位较高的干部六千人、各种专门技术人员一千人讨伐吴国。吴国的军队被打败了,就杀死吴国的太子。吴国的使者向吴王告急,吴王正在黄池与诸侯会盟,怕天下诸侯知道这变故,就严守秘密。吴王在黄池与诸侯订完了盟约,就派人送了一分厚礼,请求与越讲和,越国自己度量还不足以吞灭吴国,就与吴国讲和。

其后四年，越复伐吴。吴士民罢弊，轻锐尽死于齐、晋。而越大破吴，因而留围之三年，吴师败，越遂复栖吴王于姑苏之山。吴王使公孙雄肉袒膝行而前，请成越王曰："孤臣夫差敢布腹心，异日尝得罪于会稽，夫差不敢逆命，得与君王成以归。今君王举玉趾而诛孤臣，孤臣惟命是听，意者亦欲如会稽之赦孤臣之罪乎？"勾践不忍，欲许之。范蠡曰："会稽之事，天以越赐吴，吴不取。今天以吴赐越，越其可逆天乎？且夫君王早朝晏罢，非为吴邪？谋之二十二年，一旦而弃之，可乎？且夫天与弗取，反受其咎。'伐柯者其则不远'，君忘会稽之厄乎？"勾践曰："吾欲听子言，吾不忍其使者。"范蠡乃鼓进兵，曰："王已属政于执事，使者去，不者且得罪。"吴使

四年以后，越国再度讨伐吴国，吴国的官员与人民都疲惫不堪，精锐的部队都在齐国晋国死光了。所以越国将吴国打得大败，而长久地围困着吴国，围了三年，吴国的军队打败了，越国就又把吴王围困于姑苏的山上，吴王派公孙雄打着赤膊，用膝盖跪着走路，到越王前面请求讲和，他说："孤独的臣子夫差，大胆地说出真心的话：从前曾在会稽得罪你，但是夫差不敢违逆天命，使得夫差能与您君王讲和，让您归国；现在您君王劳动了玉趾而论罪于孤臣夫差，孤臣对您的命令绝对听从，但夫差私下的心意是希望也能像会稽山赦免对方一样，赦免孤臣夫差的罪。"勾践有些不忍心，想答应了。范蠡就说："会稽山的那件战事，是上天要把越国赐给吴国，吴国不取下；现在上天把吴国赐给越国，越国难道也要违逆天命吗？况且您君王每天一早起来上朝，很晚才休息，不就是为了征服吴国吗？谋划了二十二年，一朝将计划抛弃，那是可以的吗？何况天赐给你，你不取，一定反而受到咎害，好像砍伐斧柄，斧柄的大小模样就在手上，您忘记在会稽山上的困厄吗？"勾践说："我是想听从你的意见，只是我不忍心见到他们的使者。"范蠡于是就击鼓进兵，并宣布说："越王已将政事交给我来处理，吴国的使者赶快离去，不然将要得罪你了！"吴国的使者哭泣着离去了。勾践觉得吴国很

者泣而去。勾践怜之,乃使人谓吴王曰:"吾置王甬东,君百家。"吴王谢曰:"吾老矣,不能事君王!"遂自杀。乃蔽其面,曰:"吾无面以见子胥也!"越王乃葬吴王而诛太宰嚭。

可怜,就派人去对吴王说:"我想将你吴王安置在甬的东方,做一个百户人家的君。"吴王谢说:"我已经老了,不能侍奉您君王!"就自杀,自杀时遮蔽他的脸说:"我没有脸去见伍子胥啊!"越王就安葬了吴王。并且把太宰嚭杀掉。

勾践已平吴,乃以兵北渡淮,与齐、晋诸侯会于徐州,致贡于周。周元王使人赐勾践胙,命为伯。勾践已去,渡淮南,以淮上地与楚,归吴所侵宋地于宋,与鲁泗东方百里。当是时,越兵横行于江、淮东,诸侯毕贺,号称霸王。

勾践平定吴国以后,就用兵向北渡过淮水,与齐国晋国的诸侯会盟于徐州,并致送贡品给周朝的王室,周元王派人赏赐勾践祭祀用的肉,并册命勾践为伯。勾践离开徐州以后,渡过淮南,将淮河流域一带的土地送给楚国,归还吴国所侵并宋国的土地给宋国,将泗水东方百里的土地给鲁国,在这时候,越国的军队在江淮以东通行无阻,诸侯都来祝贺,号称勾践为霸王。

范蠡遂去,自齐遗大夫种书曰:"蜚鸟尽,良弓藏,狡兔死,走狗烹。越王为人长颈鸟喙,可与共患难,不可与共乐。子何不去?"种见书,称病不朝。人或谗种且作乱,越王乃赐种剑曰:"子教寡人伐吴七术,寡人用其三而败吴,其四

这时范蠡就离去了,他到了齐国,从齐国送一封信给文种,信中说:"飞鸟射光了,良弓就会被收藏起来;狡兔射死了,跑得再快的猎狗会被烹食。越王这个人的长相,脖子很长,嘴尖得像乌鸦,这种人只可以共患难,不可以共享安乐,你为什么还不离去呢?"文种见到了信,就宣称有病,不肯上朝,有人就进谗言,说文种将来会起来作乱,越王就赐一柄剑给文种,并告诉他说:"你教我七种计策去讨伐吴国,我只用了其

在子,子为我从先王试之。”种遂自杀。

中的三种,而吴国已经败亡了,还有四种仍在你那边,请你替我追随死去的先王,让他也试试你的妙计吧!”文种就只好自杀。

勾践卒,子王鼫与立。王鼫与卒,子王不寿立。王不寿卒,子王翁立。王翁卒,子王翳立。王翳卒,子王之侯立。王之侯卒,子王无强立。

勾践去世后,他的儿子王鼫与即位;王鼫与去世后,他的儿子王不寿即位;王不寿去世后,他的儿子王翁即位;王翁去世后,他的儿子王翳即位;王翳去世后,他的儿子王之侯即位;王之侯去世后,他的儿子王无强即位。

王无强时,越兴师北伐齐,西伐楚,与中国争强。当楚威王之时,越北伐齐,齐威王使人说越王曰:“越不伐楚,大不王,小不伯。图越之所为不伐楚者,为不得晋也。韩、魏固不攻楚。韩之攻楚,覆其军,杀其将,则叶、阳翟危;魏亦覆其军,杀其将,则陈、上蔡不安。故二晋之事越也,不至于覆军杀将,马汗之力不效。所重于得晋者何也?”越王曰:“所求于晋者,不至钝刃

在王无强的时代,越国曾兴兵到北方征伐齐国,到西方征伐楚国,与中原诸国争雄。在楚威王时,越国有一次去北方讨伐齐国,齐威王派使者去游说越王说:“越国如果不去讨伐楚国,得到大胜利也不足以称王,得到小胜利也不足以称霸。研究越国所以不去讨伐楚国,主要是因为得不到韩、魏的协助,韩、魏当然不会贸然攻打楚国,韩国如攻打楚国,把军队覆没了,大将被杀了,则韩国自己的叶邑、阳翟邑都会发生危险;魏国也不会去攻楚国,如果魏国也把军队覆没了,大将被杀了,则魏国的陈邑、上蔡邑就会不安,所以即使韩、魏侍奉你们越国,也不至于与楚交兵,甘心覆没军队、牺牲大将,那么韩、魏二国的汗马之劳是不会尽力见效的。你们却把得到韩、魏的盟约看得这般重,是什么缘故呢?”越王说:“我所冀求于韩、魏二国的,并不要他们与楚互相

接兵,而况于攻城围邑乎?愿魏以聚大梁之下,愿齐之试兵南阳莒地,以聚常、郯之境,则方城之外不南,淮、泗之间不东,商、於、析、郦、宗胡之地,夏路以左,不足以备秦,江南、泗上不足以待越矣。则齐、秦、韩、魏得志于楚也,是二晋不战分地,不耕而获之。不此之为,而顿刃于河山之间以为齐、秦用,所待者如此其失计,奈何其以此王也!”齐使者曰:“幸也越之不亡也!吾不贵其用智之如目,见毫毛而不见其睫也。今王知晋之失计,而不自知越之过,是目论也。王所待于晋者,非有马汗之力也,又非可与合军连合也,将待之以分楚众也。今楚众已分,何待于晋?”越王曰:“奈何?”曰:“楚三大夫张九军,

砍杀,更何况让他们攻城围邑那么辛劳呢?我只希望魏国能用兵屯聚在大梁的下方,希望齐国能派些兵在南阳、莒这一带,屯聚在常邑、郯国一带,则楚国方城的兵被牵制,就不能南来伐越;淮泗之间的楚兵也不能向东伐齐威胁越;商、於、析、郦、宗胡等地的楚兵,不能威胁从楚国通往中原这条大路以西的区域,也就不足以与秦抗衡。江南及泗上的楚兵,也就不足以对付越国了!若能这样,齐国、秦国、韩国、魏国便会在楚国实现自己的愿望了!这就可以使韩国、魏国不必战争而分得楚地,不必耕种而有所收获了!他们不肯这样做,反而在黄河华山之间,砍钝了刀锋,甘心被齐国、秦国所役使,我们越国期待魏、韩二国如此殷切,而魏、韩二国竟如此失策,教我们如何能藉韩、魏而称王呢!”齐国的使者说:“还算幸运呀!居然越国没有灭亡!我不敬佩那些人运用智慧,好像眼睛能看清楚毫毛,却看不见睫毛,现在您越王只道韩、魏的失策,而不能自知越国的过错,就是见毫毛不见睫毛的理论罢了!您越王所期待于韩、魏的,原来不是要他们效汗马之力,也不是可以和他们会合军队连结盟约,原来是期望他们能帮助越国去分散楚国的兵力。现在楚国的兵力早已分散了,哪里须要等待韩、魏的帮助呢?”越王说:“怎么办呢?”齐国的使者便说:“楚国屈景昭三姓的大夫分率九

北围曲沃、於中，以至无假之关者三千七百里，景翠之军北聚鲁、齐、南阳，分有大此者乎？且王之所求者，斗晋楚也；晋楚不斗，越兵不起，是知二五而不知十也。此时不攻楚，臣以是知越大不王，小不伯。复雠、庞、长沙，楚之粟也；竟泽陵，楚之材也。越窥兵通无假之关，此四邑者不上贡事于郢矣。臣闻之，图王不王，其敝可以伯。然而不伯者，王道失也。故愿大王之转攻楚也。”

军，从北方围困魏国的曲沃、秦国的於中，一直到南方的无假关，楚国军队的战场长达三千七百里，而景翠大夫的军队又屯聚在北方鲁地、齐地及韩地南阳一带，兵力的分散还有比这样更大的吗？况且您越王所冀求的，是能让韩、魏与楚国争斗起来，以为韩、魏如果不与楚斗，越国的兵便不能兴起，这是只知道二个五却不知道十，现在这时候不攻打楚国，我因此而知道越国大胜不足以称王，小胜不足以称霸。又雠邑、庞邑、长沙等地是楚国的产粮区；竟陵泽等地是楚国的产木材区。越国如果能找到机会，用兵打通无假关，这四个地方的米与木材就不会上贡到楚国的郢都了。我听说过，图谋称王天下而不能称王天下，尽管不成功还可以称霸一方，如果图谋时就不想称霸的，那称王天下的道理早已失去了！所以希望大王能转过来攻打楚国！”

于是越遂释齐而伐楚。楚威王兴兵而伐之，大败越，杀王无强，尽取故吴地至浙江，北破齐于徐州。而越以此散，诸族子争立，或为王，或为君，滨于江南海上，服朝于楚。

于是越国就放开齐国而去讨伐楚国，楚威王便兴起军队而来征伐，把越国打得大败，杀死了王无强，将越国所占领的吴国的土地全部取回来，一直到浙江沿岸，还向北到徐州，打败了齐国的军队，而越国也就此散亡了。许多家族的子弟争相继位，有的为王，有的为君，沿着江南的海边居住，朝贡服侍于楚国。

后七世，至闽君摇，佐诸侯平秦。汉高帝复

后来又过了七世，到闽君摇，协助诸侯推翻了秦朝，汉高祖又封摇为越王，让越国

以摇为越王,以奉越后。东越,闽君,皆其后也。

的后代来奉祀越国的祖先。东越和闽君,都是越国的后代。

范蠡事越王勾践,既苦身戮力,与勾践深谋二十余年,竟灭吴,报会稽之耻,北渡兵于淮以临齐、晋,号令中国,以尊周室,勾践以霸,而范蠡称上将军。还反国,范蠡以为大名之下,难以久居,且勾践为人可与同患,难与处安,为书辞勾践曰:"臣闻主忧臣劳,主辱臣死。昔者君王辱于会稽,所以不死,为此事也。今既以雪耻,臣请从会稽之诛。"勾践曰:"孤将与子分国而有之。不然,将加诛于子。"范蠡曰:"君行令,臣行意。"乃装其轻宝珠玉,自与其私徒属乘舟浮海以行,终不反。于是勾践表会稽山以为范蠡奉邑。

范蠡侍奉越王勾践,已经苦其身心,贡献出全部的力量,与勾践深深地谋划了二十多年,终于灭亡了吴国,报复了会稽的耻辱。越国的军队向北渡过了淮水,俯临齐、晋等国,发号施令于中国,用来尊崇周朝的王室,使勾践称霸于诸侯,而范蠡也称上将军。回到越国以后,范蠡认为在盛大的名位之下,是难以长久安居的,况且勾践的为人,只可以同患难,很难同处安乐,就写信向勾践谦辞说:"我听说过:主上有忧,臣下就该劳苦;主上受辱,臣下就该牺牲。从前您君王在会稽山受辱,而我所以没有死掉,就为了雪耻这件事。现在耻辱已经雪除,我应该自己请求处罚追随在会稽居然没死掉的罪过!"勾践说:"我将和你分享这个国家的政权,不然的话,就要惩罚你。"范蠡说:"君王所依从的是律令,我所依从的是志趣。"就装着他的轻便宝物和珠玉,私自与亲信的随从们乘船出海了,一直不曾回来。于是勾践就将会稽山标明是给范蠡的,作为供奉范蠡的城邑。

范蠡浮海出齐,变姓名,自谓鸱夷子皮,耕

范蠡飘海出去转到了齐国,改变姓名,自称为鸱夷子皮,在海边耕种为生,吃苦耐于海畔，苦身戮力，父子治产。居无几何，致产数十万。齐人闻其贤，以为相。范蠡喟然叹曰："居家则致千金，居官则至卿相，此布衣之极也。久受尊名，不祥。"乃归相印，尽散其财，以分与知友乡党，而怀其重宝，间行以去，止于陶，以为此天下之中，交易有无之路通，为生可以致富矣。于是自谓陶朱公。复约要父子耕畜，废居，候时转物，逐什一之利。居无何，则致赀累巨万。天下称陶朱公。

朱公居陶，生少子。少子及壮，而朱公中男杀人，囚于楚。朱公曰："杀人而死，职也。然吾闻千金之子不死于市。"告其少子往视之。乃装黄金千溢，置褐器中，载以一牛车。且遣其少子，朱公长男固请欲行，朱公不听。长男曰："家有长子曰家督，今弟有罪，

劳，勤勉努力，父子合力整治家产。在那里住了没多久，积聚了数十万财产。齐国人听说他贤能，请他做卿相。范蠡就喟然浩叹说："住在家里就能积聚千金，出去做官就能位至卿相。这是一个布衣平民最得意的事了，长久地接受尊崇的名声是不祥的啊！"于是送还相印，把家产全部分散出去，分给知己的朋友和邻里乡党，只藏着重要的珍宝，秘密地离开那里，到达定陶。范蠡以为定陶是天下的中心，交易买卖、互通有无的商业通路，在这里谋生治产，可以致富，于是自称为陶朱公。重新节制自己的要求需欲，父与子亲自耕种畜牧，对于商品的脱手或买取，都能等待时机，在贩出贩进之中，争取十分之一的利润。这样住了没多久，又累积了上亿的财产，天下人都知道陶朱公了。

朱公住在陶的时候，生了个小儿，小儿长大以后，朱公的第二个儿子因为杀死了人，被囚在楚国。朱公就说："杀人的凶手判死罪，这是常理，然而我听说过：家有千金的孩子，不应该在大庭广众前被处决。"就告诉他的小儿子，教他去探视一下。当时装了二万四千两黄金，藏置在褐色的器具里，用一辆牛车载运。在即将派遣小儿前去办事的时候，朱公的大儿子固执地要求由他去办，朱公不答应，大儿子就说："在家庭里，大儿子有督导家事的义务，所以叫做

大人不遣,乃遣少弟,是吾不肖。"欲自杀。其母为言曰:"今遣少子,未必能生中子也,而先空亡长男,奈何?"朱公不得已而遣长子,为一封书遗故所善庄生。曰:"至则进千金于庄生所,听其所为,慎无与争事。"长男既行,亦自私赍(音积)数百金。

'家督',现在弟弟有了死罪,父亲不派遣我去,竟派遣小弟弟去,那就是我太不肖!"就想自杀,他母亲就说:"现在派小儿子去未必能使老二不丢命,而先逼死了老大,如何是好?"朱公不得已,只好派遣老大去,替他写了一封信给从前的好朋友庄先生,并对老大说:"你一到那里就送上千金到庄先生的住所,听庄先生的便,他要怎样做就怎样做,要谨慎地切勿和他争执办事的方法!"大儿子就出发办事,还私自带着几百镒黄金。

至楚,庄生家负郭,披藜藋到门,居甚贫。然长男发书进千金,如其父言。庄生曰:"可疾去矣,慎毋留!即弟出,勿问所以然。"长男既去,不过庄生而私留,以其私赍献遗楚国贵人用事者。

到了楚国庄生那里,见到庄生的房子利用城墙做后墙,拨开藜藋杂草才能走到前门,他住的地方很贫困。然而大儿子还是打开信匣,送进二万四千两黄金,完全照父亲所说办理。庄先生便说:"你可以赶快离去了!小心地走开,切勿逗留,即使弟弟被放出来也不要问为什么!"大儿子告别庄先生以后,不再去拜访庄先生,而私自逗留在楚国,用他私自携带的财物献给楚国贵人及当权者。

庄生虽居穷阎,然以廉直闻于国,自楚王以下皆师尊之。及朱公进金,非有意受也,欲以成事后复归之以为信耳。故金至,谓其妇曰:"此朱公之金。有如病不

庄先生虽然穷居于里门,然而廉直闻名全国,从楚王以下,都以师礼尊崇他。至于朱公送来财物,他并不有意收受,想要等事成以后归还给朱公,表明信誉。所以当财物送来的时候,就对他的妻子说:"这是朱公的钱财,如果我病死了,来不及提前交待你,记着以后归还他,不要动它。"但是朱公

宿诫，后复归，勿动。”而朱公长男不知其意，以为殊无短长也。

的大儿子不明白庄先生的心意，还认为送他黄金不会有什么作用。

庄生闲时入见楚王，言“某星宿某，此则害于楚”。楚王素信庄生，曰：“今为奈何？”庄生曰：“独以德为可以除之。”楚王曰：“生休矣，寡人将行之。”王乃使使者封三钱之府。楚贵人惊告朱公长男曰：“王且赦。”曰：“何以也？”曰：“每王且赦，常封三钱之府。昨暮王使使封之。”朱公长男以为赦，弟固当出也，重千金虚弃庄生，无所为也，乃复见庄生。庄生惊曰：“若不去邪？”长男曰：“固未也。初为事弟，弟今议自赦，故辞生去。”庄生知其意欲复得其金，曰：“若自入室取金。”长男即自入室取金持去，独自欢幸。

庄先生找到一个适当的时机去见楚王，说：“某星宿出现在某个位置，这是对楚国有害的。”楚王平素相信庄先生，便说：“那现在该怎么办？”庄先生说：“只有用恩德才能以破除灾害。”楚王说：“先生可以回去休息了，我将会做些有恩德的事。”楚王就派使者去将藏有各种金币的府库严密地封起来。楚国的贵人听到消息惊喜地告诉朱公的大儿子说：“楚王将实施大赦了！”大儿子问：“怎么知道的呢？”贵人说：“每次王要实施大赦，常常先把藏金币的府库封闭，昨晚他派了使者去封府库了！”朱公的大儿子以为楚国将大赦了，他的弟弟自然应当放出，他把二万四千两黄金看得很重要，白白地丢给庄先生而一无作为，太可惜了。于是又去看庄先生。庄先生大吃一惊，说：“你还没有离开呀？”大儿子就说：“当然还没有离开！当初是为了弟弟的事情来的，现在弟弟的罪，大家都说会自动赦免了，所以来向先生辞别！”庄先生知道他的意思是想重新取回所送的财物，就说：“你可以自己进入内室去取回财物！”大儿子就自己进入内室去取回财物走了，自己还庆幸欢喜得很。

庄生羞为儿子所卖，乃入见楚王曰：“臣

庄先生被小孩子所出卖玩弄，觉得很羞愤，于是又入见楚王说：“我以前说某星

前言某星事,王言欲以修德报之。今臣出,道路皆言陶之富人朱公之子杀人囚楚,其家多持金钱赂王左右,故王非能恤楚国而赦,乃以朱公子故也。”楚王大怒曰:“寡人虽不德耳,奈何以朱公之子故而施惠乎!”令论杀朱公子,明日遂下赦令。朱公长男竟持其弟丧归。

宿的事,您说要用修德的方法来回报,现在我外出,路人都在说陶有一位富人叫朱公的,他的儿子杀了人被囚在楚国,他家里拿了许多金钱贿赂了王的左右,所以王并不是为了体恤楚国人民而行赦,乃是因为朱公儿子的缘故!”楚王大怒说:“我虽没有什么德行,怎么会因朱公儿子的缘故而特别施恩大赦呢?”就命令先杀掉朱公的儿子,第二天才下赦免的命令。朱公的大儿子最后取得他弟弟的尸体回来。

至,其母及邑人尽哀之,唯朱公独笑,曰:“吾固知必杀其弟也!彼非不爱其弟,顾有所不能忍者也。是少与我俱,见苦,为生难,故重弃财。至如少弟者,生而见我富,乘坚驱良逐狡兔,岂知财所从来,故轻弃之,非所惜吝。前日吾所为欲遣少子,固为其能弃财故也。而长者不能,故卒以杀其弟,事之理也,无足悲者。吾日夜固以望其丧之来也。”

到家以后,他母亲和陶邑的人都很哀伤,只有朱公独自好笑,说:“我老早知道他一定会杀死他弟弟的!他不是不爱他弟弟,但是他对金钱总觉得舍不得呀!这是因为他年少的时候,和我一起为了谋生,亲历艰苦,所以对舍弃财物看得很重要。假使是派小儿子去,他生来就看见我很富有,坐着坚车,驱着良马,去追逐狡兔,哪里懂得钱财是怎么积聚成的,所以他会轻易地舍弃,不会吝惜的。前次我所以想派小儿子去,就是为了他能舍弃财物呀!而大儿子是做不到的,所以最后却杀死了他的弟弟,这是事理所必然的,没什么好悲伤的。我日日夜夜就在盼望丧车的到来!”

故范蠡三徙,成名

范蠡搬迁了三次,却成名于天下,他去

于天下,非苟去而已,所止必成名。卒老死于陶,故世传曰陶朱公。

哪里并不是随便去的,他一到哪里,就又在哪里成名。最后老死在陶,所以世上流传着陶朱公的名声。

太史公曰:禹之功大矣,渐九川,定九州,至于今诸夏艾安。及苗裔勾践,苦身焦思,终灭强吴,北观兵中国,以尊周室,号称霸王。勾践可不谓贤哉!盖有禹之遗烈焉。范蠡三迁皆有荣名,名垂后世。臣主若此,欲毋显得乎?

太史公说:禹的功绩太大了,疏导九川,安定九州,直到今天,中原各国能够长久地安乐。到了他的远世子孙勾践,辛苦着身体,焦急着思虑,终于消灭了强大的吴国,向北到中原各国耀武扬威,又能尊崇周朝的王室,被号称霸王。勾践能不算贤能吗?那是因为他有禹的遗风呀!范蠡迁徙了三次,都留下荣耀的名声,使得荣名流传后世。臣和君能这样,想不让他们显赫,是可能的吗?

评议

越之上世,世系事迹皆荒略无稽,惟勾践之事最详,故太史公于此篇不曰"越世家"而曰"越王勾践世家"。通篇极写勾践之霸越,而佐勾践以成霸业者,厥惟范蠡,故以《范蠡传》附之。其君臣得力处,只是一个"忍"字,故一路叙事,即以此作骨。前幅俱用暗写,直至末后乃从范蠡口中点明,而曰"顾有所不能忍者也"。虽曰家事,已该国事;虽曰反说,实同正言矣。"王无强"一段,笔笔转折,快利如风;末言无强之不忍"释齐伐楚"以致败亡,正为勾践君臣之"能忍"作反面对照。赞语从禹说起,极有要领本原,笔意亦古厚。其曰"勾践苦身焦思,终灭强吴",与前"越王勾践反国,乃苦身焦思"及"范蠡事越王勾践,既苦身戮力"等语遥遥相应。"臣主若此,欲毋显得乎!"双收得法,意趣亦深远。

篇内"子教寡人伐吴七术",按《越绝书》、《吴越春秋》,俱作"九术”。“当楚王之时,越北伐齐,齐威王使人说越王”云云,按楚威王不与齐威同时,当作“齐宣王”为是。“于是勾践表会稽山以为范蠡奉邑。”按蠡已去越,何奉邑之有?《国语》云:“环会稽三百里以为范蠡地”。《越绝书》云:“封蠡之子于苦竹城”。《吴越春秋》云:“封蠡妻子百里之地”,俱不言以为蠡奉邑也。

孔子世家

孔子生鲁昌平乡陬邑。其先宋人也,曰孔防叔。防叔生伯夏,伯夏生叔梁纥。纥与颜氏女野合而生孔子,祷于尼丘得孔子。鲁襄公二十二年而孔子生。生而首上圩顶,故因名曰丘云。字仲尼,姓孔氏。

孔子出生在鲁国昌平乡的陬邑。他的先世本来是宋国的公族,到了叫孔防叔的,才因避祸逃来鲁国定居。防叔生了伯夏,伯夏生了叔梁纥。梁纥晚年与颜姓女子野合才生了孔子,而且是到尼丘(一名尼山)去向神明祈祷后才有孕生下孔子的。鲁襄公二十二年,孔子诞生。孔子刚生下时,头顶中间是凹下的,所以就给他取名叫丘,字叫仲尼,姓孔氏。

丘生而叔梁纥死,葬于防山。防山在鲁东,由是孔子疑其父墓处,母讳之也。孔子为儿嬉戏,常陈俎豆,设礼容。孔子母死,乃殡五父之衢,盖其慎也。郰人挽父之母诲孔子父墓,然后往合葬于防焉。

孔子生下不久,叔梁纥就死了,葬在防山。防山在鲁城的东边,是其母亲隐瞒了此事,因此孔子无法确知自己父亲的坟墓所在。孔子小的时候游戏,常摆起各种祭器,学着大人祭祀时的礼仪动作。母亲死了,就暂时装殓后安置在五父衢(鲁城道名)的路旁,不敢冒然深葬远处,可能是他为了谨慎的缘故吧!后来同邑人挽父的母亲,指点出孔子父亲的墓地,然后孔子才把母亲迁去防山和父亲葬在一起。

孔子要绖,季氏飨士,孔子与往。阳虎绌曰:“季氏飨士,非敢飨子也。”孔子由是退。

孔子腰间还系着孝麻,季孙子招宴军役之士,孔子前往参加。季孙的家臣阳虎阻拦他说:“季氏招宴名士,没有敢请你。”于是孔子就退了回来。

孔子年十七,鲁大

孔子十七岁那一年,鲁国的大夫孟釐

夫孟釐子病且死，诫其嗣懿子曰："孔丘，圣人之后，灭于宋。其祖弗父何始有宋而嗣让厉公。及正考父佐戴、武、宣公，三命兹益恭，故鼎铭云：'一命而偻，再命而伛，三命而俯，循墙而走，亦莫敢余侮。饘于是，粥于是，以糊余口。'其恭如是。吾闻圣人之后，虽不当世，必有达者。今孔丘年少好礼，其达者欤?吾即没，若必师之。"及釐子卒，懿子与鲁人南宫敬叔往学礼焉。是岁，季武子卒，平子代立。

子病危，他临终前还告诫自己的嗣子孟懿子说："孔丘这个人，是圣人的后裔，他先人是在宋国受到华氏之祸才逃到鲁国来的。他先祖弗父何本来可以继位做宋君，却让给了他的弟弟厉公。到了弗父何的曾孙正考父，他辅佐戴公、武公、宣公三朝，做了上卿。他每一受命，就更加恭谨，所以圪父鼎的铭文说：'第一次受命时鞠躬致敬，二次受命时折腰弓背，到了第三次受命，我的头压得更低，腰背更加弯曲了。走路时挨着墙边走，也没有人敢来怠慢我；我就用这个鼎做些面糊稀饭来清俭度日。'他就是这般恭谨俭约。我听说圣人的后裔，虽不一定能在国君之位，但必然会有才德显达的人出现。如今孔丘年纪轻轻就博学好礼，这岂不就是所谓的显达的人吗?我是不久的人了，你可一定要去从他求学。"孟釐子死后，懿子和鲁人南宫敬叔便去向孔子学礼。这一年，季武子死了，平子继承了卿位。

孔子贫且贱。及长，尝为季氏史，料量平；尝为司职吏而畜蕃息。由是为司空。已而去鲁，斥乎齐，逐乎宋、卫，困于陈蔡之间，于是反鲁。孔子长九尺有六寸，人皆谓之"长人"而异之。鲁复善待，由是反鲁。

孔子早年生活，既穷苦又没地位。成年以后，在季氏门下做小吏，当仓库管理员出纳钱粮，算量得准确清楚；也担任过管理牧场的小职务，而场中牲口就越养越多。后来，他出任了主管营建的司空。过不了多久，他离开鲁国，在齐国却受到排斥，转到宋、卫两国。生活也奔波不定，又在陈、蔡两国间遭遇困厄，最后才回到鲁国。孔子身高有九尺六寸，人家管叫他"长人"，而且以奇异眼光看他。鲁国最后总算又给予好待遇，所以才回到鲁国来的。

鲁南宫敬叔言鲁君曰："请与孔子适周。"鲁君与之一乘车，两马，一竖子俱，适周问礼，盖见老子云。辞去，而老子送之曰："吾闻富贵者送人以财，仁人者送人以言。吾不能富贵，窃仁人之号，送子以言，曰：'聪明深察而近于死者，好议人者也。博辩广大危其身者，发人之恶者也。为人子者毋以有己，为人臣者毋以有己。'"孔子自周反于鲁，弟子稍益进焉。

鲁国的南宫敬叔对鲁君说："请帮助孔子到周去。"于是鲁君就给了一辆车子，两匹马，一个僮仆，随他出发，到周去学礼，据说是见到了老子。学成告别时，老子送他说："我听说富贵的人送人是用财物，仁德的人送人是用言辞。我不能够富贵，却盗取了仁人的名号，就说几句话送你，这话是：'一个聪明又能深思明察的人，却常遭到困厄，几乎丧生，那是因为他喜欢议论别人的缘故；学问渊博识见广大的人，却使自己遭到危险不测，那是由于他好揭发别人罪恶的后果。做人子女的应该心存父母，不该只想到自己；做人臣属的应该心存君上，不能只顾到本身。"孔子从周到鲁之后，门下的学生就日益增多了。

是时也，晋平公淫，六卿擅权，东伐诸侯；楚灵王兵强，陵轹中国；齐大而近于鲁。鲁小弱，附于楚则晋怒；附于晋则楚来伐；不备于齐，齐师侵鲁。

这个时候，晋平公淫乱无道，六家大臣"（指范氏、中行氏、知氏、赵氏、魏氏、韩氏）把持国政，不时攻打东边的国家：楚灵王的军队很强大，也常北上侵犯中原；齐是个大国又接近鲁。鲁国既小又弱，要是归附于楚，晋国就不高兴了；依附了晋，楚国就兴师来问罪；对待齐国如果不周到，齐兵就要侵入鲁国了。

鲁昭公之二十年，而孔子盖年三十矣。齐

鲁昭公二十年，而孔子大约是三十岁了。齐景公带同晏婴来到鲁国，景公就问孔

景公与晏婴来适鲁，景公问孔子曰：“昔秦穆公国小处辟，其霸何也？”对曰：“秦，国虽小，其志大；处虽辟，行中正。身举五羖，爵之大夫，起累绁之中，与语三日，授之以政。以此取之，虽王可也，其霸小矣。”景公说。

子说：“从前秦穆公，国家小又地处偏僻，他能够称霸是什么原因呢？”孔子回答说：“秦这个国家虽然小，目标却很远大，地位虽然偏僻，施政却很正当。亲自举拔用五张黑羊皮赎来的百里奚，封给他大夫的官爵，才把他从拘禁中救出来，就和他一连晤谈三天，随后把掌政大权交给了他。从这些事实来看，就是统治整个天下也是可以的，他称霸诸侯还算成就小的呢！”景公听了很高兴。

孔子年三十五，而季平子与郈昭伯以斗鸡故得罪鲁昭公，昭公率师击平子，平子与孟氏、叔孙氏三家共攻昭公，昭公师败，奔于齐，齐处昭公乾侯。其后顷之，鲁乱。孔子适齐，为高昭子家臣，欲以通乎景公。与齐太师语乐，闻《韶音》，学之，三月不知肉味，齐人称之。

孔子三十五岁时，季平子因为和郈昭伯比赛斗鸡结怨的事得罪了鲁昭公，昭公带了军队来打平子，于是平子就联合了孟孙氏、叔孙氏，三家一起围攻昭公，昭公的兵败了，逃到了齐国，齐国把昭公安置在乾侯这个地方。过了不多久，鲁国发生乱事，孔子来到齐国，做了高昭子的家臣，想借着昭子的关系接近景公。孔子和齐国的乐官长讨论音乐，听到了舜时《韶》乐，专心地把它学起来，三个月期间，连吃饭时的肉味都感觉不出来了，齐人都很称道这件事。

景公问政孔子，孔子曰：“君君，臣臣，父父，子子。”景公曰：“善哉！信如君不君，臣不臣，父不父，子不子，虽有粟，吾岂得而食诸！”

齐景公问孔子为政的道理，孔子说：“国君要像个国君，臣子要像个臣子，父亲要像个父亲，儿子要像个儿子。”景公听了说：“对极了！果真是国君不成国君，臣子不成个臣子，父亲不成个父亲，儿子不成个儿子，就是有再多的粮食，我们能平安地吃着

他日又复问政于孔子，孔子曰："政在节财。"景公说，将欲以尼溪田封孔子。晏婴进曰："夫儒者滑稽而不可轨法；倨傲自顺，不可以为下；崇丧遂哀，破产厚葬，不可以为俗；游说乞贷，不可以为国。自大贤之息，周室既衰，礼乐缺有间。今孔子盛容饰，繁登降之礼，趋详之节，累世不能殚其学，当年不能究其礼。君欲用之以移齐俗，非所以先细民也。"后景公敬见孔子，不问其礼。异日，景公止孔子曰："奉子以季氏，吾不能。"以季孟之间待之。齐大夫欲害孔子，孔子闻之。景公曰："吾老矣，弗能用也。"孔子遂行，反乎鲁。

它吗！"改天他又问孔子为政的原则，孔子说："为政最要紧的是在善用财力，杜绝浪费。"景公听了很高兴，打算把尼溪地方的田封给孔子。晏婴劝阻道："儒者都能言善辩，是不能用法来约束他的；态度高傲自以为是，是很难驾驭的；他们重视丧礼，长期悲痛不止，为了使丧事隆重可以倾家荡产，这种礼俗不足取法；他们不事生产，只是到处游说求职来进行政治活动，这种人不能来掌理国事。自从文王、武王、周公这些大贤先后过去，周朝王室已经衰微，礼乐的沦丧也很有些时候了。现在孔子却对仪容服饰刻意讲究，提出繁杂的上朝下朝，快步慢步的礼节规矩，这些繁文缛节，就是连续几代也学不完，一辈子也弄不清楚。君子想用这一套东西来改革我们齐国的礼俗，这不是导治小百姓的办法。"此后，景公只是很客气的接见孔子，不再问起有关礼的事情了。有一天，景公对孔子说；"要用像鲁国给季孙氏那样高的待遇给你，我实在做不到。"所以就以上下卿（鲁有三卿，季氏为上卿，孟氏为下卿，季孟之间，犹叔氏也）之间的礼来对待孔子。齐国的大夫有人想害孔子，孔子得到了消息。景公也说："我老啦，没法用你了。"于是孔子就离开齐国，回到了鲁国。

孔子年四十二，鲁昭公卒于乾侯，定公立。

孔子四十二岁那一年，鲁昭公死在乾侯，定公继位。定公继位的第五年夏天，季

定公立五年,夏,季平子卒,桓子嗣立。季桓子穿井得土缶,中若羊,问仲尼云"得狗"。仲尼曰:"以丘所闻,羊也。丘闻之,木石之怪夔、罔阆,水之怪龙、罔象,土之怪坟羊。"

平子死了,桓子继立做上卿。季桓子家里凿水井,掘到了一只腹大口小的瓦器,器中有个像羊的东西,就去问孔子,并且说挖得的瓦器里有只狗。孔子说:"据我所知,那是羊。我听人说过,山林里的怪物是一种单足兽'夔'和会学人声的山精'罔阆'(同魍魉);水里面的怪物是神龙和会吃人的水怪'罔象';泥土里的怪物,则是一种雌雄未成的'坟羊'。"

吴伐越,堕会稽,得骨节专车。吴使使问仲尼:"骨何者最大?"仲尼曰:"禹致群神于会稽山,防风氏后至,禹杀而戮之,其节专车,此为大矣。"吴客曰:"谁为神?"仲尼曰:"山川之神足以纲纪天下,其守为神,社稷为公侯,皆属于王者。"客曰:"防风何守?"仲尼曰:"汪罔氏之君守封、禺之山,为釐姓。在虞、夏、商为汪罔,于周为长翟,今谓之大人。"客曰:"人长几何?"仲尼曰:"僬侥氏三尺,短之至也。长者不过十之,数之极也。"于是吴客曰:

吴国去攻打越国,把越都会稽城给拆毁了,发现一架人骨头,长度就占满了一车。吴王派了专使来问孔子说:"什么骨头最大?"孔子说:"大禹王召集各地的君长到会稽山,当时有个叫防风氏的君长很迟才到,禹就把他杀了陈尸在那儿,他的骨头一节就占满一车,这就是最大的了。"吴使问道:"那谁又是神呢?"孔子说:"名山大川的神灵,能够兴云致雨来利益天下,负责监守山川按时祭祀的就叫做神(诸侯君长),只守社稷的叫公侯,他们都归王的统治。"使者又问:"防风氏是守什么的?"孔子说:"汪罔氏的君长守封山、禺山一带,是姓釐。在虞、丰、商三代叫汪罔,到了周代叫长翟,现在就叫做大人。"使者问道:"人的身长有多少?"孔子说:"僬侥氏身长三尺,是最短的了;最长的不过三丈,这就是身高的极限了。"吴使听了之后说:"真是了不起的圣人啊!"

"善哉圣人!"

桓子嬖臣曰仲梁怀,与阳虎有隙。阳虎欲逐怀,公山不狃止之。其秋,怀益骄,阳虎执怀。桓子怒,阳虎因囚桓子,与盟而醳之。阳虎由此益轻季氏。季氏亦僭于公室,陪臣执国政,是以鲁自大夫以下皆僭离于正道。故孔子不仕,退而修诗书礼乐,弟子弥众,至自远方,莫不受业焉。

季桓子的宠臣叫仲梁怀的,和阳虎有了仇怨。阳虎想把仲梁怀赶走,公山不狃阻止了他。这年秋天,仲梁怀更加的骄纵了,阳虎把他给抓了起来,季桓子很生气,阳虎就把桓子也囚禁了,等谈好条件才放他,阳虎从此更加没把季氏看在眼里。季氏也很过分,声势排场都超过鲁国公室;一个上卿的家臣(谓阳虎),就执掌了国家的政权,因此鲁国从大夫以下,都不守礼分,违背常道。所以孔子不愿出任鲁国的官职,退闲在家,专心研究整理《诗》、《书》、《礼》、《乐》这些典籍,学生越来越多,不论多远,都有人来向他求学的。

定公八年,公山不狃不得意于季氏,因阳虎为乱,欲废三桓之嫡,更立其庶孽阳虎素所善者,遂执季桓子。桓子诈之,得脱。定公九年,阳虎不胜,奔于齐。是时孔子年五十。

鲁定公八年,公山不狃不满于季氏就藉着阳虎来作乱,打算废掉季孙、叔孙、孟孙(三家皆鲁桓公之后,故称三桓)三家的嫡生嗣子,另外拥立平日为阳虎所喜欢的庶子来继承,于是就把桓子抓了起来。桓子用计骗他,逃了出来。定公九年,阳虎计划失败,逃到齐国去。这个时候,孔子正好五十岁。

公山不狃以费畔季氏,使人召孔子。孔子循道弥久,温温无所试,莫能己用,曰:"盖周文武起丰镐而王,今费虽小,傥庶几乎!"欲往。子路

公山不狃以费邑做据点反叛季氏,派人来召孔子去帮忙。孔子心想自己依循正道而行已经很久了,却无处可以表现,没有人能用自己,不禁说道:"大抵周文王、武王当年是以丰、镐那么小的地方建起王业的;现在费邑虽然是小了点,该也差不多罢!"

不说,止孔子。孔子曰:“夫召我者岂徒哉?如用我,其为东周乎!”然亦卒不行。

想要应召前去,子路大不以为然,劝止孔子。孔子说:“难道召我去是毫无作用吗?如果他真能用我,我将像文王、武王一样,在东方建立一个典礼完备的周啊!”然而最后也没有成行。

其后定公以孔子为中都宰,一年,四方皆则之。由中都宰为司空,由司空为大司寇。

后来鲁定公任命孔子做中都地方的长官,才到职一年就很有绩效,四方的官吏都学着他做。孔子由中都升任做司空,又由司空升任了大司寇。

定公十年春,及齐平。夏,齐大夫黎钼言于景公曰:“鲁用孔丘,其势危齐。”乃使使告鲁为好会,会于夹谷。鲁定公且以乘车好往。孔子摄相事,曰:“臣闻有文事者必有武备,有武事者必有文备。古者诸侯出疆,必具官以从。请具左右司马。”定公曰:“诺。”具左右司马。会齐侯夹谷,为坛位,土阶三等,以会遇之礼相见,揖让而登。献酬之礼毕,齐有司趋而进曰:“请奏四方之乐。”景公曰:“诺。”于是旍旄羽袯矛戟剑拨鼓噪而至。孔子趋而进,历

定公十年的春天,鲁国和齐国和好。到了夏天,齐国的大夫犁钼就对景公说:“鲁国用了孔丘,照情形看,这是会危害齐国的。”于是派了使者去约鲁君举行和好的会盟,会盟的地点是在夹谷。鲁定公就装潢好车子,毫无武装便想前往。这时孔子正好是兼理典礼会盟的事物,就对定公说:“我听说有文事的必须要有武备,有武事的必须要有文备。从前凡是诸侯出了自己的国境,一定带全了必要的官员随行。请你也带左司马右司马一道去。”定公说:“好的。”就带了左右司马出发,和齐侯在夹谷地方相会。这个修筑了用于祭祀的土台,台上力求好席位,上台的土阶有三级。两君就在台前行了相见礼,作揖让了一番才登上台。双方馈赠应酬的仪式行过之后,齐国管事的官员急忙前来请示道:“请开始演奏四方的乐。”景公说:“好罢。”于是以旌旗为先导,头插羽毛,身披皮衣,手执矛、戟、剑等兵器出了

阶而登，不尽一等，举袂而言曰："吾两君为好会，夷狄之乐何为于此！请命有司！"有司却之，不去，则左右视晏子与景公。景公心怍，麾而去之。有顷，齐有司趋而进曰："请奏宫中之乐。"景公曰："诺。"优倡侏儒为戏而前。孔子趋而进，历阶而登，不尽一等，曰："匹夫而营惑诸侯者罪当诛！请命有司！"有司加法焉，手足异处。景公惧而动，知义不若，归而大恐，告其群臣曰："鲁以君子之道辅其君，而子独以夷狄之道教寡人，使得罪于鲁君，为之奈何？"有司进对曰："君子有过则谢以质，小人有过则谢以文。君若悼之，则谢以质。"于是齐侯乃归所侵鲁之郓、汶阳、龟阴之田以谢过。

场，敲打吼叫地表演起来。孔子见了赶忙跑过来，一步一阶就往台上走，最后一阶没有跨上，便举袖一挥，说道："我们两国君主，是为了和好而来会盟的，这种夷狄的野蛮舞乐，怎么可以用在这个场合呢！请命管事官员叫他们下去罢！"管事的叫他们退下，他们却不肯动，孔子就朝左边的晏子看看，又朝右方的景公看看，景公心里尴尬了一阵，就命令乐人下去。过了一会儿，齐国管事官员又跑来说道；"请演奏宫中的女乐。"景公应说："好的。"于是许多戏子矮人都前来表演了。孔子看了又急忙过来，一步一阶往台上走，最后一阶没有跨上就说道："一个普通人敢胡闹来戏弄诸侯，论罪是应该正法的，请下令管事的执行罢！"于是管事官员依法处罚，那受罚的人就手脚分离了。景公看了孔子态度这样严正，不由得不敬畏动容，知道自己道理上不如他。回国之后心里很不安，就对群臣说："鲁国是用君子的道理来辅助他们的君主，而你们却仅把夷狄那套歪理告诉了我，害我开罪了鲁君，这该怎么办呢？"主事的官吏上前回话："君子有了过错，就用具体的事物来谢罪；普通人有了过错，就用虚礼文辞来谢罪。君上如果心里不安，就可用具体的事物去谢罪了。"于是齐侯就把以前从鲁国侵夺来的郓、汶阳和龟阴的田还给鲁国，表示自己的歉咎。

定公十三年夏，孔子言于定公曰："臣无藏甲，大夫毋百雉之城。"使仲由为季氏宰，将堕三都。于是叔孙氏先堕郈。季氏将堕费，公山不狃、叔孙辄率费人袭鲁。公与三子入于季氏之宫，登武子之台。费人攻之，弗克，入及公侧。孔子命申句须、乐颀下伐之，费人北。国人追之，败诸姑蔑。二子奔齐，遂堕费。将堕成，公敛处父谓孟孙曰："堕成，齐人必至于北门。且成，孟氏之保鄣，无成是无孟氏也。我将弗堕。"十二月，公围成，弗克。

鲁定公十三年的夏天，孔子对定公说："臣子的家中不可私藏兵器；大夫的封邑不能筑起三百丈的大城墙。"就派仲由去当季氏的家内官员，打算拆毁季孙、叔孙、孟孙三家封邑的城墙。于是叔孙先把郈邑的城拆了，季孙也准备拆费邑的城，公山不狃就和叔孙辄率领了费邑的人进袭鲁城，定公和季孙、孟孙三人就躲进了季孙的住处，登上武子台，费人围攻他们，却攻不下，但已有人逼进到定公的台侧。孔子就派了申句须、乐颀下台来攻击他们，费人开始退走，国人乘胜追击，在姑蔑地方把他们彻底打败了。公山不狃、叔孙辄两人便逃到齐国，终于把费城拆毁了。接着准备拆成城，成邑的邑宰公敛处父对孟孙氏说："拆了成邑的城，齐人必将进逼到我们北边门刻。况且成城是你们孟氏的保障，没有成城就等于没有孟氏了。我打算抗命不拆。"十二月，定公率兵包围成城，没攻下来。

定公十四年，孔子年五十六，由大司寇行摄相事，有喜色。门人曰："闻君子祸至不惧，福至不喜。"孔子曰："有是言也。不曰'乐其以贵下人'乎？"于是诛鲁大夫乱政者少正卯。与闻国政三月，粥羔豚者弗

鲁定公十四年，孔子五十六岁。这时他以大司寇的职位参预国家决策大事，脸上露出得意的神色。门弟子见了说道："听说一个君子，祸事临头不慌张恐惧，好事到来也不喜形于色。"孔子说："是有这个话，但是不也听说过'以高贵的职位为下层民众做事也很快乐'的话吗？"于是就把扰乱鲁国政事的大夫少正卯给杀了。孔子参预国政才三个月，贩羊卖猪的商人就不敢哄抬

饰贾；男女行者别于涂；涂不拾遗；四方之客至乎邑者不求有司，皆予之以归。

价钱；行人男女都分开走路，各守礼法；路上见了别人掉落的东西也不敢捡回去；四方旅客来到鲁国的，不必向官吏请求，都会给予亲切的照顾。

齐人闻而惧，曰："孔子为政必霸，霸则吾地近焉，我之为先并矣。盍致地焉？"黎钼曰："请先尝沮之；沮之而不可则致地，庸迟乎！"于是选齐国中女子好者八十人，皆衣文衣而舞《康乐》，文马三十驷，遗鲁君。陈女乐文马于鲁城南高门外，季桓子微服往观再三，将受，乃语鲁君为周道游，往观终日，怠于政事。子路曰："夫子可以行矣。"孔子曰："鲁今且郊，如致膰乎大夫，则吾犹可以止。"桓子卒受齐女乐，三日不听政；郊，又不致膰俎于大夫。孔子遂行，宿乎屯。而师己送，曰："夫子

齐国听到了这种情形就担心起来，说道："孔子主政下去，鲁国必会强大称霸；要是称霸了，我们的地方最靠近那里，必然会先来并吞我们了，何不先送给他们一些土地呢？"犁钼说："还是先设法破坏他们的改革图强；如果破坏不成，再送给他们土地也不迟呀！"于是就挑选了国内漂亮的少女八十人，都穿上华丽的衣裳，教她们学会跳《康乐》舞；身上有花纹的马一百二十匹，一起送去给鲁君。先把女乐和文马安置在鲁城南面的高门外边。季桓子知道了，曾经穿便装偷偷地去观赏了好几回，打算接受下来，就跟鲁君说好，两人装着要环游各处为名，实际上是整天都到那儿观赏，把政事荒废下来。子路看了情形就劝孔子说："老师，我们可以离开了！"孔子说："鲁国不久就要春祭天地，如果当局遵守礼法，能把典礼后的祭肉分送给大夫，就表示仍有可为，那么我们还可以暂时留下。"季桓子终于是接受了齐人送来的女子乐团，整天沉迷其间，一连三天都不过问政务；而且春祭天地的大典之后，又违背常礼，没给大夫们分送祭肉，于是孔子失望地离开了鲁国，当天就在屯的地方过夜。乐师已前来送行，说道："先

则非罪。”孔子曰:“吾歌可夫?”歌曰:“彼妇之口,可以出走;彼妇之谒,可以死败。盖优哉游哉,维以卒岁!”师己反,桓子曰:“孔子亦何言?”师己以实告。桓子喟然叹曰:“夫子罪我以群婢故也夫!”

生是没有过错的?”孔子说:“我唱个歌告诉你好吗?”于是唱道:“听信妇人的话,可以失去亲信;过于接近妇女,可以使人败事亡。悠闲啊悠闲,我只有这样安度岁月。”乐师已回去了,桓子问他说:“孔子说了些什么?”系师照实相告。桓子长叹一声,说:“孔夫子是为了那一群女乐的事怪罪我了!”

孔子遂适卫,主于子路妻兄颜浊邹家。卫灵公问孔子:“居鲁得禄几何?”对曰:“奉粟六万。”卫人亦致粟六万。居顷之,或谮孔子于卫灵公。灵公使公孙余假一出一入。孔子恐获罪焉,居十月,去卫。

孔子来到了卫国,寄住在子路的大舅子颜浊邹家里。卫灵公问孔子:“你在鲁国时的官俸是多少?”孔子回答说:“官俸是粟子六万小斗。”卫国也照样给了粟子六万小斗。过不多久,有人向卫灵公说了孔子的坏话,灵公就派公孙余假带了兵仗在孔子那儿走出走进,孔子担心会出事惹祸,呆了十个月,就离开卫国。

将适陈,过匡,颜刻为仆,以其策指之曰:“昔吾入此,由彼缺也。”匡人闻之,以为鲁之阳虎。阳虎尝暴匡人,匡人于是遂止孔子。孔子状类阳虎,拘焉五日,颜渊后,子曰:“吾以汝为死矣。”颜渊曰:“子在,回何敢死!”匡人拘孔子益

正打算到陈国去,经过匡城,弟子颜刻(刻亦作克)替孔子赶车,用鞭子指着一处说:“从前我进这个城,就是由那个缺口进去的。”匡人听说当年和阳虎同行的颜刻出现,以为鲁国的阳虎又来了。因为阳虎曾经欺虐过匡人,匡人于是就留住孔子。孔子的模样像阳虎,所以被困在那里整整有五天。慌乱中颜渊失散了,稍后才来会合,孔子见了说:“我以为你乱中遇难了!”颜渊说:“老师您还健在,弟子怎敢轻易就死呢!”匡人

急，弟子惧。孔子曰："文王既没，文不在兹乎？天之将丧斯文也，后死者不得与于斯文也。天之未丧斯文也，匡人其如予何！"孔子使从者为宁武子臣于卫，然后得去。

去即过蒲。月余，反乎卫，主蘧伯玉家。灵公夫人有南子者，使人谓孔子曰："四方之君子不辱欲与寡君为兄弟者，必见寡小君。寡小君愿见。"孔子辞谢，不得已而见之。夫人在絺帷中。孔子入门，北面稽首。夫人自帷中再拜，环珮玉声璆然。孔子曰："吾乡为弗见，见之礼答焉。"子路不说。孔子矢之曰："予所不者，天厌之！天厌之！"居卫月余，灵公与夫人同车，宦者雍渠参乘，出，使孔子为次乘，招摇市过之。孔子曰："吾未见好德如好色者也。"于是丑之，去卫，

围捕孔子围得越来越急，弟子们都很紧张，孔子就说："文王虽已死了，文化道统并没有丧失，现在不都在我们身上吗？上天如果要绝灭这个文化道统的话，就不会让我们这些后死的承担维护这种制度的责任。天意既然是不绝灭这个文化道统，那匡人又能对我怎么样呢！"于是孔子派了一个随行弟子到卫武子那里做家臣，然后才得脱险离开。

从匡出来就到了蒲，过了一个多月，又回到卫国，寄住在蘧伯玉家。卫灵公的夫人名叫南子的，派了人去对孔子说："各国的君子只要有意和我们国君攀交情的，必定会来见我们夫人；我们夫人愿意见你。"孔子托言推辞告罪一番，最后还是不得已去见了。会见时，夫人站在细葛布做的帷幕里面，孔子进了门，向北跪拜行礼，夫人在帷幕里面回拜答礼，身上的佩玉首饰触发清脆的响声。事后孔子说："我一向是不想去见她，现在既然不得已见了，就得还她以礼。"子路还是不高兴，孔子就很严正地申明道："我要不是因为存着得君行道的一点希望才不得已去回见她的话，天一定厌弃我！天一定厌弃我！"过了个把月，卫灵公和夫人同坐了一辆车子，宦官雍渠陪侍在右，出了宫门，要孔子坐第二部车子跟着，就大摇大摆地从市上走过。孔子感慨地说："我还没见过爱慕德行像爱慕美人一般热切的人。"于是对这里的一切感到厌恶失望，就

过曹。是岁,鲁定公卒。

离开卫国往曹国去了。这一年,鲁定公死了。

孔子去曹适宋,与弟子习礼大树下。宋司马桓魋欲杀孔子,拔其树。孔子去。弟子曰:“可以速矣。”孔子曰:“天生德于予,桓魋其如予何!”

孔子又离开曹国,来到宋国。一天和弟子们在大树下讲习礼仪。宋国的司马桓魋想要加害孔子,把大树给砍了,孔子只好离去。弟子催促说:“我们行动该快一点!”孔子说:“上天既然赋了道德使命给我,桓魋他又能把我怎样!”

孔子适郑,与弟子相失,孔子独立郭东门。郑人或谓子贡曰:“东门有人,其颡似尧,其项类皋陶,其肩类子产,然自要以下不及禹三寸。累累若丧家之狗。”子贡以实告孔子。孔子欣然笑曰:“形状,末也。而谓似丧家之狗,然哉!然哉!”

孔子来到郑国,却和弟子失散了;孔子一个人站在外城的东门口。郑国有人看见了就对子贡说:“东门那里站有一个人,他的额头像唐尧,脖子像皋陶,肩膀像子产,可是从腰以下比禹短了三寸;一副疲惫倒霉的样子,真像个失去主人家的狗。”子贡见面把这些话据实告诉孔子,孔子笑着说:“一个人的状貌如何,那是不重要的;倒是他说我像只失去主人家的狗,那可真是啊!那可真是啊!”

孔子遂至陈,主于司城贞子家。岁余,吴王夫差伐陈,取三邑而去。赵鞅伐朝歌。楚围蔡,蔡迁于吴。吴败越王勾践会稽。

孔子来到了陈国,寄住在司城贞子家里。过了一年多,吴王夫差来打陈国,夺取了三个城邑才撤兵。赵侯鞅来打卫国的朝歌。楚国来围攻蔡国,蔡国就请求迁到吴国的土地上去,受他保护。吴国又在会稽地方把越王勾践打败了。

有隼集于陈廷而死,楛矢贯之,石砮,矢长尺有咫。陈湣公使使

有一天,有只鹰隼落在陈国宫廷前死了,身上被楛木做的箭射穿着,箭头是石头做的,箭杆有一尺八寸长。陈湣公派了人来

问仲尼。仲尼曰："隼来远矣，此肃慎之矢也。昔武王克商，通道九夷百蛮，使各以其方贿来贡，使无忘职业。于是肃慎贡楛矢石砮，长尺有咫。先王欲昭其令德，以肃慎矢分大姬，配虞胡公而封诸陈。分同姓以珍玉，展亲；分异姓以远职，使无忘服。故分陈以肃慎矢。"试求之故府，果得之。

请教孔子，孔子说："鹰隼飞来的地方是很远了，这箭是肃慎人的箭，从前武王灭亡了商纣，就和四方的蛮夷民族来往，开导他们。他恩威并施，要他们把各地的特产献给朝廷，叫他们不能忘记自己的职责义务。于是肃慎人献来楛木做的箭杆石头做的箭头，长度是一尺八寸。先王为了表彰他的美德，就把肃慎人的箭分给长女太姬。后来太姬嫁了虞胡公，又把陈国分给虞胡公。当初王室分美玉给同姓诸侯，用意是要展现亲谊；分远方贡物给异姓诸侯，是要他们不忘归服周王，所以公把肃慎人的箭给陈国。"滑公听了叫人到旧府去核证一下，果然是找到了这种箭。

孔子居陈三岁，会晋楚争强，更伐陈，及吴侵陈，陈常被寇。孔子曰："归与归与！吾党之小子狂简，进取不忘其初。"于是孔子去陈。

孔子在陈住了三年，正好遇着晋、楚两国在争强斗胜，一再来打陈国，直到吴国攻陈为止，陈国常常受到侵犯。孔子感叹说："回去吧！回去吧！留在我们家乡的那批孩子志气都大，只是行事疏略些，也没忘掉自己的初衷。"于是孔子就离开了陈国。

过蒲，会公叔氏以蒲畔，蒲人止孔子。弟子有公良孺者，以私车五乘从孔子。其为人长贤，有勇力，谓曰："吾昔从夫子遇难于匡，今又遇难于此，命也已。吾与夫子再罹难，宁斗而死。"

路过蒲邑，刚好遇上公叔氏占据了蒲而背叛卫国，蒲人就留住孔子。弟子中有个叫公良孺的，自己带了五辆车子跟随孔子周游各地。这个人身材高大，才德好，又英勇。他对孔子说："我以前跟着老师在匡的地方遇到危难，如今又在这里遇上危难，这是命哪！我和老师一再地遭难，宁愿跟他们拼死算了！"于是跟蒲人猛烈地拼斗起来。

斗甚疾。蒲人惧,谓孔子曰:"苟毋适卫,吾出子。"与之盟,出孔子东门。孔子遂适卫。子贡曰:"盟可负邪?"孔子曰:"要盟也,神不听。"

蒲人害怕了,就对孔子说:"如果能不去卫国,我就放你们走。"双方条件谈好,就放孔子一行从东门离去。孔子脱险后却一路前往卫国。子贡说:"约定好的条件可以不遵守吗?"孔子说:"在胁迫下订的条约,神明是不会认可的。"

卫灵公闻孔子来,喜,郊迎。问曰:"蒲可伐乎?"对曰:"可。"灵公曰:"吾大夫以为不可。今蒲,卫之所以待晋楚也,以卫伐之,无乃不可乎?"孔子曰:"其男子有死之志,妇人有保西河之志。吾所伐者不过四五人。"灵公曰:"善。"然不伐蒲。

卫灵公听说孔子来了,很高兴,亲自出城来迎接。问道:"蒲可以讨伐吗?"孔子答说:"可以。"灵公说:"我的大夫却认为不能去讨伐。因为现在的蒲,是卫国防备晋、楚的前哨据点,我们自己发兵去打,如果蒲人干脆投靠敌方,或敌方趁乱来袭,那后果岂不是很不好吗?"孔子说:"蒲邑的百姓,男的都效忠卫国,有拼死的决心;妇女们也有保卫这块西河地方的愿望。所以我们所要讨伐的,只是领头叛乱的四、五个人罢了。"灵公说:"很好。"然而却不去伐蒲。

灵公老,怠于政,不用孔子。孔子喟然叹曰:"苟有用我者,期月而已,三年有成。"孔子行。

卫灵公年纪老了,政务废驰,也不用孔子。孔子很感叹地说;"如果有人用我来掌理国政,一年就可以有个样子,三年便有具体成效了。"孔子只好离开了。

佛肸为中牟宰。赵简子攻范、中行,伐中牟。佛肸畔,使人召孔子。孔子欲往。子路曰:"由闻诸夫子,'其身亲为不善者,君子不入也

佛肸任中牟邑宰。晋国的大夫赵简子要攻灭范氏、中行氏两家,中牟不服赵氏,就来攻伐中牟。佛肸就据有中牟公然反叛了,派人来召请孔子协助。孔子有意前往,子路说:"我听老师说过:'一个本身做了坏事的人,君子是不会到他那里去的。'现在

’。今佛肸亲以中牟畔，子欲往，如之何？”孔子曰：“有是言也。不曰坚乎，磨而不磷；不曰白乎，涅而不淄。我岂匏瓜也哉，焉能系而不食？”

孔子击磬。有荷蒉而过门者，曰：“有心哉，击磬乎！硁硁乎，莫己知也夫而已矣！”

孔子学鼓琴师襄子，十日不进。师襄子曰：“可以益矣。”孔子曰：“丘已习其曲矣，未得其数也。”有间，曰：“已习其数，可以益矣。”孔子曰：“丘未得其志也。”有间，曰：“已习其志，可以益矣。”孔子曰：“丘未得其为人也。”有间，有所穆然深思焉，有所怡然高望而远志焉。曰：“丘得其为人，黯然而黑，几然而长，眼如望羊，如王四国，非文王其谁能为此也！”师襄子辟席再拜，曰：“师盖云《文

佛肸自己据了中牟反叛，您想前去，这又是为什么呢？”孔子说：“我是说过这话的。但我不也说过真正坚实的东西吗？它是怎样磨都不会薄损的；不也说过真正精白的东西吗？它是怎么染也不会污黑的。我难道是个中看不中吃的葫芦瓜（一云匏瓜为星名）吗？怎么能只供人挂着而不吃呢！”

一天孔子击着磬，有个担着草筐的人听见了，说道：“真是有心啊，这个击磬的人！叮叮当当地直敲着，既然世上没有人赏识自己，那就算了罢！”

孔子向鲁国的乐官师襄子学弹琴，一连十天都没有进展。师襄子说：“可以进学一层了。”孔子说：“我已学会了乐曲的形式，但节奏内容还不了解。”过了一些时候，师襄子又说：“你已学得了曲子的节奏内容，可以进学一层了。”孔子说：“我还没领会乐曲的情感意蕴。”过了一些时候，师襄子又说：“你已领会了乐曲的情感意蕴，可以进学一层了。”孔子说：“乐曲中那个人我还体验不出呢！”再过一段时间，孔子一副安祥虔敬有所深思的样子，随又欣喜陶然，像是视野情志正与高远的目标相遇似的。最后说道：“我体验出曲中的这个人啦！他的样子黑黑的，个子高高的，眼光是那样的明亮远大，像个统治四方的王者，这不是文王又有谁能够如此呢！”师襄子离开座位很恭敬地说：“我就说过这是文王的琴曲《文

王操》也。”

王操》啊!”

孔子既不得用于卫,将西见赵简子。至于河而闻窦鸣犊、舜华之死也,临河而叹曰:“美哉水,洋洋乎!丘之不济此,命也夫!”子贡趋而进曰:“敢问何谓也?”孔子曰:“窦鸣犊、舜华,晋国之贤大夫也。赵简子未得志之时,须此两人而后从政;及其已得志,杀之乃从政。丘闻之也,刳胎杀夭则麒麟不至郊,竭泽涸渔则蛟龙不合阴阳,覆巢毁卵则凤皇不翔。何则?君子讳伤其类也。夫鸟兽之于不义也尚知辟之,而况乎丘哉!”乃还息乎陬乡,作为《陬操》以哀之。而反乎卫,入主蘧伯玉家。

孔子既然不被卫王所用,打算往西去见赵简子。到了黄河边,听到窦鸣犊、舜华两人被杀的消息,就对着河水感叹说:“河水是这样的壮美,这样的盛大啊!我不渡过这条河,也是命吧!”子贡听了快步向前问道:“请问这话是什么意思?”孔子说:“窦鸣犊和舜华两人,是晋国有才德的大夫,当赵简子还没有得志的时候,是倚仗这两人才能从政的;如今他得志了,却杀了他们来掌政权。我听说过:‘一个地方的人,如果残忍到剖腹取胎杀害幼兽,麒麟是不来到郊外的;排干了池塘水来捉鱼,蛟龙就不肯调合阴阳;弄翻鸟儿的巢打破了卵,凤凰就不愿来飞翔,这是为什么呢?是君子忌讳自己的同类受到伤害啊!连飞鸟走兽对于不义的人事尚且知道避开,何况是我孔丘呢!”于是回头到陬乡歇息,作了《陬操》这首琴曲来哀悼他们两人。随后又回到了卫,住进蘧伯玉的家。

他日,灵公问兵陈。孔子曰:“俎豆之事则尝闻之,军旅之事未之学也。”明日,与孔子语,见蜚雁,仰视之,色不在孔

有一天,卫灵公问起军队战阵的事。孔子说:“关于祭祀典礼的事,我倒听说过;至于军队战阵的事,却是不曾学过。”第二天,灵公正和孔子在谈话,见有雁群飞过,只顾抬头仰望,神色间并不注意孔子。于是孔子

子。孔子遂行，复如陈。

夏，卫灵公卒，立孙辄，是为卫出公。六月，赵鞅内太子蒯聩于戚。阳虎使太子絻，八人衰绖，伪自卫迎者，哭而入，遂居焉。冬，蔡迁于州来。是岁鲁哀公三年，而孔子年六十矣。齐助卫围戚，以卫太子蒯聩在故也。

就离开卫国，又去陈国。

同年的夏天，卫灵公死了，立了灵公的孙子辄继位，他就是卫出公。六月间，赵鞅派人把流亡在外的卫灵公太子蒯聩强送到卫国戚邑。于是阳虎要太子去掉帽子露出发髻，另外八个人穿麻带孝，装成是从卫来接太子回去奔丧的样子，哭着进了卫国，没成就在戚城住了下来。冬天里，蔡国迁都到州来（即下蔡，时属吴地）。这一年正是鲁哀公三年，而孔子已六十岁了。齐国协助卫国围攻戚城，是因为卫太子蒯聩住在那儿的缘故。

夏，鲁桓釐庙燔，南宫敬叔救火。孔子在陈，闻之，曰："灾必于桓釐庙乎？"已而果然。

夏天里，鲁桓公、釐公的庙失火烧了起来，这时孔子在陈国，听说鲁庙失火了。说道："火灾一定发生在桓公、釐公的庙吧！"后来消息证实，果然是如他所言。

秋，季桓子病，辇而见鲁城，喟然叹曰："昔此国几兴矣，以吾获罪于孔子，故不兴也。"顾谓其嗣康子曰："我即死，若必相鲁；相鲁，必召仲尼。"后数日，桓子卒，康子代立。已葬，欲召仲尼。公之鱼曰："昔吾先君用之不终，终为诸侯笑。今又用之，不能终，是再为诸侯笑。"康

到了秋天，季桓子病重。乘着车望见鲁城，感叹地说："以前这个国家几乎是可以强盛起来的，只因为我得罪了孔子，没有好好用他，所以才没有兴盛啊！"随即对着他的嗣子康子说："我死了，你必然接掌鲁国的政权；掌政之后，一定得请孔子回来。"过了几天，桓子死了，康子继承了卿位。丧事办完之后，想召孔子。公之鱼却说："从前我们先君用他没用到底，最后惹来别国的笑话。现在你再用他，如果又是半途而废，别国岂不又要笑话你。"季康子说："那要召谁

子曰："则谁召而可？"曰："必召冉求。"于是使使召冉求。冉求将行，孔子曰："鲁人召求，非小用之，将大用之也。"是日，孔子曰："归乎归乎！吾党之小子狂简，斐然成章，吾不知所以裁之。"子贡知孔子思归，送冉求，因诫曰"即用，以孔子为招"云。

才好呢？"公之鱼说："应该召冉求。"于是就派了专人来召冉求。冉求正要起程时，孔子说：鲁国当局来召冉求，不会小用他，该会重用他的。"就在这一天，孔子说："回去吧！回去吧！在我们家乡的那批孩子们，志气都大，只是行事疏略些，他们的质地文采都很美，我真不知道要怎样来剪裁调教他们才好。"子贡知道了孔子想回乡去，在送冉求时叮嘱他："你要是被重用就职了，设法要他们来请老师回去！"

冉求既去，明年，孔子自陈迁于蔡。蔡昭公将如吴，吴召之也。前昭公欺其臣迁州来，后将往，大夫惧复迁，公孙翩射杀昭公。楚侵蔡。秋，齐景公卒。

冉求回去后，第二年，孔子从陈国迁到蔡国。蔡昭公要到吴国去，是吴王召他去的。以前昭公欺骗他的臣子要把都邑迁到吴境的州来，现在既将应召前往，大夫们担心他又要搬迁，公孙翩就在路上把他射杀了。楚军来进犯蔡国。同年秋天，齐景公死了。

明年，孔子自蔡如叶。叶公问政，孔子曰："政在来远附迩。"他日，叶公问孔子于子路，子路不对。孔子闻之，曰："由，尔何不对曰'其为人也，学道不倦，诲人不厌，发愤忘食，乐以忘忧，不知老之将至'云尔。"

第二年，孔子从蔡国前往叶邑，叶公问孔子治国的办法，孔子说："为政的道理在使远方的人归附，近处的人贴服。"有一天，叶公向子路问起孔子的为人，子路没回答他。孔子知道就对子路说："仲由！你怎么不回答，他说：'他这个人嘛，学起道术来毫不倦息，教起人来全不厌烦，用起功来连饭也会忘了吃，求道有得高兴起来，什么忧愁都可忘掉，甚至于连衰老将到来也不知道了'等等。"

去叶，反于蔡。长沮、桀溺耦而耕，孔子以为隐者，使子路问津焉。长沮曰："彼执舆者为谁？"子路曰："为孔丘。"曰："是鲁孔丘与？"曰："然。"曰："是知津矣。"桀溺谓子路曰："子为谁？"曰："为仲由。"曰："子，孔丘之徒与？"曰："然。"桀溺曰："悠悠者天下皆是也，而谁以易之？且与其从辟人之士，岂若从辟世之士哉！"耰而不辍。子路以告孔子，孔子怃然曰："鸟兽不可与同群。天下有道，丘不与易也。"

离开了叶，在回蔡的路上，长沮、桀溺两人一起在田里耕作，孔子看出了他们是隐居的高士，就叫子路前去向他们打听渡口的方位。长沮说："那车上拉着缰绳的人是谁？"子路说："是孔丘。"长沮说："是鲁国的孔丘吗？"子路说："是的。"长沮说："那他该知道渡口在哪儿了。"桀溺随又问子路说："你是谁？"子路说："我是仲由。"桀溺说："那你，是孔丘的门徒啰？"子路说："是的。"桀溺说："天下哪儿都是一样的动荡呵，但是又有谁能改变这种局势呢？况且你与其跟着那逃避暴君乱臣的人到处奔波，还不如跟着我们这种避开整个乱世的人来得安逸自在呢！"说着，就自管去下种覆土了。子路把经过情形报告了孔子，孔子怅然地说："人总该有责任的，怎可自顾隐居山林，终日与鸟兽生活在一起。天下如果清明太平的话，那我也用不着到处奔走要想改变这个局面了。"

他日，子路行，遇荷蓧丈人，曰："子见夫子乎？"丈人曰："四体不勤，五穀不分，孰为夫子！"植其杖而芸。子路以告，孔子曰："隐者也。"复往，则亡。

有一天，子路一个人走着，遇上一位肩上挑着锄草竹器的老人。子路请问道："你可看见了我的老师？"老人说："你们这些人，手脚都不劳动，五谷也分不清楚，谁是你老师我怎么会知道？"只管拄着杖去除草。事后子路把经过告诉了孔子，孔子说："那是一位隐士。"叫子路回去看看，老人却已走了。

孔子迁于蔡三岁，吴伐陈。楚救陈，军于城父。闻孔子在陈蔡之间，楚使人聘孔子。孔子将往拜礼，陈蔡大夫谋曰："孔子贤者，所刺讥皆中诸侯之疾。今者久留陈蔡之间，诸大夫所设行皆非仲尼之意。今楚，大国也，来聘孔子。孔子用于楚，则陈蔡用事大夫危矣。"于是乃相与发徒役围孔子于野。不得行，绝粮。从者病，莫能兴。孔子讲诵弦歌不衰。子路愠见曰："君子亦有穷乎？"孔子曰："君子固穷，小人穷斯滥矣。"

孔子迁到蔡国的第三年，吴国进攻陈国。楚国前来救阵。军队驻扎在城父。听说孔子住在陈、蔡两国的边境上，楚国就派了专人来聘请孔子。孔子正打算应聘前去见礼，陈、蔡两国的大人就商议说："孔子是位有才德的贤者，凡是池所讽刺讥评的，都切中诸侯的弊病所在。如今他称久留住在我们陈、蔡两国之间各位大夫的所做所为，都不合于仲尼的观点意思。现在的楚是个强大的国家，却来礼聘孔子；楚国如果真用了孔子，那我们陈、蔡两国掌政的大夫就危险了。"于是双方都派了人一起把孔子围困在荒野上，孔子动弹不得，粮食也断绝了，随行弟子饿病了，都打不起精神来。孔子却照样不停地讲他的学，朗诵他的书，弹他的琴，唱他的歌。子路满怀懊恼地来见孔子，说道："君子也会有这样困穷的时候吗？"孔子说："会有的，只不过君子遭到困穷时能够把持自己，小人遭到困穷的话，那就什么事都做得出来了。"

子贡色作，孔子曰："赐，尔以予为多学而识之者与？"曰："然。非与？"孔子曰："非也。予一以贯之。"

子贡的神色也变了，孔子对他说："赐啊，你以为我是多方去学习而把学来的牢记在心里的吗？"子贡说："是的，难道不对吗？"孔子说："不是的，我是把握住事物相通的基本道理，而加以统摄贯通的。"

孔子知弟子有愠心，乃召子路而问曰："《诗》云'匪兕匪虎，率

孔子知道弟子心中有着懊恼不平，于是召子路前来问他说："《诗》上说：'不是犀牛也不是老虎，为什么偏偏巡行在旷野之

彼旷野'。吾道非邪?吾何为于此?"子路曰:"意者吾未仁邪?人之不我信也。意者吾未知邪?人之不我行也。"孔子曰:"有是乎!由,譬使仁者而必信,安有伯夷、叔齐?使知者而必行,安有王子比干?"

子路出,子贡入见。孔子曰:"赐,《诗》云'匪兕匪虎,率彼旷野'。吾道非邪?吾何为于此?"子贡曰:"夫子之道至大也,故天下莫能容夫子。夫子盖少贬焉?"孔子曰:"赐,良农能稼而不能为穑,良工能巧而不能为顺。君子能修其道,纲而纪之,统而理之,而不能为容。今尔不修尔道而求为容。赐,而志不远矣!"

子贡出,颜回入见。孔子曰:"回,《诗》云'匪兕匪虎,率彼旷野'。吾道非邪?吾何为于此?"颜回曰:"夫子之道至

中。'难道是我的道理有什么不对吗?我为什么会落到这个地步?"子路说:"想必是我们的仁德不够吧?所以人家不信任我们;想必是我们的智谋不足吧?所以人家不放我们通行。"孔子说:"有这个道理吗?仲由,假使有仁德的人便能使人信任,那伯夷、叔齐怎会饿死在首阳山呢?假使有智谋的人就能通行无阻,那王子比干怎会被纣王剖心呢?"

子路退出,子贡进来相见。孔子说:"赐啊!《诗》上说:'不是犀牛也不是老虎,为什么偏偏巡行在旷野之中。'难道是我的道理有什么不对吗?为什么我会落到这个地步?"子贡说:"老师的道理是大到极点了,所以天下人就不能容受老师。老师何不稍微降低迁就一些!"孔子说:"赐,好农夫虽然善于播种五谷,却不一定会有好收成;好工匠能有精巧的手艺,所作却不一定能尽合人意;君子能够修治他的道术,就像治丝结网一般,先建立最基本的大纲统绪,再依序疏理结扎,但不一定能容合于当世。现在你不去修治自己的道术,反而想降格来苟合求容,赐啊!你的志向就不远大了!"

子贡出去了,颜回进来相见。孔子说:"颜回啊!《诗》上说:'不是犀牛也不是老虎,为什么偏偏巡行在旷野之中。'难道是我的道理有什么不对吗?为什么我会落到这个地步呢?"颜回说:"老师的主张大到极

大,故天下莫能容。虽然,夫子推而行之,不容何病,不容然后见君子!夫道之不修也,是吾丑也。夫道既已大修而不用,是有国者之丑也。不容何病,不容然后见君子!"孔子欣然而笑曰:"有是哉颜氏之子!使尔多财,吾为尔宰。"

点了,所以天下人就不能够容受。然而,老师照着自己的主张推广做去,不被容纳又有什么关系?人家不能容,正见得老师是一位君子呢!一个人道术不修治,才是自己的耻辱。至于道术既已大大地修成而不被人所用,那是国的执政大臣的耻辱了。不被容受有什么关系?人家不能容,正见得自己是一位君子呢!"孔子听了欣慰地笑了,说道:"有这回事吗?颜家的子弟呀!假使你能有很多财富的话,我真愿意做你的家宰,替你经理财用呢!"

于是使子贡至楚。楚昭王兴师迎孔子,然后得免。

于是差了子贡到楚国去,楚昭王便派兵前来迎护孔子,才免去了这场灾祸。

昭王将以书社地七百里封孔子。楚令尹子西曰:"王之使使诸侯有如子贡者乎?"曰:"无有。""王之辅相有如颜回者乎?"曰:"无有。""王之将率有如子路者乎?"曰:"无有。""王之官尹有如宰予者乎?"曰:"无有。""且楚之祖封于周,号为子男五十里。今孔丘述三五之法,明周召之业,王若用之,则楚安得世世堂堂方数

楚昭王想把七百里地方封给孔子。楚国的宰相子西阻止说;"大王使臣出使到诸侯各国的有像子贡这样称职的吗?"昭王说:"没有。"子西又问:"大王左右辅佐大臣有像颜回这样贤能的吗?"昭王说:"没有。"子西又问;"大王的将帅有像子路这样英勇的吗?"昭王说:"没有。"子西再问:"大王各部主事的臣子有像宰予这样干练的吗?"昭王也说:"没有。"子西接着说:"况且我们楚国的祖先在受周天子分封时,名位只是子爵,土地是跟男爵相等的方五十里。如今孔丘遵循三皇五帝的遗规,效法周公、召公的德业,大王如果用了他,那么楚国还能世世代代公然保有几千里的土地吗?想

千里乎?夫文王在丰,武王在镐,百里之君卒王天下。今孔丘得据土壤,贤弟子为佐,非楚之福也。”昭王乃止。其秋,楚昭王卒于城父。

当初文王在丰邑,武王在镐京,是以百里小国的君主,两代经营终而统一天下,现在孔丘如拥有那七百里土地,又有那么多贤能弟子辅佐,对楚国来说并不是好事。”昭王听了就打消封地给孔子的念头。这年秋天,楚昭王死在城父。

楚狂接舆歌而过孔子,曰:“凤兮凤兮,何德之衰!往者不可谏兮,来者犹可追也!已而已而,今之从政者殆而!”孔子下,欲与之言。趋而去,弗得与之言。

楚国装疯自隐的贤士接舆唱着歌走过孔子的车前,他唱道:“凤凰呀!凤凰呀!你的品德身价怎么这样低落?过去的已经无法挽回补正了呀!可是将来的还可以来得及避免的。罢了!罢了!现在从政的人都是很危险的啊!”孔子下了车,想和他谈谈,他却快步走开了,没能跟他说上话。

于是孔子自楚反乎卫。是岁也,孔子年六十三,而鲁哀公六年也。

于是孔子从楚回到了卫国。这一年,是孔子六十三岁,也是鲁哀公的六年。

其明年,吴与鲁会缯,征百牢。太宰嚭召季康子。康子使子贡往,然后得已。

第二年,吴国和鲁国在缯的地方会盟,吴王要求鲁国提供百牢(牛羊猪三牲俱备曰一牢)的献礼。吴太宰嚭召见季康子,康子就请子贡前去应对,经子贡据理力争才得免了。

孔子曰:“鲁卫之政,兄弟也。”是时,卫君辄父不得立,在外,诸侯数以为让。而孔子弟子多仕于卫,卫君欲得孔子为政。子路曰:“卫君

孔子说:“鲁、卫两国的政事,真是兄弟一般的情况。”这个时候,卫君出公辄的父亲蒯聩不能继位,流亡在外,这件事诸侯屡次加以指责。而孔子的弟子很多都在卫国做官,卫君辄也想要孔子来佐理政事。子路就问孔子说:“卫君想要老师去帮他掌理政

待子而为政，子将奚先?”孔子曰:“必也正名乎!”子路曰:“有是哉，子之迂也!何其正也?”孔子曰:“野哉由也!夫名不正则言不顺，言不顺则事不成，事不成则礼乐不兴，礼乐不兴则刑罚不中，刑罚不中则民无所错手足矣。夫君子为之必可名，言之必可行。君子于其言，无所苟而已矣。”

事，老师打算先做什么?”孔子说:“那我必定要先端正名分吧!”子路说:“有这回事吗?老师太迂阔不切实际了!有什么好正的?”孔子说:“你真是鲁莽啊，仲由!要知道名分不正，说出来的话就不顺当;说话不顺当，政事就没法成功;政事不成功，礼乐教化就不能推行;教化不能推行，刑法就无法适中;刑罚不适中，那老百姓就不知道该怎么做才好。所以君子定了名分，一定是可以顺当说出口;说出了话，一定可以行得通。君子对他说出来的话，要做到没有一点的苟且随便才行。”

其明年，冉有为季氏将师，与齐战于郎，克之。季康子曰:“子之于军旅，学之乎?性之乎?”冉有曰:“学之于孔子。”季康子曰:“孔子何如人哉?”对曰:“用之有名;播之百姓，质诸鬼神而无憾。求之至于此道，虽累千社，夫子不利也。”康子曰:“我欲召之，可乎?”对曰:“欲召之，则毋以小人固之，则可矣。”而卫孔文子将攻太叔，问策于仲尼。仲尼辞

又过一年，冉有为季氏率领军队，和齐国在郎亭地方作战，把齐兵打败了。季康对冉求说:“你对军事作战的事，是学来的呢?还是天生就懂的呢?”冉有说:“是向孔子学的。”季康子说:“孔子究竟怎么样的一个人呢?”冉有回答说:“孔子办事符合名分，论是拿到老百姓那里，还是明告于鬼神，都要是没有遗憾的。如果是像我目前所到的这种情况，就是把二千五百户这么大的地方给他，我们老师也不会接受的。”康子说:“我想召请他回来，可以吗?”冉有回答说:“如果真想召请他回来，就要信任他，不可让小人阻碍他，那是可以的。”这时卫大夫孔文子想攻打卫文公的后人太叔疾，向孔子问计。孔子推说不知道，随即招呼备车就

不知，退而命载而行，曰："鸟能择木，木岂能择鸟乎！"文子固止。会季康子逐公华、公宾、公林，以币迎孔子，孔子归鲁。

离开了。说道："鸟是选择树林子来栖息的，树林子哪能选择鸟呢！"孔文子一再坚决地挽留他，正好季康子派来了公华、公宾、公林这几个人，备妥了周到的礼节来迎接孔子，孔子就回到了鲁国。

孔子之去鲁凡十四岁而反乎鲁。

孔子离开鲁国，一共经过了十四年的时间才又回到鲁国。

鲁哀公问政，对曰："政在选臣。"季康子问政，曰："举直错诸枉，则枉者直。"康子患盗，孔子曰："苟子之不欲，虽赏之不窃。"然鲁终不能用孔子，孔子亦不求仕。

鲁哀公问孔子为政的道理，孔子回答说："为政最主是选任好臣子。"季康子也问孔子为政的道理，孔子说："举用正直的人来矫治心术不正的人，这样就能使心术不正的人也变为正直的了。"季康忧虑国内的盗贼多，孔子告诉他说："如果你自己能够不贪欲，就是给予奖赏，人们也是不去偷窃的。"然而鲁国终究是不能用孔子，而孔子也不求出来做官。

孔子之时，周室微而礼乐废，《诗》《书》缺。追迹三代之礼，序《书》传，上纪唐虞之际，下至秦缪，编次其事。曰："夏礼吾能言之，杞不足征也。殷礼吾能言之，宋不足征也。足，则吾能征之矣。"观殷夏所损益，曰："后虽百世可知也，以一文一质。周监二代，郁郁

在孔子的时代，周朝王室已经衰微，而礼乐的制度教化也废弛了，《诗》、《书》典籍零散残缺。于是孔子探循三代以来的礼制遗规，术解《书》传的篇次，上起唐尧虞舜之间，下到秦穆公止，依照事类秩序加以编排。他说："夏代的礼制，我还能讲述个大概来，也只可惜殷的后代杞国已经不足取证了；要是杞、宋两国保有足够的文献的话，那我就能拿来印证了。"孔子考察了殷夏以来礼制增损的情形后，说道："这些制度虽是经过百代，那变革的情形也是可以推知

乎文哉。吾从周。”故《书》传、《礼记》自孔氏。

的。因承袭不移的是礼的精神本体,增损改变的是礼的文采仪节。周礼是参照了夏殷两代而制订的,他的内容文采是怎么样的盛美啊!我是遵行周礼的。”所以《书》传、《礼记》是出于孔子的。

孔子语鲁大师:“乐其可知也。始作翕如,纵之纯如,皦如,绎如也,以成。”“吾自卫反鲁,然后乐正,《雅》《颂》各得其所。”

孔子对鲁国的大乐官说:“音乐演奏的过程是可以知道的。刚开始的时候,要八音五声齐全配合,接着乐音慢慢放开之后,要清浊高下和协一致,又要宫商分明节奏清爽,更要首尾贯串声气不断,这样直到整首乐曲的演奏完成。”又说:“我从卫国回到鲁国之后,才把诗乐订正了,使《雅》、《颂》都能配入到原来应有的乐部。”

古者《诗》三千余篇,及至孔子,去其重,取可施于礼义,上采契后稷,中述殷周之盛,至幽厉之缺,始于衽席,故曰“《关雎》之乱以为《风》始,《鹿鸣》为《小雅》始,《文王》为《大雅》始,《清庙》为《颂》始”。三百五篇孔子皆弦歌之,以求合《韶》、《武》、《雅》、《颂》之音。礼乐自此可得而述,以备王道,成六艺。

古代留传下来的《诗》原有三千多篇,到了孔子,把重复的去掉,选取可以用来配合礼义教化的部分。所取诗篇,最早的是追述殷始祖契、周始祖后稷的诗,其次是歌颂殷周两代盛世的诗,再次是讽刺周幽王、厉王政治缺失的诗,而一切都要以男女夫妇的家庭伦常为起点,所以说:“《关雎》这一乐章是《国风》的第一篇;《鹿鸣》是《小雅》的第一篇;《文王》是《大雅》的第一篇;《清庙》是《颂》诗的第一篇。”三百零五篇诗,孔子都把它入乐歌唱,以求合乎古代韶乐(虞舜乐)、武乐(武王乐)以及朝廷雅乐、庙堂颂乐的声情精神。先王礼乐教化的遗规,到此才稍复旧观而有可称述。王道完备了,六艺也齐全了。

孔子晚而喜《易》，序《彖》、《系》、《象》、《说卦》、《文言》。读《易》，韦编三绝。曰："假我数年，若是，我于《易》则彬彬矣。"

孔子晚年喜欢《易》学，他阐述了(序，一云即《易·序卦》)《彖辞》、《系辞》、《象辞》、《说卦》、《文言》等。他读《易》很勤，以致把书简的皮绳都弄断了三次。还说过："再让我多活几年，这样的话，我对《易》学的研究就可以文辞义理兼备充实了。"

孔子以诗书礼乐教，弟子盖三千焉，身通六艺者七十有二人。如颜浊邹之徒，颇受业者甚众。

孔子用诗、书、礼、乐做教材来教人，就学的门生大约有三千人，而精通六艺的有七十二人。像颜浊邹一般很受到孔子教诲却没有正式入籍的学生，为数也不少。

孔子以四教：文，行，忠，信。绝四：毋意，毋必，毋固，毋我。所慎：齐，战，疾。子罕言利与命与仁。不愤不启，举一隅不以三隅反，则弗复也。

孔子教导学生有四个项目：诗书礼乐等典籍文献，生活上的身体力行，为人处事的忠诚尽心，待人接物的信实不欺。孔子戒绝了常人的四种毛病：不揣测，不武断、不固执、不自以为是。所特别谨慎的事是：祭祀前的斋戒、战争、疾病。很少轻易谈及的是利、命和仁。孔子教人，如果不是心求通而未通的，是不去启发他；举述给他一个道理，却不能触类旁通推演出相似的道理的，就不再对他反复费辞了。

其于乡党，恂恂似不能言者。其于宗庙朝廷，辩辩言，唯谨尔。朝，与上大夫言，訚訚如也；与下大夫言，侃侃如也。

孔子在自己的乡里，容貌恭敬温厚，好似不大会讲话的样子。他在宗庙祭祀和朝廷议政时，却言辞明晰通达，只不过态度还是恭谨小心罢了。在朝中与上大夫交谈，态度中正自然；与下大夫交谈，就显得和乐轻松了。

入公门，鞠躬如也；趋进，翼如也。君召使傧，色勃如也。君命召，不俟驾行矣。

孔子进国君的宫门时，低头弯腰以示恭敬，然后急行而前，态度端谨有礼。国君命他接待宾客，容色庄重认真。国君有命召见，不等车驾备好就尽快出发前往。

鱼馁，肉败，割不正，不食。席不正，不坐。食于有丧者之侧，未尝饱也。

鱼不新鲜，肉已变味，或不合规规矩宰牲的都不吃。不适当的位子，不就坐。在有丧事的人旁边吃饭，从没有吃饱过的。

是日哭，则不歌。见齐衰、瞽者，虽童子必变。

在这一天里哭过，就不唱歌。见到穿麻带孝的人、瞎子，即使是个小孩子，必然改变面容表示同情。

“三人行，必得我师。”“德之不修，学之不讲，闻义不能徙，不善不能改，是吾忧也。”使人歌，善，则使复之，然后和之。

孔子说：“只要是有心向学，即使在三个同行人之中，必有可做我老师的。”又说：“品德行为不修明，学业的不讲求，听到应当做的正义之事不去力行，对于不好的行为不能马上革除，这些都是我忧虑的。”孔子听人唱歌，要是唱得好，就请人再唱，然后自己跟着唱起来。。

子不语：怪，力，乱，神。

孔子不谈论关于怪异、暴力、悖乱以及鬼神的一些事情。

子贡曰：“夫子之文章，可得闻也。夫子言天道与性命，弗可得闻也已。”颜渊喟然叹曰：“仰之弥高，钻之弥坚。瞻之在前，忽焉在后。夫子循循然善诱人，博我以文，约我以礼，欲罢不能。既

子贡说：“老师所传授诗、书、礼、乐等方面的文辞知识，我们还得以知道；至于老师有关性命天道的深微见解，我们就不知道了。”颜渊赞叹地说：“老师的道术，我越仰它久了，越觉得崇高无比！越是钻研探究，越觉得它坚实深厚！看着它是在前面，忽然间却又在后面了。老师有条理有步骤地善于诱导人：用典籍文章来丰富我的知

竭我才，如有所立，卓尔。虽欲从之，蔑由也已。”达巷党人（童子）曰：“大哉孔子，博学而无所成名。”子闻之曰：“我何执？执御乎？执射乎？我执御矣。”牢曰：“子云‘不试，故艺’。”

识，用礼仪道德来规范我的言行，使我想停止学习都不可能。即使是用尽了我所有的才力，而老师的思想却依然高高地立在我的面前。虽然尽想追随上去，但是却无从追得上！”达巷党（五百家为党）的人说：“孔子真是伟大啊！他博学道艺，却不专一名家。”孔子听了这话说道：“我要专干什么呢？专去驾车，还是专去射箭？我看是专去驾车罢！”琴牢说：“老师说过‘我没能为世所用，所以才有闲学会了这许多艺能’。”

鲁哀公十四年春，狩大野。叔孙氏车子钽商获兽，以为不祥。仲尼视之，曰：“麟也。”取之。曰：“河不出图，洛不出书，吾已矣夫！”颜渊死，孔子曰：“天丧予！”及西狩见麟，曰：“吾道穷矣！”喟然叹曰：“莫知我夫！”子贡曰：“何为莫知子？”子曰：“不怨天，不尤人，下学而上达，知我者其天乎！”

鲁哀公十四年的春天里，在大野（今山东巨野县北）地方狩猎。叔孙氏的车夫钽商猎获了一只少见的野兽，他们认为是不吉利的事，孔子看了说：“这是一只麒麟。”于是他们就把它运了回去。孔子说：“黄河上再不见神龙负图出现，洛水中也不见背上有文字的灵龟浮出。圣王不再，我想行道教世，怕是没有希望了罢！”颜渊死了，孔子伤痛地说：“是老天要亡我了吧！”等他见了在曲阜西边猎获的麒麟，说道：“实现我主张的希望是完了！”孔子很感慨地说：“没有人能了解我了！”子贡说：“怎么没有人能了解老师呢？”孔子说：“我不抱怨天，也不怪罪人，下学人事，上达天命，能知道我的，只有上天了吧！”

“不降其志，不辱其身，伯夷、叔齐乎！”谓“柳下惠、少连降志辱身

孔子说：“不使自己的志气受到屈降，不使自己的身体受到沾辱，只有伯夷、叔齐两人了吧！”评论柳下惠、少连时说：“志气

矣”。谓“虞仲、夷逸隐居放言,行中清,废中权”。“我则异于是,无可无不可。”

降屈了,身子也沾辱了。”评论虞仲、夷逸时说:“隐居在野,放肆直言,行事合乎清高纯洁,自我废弃免祸也权衡得宜。”又说:“我就跟他们的做法不一样。我不偏执一端,一切依情理行事,所以没有绝对的可以,也没有绝对的不可以。”

子曰:“弗乎弗乎,君子病没世而名不称焉。吾道不行矣,吾何以自见于后世哉?”乃因史记作《春秋》,上至隐公,下讫哀公十四年,十二公。据鲁,亲周,故殷,运之三代。约其文辞而指博。故吴楚之君自称王,而《春秋》贬之曰“子”;践土之会实召周天子,而《春秋》讳之曰“天王狩于河阳”:推此类以绳当世。贬损之义,后有王者举而开之。《春秋》之义行,则天下乱臣贼子惧焉。

孔子说:“不成,不成!君子最遗憾的就是死后没有留下好声名。我的救世理想已经无法达成了,我要用什么来贡献社会留名后世呢?”于是根据鲁国的史记作了《春秋》一书:上起鲁隐公元年,下至鲁哀公十四年,前后一共包括了十二位国君。以鲁国为记述的中心,尊奉周王来正统,参酌了殷朝的旧制,推而上承三代的法统。文辞精简而旨意深广,因此吴、楚国君自称为王的,而《春秋》就依据当初周王册封时的等级,降称他们为“子”爵;晋文公召集的践土会盟(事在鲁僖公二十八年),实际上是周襄王应召前去与会的,《春秋》以为这事不合法统而避开它,改写成“周天子巡狩到了河阳”。推展这类的事例原则,作为衡断当时人行事违背礼法与否的标准。这种贬抑责备的大义,后代有的君王加以倡导推广,使《春秋》的义法得以通行天下,因而那些窃位盗名为非作歹的人,就会有所警惕惧怕了。

孔子在位听讼,文辞有可与人共者,弗独

孔子过去任官审案时,文辞上如有需要与人共同商量斟酌的,他是不肯擅作决

有也。至于为《春秋》，笔则笔，削则削，子夏之徒不能赞一辞。弟子受《春秋》，孔子曰："后世知丘者以《春秋》，而罪丘者亦以《春秋》。"

断的。到他写《春秋》时就不同了，认为该记录的就振笔直录，该删削的就断然删削，就连子夏这些长于文学的弟子，一句话都参酌不上。弟子们接受了《春秋》之后，孔子说："后世的人知道我是在行圣王之道的，只有靠这部《春秋》；后代认识我孔丘就根据《春秋》，怪罪我也根据这部《春秋》了。"

明岁，子路死于卫。孔子病，子贡请见。孔子方负杖逍遥于门，曰："赐，汝来何其晚也？"孔子因叹，歌曰："太山坏乎！梁柱摧乎！哲人萎乎！"因以涕下。谓子贡曰："天下无道久矣，莫能宗予。夏人殡于东阶，周人于西阶，殷人两柱间。昨暮予梦坐奠两柱之间，予始殷人也。"后七日卒。

第二年，子路死在卫国。孔子病了，子贡前来谒见，孔子正拄着手杖在门口慢步，一见就说："赐啊！你怎么来得这么迟呢？"孔子随即叹了一声，口里哼道："泰山就这样崩坏吗？梁柱就这样摧折吗？哲人就这样凋谢吗？"哼完不禁淌了眼泪。稍后对子贡说："天下失去常道已经很久了，世人都不能遵循我的平治理想。夏人死了停棺在东阶，周人是在西阶，殷人则在两柱之间。昨天夜里我梦见自己坐定在两柱之间受人祭奠，我原本就是殷人啊！"过了七天就死了。

孔子年七十三，以鲁哀公十六年四月己丑卒。

孔子享年七十三岁，死在鲁哀公十六年四月的己丑日。

哀公诔之曰："旻天不吊，不憖遗一老，俾屏余一人以在位，茕茕余在疚。呜呼哀哉！

鲁哀公对他的悼辞说："老天爷不仁慈，不肯留下这一位老人，使他抛开了我，害我孤零零的在位，我是既忧思又伤痛。唉，真伤心啊！尼父，我不再自我拘束了！"

尼父,毋自律!”子贡曰:“君其不没于鲁乎!夫子之言曰:‘礼失则昏,名失则愆。失志为昏,失所为愆。’生不能用,死而诔之,非礼也。称‘余一人’,非名也。”

事后子贡批评道:“鲁公难道要不能终老于鲁国吗?老师的话说:‘礼法丧失就会昏乱,名分丧失了就有过失。一个人丧失志气便是昏乱,失去所宜就是过错。’人活着生前不能用他,死了才来悼念他,这是不合礼的。以诸侯自称‘余一人’,是不合名分的。”

孔子葬鲁城北泗上,弟子皆服三年。三年心丧毕,相诀而去,则哭,各复尽哀;或复留。唯子贡庐于冢上,凡六年,然后去。弟子及鲁人往从冢而家者百有余室,因命曰孔里。鲁世世相传以岁时奉祠孔子冢,而诸儒亦讲礼乡饮大射于孔子冢。孔子冢大一顷。故所居堂、弟子内,后世因庙,藏孔子衣冠琴车书,至于汉二百余年不绝。高皇帝过鲁,以太牢祠焉。诸侯卿相至,常先谒然后从政。

孔子死后葬在鲁城北面的泗水边上。弟子们为老师服丧三年,三年的丧服完,大家在道别离去时,都相对而哭,每人还是很哀痛,有的就又留了下来。子贡甚至在墓旁搭了房子住下,守墓一共守了六年才离开。弟子以及鲁国的其他人,相率到墓旁定居的有一百多家,因而管那个地方“孔里”。鲁国世代相传每年都定时到孔子墓前祭拜,而儒者们也在这天讲习礼仪、乡饮礼,乡以及鲁君祭祀时的比射仪式,也都在孔子墓地举行。孔子的墓地有一顷大。孔子故居的堂屋以及弟子所住的房室后来就改成庙,收藏了孔子生前的衣服、冠、帽、琴、车子、书籍,直到汉朝,二百多年来都没有废弃。高皇帝刘邦路过鲁地,用了大牢(牛羊猪三牲俱备)之礼祭拜孔子。诸侯卿相一到任,常是先到庙里祭拜之后才正式就职理事。

孔子生鲤,字伯鱼。伯鱼年五十,先孔子死。

孔子生了鲤,字叫伯鱼。伯鱼享年五十岁,比孔子早死。

伯鱼生伋，字子思，年六十二。尝困于宋。子思作《中庸》。

子思生白，字子上，年四十七。子上生求，字子家，年四十五。子家生箕，字子京，年四十六。子京生穿，字子高，年五十一。子高生子慎，年五十七，尝为魏相。

子慎生鲋，年五十七，为陈王涉博士，死于陈下。

鲋弟子襄，年五十七。尝为孝惠皇帝博士，迁为长沙太守。长九尺六寸。

子襄生忠，年五十七。忠生武，武生延年及安国。安国为今皇帝博士，至临淮太守，蚤卒。安国生卬，卬生驩。

太史公曰：《诗》有之："高山仰止，景行行止。"虽不能至，然心乡往之。余读孔氏书，想见其为人。适鲁，观仲尼庙堂车服礼器，诸生以时习礼

伯鱼生了伋，字叫子思，享年六十三岁。曾经受困于宋国。子思作了《中庸》。

子思生了白，字叫子上，享年四十七岁。子上生了求，字叫子家，享年四十五岁。子家生了箕，字叫子京，享年四十六岁。子京生了穿，字叫子高，享年五十一岁。子高生了子慎，享年五十七岁，曾经做过魏国的宰相。

子慎生了鲋，享年五十七岁。做了陈王涉的博士，死在陈这个地方。

鲋的弟弟子襄，享年五十七岁。做过汉孝惠皇帝的博士，后来改任长沙郡大守，身高九尺六寸。

子襄生了忠，享年五十七岁。忠生了武，武生了延年和安国。安国做了当今孝武皇帝的博士，又做到临淮郡太守，早年死了。安国生了卬，卬生了欢。

太史公说：《诗》上有言道："像高山一般令人瞻仰，像大道一般让人遵循。"虽然我达不到这个境地，但心中总是向往着他。我读了孔子的著作，可以想见得他的伟大。到鲁去的时候，参观了仲尼的庙堂，以及他遗留下来的车、服、礼器；那

其家,余低回留之不能去云。天下君王至于贤人众矣,当时则荣,没则已焉。孔子布衣,传十余世,学者宗之。自天子王侯,中国言六艺者折中于夫子,可谓至圣矣!

些读书的学生,都还按时到孔子的旧宅里演习礼仪。我一时由衷敬仰,徘徊留恋地不肯离去。自古以来,天下的君王贤人也算得多了,当活着时都很荣耀,到他一死就什么也没有了。孔子仅是一个平民,他的道统家世至今传了十几代,学者们崇仰,他都以他为依归。从天子王侯以下,凡是中国研讨六经道艺的人,都以孔夫子的话为最高的衡断标准,真可说是一位至上无上的圣人了!"

评议

太史公作《孔子世家》,其眼光之高,胆力之大,推崇之至,迥非汉唐以来诸儒所窥测。故刘知几、王安石辈皆横加讥刺,以为自乱其例,不知史公之不可及处正在此也。揭其要旨,厥有三端:孔子以布衣为万世帝王师,泽流后裔,历代罔替,任何侯王,莫之能比。史公列之于世家,是绝大见识,其不可及者一也。天地日月,难以形容;圣如孔子,亦难以形容。孟子称为"圣"之时,已是创论。而史公《世家》更称之为"至",尤为定评。自是之后,遂永远不能易矣。其不可及者二也。王侯世家,各以即位之年纪;孔子无位,则以本身之年纪。等匹夫于国君,侔德行于爵位,尚德若人,是之谓矣。其不可及者三也。至其叙次,摭润群书,自成体段,既不病疏,亦不伤繁。尤是史公天才独擅,承学之士能读此者,尚难其人,况于作乎?赞语精微淡远,于平易中见风神,令人读之不觉肃然起敬。

篇内"丘生而叔梁纥死",按《家语》云"生三岁而梁纥死"。"尝为季氏史",按"史"当作"吏"。"蔡迁于吴",按"蔡"下阙"请"字。"作为陬操以哀之",按"陬操",《家语》作"槃操"。"蔡昭公将如吴。"按此及下两"昭公",皆当作"昭侯"。"故所居堂弟子内",按当作"故弟子所居堂内"。"余祗回留之,不能去云"。按"祗回"或作"低回"。

陈涉世家

陈胜者，阳城人也，字涉。吴广者，阳夏人也，字叔。

陈胜，是阳城地方的人，字叫涉。吴广，是阳夏地方的人，字叫叔。

陈涉少时，尝与人佣耕，辍耕之垄上，怅恨久之，曰："苟富贵，无相忘。"庸者笑而应曰："若为庸耕，何富贵也？"陈涉太息曰："嗟乎，燕雀安知鸿鹄之志哉！"

陈涉在年轻时，曾经受雇帮人耕田种地，做累了就跑到田埂上休息，心里头纳闷怨忿了好一阵子，说道："如果将来富贵了，可不能忘记这段日子啊！"帮佣的在旁笑着对他说："你是个受雇帮人种田的人，怎么个富贵法呢？"陈涉叹息着说："唉！燕雀这种小鸟，怎么能了解到鸿鹄的高远志向啊！"

二世元年七月，发闾左适戍渔阳，九百人屯大泽乡。陈胜、吴广皆次当行，为屯长。会天大雨，道不通，度已失期。失期，法皆斩。陈胜、吴广乃谋曰："今亡亦死，举大计亦死，等死，死国可乎？"陈胜曰："天下苦秦久矣。吾闻二世少子

秦二世皇帝元年七月，征调住在闾里左边的平民去屯守渔阳，他们一行一共是九百人，这时正屯驻大泽乡。陈胜、吴广两人都在这次征发的行列之中，担任着屯长。正好遇上天下着大雨，道路中断不通；他们估量了日程，心想这番前去必已过了规定的期限；过了期限按照法律规定，是都该杀头的。于是陈胜、吴广商量着说："现在，逃亡被捉到也是死；起义若失败了也是死，既然同样是死，那死于国事不是好些吗？"陈胜说："天下人受秦皇暴政的苦已经很久了。我听说二世皇帝是始皇帝的小儿子，不

也,不当立,当立者乃公子扶苏。扶苏以数谏故,上使外将兵。今或闻无罪,二世杀之。百姓多闻其贤,未知其死也。项燕为楚将,数有功,爱士卒,楚人怜之。或以为死,或以为亡。今诚以吾众诈自称公子扶苏、项燕,为天下唱,宜多应者。"吴广以为然。乃行卜。卜者知其指意,曰:"足下事皆成,有功。然足下卜之鬼乎!"陈胜、吴广喜,念鬼,曰:"此教我先威众耳。"乃丹书帛曰"陈胜王",置人所罾(音增)鱼腹中。卒买鱼烹食,得鱼腹中书,固以怪之矣。又间令吴广之次(近)所旁丛祠中,夜篝火,狐鸣呼曰"大楚兴,陈胜王"。卒皆夜惊恐。旦日,卒中往往语,皆指目陈胜。

该他来继位,应当继位的是公子扶苏。扶苏因为屡次上谏言的缘故,始皇帝就派他带兵在外地驻守。如今也传闻说扶苏并没有罪,而二世皇帝把他杀害了。百姓们大多知道他很英明,却不晓得他已经死了。项燕原是楚国的将军,经常战胜立功,又对属下兵士很爱护,亡国之后,楚人还是很怀念他。有的认为他死了,有的却说他是逃走了。现在要真是用我们这些人来起义,我们诈称是公子扶苏和项燕,向天下作号召,起来响应的人该不会少。"吴广认为很有道理。于是就去问卜,卜卦的人看出了他们的意图,说道:"先生的事都能达成,可以建有功业。然而先生也向鬼神问过吉凶了?"陈胜、吴广听了很高兴,就想到要假托鬼神的事,说道:"他的话是教我们先设法使众人畏服罢了。"于是用帛写了"陈胜王"三个红字,暗中放进人家刚钓起来的鱼肚里。戍卒买鱼回来要煮来吃,发现了鱼肚子里的字条,就已经觉得很奇怪了。陈胜又趁人不注意时,叫吴广到营地附近树林子里的神祠去,到了晚上,在笼子里点上烛火,模仿狐狸的声音,叫着说:"大楚兴,陈胜王。"戍卒们夜里听见看见了,都惊恐起来。第二天,戍卒群中到处谈论着这些奇异的事情,暗地里都指点着、注视着陈胜。

吴广素爱人,士卒多为用者。将尉醉,广故

吴广一向能爱护别人,戍卒们大都愿意听他使唤。趁着官府派来领队的营尉喝

数言欲亡，忿恚尉，令辱之，以激怒其众。尉果笞广。尉剑挺，广起，夺而杀尉。陈胜佐之，并杀两尉。召令徒属曰："公等遇雨，皆已失期，失期当斩。藉弟令毋斩，而戍死者固十六七。且壮士不死即已，死即举大名耳，王侯将相宁有种乎！"徒属皆曰："敬受命。"乃诈称公子扶苏、项燕，从民欲也。袒右，称大楚。为坛而盟，祭以尉首。陈胜自立为将军，吴广为都尉。攻大泽乡，收而攻蕲（音祈）。蕲下，乃令符离人葛婴将兵徇蕲以东。攻铚、酂、苦、柘、谯皆下之。行收兵，比至陈，车六七百乘，骑千余，卒数万人。攻陈，陈守令皆不在，独守丞与战谯门中。弗胜，守丞死，乃入据陈。数日，号令召三老、豪杰与皆来会计事。三老、豪杰皆曰："将军身

醉时，吴广故意几次跟他谈起要逃亡的事，想用这些话来刺激营尉，使他恼怒，惹他当众侮辱自己，来激起大家的愤怒不平。营尉果然发怒打了吴广，营尉又拔他佩剑，吴广就爬了起来，顺势夺过剑把营尉杀了，陈胜帮忙他，一起把两个营尉都杀了，随即召集属下的人宣告说："各位被大雨耽误，不论怎么赶路，都已过了到达的期限，上面规定过期的都要杀头。就假定他们姑且不杀我们头好了，向来戍守而死的人十成都占六七成。况且大丈夫不死就罢，要死就得建个大功名，王侯将相岂是生来就注定了的！"属下的人听了都异口同声说："一切听凭差遣。"于是就假冒公子扶苏和楚将项燕的名义，这是为了顺应人民的愿望。大家都露起右臂来作标志，称号叫"大楚"。建起坛来宣誓，用营尉的头祭告天地。陈胜任命自己做将军，吴广做都尉。首先进攻大泽乡，攻下后接着进攻蕲县，蕲县投降了。就派符离人葛婴率兵去攻取蕲县以东的地方，一连进攻铚、郑酂、苦、柘、谯几个地方，都攻下了。他们一路边打边招收兵马，等来到了陈，车子已有六七百部，骑兵一千多，步卒好几万人。围攻陈城时，正好郡守和县令都不在，只有留守的郡丞在城门间抵抗，抵抗不住，守丞也被打死了，于是就占领了陈。过了几天，陈胜下令召集当地的长老和豪杰人士都来开会议事，与会的人都一致地说："将

被坚执锐,伐无道,诛暴秦,复立楚国之社稷,功宜为王。”陈涉乃立为王,号为张楚。

军你身披战甲,手执兵器,起兵奋战来讨伐无道的政权,灾除秦帝的暴政,恢复了楚国的国土,论功应该做王。于是陈涉就自立为王,国号叫“张楚’。

当此时,诸郡县苦秦吏者,皆刑其长吏,杀之以应陈涉。乃以吴叔为假王,监诸将以西击荥阳。令陈人武臣、张耳、陈馀徇赵地,令汝阴人邓宗徇九江郡。当此时,楚兵数千人为聚者,不可胜数。

在这个时候,各个郡县受不了秦朝官吏之苦的人,都惩处了他们的长官,把他们杀了来响应陈涉。于是就任命吴叔做代理王,督率各将领向西进攻荥阳,命令陈人武臣、张耳、陈馀等人,进攻河北一带原属赵国的地方,命令汝阴人邓宗去攻略九江郡。这个时候,楚地义兵几千人聚集一起的,真数不清有多少了。

葛婴至东城,立襄强为楚王。婴后闻陈王已立,因杀襄强,还报。至陈,陈王诛杀葛婴。

葛婴到了东城,立了襄强做楚王。葛婴稍后听说陈胜已自立做了陈王,就杀了襄强去报告陈王,等他回到了陈,陈王就把葛婴杀了。

陈王令魏人周市北徇魏地。吴广围荥阳。李由为三川守,守荥阳,吴叔弗能下。陈王征国之豪杰与计,以上蔡人房君蔡赐为上柱国。

陈王又命令魏人周市北上去攻取原属魏国的土地。吴广率兵围攻荥阳,李由(秦相李斯子)担任三川地方的守备,驻守荥阳,吴广攻不下来。于是陈王征召国内的豪杰人士商量对策,任命上蔡人房邑的君蔡赐做上柱国。

周文,陈之贤人也,尝为项燕军视日,事春申君,自言习兵,陈王与之将军印,西击秦。行收

周文,是陈这个地方的贤人,曾任项燕军中占卜望日官,也在春申君的手下做过事。他自称懂得用兵,陈王就颁给印信任命他做将军,要他带兵西去攻秦。他边走边召

兵至关,车千乘,卒数十万,至戏,军焉。秦令少府章邯免郦山徒、人奴产子生,悉发以击楚大军,尽败之。周文败,走出关,止次曹阳二三月。章邯追败之,复走次渑池十余日。章邯击,大破之。周文自刭,军遂不战。

集兵马,到了函谷关,他的车子已有一千辆,兵士好几十万人。到了戏亭,就布防下来。秦朝派少府章邯赦免了犯了罪在骊服劳役的人,以及家奴所生的儿子,全部调集来攻击楚国的大军,把楚军全给打败了。周文败逃出了关,在曹阳地方留驻了两三个月,章邯追来把他打败了,再逃到渑池驻守十几天,章邯又来追击,把他打得惨败。周文自杀,余部就无法再战了。

武臣到邯郸,自立为赵王,陈馀为大将军,张耳、召骚为左右丞相。陈王怒,捕系武臣等家室,欲诛之。柱国曰:“秦未亡而诛赵王将相家属,此生一秦也。不如因而立之。”陈王乃遣使者贺赵,而徙系武臣等家属宫中,而封耳子张敖为成都君,趣赵兵亟入关。赵王将相相与谋曰:“王王赵,非楚意也。楚已诛秦,必加兵于赵。计莫如毋西兵,使使北徇燕地以自广也。赵南据大河,北有燕、代,楚虽

武臣到了邯郸,就自立做了赵王,陈馀做大将军,张耳、召骚两人做左右丞相。陈王知道了非常恼怒,就把武臣等人的家属抓了囚禁起来,准备把他们杀了。上柱国蔡赐劝止说:“秦国还没有灭亡就杀了赵王将相的家属,这不就等于又产生一个和你敌对的秦国来了,不如顺这个机会正式封他好些。”陈王就派了使者到赵国去当面祝贺,而把武臣等人的家属迁禁在宫中,同时封张耳的儿子张敖做成都君,要他催促赵国的部队尽快入关。赵王和将相们商议,将相们说:“你立作赵王,并不是楚国的本意。等楚国灭了秦,必然来对赵国用兵。最好的办法莫过于不要派兵到西边去,派人北上攻取燕国的地方,来扩展我们自己的领土。这样,赵国南面凭着黄河,北边又有燕、代的广大土地,楚国即使打胜了秦国,也不敢

胜秦,不敢制赵。若楚不胜秦,必重赵。赵乘秦之弊,可以得志于天下。”赵王以为然,因不西兵,而遣故上谷卒史韩广将兵北徇燕地。

来压制赵国;如果打不过秦国那一定要倚重赵国。到时候,赵国乘着敌方衰弊的机会,就可以在天下左右自如了。”赵王认为有道理,不再派兵西进,反而派了从前燕国上谷的卒史韩广,带兵北上去攻占燕国的旧地。

燕故贵人豪杰谓韩广曰:“楚已立王,赵又已立王。燕虽小,亦万乘之国也,愿将军立为燕王。”韩广曰:“广母在赵,不可。”燕人曰:“赵方西忧秦,南忧楚,其力不能禁我。且以楚之强,不敢害赵王将相之家,赵独安敢害将军之家!”韩广以为然,乃自立为燕王。居数月,赵奉燕王母及家属归之燕。

燕国过去的显贵人士和豪杰之士劝韩广说:“楚国已经立了王,赵国又立了王;燕的地方虽然小些,过去也是可出万辆兵车的强国,希望将军自立做燕王。”韩广说:“我的母亲还在赵国,使不得。”燕人说:“赵王正当西面担心着秦国,南面担心着楚国,他没有力量来阻止我们。况且以楚国的强大,都不敢加害赵王将相的家属,赵王何至于独敢加害将军的家人呢?”韩广认为有道理,就自立做了燕王。过了几个月,赵王派人护送燕王的母亲和家人回到燕国。

当此之时,诸将之徇地者,不可胜数。周市北徇地至狄,狄人田儋杀狄令,自立为齐王,以齐反,击周市。市军散,还至魏地,欲立魏后故宁陵君咎为魏王。时咎在陈王所,不得之魏。魏地已定,欲相与立周市

在这个时候,到各地去攻取土地的将领,人数不胜数。周市北上攻取土地到了狄这个地方,狄人田儋杀了狄县县令,自立做了齐王,就以齐的力量来反击周市,周市军队溃散了,退回到魏国的地方,想立魏国宗室从前的宁陵君咎做魏王。这时咎正在陈王那里,没办法来魏。魏地平定之后,许多人都想拥立周市当魏王,周市不肯接受。使

为魏王，周市不肯。使者五反，陈王乃立宁陵君咎为魏王，遣之国。周市卒为相。

者在周市和陈王那里来回跑了五趟，陈王才立宁陵君做魏王，派他回到魏国去。周市最后做了魏王的相。

将军田臧等相与谋曰："周章军已破矣，秦兵旦暮至，我围荥阳城弗能下，秦军至，必大败。不如少遗兵，足以守荥阳，悉精兵迎秦军。今假王骄，不知兵权，不可与计，非诛之，事恐败。"因相与矫王令以诛吴叔，献其首于陈王。陈王使使赐田臧楚令尹印，使为上将。田臧乃使诸将李归等守荥阳城，自以精兵西迎秦军于敖仓。与战，田臧死，军破。章邯进兵击李归等荥阳下，破之，李归等死。

将军田臧等人商议说："周章（即周文）的军队已经破败了，秦兵早晚间就要到来，我们围攻荥阳城久攻不下，秦兵一到，必然会被打个大败。不如留下一小部分的兵，足以守住荥阳的现况就好，把其余精兵全部拿来迎击秦军。现在代理王很骄傲，又不懂得兵力的灵活运用，没法跟他商量，不杀了他，我们的计划恐怕会失败。"于是就假造了陈王的命令来杀了吴广，把吴广的头献给陈王，陈王就派了使者颁给田臧"楚令尹"的大印，任命他做上将。田臧就派部将李归等人守住荥阳城，自己带了精锐部队西进到敖仓迎战秦军，双方交战，田臧战死，军队也破败了。于是章邯进兵到荥阳来攻打李归这些人，打败了楚军，李归等人都战死。

阳城人邓说将兵居郯，章邯别将击破之，邓说军散走陈。铚人伍徐将兵居许，章邯击破之，伍徐军皆散走陈。陈王诛邓说。

阳城人邓说带着军队驻在郯城，章邯另派部将率兵打败了他，邓说的军队一路溃逃回陈；铚城人伍徐率兵驻守在许，章邯攻败了他，伍徐的军队也都散逃到陈。陈王把邓说杀了。

陈王初立时，陵人

陈胜刚刚做王的时候，陵县人秦嘉、

秦嘉、铚人董緤、符离人朱鸡石、取虑人郑布、徐人丁疾等皆特起,将兵围东海守庆于郯。陈王闻,乃使武平君畔为将军,监郯下军。秦嘉不受命,嘉自立为大司马,恶属武平君。告军吏曰:“武平君年少,不知兵事,勿听!”因矫以王命杀武平君畔。

铚城人董緤、符离人朱鸡石、取虑人郑布、徐州人丁疾等也分别起兵,他们带兵把东海郡的郡守名叫庆的围困在郯城。陈王听说了就派武平君畔做将军,负责来督率郯城地方各路军队。秦嘉拒不接受这个命令的节制,自己任命做大司马,不愿意隶属武平君。便对军吏们说:“武平君年纪轻,不懂得军事,不要听他的!”就假造陈王的命令来杀了武平君畔。

章邯已破伍徐,击陈,柱国房君死。章邯又进兵击陈西张贺军。陈王出监战,军破,张贺死。

章邯打败了伍徐以后,接着进攻陈城,陈王的上柱国房君战死了。章邯又进兵打陈城西边的张贺部队,陈王亲自出来督战,还是被攻破,张贺也战死了。

腊月,陈王之汝阴,还至下城父,其御庄贾杀以降秦。陈胜葬砀,谥曰隐王。

腊月里,陈王到了汝阴,回到下城父时,他的车夫庄贾杀了他去向秦军投降。陈胜葬在砀县,谥号叫“隐王”。

陈王故涓人将军吕臣为仓头军,起新阳,攻陈下之,杀庄贾,复以陈为楚。

陈王早年的勤务官现在将军吕臣,带了一支青帽军,从新阳起兵进攻陈城,攻下了,杀了庄贾,又以陈城作为楚都。

初,陈王至陈,令铚人宋留将兵定南阳,入武关。留已徇南阳,闻陈

在陈王初到陈城的时候,曾派了铚城人宋留带兵去攻取南阳,再进兵武关。等宋留占领了南阳,却传来陈王被杀了消息,于

王死，南阳复为秦。宋留不能入武关，乃东至新蔡，遇秦军，宋留以军降秦。秦传留至咸阳，车裂留以徇。

是南阳又被秦军夺了回去。宋留既没法进兵武关，便向东转进到新蔡，不料又遇上秦军，宋留只好带着部队向秦军投降。秦人就用传车把宋留急送到咸阳，车裂了宋留来警告天下。

秦嘉等闻陈王军破出走，乃立景驹为楚王，引兵之方与，欲击秦军定陶下。使公孙庆使齐王，欲与并力俱进。齐王曰："闻陈王战败，不知其死生，楚安得不请而立王！"公孙庆曰："齐不请楚而立王，楚何故请齐而立王！且楚首事，当令于天下。"田儋诛杀公孙庆。

秦嘉等人听说陈王已经兵败逃走了，就立了景驹做楚王，率兵到了方与，准备在定陶附近击破秦军；于是派公孙庆去见齐王田儋，想和他联手一同进攻。齐王说："听说陈王战败了，到现在生死不明，楚国怎么能不来请示我就自己立了王呢？"公孙庆说："齐不曾请示楚就自己立了王，楚为什么要请示齐才能立王？何况楚是首先起义抗秦的，自当号令天下。"田儋就杀了公孙庆。

秦左右校复攻陈，下之。吕将军走，收兵复聚。鄱盗当阳君黥布之兵相收，复击秦左右校，破之青波，复以陈为楚。会项梁立怀王孙心为楚王。

秦的左右校尉军再来攻陈，攻下了。将军吕臣逃出来，又收聚了一些兵马，途中遇见曾在鄱阳为盗的当阳君黥布，两人的兵员就结合在一起，回头来攻打秦左右校尉，在青波地方把他们打败了，把陈又夺回楚国来。这时正好项梁立了楚怀王的孙子名叫心的做楚王。

陈胜王凡六月。已为王，王陈。其故人尝与

陈胜当王一共是六个月时间。当王之后，以陈作为王都。他从前受雇种田的旧伙庸耕者闻之，之陈，扣宫门曰："吾欲见涉。"宫门令欲缚之。自辩数，乃置，不肯为通。陈王出，遮道而呼涉。陈王闻之，乃召见，载与俱归。入宫，见殿屋帷帐，客曰："夥颐！涉之为王沈沈者！"楚人谓多为夥，故天下传之，夥涉为王，由陈涉始。客出入愈益发舒，言陈王故情。或说陈王曰："客愚无知，颛妄言，轻威。"陈王斩之。诸陈王故人皆自引去，由是无亲陈王者。陈王以朱房为中正，胡武为司过，主司群臣。诸将徇地，至，令之不是者，系而罪之，以苛察为忠。其所不善者，弗下吏，辄自治之。陈王信用之。诸将以其故不亲附，此其所以败也。

伴听到了消息，跑到陈来，在王宫门上敲着嚷道："我要见陈涉。"宫门指挥官要绑他来治罪，经他辩白了好一阵子，才给放了，但是就不肯帮他通报。等到陈王有事外出，他就拦路大叫陈王的名字，陈王听到了，才停下召见，载上车一起回来。进了王宫，看了殿堂房屋、帷幕帐帘这些陈设，客人惊叹说："真多呀！你当这个王的宫殿可真大真深啊！"楚人说话管多叫"夥"，所以现在天下相传，称王叫"夥涉为王"这句话，是从陈涉开始的。客人在宫里进进出出愈来愈随便，常跟人谈起陈王的旧事。于是有人就对陈王说："你这个客人愚昧无知，专爱乱说话，这样会破坏你的威严的。"王就把客人给杀了。其余的陈王故旧知交都纷纷自己离开，从此陈王身边再也没有亲近的人了。陈王任命朱房做中正，胡武做司过，负责纠察群臣的过失。将领们奉命派去攻城掠地，每到了一个地方，如果命令下去稍不听从的，马上抓来治罪，以办事苛刻细密来表示自己的忠心。两人对于自己不喜欢的人，一旦犯了错，不交给负责司法的官吏去审理，都由自己直接来审问定罪，陈王却很信任他们。将领们对王因此就不再忠心服从了，这是他失败的主要原因。

陈胜虽已死，其所置

陈胜虽然死了，但是他封立任命的

遣侯王将相竟亡秦，由涉首事也。高祖时为陈涉置守冢三十家砀，至今血食。

侯王将相最后所以能灭亡秦国，还是由于陈涉首先起义促成的。汉高祖时，特地在砀县陈涉的墓旁安置三十户人家看守，到现在都按时用牺牲去祭祀他。

褚（音楚）先生曰：地形险阻，所以为固也；兵革刑法，所以为治也。犹未足恃也。夫先王以仁义为本，而以固塞文法为枝叶，岂不然哉！吾闻贾生之称曰：

褚先生（即褚少孙，一本作太史公曰）说：地形险要阻塞，是便于用来固守的，武器装备和法制规章，是便于用来统治国家的，但这些还不是最可靠的条件。所以古代的圣王，都是以仁义道德作为立国的根本，而把强固地形完备制度作为辅持的枝叶。事理难道不是这样吗？我听过贾谊先生的话说道：

"秦孝公据殽函之固，拥雍州之地，君臣固守，以窥周室。有席卷天下，包举宇内，囊括四海之意，并吞八荒之心。当是时也，商君佐之，内立法度，务耕织，修守战之备；外连衡而斗诸侯。于是秦人拱手而取西河之外。

"秦孝公占得了崤山、函谷关的天险，拥有了雍州的土地，君臣上下严密地防守着，暗中图谋着周王朝的政权；有夺取天下，占领海内，统一全中国的意图，并吞八方广大地区的野心。在这个时候，商鞅辅佐他，内政上建立法制，加强农耕纺织的生产，整顿进退攻守的战备，外交上各别结合列强，使诸侯各国相互争斗。于是，秦国很轻易地就取得黄河以西的土地。

"孝公既没，惠文王、武王、昭王蒙故业，因遗策，南取汉中，西举巴蜀，东割膏腴之地，收要害之郡。诸侯恐惧，会盟而谋

"孝公死了以后，惠文王、武王、昭王相继承受了前代的基业，因袭先人遗下的策略，向南夺取了汉中，向西占领了巴蜀，向东侵割了肥美的土地，获取了险要的郡邑。诸侯各国都很担心，就结盟而图

弱秦。不爱珍器重宝肥饶之地，以致天下之士。合从缔交，相与为一。当此之时，齐有孟尝，赵有平原，楚有春申，魏有信陵，此四君者，皆明知而忠信，宽厚而爱人，尊贤而重士。约从连衡，兼韩、魏、燕、赵、宋、卫、中山之众。于是六国之士有宁越、徐尚、苏秦、杜赫之属为之谋，齐明、周冣、陈轸、邵滑、楼缓、翟景、苏厉、乐毅之徒通其意，吴起、孙膑、带他、儿良、王廖、田忌、廉颇、赵奢之伦制其兵。尝以什倍之地，百万之师，仰关而攻秦。秦人开关而延敌，九国之师遁逃而不敢进。秦无亡矢遗镞之费，而天下固已困矣。于是从散约败，争割地而赂秦。秦有余力而制其弊，追亡逐北，伏尸百万，流血漂橹，因利乘便，宰割天下，分裂山河，强国请服，弱国入朝。

谋削弱秦国。他们不惜以珍奇的器物、贵重的宝贝和富饶的土地作代价，来罗致天下的人才，进行南北各国的结合，订定联盟条约，大家相忍为一，共同抗秦。在这个时候，齐国有孟尝君，赵国有平原君，楚国有春申君，魏国有信陵君，这四个人都是贤明而忠信，宽厚而爱人，尊敬贤达重用人才的。各国订立了纵约，脱离了对秦的各别关系，组合了韩、魏、燕、赵、齐、楚、宋、卫、中山等国的军队。于是，六国的才士有宁越、徐尚、苏秦、杜赫这些人参赞谋划；有齐明、周冣、陈轸、邵滑、楼缓、翟景、苏厉、乐毅等人沟通联络；有吴起、孙膑、带他、儿良、王廖、田忌、廉颇、赵奢这一类人统率军队。曾经以十倍于秦的领土，百万人的兵力，西上到函谷关攻打秦国，秦国人打开关门来迎战敌军，九国的联军，竟然四散逃走不敢前进。秦国没有射出一根箭，损失一个箭头，天下诸侯就已经疲困不堪了。于是合纵的体制瓦解，联盟的条约破坏了，都争先割地去贿赂秦国。秦国这时有了充裕的力量来制服困乏的诸侯，就乘势追击逃亡败退的诸侯兵，地上横躺的尸首有百万具多，流出来的血连盾牌都可以漂了起来。进而借着这个有利的情势，方便的时机，支配整个天下，分裂各国的领土；

于是强国请求降服，弱国前来献贡称臣了。”

“施及孝文王、庄襄王，享国之日浅，国家无事。

“传到孝文王、庄襄王，因为在位的日子都不久，国家也就没有什么大事。”

“及至始皇，奋六世之余烈，振长策而御宇内，吞二周而亡诸侯，履至尊而制六合，执敲朴以鞭笞天下，威振四海。南取百越之地，以为桂林、象郡，百越之君俯首系颈，委命下吏。乃使蒙恬北筑长城而守藩篱，却匈奴七百余里，胡人不敢南下而牧马，士亦不敢贯弓而报怨。于是废先王之道，燔百家之言，以愚黔首。堕名城，杀豪俊，收天下之兵聚之咸阳，销锋鍉，铸以为金人十二，以弱天下之民。然后践华为城，因河为池，据亿丈之城，临不测之溪以为固。良将劲弩，守要害之处，信臣精卒，陈利兵而谁何。天

“到了秦始皇帝，他振发了六代以来的余威，挥动着长鞭来驾驭天下，吞并了东周西周，灭亡了各国诸侯，登上了皇帝的宝座，控制了整个中国。拿着敲和朴等刑具奴役天下百姓，可以说是威振四海了。又南下夺取了越族各个部落的土地，把那里命名为桂林郡、象郡；越族各部落的首领，只好低着头，用绳子套着脖子，把自己的性格交给秦朝派来的下级官吏处置。然后派大将军蒙恬在北边修筑长城，镇守边防，把匈奴赶退了七百多里；匈奴人再也不敢南来牧马，兵士也不敢搭弓射箭来报仇。于是，他废弃了古代圣王的道统，烧毁了诸子百家的著作，来使一般百姓愚昧无知；拆除各地的大城，屠杀才智之士，没收天下的兵器，聚集到咸阳，销熔各种坚锐的金属，改铸成金人十二座，来削除天下的人民反抗。然后依凭华山高峻的地势作城郭，利用大河深急的黄河作城濠；凭恃着亿丈雄伟的长城，依靠着不知有多深的溪，来巩固国防。优良的大将和强劲的弓弩，守住险要的地方；亲信的臣子和精锐的士卒，布成有利

下已定,始皇之心,自以为关中之固,金城千里,子孙帝王万世之业也。

的阵势,谁也奈何他不得。于是天下便安定了。在始皇的心里,觉得关中的强固,真像个千里的金城,可以作子子孙孙做帝王的万世基业了。

“始皇既没,余威振于殊俗。然而陈涉瓮牖绳枢之子,甿隶之人,而迁徙之徒也。材能不及中人,非有仲尼、墨翟之贤,陶朱、猗顿之富也。蹑足行伍之间,俛仰仟佰之中,率罢散之卒,将数百之众,转而攻秦。斩木为兵,揭竿为旗,天下云会响应,赢粮而景从,山东豪俊遂并起而亡秦族矣。

“始皇死了以后,他的余威还震服着远方蛮夷国家。可是,陈涉仅是一个用破瓮作窗,用草绳系门轴的穷人家子弟,替人做工种田的仆役,发配去屯戍的贱人。他的材性智能还赶不上一个中等人,并没有孔子、墨子的贤明,也没有陶朱和猗顿的财富。他置身在戍卒的行列之中,做个号令由人的少队长,带领着疲乏散乱的戍卒,指挥着这几百个人,却反过来抗暴攻秦。砍下木头作兵器,举起竹竿做旗号,天下人竟像风起云聚一般响应他,大家各自提了粮食来追随他,崤山以东的英雄豪杰同时兴起,而秦国就被诛灭了。

“且天下非小弱也;雍州之地,殽函之固自若也。陈涉之位,非尊于齐、楚、燕、赵、韩、魏、宋、卫、中山之君也;鉏耰棘矜,非铦于句戟长铩也;适戍之众,非俦于九国之师也;深谋远虑,行军用兵之道,非及乡时之士也。然而成败异变,功业相反也。尝试使山东之国与陈

“况且秦国统治的天下,没有缩小变弱;雍州的土地,崤函的险固还是和从前一样;陈涉的地位,也赶不上齐、楚、燕、赵、韩、魏、宋、卫、中山等国君主的尊贵,所用的锄头木耙和棍棒,比不上钩戟长矛的锋利;发配流戍的人,更抵不上九国军队;深密的谋划和长远的算虑,以及行军用兵的方法,尤其比不上从前的谋士和战将;但是成败的结果却完全不同,功业成就却恰恰相反了。试想把山东的各国诸侯,来和陈涉比量长短大小,不论是

涉度长絜大，比权量力，则不可同年而语矣。然而秦以区区之地。致万乘之权，抑八州而朝同列，百有余年矣。然后以六合为家，殽函为宫。一夫作难而七庙堕，身死人手，为天下笑者，何也?仁义不施，而攻守之势异也。”

权势力量，那简直不能相提并论了。然而，秦国当年由一个小小的地方兴起，取得万乘大权位，进而抑制了八州的同列诸侯来朝拜自己，也已经有一百多年了。进而并合了天下，成为他一家所有，把殽函以内作为他安居的宫室。可是一旦一个匹夫发难起义，竟连秦历代的祖庙都遭到毁灭，皇帝也死在敌人的手中，让天下人来笑话，这究竟是什么缘故呢?这是因为他不实行“仁义”的政治，而且进攻防守的形势也改变了啊!”

评议

升项羽于“本纪”，列陈涉于“世家”，俱属太史公破格文字。项羽垂成而终为汉困死，是古今极不平事，升之“本纪”，盖所以惜之而不以成败论也。陈涉未成，能为汉驱除，是当时极关系事，列之“世家”，盖所以重之而不与寻常等也。且涉虽一起即蹶，所遣之王侯将相，卒能亡秦，既不能一一皆为之传，又不能一概抹杀，摈而不录。即云有各“纪”、“传”在，无妨带叙互见；然其事有可以隶属者，亦有不能强为隶属者，此中安置，颇觉棘手。惟斟酌“纪”、“传”之间，将涉列为“世家”，将其余与涉俱起不能遍为立传之人皆纳入涉世家中，则一时之草泽英雄皆有归宿矣。故通篇除吴广外，牵连而书者至有二十余人之多。千头万绪，五花八门，却自一丝不乱，非大手笔何能为此!

赞语再引贾论，虽与《秦始皇纪赞》前后重复，然寻其意旨，于此甚合。或以赞首有“褚先生曰”四字，极力攻击，以为非史公旧文，甚或主张删去，是皆未免武断。彼《集解》、《索隐》各注可参观也。篇内“止次曹阳二、三月”、按“月”当作“日”。“铚人伍徐”，按“伍徐”，《汉书》作“伍逢”。“守冢三十家”，按《史》、《汉》高纪，皆言“予守冢十家”。

留侯世家

留侯张良者，其先韩人也。大父开地，相韩昭侯、宣惠王、襄哀王。父平，相釐王、悼惠王。悼惠王二十三年，平卒。卒二十岁，秦灭韩。良年少，未宦事韩。韩破，良家僮三百人，弟死不葬，悉以家财求客刺秦王，为韩报仇，以大父、父五世相韩故。

留侯张良，他的祖先是韩国人。祖父名叫开地，做过韩昭侯、宣惠王、襄哀王的宰相。父亲名平，作釐王、悼惠王的相国。在悼惠王二十三年，张平去世。在张平去世后二十年，秦就灭了韩国。当时因为张良年纪还小，没有在韩国政府作事。可是韩国被秦将攻破的时候，张良家有奴仆三百名，这时他的弟弟死了不厚葬，可是他拿出全部家财来招募刺客，要谋刺秦始皇，替韩国报仇。他所以如此痛恨秦王，主要是因为他祖父和父亲，作了韩国五代国君相国的缘故。

良尝学礼淮阳。东见仓海君。得力士，为铁椎重百二十斤。秦皇帝东游，良与客狙击秦皇帝博浪沙中，误中副车。秦皇帝大怒，大索天下，求贼甚急，为张良故也。良乃更名姓，亡匿下邳。

张良曾经到淮阳去学礼制，又到东夷去拜访仓海君，募到一位大力士，又特地替他订做了一百二十斤重的大铁锤。这时，恰逢秦始皇到东边来巡游，张良就带着那位大力士，暗中埋伏，击始室于博浪沙，铁锤打中了旁边的随车。秦始皇见有人想谋刺他，大为震怒，发令大事搜索刺客，十分紧急，就是因为张良这一锤的缘故。于是，张良就改名换姓，亡命躲藏在下邳一带。

良尝闲从容步游下邳圯(音移)上，有一老父，衣褐，至良所，直堕

有一天，张良信步闲游，经过下邳的一座桥上。有个一位老翁，穿了件粗布短衣，走到张良的身边，故意让一只鞋掉到桥下，

其履圯下，顾谓良曰："孺子，下取履！"良鄂然，欲殴之。为其老，强忍，下取履。父曰："履我！"良业为取履，因长跪履之。父以足受，笑而去。良殊大惊，随目之。父去里所，复还，曰："孺子可教矣。后五日平明，与我会此。"良因怪之，跪曰："诺。"五日平明，良往。父已先在，怒曰："与老人期，后，何也？"去，曰："后五日早会。"五日鸡鸣，良往。父又先在，复怒曰："后，何也？"去，曰："后五日复早来。"五日，良夜未半往。有顷，父亦来，喜曰："当如是。"出一编书，曰："读此则为王者师矣。后十年兴。十三年孺子见我济北，谷城山下黄石即我矣。"遂去，无他言，不复见。旦日视其书，乃《太公兵法》也。良因异之，常习诵读之。

回过头来对张良说道："小伙子，下去替我把鞋拾上来！"张良猛然一愣，真想挥拳揍他。见他年老，勉强忍住气，跑到桥下，把老人那只鞋给捡了上来。老人说："替我把鞋穿上！"张良心想：已经忍着气下去替他捡了上来，于是跪下替老翁把鞋穿好。老翁伸出脚来，让他把鞋穿好，笑着走了！张良却十分吃惊地望着老人离去，看着他的背影愣在那儿。老翁走了一里多路，又走回来，说道："小伙子可以调教！第五天的天亮时，跟我在这儿会面！"张良十分纳闷，跪下说："好的！"过了五天，天一亮，张良就去桥头赴约。可是老翁已经先到了，他很生气地对张良说："跟老人家约会，你却迟到，什么道理？"说完离去，并说："五天后早点来会面！"第五天，五鼓鸡鸣，张良就起身前去，到达桥头时，老翁还是比他先到，又生气地说："迟到，为什么？"老翁说完又走了！说："后五天，再早点来！"第五天，张良没等到半夜，就提前去赴约。过了一会儿，老翁就来了，很高兴地说："应该这样！"从怀中取出一卷竹简编成的书，说："好好研究它，就可以做帝王之师，十年后，时局一定有变动。十三年后，到济北来见我，你找到谷城山下的黄石，那就是我了。"说完就走，没有交待别的话。从此张良再没见过。等到天色亮了，张良细看那本书，原来是《太公兵法》。心里也十分珍爱它，经常地研读记诵这部兵书。

居下邳,为任侠。项伯常杀人,从良匿。

张良仍然留在下邳,作了个扶弱锄强的侠客。有一位叫项伯的,曾经犯过杀人案,也随张良躲避过。

后十年,陈涉等起兵,良亦聚少年百余人。景驹自立为楚假王,在留。良欲往从之,道还沛公。沛公将数千人,略地下邳西,遂属焉。沛公拜良为厩将。良数以《太公兵法》说沛公,沛公善之,常用其策。良为他人言,皆不省。良曰:“沛公殆天授。”故遂从之,不去见景驹。

十年后,陈涉那帮人起兵抗秦,张良也跟着招聚了百多名青年壮士。这时恰好景驹自立,为代理楚王。张良带着他的丁壮,想去投奔景驹,在途中遇到沛公,这时沛公已经带着好几千人,攻占邳以西的一地方,于是张良就跟着沛公了。沛公就请张良作厩将,负责兵马事宜。张良好几次拿《太公兵法》来讲给沛公听,沛公十分欣赏,常常就用他的计策。可是张良也把太公兵法讲给别人听,那些人都不能懂得。张良说:“沛公大概是天赐的聪明!”所以就跟着沛公,不再去见景驹。

及沛公之薛,见项梁。项梁立楚怀王。良乃说项梁曰:“君已立楚后,而韩诸公子横阳君成贤,可立为王,益树党。”项梁使良求韩成,立以为韩王。以良为韩申徒,与韩王将千余人西略韩地,得数城,秦辄复取之,往来为游兵颍川。

等到沛公到达薛,见到项梁,项梁拥立楚怀王。张良劝说项梁道:“您已经拥立了楚国的后人,然而韩王室的一位公子横阳君韩成十分贤能,可以立他为韩王,来增强抗秦阵营的盟党。”项梁就派张良去找韩成,立他作韩王。请张良作韩国的司徒,跟韩王率领了一千多人,向西去收复韩国旧有领土。攻下过好几座城镇,但又常常被秦军夺回去,韩兵就在颍川一带往来打游击。

沛公之从洛阳南出轘辕，良引兵从沛公，下韩十余城，击破杨熊军。沛公乃令韩王成留守阳翟（音敌），与良俱南，攻下宛，西入武关。沛公欲以兵二万人击秦峣下军，良说曰："秦兵尚强，未可轻。臣闻其将屠者子，贾竖易动以利。愿沛公且留壁，使人先行，为五万人具食，益为张旗帜诸山上，为疑兵，令郦食其持重宝啖秦将。"秦将果畔，欲连和俱西袭咸阳，沛公欲听之。良曰："此独其将欲叛耳，恐士卒不从。不从必危，不如因其解击之。"沛公乃引兵击秦军，大破之。（遂）［逐］北至蓝田，再战，秦兵竟败。遂至咸阳，秦王子婴降沛公。

沛公的部队从洛阳南穿轘辕山的轘辕关，张良带着兵跟随沛公，拿下了十八座旧韩境的城池，打垮了秦将杨熊的部队。沛公就叫韩王成留守在阳翟，带张良一同向南进攻，攻下宛城，向西穿过了武关。沛公想派二万人的军队去攻打秦守峣关的守军，张良劝道："秦的部队还很强大，不可小看它；我听说峣关守将是屠夫的儿子，这种市侩鄙夫，用点财帛，就可以把他打动了。希望您且留在营中，坚守阵地。另外派出一支先遣部队，预备五万人的粮饷，并且在四周那些山头上增设许多部队的旗号，作为疑兵；一方面派郦食其带着很多贵重的宝物，去诱惑秦将。"秦将果然接受了贿赂，背叛了秦，想要跟沛公联合向西，偷袭咸阳。沛公想听从这个建议，张良就道："这次只不过是将领受了财宝想背叛秦皇罢了，恐怕部下士卒们不一定也跟着叛秦。如果部下不听从，那就很危险了！不如乘他懈怠，我们去攻打他。"沛公于是领兵攻打秦军，大败敌人。追逐败兵一直到咸阳附近的蓝田，两军在此又作战，结果，秦兵完全溃败，于是兵临秦国咸阳城下，秦王子婴就出城向沛公投降。

沛公入秦宫，宫室帷帐狗马重宝妇女以千数，意欲留居之。樊

沛公进入秦皇宫殿，一看宫室、帷帐、名犬、良马、贵重的珍宝、美女，数以千计，想留住在皇宫里享受一番。樊哙劝沛住到

哙谏沛公出舍,沛公不听。良曰:“夫秦为无道,故沛公得至此。夫为天下除残贼,宜缟素为资。今始入秦,即安其乐,此所谓‘助桀为虐’。且‘忠言逆耳利于行,毒药苦口利于病’,愿沛公听樊哙言。”沛公乃还军霸上。

宫外去,沛公不听,张良劝道:“那就是因为秦皇无道,所以您沛公才能到这儿来。想我们代天下百姓消灭无道的暴秦,应该生活节俭作风淳朴,今天您刚走进秦宫,就想沉迷于享乐,这就是人们常说的‘助桀为虐’了,而且‘忠言逆耳利于行,毒药苦口利于病’,希望您沛公接受樊哙的建议。”于是沛公就回到灞水之滨扎营。

项羽至鸿门下,欲击沛公,项伯乃夜驰入沛公军,私见张良,欲与俱去。良曰:“臣为韩王送沛公,今事有急,亡去不义。”乃具以语沛公。沛公大惊,曰:“为将奈何?”良曰:“沛公诚欲倍项羽邪?”沛公曰:“鲰(音咒)生教我距关无内诸侯,秦地可尽王,故听之。”良曰:“沛公自度能却项羽乎?”沛公默然良久,曰:“固不能也。今为奈何?”良乃固要项伯。项伯见沛公。沛公与饮为寿,结宾婚。令项伯具

项羽也带大兵来到鸿门,想攻打沛公,那位受张良保护过的项伯,就在黑夜里骑马飞奔到沛公的军营,单独私地里找到张良,劝张良要跟他一起逃走。张良说:“我是代替韩王来保护沛公,现在情况紧急,逃走是不道德的!”于是把项伯的话全部告诉了沛公。沛公听了,大为惊慌,说道:“怎么办呢?”张良说:“沛公,您是否真心要背叛项羽呢?”沛公说:“那些短小愚陋的人教我把住关口,不要让其他诸侯进入,那么秦国的关中地方,可以全部让我划地称王,所以我就听了他们的话。”张良说:“你自己估量退得了项羽吗?”沛公好半天没说一个字,最后说:“本来就抗不过他,可是现在怎么办?”张良于是硬把项伯邀去见沛公。项伯见到了沛公,沛公备酒跟他举酒祝贺,结为好友、儿女亲家。请项伯向项羽说明沛公绝

言沛公不敢倍项羽，所以距关者，备他盗也。及见项羽后解，语在项羽事中。

不敢背叛他。所以要把守谷关，是防备其他宵小进入。等见到项羽以后，两人就和解了。这些都在记叙项羽事迹文字中。

汉元年正月，沛公为汉王，王巴蜀。汉王赐良金百溢，珠二斗，良具以献项伯。汉王亦因令良厚遗项伯，使请汉中地。项王乃许之，遂得汉中地。汉王之国，良送至褒中，遣良归韩。良因说汉王曰："王何不烧绝所过栈道，示天下无还心，以固项王意。"乃使良还。行，烧绝栈道。

汉王元年正月，沛公被封为汉王，领有巴、蜀等地，汉王赐给张良黄金百斤、珍珠两斗，张良全部献给项伯。汉王也请张良送份厚礼给项伯，请项伯代他向项羽要求，分给汉中地方为封地，项羽也就答应了，于是沛公得了汉中一带土地。汉王到自己的封地去，张良直送到咸阳西南几百里的褒国地，汉王叫张良回到河南韩国封地去。张良在路上劝汉王道："王何不烧掉您所走过了的栈道，明白告示天下人，你不会再回关中来，这样可以安定项王的心！"汉王就叫张良回去。一路走，一路烧去栈道。

良至韩，韩王成以良从汉王故，项王不遣成之国，从与俱东。良说项王曰："汉王烧绝栈道，无还心矣。"乃以齐王田荣反，书告项王。项王以此无西忧汉心，而发兵北击齐。

张良到了韩境，但项王因为张良跟过汉王，他们之间有巴结，就不放韩王成回到韩国，带着他一同向东回去。张良就劝项王说："汉王把栈道都烧断了，可见他不想回中原了。"又把齐王田荣反叛的事书面报告项王。项王因此没有西顾汉反之忧，于是发兵向北去攻打齐国。

项王竟不肯遣韩王，乃以为侯，又杀之

项王最后还是不肯放韩王回国，就封他为侯，却在彭城把韩侯杀了。张良即刻逃

彭城。良亡，间行归汉王，汉王亦已还定三秦矣。复以良为成信侯，从东击楚。至彭城，汉败而还。至下邑，汉王下马踞鞍而问曰：“吾欲捐关以东等弃之，谁可与共功者?”良进曰：“九江王黥布，楚枭将，与项王有郄(音细)；彭越与齐王田荣反梁地，此两人可急使。而汉王之将独韩信可属大事，当一面。即欲捐之，捐之此三人，则楚可破也。”汉王乃遣随何说九江王布，而使人连彭越。及魏王豹反，使韩信将兵击之，因举燕、代、齐、赵。然卒破楚者，此三人力也。

走，从小路躲躲藏藏地逃到汉王那儿。汉王这时已经把秦的大部份领地平定了。又封张良作成信侯，随着汉王向东出发，去攻打楚项王。军队到了彭城，汉军打了个败仗而回。到达下邑地方，汉王下马休息，蹲在马鞍上问道：“我想放弃函谷关以东的所有的土地，我绝不占有它，谁和我共图大事，那就归谁!”张良建议道：“九江王黥布本是楚的猛将，但是他跟项王有私仇，彭越和齐王田荣在河南一带造反，这两个人可以利用来救急，而您这边的将领中，只有韩信可以委任大事，独挡一面。如果您真要放弃关东天下，不妨给这三个人，那楚项王的大军一定是可以击破的!”汉王听说，就派能言善道的随何去游说九江王黥布，又派人去联络彭越。等到魏王豹背叛汉，汉王就叫韩信带兵去攻他，顺势也就拿下了燕、代、齐、赵诸国。然而终于能打败项王的原因，主要是因为张良所推荐的这三个人的力量。

张良多病，未尝特将也，常为画策臣，时时从汉王。

张良由于体弱多病，不曾独自领兵作战。但时时跟在汉王左右，为他筹谋策划。

汉三年，项羽急围汉王荥阳，汉王恐忧，与郦食其谋桡楚权。食

汉王三年，项羽把汉王围困在荥阳，非常危急，汉王十分忧惧，和郦食其研究如何削弱楚的势力。食其说：“从前商汤伐夏桀，

其曰："昔汤伐桀，封其后于杞。武王伐纣，封其后于宋。今秦失德弃义，侵伐诸侯社稷，灭六国之后，使无立锥之地。陛下诚能复立六国后世，毕已受印，此其君臣百姓必皆戴陛下之德，莫不乡风慕义，愿为臣妾。德义已行，陛下南乡称霸，楚必敛衽而朝。"汉王曰："善。趣刻印，先生因行佩之矣。"

封夏的后代王子在杞地；武王浅殷纣，封殷人的后代于宋国。而今秦人蔑弃道德仁义，侵占了各国天下，消灭了六国的后代，使他们无立锥之地。大王您如果真能恢复六国后人的王位，给予他们印信，这样，他们的君臣百姓必定都感谢大王您的恩德，没有不仰慕您的义行的，大家都愿作您的部属来听您支配，这样，施德与天下的义举实行了之后，您如果要南面称霸，楚一定会整饬衣襟朝拜您。"汉王说："好极了！快快去刻印，先生就可以带着出发了。"

食其未行，张良从外来谒。汉王方食，曰："子房前！客有为我计桡楚权者。"具以郦生语告，曰："于子房何如？"良曰："谁为陛下画此计者？陛下事去矣。"汉王曰："何哉？"张良对曰："臣请藉前箸为大王筹之。"曰："昔者汤伐桀而封其后于杞者，度能制桀之死命也。今陛下能制项籍之死命乎？"曰："未能

食其还没出发，张良恰好从外地来拜见，汉王正在进餐，对他说："子房，您来，有人替我策划削弱楚国势力的办法。"于是就原原本本地把郦食其的话告诉张良，说："子房，您的看法如何？"张良说："是谁替大王策划这样的计谋？您的大事可完了！"汉王说："什么道理呢？"张良回答说："臣请大王准许我用您面前的筷子，替您筹算这件事。"于是张良说："当年商汤伐夏桀，所以把桀王的后人封在杞地，预计可以制桀王于死命。现在大王能制项籍于死命吗？"汉

也。”“其不可一也。武王伐纣封其后于宋者，度能得纣之头也。今陛下能得项籍之头乎?”曰:“未能也。”“其不可二也。武王入殷，表商容之闾，释箕子之拘，封比干之墓。今陛下能封圣人之墓，表贤者之闾，式智者之门乎?”曰:“未能也。”“其不可三也。发巨桥之粟，散鹿台之钱，以赐贫穷。今陛下能散府库以赐贫穷乎?”曰:“未能也。”“其不可四矣。殷事已毕，偃革为轩，倒置干戈，覆以虎皮，以示天下不复用兵。今陛下能偃武行文，不复用兵乎?”曰:“未能也。”“其不可五矣。休马华山之阳，示以无所为。今陛下能休马无所用乎?”曰:“未能也。”“其不可六矣。放牛桃林之阴，以示不复输积。今陛下能放牛不复输积

王说:“还不能!”“这是不可以的第一条。武王伐殷纣，又封殷的后人于宋的原因，也是预料到能得到殷纣的头，现在大王能得到项籍的头吗?”汉王说:“还不行!”“这是不可以的第二条。武王攻入殷，曾在商容的里门表彰他的德行，把箕子从囚徒队里放出来，整修比干的坟墓。现在大王能够去整修圣人的坟墓，标出贤者的里门，到智者的门前去致敬吗?”汉王说:“还不能够!”“这是不可以的第三条。武王把纣存积在巨桥仓的粮食储积在鹿台库的钱货，拿出来赐给贫穷的百姓。现在大王能把您府库里粮食、钱财散给穷人吗?”汉王说:“不行!”“这是不可以的第四条了。伐殷的战事结束，把战车改为普通车;把兵器倒转头来，放在仓中，盖上虎皮，告示天下，不再动干戈打仗了。现在大王可以放弃武装去实行文治，不再战争了吗?”汉王说:“还不行!”“这是不可以的第五条了。把战马放到华山的南坡下，告诉天下人再不乘马打仗了。现在大王能解下马鞍，放到山坡上而不再用马打仗了吗?”汉王说:“还不行!”“这是不可以的第六条了。把供军事输车的牛放到桃林塞的北边，告诉天下人不再运输军需，屯聚粮草了，现在大王能够解散牛群，不再驼粮运

乎?”曰:“未能也。”“其不可七矣。且天下游士离其亲戚,弃坟墓,去故旧,从陛下游者,徒欲日夜望咫尺之地。今复六国,立韩、魏、燕、赵、齐、楚之后,天下游士各归事其主,从其亲戚,反其故旧坟墓,陛下与谁取天下乎?其不可八矣。且夫楚唯无强,六国立者复桡而从之,陛下焉得而臣之?诚用客之谋,陛下事去矣。”汉王辍食吐哺,骂曰:“竖儒,几败而公事!”令趣销印。

草了吗?”汉王说:“还不行!”“这是不可以的第七条了。而且天下的谋臣说客抛弃妻儿,离开祖坟,告别朋友,来追随您的原因,不过早晚想获得一小块土地立足。现在您恢复六国的旧秩序,立韩、魏、燕、赵、齐、楚六国的后人,而各方来的谋士说客,一定各自回国去侍奉他们自己的王子,跟他们亲戚家人团聚,回到他们的老家,还有谁来帮大王取天下呢?这是不可以的第八条了。而且楚国目前是无敌于天下的,您立的六国又被他削弱而去附庸他,大王如何能使楚国来臣服您呢?假如您真用了那人的计谋,您的大事就完了!”汉王中止进食,把吃下去的东西吐了出来,大声骂道:“这小子,几乎把你老子的大事给搞糟了!”即刻下令,赶快把那些印信销毁掉。

汉四年,韩信破齐而欲自立为齐王,汉王怒。张良说汉王,汉王使良授齐王信印,语在淮阴事中。

汉王四年,韩信攻破齐国,想要自立为齐王,汉王大发雷霆,张良劝汉王因势利导,汉王就派张良做特使,把齐王的印信送去。事情经过在《淮阴侯列传》中。

其秋,汉王追楚至阳夏南,战不利而壁固陵,诸侯期不至。良说汉王,汉王用其计,诸侯皆至。语在项籍事

秋天,汉王追击楚军到阳夏的南边,战事不利,于是就坚守在固陵。等侯韩信、彭越来会师,结果不能照约定的时间来,张就劝汉王订“事成分地的约言”,汉王听从他的计议,各地兵都来了!事情经过,详记在

中。

《项籍本纪》中。

汉六年正月,封功臣。良未尝有战斗功,高帝曰:"运筹策帷帐中,决胜千里外,子房功也。自择齐三万户。"良曰:"始臣起下邳,与上会留,此天以臣授陛下。陛下用臣计,幸而时中,臣愿封留足矣,不敢当三万户。"乃封张良为留侯,与萧何等俱封。

汉王六年正月,大封功臣,张良从来没有冲锋陷阵的战功,汉高帝说道:"在帷幕里动脑筋策划,能决定千里之外的胜算,这是子房的功劳。你自己选择齐国境内有三万户的地方,做为自己的封邑吧!"张良说:"当初臣从下邳起兵,跟陛下在留下会合,这是天把臣交给陛下。陛下采用了臣的计策,侥幸地偶然料中,臣愿意封于留就够了!不敢接受三万户的大地方。"于是就封张良作留侯,跟萧何他们一起受封。

(六年)上已封大功臣二十余人,其余日夜争功不决,未得行封。上在洛阳南宫,从复道望见诸将往往相与坐沙中语。上曰:"此何语?"留侯曰:"陛下不知乎?此谋反耳。"上曰:"天下属安定,何故反乎?"留侯曰:"陛下起布衣,以此属取天下,今陛下为天子,而所封皆萧、曹故人所亲爱,而所诛者皆生平所

汉帝把有大功的臣子二十多人,统统封赏了,但其他的人日夜争吵谁功大谁功小,不能解决,所以就不能定封赏。皇上在洛阳的南宫,从楼阁道上看到诸将三三五五坐在沙土地上在切切交谈。皇上问:"他们在说些什么?"留侯说:"陛下不知道吗?他们在讨论造反哩!"皇上说:"天下刚刚安定下来,为什么要造反呢?"留侯说:"陛下以一个普通平民,靠这群人来打天下,现在陛下您作了天子,然而您所封的都是您所亲近喜爱的,象萧何、曹参等人;而您所诛罚的,都是平时所怨恨的仇家。现在军中人

仇怨。今军吏计功,以天下不足遍封,此属畏陛下不能尽封,恐又见疑平生过失及诛,故即相聚谋反耳。”上乃忧曰:“为之奈何?”留侯曰:“上平生所憎,群臣所共知,谁最甚者?”上曰:“雍齿与我故,数尝窘辱我。我欲杀之,为其功多,故不忍。”留侯曰:“今急先封雍齿以示群臣,群臣见雍齿封,则人人自坚矣。”于是上乃置酒,封雍齿为什方侯,而急趣丞相、御史定功行封。群臣罢酒,皆喜曰:“雍齿尚为侯,我属无患矣。”

事官正在统计战功,如果所有的人都分封,但天下的土地毕竟有限,这些人怕陛下不能全部封赏,又怕您全面检讨他们的平时过失,最后会被杀,所以聚在一起讨论如何造反哪!”皇上很担忧地说:“怎么办呢?”留侯说:“你生平所最讨厌,而大家全都晓得的人之中,是谁您最痛恨?”皇上说:“雍齿和我有旧仇、好多次曾经使我受窘受辱,我一直想杀了他,但因为他的功劳多,所以不忍心下手。”留侯说:“现在您赶快先封雍齿,来昭示群臣。群臣看到雍齿都被封了,那么大家对自己受封都有了坚定的信心了。”于是皇上便摆上酒席,欢宴群臣,当席就封雍齿作什方侯,并且紧催丞相、御史们快点定功分封,群臣们赴宴归来,都十分欢喜地说:“雍齿都还够作侯,我们这些没有什么可担忧的了!”

刘敬说高帝曰:“都关中。”上疑之。左右大臣皆山东人,多劝上都洛阳:“洛阳东有成皋,西有殽黾(音猛),倍河,向伊洛,其固亦足恃。”留侯曰:“洛阳虽有此固,其中

刘敬劝汉高帝说:“都城要建在关中。”皇上主意不定。但身边这些大臣都是华山以东的人,所以很多人劝皇帝定都在洛阳,他们的理由是:“洛阳东有成皋,西有殽函黾池,背后是黄河,前面是伊、洛二水,它的地理形势十分坚固易守。”留侯说:“洛阳虽然有这些天然的险要,但它的腹地太小,方

小,不过数百里,田地薄,四面受敌,此非用武之国也。夫关中左殽函,右陇蜀,沃野千里,南有巴蜀之饶,北有胡苑之利,阻三面而守,独以一面东制诸侯。诸侯安定,河渭漕輓天下,西给京师;诸侯有变,顺流而下,足以委输。此所谓金城千里,天府之国也,刘敬说是也。”于是高帝即日驾,西都关中。

围不过几百里,田地贫瘠,如果四面被包围,这不是可以用武打仗的地方。至于关中,左有殽、函的险要,右面有陇、蜀的大山区,土壤肥美的平原,广阔千里,加上南面有巴蜀的富饶农产,北边有牛马牧畜的大草原,有北、西、南三面的险要可以固守,只要东向一面来控制诸侯。诸侯安定,那么黄河、渭水可以开通漕运,运输天下的粮食,西供京师所需;如果诸侯有叛变,则循着漕河而下,足以维持出征军队的补给,这正是我们常说的金城千里,天府之国呀!刘敬的建议是对的!”于是高帝即日起程离开洛阳,向西定都关中。

留侯从入关。留侯性多病,即道引不食谷,杜门不出岁余。

留侯也跟着车驾,西入关中。留侯天生多病,于是就学习道家的导引吐纳术,不吃烟火食,闭门表修,一年多都足不出户。

上欲废太子,立戚夫人子赵王如意。大臣多谏争,未能得坚决者也。吕后恐,不知所为。人或谓吕后曰:“留侯善画计筴,上信用之。”吕后乃使建成侯吕泽劫留侯,曰:“君常为上谋臣,今上欲易太子,君安得高枕而卧乎?”留侯曰:“始上数在困急

皇上想要废掉太子,立戚夫人的儿子赵王如意作太子。大臣们很多都出来劝阻,所以一直不能作最后的决定。吕皇后十分恐慌,不晓得该怎么办。有人就向吕皇后建议道:“留侯最善于筹谋计划,皇上十分相信他的。”吕皇后就派建成侯吕泽去胁迫留侯道:“您曾经是皇上的智囊,皇上对您言听计从。现在皇上要更换太子,您如何能高枕无忧置身事外呢?”留侯说:“从前,皇上好几次都是因为在

之中，幸用臣策。今天下安定，以爱欲易太子，骨肉之间，虽臣等百余人何益。”吕泽强要曰：“为我画计。”留侯曰：“此难以口舌争也。顾上有不能致者，天下有四人。四人者年老矣，皆以为上慢侮人，故逃匿山中，义不为汉臣。然上高此四人。今公诚能无爱金玉璧帛，令太子为书，卑辞安车，因使辩士固请，宜来。来，以为客，时时从入朝，令上见之，则必异而问之。问之，上知此四人贤，则一助也。”于是吕后令吕泽使人奉太子书，卑辞厚礼，迎此四人。四人至，客建成侯所。

困难危急之中，没有选择，幸而听从了臣的计谋。现在天下太平，因为个人的偏爱而要更换太子，这是人家骨肉之间的私事，即使有我们这些一百多个大臣进谏有什么益处？”吕泽勉强要挟着留侯道：“不管怎么样，您要替我策划计谋！”留侯说：“这件事是不能用口舌言语来争取的！但是皇上曾有他罗致不到的人，天下共有四位。这四人都年纪很老了，都有‘皇上对人轻蔑侮辱’的不礼貌看法，所以躲避在商山里，坚决不作汉家的臣子。然而皇上对这四位老人却十分尊敬，现在您真能不吝惜金玉财宝布帛，那么要太子写封信，措辞要谦恭有礼，派出舒适安稳的车辆，再加上能言善道的辩士，去诚心诚意坚邀他们。应该会来的，如果请来了，就待为上宾，请他们时常跟着太子去上朝，故意让皇上看到他们，那么皇上一定会诧异而询问是谁，问明白是他们，皇上知道这四位是贤者，那对稳定太子的名位，是一大帮助了！”于是吕皇后叫吕泽派人捧着太子的亲笔信，用最谦恭的言辞、最贵重的礼品，去迎请这四位老人，四人来到京师，就住在建成侯府中。

汉十一年，黥布反，上病，欲使太子将，往击之。四人相谓曰：“凡来者，将以存太子。太子将

汉王十一年，黥布造反，皇上正有病，想要派太子为将，前去打黥布。四位老人互相商量道：“我们之所以来京师，是要保定太子的，现在太子去带兵打仗，

兵,事危矣。”乃说建成侯曰:“太子将兵,有功则位不益太子;无功还,则从此受祸矣。且太子所与俱诸将,皆尝与上定天下枭将也,今使太子将之,此无异使羊将狼也,皆不肯为尽力,其无功必矣。臣闻‘母爱者子抱’,今戚夫人日夜待御,赵王如意常抱居前,上曰‘终不使不肖子居爱子之上’,明乎其代太子位必矣。君何不急请吕后承间为上泣言:‘黥布,天下猛将也,善用兵,今诸将皆陛下故等夷,乃令太子将此属,无异使羊将狼,莫肯为用,且使布闻之,则鼓行而西耳。上虽病,强载辎车,卧而护之,诸将不敢不尽力。上虽苦,为妻子自强。’”于是吕泽立夜见吕后,吕后承间为上泣涕而言,如四人意。上曰:“吾惟竖

事情可就危险了!”于是就劝建成侯道:“太子去带兵打仗,如果有功,并不能对太子的名位有好处,如果无功而回,那从此太子就会倒霉了!而且太子所率领的那群将领,都是跟着皇上打天下的猛将悍帅,现在叫太子来率领他们,这跟叫羊来带狼有什么不同呢?他们都不肯替太子卖力,那此次出征是一定无功而回了。臣常听人说:‘母亲被宠爱,则儿子就常被抱。’现在戚夫人日夜侍候着皇帝,赵王如意又常抱在皇帝跟前,皇上又常说:‘我绝不会让那个不肖的儿子爬到我爱儿的头上!’很明白地赵王如意他一定会代替太子的地位的,您为何不赶快请吕皇后,找个机会到皇上面前流着眼泪说:‘黥布是天下有名的第一猛将,而且又深通用兵之道,现在所有将领都是陛下旧部下和辈份相等的人,您叫太子来领导他们,岂不是叫小羊带野狼,一定不肯听指挥,而且如果被黥布知道了这个消息,他就会公然击鼓西来长安了!皇上您虽身子不好,但是准备一辆大车,您勉强睡在车上,叫人好好护持您,带着他们去出征,那些老将们不敢不尽力,皇上虽然辛苦一声,但是为了您的妻子儿女,您就勉为其难吧!’”于是吕泽立刻在斗夜里跑去见吕后。吕后找了个机会,一把鼻涕,一把眼泪,哭述了一遍。皇上听了说道:

子固不足遣，而公自行耳。”于是上自将兵而东，群臣居守，皆送至灞上。留侯病，自强起，至曲邮，见上曰：“臣宜从，病甚。楚人剽疾，愿上无与楚人争锋。”因说上曰：“令太子为将军，监关中兵。”上曰：“子房虽病，强卧而傅太子。”是时叔孙通为太傅，留侯行少傅事。

“我本来就想过，这小子派不上用场，好吧，老子自己去走一趟吧！”于是皇上亲自率领军队东征，那些留守的大臣们，都送行到灞上。留侯正在病中，勉强起来，赶到曲邮地方，拜见皇上说道：“这次陛下出征，臣应该随驾同去，可是臣病得十分严重，实在定不动。楚军行动快捷、勇悍，希望皇上不要和楚人争一时之高低。”乘机又劝皇帝道：“派太子作将军，叫他监督关中戍守部队。”皇帝说：“子房，您虽在病中，希望您在卧室中仍要勉力辅佐太子。”这时，叔孙通为太子太傅，留侯就兼代太子少傅的职位。

汉十二年，上从击破布军归，疾益甚，愈欲易太子。留侯谏，不听，因疾不视事。叔孙太傅称说引古今，以死争太子。上详许之，犹欲易之。及燕，置酒，太子侍。四人从太子，年皆八十有余，须眉皓白，衣冠甚伟。上怪之，问曰：“彼何为者？”四人前对，各言名姓，曰东园公，角里先生，绮里季，夏黄公。上乃大惊，曰：“吾求公数岁，公辟逃我，今公何自从吾儿游乎？”四人

汉王十二年，高祖打败了黥布，从军中回到长安，病更重了，更想赶快更换太子。留侯出面劝阻，皇帝不听，因而借生病请病假不管事，叔孙太傅就拿古今历史上换太子不利的史实来劝皇帝，并且用自杀来阻止换太子。皇帝假意答应他的请求，但暗中还是要换太子。等到宴会设置酒席之时，太子侍候在皇帝身边。四位老人跟着太子，年龄都在八十以上，胡须眉毛都白了，衣冠奇特。皇帝觉得很奇怪，问道：“那四人是谁？”四人一起向前回答，各人报上了自己的名姓，说是：东园公、角里先生、绮里季、夏黄公。皇帝大惊，说：“我找了诸位好几年，诸位一直在逃避我，现在诸位为什么跟我的儿子来

皆曰:"陛下轻士善骂,臣等义不受辱,故恐而亡匿。窃闻太子为人仁孝,恭敬爱士,天下莫不延颈欲为太子死者,故臣等来耳。"上曰:"烦公幸卒调护太子。"

往呢?"四人一起回答道:"陛下瞧不起人,又会骂人,臣等不愿受你的辱骂,所以吓得只好躲起来。可是我们听说太子为人既仁慈又孝顺,谦恭下士,天下人无不伸长了脖子,愿意替太大子牺牲性命,所以臣等来投奔他。"皇帝说:"麻烦诸位,有始有终,好好地照应太子吧!"

四人为寿已毕,趋去。上目送之,召戚夫人指示四人者曰:"我欲易之,彼四人辅之,羽翼已成,难动矣。吕后真而主矣。"戚夫人泣,上曰:"为我楚舞,吾为若楚歌。"歌曰:"鸿鹄高飞,一举千里。羽翮已就,横绝四海。横绝四海,当可奈何!虽有矰(音增)缴,尚安所施!"歌数阕,戚夫人嘘唏流涕,上起去,罢酒。竟不易太子者,留侯本招此四人之力也。

四人举酒向皇帝祝贺致意,敬礼完毕就退了出去,皇上眼睛一直看着四人离去,一边招呼戚夫人指着四人说:"我要换太子,可是有那四个人辅助他,羽翼已经长成了,恐怕动不得了,吕皇后真是你未来的主子了!"戚夫人听了,暗暗地哭泣,皇上说:"你起来为我跳一支楚舞,我替你唱楚歌伴奏!"唱道:"鸿鹄鸟往高飞,一飞就是千里,它羽翮已长成,可以纵横四海,它能纵横四海,你又能奈他何?虽然有系了丝绳用以射鸟的短箭,但拿它去射谁?"这样唱了好几遍。戚夫人一边舞着,一边叹息流泪。皇上离开了酒筵,就草草结束了酒会。最后不更换太子的原因,就是因为留侯出主意招来此四人,发挥了作用。

留侯从上击代,出奇计马邑下,及立萧何相国,所与上从容言天下事甚众,非天下所以存亡,

有一次,留侯跟着高祖去攻打代国,出了个奇计,攻下马邑,以及后来劝高帝立萧何为相国等等;他和皇上讨论了不少天下大事,但那些都无关于天下存亡,

故不著。留侯乃称曰:“家世相韩,及韩灭,不爱万金之资,为韩报雠强秦,天下振动。今以三寸舌为帝者师,封万户,位列侯,此布衣之极,于良足矣。愿弃人间事,欲从赤松子游耳。”乃学辟谷,道引轻身。会高帝崩,吕后德留侯,乃强食之,曰:“人生一世间,如白驹过隙,何至自苦如此乎!”留侯不得已,强听而食。

所以就不一一记录了。留侯常如此说:“我家几代相韩,等到秦灭了韩国,我万金不惜,为了要替韩国报仇而对强秦,天下都震动了。现在用这三寸不烂之舌,作帝王的军师,封赏万户,位列诸侯,这是老百姓的最高地位,对我张良来说,已经足够了。最后我希望放弃一切人间杂事,很想跟仙人赤松子去四处云游。”于是不食五谷,导引轻身,学习仙术。恰逢高祖驾崩,吕后感激留侯的恩德,于是强迫他饮食,说道:“人生在世,正如白驹过隙,何必这样自己苦自己。”留侯执拗不过,勉强听太后的吩咐,进饮食。

后八年卒,谥为文成侯。子不疑代侯。

八年之后,也就去世了,死后追称文成侯。儿子叫不疑,承袭了他的侯爵。

子房始所见下邳圯上老父与《太公书》者,后十三年从高帝过济北,果见谷城山下黄石,取而葆祠之。留侯死,并葬黄石。每上冢伏腊,祠黄石。

子房当初在下邳圯上所见给他《太公兵书》的那位老翁,十三年后,他随从高祖经过济北,果真看到谷城山下有块黄石,他就取来很宝爱地供奉它。留侯过世,连同黄石一起下葬。每次家人上坟,节令祭扫,祭张良也祭黄石。

留侯不疑,孝文帝五年坐不敬,国除。

留侯张不疑,在孝文帝五年,因为犯了不敬之罪,封国被削去了。

太史公曰:学者多言无

太史公说:学者们多说世上没有

鬼神,然言有物。至如留侯所见老父予书,亦可怪矣。高祖离困者数矣,而留侯常有功力焉,岂可谓非天乎?上曰:“夫运筹策帷帐之中,决胜千里外,吾不如子房。”余以为其人计魁梧奇伟,至见其图,状貌如妇人好女。盖孔子曰:“以貌取人,失之子羽。”留侯亦云。	鬼神,但是却说有怪物。至于象留侯所遇到的老翁赠书,也可以算是一怪了!汉高祖好几次遭到困难绝境,而留侯常常献计奏功,这岂可说不是天意吗?皇上说:“在分析军情出谋划策在军营中,决定取胜于千里外,我在这一点上是不如子房!”我以为他一定是像貌魁梧,高大奇特,等到看见他的画像,像貌很象标致的妇道人家,这大概正如孔夫子说:“如果以貌取人,我就把子羽给看错了!”留侯的情况,对我来说,也正是如此。

评议

汉功臣世家者五,萧、曹、陈称相,谓其不愧为相也;绛侯周勃称爵称名不称相,谓其所可重者,在将而不在相也。独张良爵而不名,殊之也,不欲其与萧、曹诸将相等也。史传例不称字,《留侯世家》独称字,以高帝常字之也。凡此,皆太史公推重子房处。盖子房乃汉初第一谋臣,又为谋臣中第一高人,其策谋甚多,若从详铺叙,非繁而失节,即板而不灵。且其事大半已见于《项》、《高》二纪中,世家再见,又嫌于复,故止举其大计数条著之于篇。而中间又虚括其辞曰:“常为画策臣,时时从汉王。”篇末又总结之曰:“所与上从容言天下事甚众,非天下所以存亡,故不著。”用笔如此,乃觉详略兼到,通体皆灵。尤妙在“老人授书”及“四皓定太子”两段,全于淡处著笔,虚处传神,使留侯逸情高致一一托出,信乎其为文字中之神品也。赞语冲逸淡远,极与世家相称。“至见其图,状貌如妇人好女”,带补留侯状貌,亦为他处所无。

篇内“未宦事韩”,按宋祁曰:“宦”疑是“尝”字。“良夜未半往”,按《汉传》去“未”字,大失神情。“遂北至兰田”,按“遂”字疑“逐”字之讹。

"其秋,汉王追楚至阳夏南。"按事在五年十月,此误入于四年秋。"汉六年正月,封功臣。"按《侯表》及《汉书·高纪》,封功臣在十二月,非"正月"也。"六年,上已封大功臣二十余人。"按"六年"二字重出,《汉书》削之是。

伍子胥列传

伍子胥者，楚人也，名员。员父曰伍奢。员兄曰伍尚。其先曰伍举，以直谏事楚庄王，有显，故其后世有名于楚。

伍子胥是楚国人，名员。他父亲叫伍奢。他哥哥叫伍尚。他们的祖先叫伍举，曾直言诤谏楚庄王，因而显贵，所以他的后代在楚国很有名气。

楚平王有太子名曰建，使伍奢为太傅，费无忌为少傅。无忌不忠于太子建。平王使无忌为太子取妇于秦，秦女好，无忌驰归报平王曰："秦女绝美，王可自取，而更为太子取妇。"平王遂自取秦女而绝爱幸之，生子轸。更为太子取妇。

楚平王有个太子名叫建，楚平王派伍奢做他的太傅。费无忌做他的少傅，但费无忌对太子不忠。楚平王派费无忌到秦国替太子建娶亲，秦女美貌，费无忌便跑回来报告楚平王说："秦女非常美丽，王可以自己娶了，另外再替太子娶个媳妇。"楚平王于是自己娶了秦女，非常宠爱，生了个儿子叫轸，并另外替太子娶了媳妇。

无忌既以秦女自媚于平王，因去太子而事平王。恐一旦平王卒而太子立，杀己，乃因谗太子建。建母，蔡女也，无宠于平王。平王稍益疏建，使建守城父，备边兵。

费无忌既然借秦女向楚平王献媚，因此就离开太子而侍奉楚平王。他恐怕楚平王一死而太子做国君杀了自己，竟因此诋毁太子建。太子建的母亲是蔡国人，楚平王对她不宠爱，于是楚平王便更加疏远太子建，叫建守城父，防守边疆。

顷之，无忌又日夜言太子短于王曰："太子以

不久，费无忌又一天到晚在楚王的面前说太子的坏话，费无忌说："太子因

秦女之故，不能无怨望，愿王少自备也。自太子居城父，将兵，外交诸侯，且欲入为乱矣。”平王乃召其太傅伍奢考问之。伍奢知无忌谗太子于平王，因曰：“王独奈何以谗贼小臣疏骨肉之亲乎？”无忌曰：“王今不制，其事成矣。王且见禽。”于是平王怒，囚伍奢，而使城父司马奋扬往杀太子。行未至，奋扬使人先告太子：“太子急去，不然将诛。”太子建亡奔宋。

为秦女的缘故，不能没有怨恨，希望国王稍微自己防备一下。自从太子至城父以后，率领军队，外面与诸侯交好，就要回王都作乱了。”楚平王于是召回太子的太傅伍奢查问，伍奢知道是费无忌在平王面前谗毁太子，因此回答说：“国王为何要因为谗贼小臣的话而疏远骨肉至亲呢？”费无忌说：“国王现在不制止他们，他们事情就要成功了，国王将要被活捉。”于是楚平王很生气，囚禁伍奢，令城父司马奋扬去杀太子。还没有走到的时候，奋扬派人先告诉太子，叫太子快跑，不然将被杀。太子建于是逃到宋国。

无忌言于平王曰：“伍奢有二子，皆贤，不诛且为楚忧。可以其父质而召之，不然且为楚患。”王使使谓伍奢曰：“能致汝二子则生，不能则死。”伍奢曰：“尚为人仁，呼必来。员为人刚戾忍訽（同诟），能成大事，彼见来之并禽，其势必不来。”王不听，使人召二子曰：“来，吾生汝父；不来，今杀奢也。”伍尚欲往，员曰：“楚

费无忌又对楚平王说：“伍奢有两个儿子，都很贤能，如不一起杀掉，将来会成为楚国的后患。”楚平王派使者告诉伍奢说：“你能把两个儿子叫来就活命，否则就处死。”伍奢说：“我大儿子尚为人仁慈，叫他他一定来，二儿子员为人刚暴忍辱，能完成大事，他看来了会同时被擒，一定不会来。”楚平王不听，使人召伍奢的两个儿子，说；“你们来，我就让你们父亲活下去；不来，现在就杀你们父亲。”伍尚要去，伍员说：“楚王召我们兄弟，并不是要使我们父亲活下来，恐怕我们有人逃脱，给楚王留下后患，所以用父亲作抵

之召我兄弟，非欲以生我父也，恐有脱者后生患，故以父为质，诈召二子。二子到，则父子俱死。何益父之死？往而令仇不得报耳。不如奔他国，借力以雪父之耻，俱灭，无为也。”伍尚曰：“我知往终不能全父命。然恨父召我以求生而不往，后不能雪耻，终为天下笑耳。”谓员：“可去矣！汝能报杀父之仇，我将归死。”尚既就执，使者捕伍胥。伍胥贯弓执矢向使者，使者不敢进，伍胥遂亡。闻太子建之在宋，往从之。奢闻子胥之亡也，曰：“楚国君臣且苦兵矣。”伍尚至楚，楚并杀奢与尚也。

押，诈骗我们，我们一去，则父子三人都死。对父亲的生死有什么好处？去了却叫我们大仇不能报。不如逃奔别国，借别国力量来洗雪父亲的耻辱。统统死亡没有用的！”伍尚说：“我知道去了也不能保全父亲的性命。可是只恨父亲招我，如果为求生而不去，以后又不能雪耻，终会叫天下人讥笑。”对伍员说：“你可以逃走了，你能报杀父之仇，我将去投身就死。”伍尚已被捕。使者要捕捉伍员，伍员张弓箭对着使者，使者不敢上前，伍员于是逃走。伍员听说太子建在宋国，便到宋去追随他。伍奢听到伍子胥逃走了，说：“楚国的国君和大臣就要为兵事辛苦了！”伍尚到了楚都，楚平王把伍尚和伍奢一并杀掉。

伍胥既至宋，宋有华氏之乱，乃与太子建俱奔于郑。郑人甚善之。太子建又适晋，晋顷公曰：“太子既善郑，郑信太子。太子能为我内应，而我攻其外，灭郑必矣。灭郑而封太子。”太子乃还郑。事未

伍子胥到了宋国，恰好遇到宋国华氏作乱，于是与太子建一起逃到郑国。郑国人对他们很好。太子建又到晋国，晋顷公说：“太子既然跟郑国的关系很好，郑国又信任太子，太子能做我们的内应，我们由外面进攻，一定可以消灭郑国，消灭郑国就把它封给太子。”太子于是回到郑国。事情还没联络好，恰好太子因自私的

会，会自私欲杀其从者，从者知其谋，乃告之于郑。郑定公与子产诛杀太子建。建有子名胜。伍胥惧，乃与胜俱奔吴。到昭关，昭关欲执之。伍胥遂与胜独身步走，几不得脱。追者在后。至江，江上有一渔父乘船，知伍胥之急，乃渡伍胥。伍胥既渡，解其剑曰：“此剑直百金，以与父。”父曰：“楚国之法，得伍胥者赐粟五万石，爵执圭，岂徒百金剑邪！”不受。伍胥未至吴而疾，止中道，乞食。至于吴，吴王僚方用事，公子光为将。伍胥乃因公子光以求见吴王。

缘故杀跟随的人，跟随的人知道太子的计谋，便告诉郑国，郑定公与子产便杀了太子建。建有个儿子名胜。伍子胥害怕，便与胜一起逃到吴国。到了昭关，昭关的守吏想捕捉他们，伍子胥于是与胜分别独自步行，差一点不能脱身。追兵在后，到了江边，江上有一渔翁坐着船，知道伍子胥的危急，便把他渡过江。伍子胥已渡过江，解下佩剑说；“这把剑值一百金。把它送给老您人家”，渔翁说：“楚国的法令捕到伍子胥的赏粟五万石，爵位拜上卿执圭，岂仅值一百金的剑呢！”不接受伍子胥的赠送。伍子胥还没到吴，生了病，便停下来，在路上乞食。到了吴国，吴王僚正当权，公子光做将领。伍子胥便借公子光的关系求见吴王。

久之，楚平王以其边邑锺离与吴边邑卑梁氏俱蚕，两女子争桑相攻，乃大怒，至于两国举兵相伐。吴使公子光伐楚，拔其锺离、居巢而归。伍子胥说吴王僚曰：“楚可破也。愿复遣公子光。”公子光谓吴王曰：“彼伍胥父

过了很久，楚国边邑钟离人和吴国的边邑卑梁氏都养蚕，两个女子争采桑叶而互相攻击。楚平王于是大为生气，两国弄到兴兵相攻。吴国派公子光伐楚，攻下楚国钟离和居巢二邑而回。伍子胥想说服吴王僚说：“楚国可以攻破，希望再派公子光去。”公子光对吴王说：“那伍子胥的父兄被楚王杀死，现劝王攻打楚国，是要用来报他自己的仇，攻打楚国不会

兄为戮于楚，而劝王伐楚者，欲以自报其仇耳。伐楚，未可破也。”伍胥知公子光有内志，欲杀王而自立，未可说以外事，乃进专诸于公子光，退而与太子建之子胜耕于野。

成功的。”伍子胥知道公子光心中另有主意，打算杀害吴王而自立为君，还不能用对外的军事行动来说动他，于是向公子光推荐专诸，自己与太子建的儿子胜退到田野耕种。

五年而楚平王卒。初，平王所夺太子建秦女生子轸，及平王卒，轸竟立为后，是为昭王。吴王僚因楚丧，使二公子将兵往袭楚。楚发兵绝吴兵之后，不得归。吴国内空，而公子光乃令专诸袭刺吴王僚而自立，是为吴王阖庐。阖庐既立，得志，乃召伍员以为行人，而与谋国事。

此后五年，楚平王去世。起初楚平王从太子建那儿夺来的秦女生了一儿子名轸，到楚平王死的时候，轸竟继平王即位，这便是昭王。吴王僚乘楚国丧君，派烛庸、盖余两公子率兵袭击楚国，楚国发兵断了吴军的后路，吴兵不能回国。吴国国内空虚，公子光于是令专诸刺杀吴王僚，自立为王，这便是吴王阖庐。阖庐既然达到做国君的心愿，便召伍子胥官拜行人，而与他策划国事。

楚诛其大臣郤宛、伯州犁，伯州犁之孙伯嚭亡奔吴，吴亦以嚭为大夫。前王僚所遣二公子将兵伐楚者，道绝不得归。后闻阖庐弑王僚自立，遂以其兵降楚，楚封之于舒。

这时楚国诛杀他们的大臣郤宛、伯州犁，伯州犁的孙子伯嚭逃亡到吴国，吴王也用嚭做大夫，而前吴王僚所派伐楚的两个公子，路途断绝不能回国，又听到阖庐杀王僚自立为王的消息，于是带军队投降楚国，楚国把他们封在舒地。

阖庐立三年，乃兴师与伍胥、伯嚭伐楚，拔舒，遂禽

阖庐立为吴王的第三年，起兵与伍子胥、伯嚭攻伐楚国，攻陷舒，捉到

故吴反二将军。因欲至郢，将军孙武曰："民劳，未可，且待之。"乃归。

先前叛吴的两个将军。阖庐因而想乘胜攻向郢都，将军孙武说："老百姓很辛苦了，不可以！暂且等机会。"于是率兵归国。

四年，吴伐楚，取六与灊（音潜）。五年，伐越，败之。六年，楚昭王使公子囊瓦将兵伐吴。吴使伍员迎击，大破楚军于豫章，取楚之居巢。

第四年，吴攻伐楚，占领六与灊两地方。第五年攻打越国，得胜。第六年，楚昭王令公子囊瓦带兵攻吴。吴王派伍子胥迎战，在豫章把楚军打得大败，占领楚国居巢。

九年，吴王阖庐谓子胥、孙武曰："始子言郢未可入，今果何如？"二子对曰："楚将囊瓦贪，而唐、蔡皆怨之。王必欲大伐之，必先得唐、蔡乃可。"阖庐听之，悉兴师与唐、蔡伐楚，与楚夹汉水而陈。吴王之弟夫概将兵请从，王不听，遂以其属五千人击楚将子常。子常败走，奔郑。于是吴乘胜而前，五战，遂至郢。己卯，楚昭王出奔。庚辰，吴王入郢。

第九年，吴王阖庐对伍子胥和孙武说："起初二先生说郢都不可攻入，现在情形究竟怎样？"伍子胥和孙武回答说："楚将军囊瓦贪财好货，唐国和蔡国都恨他。国王如要大举伐楚，一定先要取得唐国和蔡国帮助才可。"阖庐完全听从两人的话，把军队全部出动，和唐、蔡两国讨伐楚国。吴与楚两国军队夹汉水列陈。吴王的弟弟夫概带兵请求进击楚军，吴王不答应，夫概便用自己属下五千人进攻楚将子常，子常败走，逃往郑国，于是吴军乘胜进攻，经五次作战，遂到郢都。己卯日楚昭王出奔。第二天吴王入郢。

昭王出亡，入云梦；盗击王，王走郧。郧公弟怀曰："平王杀我父，我杀其子，不

楚昭王出奔进入云梦大泽；强盗袭击昭王，昭王逃到郧。郧公的弟弟怀说；"楚平王杀我们父亲，我现在杀他

亦可乎!"郧公恐其弟杀王,与王奔随。吴兵围随,谓随人曰:"周之子孙在汉川者,楚尽灭之。"随人欲杀王,王子綦匿王,己自为王以当之。随人卜与王于吴,不吉,乃谢吴不与王。

儿子,不也可以吗?"郧公恐弟弟杀昭王,便和王一同逃奔到随。吴军围随,对随人说:"在汉水流域的周朝子孙,完全被楚国消灭。你们不要庇护楚王,"随人打算杀昭王,王子綦把昭王藏起来,自己冒充昭王来承当灾难。随人卜卦看要不要把昭王给吴国,结果不吉,便辞谢吴国,不给昭王。

始伍员与申包胥为交,员之亡也,谓包胥曰:"我必覆楚。"包胥曰:"我必存之。"及吴兵入郢,伍子胥求昭王。既不得,乃掘楚平王墓,出其尸,鞭之三百,然后已。申包胥亡于山中,使人谓子胥曰:"子之报仇,其以甚乎!吾闻之,人众者胜天,天定亦能破人。今子故平王之臣,亲北面而事之,今至于僇死人,此岂其无天道之极乎!"伍子胥曰:"为我谢申包胥曰,吾日莫途远,吾故倒行而逆施之。"于是申包胥走秦告急,求救于秦。秦不许。包胥立于秦廷,昼夜哭,七日七夜不绝其声。秦哀公怜之,曰:"楚虽无道,

起初伍子胥与申包胥是好朋友,伍子胥逃亡的时候对申包胥说:"我一定要毁灭楚国。"申包胥说:"我一定要保存楚国。"等到吴兵进入郢都,伍子胥找不到楚昭王,便挖掘楚平王的坟墓,挖出平王的尸体,鞭打三百下才停止。申包胥逃亡在山中,派人对伍子胥说:"你的报仇,未免太过分了吧!我听人说,人数众多可以胜过天理,但天道恒常也能破败人谋。你从前是平王的臣下,称臣侍奉他,现在弄到侮辱死人,难道这不是丧天害理到了极点?"伍子胥对申包胥派去的人说:"你替我跟申包胥说:'我急着复仇,就像路途还很遥远可是太阳已下山了一样,我怕等不及了,所以我只能倒行逆施。'"于是申包胥跑到秦国,向秦王报告楚国的危急,并向秦国讨救兵。秦王不答应出兵,申包胥便站在秦国朝廷日夜痛哭,七天七夜哭声没有中断。秦哀公

有臣若是，可无存乎！”乃遣车五百乘救楚击吴。六月，败吴兵于稷。会吴王久留楚求昭王，而阖庐弟夫概乃亡归，自立为王。阖庐闻之，乃释楚而归，击其弟夫概。夫概败走，遂奔楚。楚昭王见吴有内乱，乃复入郢。封夫概于堂谿，为堂谿氏。楚复与吴战，败吴，吴王乃归。

可怜他，说：“楚王虽是无道君，但有像这样的臣子，楚国可不保全吗！”于是派兵车五百辆救楚攻击吴军，六月在稷打败吴军。恰好吴王长久留在楚国，寻求楚昭王，而弟弟夫概竟偷回吴国，自己做起国王来。阖庐听到这消息，便放开楚国回国攻打他的弟弟夫概。夫概打败逃走，逃到楚国，楚昭王看到吴国有内乱，便又回到郢都，封夫概在堂溪作为堂溪氏。楚又与吴作战，打败吴军，吴王于是回国。

后二岁，阖庐使太子夫差将兵伐楚，取番。楚惧吴复大来，乃去郢，徙于鄀(音若)。当是时，吴以伍子胥、孙武之谋，西破强楚，北威齐、晋，南服越人。

此后二年，阖庐令太子夫差领兵伐楚，攻占番。楚国怕吴军又大举入侵，便远离郢都，迁都到鄀。在这个时候，吴国用伍子胥、孙武的谋略，西面攻破强大的楚国，北面威胁齐国、晋国，南面降服越国，国势最盛。

其后四年，孔子相鲁。

此后四年，孔子做鲁国宰相。

后五年，伐越。越王勾践迎击，败吴于姑苏，伤阖庐指，军却。阖庐病创将死，谓太子夫差曰：“尔忘勾践杀尔父乎？”夫差对曰：“不敢忘。”是夕，阖庐死。夫差既立为王，以伯嚭为太宰，习战射。二年后伐越，败越于夫湫。越王勾践乃以余兵

又后五年，吴军攻打越国。越王勾践迎战吴军，在姑苏打败吴军，并伤了吴王阖庐的脚指，吴军退却。阖庐伤痛，临死对太子夫差说：“你会忘掉勾践杀你父亲吗？”夫差回答说：“不敢忘记。”这晚，阖庐去世。夫差继位为吴王，任用伯嚭做大宰，加紧操练士兵。两年后攻伐越国，在夫湫打败越军。超王勾践带领剩下的五千军队住到会稽

五千人栖于会稽之上,使大夫种厚币遗吴太宰嚭以请和,求委国为臣妾。吴王将许之。伍子胥谏曰:“越王为人能辛苦。今王不灭,后必悔之。”吴王不听,用太宰嚭计,与越平。

山上,派大夫文种送厚礼给吴国太宰嚭请求谈和,并请求将全国作为吴国的臣妾。吴王将要答应,伍子胥劝谏说:“越王勾践为人能忍耐辛苦。现国王不消灭他,以后一定会后悔。”吴王不听伍子胥的话,用太宰嚭的计策,跟越国谈和。

其后五年,而吴王闻齐景公死而大臣争宠,新君弱,乃兴师北伐齐。伍子胥谏曰:“勾践食不重味,吊死问疾,且欲有所用之也。此人不死,必为吴患。今吴之有越,犹人之有腹心疾也。而王不先越而乃务齐,不亦谬乎!”吴王不听,伐齐,大败齐师于艾陵,遂威邹鲁之君以归。益疏子胥之谋。

此后五年,吴王听说齐景公死,各大臣争宠,新立的国君微弱,便发动军队北伐齐国。伍子胥劝谏说:“勾践吃东西不注重味道的好坏,在国内安慰死者,探问病患,看那样子是有要用到百姓的地方。这人不死,一定会成为吴国的忧患。现在吴国有越国在身旁,就好像人有心腹的疾病一样,而国王不先讨伐越国反专力攻齐,不是错了吗!”吴王不听伍子胥的劝告,攻打齐国,在艾陵大败齐军,威震邹国与鲁国的国君而回国。吴王更加不用伍子胥的计谋了。

其后四年,吴王将北伐齐,越王勾践用子贡之谋,乃率其众以助吴,而重宝以献遗太宰嚭。太宰嚭既数受越赂,其爱信越殊甚,日夜为言于吴王。吴王信用嚭之计。伍子胥谏曰:“夫越,腹心之病,今信其浮辞诈伪而

此后四年,吴王将北伐齐国,越王勾践用子贡的计策,带他的军队帮助吴国作战,并用贵重的宝物送给太宰嚭。太宰嚭多次受越国的贿赂,便非常喜欢且信任越国,日夜替越国在吴王面前说好话。吴王信用太宰嚭的计策,伍子胥劝谏说:“那越国是吴国的腹心之病,现在相信他们的浮辞诈骗,而贪

贪齐。破齐，譬犹石田，无所用之。且《盘庚之诰》曰：‘有颠越不恭，劓殄灭之，俾无遗育，无使易种于兹邑。’此商之所以兴。愿王释齐而先越；若不然，后将悔之无及。”而吴王不听，使子胥于齐。子胥临行，谓其子曰：“吾数谏王，王不用，吾今见吴之亡矣。汝与吴俱亡，无益也。”乃属其子于齐鲍牧，而还报吴。

图攻破齐国。齐国好比石田，一点用也没有。况且《盘庚之诰》说：‘有叛逆不顺的，要彻底杀戮毁灭他们，使他们没留下后代，也不要让他们在这地方耕种。’这是商朝兴起的原因，希望国王放开齐国先攻打越国。如不这样，以后将要悔恨不及了。”吴王不听伍子胥的话，派伍子胥出使齐国。子胥临回国对他儿子说：“我好几次劝谏我们国王，国王不听我的话，现在看看吴就要灭亡了，你与吴国一起灭亡没有好处。”便把他儿子托付给齐国的鲍牧，而回国向吴王报告。

吴太宰嚭既与子胥有隙，因谗曰：“子胥为人刚暴，少恩，猜贼，其怨望恐为深祸也。前日王欲伐齐，子胥以为不可，王卒伐之而有大功。子胥耻其计谋不用，乃反怨望。而今王又复伐齐，子胥专愎强谏，沮毁用事，徒幸吴之败以自胜其计谋耳。今王自行，悉国中武力以伐齐，而子胥谏不用，因辍谢，详病不行。王不可不备，此起祸不难。且嚭使

太宰嚭既然和伍子胥有不和，因而谗毁子胥说：“伍子胥的为人刚强暴戾，没有情感，并且猜疑狠毒，他的怨恨恐怕会酿成大灾难。前些日子国王要攻打齐国，伍子胥认为不可以，国王终于进兵，结果得到大成功。伍子胥对于他的计策不被采用很感羞耻，因此反而怨恨起国王来。现在国王又要攻打齐国，伍子胥专狠而刚愎，强作劝谏，故意沮丧谗毁对齐用兵，只希望吴国兵败，用来自夸他的计谋。现在国王自己领兵，把全国的武力都带去攻打齐国，而伍子胥的劝谏不被采纳，因此假装生病，不上朝也不跟国王同行。这样很容易引起灾难，国王不可不防备

人微伺之,其使于齐也,乃属其子于齐之鲍氏。夫为人臣,内不得意,外倚诸侯,自以为先王之谋臣,今不见用,常鞅鞅怨望。愿王早图之。”吴王曰:“微子之言,吾亦疑之。”乃使使赐伍子胥属镂之剑,曰:“子以此死。”伍子胥仰天叹曰:“嗟乎!谗臣嚭为乱矣,王乃反诛我。我令若父霸。自若未立时,诸公子争立,我以死争之于先王,几不得立。若既得立,欲分吴国予我,我顾不敢望也。然今若听谀臣言以杀长者。”乃告其舍人曰:“必树吾墓上以梓,令可以为器;而抉吾眼县吴东门之上,以观越寇之入灭吴也。”乃自到死。吴王闻之大怒,乃取子胥尸盛以鸱夷革,浮之江中。吴人怜之,为立祠于江上,因命曰胥山。

一下。而且我派人暗中观看伍子胥,他出使齐国的时候,把儿子托付给齐国的鲍氏。作为臣下在国内不得意,便在外倚靠诸侯。自己认为是先王的谋臣,现不被信用,便常常心里不快活,怨恨国王,希望国王早些对他下手。”吴王说:“没有你的话,我也会怀疑他。”于是派使者送伍子胥一把属镂之剑,说,“你用这剑自杀。”伍子胥仰天叹息说:“唉呀!谗臣太宰嚭作乱了,国王反来杀我。我让你父亲成为霸王,你还没有立为太子时,各公子争立太子的位置,我用生命在先王面前为你争取,还差一点不能立你为太子。你既做了国王,打算分吴国给我,我本采就不存你报答的希望。可是现在你听谗臣的话来杀长辈。”于是告诉他的门客说:“一定要在我的墓上种梓树,让它长成后可以做棺材,挖我的眼睛挂在吴国都城东门上,用来看越寇的攻入灭吴。”说完,便自己自刎而死。吴王听到伍子胥的话后大为生气,把伍子胥尸首装在马革里面,让它漂浮在江中。吴国人可怜子胥,替他在江边建立祠堂,因而命名叫胥山。

吴王既诛伍子胥,遂伐齐。齐鲍氏杀其君悼公而立阳生。吴王欲讨其贼,不胜

吴王杀了伍子胥,便攻打齐国。齐国的鲍氏杀了他的国君悼公而立阳生做国王。吴国打算为齐国讨伐鲍氏,但

而去。其后二年，吴王召鲁卫之君会之橐皋。其明年，因北大会诸侯于黄池，以令周室。越王勾践袭杀吴太子，破吴兵。吴王闻之，乃归，使使厚币与越平。后九年，越王勾践遂灭吴，杀王夫差；而诛太宰嚭，以不忠于其君，而外受重赂，与己比周也。

打不赢，便撤兵离开了齐国。此后二年，吴王召鲁、卫二国国君在橐皋集会。下一年，因而在黄池大会诸侯，用来号令周天子。越王勾践却在这时袭破吴国姑苏城，杀了吴太子友，攻破吴国。吴王听了，于是回国，派使者用重礼与越议和。此后九年，越王勾践终于灭了吴国，杀掉吴王夫差，并且也杀了太宰嚭，因为他不忠于他的国君，并且接受外国的贵重贿赂与越国私下亲近。

伍子胥初所与俱亡故楚太子建之子胜者，在于吴。吴王夫差之时，楚惠王欲召胜归楚。叶公谏曰：“胜好勇而阴求死士，殆有私乎！”惠王不听。遂召胜，使居楚之边邑鄢，号为白公。白公归楚三年而吴诛子胥。

伍子胥起初所随一起逃亡的楚太子建的儿子胜，居住在吴国。吴王夫差的时候，楚惠王打算招胜回国，叶公劝谏说：“胜爱好武勇，并且暗中寻访死士，恐将有野心。”楚惠王不听，便招回胜，让他住在楚的边城鄢，号称白公。白公胜回楚三年，吴王杀害伍子胥。

白公胜既归楚，怨郑之杀其父，乃阴养死士求报郑。归楚五年，请伐郑，楚令尹子西许之。兵未发而晋伐郑，郑请救于楚。楚使子西往救，与盟而还。白公胜怒曰：“非郑之仇，乃子西也。”胜自砺剑，人问曰：“何以为？”胜曰：“欲以杀子西。”

白公胜回楚以后，怨恨郑国杀害他父亲，于是暗中养敢死之士，打算向郑报仇。回楚的第五年，请楚王伐郑，楚令尹子西答应他的要求，可是兵还没有出发，晋国已先讨伐郑国，郑国反向楚国讨救兵。楚王便派子西率兵去救郑国，与郑国订盟才回国。白公胜很生气，说：“郑国并不是我的仇敌，子西才是我的仇敌。”白公胜自己磨利宝

子西闻之,笑曰:“胜如卵耳,何能为也!”

剑,有人问他:“做什么用?”白公胜说;“想要用来杀子西。”子西听了笑笑说:“胜就像蛋一样,能有什么作为?”

其后四岁,白公胜与石乞袭杀楚令尹子西、司马子綦于朝。石乞曰:“不杀王,不可。”乃劫(之)王如高府。石乞从者屈固负楚惠王亡走昭夫人之宫。叶公闻白公为乱,率其国人攻白公。白公之徒败,亡走山中,自杀。而虏石乞,而问白公尸处,不言将亨。石乞曰:“事成为卿,不成而烹,固其职也。”终不肯告其尸处。遂烹石乞,而求惠王复立之。

此后四年,白公胜和石乞在朝廷攻杀楚令尹子西及司马子綦。石乞说:“不杀楚国王不行!”于是劫持楚王到楚宫别府。石乞的随从屈固背楚王逃到昭夫人的宫室中。叶公听到白公作乱,便带他的人攻打白公。白公的人被打败,白公便逃到山里自杀。石乞被活捉,人们审问他白公的尸首在哪里,他不答。将要烹杀石乞,石乞说:“事情成功做卿相,不成功被烹杀,本来就恰如其分。”始终不肯说出白公尸首在哪里。于是叶公烹杀石乞,找回楚惠王,再立他为国王。

太史公曰:怨毒之于人甚矣哉!王者尚不能行之于臣下,况同列乎!向令伍子胥从奢俱死,何异蝼蚁。弃小义,雪大耻,名垂于后世,悲夫!方子胥窘于江上,道乞食,志岂尝须臾忘郢邪?故隐忍就功名,非烈

太史公说:怨毒对于人实在太可怕了,做国王还不能让臣下有结怨,何况是地位相同的人呢?如果让伍子胥追随父兄一起身死,与蝼蚁的死亡有何差别?但他能放弃小义,洗雪大耻辱,让名声流传后世。可悲啊!当伍子胥在江上困窘,在路上讨饭吃的时候,心里何尝有一会儿忘掉郢都仇恨呢?所以说隐藏忍耐来成就功名,要不是壮烈的大丈夫都能办得到的啊?白公如果不自

丈夫孰能致此哉?白公如不自立为君者,其功谋亦不可胜道者哉!

己做国君,他的功业和谋略恐怕还说不完呢!

评议

《伍子胥传》以赞中“怨毒”二字为主,是一篇极深刻、极阴惨文字。子胥之所以能报怨者,只在“询刚戾忍,能成大事”;偏于其父口中带出,正见知子莫若父也。而又述费无忌之言曰:“伍奢二子皆贤,不诛且为楚忧。”述其兄尚之言曰:“汝能报杀父之仇。”述吴公子光之言曰:“彼欲自报其仇耳。”述楚申包胥之言曰:“子之报仇,其以甚乎!”一路写来,都是形容其“怨毒”之深。又因子胥之报怨,带出郧公弟之怨,吴阖庐之怨,白公胜之怨,以作点缀;而太史公满腹怨意,亦借题发挥,洋溢于纸上,不可磨灭矣。以伤心人写伤心事,那能不十分出色!彼《春秋内外传》、《越绝书》、《吴越春秋》叙子胥事未尝不佳,但较之于此,终嫌文胜耳。

赞语分四折,全以跌顿见意。末折“白公如不自立为君者”云云,长句一托,若不用意而意已足。篇内“其先曰伍举,以直谏事楚庄王”。按“伍举”当作“伍参”。“使伍奢为太傅,费无忌为少傅”。按太傅、少傅与《左传》异。“五年而楚平王卒”,按“五年”当作“三年”。“六月,败吴兵于稷。”按“六月”上当有“十年”二字。“后二岁,阖庐使太子夫差将兵伐楚。”按“后二岁”当作“后一岁”。“后五年,伐越。”按“后五年”当作“后四年”。“其后五年,而吴王闻齐景公死。”按“其后五年”当作“其后九年”。“其后四年,吴王将北伐齐。”按“其后四年”当作“其后一年”。

苏秦列传

苏秦者，东周洛阳人也。东事师于齐，而习之于鬼谷先生。

苏秦，东周洛阳人。他曾到齐国去拜师求学，而后跟随鬼谷先生习艺。

出游数岁，大困而归。兄弟嫂妹妻妾窃皆笑之，曰："周人之俗，治产业，力工商，逐什二以为务。今子释本而事口舌，困，不亦宜乎！"

在外游历多年，没有成就，只好贫困地回到家里。他的哥哥、弟弟、嫂嫂、妹妹、妻子、侍妾都暗自讥笑他说："周人的生活习俗，大多安分地治理产业，努力从事工商，以求取十分之二的利润。现在，他却放弃这种最根本的事业，而去做卖弄口舌的事。结果落得这样穷困，那真是活该啊！"

苏秦闻之而惭，自伤，乃闭室不出，出其书遍观之。曰："夫士业已屈首受书，而不能以取尊荣，虽多亦奚以为！"于是得周书《阴符》，伏而读之。期年，以出揣摩，曰："此可以说当世之君矣。"求说周显王。显王左右素习知苏秦，皆少之。弗信。

苏秦听后非常惭愧而暗自感伤，便关起房门，不愿出去见人，并且搬出他所有的书籍，发愤地全部再读过，说："一个读书人，既然已经决心埋首读书，却不能凭这些学问来取得尊贵荣宠的地位，那么，即使书读得再多，又有什么用处呢？"于是，他从这些书中捡出一本周书《阴符》，很用心地加以研读。经过一年后，他依据研读所得，写出《揣》、《摩》两篇文章，说："用这套道理可以说服现在的许多国君了。"因此，他便去求说周显王。但是，显王左右的臣子们平素就熟知苏秦喜欢浮说，所以都很轻视他，不肯采信苏秦的话。

乃西至秦。秦孝公

他只好到西方的秦国去。秦孝公已经

卒。说惠王曰:“秦四塞之国,被山带渭,东有关河,西有汉中,南有巴蜀,北有代、马,此天府也。以秦士民之众,兵法之教,可以吞天下,称帝而治。”

死了。他便劝秦惠王说:“秦是个四边都是要塞的国家,有群山的遮掩,有渭河的围绕,东面据有黄河,与函谷、蒲津等关,西面拥有汉中;南面摄有巴、蜀二郡;北面拥有代郡马邑。这真是个天然的府库啊!凭着秦国这样众多的战士人民,这样教练精熟的战术,必然可以吞并天下,称帝而统治之!”

秦王曰:“毛羽未成,不可以高蜚;文理未明,不可以并兼。”方诛商鞅,疾辩士,弗用。

秦惠王说:“一只鸟的羽毛还没有完全长成,绝不可以高飞,一个国家的文理还没有明著,绝不可以去兼并别的国家。”此时,秦国刚处死了商鞅,并怨憎一般辩士而不肯任用。

乃东之赵。赵肃侯令其弟成为相,号奉阳君。奉阳君弗说之,去。

苏秦只好向东到了赵国。赵肃侯用他的弟弟赵成为宰相,并封他为奉阳君。奉阳君很不喜欢苏秦,所以没有用他。

游燕,岁余而后得见。说燕文侯曰:“燕东有朝鲜、辽东,北有林胡、楼烦,西有云中、九原,南有嘑沱、易水,地方二千余里,带甲数十万,车六百乘,骑六千匹,粟支数年。南有碣石、雁门之饶,北有枣栗之利,民虽不佃作而足于枣栗矣。此所谓天府者也。

苏秦便又游历到燕国去,过了一年多,才见到燕文侯而劝他说:“燕国东面有朝鲜、辽东;北面有林胡、楼烦,西面有云中、九原,南面有滹沱河和易水。地方有二千多里,兵士有几十万,战车有六百辆,坐骑有六千匹,储存的粮食足够支用好几年。并且,南面可从碣石山、雁门山输入丰富的外来物品。北边地方,可从种植枣栗获取很大的利益。即使人民不耕种田地,单是枣栗的收获就已相当富足了。这样的地方真是个天然的府库啊!

“夫安乐无事，不见覆军杀将，无过燕者。大王知其所以然乎？夫燕之所以不犯寇被甲兵者，以赵之为蔽其南也。秦赵五战，秦再胜而赵三胜。秦赵相毙，而王以全燕制其后，此燕之所以不犯寇也。且夫秦之攻燕也，逾云中、九原，过代、上谷，弥地数千里，虽得燕城，秦计固不能守也。秦之不能害燕亦明矣。今赵之攻燕也，发号出令，不至十日而数十万之军军于东垣矣。渡嘑沱，涉易水，不至四五日而距国都矣。故曰秦之攻燕也，战于千里之外；赵之攻燕也，战于百里之内。夫不忧百里之患而重千里之外，计无过于此者。是故愿大王与赵从亲，天下为一，则燕国必无患矣。”

“说起当今天下，最安乐无事，没有军队被消灭、将领被杀害的国家，没有谁能比得上燕国的。大王您知道为什么原因吗？说到燕国之所以没有敌国来侵犯，不必受到战争摧残的原因，完全是因为赵国替它遮挡了南边。假设秦、赵二国打五次战，秦国胜了二次，赵国胜了三次，结果秦、赵二国彼此都受到损害。这时，大王便可趁机以完好的燕国从后制服他们。这就是燕国之所以没有敌寇侵犯的原因。而且，秦国要想攻打燕国，必须越过云中、九原，经过代郡、上谷，方圆几千里远。纵然秦国能一时攻下燕城，也实在没有办法永远守住。秦国不能为害燕国，可说是很明显的事了。现在，再看看赵国攻打燕国的情形，只要赵国发出进攻的命令，不用十天，而赵国几十万军队已驻扎到边界的东垣了。然后，他们再渡过滹沱和易水，不需四五日，便到达燕国的都城了。所以说：秦攻打燕，必须到于里之外去打仗；赵攻打燕，只在百里之内打仗。而燕国不忧虑百里之内的外患，却重视千里之外的敌寇，实在没有比这更错误的政策了。因此，我希望大王能与赵国南北约合，天下各国联为一体。这样，燕国必定不再有外患了。”

文侯曰：“子言则可，然吾国小，西迫强

燕文侯说：“你的话虽然对，但是我们燕国弱小，西面迫近强大的赵国，南面紧接

赵，南近齐，齐、赵强国也。子必欲合从以安燕，寡人请以国从。”

着齐国，齐、赵都是强大的国家。你假如决心要联合各国，使燕国也得以安定，那么，寡人愿意以燕国相从。”

于是资苏秦车马金帛以至赵。而奉阳君已死，即因说赵肃侯曰：“天下卿相人臣及布衣之士，皆高贤君之行义，皆愿奉教陈忠于前之日久矣。虽然，奉阳君妒而君不任事，是以宾客游士莫敢自尽于前者。今奉阳君捐馆舍，君乃今复与士民相亲也，臣故敢进其愚虑。

于是，燕文侯送给苏秦许多车马、黄金、布匹，让他到赵国去游说。这时，奉阳君已经去世了。苏秦便借机劝说赵肃侯，说：“当今在位的卿相人臣，以及一般有知识学问的平民，都非常推崇您是一个能行仁义的贤君，很久以来，大家都很希望在您跟前效忠，接受您的教导。虽然这样，但可惜是奉阳君嫉讳您，使您无法负起国事，所以一般宾客游士，没有谁敢到您面前来尽心效力的。现在，奉阳君死了，你如今又可与士民亲近。因此，臣下我才敢向您献上一些愚昧的计策。

“窃为君计者，莫若安民无事，且无庸有事于民也。安民之本，在于择交，择交而得则民安，择交而不得则民终身不安。请言外患：齐秦为两敌而民不得安，倚秦攻齐而民不得安，倚齐攻秦而民不得安。故夫谋人之主，伐人之国，常苦

“我私下为您所谋虑的，没有比使人民过得安定，国家太平无事更为重要了。而且，可以不用替人民增加什么麻烦的事情。论起安民的措施，最根本的方法，就是在于选择外交途径。外交途径选择妥当，人民就能安定。外交途径选择不妥当，那么，人民必将终身不能安定。现在，请让我来分析说明赵国外患的情形：假如赵国和齐、秦两面为敌，那么人民必无法安定。又假如赵国倚靠秦国来攻打齐国，人民也同样无法安定。又假如赵国倚靠齐国来攻打秦国，人民仍然是无法安定。所以想要谋害别国的君主，攻打别人的国家，这种重大的事情常是令

出辞断绝人之交也。愿君慎勿出于口。请别白黑,所以异阴阳而已矣。君诚能听臣,燕必致旃裘狗马之地,齐必致鱼盐之海,楚必致橘柚之园,韩、魏、中山皆可使致汤沐之奉,而贵戚父兄皆可以受封侯。夫割地包利,五伯之所以覆军禽将而求也;封侯贵戚,汤、武之所以放弑而争也。今君高拱而两有之,此臣之所以为君愿也。

人难以开口的,因为这首先就必须断绝这个国家与某些邻国的交往啊!希望您也千万不可随便说出口。现在,就请让我为您分析这种像黑白阴阳那样显然不同的利害关系吧!您假如真能听我的建议,必可使燕国献上盛产毛毡、皮衣、狗马牲畜的土地,齐国必献上盛产鱼盐的海域,楚国必献盛产橘柚的田园,韩、魏、中山也都会献上一部分土地的赋税,作为您汤沐的费用。而您那些尊贵的亲戚及父兄们都可以受封侯。说起让别国割地奉献,而获取极大利益的这种好处,真是五霸拼着军队被消灭、将领被俘虏也要追求的。亲戚都能封侯的这种好处,那更是商汤、周武王不惜冒着弑君之名也要争取的。现在,您只要安坐不动,便能两种好处都得到,这就是我最替您期求的事。

“今大王与秦,则秦必弱韩、魏;与齐,则齐必弱楚、魏。魏弱则割河外,韩弱则效宜阳,宜阳效则上郡绝,河外割则道不通,楚弱则无援。此三策者,不可不孰计也。

“现在,假如大王您与秦国相交,那么秦国必可利用这优势去削弱韩、魏;假如您与齐相交,那么齐国必定可利用这优势去削弱楚、魏。魏国一旦衰弱了,就必定要将河外之地割让出去。韩国一旦衰弱了,就必定要将宜阳奉献出来。宜阳奉给秦国,那么通往上郡的道路便断绝了。河外割让给秦国,那么往上郡的道路也同样不能畅通了。若果楚国衰弱,则赵国一旦有难,便没有外援了,这三种策略,不能不详细考虑清楚。

“夫秦下轵道,则南

“假如秦国军队攻下轵道,那么韩国的

阳危;劫韩包周,则赵氏自操兵;据卫取卷,则齐必入朝秦。秦欲已得乎山东,则必举兵而向赵矣。秦甲渡河逾漳,据番吾,则兵必战于邯郸之下矣。此臣之所为君患也。

南阳便危险了;秦国若进而劫取韩国,包围周都,则赵国便受到威胁,必须开始动用军队自卫,假如秦国据有卫地,进而取得卷城,那么齐国在无法抵抗下,必定屈服于秦国。秦国既已得到山东,就必然举兵攻向赵国了。秦国的军队一旦渡过大河,越过漳水,据有番吾,那么秦兵便攻打到邯郸城下了。这就是我最替您忧虑的事。

“当今之时,山东之建国莫强于赵。赵地方二千余里,带甲数十万,车千乘,骑万匹,粟支数年。西有常山,南有河漳,东有清河,北有燕国。燕固弱国,不足畏也。秦之所害于天下者莫如赵,然而秦不敢举兵伐赵者,何也?畏韩、魏之议其后也。然则韩、魏,赵之南蔽也。秦之攻韩、魏也,无有名山大川之限,稍蚕食之,傅国都而止。韩、魏不能支秦,必入臣于秦。秦无韩、魏之规,则祸必中于赵矣。此臣之所为君患也。

“当今这时候,山东境内所建立的国家,没有比赵国更强大的。赵国的领土有二千多里,军队几十万,战车一千多辆,坐骑一万多匹,存粮足够支用好几年。而且,赵的西面有常山,南面有漳河,东面有清河,北面又邻接燕国。燕本是个弱国,没有什么值得惧怕的。天下间,秦国所最畏惧的就是赵国。但是秦国不敢举兵攻打赵国,为什么呢?就是怕韩、魏从后图谋它啊!既然这样,那么韩、魏可说是赵国南边的屏挡。秦国要是攻打韩、魏,没有名山大川的阻拦;可以渐渐地吞食它,直到占有它们的国都为止,韩、魏不能抵挡秦国,必然向秦国臣服。秦国没有韩、魏的阻隔后,那么灾祸就临到赵国了。这又是我为您所感到忧虑的地方。

“臣闻尧无三夫之分,舜无咫尺之地,以有

“我听说过:尧没有几个部属,舜没有一点点土地,却能拥有整个天下,大禹不到

天下；禹无百人之聚，以王诸侯；汤、武之士不过三千，车不过三百乘，卒不过三万，立为天子：诚得其道也。是故明主外料其敌之强弱，内度其士卒贤不肖，不待两军相当而胜败存亡之机固已形于胸中矣，岂掩于众人之言而以冥冥决事哉！

一百个部众，却能在诸侯间称王，商汤、周武王的战士不超过三千人，战车不超过三百辆，兵卒不超过三万个，却能立为王子：他们实在很懂得平治天下的道理啊！所以，一个贤明的君主，对外必能预测敌人的强弱，对内必能衡量自己战士好坏。不必等到两方的军队相抗击，而胜败存亡的谋略，应该已先在心中形成了，怎么可以被众人的言论所掩蔽，而昏昧不明地去决定事情呢！

“臣窃以天下之地图案之，诸侯之地五倍于秦，料度诸侯之卒十倍于秦，六国为一，并力西乡而攻秦，秦必破矣。今西面而事之，见臣于秦。夫破人之与破于人也，臣人之与臣于人也，岂可同日而论哉！

“我私自以天下的地图来衡量现在的情势：各诸侯国的土地合起来，有秦国的五倍大，算一算各诸侯国的兵卒加起来，有秦国的十倍多。假如将六国联合为一，尽所有力量向西边攻打秦国，秦国就非破不可了。然而，现在大家却不这样做，反而向西面侍奉秦国，作秦国的臣属。我们比较一下，攻破别人与被人攻破，使别人臣服和向别人臣服，这两种情势的优劣，怎能相提并论呢！

“夫衡人者，皆欲割诸侯之地以予秦。秦成，则高台榭，美宫室，听竽瑟之音，前有楼阙轩辕，后有长姣美人，国被秦患而不与其忧。是故夫

“说起那些主张连合六国去侍奉秦国的人，他们都希望分割各诸侯国的土地给秦国。假如秦国并吞天下成功了，那么他们便可得到很大的封赏，而将楼台亭榭筑得高高的，宫室建得很美丽，听赏着竽瑟等各种音乐。既可拥有楼阁宫阙漂亮车子，又拥有许多美女。各诸侯忧患着秦国的侵扰，但

衡人日夜务以秦权恐愒诸侯以求割地，故愿大王孰计之也。

是他们却一点都不必忧虑什么。所以这些主张连横侍秦的人，日夜都在进行着以秦国的权威来恐吓各诸侯，以求取割地。因此，我希望大王能仔细地考虑啊！

“臣闻明主绝疑去谗，屏流言之迹，塞朋党之门，故尊主广地强兵之计臣得陈忠于前矣。故窃为大王计，莫如一韩、魏、齐、楚、燕、赵以从亲，以畔秦。令天下之将相会于洹水之上，通质，刳白马而盟。要约曰：‘秦攻楚，齐、魏各出锐师以佐之，韩绝其粮道，赵涉河漳，燕守常山之北。秦攻韩魏，则楚绝其后，齐出锐师而佐之，赵涉河漳，燕守云中。秦攻齐，则楚绝其后，韩守城皋，魏塞其道，赵涉河漳、博关，燕出锐师以佐之。秦攻燕，则赵守常山，楚军武关，齐涉勃海，韩、魏皆出锐师以佐之。秦攻赵，则韩军宜阳，楚军武关，魏军河

“我听说过：一个贤明的君主必能决断疑惑，去除谗言，屏阻小人散播流言的途径，封塞乱臣结党营私的门路。所以我才能在你面前抱着忠诚之心，来陈述种种使国君尊贵、使土地增广、使军队强大的计策。我私下为大王所筹划的计策，最好是将韩、魏、齐、楚、燕、赵联合为一，彼此亲近而来对抗泰国。并使天下各国的将相，在洹水上聚会，互相沟通原本疑质的嫌隙，杀白马来歃血为盟，而彼此约定说：‘假如秦国攻打楚国，那么齐国、魏国便各派出精良的军队助战，韩国负责断绝秦国运送粮食的道路，赵国渡过漳河，从西南边援助，燕国则固守常山的北面。假如泰国攻打韩、魏二国，那么楚国可以断绝秦国的后路；齐国则派出精兵来帮助他，赵国渡过漳河援助，燕国固守云中城一带。假如秦国攻打齐国，那么楚国可以断绝秦国的后路；韩国守住城皋，魏国堵住河内的道路；赵国渡过漳河、博关相援助；燕国派出精兵来助战。假如秦国攻打燕国，那么赵国守住常山；楚国出兵攻开武关；齐国从沧州渡河到瀛州去援助；韩、魏都出精兵来助战。假如秦国攻打赵国，那么韩国便出兵宜阳；楚国出兵武关；魏国出兵

外,齐涉清河,燕出锐师以佐之。诸侯有不如约者,以五国之兵共伐之。'六国从亲以宾秦,则秦甲必不敢出于函谷以害山东矣。如此,则霸王之业成矣。"

河外;齐国渡过清河;燕国也派精兵助战。假如诸侯之中有哪个国家不依照约定的,便用其他五国的军队来讨伐他。'假如六国真能南北联合,来共同抗拒秦国,那么秦国的军队必不敢出函谷关,来侵害太行山以东的各诸侯国家,能这样做,您的霸王事业便可成功了。"

赵王曰:"寡人年少,立国日浅,未尝得闻社稷之长计也。今上客有意存天下,安诸侯,寡人敬以国从。"乃饰车百乘,黄金千溢,白璧百双,锦绣千纯,以约诸侯。

赵王回答说:"寡人年纪轻,继位的时间很短,从未曾有人告诉我治理国家的长远之计。如今,您有意要使天下得以生存,使各诸侯国家得以安定。寡人将很敬重地以赵国听从您!"于是,赵王便资给苏秦一百辆装饰得很漂亮的车子,一千镒的黄金,一百双的白璧,一千束的锦绣,以便用来邀约其他诸侯加盟。

是时周天子致文、武之胙于秦惠王。惠王使犀首攻魏,禽将龙贾,取魏之雕阴,且欲东兵。苏秦恐秦兵之至赵也,乃激怒张仪,入之于秦。

正当这个时候,周天子将祭祀文王、武王的祭肉赏赐给秦惠王。秦惠王却派遣犀首攻打魏国,俘掳了魏将龙贾,夺取了雕阴这地方,而且想要继续向东方进兵。苏秦恐怕秦兵攻到赵国,便激怒了张仪,使张仪到秦国去。

于是说韩宣(惠)王曰:"韩北有巩、成皋之固,西有宜阳、商阪之塞,东有宛、穰、洧水,南有陉山,地方九百余里,带甲数十万,天下之强弓劲弩皆从韩出。谿子、

于是,他把握机会又去劝韩宣王说:"韩国北边有巩和成皋两个险固的地方,西边有宜阳、商阪的要,塞,东边有宛、穰、洧水,南边有陉山,地方有九百多里,军队几十万,天下最强劲的弓弩都是从韩国制造

<table>
<tr><td>少府时力、距来者，皆射六百步之外。韩卒超足而射，百发不暇止，远者括蔽洞胸，近者镝弇心。韩卒之剑戟皆出于冥山、棠溪、墨阳、合膊、邓师、宛冯、龙渊、太阿，皆陆断牛马，水截鹄雁，当敌则斩，坚甲铁幕，革抉㕹(音罚)芮，无不毕具。以韩卒之勇，被坚甲，跖劲弩，带利剑，一人当百，不足言也。夫以韩之劲与大王之贤，乃西面事秦，交臂而服，羞社稷而为天下笑，无大于此者矣。是故愿大王孰计之。</td><td>出的。像谿子弩，还有少府所造的时力、距来者二种劲弩，都可以射到六百步之外。韩国的士兵超腾用势地射出，可以不停地连发一百次，远处的敌人，可以射穿他胸前的铠甲而伤了他身体，近处的敌人，更可以射透他的心窝。韩国的剑戟兵器，都出于冥山、棠溪、墨阳、合膊、邓师、宛冯、龙渊、太阿等，这些宝剑都极锋利，在陆上可以斩断牛马，在水边可以截杀鹄雁。抵抗敌人时，便可以砍穿坚固的铠甲、铁制的臂衣、射手臂上皮制的射鞲，以及盾牌。像这各种精良的兵器，韩国无不都具备了。以韩兵的勇敢，披上坚甲、踏着劲弩、带着利剑，一个人抵挡一百个人，也没什么值得夸说的。以韩国兵力这样强劲，大王又这样贤能，却向西方去侍奉秦国，拱手而臣服，使国家受到羞辱而被天下人耻笑的事情，没有比这更大了。所以，我希望大王能仔细地考虑。</td></tr>
<tr><td>“大王事秦，秦必求宜阳、成皋。今兹效之，明年又复求割地。与则无地以给之，不与则弃前功而受后祸。且大王之地有尽而秦之求无已，以有尽之地而逆无已之求，此所谓市怨结祸者也，不战而地已削矣。臣闻鄙谚曰：‘宁为</td><td>“假如大王侍奉秦国，秦国必定想求取宜阳、成皋这些要地。现在奉献给他，明年又要求割让别的地方。想给他，却没有多少土地可给。不想给他，那么以前割地求好的用处完全都丢弃了，反而为以后惹来无穷的灾祸。而且大王的土地有限，秦国的贪求却无止尽。以有限的土地，去违逆无尽的贪求，这就是所谓拿钱财去买仇怨而结下灾祸的道理，不必打仗，而土地已被削夺了。我听说过一句俗话：‘宁可作鸡的头，也不</td></tr>
</table>

鸡口,无为牛后。'今西面交臂而臣事秦,何异于牛后乎?夫以大王之贤,挟强韩之兵,而有牛后之名,臣窃为大王羞之。"

愿作牛的尾。'现在假如大王向西面拱手侍奉秦国,和作牛的尾巴有什么分别呢?以大王的贤能,拥有韩国强大的军队,却落得一个牛后之名,我私下为大王感到羞耻啊!"

于是韩王勃然作色,攘臂瞋目,按剑仰天太息曰;"寡人虽不肖,必不能事秦。今主君诏以赵王之教,敬奉社稷以从。"

于是,韩王听了这些话,很生气地变了脸色,挥举着手臂,怒睁着眼睛,手握着长剑,仰起头来,长长地叹了一口气,说:"寡人虽不贤能,也绝不会去侍奉秦国。现在您既转告了赵王的指教,我愿意奉上国家跟从你们。"

又说魏襄王曰:"大王之地,南有鸿沟、陈、汝南、许、郾、昆阳、召陵、舞阳、新都、新郪,东有淮、颍、煮枣、无胥,西有长城之界,北有河外、卷、衍、酸枣,地方千里。地名虽小,然而田舍庐庑之数,曾无所刍牧。人民之众,车马之多,日夜行不绝,輷輷(音轰)殷殷,若有三军之众。臣窃量大王之国不下楚。然衡人怵王交强虎狼之秦以侵天下,卒有秦患,不顾其祸。夫挟强秦之势

接着,苏秦又去劝说魏襄王,说:"大王拥有的土地,南边有鸿沟、陈、汝南、许、郾、昆阳、召陵、舞阳、新都、新郪等地方,东边有淮、颍、煮枣、无胥等地方,西边有长城的边界,北边有河外、卷、衍、酸枣等地方,土地有一千里。地方虽然很小,但是田间到处建满房舍廊庑。居民非常稠密,人口车马相当多,日夜不断地通行着,车马的声音很是杂乱,好像三军奔行那么的多。我私下衡量大王的国家,实在不比楚国小。但那些主张连横侍秦的人却想引诱大王,与那像虎狼一样凶狠的秦国相交往,以侵扰整个天下,到最后使魏国受到秦国的迫害,而他们却一点也没受到灾祸。说来这等于是依恃秦国的势力,以对内胁迫自己的国君,一切罪

以内劫其主，罪无过此者。魏，天下之强国也；王，天下之贤王也。今乃有意西面而事秦，称东藩，筑帝宫，受冠带，祠春秋，臣窃为大王耻之。

“臣闻越王勾践战敝卒三千人，禽夫差于干遂；武王卒三千人，革车三百乘，制纣于牧野：岂其士卒众哉，诚能奋其威也。今窃闻大王之卒，武士二十万，苍头二十万，奋击二十万，厮徒十万，车六百乘，骑五千匹。此其过越王勾践、武王远矣，今乃听于群臣之说而欲臣事秦。夫事秦必割地以效实，故兵未用而国已亏矣。凡群臣之言事秦者，皆奸人，非忠臣也。夫为人臣，割其主之地以求外交，偷取一时之功而不顾其后，破公家而成私门，外挟强秦之势以内劫其主，以求割地，愿大王孰察之。

恶没有比这更大的。魏是天下最强大的国家，大王是天下最贤明的国君。现在竟然有意向西面侍奉秦国，被称封为东方的藩属，替秦国建造巡狩所用的行宫，接受秦国的冠带，春秋二季按时贡奉秦国的祭祀。我私下为大王感到非常惭愧啊！

“我听说过：越王勾践以残败的军队三千人与吴国打仗，结果却在江苏的干遂俘虏了夫差。武王以三千个士兵，三百辆兵车，结果在牧野一战制服了纣王。他们所依靠的哪里是军队的众多呢？实在是因为他们能奋起威力啊！如今，我私下听说大王的军队计有武士二十万，裹着青色头巾的贱卒二十万，能冲锋陷阵的精锐部卒二十万，负责杂役的民夫二十万，战车有六百辆，战马有五千匹。这种兵力实在超过越王勾践及武王太多了，然而，如今竟然要听从一些大臣的建议，向秦国臣服。论起侍奉秦国的情形，必然要割让土地以证实自己的诚心。因此，还没有动用到军队，而国家却已亏损了。凡是那些倡说侍奉秦国的臣子，都是奸人，而不是忠臣。他们作为人臣，却想割让自己国君的土地，以求和强秦相交往，苟且得到暂时的成效，而完全不顾虑到将来的后果。这等于破损国家利益而促成私人的好处，对外依恃强秦的力量，而对内胁迫自己的国君，以求得割让土地给秦国。我希望大王能仔细审察这些情形。

"《周书》曰:'绵绵不绝,蔓蔓奈何?豪氂不伐,将用斧柯。'前虑不定,后有大患,将奈之何?大王诚能听臣,六国从亲,专心并力壹意,则必无强秦之患。故敝邑赵王使臣效愚计,奉明约,在大王之诏诏之。"

"《周书》上说:'铲除草木不趁它微细的时候斩绝,等它长大之后,就没奈他何了。在它细小的时候不除去,等它长大后,就必须使用斧头了。'因此,对于一件事,以前不考虑确定,以后必会有很大的忧患。那时候,对它又有什么办法呢?大王假如真能听从我的建议,六国南北联合在一起,专心合力一意,那么必定不会再忧虑秦国的侵害了。所以敝国的赵王派遣我来献上愚昧的计策,接受您贤明的择定,决定如何,就在大王的命令了。"

魏王曰:"寡人不肖,未尝得闻明教。今主君以赵王之诏诏之,敬以国从。"

魏王说:"寡人不贤能,从未曾听到这么贤明的教导。现在承您奉着赵王的使命来指教我,我愿意慎重地以魏国来跟随您。"

因东说齐宣王曰:"齐南有泰山,东有琅邪,西有清河,北有勃海,此所谓四塞之国也。齐地方二千余里,带甲数十万,粟如丘山。三军之良,五家之兵,进如锋矢,战如雷霆,解如风雨。即有军役,未尝倍泰山,绝清河,涉勃海也。临菑之中七万户,臣窃度之,不下户三男子,三七二十一万,不待发于

接着,苏秦又向东方去劝服齐宣王,说:"齐国南边有泰山,东边有琅邪山,西边有清河,北边有渤海,这可说是四边要塞的国家。而且齐的领土有二千多里,军队几十万,粮食堆得像山丘一样高。三军非常精良,而且联合了五家的兵卒,前进的时候,好像锋锐如刀的箭一般迅疾,交战的时候,好像雷霆一般的威猛;撤退的时候,好像风雨一般的速捷。自有战役以来,从未曾征调泰山以南的军队,也未曾渡过清河、渤海去征调这二部的兵卒,就临菑一地的军队已够了。因为临菑城中有七万户,我私下算了算,每户不少于三个男人,三七二十一万,

远县，而临菑之卒固已二十一万矣。临菑甚富而实，其民无不吹竽鼓瑟，弹琴击筑，斗鸡走狗，六博蹋鞠者。临菑之涂，车毂击，人肩摩，连衽成帷，举袂成幕，挥汗成雨，家殷人足，志高气扬。夫以大王之贤与齐之强，天下莫能当。今乃西面而事秦，臣窃为大王羞之。

不用征发远县的军队，而只是临菑的兵卒，应该已有二十一万了啊！临菑非常富有而充实，没有人不喜欢吹竽、鼓瑟、弹琴、击筑、赏玩各种乐器，甚至还作斗鸡、驱狗赛跑、下棋、踢毬子等游戏。临菑的街道非常热闹，拥挤得车子的轮心木互相撞击，人的肩膀互相摩擦，衣衽连接在一起，可以形成围幔，衣袖挥举起来，可以形成遮篷，大家挥洒汗水，简直可以造成大雨。每户人家都非常殷实富足，他们的心志都很高远，神气都非常飞扬。以大王的贤能和齐国的富强，天下没有哪个国家能比得上。然而，如今却要向西面去侍奉秦国。我私下真是为大王感到羞耻啊！

“且夫韩、魏之所以重畏秦者，为与秦接境壤界也。兵出而相当，不出十日而战胜存亡之机决矣。韩、魏战而胜秦，则兵半折，四境不守；战而不胜，则国已危亡随其后。是故韩、魏之所以重与秦战，而轻为之臣也。今秦之攻齐则不然。倍韩、魏之地，过卫阳晋之道，径乎亢父之险，车不得方轨，骑不得比行，百人守险，千人不敢过

“而且，韩、魏之所以非常害怕秦国的原因，是因为他们和秦国的边界相接。两方派出相差不多的军队，不要超过十天，而胜败存亡的趋势已决定了。假如韩、魏战胜了秦国，那么军队也要损失大半，再也无法守住自己四面的边境；假如一战而得不到胜利，那么国家随着就陷入危亡的境地。所以韩、魏不敢任意与秦国打仗，而且很轻易地就想向秦国称臣。现在，秦国攻打齐国，情形便不一样了。它必须先背对着韩、魏的国土而与齐国打仗，它更必须先穿过卫国阳晋的要道，通过齐国亢父的险塞，这两个地方都非常险要，车子不能并驶，坐骑不能并行，只要一百个人守住险地，即使一千人也

也。秦虽欲深入，则狼顾，恐韩、魏之议其后也。是故恫疑虚猲，骄矜而不敢进，则秦之不能害齐亦明矣。	不敢过去。秦国虽然想要深入，内心却不免怯惧，还得顾虑韩、魏是否会从后面谋害。所以秦国虽进逼到亢父，也将心怀疑惧，只是虚声喝骂，骄妄矜夸，而不敢再前进。这样说来，那么秦国不能为害齐国的情势已相当明白了。
“夫不深料秦之无奈齐何，而欲西面而事之，是群臣之计过也。今无臣事秦之名而有强国之实，臣是故愿大王少留意计之。”	“不仔细衡量秦国根本对齐国无可奈何的实情，却想向他屈服，这是群臣所献策略的错误。现在，齐国在名义上还没有向秦国称臣，在实际上又是一个强国。所以，我希望大王您稍微考虑一下，也好拟定对策。”
齐王曰：“寡人不敏，僻远守海，穷道东境之国也，未尝得闻馀教。今足下以赵王诏诏之，敬以国从。”	齐王听了，回答说：“寡人不聪敏，守着这个东面海边上偏僻穷远的国家，从来都不曾听过前人所遗下的训诫。现在，您奉赵王的命令来指教我，我愿意很慎重地以齐国跟随您。”
乃西南说楚威王曰：“楚，天下之强国也；王，天下之贤王也。西有黔中、巫郡，东有夏州、海阳，南有洞庭、苍梧，北有陉塞、郇阳，地方五千余里，带甲百万，车千乘，骑万匹，粟支十年。此霸王之资也。夫以楚之强与王之贤，天下莫能当也。今乃欲西面而	苏秦便又向南去劝服楚威王，说：“楚是当今天下强大的国家之一。大王，您也是天下间最贤能的国君。楚国的西边有黔中、巫郡，东边有夏州、海阳，南边有洞庭、苍梧，北边有陉塞、郇阳，领土有五千多里，军队一百万，战车一千辆，坐骑一万匹，存粮够十年的支用。这实在是称霸的好本钱啊！说起来，以楚国的强大，大王的贤能，天下没有任何一个国家能比得上。但如今却想向西边的秦国称臣。楚国都如此，那么天下

事秦，则诸侯莫不西面而朝于章台之下矣。

就没有一个诸侯不向西面而拜服在秦国的章台宫下了。

“秦之所害莫如楚，楚强则秦弱，秦强则楚弱，其势不两立。故为大王计，莫如从亲以孤秦。大王不从[亲]，秦必起两军，一军出武关，一军下黔中，则鄢郢动矣。

“秦国最大的忧患就是楚国，楚国强大，秦国就必然衰弱，秦国强大，楚国就必然衰弱，从这情势来看，两国无法同时存在。所以，我为大王量计一下，最好的办法莫如与其他诸侯南北联盟，以孤立秦国。大王如不采行这合纵的策略，秦国必将派出两支军队，一支从武关出击，一支攻下黔中，那么楚国鄢、郢就动摇不定了。

“臣闻治之其未乱也，为之其未有也。患至而后忧之，则无及已。故愿大王蚤孰计之。

“我听说过：在乱事还没有发生之前，就必须先处理，在灾祸还没有来临之前，就要先采取行动。若等到祸害已经到了，才要去忧虑它，就来不及了。所以，我希望大王能早作仔细的打算。

“大王诚能听臣，臣请令山东之国奉四时之献，以承大王之明诏，委社稷，奉宗庙，练士厉兵，在大王之所用之。大王诚能用臣之愚计，则韩、魏、齐、燕、赵、卫之妙音美人必充后宫，燕、代橐驼良马必实外厩。故从合则楚王，衡成则秦帝。今释霸王之业，而有事人之名，臣窃为大王不取也。

“假如大王真能听从我的建议，我可以使太行山以东的几个国家，一年四时都来向您奉献，而接受您的命令，他们会将自己的国家宗庙委请您的保护，并且训练好军队，安置在大王的土地上，让您去使用。大王假如真能采用我这愚昧的计策，那么韩、魏、齐、燕、赵、卫，各国美好的音乐及女人，必充满楚国的后宫，燕、代地方所产的骆驼良马，便填满楚国的马厩。所以合纵政策成功了，楚国就能称王，连横政策成功了，秦国便可称帝。如今，您放弃霸王的大业，而且惹来侍奉他人的坏名声，我私下认为大王实在不该这样做啊！

“夫秦，虎狼之国也，有吞天下之心。秦，天下之仇雠也。衡人皆欲割诸侯之地以事秦，此所谓养仇而奉雠者也。夫为人臣，割其主之地以外交强虎狼之秦，以侵天下，卒有秦患，不顾其祸。夫外挟强秦之威以内劫其主，以求割地，大逆不忠，无过此者。故从亲则诸侯割地以事楚，衡合则楚割地以事秦，此两策者相去远矣，二者大王何居焉？故敝邑赵王使臣效愚计，奉明约，在大王诏之。”

“说起秦国，真是个像虎狼一般凶狠的国家，它有吞并天下的野心。秦国，它是天下各诸侯的仇敌。那些主张连衡的人，都想割诸侯的土地以侍奉泰国，这就是所谓奉养仇敌的人。作为人家的臣子，却要割取他的国君的土地，以和虎狼一般的强秦相交往，而侵扰天下，最后，使国家受到秦国的侵害，而他自己却没有什么灾祸。说起来，这是向外依恃强秦的威势，而向内胁迫自己的国君，以求取割让土地。大逆不忠的罪过，没有比这更大了。所以，假如实行合纵政策，那么各诸侯都割地来侍奉楚国。连衡政策实行了，楚国便得割地去侍奉秦国。这两种政策相差太多了，大王要处在哪一个立场呢?所以，敝国赵王派我来献上这愚昧的计策，承受您贤明的约定。决定如何，就在大王的一声命令了。”

楚王曰：“寡人之国西与秦接境，秦有举巴蜀并汉中之心。秦，虎狼之国，不可亲也。而韩、魏迫于秦患，不可与深谋，与深谋恐反人以入于秦，故谋未发而国已危矣。寡人自料以楚当秦，不见胜也；内与群臣谋，不足恃也。寡人卧不

楚王说：“寡人的国家，西面和秦国的边界相连接。秦国早有攻下巴、蜀，吞并汉中的野心。秦国真是个像虎狼一般凶狠的国家，实在不能亲近。而韩、魏又受秦的迫害，不可和他们作深谋。假如和他们作深入的谋议，恐怕有些反逆的人将计策传入秦国，以致计策还没施行，而国家已受到危险了。寡人自己衡量一下，以楚国来对抗秦国，必定不会胜利，与国内群臣所拟定的策略，又不很可靠。所以寡人睡卧床上都无法

安席，食不甘味，心摇摇然如县旌而无所终薄。今主君欲一天下，收诸侯，存危国，寡人谨奉社稷以从。”

安心，吃什么东西都不知滋味，心神好像悬挂的旌旗一般动摇不定，而始终没有个着落。现在，您打算合天下为一体，拉拢各诸侯国，使危亡的国家得以生存下去。寡人愿意恭敬地以整个国家来跟随您。”

于是六国从合而并力焉。苏秦为从约长，并相六国。

于是，六国南北联合，而将力量并集在一起，苏秦便成为这个合纵盟约的领导人，同时成为六国的宰相。

北报赵王，乃行过洛阳，车骑辎重，诸侯各发使送之甚众，疑于王者。周显王闻之恐惧，除道，使人郊劳。苏秦之昆弟妻嫂侧目不敢仰视，俯伏侍取食。苏秦笑谓其嫂曰：“何前倨而后恭也？”嫂委蛇（音夷）蒲服，以面掩地而谢曰：“见季子位高金多也。”苏秦喟然叹曰：“此一人之身，富贵则亲戚畏惧之，贫贱则轻易之，况众人乎！且使我有洛阳负郭田二顷，吾岂能佩六国相印乎！”于是散千金以赐宗族朋友。初，苏秦

他回到北方的赵国向赵王复命。途中经过洛阳，随行的车骑满载累重的军粮什物。诸侯们各自派出来送行的使者非常多，简直让人怀疑是帝王出行呢！周显王听到这消息，非常害怕，赶快派人替他修治清除所经行的道路，并且到郊外迎接，送上礼物以慰劳。苏秦的兄弟、妻子、嫂嫂都侧着眼睛，不敢抬头正视，弯腰伏地，很恭敬地服侍他进食。苏秦笑着对他嫂嫂说：“为什么你以前对我那样傲慢，现在却对我这样恭敬呢？”他的嫂嫂急忙伏到地上，像蛇一般，以脸贴地，匍匐到他面前，向他请罪，说：“因为小叔您现在地位高，钱财多啊！”苏秦非常感叹地说：“同样是一个人，富贵了，亲戚就都畏惧他，贫贱了，亲戚就都轻视他。亲戚尚且这样的态度，何况是一般人呢！而且，假使我在洛阳城边有二顷良田，安心地耕种，如今，难道我还能够佩挂六国的相印吗！”于是，他散发了千金，用来赏赐宗族的亲戚及朋友。当初，苏秦到燕国去的时候，

之燕,贷人百钱为资,乃得富贵,以百金偿之。遍报诸所尝见德者。其从者有一人独未得报,乃前自言。苏秦曰:“我非忘子。子之与我至燕,再三欲去我易水之上,方是时,我困,故望子深,是以后子。子今亦得矣。”

曾向人家借了一百钱当路费,等到现在富贵了,就拿一百金去偿还那个人。并且,他报答了所有以前曾对他有恩的人。跟随他的众人之中,有一个独独没有得到苏秦的报偿,因此,他就自己上前向苏秦说明。苏秦说:“不是我忘了你。以前你和我一起去燕国的时候,在易水的边上,好几次想要离弃我而去,当时,我非常困穷,所以我曾深深地怨恨着你,对你也就轻忽怠慢了。如今,我这样对你,你也算是得到我的报答了。”

苏秦既约六国从亲,归赵,赵肃侯封为武安君,乃投从约书于秦。秦兵不敢窥函谷关十五年。

苏秦已经约定六国,南北联盟之后,便回到赵国来。赵肃侯封他为武安君。于是,他将六国合纵的事向秦国宣布。秦兵有十五年之久,不敢窥视函谷关。

其后秦使犀首欺齐、魏,与共伐赵,欲败从约。齐、魏伐赵,赵王让苏秦。苏秦恐,请使燕,必报齐。苏秦去赵而从约皆解。

后来,秦国派犀首压迫齐、魏,并和他们一起攻打赵国,想要破坏合纵的盟约。齐、魏攻打赵国,赵王很生气地责备苏秦。苏秦心中很害怕,请求出使燕国,并保证必能向齐报复。等到苏秦离开赵国之后,合纵的盟约便解散了。

秦惠王以其女为燕太子妇。是岁,文侯卒,太子立,是为燕易王。易王初立,齐宣王因燕丧伐燕,取十城。易王谓苏秦曰:“往日先生至燕,

秦惠王将自己的女儿嫁给燕太子为妻。这一年,燕文侯去世,太子继承王位,这就是燕易王。易王刚继位,齐宣王趁着燕国有丧事时,发兵攻打燕国,夺取了十城。易王告诉苏秦,说:“以前先生您到燕国来,先

而先王资先生见赵，遂约六国从。今齐先伐赵，次至燕，以先生之故为天下笑，先生能为燕得侵地乎？”苏秦大惭，曰：“请为王取之。”

王资助您去见赵王，终于使六国订立合纵的盟约。现在齐国先攻打赵国，接着又攻打燕国。因为先生的原故，才使二国被侵侮，而受天下讥笑。先生您现在能为燕国取回被侵夺的土地吗？”苏秦听了，非常惭愧，说：“我愿意为大王您将失地取回。”

苏秦见齐王，再拜，俯而庆，仰而吊。齐王曰：“是何庆吊相随之速也？”苏秦曰：“臣闻饥人所以饥而不食乌喙者，为其愈充腹而与饿死同患也。今燕虽弱小，即秦王之少婿也。大王利其十城而长与强秦为仇。今使弱燕为雁行而强秦敝其后，以招天下之精兵，是食乌喙之类也。”齐王愀然变色曰：“然则奈何？”苏秦曰：“臣闻古之善制事者，转祸为福，因败为功。大王诚能听臣计，即归燕之十城。燕无故而得十城，必喜；秦王知以己之故而归燕之十城，亦必喜。此所谓弃仇雠而得石交者也。夫燕、秦俱事齐，则大王号

苏秦见了齐王，行了再拜礼，低下头时，向齐王表示称贺。抬起头时，却随又向齐王表示哀悼。齐王看了非常奇怪，说：“为什么刚表示称贺，接着又立即表示哀悼呢？”苏秦回答说：“我听说过：饥饿的人之所以在饥饿时，却不吃乌喙这种有毒的东西，就因为它虽然能暂时填饱肚子，但却得担心被毒死，这和饿死有什么不同！现在，燕国虽然弱小，但燕王却是秦王的小女婿。大王得到十城的利益，却得一直与强秦为敌。如今，等于是使弱小的燕国像雁子一样相次而行，而强大的秦国就挡在它后面。如此一来，便招惹了天下最精锐的军队。这就是和吃乌喙止饥同样的事啊！”齐王听了，立即变了脸色，忧虑地说：“既然这样，那么又有什么办法呢？”苏秦说：“古来善于处理事情的人，都能转灾祸为福祉，因失败而再求成功。大王若真能听我的建议，就立即将十个城市归还燕国。燕王无故地又得回十城，也必然很高兴。秦王若晓得因为自己的关系，而使齐国归还燕国的十城，也必然很高兴。这就是所谓放弃仇恨而得到坚实外

令天下，莫敢不听。是王以虚辞附秦，以十城取天下。此霸王之业也。”王曰：“善。”于是乃归燕之十城。

交的道理啊！这样，使燕、秦都来亲近齐国，那么，大王您的号令，天下没有谁敢不听的。这等于大王您表面上假装说是附从秦国，实际上却以十城而取得天下，这真是霸王的事业啊！”齐王说：“很好。”于是，便将那十城归还了燕国。

人有毁苏秦者曰：“左右卖国反覆之臣也，将作乱。”苏秦恐得罪，归，而燕王不复官也。苏秦见燕王曰：“臣，东周之鄙人也，无有分寸之功，而王亲拜之于庙而礼之于廷。今臣为王却齐之兵而(攻)得十城，宜以益亲。今来而王不官臣者，人必有以不信伤臣于王者。臣之不信，王之福也。臣闻忠信者，所以自为也；进取者，所以为人也。且臣之说齐王，曾非欺之也。臣弃老母于东周，固去自为而行进取也。今有孝如曾参，廉如伯夷，信如尾生。得此三人者以事大王，何若？”王曰：“足

有人毁谤苏秦说：“他这个人，出卖国家，是个反复的臣子，必定会引起乱事。”苏秦恐怕得罪，赶紧回到燕国，但燕王却不给他官位。苏秦求见燕王，说：“以前我本是东周粗鄙的平民，没有半点的功劳，但大王亲自在宗庙上、宫廷中很礼敬地接见我。现在，我替大王您退去了齐兵，而取回十城，照理应该对我更加亲近。如今，我回来，而大王却不给我官位，必然是有人以不信实的罪名在您面前中伤我。我不信实，应是大王的福气啊！我听说过：忠信的名声，都是为自己而立的；进取的行为，都是为别人而做的。而且，我劝说齐，也没有期骗他啊！我抛弃在东周的老母，本就是不打算为自己建立忠信的名声，而只打算为别人做些进取的事。现在，假如有那种像曾参一样孝顺，像伯夷一样廉洁，像尾生一样信实的人，让这三种人来侍奉大王，您觉得如何？”燕王说：“有这三种人，可以了。”苏秦说：

矣。”苏秦曰:“孝如曾参,义不离其亲一宿于外,王又安能使之步行千里而事弱燕之危王哉?廉如伯夷,义不为孤竹君之嗣,不肯为武王臣,不受封侯而饿死首阳山下。有廉如此,王又安能使之步行千里而行进取于齐哉?信如尾生,与女子期于梁下,女子不来,水至不去,抱柱而死。有信如此,王又安能使之步行千里却齐之强兵哉?臣所谓以忠信得罪于上者也。”燕王曰:“若不忠信耳,岂有以忠信而得罪者乎?”苏秦曰:“不然。臣闻客有远为吏而其妻私于人者,其夫将来,其私者忧之,妻曰‘勿忧,吾已作药酒待之矣’。居三日,其夫果至,妻使妾举药酒进之。妾欲言酒之有药,则恐其逐主母也,欲勿言乎,则恐其杀主父也。于是乎佯僵而弃酒。主父

“像曾参一样孝顺的人,照道理绝不离开他父母在外面过一夜,您又怎能使他走了千里路,而来弱小的燕国,侍奉处在危险中的国君呢?像伯夷一样廉洁的人,站在正义的立场上,不作孤竹君的继承人,不肯作周武王的臣子,不接受封侯,而饿死在首阳山下。他这样廉洁,大王又怎能使他走了千里路,到齐国去取回土地?像尾生一样信实的人,和女子在桥下约会,女子不来,大水淹到,也不离开,抱着桥柱而淹死。他这样信实,大王又怎能使他走了千里路,去退走齐国的强兵呢?我可以说是因为忠信而得罪在上位的人啊!”燕王说:“你本就不忠信,哪里有以忠信而得罪的情形呢?”苏秦说:“话不是这么说。我听说过:有人到很远的地方作官,而他的妻子却和人私通。她先生将要回来,和她私通的姘夫很忧虑。这个妻子说;你不要忧虑,我已作好毒药酒等着他了。过了三天,她的丈夫果然回来,这个妻子派侍妾捧着药酒给他喝。侍妾想要告诉他说酒中有毒药,却恐怕她会被女主人赶出去。想不说出来,却恐怕她害死了男主人。于是,她装作跌倒而毁弃了药酒。男主

大怒,笞之五十。故妾一僵而覆酒,上存主父,下存主母,然而不免于笞,恶在乎忠信之无罪也夫?臣之过,不幸而类是乎!”燕王曰:“先生复就故官。”益厚遇之。

人大怒,将她鞭打了五十下。所以,侍妾一跌倒而弄翻了药酒,从上来说保存了男主人,从下来说保存了女主人,然而,却不免受到鞭打。怎么能说忠信就没有罪呢?说起来,我的罪过很不幸地就和这故事相同啊!”燕王说:“先生您可以恢复原来的官位。”燕王对待他更加的优厚。

易王母,文侯夫人也,与苏秦私通。燕王知之,而事之加厚。苏秦恐诛,乃说燕王曰:“臣居燕不能使燕重,而在齐则燕必重。”燕王曰:“唯先生之所为。”于是苏秦详为得罪于燕而亡走齐,齐宣王以为客卿。

易王的母亲是燕文侯的夫人,与苏秦私通。燕王知道了这事,但对待他却更优厚。苏秦恐怕被杀,便劝燕王,说:“我在燕国,不能使燕国受重视。假如在齐国,就必定可使燕国受重视了。”燕王说:“随便先生怎么去做都行。”于是,苏秦假装在燕国得了罪,而逃走到齐国去。齐宣王便任他为客卿。

齐宣王卒,湣王即位,说湣王厚葬以明孝,高宫室大苑囿以明得意,欲破敝齐而为燕。燕易王卒,燕哙立为王。其后齐大夫多与苏秦争宠者,而使人刺苏秦,不死。殊而走。齐王使人求贼,不得。苏秦且死,乃谓齐王曰:“臣即死,车裂臣以徇于市,曰‘苏秦为燕作乱于齐’,如此则

后来,齐宣王去世,湣王继位,苏秦劝湣王将宣王的葬礼办得很铺张隆重,以显示自己的孝思,并高筑宫室,扩大苑囿,以显示自己的得意。他想这样为燕国而破败齐国。燕易王死了,燕哙继立为王。以后,齐国有许多大夫与苏秦争宠,而派人刺杀苏秦。苏秦受了重伤,还没有完全断气时,刺客便逃走了。齐王派人缉捕凶手,没捉到。苏秦将死的时候,便告诉齐王,说:“假如我死了,就将我车裂而在刑场上向人们宣告说:‘苏秦替燕国作间谍,到齐国来谋乱。’

臣之贼必得矣。"于是如其言,而杀苏秦者果自出,齐王因而诛之。燕闻之曰:"甚矣,齐之为苏生报仇也!"

这样,杀死我的凶手就必定可以捉到。"于是,照着苏秦的话去作,那个杀苏秦的凶手果然自动出来。齐王就将他捉起来处死。燕王听到这消息,说:"太好啦!齐国这样地为苏先生报仇。"

苏秦既死,其事大泄。齐后闻之,乃恨怒燕。燕甚恐。苏秦之弟曰代,代弟苏厉,见兄遂,亦皆学。及苏秦死,代乃求见燕王,欲袭故事。曰:"臣,东周之鄙人也。窃闻大王义甚高,鄙人不敏,释钽耨而干大王。至于邯郸,所见者绌于所闻于东周,臣窃负其志。及至燕廷,观王之群臣下吏,王,天下之明王也。"燕王曰:"子所谓明王者何如也?"对曰:"臣闻明王务闻其过,不欲闻其善,臣请谒王之过。夫齐、赵者,燕之仇雠也;楚、魏者,燕之援国也。今王奉仇雠以伐援国,非所以利燕也。王自虑之,此则计过,无以闻

苏秦已经死后,他为燕国而破坏齐国的事情完全泄漏出来。后来,齐王听了这些秘密,便很怨恨燕国。燕王非常害怕。苏秦的弟弟名叫代,苏代的弟弟名叫苏厉。他们看到兄长这样得意,便都学习纵横术。等到苏秦死后,苏代就去求见燕王,想要承袭苏秦以前的事例,说:"我是东周粗鄙的平民,私下常听大王德行很高。我不聪明,放弃耕种而来干求大王。我曾到赵国首都邯郸,结果所见的情形和我在东周所听到的完全不一样,我私下觉得非常失望。现在到了燕国的宫廷,看到燕王这些臣子属下,便知道大王您真是天下最贤明的国君啊!"燕王说:"您所谓贤明的国君,是什么样子呢?"苏代回答说:"我听说过:一个贤明的国君必定愿意听别人指出他的过错,而不愿只是听人家称赞他的好处,我愿意告诉大王您哪些地方错了。说起来,齐、赵是燕的仇敌,楚、魏是能援助燕国的国家。现在,大王您却奉承仇敌而攻打能救援自己的国家,这样做,对燕国没有什么益处。大王您自己考虑,这个政策是很错误的。但没有人来告诉

者,非忠臣也。”王曰:“夫齐者固寡人之雠,所欲伐也,直患国敝力不足也。子能以燕伐齐,则寡人举国委子。”对曰:“凡天下战国七,燕处弱焉。独战则不能,有所附则无不重。南附楚,楚重;西附秦,秦重;中附韩、魏,韩、魏重。且苟所附之国重,此必使王重矣。今夫齐,长主而自用也。南攻楚五年,畜聚竭;西困秦三年,士卒罢敝;北与燕人战,覆三军,得二将。然而以其余兵南面举五千乘之大宋,而包十二诸侯。此其君欲得,其民力竭,恶足取乎!且臣闻之,数战则民劳,久师则兵敝矣。”燕王曰:“吾闻齐有清济、浊河可以为固,长城、巨防足以为塞,诚有之乎?”对曰:“天时不与,虽有清济、浊河,恶

您,这就不是忠臣了。”燕王说:“说起这齐国,本来是寡人的仇敌,我也想要攻打它。但是,所考虑的是国家衰弱,没有足够的力量。您假如能以燕国来打败齐国,寡人可以将整个国家都交托给您。”苏代回答说:“天下共有七个大国家,燕国比较衰弱,单独与齐国打战,是做不到的,但只要有其他可为附合的国家,那么就没有不加重声威的。向南边与楚附合,楚国的声威就加重;向西与秦附合,秦国的声威便加重;向中间与韩、魏附合,韩、魏的声威就加重。而且所附合的国家声威加重,这样必可相对地使大王的声威也加重了。现在,论起齐国,它的国君年纪大而且太自恃一己的才智,不听别人意见,他攻打南面的楚国五年,国家的财力匮乏;被西面的秦国困了三年,士兵都非常疲惫;而且与北边的燕人打仗,虽然虏获燕国的二员大将,自己也损失了三万多的兵卒。然而,以他这些残余的军队却还想打败南面拥有五千辆兵车的宋国,并吞十二个小诸侯国家。他的国君虽想得这利益,民力却已衰竭了,怎么能够争取得到呢!而且,我听说过:时常打战,那么人民必会劳困,战争持续大久,那么军队必会残败了。”燕王说;“我听说:齐国有清济、浊河,可以巩固边防,又有长城、巨防,足以作为要塞,真有这情形吗?”苏代回答说:“上天若不给他最好的时运,虽有清济、浊河,怎么能够

足以为固！民力罢敝，虽有长城、巨防，恶足以为塞！且异日济西不师，所以备赵也；河北不师，所以备燕也。今济西河北尽已役矣，封内敝矣。夫骄君必好利，而亡国之臣必贪于财。王诚能无羞从子母弟以为质，宝珠玉帛以事左右，彼将有德燕而轻亡宋，则齐可亡已。”燕王曰：“吾终以子受命于天矣。”燕乃使一子质于齐。而苏厉因燕质子而求见齐王。齐王怨苏秦，欲囚苏厉。燕质子为谢，已遂委质为齐臣。

巩固边防呢！民力那样疲惫，虽有长城、巨防，又怎么能够成为要塞！而且，过去不征调济州以西兵卒，目的是要防备赵国的入侵，也不征调漯河以北的兵卒，目的是要防备燕国的入侵。现在济西、河北的兵卒全都已被征调去参战，境内的防卫力量已非常薄弱了。再说一个骄纵的国君必然喜好利益，而亡国的臣子必然贪爱钱财。大王假如不羞于将自己的侄儿弟弟送到齐国当人质，并以宝珠、玉石、布帛去奉承齐王左右的臣子，那么齐国必然会很厚待燕国，不防备燕国，而轻率地出兵攻打宋国。这一来，齐国更加疲惫，就可一举将它灭掉。”燕王说：“我终将因为您的建议而接受灭亡齐国的天命。”于是，燕王就派了一个儿子到齐国去充当人质。而苏厉也借着燕国质子的关系求见齐王。齐王怨恨苏秦，所以想拘禁苏厉。燕质子替他请罪，以后苏厉就誓死为齐国的臣子。

燕相子之与苏代婚，而欲得燕权，乃使苏代侍质子于齐。齐使代报燕，燕王哙问曰：“齐王其霸乎？”曰：“不能。”曰：“何也？”曰：“不信其臣。”于是燕王专任子之，已而让位，燕大乱。齐伐燕，杀王哙、子之。

燕国的宰相子之与苏代有婚姻关系，而想夺得燕国的政权，便派苏代到齐国去侍奉质子。有一次，齐国派遣苏代回燕国去复命，燕王哙问他说：“齐王能够称霸吗？”苏代回答说：“不能。”燕王说：“为什么？”苏代说：“因为他不信任自己的臣子。”于是燕王完全信任他的宰相子之。不久后，让位给子之，而引起燕国的大乱。齐国借这机会攻打燕国，杀死燕王哙及子之。燕国便新立了

燕立昭王,而苏代、苏厉遂不敢入燕,皆终归齐,齐善待之。

昭王继位。而苏代、苏厉也因此不敢入燕,最后都归附了齐国。齐王对待他们非常好。

苏代过魏,魏为燕执代。齐使人谓魏王曰:“齐请以宋地封泾阳君,秦必不受。秦非不利有齐而得宋地也,不信齐王与苏子也。今齐魏不和如此其甚,则齐不欺秦。秦信齐,齐秦合,泾阳君有宋地,非魏之利也。故王不如东苏子,秦必疑齐而不信苏子矣。齐秦不合,天下无变,伐齐之形成矣。”于是出苏代。代之宋,宋善待之。

有一次,苏代经过魏国,魏替燕国拘捕了苏代。齐王派人告诉魏王,说:“假如齐国派苏先生去请求与秦国共同攻灭宋国,并约定将宋地封给秦王弟弟泾阳君,秦国必定不会应允。并不是秦国不知道这项既能得到齐国的奉承,而又能得到宋地的大利益,而是不相信齐王和苏先生罢了。现在,齐、魏不和,已到了如此严重的地步。那么,齐国不会去欺骗秦国,秦国也必会相信齐国。齐、秦联合起来,不但泾阳君可以拥有宋地,而且对魏也是一件很不利的事。所以大王不如将苏先生放回齐国,秦国必因此而怀疑齐国,而又不相信苏先生了。齐、秦不能联合,天下情势就不会有什么变动。而攻打齐国的形势也可慢慢造成了。“于是,魏国放走了苏代,苏代到了宋国去,宋王对待他很好。

齐伐宋,宋急,苏代乃遗燕昭王书曰:

正好齐国攻打宋国,宋国非常危急。苏代就写了封信给燕昭王,说:

“夫列在万乘而寄质于齐,名卑而权轻;奉万乘助齐伐宋,民劳而实费;夫破宋,残楚淮

“说起来,燕国也是列入万乘的大国家,却寄托了人质在齐国,不但名声低微,而且国家的主权也不威重;奉献那么多军队,帮助齐国去攻打宋国,不但人民劳困,而且浪费了国家财力,说起来攻灭宋国,使

北，肥大齐，雠强而国害：此三者皆国之大败也。然且王行之者，将以取信于齐也。齐加不信于王，而忌燕愈甚，是王之计过矣。夫以宋加之淮北，强万乘之国也，而齐并之，是益一齐也。北夷方七百里，加之以鲁、卫，强万乘之国也，而齐并之，是益二齐也。夫一齐之强，燕犹狼顾而不能支，今以三齐临燕，其祸必大矣。

“虽然，智者举事，因祸为福，转败为功。齐紫，败素也，而贾十倍；越王勾践栖于会稽，复残强吴而霸天下：此皆因祸为福，转败为功者也。”

“今王若欲因祸为福，转败为功，则莫若挑霸齐而尊之，使使盟于周室，焚秦符，曰‘其大上计，破秦；其次，必长

楚国淮北一带也连着受害，其结果却使齐国更为壮大，助强了自己的仇敌，而残害自己的国家。这三种情况，都是最败坏国家的事。而大王却去做它，希望用来取信于齐国。但是齐国却更加不信任大王您，而且忌恨燕国越来越深，这就是大王策略上的错误了。说起来，宋是个五千乘的国家，再加上淮北这块地方，差不多就是万乘之国那样强大。而齐国却将它并吞了，这等于是使齐国加上一倍的国力。北夷有七百平方里，再加上鲁、卫二国，差不多就是万乘之国那样强大，而齐国却将它并吞了，这等于是使齐国加上二倍的国力。一个强大的齐国，燕国就已畏惧而不能支持。现在以三个齐国那般强大的力量加到燕国身上，这个灾祸可就很大了。

“虽然这样，但一个聪明人办事情，必能因着灾祸而造就福祉，转变失败为成功。这就譬如齐国的紫布，原是用破旧的白缯染制而成的，却反而能提高了十倍的价钱。越王勾践被困居在会稽山，却又将强大的吴国击败而称霸天下，这都是因祸为福，转败为功的事例。

“现在，大王假若要因祸为福，转败为功，那么最好就是发动各国共同尊奉齐国为霸主，并各派使者在周室公然结盟，烧毁秦国的符节，而宣告说：‘我们最好的策略就是攻破秦国，其次是永远将秦国摈拒在

宾之’。秦挟宾以待破，秦王必患之。秦五世伐诸侯，今为齐下，秦王之志苟得穷齐，不惮以国为功。然则王何不使辩士以此言说秦王曰：‘燕、赵破宋肥齐，尊之为之下者，燕、赵非利之也。燕、赵不利而势为之者，以不信秦王也。然则王何不使可信者接收燕、赵，令泾阳君、高陵君先于燕、赵？秦有变，因以为质，则燕、赵信秦。秦为西帝，燕为北帝，赵为中帝，立三帝以令于天下。韩、魏不听则秦伐之，齐不听则燕、赵伐之，天下孰敢不听？天下服听，因驱韩、魏以伐齐，曰必反宋地，归楚淮北。反宋地，归楚淮北，燕、赵之所利也；并立三帝，燕、赵之所原也。夫实得所利，尊得所原，燕、赵弃齐如脱履矣。今不收燕、赵，齐霸必成。诸侯赞齐而王不从，是

函谷关以西。’秦国受到各国联合摈拒而等着被攻破，秦王必定非常忧虑。秦连着五世，都是主动攻打各诸侯国，而今却反被齐国压了下去，秦王的内心必很愤怒，假如能困住齐国，即使将整个国家作赌注以求取胜利，也不会害怕。既然这样，那么大王何不趁这样机会，派遣辩士用以下这样的话去说服秦王，说：‘燕、赵帮忙灭宋国，却使齐国更为壮大，大家尊奉他，作他的下属，燕、赵这样做，并不是想图什么利。既然燕、赵图不到什么利，却顺着时势而这样做，那就因为不相信秦王的关系。既然这样，大王何不派可信的人去接收燕、赵，并令泾阳君、高陵君先到燕、赵去，假如秦国背信，就用二人为质。这样，燕、赵便信任秦国了。如此一来，秦在西方称帝，燕在北方称帝，赵在中间称帝，立这三帝来号令天下。假如韩、魏不听命，秦国就攻打它。齐国不听命，燕、赵就攻打它。这样，天下还有谁敢不听命的。天下都听命了，接着就驱使韩、魏来攻打齐国，所谓必定要归还宋国的失地，及楚国的淮北。归还宋国的土地及楚国的淮北，这是燕、赵所认为有利的事，并立三帝，也是燕、赵所愿意的事。让燕、赵实际地得到利益，如愿地得到尊重，那么叫燕、赵离弃齐国，就好像脱去草鞋那样容易了。现在，假如不接收燕、赵，则齐国称霸的情形必然形成。诸侯都赞同齐国，而只有大王不

国伐也;诸侯赞齐而王从之,是名卑也。今收燕、赵,国安而名尊;不收燕、赵,国危而名卑。夫去尊安而取危卑,智者不为也。'秦王闻若说,必若刺心然。则王何不使辩士以此(苦)[若]言说秦?秦必取,齐必伐矣。

跟从,这必会使秦国受到各诸侯的攻打。诸侯都赞同齐国,而大王也跟从,这必会使秦国的名声降低。如今,接收燕、赵,可使国家安定而名声提高。不接收燕、赵,却使国家危险而名声降低。抛弃名尊国安的策略而择取国危名卑的策略,有智慧的人都不会这样做。'秦王听了这番话,必能切中他的心理。那么,大王为何不派遣辩士用这些话去说服秦王呢?秦王听了必会采信,齐国也必会受到讨伐。

"夫取秦,厚交也;伐齐,正利也。尊厚交,务正利,圣王之事也。"

"说起来,取信于秦,是很有利的外交;攻打齐国,是很正当的利益,奉行有利的外交政策,营取正当的利益,这是圣王所做的事啊!"

燕昭王善其书,曰:"先人尝有德苏氏,子之之乱而苏氏去燕。燕欲报仇于齐,非苏氏莫可。"乃召苏代,复善待之,与谋伐齐。竟破齐,湣王出走。

燕昭王很赞赏苏代这封信,说:"我祖先曾对苏氏有恩情,后来因为子之的乱事,而使苏氏离开燕国。假如燕国想找齐国报仇,就非用苏氏不可。"因此,昭王就召回苏代,又对待他很好。并和他共同计划攻打齐国的策略,终于攻破齐国,齐湣王逃离齐国。

久之,秦召燕王,燕王欲往,苏代约燕王曰:"楚得枳而国亡,齐得宋而国

过了很久,秦国召请燕王,燕王想前往,苏代劝止燕王说;"楚因贪得枳而丧失国都,齐因贪取宋国而使国家破败,齐、楚不能因为拥有枳、宋而臣服于秦国,这是为什么呢?

亡，齐、楚不得以有枳、宋而事秦者，何也？则有功者，秦之深仇也。秦取天下，非行义也，暴也。秦之行暴，正告天下。

那就是只要成功的国家，便成为秦国的大敌。秦要夺取天下，不是在行义，而是行暴。秦国行暴力，一向是很明白地宣告天下各国。

"告楚曰：'蜀地之甲，乘船浮于汶，乘夏水而下江，五日而至郢。汉中之甲，乘船出于巴，乘夏水而下汉，四日而至五渚。寡人积甲宛东下随，智者不及谋，勇士不及怒，寡人如射隼矣。王乃欲待天下之攻函谷，不亦远乎！'楚王为是故，十七年事秦。

"他曾警告楚国说：'蜀地一带的军队，乘着船浮于汶水，顺着夏水而南下长江，只要五天便可到达郢城。汉中一带的军队，乘着船走出巴江，顺着夏水而通到汉水，只要四天便可抵达五渚。寡人聚集许多兵士在宛东、下随一带，假如一旦攻打楚国，必然非常迅捷。楚国的智士还来不及献出谋略，勇士还来不及奋起威力，寡人已像射杀鹰隼一样，立刻就可获胜。而楚王你却还得等待天下各国一起攻打函谷关，不嫌太遥远吗？'因为这原故，楚王向秦臣服了十七年。

"秦正告韩曰：'我起乎少曲，一日而断大行。我起乎宜阳而触平阳，二日而莫不尽繇。我离两周而触郑，五日而国举。'韩氏以为然，故事秦。

"秦又警告韩国说：'我只要从少曲发兵，一天之内可以截断太行山。我只要从宜阳发兵，而攻击平阳，只要二天，而韩国各地没有不动摇起来。我穿过东西两周，而攻击新郑，只要五天，就可将整个韩国攻占下来。'韩氏认为确是如此，所以向秦国屈服。

"秦正告魏曰：

"秦国又明白地警告魏国说：'我攻下安

‘我举安邑，塞女戟，韩氏太原卷。我下轵，道南阳，封冀，包两周。乘夏水，浮轻舟，强弩在前，錟戈在后，决荥口，魏无大梁；决白马之口，魏无外黄、济阳；决宿胥之口，魏无虚、顿丘。陆攻则击河内，水攻则灭大梁。’魏氏以为然，故事秦。

邑，堵住女戟，而韩氏太原即可占领下来。我只要攻下轵道、南阳、封、冀，围困东西两周，顺着夏水，乘坐轻便的船，强劲的弓弩在前，利戈在后，挖开荥泽之口，大水就可将魏的大梁城淹没了；挖开白马河口，大水就可将魏的外黄、济阳全部淹没；挖开宿胥河之口，魏国的虚、顿丘便全被淹没了。从陆路进攻。就可击破河内；从水路进攻，就可袭取大梁。’魏氏认为确是如此，所以向秦国屈服。

“秦欲攻安邑，恐齐救之，则以宋委于齐。曰：‘宋王无道，为木人以(写)[象]寡人，射其面。寡人地绝兵远，不能攻也。王苟能破宋有之，寡人如自得之。’已得安邑，塞女戟，因以破宋为齐罪。

“秦想攻取魏国安邑，却恐怕齐国救援，便将宋国交给齐国去攻打，说：‘宋王无道，作了一个像寡人的木人，用箭射它的脸。寡人所处的国家路途阻绝，军队距宋国太远，不能去攻打。齐王您如能攻破宋国而加以占有，那就像是寡人自己占有一般。’等到秦国攻下魏国的安邑，堵绝女戟后，却反过来以攻灭宋国为齐国的罪过。

“秦欲攻韩，恐天下救之，则以齐委于天下。曰：‘齐王四与寡人约，四欺寡人，必率天下以攻寡

“秦想攻打韩国，恐怕天下诸侯救它，便将齐国交托天下诸侯去讨伐，说：‘齐王四次和寡人订约，却四次都欺骗了寡人。只要有齐国存在，便没有秦国存在；只要有秦国存在，便没有齐国存在。大家一定要共同讨伐

人者三。有齐无秦，有秦无齐，必伐之，必亡之。'已得宜阳、少曲，致蔺、[离]石，因以破齐为天下罪。

它、灭亡它。'等到秦国已攻下韩国的宜阳、少曲，却反过来以破齐为天下诸侯的罪过。

"秦欲攻魏重楚，则以南阳委于楚。曰：'寡人固与韩且绝矣。残均陵，塞鄳(音盲)阸，苟利于楚，寡人如自有之。'魏弃与国而合于秦，因以塞鄳阸为楚罪。

"秦想攻打魏国，怕楚国援救，便以南阳交托楚国去攻打，说：'寡人坚决要与韩国断绝关系了。攻破均陵，阻塞鄳阸，假如对楚有些益处，也就等于是寡人自己占有一样。'等到魏被迫屈服，而离弃相交往的国家，与齐国联合，秦国就反过来以阻塞鄳阸为楚国的罪过。

"兵困于林中，重燕、赵，以胶东委于燕，以济西委于赵。已得讲于魏，至公子延，因犀首属行而攻赵。

"有一次，秦兵困在苑陵的林乡，怕燕、赵趁机袭击，便将胶东交托燕国去攻占，将济西交给赵国去攻占。等到已和魏国和解，并以公子延作为人质之后，便以犀首公孙衍连兵相续地攻打赵国。

"兵伤于谯石，而遇败于阳马，而重魏，则以叶、蔡委于魏。已得讲于赵，则劫魏。[魏]不为割。困则使太后弟穰侯为和，嬴则兼欺舅与母。

"又一次，秦兵在赵国的谯石受到损伤，又在阳马被打败，因怕魏国趁机侵袭，就将叶、蔡两个地方交托魏国去攻占。等到已和赵国和解之后，便又胁迫魏国而不肯依约割地。"当秦国受困的时候，便派太后的弟弟穰侯去讲和，等到胜利时，连秦王自己的舅舅和母亲也受到欺骗呢！

"谪燕者曰'以

"当他要责备燕国时，便以攻打胶东为

胶东’，谪赵者曰‘以济西’，谪魏者曰‘以叶、蔡’，谪楚者曰‘以塞鄳阨’，谪齐者曰‘以宋’，此必令言如循环，用兵如刺蜚，母不能制，舅不能约。

罪名，责备赵国时，便以攻打胶西为罪名，责备魏国时，便以攻打叶、蔡为罪名，责备楚国时，便以堵绝鄳阨为罪名；责备齐国时，便以攻打宋国为罪名。像这样谴责各诸侯国，总有循环不穷的借口。用兵攻打别人，也像刺举有罪的人那么轻易。秦王的专横诡诈，即使是他的母亲都不能制止，他的舅舅都无法约束啊！

“龙贾之战，岸门之战，封陵之战，高商之战，赵庄之战，秦之所杀三晋之民数百万，今其生者皆死秦之孤也。西河之外，上洛之地，三川晋国之祸，三晋之半，秦祸如此其大也。而燕、赵之秦者，皆以争事秦说其主，此臣之所大患也。”

“算一算，周显王三十九年的龙贾之战，周赧王元年的岸门之战，周赧王十二年的封陵之战，又有一次高商之战，以及周显王四十一年的赵庄之战，这样加起来，秦国杀韩、赵、魏三国的人民大约有几百万，现在这三个国家还活着的人民，都是被秦国所杀死的人民的遗孤。这样看来，西河之外、上洛之地、三川，这三个地方常受到秦国的攻打，这实在是晋国的灾祸！秦兵几乎侵扰了韩、赵，魏三晋之地的一半，秦祸竟然这样大啊！而燕、赵等国到秦去的游说之士，却争着以侍奉秦国的政策来劝说他们的国君。这实在是我最感忧虑的事。”

燕昭王不行。苏代复重于燕。

燕昭王听了苏代的话，便不到秦国去。苏代因此更加受燕王的敬重。

燕使约诸侯从亲如苏秦时，或从或不，而天下由此宗苏氏之从约。代、厉皆以寿死，名显诸

燕王进而派人邀约各诸侯国联合起来抗秦，就如同苏秦在世的时候一样。各诸侯有的加入联盟，有的没加入联盟，而天下差不多都遵循苏氏合纵的约定。苏

侯。

代、苏厉都寿终而死,声名传扬于诸侯之间。

太史公曰:苏秦兄弟三人,皆游说诸侯以显名,其术长于权变。而苏秦被反间以死,天下共笑之,讳学其术。然世言苏秦多异,异时事有类之者皆附之苏秦。夫苏秦起闾阎,连六国从亲,此其智有过人者。吾故列其行事,次其时序,毋令独蒙恶声焉。

太史公说:苏秦兄弟三人,都是因为游说诸侯,而显扬了自己的名声。他们的策略擅长于权变,而苏秦却背负着反间的罪名而被杀死,天下人都讥笑他,避免学习他的策略。但世俗一般对于苏秦的传说多有不同。苏秦以后的时代,有和苏秦的事迹相类似的,都附会到苏秦身上,论起来苏秦这个人,他由一个街里巷间的平民出身,却能联合六国一起抗秦,这正表示他的智慧有超过常人的地方。所以,我列出他的事迹,依照正确的时间顺序加以陈述,不要让他只是蒙受不好的名声。

评议

《苏秦列传》通篇只写得一个"智"字,至赞语中始揭明之:曰"此其智有过人者"。自首至尾可分四大段读:起首至"奉阳君弗说之"为一段,是叙苏秦不得志时事;"去游燕"至"秦兵不敢窥函谷关十五年"为一段,是叙苏秦极得志时事;"其后秦使犀首"至"燕其恐"为一段,是叙苏秦由得志而又渐不得志时事;"苏秦之弟"至末为一段,是叙苏秦之弟苏代、苏厉事。其通篇好处,亦可分四层看:一曰气势盛壮;二曰笔锋快利;三曰详略得宜,如前路记苏秦说秦事,去《国策》之繁重,后路记苏代说燕事,录《国策》之全文,一以无甚关系,一以收拾通篇也;四曰叙次变换,如说燕简而说赵详,燕非纵主,赵为纵主也。说齐则羞其以大国而事秦,说楚则言其纵利而横害。国有大小，地有远近，故不能不异其主张也。有排山倒海之势，并不是一泻无余；有风雨离合之致，并不是散漫无归。文至此，观止矣。赞语褒贬互见，持论亦极平允。

篇内“据卫取淇卷”，按《国策》无“卷”字，疑衍。“赵地方二千余里”，按《国策》作“三千里”。“燕乃使一子质于齐”，按《国策》作“燕王之弟质齐”。“至公子延”，按“至”当为“质”。

孟尝君列传

孟尝君名文,姓田氏。文之父曰靖郭君田婴。田婴者,齐威王少子而齐宣王庶弟也。田婴自威王时任职用事,与成侯邹忌及田忌将而救韩伐魏。成侯与田忌争宠,成侯卖田忌。田忌惧,袭齐之边邑,不胜,亡走。会威王卒,宣王立,知成侯卖田忌,乃复召田忌以为将。宣王二年,田忌与孙膑、田婴俱伐魏,败之马陵,虏魏太子申而杀魏将庞涓。宣王七年,田婴使于韩、魏,韩、魏服于齐。婴与韩昭侯、魏惠王会齐宣王东阿南,盟而去。明年,复与梁惠王会甄。是岁,梁惠王卒。宣王九年,田婴相齐。齐宣王与魏襄王会徐州而相王也。楚威王闻之,怒田

孟尝君,姓田,名文。他的父亲叫靖郭君田婴,是齐威王的小儿子,也是齐宣王的异母弟。田婴在威王时担任要职,曾经跟成侯邹忌、田忌等人率领军队救韩伐魏。后来,成侯邹忌和田忌争宠,成侯出卖了田忌。田忌在恐惧之下,出兵袭击齐国的边城,没成功,就逃亡去了。恰逢威王去世,宣王即位。宣王熟知田忌被出卖的冤情,便把他召回,拜为将军。宣王二年,田忌和孙膑、田婴一同讨伐魏国,在马陵击败了魏国大军,俘虏魏太子申,并杀了魏国将领庞涓。宣王七年,田婴出使韩、魏,韩、魏二国都依从了齐国。田婴和韩昭侯、魏惠王在济州县南会见齐宣王,结盟以后才离去。宣王八年,又和梁惠王会于甄。这年,梁惠王去世。宣王九年,田婴出任齐国的宰相。宣王和魏襄王在徐州集全,互相称赞对方并且推崇对方为王。楚威王听到这个消息,很不高兴,把这件事怪到宰相田婴的身上。宣王十

婴。明年,楚伐败齐师于徐州,而使人逐田婴。田婴使张丑说楚威王,威王乃止。田婴相齐十一年,宣王卒,湣王即位。即位三年,而封田婴于薛。

年,楚国攻击齐国,在徐州击溃了齐军,威王派人追逐田婴,直到田婴教张丑游说了威王后,才停止。田婴在齐国当了十一年的宰相,宣王死了,湣王即位。第三年,封田婴于薛。

初,田婴有子四十余人。其贱妾有子名文,文以五月五日生。婴告其母曰:“勿举也。”其母窃举生之。及长,其母因兄弟而见其子文于田婴。田婴怒其母曰:“吾令若去此子,而敢生之,何也?”文顿首,因曰:“君所以不举五月子者,何故?”婴曰:“五月子者,长与户齐,将不利其父母。”文曰:“人生受命于天乎?将受命于户邪?”婴默然。文曰:“必受命于天,君何忧焉。必受命于户,则可高其户耳,谁能至者!”婴曰:“子休矣。”

田婴有四十多个孩子,他有位卑贱的妾生了一个儿子,名叫文,是五月五日出生的。田婴曾对她说:“不要养他!”,她却偷偷地将这个婴孩抚养大。后来,她叫他跟兄弟去看父亲田婴。田婴斥责他的母亲,说;“我教你不要养这个小鬼,你为什么还抚养他?”田文便向父亲叩头,问道:“您到底为什么不养五月节生的孩子?”田婴回答说:“五月节出生的孩子,长大后身长跟门户一般,将不利于他的父母!”田文说道:“一个人的降生,到底是受命于上天呢?还是受命于门户呢?”田婴一时答不上话来。田文接着说:“如果是受命于上天的话,您就不用忧虑,要是受命于门户的话,那很简单,只要把它加高,如此谁能跟它一般高呢?”田婴听了说:“不要再说了。”

久之,文承间问其父婴曰:“子之子为何?”

过一些时候,田文趁机问他的父亲,说:“儿子的儿子,叫什么?”“孙子。”田婴答

曰:“为孙。”“孙之孙为何?”曰:“为玄孙。”“玄孙之孙为何?”曰:“不能知也。”文曰:“君用事相齐,至今三王矣,齐不加广而君私家富累万金,门下不见一贤者。文闻将门必有将,相门必有相。今君后宫蹈绮縠而士不得(短)[裋]褐,仆妾余粱肉而士不厌糟糠。今君又尚厚积余藏,欲以遗所不知何人,而忘公家之事日损,文窃怪之。”于是婴乃礼文,使主家待宾客。宾客日进,名声闻于诸侯。诸侯皆使人请薛公田婴以文为太子,婴许之。婴卒,谥为靖郭君。而文果代立于薛,是为孟尝君。

道。“孙子的孙子,叫什么?”田方又问。“玄孙。”田婴说。“玄孙的孙子叫什么?”田文又问。“那就不知道了。”田婴说。田文便紧接说:“您在齐国受重视,当了宰相,经历三位君主,齐国疆域未见拓展,但是,您私人富累万金,家中一个贤人都没有。我听说将门必有将,相门必有相。现在您后宫的人身履绉纱细绫,可是一般士人,连粗服也不得穿,你家的仆妾有剩余的饭粱肉食,而一般士人,竟连糟糠都吃不饱,现在您还尽力地积蓄贮藏,想把它留给你方才所说那不知道的孙子,却忘掉国家的政事一天比一天地败坏,我真觉得好奇怪呢。”听完这番话,田婴才看重田文,派他主持家事,接待宾客。从此宾客一天比一天地加多,田文的名声也逐渐传闻于诸侯之间。当时的诸侯都派人来请求薛公田婴,以田文为太子,田婴答应了。田婴死后,谥为靖郭君。而田文果然在薛即位,他就是孟尝君。

孟尝君在薛,招致诸侯宾客及亡人有罪者,皆归孟尝君。孟尝君舍业厚遇之,以故倾天下之士。食客数千人,无贵贱一与文等。孟尝君待客坐语,而屏风后常

在薛的时候,孟尝君延揽诸侯的宾客,和一些犯罪逃亡的人。为了厚待他们,孟尝君把家财都花尽了。因此,天下才士都非常地仰慕他。他拥有食客数千人,不分贵、贱,完全平等相待。他接宾客座谈的时候,在屏风后面常有位书记记录他和宾客的谈话内

有侍史，主记君所与客语，问亲戚居处。客去，孟尝君已使使存问，献遗其亲戚。孟尝君曾待客夜食，有一人蔽火光。客怒，以饭不等，辍食辞去。孟尝君起，自持其饭比之。客惭，自刭。士以此多归孟尝君。孟尝君客无所择，皆善遇之。人人各自以为孟尝君亲己。

容，问宾客的亲戚住址。当客人离开时，孟尝君就派人到宾客的亲戚家，专程问候，并赠送礼物。有一次，孟尝君陪客人吃晚饭，有个人遮住了灯光，这位客人以为他吃的饭比孟尝君差，就很生气，放下筷子，便要辞去，孟尝君连忙站起来，拿起自己吃的饭和客人比较。这位客人顿时感到十分惭愧，便自杀了。当时才士都归依孟尝君。孟尝君罗致的宾客，丝毫没有挑剔，只要宾客来，他一律好好地对待他们，使他们每个人都自以为孟尝君亲近自己。

秦昭王闻其贤，乃先使泾阳君为质于齐，以求见孟尝君。孟尝君将入秦，宾客莫欲其行，谏，不听。苏代谓曰："今旦代从外来，见木偶人与土偶人相与语。木偶人曰：'天雨，子将败矣。'土偶人曰：'我生于土，败则归土。今天雨，流子而行，未知所止息也。'今秦，虎狼之国也，而君欲往，如有不得还，君得无为土偶人所笑乎？"孟尝君乃止。

秦昭王听说孟尝君贤能，就先派泾阳君到齐国当人质，请求孟尝君到秦国去见他。孟尝君接受这条件，就要去秦国，宾客都劝谏他不要率意行事，孟尝君不听他们的建议。苏代劝他："今天早上，我从外面来，看见木偶与泥偶互相谈论。木偶说道：'天下雨的话，你就难保了！'泥偶辩驳说：'我生于泥土，毁坏了，也不过又归于泥土。要是你就不同了，天下起雨来，把你冲走了，不晓得要漂到哪里去呢！'当今强秦像虎狼一般，而您却坚持非去不可，如果不能回来，那不要被泥偶笑吗？"孟尝君便停止去秦国。

齐湣王二十五年，复卒使孟尝君入秦，昭王即以孟尝君为秦相。人或说秦昭王曰:“孟尝君贤，而又齐族也，今相秦，必先齐而后秦，秦其危矣。”于是秦昭王乃止。囚孟尝君，谋欲杀之。孟尝君使人抵昭王幸姬求解。幸姬曰:“妾愿得君狐白裘。”此时孟尝君有一狐白裘，直千金，天下无双，入秦献之昭王，更无他裘。孟尝君患之，遍问客，莫能对。最下坐有能为狗盗者，曰:“臣能得狐白裘。”乃夜为狗，以入秦宫臧中，取所献狐白裘至，以献秦王幸姬。幸姬为言昭王，昭王释孟尝君。孟尝君得出，即驰去，更封传，变名姓以出关。夜半至函谷关。秦昭王后悔出孟尝君，求之已去，即使人驰传逐之。孟尝君至关，关法鸡鸣而出客，孟尝君恐追至，客之居

齐湣王二十五年，终于遣派孟尝君到秦国去，秦昭王立即拜孟尝君为宰相。有人跟昭王游说:“孟尝君是位贤者，而且又是齐国的王族，现在要他当宰相，一切利益一定先为齐国设想，最后才能轮到秦国，如此，秦国就危险了!”于是，昭王立即取消孟尝君的宰相职位，囚禁了孟尝君，打算把他杀掉。孟尝君就派人冒昧向昭王的宠姬求救。那宠姬提出条件，说:“我想要孟尝君那件白狐裘。”原来孟尝君有一件白狐裘，价值千金，是天下仅有的。可是到了秦国时，把它献给昭王了。这很让孟尝君感到为难，一一地跟他的宾客请教对策，然而所有的宾客都不知怎样才好。突然，有位坐在下座的宾客，是个偷鸡摸狗的能手，说道:“我能为您偷到那件白狐裘。”于是在夜晚打扮成狗的模样混进秦宫的府库里，取出孟尝君献给秦王的那件白狐裘回来。孟尝君又把它献给昭王的宠姬。那宠姬尽在昭王前说孟尝君的好话，最后，昭王果然释放了孟尝君。孟尝君死里逃生，连忙飞驰离去，变换以往的驿券，更改自己的姓名，以便出关。夜半时分，他赶到函谷关。秦昭王忽然很后悔释放了孟尝君，便叫人找他，可是他已经逃走了，于是连忙派人乘驿车去追赶。孟尝君到了函谷关，但依照关法，必须鸡鸣时候才能放行，孟尝君怕秦兵追来，很是着急。这时，在他宾客中，有个坐在末座的能学鸡

下坐者有能为鸡鸣，而鸡齐鸣，遂发传出。出如食顷，秦追果至关，已后孟尝君出，乃还。始孟尝君列此二人于宾客，宾客尽羞之，及孟尝君有秦难，卒此二人拔之。自是之后，客皆服。

叫，当下叫了几声，所有的鸡此起彼落地啼叫了起来，他们一伙人终于出关去了。过了大约一顿饭工夫，秦兵果然赶到函谷关，眼看没法赶上孟尝君，只好回去。当初，孟尝君收留会鸡鸣、狗盗二人做宾客的时候，让宾客都觉得是一种耻辱，等到孟尝君在秦国有了灾难，终于靠二人的营救，才能脱险。从此以后，所有的宾客都非常佩服孟尝君的识人能力。

孟尝君过赵，赵平原君客之。赵人闻孟尝君贤，出观之，皆笑曰："始以薛公为魁然也，今视之，乃眇小丈夫耳。"孟尝君闻之，怒。客与俱者下，斫击杀数百人，遂灭一县以去。

孟尝君经过赵国，平原君很礼貌地接待他。赵国人民听说孟尝君是个贤能的人，都争着看他，看完笑着说："原先以为薛公是位魁伟的丈夫，今天看了真相，才知道只是个渺小的汉子罢了！"孟尝君听了这话，非常愤怒，和随身左右下来，砍杀了好几百个人，又灭了赵国一座县城而去。

齐湣王不自得，以其遣孟尝君。孟尝君至，则以为齐相，任政。

齐湣王因为这次遣派孟尝君到秦国去，感到非常内疚。所以，孟尝君一回来，就拜他为齐相，主持政务。

孟尝君怨秦，将以齐为韩、魏攻楚，因与韩、魏攻秦，而借兵食于西周。苏代为西周谓曰："君以齐为韩、魏攻楚九年，取宛、叶以北以强韩、魏，今复攻秦以益

孟尝君很怨恨秦国，他想以齐军替韩、魏来攻击楚国，趁这机会联合韩、魏攻打秦国，并向西周借武器和军粮。苏代为西周辩解，说："您以齐军来替韩、魏攻打楚国，前后花了九年，为他们攻拔了宛、叶二县以北的土地，为他们加强了不少的力量。现在攻击秦国，无疑将又要增长他们的威势。倘若

之。韩、魏南无楚忧，西无秦患，则齐危矣。韩、魏必轻齐畏秦，臣为君危之。君不如令敝邑深合于秦，而君无攻，又无借兵食。君临函谷而无攻，令敝邑以君之情谓秦昭王曰‘薛公必不破秦以强韩、魏。其攻秦也，欲王之令楚王割东国以与齐，而秦出楚怀王以为和’。君令敝邑以此惠秦，秦得无破而以东国自免也，秦必欲之。楚王得出，必德齐。齐得东国益强，而薛世世无患矣。秦不大弱，而处三晋之西，三晋必重齐。”薛公曰：“善。”因令韩、魏贺秦，使三国无攻，而不借兵食于西周矣。是时，楚怀王入秦，秦留之，故欲必出之。秦不果出楚怀王。

韩、魏二国，南边不必顾忧楚国，西边没有秦国的威胁，那么，齐国就危险了。韩、魏一定会蔑视齐国而畏惧秦国的，我真为您担心呀！现在您不如不攻秦也不借武器和军粮，让西周和秦国能维持深厚的关系。您守着函谷关不要攻击，好让西周把您的情意，转达给秦昭王，说：‘薛公一定不会攻打秦国，让韩、魏二国强大。他之所以攻打秦国，无非想要您说服楚王割让东边的土地予齐国，并请您释放楚怀王，从而讲和。’您让西周以这个施恩惠于秦国，秦国可以不被攻击，又因割让楚国东边的土地，可以避免齐军的攻击，秦国一定很乐意接受的。楚怀王被释放后，也一定会感谢齐国的。这样齐国便能得到东边的土地，更加强盛，而薛国也可以世世代代平安无事了。秦国以强大的姿态处在韩、赵、魏的西边。韩、赵、魏不得不来倚重齐国了！”薛公说“妙极了！”。于是，令韩、魏和秦和好，让三国不要相攻，也不再跟西周借武器和军粮了。这时候，楚怀王抵达秦国，被秦王给羁留了，孟尝君一定把他释放，可是被秦王拒绝了。

孟尝君相齐，其舍人魏子为孟尝君收邑入，三反而不致一入。孟尝君问之，对曰：“有贤

孟尝君当齐国宰相期间，有位门客叫魏子，替他收取封邑的税租，一连去了三次，都没有把税租缴回来。孟尝君觉得奇怪，就责问他，没想到他回答说：“我私下把

者，窃假与之，以故不致入。”孟尝君怒而退魏子。居数年，人或毁孟尝君于齐湣王曰：“孟尝君将为乱。”及田甲劫湣王，湣王意疑孟尝君，孟尝君乃奔。魏子所与粟贤者闻之，乃上书言孟尝君不作乱，请以身为盟，遂自刭宫门以明孟尝君。湣王乃惊，而踪迹验问，孟尝君果无反谋，乃复召孟尝君。孟尝君因谢病，归老于薛。湣王许之。

收到的税租，假托您的名致送一位贤良的人，因此出去收了三次税租，连一次都没有缴回来。”孟尝君很愤怒，就辞了魏子。过了几年，有人在齐湣王面前诽谤孟尝君，说；“孟尝君将要起来叛变了。”到田甲劫持湣王，湣王内心怀疑孟尝君是幕后操纵者，孟尝君就逃亡了。这时候，得到魏子赠送粟米的那位贤人听到这消息，就上书说孟尝君并未叛变，请以自己的生命作证，于是在宫门之前自刭，来表明孟尝君的无辜，齐湣王对这贤者的死谏感到非常惊恐，就追问验证孟尝君反叛的经过。结果，他发现孟尝君确实没有反叛的阴谋，于是，又召回孟尝君。孟尝君托病请求回到薛国养老，湣王答应了。

其后，秦亡将吕礼相齐，欲困苏代。代乃谓孟尝君曰：“周最于齐，至厚也，而齐王逐之，而听亲弗相吕礼者，欲取秦也。齐、秦合，则亲弗与吕礼重矣。有用，齐、秦必轻君。君不如急北兵，趋赵以和秦、魏，收周最以厚行，且反齐王之信，又禁天下之变。齐无秦，则天下集齐，亲弗

后来，从秦国逃亡出来的将军吕礼到齐国当宰相，他想让苏代陷于危困之境。苏代便向孟尝君说：“周最对齐国，最忠厚不过的了，而齐湣王却把他驱逐出境。齐王听信亲弗，任吕礼为宰相，是想取信秦国。齐、秦二国要是同盟了，那么，亲弗与吕礼二人就可能受重视。他们一旦被重用，齐、秦二国国君一定会把您给忽视了。所以您不如赶紧带兵队到北方催促赵国和秦、魏合好，把周最叫回来，既可以显示您的厚道，又可以挽回齐王的信用。另一方面，可以防止天下情势的变动。齐国不去联合秦国的话，天

必走,则齐王孰与为其国也!”于是孟尝君从其计,而吕礼嫉害于孟尝君。

下就会转向齐国。如此,亲弗势必会被逼走。齐湣王除了和您一起处理国政之外,还有谁能够这么做呢!”于是孟尝君便接受了他的计谋,这使得吕礼怨恨孟尝君,且有意害他。

孟尝君惧,乃遗秦相穰侯魏冉书曰:“吾闻秦欲以吕礼收齐,齐,天下之强国也,子必轻矣。齐秦相取以临三晋,吕礼必并相矣,是子通齐以重吕礼也。若齐免于天下之兵,其仇子必深矣。子不如劝秦王伐齐。齐破,吾请以所得封子。齐破,秦畏晋之强,秦必重子以取晋。晋国敝于齐而畏秦,晋必重子以取秦。是子破齐以为功,挟晋以为重;是子破齐定封,秦、晋交重子。若齐不破,吕礼复用,子必大穷。”于是穰侯言于秦昭王伐齐,而吕礼亡。

孟尝君感到恐惧,连忙写信给秦国宰相穰侯魏冉,说:“我听说秦国想以亡命的吕礼来和齐国缔结盟约。齐国是当今天下的强国,如果吕卿做了齐国宰相,那您一定不能被重视了呀。假使齐、秦二国缔结盟约,以对付韩、赵、魏三国的话,那时候,吕礼一定是齐、秦二国的宰相了。您促使和齐国联盟,使得吕礼的地位提高了。倘若齐国因为和秦国联盟,而免于天下诸侯的攻击,则吕礼高居功劳,对您会更加憎恨的。与其如此,不如劝劝秦王出兵攻打齐国。要是攻破了齐国,我保证会向秦王请求将秦国攻打下来的土地,作为您的封邑。如果齐国被打垮了,秦国畏惧晋国的强大势力,必定重用您。因为晋国败于齐,又惧怕秦国,所以一定也会重用您来跟秦国缔结盟约的。这样一来,您一方面有攻破齐国的功劳,倚仗晋国加强了地位,另一方面,您可以破齐国,得封邑,秦、晋交相推重您。如果齐国不被攻破,吕礼再受重用,那您一定会走上穷途末路了。”穰侯魏冉立刻劝秦昭王出兵攻打齐国,吕礼逃跑了。

后齐湣王灭宋,益

齐湣王灭了宋国后,更加骄傲,一心想

骄，欲去孟尝君。孟尝君恐，乃如魏。魏昭王以为相，西合于秦、赵，与燕共伐破齐。齐湣王亡在莒，遂死焉。齐襄王立，而孟尝君中立于诸侯，无所属。齐襄王新立，畏孟尝君，与连和，复亲薛公。文卒，谥为孟尝君。诸子争立，而齐魏共灭薛。孟尝绝嗣无后也。

排斥孟尝君。孟尝君很是惶恐，就到魏国去。魏昭王拜他为宰相。孟尝君上任后，会合西边的秦，赵，与燕国共同出兵击败齐国，齐滑王逃到莒城，最后死在那地方。齐襄王即位，而孟尝君仍然中立于诸侯之间，不属于谁。齐襄王因为刚即位，心里很畏惧孟尝君，便主动拉拢他，亲近他。后来，田文去世，谥为孟尝君。由于他的孩子们互相争位，结果齐、魏联合消灭了薛国。孟尝君绝了后，没有后代。

初，冯驩（音欢）闻孟尝君好客，蹑蹻而见之。孟尝君曰；“先生远辱，何以教文也？”冯驩曰：“闻君好士，以贫身归于君。”孟尝君置传舍十日，孟尝君问传舍长曰：“客何所为？”答曰：“冯先生甚贫，犹有一剑耳，又蒯缑。弹其剑而歌曰‘长铗归来乎，食无鱼’。”孟尝君迁之幸舍，食有鱼矣。五日，又问传舍长。答曰：“客复弹剑而歌曰‘长铗归来乎，出无舆’。”孟尝君迁之代舍，出入乘舆车矣。五日，孟尝君复问传舍

原先，冯驩听说孟尝君很礼遇宾客，穿着草鞋赶着来拜见孟尝君。孟尝君见面就说：“您不辞长途来到我这里可有什么指教的？”冯驩回答说：“我听说您好客，因为家贫到没法生存，想投靠在您的门下。”孟尝君便把他安排在一般的客舍。过了十天，孟尝君问客舍舍长，说：“冯驩在做什么？”“冯先生很贫穷，只有一把剑，用小绳缠着剑把。他曾经弹着剑，唱道：‘长剑，回去吧！饭菜连鱼也没有。’孟尝君听完后，把他移到中等客舍，从此以后，每餐饭菜都加上鱼了，过五天，孟尝君又向舍监打听冯驩的表现。舍监回答说：“冯先生又弹剑唱道：‘长剑，回去吧！出门没有车子坐！’孟尝君又把他迁到上等客，于是冯驩出入都坐着他的车子。又过五天，孟尝君向舍监打听冯

长。舍长答曰:"先生又尝弹剑而歌曰'长铗归来乎,无以为家'。"孟尝君不悦。

骥的表现,舍监回答,说:"他又弹着长剑,唱道:'长剑,回去吧!这里不能当做家!'"听完后,孟尝君有些不高兴。

居期年,冯驩无所言。孟尝君时相齐,封万户于薛。其食客三千人。邑入不足以奉客,使人出钱于薛。岁余不入,贷钱者多不能与其息,客奉将不给。孟尝君忧之,问左右:"何人可使收债于薛者?"传舍长曰:"代舍客冯公形容状貌甚辩,长者,无他伎能,宜可令收债。"孟尝君乃进冯驩而请之曰:"宾客不知文不肖,幸临文者三千余人,邑入不足以奉宾客,故出息钱于薛。薛岁不入,民颇不与其息。今客食恐不给,愿先生责之。"冯驩曰;"诺。"辞行,至薛,召取孟尝君钱者皆会,得息钱十万。乃多酿酒,买肥牛,召诸取钱者,能与息者皆来,不能与息者亦来,皆持取钱之券书合之。齐为会,

过了一年,冯驩并没再说什么,那时,孟尝君当齐国的相,封万户于薛国。他门下有食客三千人,封邑的收入不够他来养这些客人,叫人把钱借给薛国的百姓。一年以后,由于薛国的收入不好,贷款的人家,都没法还利息,所以奉养宾客将成问题。孟尝君感到忧虑,问左右的人说:"有谁可派到薛国收债?"舍监回答说:"住在上等客舍的食客冯先生,是个相貌堂堂、能言善道的长者,应该让他去收收债。"于是,孟尝君就接见冯先生,跟他请教说:"宾客不以为我没有才能,光临我门下的有三千多人。我的封地岁入不够我奉养宾客,所以才贷款给薛国百姓,要些利息。没想到今年薛收入不好,百姓还不了利息。目前奉养宾客恐怕无法再供应了,希望您能替我收些债。"冯驩答道,"好的。"冯驩便告别了孟尝君,直奔薛国。他召集那些向孟尝君贷款的人,收到利息钱十万。于是买下许多好酒,也买下了肥大的牛,再告诉那些贷款的老百姓说:"能偿还利息的都来,不能偿还利息的也来,都拿着借据来核对。"大家聚会在一起,当

日杀牛置酒。酒酣，乃持券如前合之，能与息者，与为期；贫不能与息者，取其券而烧之。曰："孟尝君所以贷钱者，为民之无者以为本业也；所以求息者，为无以奉客也。今富给者以要期，贫穷者燔券书以捐之。诸君强饮食。有君如此，岂可负哉！"坐者皆起，再拜。

天宰了牛，摆上好酒，请大家大吃大喝。正喝得酒酣耳热的时候，冯驩拿出契据到前面跟大家核对，凡是能够偿还利息的，给他们一个期限，穷得没能力偿还利息的，要回借据，把它烧掉。于是，向大家说："孟尝君贷款的原因，是为了没有钱的人能够借此经营你们的事业，跟大家要利息的原因，是为了奉养宾客的关系。现在，有钱的，订了偿还的期限。有这样的一位主人，怎能违背他呢！"在座的都站了起来，连连拜谢。

孟尝君闻冯驩烧券书，怒而使使召驩。驩至，孟尝君曰："文食客三千人，故贷钱于薛。文奉邑少，而民尚多不以时与其息，客食恐不足，故请先生收责之。闻先生得钱，即以多具牛酒而烧券书，何？"冯驩曰："然。不多具牛酒即不能毕会，无以知其有余不足。有余者，为要期。不足者，虽守而责之十年，息愈多，急，即以逃亡自捐之。若急，终无以偿，上则为君好利不爱士民，下则有离上抵负之名，非所以厉士民彰君声

孟尝君听说冯驩烧掉借据，非常愤怒，就派人召回冯驩。冯驩一回来，孟尝君冲着脸责备说："我为门下三千个食客，所以才贷款给薛的老百姓。现在我奉邑的收入本来就少，而百姓都没法按期付利息。我担心奉养宾客将成问题，所以才请你替我收债，听说您收了债以后，就买了很多的牛和酒，还烧掉了许多借据，这是怎么回事？"冯驩答道："对！是有这么一回事，不多备牛、酒，就不能让大家一齐聚会在一起，也就没法了解哪些人是有钱的，哪些人是贫穷的。有钱的人，订了还债的期限；贫穷的人，跟他讨债十年，也要不到，利息愈来愈多，再逼他们的话，就会逃走。如果他们困到无法还债，对上则说您为君好利不爱士民，对下则人民有弃君赖债的坏名声，这样做，并

也。焚无用虚债之券，捐不可得之虚计，令薛民亲君而彰君之善声也，君有何疑焉！”孟尝君乃拊手而谢之。

不是奖励士民、彰扬您声誉。烧掉无用空虚的借据，主动放弃不可得的空帐，是为了让薛国老百姓亲近您，从而彰扬您美好的声誉呀，您还有什么好怀疑的呢？”孟尝君听了很是高兴，拍手叫好，连忙答谢冯驩。

齐王惑于秦、楚之毁，以为孟尝君名高其主而擅齐国之权，遂废孟尝君。诸客见孟尝君废，皆去。冯驩曰：“借臣车一乘，可以入秦者，必令君重于国而奉邑益广，可乎？”孟尝君乃约车币而遣之。冯驩乃西说秦王曰：“天下之游士冯轼结靷西入秦者，无不欲强秦而弱齐；冯轼结靷东入齐者，无不欲强齐而弱秦。此雄雌之国也，势不两立为雄，雄者得天下矣。”秦王跽而问之曰：“何以使秦无为雌而可？”冯驩曰：“王亦知齐之废孟尝君乎？”秦王曰：“闻之。”冯驩曰：“使齐重于天下者，孟尝君也。今齐王以毁废之，其心怨，必背齐；背齐入秦，则齐

后来，秦、楚二国联合造谣，孟尝君的名望高过他的君王，而且还想独揽齐国的大权。齐王听了，很是困惑，就废除了孟尝君的职位。食客眼看孟尝君被免职，都离开了。冯驩说道；“希望您借给我一辆车，要是让我赶到秦国去的话，一定会让您的名望再显现于齐国，奉邑更加广大。可以吗？”孟尝君准备车辆和礼物，便派遣冯驩到秦国去。冯驩便西行游说秦昭王说：“天下的辩论之士驾车奔向您西秦来，没有不想使秦国强盛，而使齐国衰弱的。然而，那些驾车奔向东方齐国去的，也想让齐国强大，而使秦国衰弱呀。秦、齐是雄雌难分的两个国家，势不两立，能称雄的就可以得到天下！”秦王跪着请教，说：“您有何妙计才不致使秦国变成雌的呢？”冯驩说：“大王您必知道齐王废除了孟尝君这事吧？”“我听说过。”“让齐国威望显著天下的，是孟尝君。现在齐王竟听信谣言，把他给废除了，他的内心非常怨忿，一定会背叛齐王的，如果他背叛齐王到秦国来，那么，他一定会把

国之情，人事之诚，尽委之秦，齐地可得也，岂直为雄也！君急使使载币阴迎孟尝君，不可失时也。如有齐觉悟，复用孟尝君，则雌雄之所在未可知也。”秦王大悦，乃遣车十乘黄金百镒以迎孟尝君。冯驩辞以先行，至齐，说齐王曰：“天下之游士凭轼结靷东入齐者，无不欲强齐而弱秦者；凭轼结靷西入秦者，无不欲强秦而弱齐者。夫秦齐雄雌之国，秦强则齐弱矣，此势不两雄。今臣窃闻秦遣使车十乘载黄金百镒以迎孟尝君。孟尝君不西则已，西入相秦则天下归之，秦为雄而齐为雌，雌则临淄、即墨危矣。王何不先秦使之未到，复孟尝君，而益与之邑以谢之？孟尝君必喜而受之。秦虽强国，岂可以请人相而迎之哉！折秦之谋，而绝其霸强之略。”齐王曰：“善。”乃使人至境候秦使。秦使车适

齐国的内情和人事的关系，和盘托出，如此，您就可取得齐国，岂只是让您称雄而已。您现在赶紧地派遣使者备份厚礼，秘密地把他迎接过来，不要错过这难逢的机会哟！倘若齐王悔悟，再任用孟尝君的话，那么谁雄谁雌，就很难说了。”秦王听完，很是兴奋，就派十部车辆，准备黄金二千四百两，去迎接孟尝君。冯驩说服了秦王，就告辞，一经赶回齐国，游说齐王说“天下的辩论之士驾车向您东齐来，无非想让齐国强盛，且使秦国衰弱。但是，那些驾车奔向西秦去的，也都想让秦国强盛，而使齐国衰弱呀。秦、齐是雄雌难分的两个国家，势不两立，要让秦国强盛称雄的话，那齐国就危弱了。目前臣下听说秦王秘密派遣十部车辆，准备黄金二千四百两，来迎接孟尝君。孟尝君不到西秦则已，要是到了西秦，天下的人心就能归向他的，秦国就成为雄，而齐国只好称雌了。一旦你齐国称雌，临淄、即墨就危急了。大王何不趁秦国使者还没赶到以前，恢复孟尝君的职位，增加他的封邑，向他表示歉意。这样，孟尝君一定会很高兴地接受。秦虽是强国，但怎能聘请别国的宰相呢？只要破坏了秦国的阴谋，就可断绝他的强盛称霸的策略。”齐王听后，大声说：“您说得好！”于是派遣一些人到边境窥探秦国的使者，秦国使者车队刚

入齐境,使还驰告之,王召孟尝君而复其相位,而与其故邑之地,又益以千户。秦之使者闻孟尝君复相齐,还车而去矣。

驰入齐国边境,齐王的使者连忙赶回报告,齐王立即召回孟尝君,恢复他的宰相职位,除保持旧有的封邑之外,又增加了一千户。秦国使者听到孟尝君已恢复了齐国宰相职位的消息后,就掉车回去了。

自齐王毁废孟尝君,诸客皆去。后召而复之,冯驩迎之。未到,孟尝君太息叹曰:"文常好客,遇客无所敢失,食客三千有余人,先生所知也。客见文一日废,皆背文而去,莫顾文者。今赖先生得复其位,客亦有何面目复见文乎?如复见文者,必唾其面而大辱之。"冯驩结辔下拜。孟尝君下车接之,曰:"先生为客谢乎?"冯驩曰:"非为客谢也,为君之言失。夫物有必至,事有固然,君知之乎?"孟尝君曰:"愚不知所谓也。"曰:"生者必有死,物之必至也;富贵多士,贫贱寡友,事之固然也。君独不见夫(朝)趣市[朝]者乎?明旦,

自从齐王废除了孟尝君职位后,食客们都离开了。当他复职以后,冯驩迎接他。还没到达京城时,孟尝君感慨地说:"我一向喜爱宾客,对待宾客不敢有一点差错,所以罗致食客三千多人,这是您所知道的。这些宾客看我被免职,一一地背叛我,远走高飞去了,没有一个回头关照我。现在依靠您的努力恢复原职,您说,那些宾客还有什么脸回来见我?要是再回来看我,我一定对着他的脸吐一口唾沫,很很地羞辱他!"冯驩驻马停车,向孟尝君跪拜。孟尝君也立刻下车答礼,问道,"您是想替宾客们道歉吗?"冯驩说:"我不是为他们道歉的,而是为您刚才的失言呀!事物发展有它的必然规律,人情世态有它的本来面貌,这话您可晓得?"孟尝君说:"我不懂您说的是个什么意思。"冯驩说道:"在世界上,有生命的东西必定会死亡,这是生物都会经历到的,有钱又有地位的,一定会有很多人来跟他交往,而贫贱的人,他的朋友很少,这是自然的道理。您难道没见过那些赶向市场的人群吗?天一亮,大伙儿你挤着

侧肩争门而入;日暮之后,过市朝者掉臂而不顾。非好朝而恶暮,所期物忘其中。今君失位,宾客皆去,不足以怨士而徒绝宾客之路。愿君遇客如故。”孟尝君再拜曰:“敬从命矣。闻先生之言,敢不奉教焉。”

我,我挤着你进入市场,可是天黑时候,经过的人,甩着胳膊走过去,看也不看一眼。这并不是说他们喜欢早晨,讨厌黄昏,而是他们心中所想要的东西在那里已经没有了。现在您失掉高位,宾客都走了,这不需怪他们,而断绝了延揽宾客的门路。希望您像从前那样好好地对待门下的宾客。”孟尝君听了这话,豁然开朗,再三拜谢,说道:“我一定遵从您的建议。能听到您这些指教,怎能不遵照您的教导去做呢!”

太史公曰:吾尝过薛,其俗闾里率多暴桀子弟,与邹、鲁殊。问其故,曰:“孟尝君招致天下任侠,奸人入薛中盖六万余家矣。”世之传孟尝君好客自喜,名不虚矣。

太史公说:我曾经到过薛国旧址,就那地方的民俗来看,乡里的子弟大多是暴戾强悍,这跟邹、鲁两地的情况是不同的。我打听原因,说是:“孟尝君延揽天下任侠的宾客,而鸡鸣狗盗之徒随着到薛国来的,大概有六万多户人家。”世上传说孟尝君自以好客为快乐,真是名不虚传呀!

评议

《孟尝君传》中间叙孟尝君事,而以田婴、冯煖附传分寄两头,章法最为匀适。合观通篇,又打成一片,如无缝天衣。盖前叙田婴,见孟尝君之来历若彼;后叙冯煖,见孟尝君之结果如此。养士三千,仅得一士之用,其余纷纷,并鸡鸣狗盗之不若也。太史公于此有微意哉!然读传后赞语,曰“暴桀子弟”,曰“任侠奸人”,而终之以“好客自喜”,则史公不但不满于孟尝之客,其不满孟尝之意,又明言之矣。

篇内误处,如田婴非齐宣王庶弟,《索隐》辨之已明;此外,如"与成侯邹忌及田忌将而救韩伐魏"。按"救韩"当是"救赵"之误。"婴与韩昭侯、魏惠王会齐宣王东阿南。"按"东阿"当是"平阿"之误。"是岁,梁惠王卒。"按是年惠王改元,非卒也。此言"卒"误。"齐宣王与魏襄王会徐州而相王也。"按"襄王"当是"惠王"之误。"苏代为西周谓曰",按《国策》作"韩庆",乃韩人而仕于周者,非苏代也。"因令韩、魏贺秦。"按《国策》作"韩庆入秦"是也。是时三国伐秦,不攻已幸矣,何贺之有?

廉颇蔺相如列传

廉颇者，赵之良将也。赵惠文王十六年，廉颇为赵将伐齐，大破之，取阳晋，拜为上卿，以勇气闻于诸侯。

廉颇，是赵国的名将。赵惠文王十六年，廉颇以大将军的职衔率兵攻打齐国，大败齐军，攻占了阳晋城，而晋升为上卿，以勇气扬名于诸侯国间。

蔺相如者，赵人也，为赵宦者令缪（音妙）贤舍人。

蔺相如，赵国人，是赵国宦官长缪贤的门客。

赵惠文王时，得楚和氏璧。秦昭王闻之，使人遗（音未）赵王书，愿以十五城请易璧。赵王与大将军廉颇诸大臣谋：欲予秦，秦城恐不可得，徒见欺；欲勿予，即患秦兵之来。计未定，求人可使报秦者，未得。宦者令缪贤曰："臣舍人蔺相如可使。"王问："何以知之？"对曰："臣尝有罪，窃计欲亡走燕，臣舍人相如止臣，曰：'君何以知燕王？'臣语（音玉）曰：'臣尝从大王与燕王

赵惠文王时，得到楚国的和氏璧。秦昭王知道了这件事，派人送信给赵王，愿意用十五座城交换和氏璧。赵王与大将军廉颇等大臣计议：把和氏璧给秦国吧，那十五座秦城恐怕未必能得到，白白被他们欺骗；想不给吧，又怕秦国大军来攻打。给与不给，一时难于决定，再者，想物色一个担任答复秦王的使者，也未找到。宦官长缪贤说："可以派我的门客蔺相如去。"王说："你凭什么了解他呢？"缪贤回答说："臣下曾经犯了罪，私下想逃亡到燕国去，而我的那位门客蔺相如劝止我，他问我说：'您怎么和燕王有交情的？'我告诉他，我曾经跟随大王和燕王在国境上会晤，燕王私下握着我的手

会境上，燕王私握臣手，曰“愿结友”。以此知之，故欲往。’相如谓臣曰：‘夫赵强而燕弱，而君幸于赵王，故燕王欲结于君。今君乃亡赵走燕，燕畏赵，其势必不敢留君，而束君归赵矣。君不如肉袒伏斧质请罪，则幸得脱矣。’臣从其计，大王亦幸赦臣。臣窃以为其人勇士，有智谋，宜可使。”

说：‘我愿意结交您这个朋友。’因此与他交上了朋友，所以决定去。相如听了以后，对我说：‘赵国强大，燕国弱小，而您呢，过去一直深受赵王的信任，所以燕王要与你交朋友。而今，您去投靠他，燕国怕赵国，在这种形势下，燕王一定不敢收留您，不但如此，他还可能活捉了您，再引渡您回来。所以依我看，您不如袒露上体，伏在铡刀上，前去向君王请罪，还有希望会被赦罪的。’我听了他的劝告，果然蒙陛下赦免了我的罪。我私下想，他实在是一个勇士，有谋略，应当是很理想的使秦的人选。”

于是王召见，问蔺相如曰：“秦王以十五城请易寡人之璧，可予不？”相如曰：“秦强而赵弱，不可不许。”王曰：“取吾璧，不予我城，奈何？”相如曰：“秦以城求璧而赵不许，曲在赵。赵予璧而秦不予赵城，曲在秦。均之二策，宁许以负秦曲。”王曰：“谁可使者？”相如曰：“王必无人，臣愿奉璧往使。城入赵而璧留秦；城不入，臣请完璧归赵。”赵王于是

于是赵王召见相如，问他道：“秦王提出用十五个城换我的和氏璧，可不可以给他呢？”相如回答说：“秦国强而赵国弱，所以不答应是不行的。”赵王说：“假使他拿去了我的璧，却不给我城，怎么办？”相如说：“秦国要求用城换璧，如果赵国不答应，礼亏在赵国。赵国交出了璧而秦国不给赵国城的话，礼亏在秦国了。衡量这两种情形，宁可答应秦国让它担负不交出土地的罪名。”王说：“可以派谁去呢？”相如说：“陛下如果还没有适当的人选，臣愿意带着璧出使到秦国去。秦国的十五个城划入赵的版图，则把璧玉留给秦国；得不到那十五个城的话，臣负责把和氏璧完整地带回来。于是赵王就派遣相如带着玉璧，西使秦国。

遂遣相如奉璧西入秦。

秦王坐章台见相如，相如奉璧奏秦王。秦王大喜，传以示美人及左右，左右皆呼万岁。相如视秦王无意偿赵城，乃前曰："璧有瑕，请指示王。"王授璧，相如因持璧却立，倚柱，怒发上冲冠，谓秦王曰："大王欲得璧，使人发书至赵王，赵王悉召群臣议，皆曰'秦贪，负其强，以空言求璧，偿城恐不可得'。议不欲予秦璧。臣以为布衣之交尚不相欺，况大国乎！且以一璧之故逆强秦之欢，不可。于是赵王乃斋戒五日，使臣奉璧，拜送书于庭。何者？严大国之威以修敬也。今臣至，大王见臣列观(音贯)，礼节甚倨；得璧，传之美人，以戏弄臣。臣观大王无意偿赵王城邑，故臣复取璧。大王必欲急臣，臣头今与璧俱碎于柱矣！"相如持

秦王坐在章台接见相如，相如双手捧着和氏璧献给秦王。秦王极为高兴，把璧传递给陪侍在左右的美人以及臣子们观赏，他们同声欢呼万岁。相如看出秦王并没有交换十五个城的诚意，于是走上前去，说；"这璧上有瑕疵，请让我指给大王看。"秦王把璧又交回相如手中，相如抓紧璧，立刻一步步往后退，靠在一根柱子上，怒发冲冠，声色俱厉地对秦王说："大王为了要这块璧，派人送信给赵王，赵王为此特别召集全体文武大臣开会讨论，大家都说：秦王既贪婪而又自恃强盛，想以空话骗取和氏璧，所谓十五个城恐怕是得不到的。所以决议不给你这璧。而我呢，则以为，一般平民来往，尚且诚实不相欺，何况是堂堂大国呢？更何况仅仅为了一块璧玉的缘故而惹得强秦不高兴，是绝对不可以的。因此赵王才斋戒了五天，派我带着璧玉来在大殿之上拜呈国书。他为什么这样做？无非是尊重你们大国的威严和敦睦两国间友好的关系啊！可是今天我来到贵国，大王您只是在寻常的馆舍接见我，并且待客的态度甚是倨傲；拿到了璧，又传给美人欣赏，这乱哄哄的场面简直是戏弄人嘛！我看得出大王您并无割地的诚意，所以我才又拿回了璧。大王要是逼急了我，我的头这会儿就和璧同时碎在这柱下！"相如高举手中璧，两眼斜斜地盯着

其璧睨柱,欲以击柱。秦王恐其破璧,乃辞谢固请,召有司案图,指从此以往十五都予赵。相如度(音夺)秦王特以诈详(音佯)为予赵城,实不可得,乃谓秦王曰:"和氏璧,天下所共传宝也,赵王恐,不敢不献。赵王送璧时,斋戒五日,今大王亦宜斋戒五日,设九宾于廷,臣乃敢上璧。"秦王度之,终不可强夺,遂许斋五日,舍相如广成传(音撰)。相如度秦王虽斋,决负约不偿城,乃使其从者衣褐,怀其璧,从径道亡,归璧于赵。

柱子,做势欲撞。秦王怕他真的撞碎了璧,所以立刻连声道歉,请他千万别冲动,一面招唤那主事的官吏,摊开地图指指点点地说,就由这儿起,到那里止的十五个城划给赵国。相如看在眼中,忖想这一招只是秦王做态骗人而已,把城给赵国,全是空话,赵国是得不到那片土地的。于是就对秦王说:"和氏璧,是名闻天下的瑰宝,赵王在忧恐的情形下不敢不接受交换。他送我启程之时,先斋戒了五天,那么,大王您也应当斋戒五天,在大殿之上备设隆重的九宾大典,我才敢献上这块璧。"秦王忖想,总不能豪夺强取那璧,也就答应斋戒五天。安顿相如住在广成传舍。相如暗想,秦王虽然是答应他斋戒,一定还是会背约不肯割城的,所以他就让他的随从化了装穿着破旧的衣裳,怀里揣着和氏璧,抄近路逃走,送璧回赵国而去。

秦王斋五日后,乃设九宾礼于廷,引赵使者蔺相如。相如至,谓秦王曰:"秦自缪公以来二十余君,未尝有坚明约束者也。臣诚恐见欺于王而负赵,故令人持璧归,间至赵矣。且秦强而赵弱,大王遣一介之使

秦王经过五天的斋戒之后,果然在朝廷中备设了九宾大礼的正式仪式,并派人去请赵国的使者蔺相如。相如到达之后,对秦王说:"贵国自穆公以来,传位也有二十几代了,可就不曾有那切实信守盟约的君主。我实在是怕受您的愚弄而有负赵王的重托,因此已经令人带着和氏璧回去了,依推算,此刻他已经由小路回到赵国了。不过,秦强赵弱,大王你只不过是派了一个使

至赵，赵立奉璧来。今以秦之强而先割十五都予赵，赵岂敢留璧而得罪于大王乎？臣知欺大王之罪当诛，臣请就汤镬，唯大王与群臣孰计议之。”秦王与群臣相视而嘻。左右或欲引相如去，秦王因曰：“今杀相如，终不能得璧也，而绝秦赵之欢，不如因而厚遇之，使归赵，赵王岂以一璧之故欺秦邪！”卒廷见相如，毕礼而归之。

者去赵国，赵王马上就派我捧着和氏璧送来了。现在，以秦国的强盛，如果真的能先割让十五座城给赵国，赵国哪儿敢为了保留一块璧玉的原故而开罪大王您呢？我知道欺骗您的，必须接受烹刑，就请用大刑吧！只是，方才的话，还请大王您和您的大臣们仔细地斟酌斟酌。”秦王和他的左右的臣子们面面相觑，口中发出意外的惊呼。有的臣子恨恨地要把相如拿下去，秦王阻止道：“如今即使杀了相如，也得不到和氏璧了，徒然破坏了秦赵两国的友好关系，不如照旧款待他，放他回赵国，想那赵王，岂至于为了一块玉的关系而欺骗秦国呢！”最后还是按礼接见了相如，待典礼结束，又送他离去。

相如既归，赵王以为贤大夫，使不辱于诸侯，拜相如为上大夫。秦亦不以城予赵，赵亦终不予秦璧。

待相如回到赵国，赵王认为相如是位出使友邦、不辱使命的使节，就拜他为上大夫之官。秦国并没有割城给赵国，赵国也就没有送和氏璧给秦国。

其后秦伐赵，拔石城。明年，复攻赵，杀二万人。

不久以后，秦国攻打赵国，攻占了石城。次年，又发兵攻打赵国，杀死了两万人。

秦王使使者告赵王，欲与王为好会于西河外渑池。赵王畏秦，欲毋行。廉颇、蔺相如计曰：“王不行，示赵弱且

秦王遣使者告诉赵王，希望和赵国言和，并在西河之南的渑池会盟。赵王怕秦国，不想去。廉颇、蔺相如两人磋商道：“君王如果不去赴约，只显得赵国国势薄弱、国君胆怯罢了。”于是赵王只好答应前往，由

怯也。”赵王遂行，相如从。廉颇送至境，与王诀曰：“王行，度(音夺)道里会遇之礼毕，还，不过三十日。三十日不还，则请立太子为王。以绝秦望。”王许之，遂与秦王会渑池。秦王饮酒酣，曰：“寡人窃闻赵王好音，请奏瑟。”赵王鼓瑟。秦御史前书曰“某年月日，秦王与赵王会饮，令赵王鼓瑟”。蔺相如前曰：“赵王窃闻秦王善为秦声，请奏盆缻秦王，以相娱乐。”秦王怒，不许。于是相如前进缻(音否)，因跪请秦王。秦王不肯击缻。相如曰：“五步之内，相如请得以颈血溅大王矣！”左右欲刃相如，相如张目叱之，左右皆靡。于是秦王不怿(音译)，为一击缻。相如顾召赵御史书曰“某年月日，秦王为赵王击缻”。秦之群臣曰：“请以赵十五城为秦王寿”。蔺

相如随行。廉颇远送到国境之上，拜别赵王时说：“陛下，您这一去，按照推算，会期加上来回的行程总共不会超过三十天，如果满了三十天您还不回来，请答应立太子为王，以断绝秦国要挟的企图。”赵王答应了。于是到达渑池和秦王见面。酒过三巡，秦王喝酒到畅快的时候，说：“寡人曾听人说您赵王喜欢音乐，请弹奏瑟吧。”赵王就弹了瑟。秦国的史官走上前来，在史册上记录道：“某年某月某日，秦王和赵王会盟，命令赵王弹瑟。”蔺相如走上前去，说道；“赵王曾经听人说秦王擅长贵国的音乐，现在我给大王您捧上缻，请大王表演一段，以示同乐。”秦王很生气，不肯。于是相如更往前走，捧着缻，跪下去相请，秦王仍然不肯敲。相如说：“在这不到五步的地方，我的颈血可能溅到大王您身上喽！”侍卫在秦王左右的臣子们举刀要杀相如，相如瞪眼怒喝一声，惊得他们个个闪避退后。于是秦王不悦地敲了一下缻。相如回头召请赵国的史宫，说：“请您记一下：某年某月某日，秦王为了赵王敲缻。”秦国的群臣说：“请赵国用十五个城，作为对秦王的献礼。”蔺相如也说；“请秦国献上咸阳城，表示对赵王的敬意。”直到酒会结束，秦王也没有占上风。加上赵国武备森严地戒备着，秦国不敢轻举妄动。

相如亦曰："请以秦之咸阳为赵王寿。"秦王竟酒，终不能加胜于赵。赵亦盛设兵以待秦，秦不敢动。

既罢，归国，以相如功大，拜为上卿，位在廉颇之右。廉颇曰："我为赵将，有攻城野战之大功，而蔺相如徒以口舌为劳，而位居我上，且相如素贱人，吾羞，不忍为之下。"宣言曰："我见相如，必辱之。"相如闻，不肯与会。相如每朝时，常称病，不欲与廉颇争列。已而相如出，望见廉颇，相如引车避匿。于是舍人相与谏曰："臣所以去亲戚而事君者，徒慕君之高义也。今君与廉颇同列，廉君宣恶言而君畏匿之，恐惧殊甚，且庸人尚羞之，况于将相乎！臣等不肖，请辞去。"蔺相如固止之，曰："公之视廉将军孰与秦王？"曰："不若也。"相如曰：

渑池之会结束，赵王回到国中，因为此行以相如的功劳最大，拜相如为上卿，官位在廉颇之上。廉颇说："我身为赵国的将军，有攻城野战、扩土保疆的大功勋，而蔺相如呢，只不过动动口舌，立了点儿功，竟然就位高于我，而且相如本来出身就微贱，太使我难堪了，叫我如何忍受坐在他的下首呢！"因此，公然扬言道："我碰到蔺相如，一定要羞辱他！"相如听说了，就不肯和廉颇见面。每当朝会的时候，他经常托词生病而不出席，避免和廉颇争位次的先后，有一次相如外出，远远地望见廉颇，相如赶紧调转头躲避。于是他的一些门客联合起来，进言道："我们之所以离亲别故的追随在您左右，只不过是仰慕您出众的情谊啊。如今，您和廉颇同朝为官，廉先生公开恶言抨击，而您竟吓得这般躲躲藏藏的不敢露脸，未免过分的胆小怕事，这种事连寻常人也觉得耻辱，何况位居将相的您呢？我们没有这等涵养，容我们告辞吧！"蔺相如再三挽留，说："依诸位看，廉将军比那秦王强吗？"大家异口同声地说："当然比不上秦王了。""以那秦王的权威，我尚且敢在大庭广众之

“夫以秦王之威，而相如廷叱之，辱其群臣，相如虽驽，独畏廉将军哉？顾吾念之，强秦之所以不敢加兵于赵者，徒以吾两人在也。今两虎共斗，其势不俱生。吾所以为此者，以先国家之急而后私仇也。”廉颇闻之，肉袒负荆，因宾客至蔺相如门谢罪。曰：“鄙贱之人，不知将军宽之至此也。”卒相与欢，为刎颈之交。

间呵责他、羞辱他的群臣，我蔺相如再不中用，难道就只怕廉将军吗？但是我每一想到强秦之所以不敢对赵国发动战争，还不是因为他和我同时在朝为官嘛。如果我们两个人斗意气，就会如两虎相争斗般的，那有两全之理。我之所以避着他，无非是把国家的急难放在前头，把个人恩怨搁在后面就是了。”廉颇听说了，就袒露着上体，带着荆鞭，由朋友陪着来到相如家谢罪。他说：“我太浅薄了，没想到先生您的胸襟如此宽大。”两人终于结为至交，成了生死与共的朋友。

是岁，廉颇东攻齐，破其一军。居二年，廉颇复伐齐几，拔之。后三年，廉颇攻魏之防陵、安阳，拔之。后四年，蔺相如将而攻齐，至平邑而罢。其明年，赵奢破秦军阏(音玉)与下。

这一年，廉颇往东去打齐国，歼灭了他们的一支部队。过了两年，廉颇再度东攻齐国几邑，一攻而克。过了三年以后，廉颇去攻打魏国的防陵和安阳，都攻下来了。再四年之后，蔺相如率师攻打齐国，一路打到平邑才罢手。第二年，赵奢在阏与城下打败了秦军。

赵奢者，赵之田部吏也。收租税而平原君家不肯出租，奢以法治

赵奢是赵国的一个田部吏，负责征收田租的工作。但是平原君家不肯照规定缴纳，赵奢依法施罚，杀了平原君家九个主事

之，杀平原君用事者九人。平原君怒，将杀奢。奢因说（音税）曰："君于赵为贵公子，今纵君家而不奉公则法削，法削则国弱，国弱则诸侯加兵，诸侯加兵是无赵也，君安得有此富乎？以君之贵，奉公如法则上下平，上下平则国强，国强则赵固，而君为贵戚，岂轻于天下邪？"平原君以为贤，言之于王。王用之治国赋，国赋大平，民富而府库实。

的人。平原君大怒，准备杀赵奢以示报复。赵奢趁势对平原君说："您是赵国的贵公子，今儿个连您阁下也放任家臣不守国法，国家法令尊严就会受损，法令受损，国势会因而削弱，国势弱，那么诸侯入侵的力量必然会随之而至，外患至，赵国的危亡可就在旦夕之间，到时候，您如何再安享这种富贵的生活呢？反之，以您富贵之家带头奉公守法，则可以导致全国上下一心，国家就会富强，国家富强了，赵国的国际地位自然稳固，而您呢，贵为国戚，还怕被天下人轻视吗？"平原君认为赵奢是一位有远见的贤者，就把他推荐给国君。国君让他负责全国的赋税，果然赋税均平，民生富足，国库充盈。

秦伐韩，军于阏与。王召廉颇而问曰："可救不？"对曰："道远险狭，难救。"又召乐（音越）乘而问焉，乐乘对如廉颇言。又召问赵奢，奢对曰："其道远险狭，譬之犹两鼠斗于穴中，将勇者胜。"王乃令赵奢将，救之。

秦国攻打韩国，军队驻扎在阏与。赵王召请廉颇问道："能不能去救呢？"廉颇回答说："由邯郸到阏与这段路程，是既遥远而又险峻狭阻，援救相当困难。"又召乐乘来问这件事，他回答的和廉颇的一样。又去召了赵奢来问，赵奢回答说："这段路是很险阻绵长，要去援救，就如同两只老鼠在洞中打斗，那将领骁勇的操胜算。"赵王决定派赵奢率兵救阏与。

兵去邯郸三十里，而令军中曰："有以军

大军距离邯郸三十里，赵奢下令暂不进军，并传令军中说："有以军事进谏的，处

事谏者死。”秦军军武安西,秦军鼓噪勒兵,武安屋瓦尽振。军中候有一人言急救武安,赵奢立斩之。坚壁,留二十八日不行,复益增垒。秦间来入,赵奢善食而遣之。间以报秦将,秦将大喜曰:“夫去国三十里而军不行,乃增垒,阏与非赵地也。”赵奢既已遣秦间,卷甲而趋之,二日一夜至,令善射者去阏与五十里而军。军垒成,秦人闻之,悉甲而至。军士许历请以军事谏,赵奢曰:“内(音纳)之。”许历曰:“秦人不意赵师至此,其来气盛,将军必厚集其阵以待之。不然,必败。”赵奢曰:“请受令。”许历曰:“请就𫓧(音斧)质之诛。”赵奢曰:“胥后令邯郸。”许历复请谏,曰:“先据北山上者胜,后至者败。”赵奢许诺,即发

死刑。”秦国的军队其时正在武安的西方扎营,他们击鼓军事演习和整训军队的呐喊声,使武安的屋瓦都震动了。一名侦察敌情的军候,请求立刻派兵救武安,赵奢果然马上就把军候斩首了。他只把垒堑筑得非常坚固,又停留了二十八天,没有往前推进,并且更积极地增筑防御工事。秦国的奸细潜入赵军营区,赵奢热诚地以大菜款待,饭后又送他,离去。那探子回去把所见报告了秦国的将军,秦将大喜过望,说:“离都城三十里就驻兵不前,反而忙于修筑防御工事,看情形,阏与不再归赵国所有喽。”赵奢一送走了秦国奸细,立刻命令部下士卒整束甲胄武器,人人穿着轻便的服装尾随着出发往阏与去,经过两日一夜的急行军,到达了目的地,他派一批弓箭好手在离阏与五十里的地方扎营。营帐才搭好,秦军得到了情报,也全副武装倾巢而来。一位名叫许历的军士,请求陈说对敌之策。赵奢说:“请他进来。”许历说:“秦军料不到我的军队已经到了这里,所以他们的士气相当壮盛,将军一定要厚集兵力,严阵以待。不然的话,是要吃亏的。”赵奢说:“你下去听候命令吧!”许历说:“请依法杀了我好了,”赵奢说:“等回到邯郸再说。”许历又要求陈述战略,他说:“能先占据北山的操胜算,后到的就要吃败仗了。”赵

万人趋之。秦兵后至，争山不得上，赵奢纵兵击之，大破秦军。秦军解而走，遂解阏与之围而归。

奢认为可行，立刻派出一万人先行占领北山。秦兵随后也拥到了，两军争夺山头，秦军由于晚了一步而无法上山，赵奢指挥兵士，展开猛烈的攻击，大破秦军。秦军溃散而去，阏与之困终于解除了，赵奢的大军凯旋而归。

赵惠文王赐奢号为马服君，以许历为国尉。赵奢于是与廉颇、蔺相如同位。

赵惠文王封赐赵奢，号"马服君"，任许历为国尉。从那以后，赵奢和廉颇、蔺相如官阶相同。

后四年，赵惠文王卒，子孝成王立。七年，秦与赵兵相距长平，时赵奢已死，而蔺相如病笃，赵使廉颇将(音酱)攻秦，秦数败赵军，赵军固壁不战。秦数挑战，廉颇不肯。赵王信秦之间。秦之间言曰："秦之所恶(音误)，独畏马服君赵奢之子赵括为将耳。"赵王因以括为将，代廉颇。蔺相如曰："王以名使括，若胶柱而鼓瑟耳。括徒能读其父书传，不知合变也。"赵王不听，遂将之。

四年以后，赵惠文王去世，其太子孝成王即位。赵孝成王七年，秦军和赵军在长平对峙，其时赵奢已经去世，蔺相如也病得很严重，赵王派廉颇率兵抗秦军，秦军一再打败赵军，赵军加强防御，不再出垒应战。即使秦兵一再挑战，廉颇依然不理，赵王听信了秦国间谍的话。秦国的间谍说："秦国最忌讳、最怕的就是马服君赵奢的儿子赵括做赵国的统帅而已。"赵王信以为真的用赵括替代廉颇的将职。蔺相如说："陛下仅凭虚名而任用赵括，这仿佛是用胶漆粘住弦柱然后才去弹瑟一样的啊。赵括这个人，只会念他父亲留下的兵书罢了，并不能体悟战略上因时因势而运用的变通啊！"赵王不听，还是派用赵括为将。

赵括自少时学兵法，言兵事，以天下莫能当

赵括自小学兵法，谈战略，自以为天下没有人比得上自己。曾经与他父谈战

(音挡)。尝与其父奢言兵事,奢不能难,然不谓善。括母问奢其故,奢曰:"兵,死地也,而括易言之。使赵不将括即已,若必将之,破赵军者必括也。"及括将行,其母上书言于王曰:"括不可使将。"王曰:"何以?"对曰:"始妾事其父,时为将,身所奉(音捧)饭饮而进食者以十数,所友者以百数,大王及宗室所赏赐者尽以予军吏士大夫,受命之日,不问家事。今括一旦为将,东向而朝,军吏无敢仰视之者,王所赐金帛,归藏于家,而日视便利田宅可买者买之。王以为何如其父?父子异心,愿王勿遣。"王曰:"母置之,吾已决矣。"括母因曰:"王终遣之,即有如不称(音趁),妾得无随坐乎?"王许诺。

阵布设之道,赵奢也难不倒他,但是也不因此就承认他懂兵法。赵括的母亲问这道理所在,赵奢说:"战争,是关乎生死的大事,而括儿竟说得轻松容易;将来赵国不用括儿为将则已,若果用了他,使赵军惨败的,就是括儿了。"等到赵括所率领的大军将要出发的时候,赵括的母亲上书给赵王,说:"赵括不宜做将军。""为什么呢?"赵王问:"当初我嫁到赵家来的时候,赵括的父亲正做大将军,他亲自奉进饮食而招待给吃喝的有数十人之多,他以朋友般敬重的,有数百人之多,国君及贵族所赏赐的财物,他全部分给士卒及谋臣们享用,每当接奉出征令,就从那一天开始不再过问家务,而专心筹划军机去了。而今天,赵括才当上将领,马上就架子十足地朝东坐着接见属下,使他们连抬起头来看看他都不敢,陛下赏赐的金玉布帛,他都带回家来,妥为收藏,并天天留意位置理想的田地房屋,能买的,都买下来。陛下看,他这种表现如何和他父亲相比?父子两人思想全然不同,请千万别派他去打仗吧。"赵括的母亲回答说。"老夫人,别说了,我已经决定了。"赵王并未改变。所以赵括的母亲接着说:"如果大王一定要用他,那么日后他一旦有不称职之处,老身能不受株连吗?"赵王也答应了她。

赵括既代廉颇，悉更（音耕）约束，易置军吏。秦将白起闻之，纵奇兵，详败走，而绝其粮道，分断其军为二，士卒离心。四十余日，军饿，赵括出锐卒自博战，秦军射杀赵括。括军败，数十万之众遂降秦，秦悉坑之。赵前后所亡凡四十五万。明年，秦兵遂围邯郸，岁余，几不得脱。赖楚、魏诸侯来救，乃得解邯郸之围。赵王亦以括母先言，竟不诛也。

赵括一经取代了廉颇的职权，马上全盘更改纪律和号令，撤换军官。秦国大将白起得到情报，运用奇兵谋计，假装战败退走，由背后偷袭赵军的辎重及补给路线，把赵国的军队截断为两部分，赵军军心呈现不稳。经过四十几天，军中缺粮，赵括只好选拔精锐部队，亲自率领着与秦军展开肉搏战，秦军射死了赵括。赵军溃败，于是数十万大军只好束手投降，秦军把他们全活埋掉。这一次战争，赵国前后一共牺牲了四十五万人。次年，秦兵乘势包围了邯郸城，持续了一年之久，几乎不能脱围，靠着楚、魏等友邦的前来救援，邯郸之围才告解除。赵王因为赵括的母亲曾经请求在先，所以并没有诛罚她。

自邯郸围解五年，而燕用栗腹之谋，曰“赵壮者尽于长平，其孤未壮”，举兵击赵。赵使廉颇将，击，大破燕军于鄗（音号），杀栗腹，遂围燕。燕割五城请和，乃听之。赵以尉文封廉颇为信平君，为假相国。

邯郸围解的五年以后，燕国宰相栗腹认为：赵国年富力强的人全死在长平之役，而他们的孤幼尚未长大，可以发兵攻之。燕王采用了栗腹的计谋，举兵攻赵。赵王用廉颇为将，迎击燕军，在鄗地把燕兵打得溃不成军，杀掉了栗腰，并乘胜进兵，围攻燕国都城。燕国提出以割五座城给赵国，作为请和的条件，赵国才答应了退兵。赵王把尉文邑封给廉颇，号称“信平君”，又使廉颇代行相国的职权。

廉颇之免长平归也，失势之时，故客尽去。及

当廉颇由长平免去将职回京，失去权势的时候，旧日的门客都弃他而去。等

复用为将,客又复至。廉颇曰:“客退矣!”客曰:“吁!君何见之晚也?夫天下以市道交,君有势,我则从君,君无势则去,此固其理也,有何怨乎?”居六年,赵使廉颇伐魏之繁阳,拔之。

到又接掌将职,那些门人又陆陆续续地回来了。廉颇说:“诸位还是请回吧!”“唉!先生见事何以明白得这样迟啊?天下人以利害相交往,您得势时,我们来追随您;失势时,就离去,这是很自然的道理啊,又何需怨怒呢?”那些门客说。过了六年之后,赵国派廉颇攻打魏国的繁阳,进占了繁阳。

赵孝成王卒,子悼襄王立,使乐乘代廉颇。廉颇怒,攻乐乘,乐乘走。廉颇遂奔魏之大梁。其明年,赵乃以李牧为将而攻燕,拔武遂、方城。

赵孝成王去世,太子悼襄王继位,起用乐乘代替廉颇。廉颇很生气地打击乐乘,乐乘离职而去,廉颇也出奔到魏的大梁。次年,赵国派李牧为将,攻打燕国,攻下了武遂和方城二地。

廉颇居梁久之,魏不能信用。赵以数困于秦兵,赵王思复得廉颇,廉颇亦思复用于赵。赵王使使者视廉颇尚可用否。廉颇之仇郭开多与使者金,令毁之。赵使者既见廉颇,廉颇为之一饭斗米,肉十斤,被甲上马,以示尚可用。赵使还报王曰:“廉将军虽老,尚善饭,然与臣坐,顷之三遗矢矣。”赵王以为老,遂不召。

廉颇住大梁很长一段时间,魏国并未重用他。而赵国由于屡次受秦国的窘困,打算再重用廉颇,廉颇也希望再为赵国出力。赵王派遣一名使者前往魏国,观察一下廉颇是否尚可任用,廉颇的仇家郭开,重重贿赂那使者,命他陷害廉颇。当使者与廉颇见了面,廉颇特意地在使者面前一餐就吃了一斗米的饭,十斤肉,饭后复披戴甲胄一跃上马,表示自己的仍然健壮可用。使者回国以后,复命说:“廉将军的年纪虽然大了,饭量尚称不错,可是只跟我坐一会儿的工夫,就去大解了三次。”赵王一听,认为廉颇已经老迈不堪用,决定不再召他回国。

楚闻廉颇在魏，阴使人迎之。廉颇一为楚将，无功，曰："我思用赵人。"廉颇卒死于寿春。

楚国听说廉颇在魏国，暗中派人去迎接他。廉颇一旦做了楚将，并无任何建树，说："我想指挥赵国的子弟兵啊！"最后，廉颇死在楚国的寿春。

李牧者，赵之北边良将也。常居代雁门，备匈奴。以便宜置吏，市租皆输入莫(音幕)府，为士卒费。日击数牛飨士，习射骑，谨烽火，多间谍，厚遇战士。为约曰："匈奴即入盗，急入收保，有敢捕虏者斩。"匈奴每入，烽火谨，辄入收保，不敢战。如是数岁，亦不亡失。然匈奴以李牧为怯，虽赵边兵亦以为吾将怯。赵王让李牧，李牧如故。赵王怒，召之，使他人代将。

李牧是赵国北部边防的良将。他常年驻扎在代雁门郡一带，防御匈奴入侵。他经常斟酌情势的需要而设置官吏，把收来的货物税款放在幕府中，作为士兵们的开销。每天都宰好几头牛，加菜犒劳吏卒，勤于练习骑术和射技，重视警报系统，增设间谍人数，厚待吏卒。他订立了一个规章："发现匈奴兵来袭，要立刻退回营区自保；有那胆敢擅自离营捕虏敌人的，处以斩刑。"所以匈奴每次入侵，严密的警报系统马上发出警报，人们都退回营区，不敢出而迎战。这样过了几年，也没有大的人众伤亡、财物损失。而匈奴公认李牧怯懦，不但如此，连赵国防边的吏卒也承认"我们的将领胆子小"了。赵王责备李牧，李牧依然故我，作风不改。赵王生气，召他回京，另派他人接掌他的防边重任。

岁余，匈奴每来，出战。出战，数不利，失亡多，边不得田畜。复请李牧。牧杜门不出，固称疾。赵王乃复强起使将兵。牧

在往后的一年多期间中，每次匈奴来犯，都出而迎战。但是每次都无战果，反而多所伤亡，边境地区又不能按时种植、畜牧。他们请求派李牧来。李牧闭门不肯出仕，坚称自己有病。赵王一再强迫

曰："王必用臣，臣如前，乃敢奉令。"王许之。

他复出，派他去统率军队，李牧说："陛下如果一定要臣防边，就得答应臣用老法子，臣才敢从。"赵王答应了他。

李牧至，如故约。匈奴数岁无所得。终以为怯。边士日得赏赐而不用，皆愿一战。于是乃具选车得千三百乘(音胜)，选骑(音计)得万三千匹，百金之士五万人，彀(音够)者十万人，悉勒习战。大纵畜牧，人民满野。匈奴小入，详北不胜，以数千人委之。单于闻之，大率众来入。李牧多为奇陈(音阵)，张左右翼击之，大破杀匈奴十余万骑。灭襜(音搀)褴，破东胡，降林胡，单于奔走。其后十余岁，匈奴不敢近赵边城。

李牧再回到军中，法令一如从前。在几年当中，匈奴一无所获。但是他们仍然相信李牧胆怯。防边的士卒日日受犒赏而不用打仗，都希望有一战的机会。于是李牧选择兵车，选中一千三百辆，挑选坐骑，挑出一万三千匹，另外选出五万名骁勇善战之士和十万名弓箭好手，全部加以编组，布列战阵让他们演习作战。他放出大批百姓任意地四出畜牧，田野中满是百姓。匈奴以小股兵马入侵，李牧假装没有战力而败退，任匈奴活捉去好几千人。单于听到了这个消息，率领大军，倾巢来犯。李牧设置了许多变化灵活的战阵，用左右包抄的奇兵，一举而杀掉了十几万匈奴骑兵，消灭了襜褴国，打败了东胡，并使林胡投降，单于其后十几年间，败逃而去。匈奴再也不敢接近赵国的边境了。

赵悼襄王元年，廉颇既亡入魏，赵使李牧攻燕，拔武遂、方城。居二年，庞煖(左火)(音宣)破燕军，杀剧辛。后七年，秦破杀赵将扈辄于武遂，斩首十万。赵乃以李牧为大将军，击秦军于宜安，大

赵悼襄王元年，廉颇已经逃亡去了魏国，赵国派遣李牧攻打燕国，攻陷了武遂和方城。过了两年，将军庞煖又打败了燕军，杀掉其将领剧辛。七年以后，秦兵在武遂杀掉了赵将扈辄，打败他所率领的军队，斩首十万。于是赵国举用李牧为大将军，在宜安攻打秦军，把秦军打得大败，赶走了秦将桓齮。封李牧为"武安

破秦军，走秦将桓齮（音倚）。封李牧为武安君。居三年，秦攻番吾，李牧击破秦军，南距韩、魏。

君”。过了三年，秦兵攻打赵地番吾，李牧把秦兵击溃，在南方又抑止了韩、魏两国的兵力。

赵王迁七年，秦使王翦攻赵，赵使李牧、司马尚御之。秦多与赵王宠臣郭开金，为反间，言李牧、司马尚欲反。赵王乃使赵葱及齐将颜聚代李牧。李牧不受命，赵使人微捕得李牧，斩之。废司马尚。后三月，王翦因急击赵，大破杀赵葱，虏赵王迁及其将颜聚，遂灭赵。

赵王迁的第七年，秦用王翦为将领，来攻打赵国，赵国派李牧和司马尚御敌。秦国用大笔金钱贿赂赵王的宠臣郭开，让他做反间的工作，进谗言说李牧、司马尚图谋反叛。赵王信以为真，就派赵葱和齐将颜聚取代李牧。李牧抗旨，赵王用计暗中捉杀了李牧。废掉司马尚的官职。三个月以后，王翦乘势急攻赵国，大败赵军，杀掉赵葱，活捉了赵王迁和将领颜聚，而灭掉了赵国。

太史公曰：知死必勇，非死者难也，处死者难。方蔺相如引璧睨柱，及叱秦王左右，势不过诛，然士或怯懦而不敢发。相如一奋其气，威信敌国，退而让颇，名重太山，其处智勇，可谓兼之矣！

太史公说：对死亡有彻底认识的人，必定是位勇者，这并不表示死有多么困难，只是说能从容面对才是难事。当蔺相如举起璧来瞄着殿中的大柱，又大声叱责秦王左右的时候，就形势判断，他最多不过一死，可是对一般士人来说，往往会由于怯懦不敢作此表现。相如一旦鼓足全身的英武之气，所形成的那种威势，不断伸张，终于压倒了敌人，他十分谦退，对廉颇处处让步，如此种种，使他的声誉显得比泰山还要重。他处理事务，可说是智勇兼而有之的人啊！

评议

蔺相如之于廉颇也,尝曰:“强秦之所以不敢加兵于赵者,徒以吾两人在也。”太史公以廉蔺合传,即本斯旨。附传赵奢、赵括者,以奢与廉蔺同位,而括为奢子,几于亡赵,正与廉蔺之存赵相反也。并附李牧者,继廉蔺之后,而为赵重,又与廉颇同受郭开之害者也。其事以照应生情,其文以参互见妙。断续离合,无牵连之迹,而有穿插之致,此传之变格,亦奇格也。至传以廉蔺标目,而赞语则以蔺为主,举其尤重,见爱慕之所在也。

惟通传以编年纪事,而年数多有不合之处:如“赵惠文王十六年,廉颇为赵将伐齐,大破之,取晋阳”。按表,事在十五年,“晋阳”当作“昔阳”。“后三年,廉颇攻魏之房陵、安阳,拔之。”按“后三年”当作“后二年”。盖渑池之会为惠文王二十年,颇拔魏房陵、安阳为二十四年;上既云“居二年,廉颇复伐齐”,则此当云“后二年”,不当云“后三年”也。“七年,秦与赵兵相距长平。”按“七年”当作“八年”。“自邯郸围解五年,而燕用栗腹之谋。”按“五年”当作“六年”。“赵悼襄王元年”,按“元年”当作“二年”。“居二年”,按“二年”当作“一年”。“后七年”,按“七年”当作“八年”。“居三年”,按“三年”当作“一年”。又“后三月,王翦因急击赵,大破杀赵葱。”按《国策》,一本作“后五月”。

屈原贾生列传

屈原者，名平，楚之同姓也。为楚怀王左徒。博闻强志，明于治乱，娴于辞令。入则与王图议国事，以出号令；出则接遇宾客，应对诸侯。王甚任之。

上官大夫与之同列，争宠而心害其能。怀王使屈原造为宪令，屈平属（音烛）草稿未定。上官大夫见而欲夺之，屈平不与，因谗之曰："王使屈平为令，众莫不知，每一令出，平伐其功，（曰）以为'非我莫能为'也。"王怒而疏屈平。

屈平疾王听之不聪也，谗谄之蔽明也，邪曲之害公也，方正之不容也，故忧愁幽思而作离骚。离骚者，犹离忧也。夫天者，人之始也；父母者，人之本也。人穷则反

屈原名平，和楚国王族同姓。楚怀王时，在朝担任左徒的官职。屈原学识渊博，记忆力特强，知道的事物很多，对于国家治乱的道理非常清楚，并且擅长辞令。他在朝中就和楚王商议国家大事，发布政令，对外就接待各国的使节，和各国的君王相酬酢。楚王很倚重他。

当时上官大夫和屈原爵位相同，心想争取楚王的宠信，嫉妒屈原的才华。有一回，楚王指派屈原制订国家的法令，屈原刚刚起草，还没定稿。上官大夫看见了，便想夺取这份草稿，屈原不给他，上官大夫因此毁谤屈原，说："大王指派屈平制订法令，没有一个人不知道，每当一条法令制订完成，颁布出来，屈平就自夸其功，认为'除了我以外，没有人能作得出来。'"楚王听了大怒，因此疏远屈原。

屈原对于楚王被小人迷惑，耳朵不能辨别是非，眼睛不能分清黑白，以至于邪恶伤害公道，端方正直的君子不为小人所容，感到痛心，所以忧愁苦闷，沉郁深思，写成了《离骚》。所谓"离骚"，犹言"离忧"，就是遭遇忧愁的意思。因为上天创造万物，是人类的原始，父母生育儿女，是人类的根本。

本,故劳苦倦极,未尝不呼天也;疾痛惨怛,未尝不呼父母也。屈平正道直行,竭忠尽智以事其君,谗人间之,可谓穷矣。信而见疑,忠而被谤,能无怨乎?屈平之作离骚,盖自怨生也。国风好色而不淫,小雅怨诽而不乱。若离骚者,可谓兼之矣。上称帝喾,下道齐桓,中述汤武,以刺世事。明道德之广崇,治乱之条贯,靡不毕见。其文约,其辞微,其志絜,其行廉,其称文小而其指极大,举类迩而见义远。其志絜,故其称物芳。其行廉,故死而不容。自疏濯淖(音浊闹)汙泥之中,蝉蜕于浊秽,以浮游尘埃之外,不获世之滋垢,皭然泥而不滓者也。推此志也,虽与日月争光可也。

人们遇到窘困的处境,就会追念本原,所以当人们劳苦困顿的时候,没有不呼叫上天的,当人们病痛惨恻的时候,没有不呼叫父母的。屈原持心端直,行为方正,竭尽他的忠心和智慧,来奉侍他的国君,而由于谗邪小人的挑拨离间,楚王因此和他疏远,屈原的处境可以说极为艰苦了。诚信谋国而被君王怀疑,忠心事主而被小人毁谤,怎能没有怨愤之气呢?屈原所以作《离骚》,原来是为发抒内心怨愤而产生的。《国风》中的诗虽然描写男女的恋情,却不耽于荒嬉无度;《小雅》里的诗反映了百姓诽谤抱怨朝政的情绪,却也不至于公然叛乱,像屈原的《离骚》,可以说兼有《国风》和《小雅》的优点了。屈原在《离骚》里面,叙述远古帝喾的事迹,称扬近世齐桓的伟业,同时论及中古汤、武的事功,用来讥刺当时的政局。他阐明了道德的重要性,以及国家所以治乱的因果关系,叙述得非常详尽。他的文辞简约,托意深微,他的心志高洁,行为廉正。他所运用的词汇虽然烦琐细碎,但是旨意却极博大;他所举的虽然都是些眼前习见的事例,但是所寄托的意义却极深远。由于他的心志高洁,所以喜欢用香草作譬喻;由于他的行为廉正,所以一直到死不为小人所容。他远离污浊的世界,从那浊秽的社会中自我超拔,不肯与众人同流合污,他一毫不受社会恶习的感染,虽处污泥,却如莲花一般,仍能保持自身品德的高洁。我们推断他这种伟大的心志,甚至说它可以跟日月争辉,也不算推崇过分。

屈平既绌,其后秦欲伐齐,齐与楚从(音纵)亲,惠王患之,乃令张仪详(音佯)去秦,厚币委质事楚,曰:“秦甚憎齐,齐与楚从亲,楚诚能绝齐,秦原献商、于之地六百里。”楚怀王贪而信张仪,遂绝齐,使使如秦受地。张仪诈之曰:“仪与王约六里,不闻六百里。”楚使怒去,归告怀王。怀王怒,大兴师伐秦。秦发兵击之,大破楚师于丹、淅,斩首八万,虏楚将屈匄,遂取楚之汉中地。怀王乃悉发国中兵以深入击秦,战于蓝田。魏闻之,袭楚至邓。楚兵惧,自秦归。而齐竟怒不救楚,楚大困。

屈原被废退以后,秦国想以兵攻打齐国,可是齐国和楚国订有合纵的盟约,秦惠王对此事感到忧虑,于是派遣张仪假意离开秦国,携带丰盛的见面礼物来到楚国,表示愿意委质为臣。他说:“秦国非常讨厌齐国,可是齐国和楚国合纵相亲,这很叫秦国为难。假使楚国能和齐国断交,秦国愿意把商、於一带的六百里地奉送给楚国。”楚怀王素本贪心,竟相信了张仪的话。于是和齐国绝交,并派遣使者到秦国去接收土地。张仪这时狡赖说:“我和大王约定的是六里,不是六百里。”楚国的使者大为生气,便离开秦国,回去报告怀王。怀王听了怒不可遏,动员军队攻打秦国。秦国也发兵迎战,在丹、淅二水附近大破楚军,杀了楚兵八万人,俘虏了楚军的将领屈匄,就这样攻占了楚国汉中一带的地方,楚怀王于是动员全国的军队,深入攻击秦国,在陕西蓝田爆发大战。魏国听到了这个消息,发兵偷袭楚国,军队一直推进到邓地。楚兵恐惧,急忙从秦国撤回。这时齐国因为痛恨楚怀王的背弃盟约,不肯派军队援救楚国,楚国的处境非常狼狈。

明年,秦割汉中地与楚以和。楚王曰:“不

第二年,秦国表示愿意割让汉中一带地方,和楚国议和,楚王说:“不愿得汉中

愿得地,愿得张仪而甘心焉。”张仪闻,乃曰:“以一仪而当汉中地,臣请往如楚。”如楚,又因厚币用事者臣靳尚,而设诡辩于怀王之宠姬郑袖。怀王竟听郑袖,复释去张仪。是时屈平既疏,不复在位,使于齐,顾反,谏怀王曰:“何不杀张仪?”怀王悔,追张仪不及。

地,愿得到张仪方才甘心。”张仪听说了这话,就对秦王说:“以臣一人之身,能抵充汉中一带地方,臣请求到楚国去。”张仪到了楚国,又以丰盛的礼物买通了楚国当权的臣子靳尚,利用靳尚的关系,而在楚王宠姬郑袖的面前搬弄诡巧的言辞。怀王竟然听从郑袖的话,又把张仪释放了。这时屈原已被疏远,不再居重要的职位,刚被派遣到齐国去,回来以后就谏怀王说:“为什么不杀张仪?”怀王感到后悔,派人追赶张仪,可是已经来不及了。

其后诸侯共击楚,大破之,杀其将唐眜。

后来,各国联兵攻击楚国,大破楚军,杀了楚国的大将唐眜。

时秦昭王与楚婚,欲与怀王会。怀王欲行,屈平曰:“秦虎狼之国,不可信,不如毋行。”怀王稚子子兰劝王行:“奈何绝秦欢!”怀王卒行。入武关,秦伏兵绝其后,因留怀王,以求割地。怀王怒,不听。亡走赵,赵不内(音纳)。复之秦,竟死于秦而归葬。

那时秦昭王和楚国结为姻亲,想要和怀王见见面。怀王想去,屈原谏阻说:“秦是一个像虎狼一般的贪暴的国家,秦王说的话不能相信,不如不去!”可是怀王的幼子子兰劝怀王去,他说:“为什么要弃绝秦王的好意?”于是怀王最后还是出发了。等他一进武关,秦国的伏兵就断绝了他的归路,把怀王扣留,胁迫他割地。怀王大怒,不肯答应。逃到赵国去,赵国不肯接纳。又折返秦国,终于死在秦国,然后归葬楚国。

长子顷襄王立,以其弟子兰为令尹。楚人既咎子兰以劝怀王入秦

怀王的长子顷襄王继位,用他的弟弟子兰作令尹。由于子兰早先曾劝怀王入秦,而使怀王终于不悟,楚国人为此对于兰都

而不反也。

屈平既嫉之，虽放流，睠（音眷）顾楚国，系心怀王，不忘欲反，冀幸君之一悟，俗之一改也。其存君兴国而欲反覆之，一篇之中三致志焉。然终无可奈何，故不可以反，卒以此见怀王之终不悟也。人君无愚智贤不肖（音孝），莫不欲求忠以自为，举贤以自佐，然亡国破家相随属，而圣君治国累世而不见者，其所谓忠者不忠，而所谓贤者不贤也。怀王以不知忠臣之分，故内惑于郑袖，外欺于张仪，疏屈平而信上官大夫、令尹子兰。兵挫地削，亡其六郡，身客死于秦，为天下笑。此不知人之祸也。《易》曰："井泄不食，为我心恻，可以汲。王明，并受其福。"王之不明，岂足福哉！

很怪罪。

屈原对于子兰的贻误国事，感到痛恨。他虽被放逐，但是对于楚国还是极为怀念，心里惦记着怀王，老是希望着能再回到朝中来，总冀盼怀王能够觉悟，风俗能够改善。他那忠君爱国的热忱，希望挽救楚国的颓势，在一篇作品之中再三致意，但是这些愿望到底还是未能实现，所以不能再回到朝中，由此可以看出怀王最后还是没有了解屈原的忠诚。一国之君，不论智或愚，贤或不肖，都希望能找到忠臣和贤士来辅佐自己治理国家，但是亡国破家的事例却不断发生，仁圣的人君和政治上轨道的国家，都多少世代以来不曾一见，这是因为国君所谓的忠臣其实并不忠贞，他所谓的贤士其实并不贤能。楚怀王不明了忠臣的职分，所以在内被郑袖所迷惑，对外被张仪所欺骗，疏远屈原，而信任上官大夫和令尹子兰，以致军事受挫败，领土被侵占，失去了六郡，自己也流落在外，死在秦国，被天下人所耻笑。这是由于不能辨别人物的忠奸所招致的祸害。《易经》上说："把井疏浚得很干净，却没有人去饮用井里的水，这是最让人难过的事。这是可以汲用的啊，如果国君圣明，能起用贤人，使他发挥治世的长才，那么君臣上下以及百姓，将同受福祉。"国君不能明辨是非，哪里配得到幸福呢！

令尹子兰闻之大

令尹子兰听说这种情况，大为发怒，终

怒,卒使上官大夫短屈原于顷襄王,顷襄王怒而迁之。

于叫上官大夫在顷襄王的面前说屈原的短处,顷襄王一生气,就把屈原放逐了。

屈原至于江滨,被(音披)发行吟泽畔。颜色憔悴,形容枯槁。渔父(音甫)见而问之曰:"子非三闾大夫欤?何故而至此?"屈原曰:"举世混浊而我独清,众人皆醉而我独醒,是以见放。"渔父曰:"夫圣人者,不凝滞于物而能与世推移。举世混浊,何不随其流而扬其波?众人皆醉,何不餔其糟而啜其醨?何故怀瑾握瑜而自令见放为?"屈原曰:"吾闻之,新沐者必弹冠,新浴者必振衣,人又谁能以身之察察,受物之汶汶者乎!宁赴常流而葬乎江鱼腹中耳,又安能以皓皓之白而蒙世俗之温蠖乎!"

屈原到江边,披散着头发,在荒野草泽上且行且歌。脸色憔悴,容貌枯瘠。有一位渔夫看见了他这个样子,就问他说:"您不是三闾大夫吗?为什么到了此地来呢?"屈原说:"全世界的人都是污浊的,只有我保持干净,众人都昏醉了,只有我依然清醒。所以我被放逐了。"渔父说:"一个修养达到最高境界的圣人,对于事物的看法并不是一成不变的,而是能圆通地随着世俗风气转移,全世界的人都是污浊的,你为何不也随其流而推其波呢?众人都昏醉了,你何妨也吃点酒糟和薄酒,使醒醉莫辨。为何要守身如玉,与世俗相忤,而自己招致被放逐的命运呢?"屈原说:"我听说刚洗过头的人,一定要把帽子上的灰尘弹去;刚洗过澡的人,一定要拂去衣服上的尘土;人们怎能以清洁的身体,去接受外界污垢的事物呢!我宁愿跃入江流之中,葬身于鱼腹,又怎能让自己高洁的品格,受到世俗层层的污染呢!"

乃作《怀沙》之赋。其辞曰:

于是作了一篇《怀沙》赋。它的全文如下:

陶陶孟夏兮，草木莽莽。伤怀永哀兮，汩（音域）徂（音粗）南土。眴（音瞬）兮窈窈，孔静幽墨。冤结纡轸兮，离愍之长鞠；抚情效志兮，俛诎（音屈）以自抑。

阳气勃郁的孟夏，草木茂盛地生长。悲哀老是充塞胸臆，我在这时来到了南方。南方山高泽深，使人眼花，四野阒然无人，是如此冷清。我的心多么郁闷盘结，我遭遇了令人悲痛的困境。我勉强压抑悲怀，深深地自我反省。

刓（音顽）方以为圜兮，常度未替；易初本由兮，君子所鄙。章画职墨兮，前度未改（音已）；内直质重兮，大人所盛。巧匠不斫兮，孰察其揆正？玄文幽处兮，矇谓之不章；离娄微睇（音弟）兮，瞽以为无明（音盲）。变白而为黑兮，倒上以为下（音户）。凤皇在笯（音奴）兮，鸡雉翔舞。同糅玉石兮，一概而相量。夫党人之鄙妒兮，羌不知吾所臧。

想要把方正的木头削成圆的，只是法度不能废弃啊！改易初心，背离常道，这是君子所看轻的。我从前主张的政策，像明显的绳墨痕迹，到现在仍然未变。内心敦厚，品质方正，这是君子所赞美的。巧匠不挥动斧头，谁知它合乎标准。黑色的花纹，处在幽暗的地方竟然看不见，离娄视力最强，当他眯着眼睛，竟有人以为他看不清事物，这些人简直是瞎子啊！把白的变成黑的，把在上的倒转成为在下。凤凰被关在笼子里，鸡和鸭却在那儿盘旋飞舞。玉和石糅杂不分，同样地被等量齐感。那些小人见识鄙陋，而且惯会嫉妒，竟不知道我的好处啊！

任重载盛兮，陷滞而不济；怀瑾握瑜兮，穷不得余所示。邑犬群吠兮，吠所怪也；诽骏疑桀兮，固庸态也。文质疏内兮，众不知吾之异采；材朴委

你们所背的是那么重，所载的是那么多，所以陷滞在那里不能过去；我怀持着美玉宝石，竟处于困境，不知向谁献示。城里的狗成群地叫着，对着那些它们以为怪异的事物；诽谤才俊，怀疑英杰，这真是小人的丑态啊！我的外表既不耀

积兮，莫知余之所有(音以)。重仁袭义兮，谨厚以为丰；重华不可牾兮，孰知余之从容！古固有不并兮，岂知其故也？汤禹久远兮，邈不可慕也。惩违改忿兮，抑心而自强；离湣而不迁兮，愿志之有象。进路北次兮，日昧昧其将暮；含忧虞哀兮，限之以大故。

眼，内质又木讷倔强，所以不为众赏识；可用的材料堆集在一旁，没有人知道我的所有。我积累仁义，把谨厚当作富足；重华现在是遇不到了，有谁了解我的所作所为合乎道义！从古以来，圣贤生不同时，谁知道其中的缘故呢？汤和禹是那么久远，真是遥遥地不可追攀。我压下怨恨激动的内心情绪，努力振作自强；我遭逢忧患，却不改易初心，只希望我的志向可以供后人效法。我想向北方进发，奈何日光黯淡就要西落，要排遣悲愁，发抒忧伤，看来只有死亡一途。

乱曰：浩浩沅、湘兮，分流汩兮。脩路幽拂兮，道远忽兮。曾唫恒悲兮，永叹慨兮。世既莫吾知兮，人心不可谓兮。怀情抱质兮，独无匹兮。伯乐既殁兮，骥将焉程兮？人生禀命兮，各有所错(音醋)兮。定心广志，余何畏惧兮？曾伤爰哀，永叹喟兮。世溷不吾知，心不可谓兮。知死不可让兮，愿勿爱(音译)兮。明以告君子兮，吾将以为类兮。

尾声：浩浩的沅水和湘水，滚滚滔滔地分流着。漫长的道路被杂草遮蔽了，多么遥远而幽深啊！我怀着恒久的悲痛，长长地发出叹息。世人不了解我，人们的心是何等的固执而不能容纳善言啊！我抱持着贞正高洁的品质，竟然是这样的孤独寂寞。伯乐已经死了，谁将能辨别千里马呢？人生遇合受着命运的安排，各有定数。放开心志吧！还有什么可畏惧的呢？我的内心积满了重重的哀痛，长长地叹着气。世间污浊龌龊，没有人了解我，人们的心是何等的固执而不能容纳善言啊！知道死是无法避免的，我又何必珍惜自己的生命。明白地告诉世间的君子，我将留给后世一个典范。

于是怀石遂自(投)

于是抱着石头，投到汨罗江自杀了。

[沉]汨罗以死。

屈原既死之后,楚有宋玉、唐勒、景差之徒者,皆好辞而以赋见称;然皆祖屈原之从容辞令,终莫敢直谏。其后楚日以削,数十年竟为秦所灭。

屈原去世后,楚国有宋玉、唐勒、景差等人,他们都喜好文辞而以“赋”的创作为世人所称赞;他们都效仿屈原,但是都只得到屈原蕴藉委婉的一面,毕竟不敢像屈原一样的直言进谏。后来楚国一天比一天弱小,过了几十年,终于被秦国所消灭。

自屈原沉汨罗后百有余年,汉有贾生,为长沙王太傅,过湘水,投书以吊屈原。

从屈原投汨罗江自杀后一百多年,汉朝有一个贾生,他作长沙王的太傅时,经过湘水,曾经写过一篇文章投入水中祭吊屈原。

贾生名谊,洛阳人也。年十八,以能诵诗属书闻于郡中。吴廷尉为河南守,闻其秀才,召置门下,甚幸爱。孝文皇帝初立,闻河南守吴公治平为天下第一,故与李斯同邑而常学事焉,乃徵为廷尉。廷尉乃言贾生年少,颇通诸子百家之书。文帝召以为博士。

贾生名谊,洛阳人。当他十八岁时,就能诵诗作文,因此他的名声传遍了郡中。吴廷尉作河南守的时候,听说贾生才学优秀,就找他来列置门下,非常喜欢他。孝文皇帝初即位,听说河南守吴先生政绩卓著,居全国第一位,而且又和李斯同乡,曾经拜他为老师,于是征召吴先生为廷尉。吴廷尉就向孝文皇帝推举贾生,说他年纪轻,对于诸子百家的书相当精通,文帝就征召贾生,立他为博士。

是时贾生年二十余,最为少。每诏令议下,诸老先生不能言,贾生尽为之对,人人各如其意所欲

当时贾生只有二十几岁,在博士之中年纪最小。每逢皇上交下问题向大家咨询,那些先生无法回答,只有贾生能全部回答,他说出了人人想说而说不出的

出。诸生于是乃以为能，不及也。孝文帝说(音悦)之，超迁，一岁中至太中大夫。

话。因此，那些博士们都认为他很有才能，觉得自己远不如他。孝文帝对他很赏识，越级擢升，在一年之内，就把他提拔为太中大夫。

贾生以为汉兴至孝文二十余年，天下和洽，而固当改正朔，易服色，法制度，定官名，兴礼乐，乃悉草具其事仪法，色尚黄，数用五，为官名，悉更秦之法。孝文帝初即位，谦让未遑也。诸律令所更定，及列侯悉就国，其说皆自贾生发之。于是天子议以为贾生任公卿之位。绛、灌、东阳侯、冯敬之属尽害之，乃短贾生曰："洛阳之人，年少初学，专欲擅权，纷乱诸事。"于是天子后亦疏之，不用其议，乃以贾生为长沙王太傅。

贾生认为汉朝从兴起到孝文皇帝时，已经有二十多年，天下太平，百姓安乐，这正是应该改历法、变易服色、奠立制度、订定官名、振兴礼乐的时候，于是他草拟了各种仪法，崇尚黄色，遵用五行之说，创设官名，完全改变了秦朝的旧法。这时孝文皇帝刚即位，一再表示谦让，认为变法改制的时机尚未成熟。但是后来许多律令的更改，及"诸侯全须赴任封国"等法令的订定，这都是采纳了贾生的意见。于是天子便和大臣们商议，想把贾生拔擢为公卿。这时降侯周勃、灌婴、东阳侯张相如、御史大夫冯敬等人都嫉妒他，就毁谤贾生，说："洛阳人年纪轻轻的，读了一点书，就想专权，在各种事情上制造纠纷。"因此天子后来也疏远他，不再采纳他的意见，派他去作长沙王的太傅。

贾生既辞往行，闻长沙卑湿，自以寿不得长，又以谪去，意不自得。及渡湘水，为赋以吊屈原。其辞曰：

贾生向文帝辞行后就向长沙出发，他听说长沙是个低湿的地方，便认为长沙享寿不长，又因为这是贬职，内心很不愉快。因此，当他在渡湘水的时候，就写了一篇赋来凭吊屈原。这篇赋的全文如下：

共承嘉惠兮，俟罪长沙。侧闻屈原兮，自沉汨罗。造托湘流兮，敬吊先生。遭世罔极兮，乃陨厥身。呜呼哀哉，逢时不祥！鸾凤伏窜兮，鸱枭翱翔。阘(音踏)茸尊显兮，谗谀得志；贤圣逆曳(音译)兮，方正倒植。世谓伯夷贪兮，谓盗跖廉；莫邪为顿兮，铅刀为铦(音纤)。于(音吁)嗟嚜嚜(音墨)兮，生之无故！斡弃周鼎兮宝康瓠，腾驾罢牛兮骖蹇驴，骥垂两耳兮服盐车。章甫荐屦兮，渐不可久；嗟苦先生兮，独离此咎！

恭奉天子的诏命，来到长沙任职。我听说屈原投汨罗江自杀身死，我今天来到湘水边上，对着湘水敬吊先生。您遭遇的逆境无有穷时，因而以身相殉。唉！生在一个溷浊的时代，鸾凤潜伏隐藏，鸱枭却盘空飞翔。无才的小人获尊官显禄，拍马的臣子个个志得意满，有德的圣贤都倒了霉，方正的君子也屈居下位。世人竟然认为伯夷贪婪，盗跖廉洁；又说莫邪宝剑钝缓，普通的铅刀锋利。唉！还有什么话可说呢？您竟无端地碰到了这样一个是非不明的乱世。人们抛弃了周鼎，珍爱破瓦罐。让疲乏的牛供驰骋，跛驴拉战车，骐骥却垂着两耳在拉盐车。那华贵的帽子，人们拿来垫鞋，如此的上下颠倒，能维持长久吗？唉！真是苦了先生，让您遭遇这种灾祸。

讯曰：已矣，国其莫我知，独堙郁兮其谁语？凤漂漂其高逝(音逝)兮，夫固自缩而远去。袭九渊之神龙兮，沕(音物)深潜以自珍。弥融爚以隐处兮，夫岂从蚁(音蚁)与蛭螾(音引)？所贵圣人之神德兮，远浊世而自藏。使骐骥可得系羁兮，岂云异

(尾声)算了吧！全国之中没有人了解您，您空自满怀郁闷，有谁可以倾诉呢？凤鸟高飞远逝，本当自引而去。看那九渊中的神龙，伏藏在深水中很珍惜自己。既已远离亮光而隐蛰，难道还去跟蚂蚁和蛭蚓为伍？圣人品德中最可贵的，是能够远离浊世而隐居自藏。假若骐骥可以任人摆布的话，那跟牛羊有何区别？在那样纷乱的时代，不知洁身引退，以致遭遇怨咎，您自己也有过错！其实可以游历

夫犬羊!般纷纷其离此尤兮,亦夫子之辜也!瞝(音痴)九州而相君兮,何必怀此都也?凤皇翔于千仞之上兮,览德煇而下之;见细德之险(微)[征]兮,摇增翮逝而去之。彼寻常之汙渎兮,岂能容吞舟之鱼!横江湖之鳣鲟(音毡旬)兮,固将制于蚁蝼。

九州,择君而仕,何必对故都眷恋不舍?凤凰翱翔于高空之中,必须圣主在位,他才出现;一旦看到小人的阴险征兆,就该加速鼓翼而远去。那狭隘污浊的小水沟,怎能容纳得下吞舟的大鱼呢?巨大的鳣鲟横游在浅小的江湖之中,本来就会受到蝼蚁的侵害啊!

贾生为长沙王太傅三年,有鸮(音消)飞入贾生舍,止于坐隅。楚人命鸮曰"鹏"。贾生既以适居长沙,长沙卑湿,自以为寿不得长,伤悼之,乃为赋以自广。其辞曰:

贾生当长沙王大傅的第三年,有只鸮鸟飞进贾生的住处,停在座位的旁边。楚人称鸮为鹏。贾生自从谪居长沙以后,由于长沙地形低湿,所以认为自己寿命不长,为此心中伤感,就写了一篇赋,希望借以宽慰自己,全文如下:

单阏(音蝉烟)之岁兮,四月孟夏,庚子日施(音移)兮,服集予舍,止于坐隅,貌甚间暇。异物来集兮,私怪其故,发书占之兮,策言其度。曰"野鸟入处兮,主人将去"。请问于服兮:"予去何之?吉乎告我,凶言其灾。淹数之度兮,语予其期。"服乃叹息,举首奋翼,口不能

单阏岁四月庚子日的傍晚时分,有只服鸟飞进我的住处,它停在座位的旁边,看起来是如此的从容悠闲。怪鸟飞到我家,我内心暗暗感到疑怪,于是打开策数之书占卜一番,书上的策辞指出吉凶的定数。它说"野鸟飞进屋里,主人将要走了"。我就请问服鸟:"我将到哪里去呢?如果有吉事,你就告诉我,即使有凶事,你也要把灾咎对我说明。我的年寿到底长短如何,请你告诉我期限。"于是服鸟叹了一口气,抬起了头张开了翅膀,但

言，请对以意。

是它的嘴巴不能说话，就只好以心中之事作答了。

万物变化兮，固无休息。斡流而迁兮，或推而还。形气转续兮，变化而嬗（音蝉）。汤穆无穷兮，胡可胜言！祸兮福所倚，福兮祸所伏；忧喜聚门兮，吉凶同域。彼吴强大兮，夫差以败；越栖会稽兮，勾践霸世。斯游遂成兮，卒被五刑；傅说胥靡兮，乃相武丁。夫祸之与福兮，何异纠纆。命不可说兮，孰知其极？水激则旱兮，矢激则远。万物回薄兮，振荡相转。云蒸雨降兮，错缪相纷。大专槃物兮，坱轧（音养亚）无垠。天不可与（音遇）虑兮，道不可与谋。迟数有命兮，恶（音乌）识其时？

万物变化循环，永无止息。有时运转而迁逝，有时推移还回。形和气转化相续，有如蝉之蜕化。此中道理深远无穷，不是言语所能陈说。福因祸生，祸藏于福，忧和喜同聚于一门之中，吉和凶会在一处。那吴国是那么强大，夫差却因此而失败，越国败处会稽，勾践却由此而称霸。李斯游秦，荣居相位，终于身受五刑而死，傅说是个刑徒，后来却作了武丁的相。祸和福彼此相因，就如同绳索相纠合。天命是没法说的，谁能预知它的终极呢？水受激则流速，箭受激则行远。万物彼此激荡，又互相影响。云由下向上升起，雨由上向下降落，是那么地错杂纷乱。造化之神钧陶万物，范围广阔而没有边际，“天”是不可思议的，“道”也无法预先测知。人寿长短皆由命定，谁又知道它的期限呢？

且夫天地为炉兮，造化为工；阴阳为炭兮，万物为铜。合散消息兮，安有常则；千变万化兮，未始有极。忽然为人兮，何足控抟（音团）；化为异物

而且天地是个冶炉，造化之神是冶工，阴阳是煤炭，万物是青铜。事物的聚散生灭，哪里有一定的规则，一切千变万化，从来没有尽头。偶然生而为人，何足珍贵爱惜，忽然化为异物，又何必悲哀伤痛！浅陋之人总是自私，看轻别人，珍惜

兮,又何足患!小知自私兮,贱彼贵我;通人大观兮,物无不可。贪夫徇财兮,烈士徇名;夸者死权兮,品庶冯(音凭)生。怵迫之徒兮,或趋西东;大人不曲兮,亿变齐同。拘士系俗兮,攌(音缓)如囚拘;至人遗物兮,独与道俱。众人或或兮,好恶积意;真人淡漠兮,独与道息。释知遗形兮,超然自丧;寥廓忽荒兮,与道翱翔。乘流则逝兮,得坻(音迟)则止;纵躯委命兮,不私与己。其生若浮兮,其死若休;澹乎若深渊之静,泛乎若不系之舟。不以生故自宝兮,养空而浮;德人无累兮,知命不忧。细故蒂芥(音蒂介)兮,何足以疑!

后岁余,贾生徵见。孝文帝方受釐(音僖),坐宣室。上因感鬼神事,而问鬼神之本。贾生因具道所以然之状。至夜半,文

自我;通达之人所见远大,对万物一视同仁,无所不可。贪财的人以身殉财,节烈之士以身殉名,好权势以自矜夸的人死于权势,一般凡民则但求生命之长存。被利所诱,为贫所迫的人,终日东奔西跑,趋利避害,圣人不为物欲所屈,万物变化虽多,却能等量齐观。一般拘谨之士为俗累所牵绊,往往如同囚徒,有至德的人却能遗弃外物,独与大道同在。众人大惑而不解,好恶积满了胸臆;有真德的人却淡泊无为,独与大道并存。舍弃智慧和形体,超然物外而不知有己;在那空阔而恍惚的境界里,与道共同翱翔。顺着水流前进,遇到小洲就停下来;把身体付托给命运,不把它当作已有。活着就好像寄托在世间,死了就好像长久地休息,内心宁静沉寂,就好比无波的深渊,随遇而安,无所拘执,就似水上一只不曾拴系的船。不因为活着就过于珍惜自己的生命,只保养空虚之性似浮舟一般,上德之人无所牵累,知道天命而不生忧愁。死生祸福,原属小事,又何足以疑惑挂怀!

经过了一年多以后,贾生被召回京师谒见皇上。那时孝文帝正好坐在宣室承受神的降福。因为对于鬼神之事有所感触,所以就向贾生问起鬼神本质。贾生便详论鬼神的情状。直谈到半夜,文帝甚

帝前席。既罢，曰："吾久不见贾生，自以为过之，今不及也。"居顷之，拜贾生为梁怀王太傅。梁怀王，文帝之少子，爱，而好书，故令贾生傅之。

至移动坐席，靠前来听。听完之后，文帝说："我很久没有和贾生见面，自以为超过了贾生，看来还是不如他。"过了不久，于是拜贾生为梁怀王的太傅。梁怀王是文帝的幼子，文帝很爱他，梁怀王本身也喜欢读书，所以叫贾生作他的太傅。

文帝复封淮南厉王子四人皆为列侯。贾生谏，以为患之兴自此起矣。贾生数上疏，言诸侯或连数郡，非古之制，可稍削之。文帝不听。

文帝又封淮南厉王的四个儿子为列侯时，贾生认为这样做将会引起国家的祸患，加以谏阻。后来贾生又屡次上疏，说诸侯的封地有的广连数郡，与古制不合，应该逐渐削弱他们的势力，但是文帝不肯听纳。

居数年，怀王骑，堕马而死，无后。贾生自伤为傅无状，哭泣岁余，亦死。贾生之死时年三十三矣。及孝文崩，孝武皇帝立，举贾生之孙二人至郡守，而贾嘉最好学，世其家，与余通书。至孝昭时，列为九卿。

过了几年以后，梁怀王骑马不慎，堕马而死，又没有后代。贾生为自己作太傅没有尽到最大的责任，非常伤心，哭泣了一年多，也去世了。卒年三十三岁。后来孝文帝崩殂，孝武皇帝即位，提拔贾生的两个孙子为郡守，其中贾嘉最好学，能继承他的家业，和我有过书信往还。到孝昭皇帝时，贾嘉官到九卿。

太史公曰：余读《离骚》、《天问》、《招魂》、《哀郢》，悲其志。适长沙，观屈原所自沉渊，未尝不垂涕，想见其为人。及见贾生吊之，又怪屈原以彼其

太史公说：我读了《离骚》、《天问》、《招魂》、《哀郢》等文，对于作者屈原的心志，感到悲痛。当我到长沙时，特地去看了屈原投江自沉的地方，不禁掉了眼泪，更加想念他的为人。等到读了贾生吊屈原的赋，又怪屈原以他那样的才能，如果

材,游诸侯,何国不容,而自令若是。读《鹏鸟赋》,同死生,轻去就,又爽然自失矣。

游事诸侯的话,哪一个国家不会容纳他呢?而竟然自己造成这样的结果。当读《鹏鸟赋》时,看到文中把生和死等量齐观,对于去和就看得很淡,又不禁爽然若失了。

评议

以古今人合传,一部《史记》只得数篇。鲁仲连、邹阳外,此篇最著。盖鲁仲连、邹阳以性情合,此篇以遭际合也。通篇多用虚笔,以抑郁难遏之气,写怀才不遇之感。岂独屈贾两人合传,直作屈、贾、司马三人合传读可也。中"自屈原沉汨罗后百有余年,汉有贾生,为长沙王太傅,过湘水,投书以吊屈原。"此数句是一篇关键,亦是两人合传本旨,得此而通篇局势如生铁铸成矣。

至于全部《离骚》,篇篇金玉,而《屈传》只载《渔父》及《怀沙》二篇。《渔父》著屈子沉江之志,《怀沙》乃屈子绝命之辞也。全部贾谊书,字字珠玑,而《贾传》独载《吊屈》、《鹏鸟》二篇。《吊屈》见贾生怀古之情,《鹏鸟》乃贾生超世之恩也。他篇虽佳,在此传中都用不著,故不得不从割爱。若无此明眼辣手,又乌得成其为太史公乎!

赞语凡四转,全以骚赋联合屈贾,沉挫中有流逸之致。篇内"魏闻之袭楚,至邓"。按《楚世家》作"韩、魏袭楚,至邓"。"秦割汉中地与楚以和。"按《张仪传》,"汉中"作"黔中"。"为赋以吊屈原",按所载贾赋,以《汉书》、《文选》校之,辞各不同。"及孝文崩,孝武皇帝立。"按此下皆后人所增。

淮阴侯列传

淮阴侯韩信者，淮阴人也。始为布衣时，贫无行，不得推择为吏，又不能治生商贾（音古），常从人寄食饮，人多厌之者，常数从其下乡南昌亭长寄食，数月，亭长妻患之，乃晨炊蓐（音入）食。食时信往，不为具食。信亦知其意，怒，竟绝去。

淮阴侯韩信，是淮阴地方人。当初，他还是平民时，家中很贫穷，也没有什么好品行，因此，也没资格被推选做地方上的小官，又不能作买卖来维持生计，有时就在熟人家里吃口闲饭，所以，很多人都讨厌他。好多次，曾依附淮阴郡下乡县南昌亭长家中生活，一吃就是几个月，亭长妻子对他十分头疼，于是想出一个计策，大清早烧好饭，在卧房里就把饭吃了！等到吃饭时间，韩信赶去吃饭，没有替他准备饭食。韩信也知道亭长妻子的意思，十分生气，就和他们断绝关系不再来往了。

信钓于城下，诸母漂，有一母见信饥，饭信，竟漂数十日。信喜，谓漂母曰："吾必有以重报母。"母怒曰："大丈夫不能自食，吾哀王孙而进食，岂望报乎！"

韩信穷得无聊，就到城下的淮水去钓鱼为生，那儿有很多妇人在漂洗衣物，有位老妈妈看到韩信饿得好可怜，就弄饭给他吃，在那儿漂了数十天的衣物，也就让韩信几十天没饿肚子。韩信十分欣喜，对老妈妈说道："我一定要加倍地报答您！"老妈妈很生气地说："大丈夫不能自己养自己，我是可怜你这位太少爷，所以给你饭吃，哪里指望什么报答啊！"

淮阴屠中少年有侮信者，曰："若虽长大，好带刀剑，中情怯耳。"众辱之曰："信能

淮阴的屠宰户里，有些恶少，其中有些欺侮韩信道；"你虽然又高又大，喜欢带刀佩剑，其实你骨子里却胆小得很！"有个恶少就公然侮辱他道："韩信，你能不怕死，就用你的佩剑

死，刺我；不能死，出我袴下。”于是信孰视之，俯出袴下，蒲伏。一市人皆笑信，以为怯。

来刺我；怕死不敢，就从我的裤裆下钻过去。”于是韩信用眼盯了这少年脸上半天，低下头爬在地上，从那恶少的裤裆下钻了过去。满街人都讥笑韩信，认为他没种！胆小鬼！

及项梁渡淮，信杖剑从之，居戏下，无所知名。项梁败，又属项羽，羽以为郎中。数以策干项羽，羽不用。汉王之入蜀，信亡楚归汉，未得知名，为连敖。坐法当斩，其辈十三人皆已斩，次至信，信乃仰视，适见滕公，曰：“上不欲就天下乎？何为斩壮士！”滕公奇其言，壮其貌，释而不斩。与语，大说(音悦)之。言于上，上拜以为治粟都尉，上未之奇也。

后来项梁渡过淮水，准备起事，韩信就带着他那把剑去投奔项梁，在戏水地区，默默无闻。项梁的部队垮了，又去投奔项羽，项羽就任命他作个卫队的队员。好几次韩信献奇策求见项羽，项羽不欣赏，所以也就不用他。当刘邦赴鸿门宴之后，被封为汉王，到汉中封地去时，韩信从楚军中逃到汉军，但仍是藉藉无名。担任粮仓管理员。因为犯了法，判决要斩首，同案共犯十三人都已经被处决了，轮到韩信，韩信就抬头向上看，刚巧是夏侯婴，就大声说道：“汉王不是要统一天下吗？为什么要杀掉壮士呢！”滕公夏侯婴听了他的话，甚感惊奇，看他像貌也不是等闲之辈，于是就把他放了，不斩他的头。和他一谈话，大为高兴。报告刘邦，刘邦就请他担任管理粮饷的军需官，刘邦并没有发现他有什么特殊与众不同之处。

信数与萧何语，何奇之。至南郑，诸将行道亡者数十人，信度何等已数言上，上不我用，即亡。何闻信

可是韩信好几次跟萧何交谈，萧何十分惊奇韩信之与众不同。一行人，到了汉王的都城南郑，那些军官们都想东归回乡，所以半路上逃掉了的有几十人。韩信心中暗自盘算：“萧何他们已经为我上了好几次的报告，刘邦

亡,不及以闻,自追之。人有言上曰:“丞相何亡。”上大怒,如失左右手。居一二日,何来谒上,上且怒且喜,骂何曰:“若亡,何也?”何曰:“臣不敢亡也,臣追亡者。”上曰:“若所追者谁何?”曰:“韩信也。”上复骂曰:“诸将亡者以十数,公无所追;追信,诈也。”何曰:“诸将易得耳。至如信者,国士无双。王必欲长王(音望)汉中,无所事信;必欲争天下,非信无所与计事者。顾王策安所决耳。”王曰:“吾亦欲东耳,安能郁郁久居此乎?”何曰:“王计必欲东,能用信,信即留;不能用,信终亡耳。”王曰:“吾为公以为将。”何曰:“虽为将,信必不留。”王曰:“以为大将。”何曰:“幸甚。”于是王欲召信拜

都没想用我,算了吧!”于是也逃走了。萧何听说韩信逃了,也来不及向刘邦报告,就亲自去追韩信去了。有人就向刘邦报告说:“相国萧何逃跑了!”刘邦气得要命,如同失去了左右手。隔了一两天,萧何来叩见刘邦,刘邦既生气又高兴,骂萧何道:“你为什么逃走?”萧何说:“臣怎么敢逃走呢?臣是去追那逃走的人回来。”刘邦说:“你去追的是谁?”萧何说:“韩信啊!”刘邦又骂道,“那些逃跑的军官,总有几十个人了,你从来没去追回来过,追韩信,骗人的!”萧何说:“那些军官,平平常常,容易得到的,至于像韩信这样的人,那是全国之中,谁也比不上他!大王如果作长期在汉中一带称王的话,那韩信确实是一无所用,如果真想夺取天下,除了韩信,再没有一个可以同你商量军国大事的人了!但是,就看大王您的主意,是怎样的决定罢了!”汉王说:“我当然也想向东发展哩!怎么能够可怜兮兮地,长久委屈地守在这儿呢?”萧何说:“大王如果计划一定要向东发展,争取天下,如能够用韩信,那么韩信就会留下;不能用韩信,韩信终归会逃走的。”汉王说:“好吧,我就看在你的情面上,用他作一员将领吧”萧何说:“虽然你让他为将,但是韩信一定不肯留下!”汉王说:“那就派他作大将吧!”萧何说:“好极了!”于是汉王要把韩信叫来,派他为大将。萧何说:“大王一

之。何曰："王素慢无礼，今拜大将如呼小儿耳，此乃信所以去也。王必欲拜之，择良日，斋戒，设坛场，具礼，乃可耳。"王许之。诸将皆喜，人人各自以为得大将。至拜大将，乃韩信也，一军皆惊。

向对人随便，不讲礼貌，现在要人家作大将，好像叫个小孩儿似的，就是这样而已，这也就是韩信之所以离去的原因啊！大王如果真要拜他为大将，选个吉日良辰，沐浴斋戒，在广场上筑个土台，准备好拜大将的仪式，这样才可以！"汉王答应了这样办。那些将领们，都非常欢喜，每个人自己以为自己将要被选中拜大将了！可是，等到举行拜大将仪式时，原来是韩信啊！大家都觉得意料之外。

信拜礼毕，上坐。王曰："丞相数言将军，将军何以教寡人计策？"信谢，因问王曰："今东乡(音向)争权天下，岂非项王邪？"汉王曰："然。"曰："大王自料勇悍仁强孰与项王？"汉王默然良久，曰："不如也。"信再拜贺曰："惟信亦为大王不如也。然臣尝事之，请言项王之为人也。项王喑噁(音音乌)叱咤，千人皆废，然不能任属贤将，此特匹夫之勇耳。项王见人恭敬慈

韩信在接受了拜将典礼之后，汉王方才坐下，对韩信说道："萧相国好多次称赞将军的将才，请问将军有什么定国安邦的良策，教导在下？"韩信谦虚了一下，接着就问汉王说："现在您打算向东方发展，想争夺天下霸权，您的对手岂不就是项羽吗？"汉王说："是的！"韩信说："大王自己估量一下，论兵力的勇敢、凶狠、精良、强盛，跟项王的兵力相比，谁高谁下？"汉王好半天不作声，最后说："不如项羽的！"韩信拜了两拜，很赞佩地说道："不仅大王您觉得不如他，就是我韩信也认为大王是真的不如他。但是臣曾经跟他作过事，让臣来报告一下项王的为人：项王一声怒吼，千人都吓得胆战腿软，但是他不能信任人，把责任交付给有能力的将领们，所以，这不过是一个普通人的一时血气冲动罢了。项王待人，表面上是非常恭敬慈爱，说起话来，柔和温顺，当部

爱，言语呕呕(音吁)，人有疾病，涕泣分食饮，至使人有功当封爵者，印刓(音完)敝，忍不能予，此所谓妇人之仁也。项王虽霸天下而臣诸侯，不居关中而都彭城。有背义帝之约，而以亲爱王(音望)，诸侯不平。诸侯之见项王迁逐义帝置江南，亦皆归逐其主而自王善地。项王所过无不残灭者，天下多怨，百姓不亲附，特劫于威强耳。名虽为霸，实失天下心。故曰其强易弱。今大王诚能反其道：任天下武勇，何所不诛！以天下城邑封功臣，何所不服！以义兵从思东归之士，何所不散！且三秦王为秦将，将

下生了病，他同情病人的痛苦，甚至为他流泪，把自己的食物分给他们，但是等到部下因有功该封给爵位时，他把刻好的印信，在手中摩弄得把印的角都磨圆了，还捏着不肯授给该封赏的人，这就是所谓妇道人家的习气，不识大体。项王目前虽然作天下的领袖，诸侯们都臣服于他，可是他不驻守在可控制中原的关中，却跑到彭城去，又违背义帝当时与天下诸侯所作的约定，而把他所亲近的、喜爱的人，都封为王，诸侯们对他这种自私，十分忿怒不平。诸侯们看到项羽把义帝迁徙驱逐，安置到偏远的江南，也都各自回到自己的国境内，把自己的国君逐走，然后挑一处好地方自立为王了。凡是项王军队所到过的城邑，没有不被蹂躏得残破毁灭的，所以天下人都非常怨恨，老百姓们都不愿意归顺拥戴他，只是被他的淫威所强迫罢了！名义上虽然是天下的领袖，实质上已经失去了天下人的心。所以说：他是目前看来很强，但很快他就会衰弱的！现在大王果然能够一改项王的作法，只要是天下英武勇敢的，你就任用他，天下还有什么顽强的敌人会不被你诛灭！您把天下的大城小镇，分封给那些为你立功的臣子，那么还有什么人会不服从你呢！你率领着坚守正义立场的军队，和那群不齿项王而来追随您的，日夜盼望回到东方故乡的将士们，去向东进军，有什么样的敌人，不被您打散！又加上那三位秦王本来都是秦的将领，带着秦国当地

秦子弟数岁矣,所杀亡不可胜计,又欺其众降诸侯,至新安,项王诈坑秦降卒二十余万,唯独邯、欣、翳得脱,秦父兄怨此三人,痛入骨髓。今楚强以威王此三人,秦民莫爱也。大王之入武关,秋豪无所害,除秦苛法,与秦民约,法三章耳,秦民无不欲得大王王秦者。于诸侯之约,大王当王关中,关中民咸知之。大王失职入汉中,秦民无不恨者。今大王举而东,三秦可传檄而定也。”于是汉王大喜,自以为得信晚。遂听信计,部署诸将所击。

的子弟兵出来打仗,已经有好几年的了,兵士战死的战死,逃走的逃走,不计其数,又欺骗了他们部队以及将领们,投降项羽,结果秦军走到新安,项王用欺诈的手段,把秦国的降兵二十余万人,活埋在新安城南,只剩下章邯、司马欣、董翳三人没有被杀。秦国的父老兄弟们,恨这三个人,真是痛入骨髓。现在项羽勉强地用威力胁迫着秦国人,把这三人分封在秦地为王,其实秦国的老百姓是不会爱戴这三个人的!您当初由东方进入秦的武关,一点儿也没有损害到秦国的老百姓,废除秦朝的苛刻刑法,跟秦国百姓约定,法律只有三条罢了!秦国的老百姓,几乎没有一个不希望大王在秦国作王的。但在跟众诸侯当初的约定中,大王应该在关中为王,关中的老百姓全都知道这件事。可是大王失掉应有的封爵,而被安排到汉中作汉王,秦国的老百姓没有不怨恨项王的。现在大王起兵向东,三秦王的属地,只要送一封文告去,就可以收服了!不必动一兵一卒!”汉王听了,大为高兴,自己也认为:实在是和韩信“相见恨晚”了。于是听从韩信的计策,安排部队去攻打预定目标。

八月,汉王举兵东出陈仓,定三秦。汉二年,出关,收魏、河南,韩、殷王皆降。合齐、赵共击楚。四月,至彭城,汉兵败散而

八月,汉王起兵东进,从关北出陈仓,秦国之地全部平定。汉二年,又引兵向东出函谷关,收服了魏王豹及他的封地河南一带,韩王郑昌、殷王司马印等项王所封的属国,也都降归汉王。于是联合齐王田荣、赵王歇及陈馀,一起向东攻打楚王。四月,大兵到了楚都彭

还。信复收兵与汉王会荥阳,复击破楚京、索之间,以故楚兵卒不能西。

城,结果汉王的军队打了个大败仗。韩信又收集一部分败溃的部队,和汉王在荥阳地区会师,又攻击楚军,在京、索二地之间,把楚军打败了,因此,楚军始终再不能向西进攻。

汉之败却彭城,塞王欣、翟王翳亡汉降楚,齐、赵(欲)[亦]反汉与楚和。六月,魏王豹谒归视亲疾,至国,即绝河关反汉,与楚约和。汉王使郦生说(音悦)豹,不下。其八月,以信为左丞相,击魏。魏王盛兵蒲坂,塞临晋,信乃益为疑兵,陈船欲度临晋,而伏兵从夏阳以木罂缻渡军,袭安邑。魏王豹惊,引兵迎信,信遂虏豹,定魏为河东郡。汉王遣张耳与信俱,引兵东,北击赵、代。后九月,破代兵,擒夏说阏与。信之下魏破代,汉辄使人收其精兵,诣荥阳以距(同拒)楚。

汉王在彭城兵败退还的时候,塞王司马欣、翟王董翳就从汉王那儿逃向楚军去投降,齐王、赵王他们,一看苗头不对,也就背叛了汉王去与楚王讲和。六月,魏王豹又请假回去探亲,回到封地,马上也封锁了黄河西岸的临晋关,切断了汉军的退路,去与楚谋和。汉王众叛亲离,进退两难,就派郦食其去劝说魏豹投汉王,大费唇舌没有结果,那年八月,汉王又叫韩信作左丞相,带兵去攻打魏。魏王把重兵都布守在蒲坂一带,堵绝了临晋关的通路,韩信就故意布置很多疑兵,陈列船只在临晋关黄河的对岸,故作要渡河的样子;而另外则派了精兵,暗中从夏阳附近,不用船而用木桶之类的瓮、罐,捆绑成木筏,偷偷地渡过河去,攻打魏的首都安邑。魏王豹大为吃惊,就带了兵来抵抗韩信,就被韩信俘虏了,平定了魏,改为河东郡。汉王立即又派遣张耳跟着韩信,带兵东去,向北攻打赵王歇及守在代地的陈馀。闰九月,打败了代的部队,在阏与地方,捉住了代相夏说。当韩信在攻破魏、收服代的时候,汉王随时派人来调走他的精锐部队,到荥阳前线去抵抗楚兵。

信与张耳以兵数

韩信跟张耳带着几万部队,想通过太行

万,欲东下井陉击赵。赵王、成安君陈馀闻汉且袭之也,聚兵井陉口,号称二十万。广武君李左车说成安君曰:"闻汉将韩信涉西河,虏魏王,禽夏说,新喋血阏与,今乃辅以张耳,议欲下赵,此乘胜而去国远斗,其锋不可当。臣闻千里馈粮,士有饥色,樵苏后爨,师不宿饱。今井陉之道,车不得方轨,骑不得成列,行数百里,其势粮食必在其后。愿足下假臣奇兵三万人,从间道绝其辎重;足下深沟高垒,坚营勿与战。彼前不得斗,退不得还,吾奇兵绝其后,使野无所掠,不至十日,而两将之头可致于戏下。愿君留意臣之计。否,必为二子所禽矣。"成安君,儒者也,常称义兵不用诈谋奇计,曰:

山区的井陉关去攻打赵国。赵王歇和成安君陈馀,听说汉王的军队将要来攻取赵国,就把很多兵力聚集在井陉关的隘口,当时军容壮盛,号称二十万。广武君李左车就劝说成安君道:"听说汉王的将领韩信渡过西河,俘虏了魏王,活捉了夏说,新近在阏与喋血一战,死伤甚多!现在又派了个张耳作帮手,正在商议如何攻下赵国,就是一支趁着战胜的余威而离开本国向远地进发的军队,它的锐气是不可抵挡的!臣听兵家说:从千里之外运送粮饷来供给士兵食用,运输困难,士兵自不免有挨饿的危险,如果柴草也供应不上,要靠就地打些不干的柴来烧饭,军队不可能是经常吃饱的。现在井陉关的隘道,非常狭隘,不能两辆兵车并行,不能使骑兵排成行列,在这样的隘道里,行兵几百里,在情势上而言,只好鱼贯而行,所以军队的粮饷,一定落在部队的后面。希望您能暂时拨给我轻装部队三万人,从小路去拦截他们的粮草、军需补给等;您只要带着部队深掘战壕,高筑营垒,坚守阵地,不要出兵和他交战。他们向前又无法战斗,向后退又退不回去,我又带着骑兵拦断了他们的后路,野地里连一点可以掳掠的东西都没有,不到十天工夫,那么韩信和张耳的头颅,可以挂在您的军营前的旗杆上!希望您考虑臣的计策。假如不这样,那我们一定成了他们二人的俘虏。"成安君是个书生,一个迂腐不知通变的儒者,常常说:"只要是正义之师,战争时

"吾闻兵法十则围之,倍则战。今韩信兵号数万,其实不过数千。能千里而袭我,亦已罢极。今如此避而不击,后有大者,何以加之!则诸侯谓吾怯,而轻来伐我。"不听广武君策,广武君策不用。

是用不着什么奇谋诡计的!"所以他回说:"我听兵法家这样说过:有十倍于敌人的兵力,那么就包围敌人,有一倍于敌人的兵力,就可以和他较量一番。现在韩信的兵力,口头上号称有几万,其实不过几千人罢了。竟然跋涉千里来攻打我们,必定是精疲力竭了。现在是这样的一个情势,像韩信这样兵力薄弱,跋涉千里的疲敝之军,我们反而回避他而不去迎头痛击他,以后如果有比韩信更强大的敌人前来,我们将怎样去胜过他们呢?真的就照你所说的那样坚守营垒,不战不斗,那其他的诸侯们就会说我们胆怯、懦弱,就会轻易地来攻打我们了。"不接受广武君李左车的计策,也就不照广武君所说的办法去做。

韩信使人间视,知其不用,还报,则大喜,乃敢引兵遂下。未至井陉口三十里,止舍。夜半传发,选轻骑二千人,人持一赤帜,从间道萆山而望赵军,诫曰:"赵见我走,必空壁逐我,若疾入赵壁,拔赵帜,立汉赤帜。"令其裨将传飧,曰:"今日破赵会食!"

韩信派暗探在暗地里乘机打听监视,得知李左车的计策没有被成安君所采用,暗探回来报知上情,于是,韩信十分高兴,才敢大胆地带着部队向那狭长的隘路进军。在还不到井陉口三十里的地方,就停下大军,扎起营寨。半夜里发出突击命令,选出二千轻骑兵,每人拿着一面红色的汉军旗,从小路向前,到可以看到赵军动静的山坡上,伪装隐蔽起来,等候时机及号令,并且特别规定了联络讯号说:"赵军看到我军败退逃走,一定会全营出动来追击我军,到那时你们快速地冲入赵军营地,把赵国的旗帜拔了,插上我汉军的旗帜。"又下令在出发前由副将们分头传送一点食粮,给兵士们垫垫肚子,并告诉他们说:"今

诸将皆莫信,详应曰:“诺。”谓军吏曰:“赵已先据便地为壁,且彼未见吾大将旗鼓,未肯击前行,恐吾至阻险而还。”信乃使万人先行,出,背水陈。赵军望见而大笑。平旦,信建大将之旗鼓,鼓行出井陉口,赵开壁击之,大战良久。于是信、张耳佯弃鼓旗,走水上军。水上军开入之,复疾战。赵果空壁争汉鼓旗,逐韩信、张耳。韩信、张耳已入水上军,军皆殊死战,不可败。信所出奇兵二千骑,共候赵空壁逐利,则驰入赵壁,皆拔赵旗,立汉赤帜二千。赵军已不胜,不能得信等,欲还归壁,壁

天在攻破了赵军之后,我们举行大会餐!”那些将领们都不敢相信,只好假意地答应说:“遵命!”又对他的副官说:“赵军已经占据了形势便利的地点,扎下营寨,而且他们如果没有看到我军主将的旗号和指挥车,所以就不肯出攻我们的先遣部队,怕我们到了那山路险隘的通道口就退回来了!”韩信于是就派一万人作先头部队,开出营寨,面向着赵军,背向着河水,排开了阵势。赵军看到韩信军队排成这样只有前进、没有退路的绝阵,大笑不已。等到天大亮,韩信登上战车,插上大将旗号,设上战鼓,边击着前进的鼓声,边率着军队开出井陉口的隘道,于是赵军打开营门迎击汉军,两军对峙交战了很久。于是韩信、张耳假意打败了,抛弃了主帅的指挥的旗鼓,赶快退到排在水边的军阵之中。河边阵地的部队敞开营门,让韩信等所带的人马,进入阵地,又疾忙回头迎战。赵军果然倾巢而出,大家争相掠夺汉军的旗鼓,追逐韩信、张耳。韩信和张耳已经和水边的部队会和,军士们个个奋勇争先,拼死命作战,一下子赵军也攻打不下,于是在河边形成了拉锯战。韩信先派的两千轻骑兵,正在等候赵军倾巢而出去追逐韩信的败军,见他们果真全营出动,于是冲入赵军营垒,把赵国的旗都拔了,竖起了两千面汉军的旗帜。赵军已经无法一时打败韩信背水作战的军队,当然也无法俘虏韩信、张耳他们,想收兵回营,可是回头一看,嘿!营帐上全

皆汉赤帜，而大惊，以为汉皆已得赵王将矣，兵遂乱，遁走，赵将虽斩之，不能禁也。于是汉兵夹击，大破虏赵军，斩成安君泜水上，禽赵王歇。

是汉军的红色旗帜，大为惊恐，以为汉军都已经虏获了赵王及他们的将领们了，于是阵势大乱，兵士们躲的躲，逃的逃，赵将虽然竭力制止奔逃，杀了好些人，但仍然阻止不了。于是汉军两面夹攻，大破赵军，死的死，降的降，在泜水边斩了成安君，活捉了赵王歇。

信乃令军中毋杀广武君，有能生得者购千金。于是有缚广武君而致戏下者，信乃解其缚，东乡坐，西乡对，师事之。

韩信看大局已经控制住了，于是传令军中，要活捉李左车，不可杀了他："如有人活捉了广武君，可以赏给千金。"命令传下去，就有人把广武君绑了送至韩信的旗下，韩信立刻松了他的绑，请李左车面向东坐，自己执弟子之礼，坐东向西跟他讲话。

诸将效首虏，毕贺，因问信曰："兵法右倍山陵，前左水泽，今者将军令臣等反背水陈(同阵)，曰破赵会食，臣等不服。然竟以胜，此何术也？"信曰："此在兵法，顾诸君不察耳。兵法不曰'陷之死地而后生，置之亡地而后存'？且信非得素拊循士大夫也，此所谓'驱市人而战之'，其势非置之死地，使人人自为战；今

战事完毕，诸将分别来把敌人的首级和俘虏及战利品等，呈献给韩信，完毕之后，都向韩信称贺。接着有人问韩信道："兵法上说，右边背着山陵，则左面对着川泽，要背山临水，可是这一次将军却背水为阵，反其道而行，并且说，等破了赵军我们再吃饭，臣等当时心中真是十分不信服，然而终于打了胜仗，这是什么战术呢？"韩信说："这个在兵法上是有的！但是诸君没有十分注意罢了！兵法上不是有这样说法吗？'必须把军队置于危窘的困境，士兵才能奋勇作战，然后可以绝处逢生，获致胜利。'况且我韩信并没有能得到平素受我训练而听我调度的将士，这就是俗语所谓：'指挥老百姓去死战！'在如此情势之下，非把军队安排在绝地，使每个人都为了存亡，奋力

予之生地，皆走，宁尚可得而用之乎！”诸将皆服曰：“善。非臣所及也。”

作战，是无法取胜的。现在如果把这些将士安置在可以逃生的优良地形，他们就都逃走了，怎么还能够任用他们作战制敌呢？”诸将听了，都十分佩服地说道：“好极了，真是我们想不到的！”

于是信问广武君曰：“仆欲北攻燕，东伐齐，何若而有功？”广武君辞谢曰：“臣闻败军之将，不可以言勇，亡国之大夫，不可以图存。今臣败亡之虏，何足以权大事乎！”信曰：“仆闻之，百里奚居虞而虞亡，在秦而秦霸，非愚于虞而智于秦也，用与不用，听与不听也。诚令成安君听足下计，若信者亦已为禽矣。以不用足下，故信得侍耳。”因固问曰：“仆委心归计，愿足下勿辞。”广武君曰：“臣闻智者千虑，必有一失；愚者千虑，必有一得。故曰‘狂夫之言，圣人择焉’。顾恐臣计未必

于是韩信向广武君请问道：“在下想要向北攻打燕国，向东攻打齐国，怎样办才能成功？”广武君谦让地说：“臣听人说，带着军队打了败仗的将领，不够资格来谈什么叫作英勇；亡掉了国家的臣子，是不配来参与考虑长治久安之计的。现在臣已是败军之将、亡国的俘虏，哪儿当得起跟您一道来商量国家大事呢！”韩信说：“在下也曾听说过：百里奚在虞国作官，而虞国亡国了；等他做秦国的相国，而秦成为天下诸侯的霸主，并不是他在虞国是愚笨的，而到了秦就聪敏起来了！主要在他的意见被秦国采用而不被虞国采用，虞君不听信他的意见，而秦君听信他的意见啊！假如当初成安君真的听从了您的计策，像我韩信这样的庸才，早已被您生擒活捉了。就是因为他不听您的话，所以才有机会让我韩信陪待您谈话。”接着韩信又坚决地向李左车请教，说道：“在下是推心置腹听从您的计谋，希望您不要推辞！”广武君说：“当然，臣听人说过：智者千虑，必有一次失误；而愚者千虑，也会有一次想对的！所以说：即使是村夫俗子无知狂人的话，圣人也可以有选择地采纳。但是又恐怕臣所献的计策，不一定合您的用，不过臣

足用，愿效愚忠。夫成安君有百战百胜之计，一旦而失之，军败鄗下，身死泜上。今将军涉西河，虏魏王，禽夏说阏与，一举而下井陉，不终朝破赵二十万众，诛成安君。名闻海内，威震天下，农夫莫不辍耕释耒，褕衣甘食，倾耳以待命者。若此，将军之所长也。然而众劳卒罢，其实难用。今将军欲举倦弊之兵，顿之燕坚城之下，欲战恐久力不能拔，情见势屈，旷日粮竭，而弱燕不服，齐必距境以自强也。燕齐相持而不下，则刘项之权未有所分也。若此者，将军所短也。臣愚，窃以为亦过矣。故善用兵者不以短击长，而以长击短。”韩信曰：“然则何由？”广武君对曰：“方今为将军计，莫如案

愿意献上我的愚见，至于成安君有百战百胜的计谋，可惜一次算差了，所以部队在鄗的附近打了败仗，以至身死于泜水之滨。现在将军用木筏涉过西河，俘虏了魏王，在阏与地方捉住了夏说，一战便攻破了井陉隘道，不到一个上午打败了二十万赵军，杀了赵相成安君。名闻四海，威震天下，使得敌国的农夫们十分恐惧，都放下耕犁和锄头，只图眼前穿好些吃好些，侧着耳朵在等候着听您出兵的消息。像这些，都是将军您的长处啊！然而校尉们十分辛劳，士卒们已经十分疲乏，实在是很难叫他们再卖力了。现在将军您要想发动这一群疲乏困倦的军队，去驻扎到燕国的坚固的城下，要跟他们战斗吧，恐怕会僵持很久，而又没有攻下它来的力量。如此情势，已被敌方知道得一清二楚，那形势上就显得十分被动，日子愈拖得久，那粮草一定就消耗完了。这时，较弱的燕国你还不能使他降服，而齐国一定来个坚壁清野，固守国境，而自己图强了。燕国和齐国与您的军队形成僵持局面，不能解决，那么刘邦和项羽的胜负比重，还是未见分晓的！像这些，是将军这方面的短处啊！臣很愚笨，但鄙意以为您的打算是错的了！所以善于用兵的人，不拿自己的短处去攻击别人的长处，而是利用自己的长处去攻击别人的短处。”韩信说：“那么选择哪条路呢？”广武君回答说：“现在为您打算，不如解下盔甲武装，放下兵器，

甲休兵,镇赵抚其孤,百里之内,牛酒日至,以飨士大夫醳兵,北首燕路,而后遣辩士奉咫尺之书,暴其所长于燕,燕必不敢不听从。燕已从,使喧言者东告齐,齐必从风而服,虽有智者,亦不知为齐计矣。如是,则天下事皆可图也。兵固有先声而后实者,此之谓也。”韩信曰:“善。”从其策,发使使燕,燕从风而靡。乃遣使报汉,因请立张耳为赵王,以镇抚其国。汉王许之,乃立张耳为赵王。

留守在赵国,安抚百姓,存恤遗孤,百里之内的地区,每天都可以送来牛和酒,以宴飨您的将士,犒赏您的兵卒,而后向北移军,把部队驻守到通往燕国的路上,接着派一个会说话的辩士,送一封信过去,把你军队的长处显示给他看,燕国一定不敢不听从您的命令。用威势把燕军降服了之后,再派个会说话的人向东去告诉齐国,齐国一定听到消息就降服您了,虽然有再聪明的人,也不知道如何替齐国出主意了。这样一来,那么,争取天下的大事,都可以图谋了!用兵之道,本来就有先声夺人,虚张声势,而后再动刀兵的计策,就是这样办的!”韩信听了,说道:“好极了!”就照广武君的计策,派人到燕国去,燕国人听到了消息,立刻投降。就派人去报告汉王,并且请立张耳做赵王,负责镇守赵国。汉王也同意了,就立张耳为赵王。

楚数[使]奇兵渡河击赵,赵王耳、韩信往来救赵,因行定赵城邑,发兵诣汉。楚方急围汉王于荥阳,汉王南出,之宛、叶间,得黥布,走入成皋,楚又复急围之。六月,汉王出成皋,东渡河,独

楚好几次派特遣部队渡河去攻打赵国,赵王张耳及韩信也就经常往来在赵地,乘着机会,也就把所经过的赵国各城镇占领,再派兵到汉王那儿去。楚军正在重重地把汉王围困在荥阳,十分紧急,汉王由南门逃出,向宛和叶之间奔去,刚巧遇到黥布,就同入成皋躲避,楚王又带着兵来围攻成皋。六月,汉王逃出成皋,向东渡过河,单身一人跟夏侯婴,急

与滕公俱，从张耳军修武。至，宿传舍。晨自称汉使，驰入赵壁。张耳、韩信未起，即其卧内上夺其印符，以麾召诸将，易置之。信、耳起，乃知汉王来，大惊。汉王夺两人军，即令张耳备守赵地。拜韩信为相国，收赵兵未发者击齐。

急地跑到张耳的驻地修武去。到达时，就住在客馆中。第二天一早，自称是汉王派来的使者，骑马直奔赵王的军营中。这时张耳和韩信还没有起床，就在他们的卧室内，刘邦把他们的帅印和兵符都拿了过来，立刻用来召集各将领，并且调整了他们的职务，韩信和张耳起来之后，才知道汉王已经来了，大为吃惊。汉王夺回了两人的军队指挥权，就派张耳守备赵地，拜韩信为赵相国，把赵国那些没有开到荥阳去的部队，召集起来，叫韩信带去攻打齐国。

信引兵东，未渡平原，闻汉王使郦食其(音译箕)已说(音税)下齐，韩信欲止。范阳辩士蒯通说信曰："将军受诏击齐，而汉独发间使下齐，宁有诏止将军乎？何以得毋行也！且郦生一士，伏轼掉三寸之舌，下齐七十余城，将军将数万众，岁余乃下赵五十余，为将数岁，反不如一竖儒之功乎？"于是信然之，从其计，遂渡河。齐已

韩信带着兵，向东出发，到达平原县境黄河口，尚未渡河，听说汉王派郦食其去游说齐国，已经收服了齐。韩信就想按兵不动，范阳籍的辩士蒯通就劝说韩信道："将军奉了诏命来攻打齐国，偏巧汉王又派遣使臣去游说齐王，难道汉王有命令要你中止进军？怎能不向前行进呢！而且，郦食其只是一个平常的书生，乘着一辆车，到处去播弄他的三寸不烂之舌，竟然说动了齐国七十多处城池降汉；而将军率领着几万大军，一年多才攻下赵国的五十多城，做了几年的大将，反赶不上一个小小书生的功劳吗？"于是韩信认为蒯通说得对，听从了他的计策，就渡河往齐国出兵。这时齐

听郦生，即留纵酒，罢备汉守御。信因袭齐历下军，遂至临菑。齐王田广以郦生卖己，乃亨(音烹)之，而走高密，使使之楚请救。韩信已定临菑，遂东追广至高密西。楚亦使龙且(音居)将，号称二十万，救齐。

国已经接受了郦食其的劝说，准备降汉，就挽留这位郦先生开怀畅饮，也就撤除了对汉军的防卫守备。韩信的军队也就不声不响地偷袭了齐国的历下城，主力军很快地开到了齐国首都临菑。齐王田广以为郦食其出卖了他，就把郦生给活活烹了，急忙逃往高密，又派人到楚项羽那里去求救兵。韩信已经平定了临菑，就带兵向东追赶田广，直追到高密的西境。这时楚王也派龙且为大将，带着人马，号称二十万，来救援齐国。

齐王广、龙且并军与信战，未合。人或说龙且曰："汉兵远斗穷战，其锋不可当。齐、楚自居其地战，兵易败散。不如深壁，令齐王使其信臣招所亡城，亡城闻其王在，楚来救，必反汉。汉兵二千里客居，齐城皆反之，其势无所得食，可无战而降也。"龙且曰："吾平生知韩信为人，易与耳。且夫救齐不战而降之，吾何功？今战而胜之，齐之半可得，何为止！"遂战，与信夹潍水陈。韩信

齐王田广和楚将龙且，两军联合在一起，准备与韩信交战，两军尚未交锋。有人劝龙且道："汉兵深入齐境，情况不利，一定奋力战斗，它的锐利锋芒，不可抵挡。齐、楚之兵，在自家地面作战，因为眷恋家室，容易兵败溃散，不如坚守阵地，高筑防御工事，一面叫齐主派他的亲信去招抚那些已经丢失的城邑，那些沦陷区的人，听说齐王还在，又有楚兵来救援，一定会叛汉归齐的。汉军远到两千里之外的异国，齐国的城邑又都背叛了汉军，汉军势必没有地方可以得到粮食，那就可以不用作战就使汉兵投降了！"龙且说："我素来很知道韩信的为人，他是很容易对付的！而且我的任务是来救齐国的，结果不用作战就可以使韩信投降，那我还有什么功绩可言呢？现在我和汉军交战而胜了韩信，我说不定可得到齐国一半土地的封赏，为什么中止不作战呢？"于是就挥兵出战，跟韩信的部队，一在潍水之

乃夜令人为万余囊，满盛沙，壅水上流，引军半渡，击龙且，详不胜，还走。龙且果喜曰："固知信怯也。"遂追[信]渡水。信使人决壅囊，水大至。龙且军大半不得渡，即急击，杀龙且。龙且水东军散走，齐王广亡去。信遂追北至城阳，皆虏楚卒。

东，一在潍水之西，隔水排下阵势。韩信就在黑夜里叫人做了一万多个袋子，盛满了沙石，堵住上流的河水，带着一半军队渡河，去攻打龙且，假装打不过，向回头撤退。龙且果然十分高兴地说道："我本来就知道韩信是个胆小鬼！"于是带兵渡河去追击韩信，韩信就叫人打开堵水的沙袋，水就一涌而下，龙且的军队渡过来的，大半就回不去了！韩信立即下令反击，并且杀了龙且。龙且手下留在潍水东岸的军队都四散逃走。齐王田广也逃跑了。韩信就追赶败兵，一直追到城阳，把楚军全部俘虏了，齐王田广也被捉住杀了。

汉四年，遂皆降平齐。使人言汉王曰："齐伪诈多变，反覆之国也，南边楚，不为假王以镇之，其势不定。愿为假王便。"当是时，楚方急围汉王于荥阳，韩信使者至，发书，汉王大怒，骂曰："吾困于此，旦暮望若来佐我，乃欲自立为王！"张良、陈平蹑汉王足，因附耳语曰："汉方不利，宁能禁信之王（音望）乎？不如因而立，善遇之，使自

汉王四年，把齐国全部招降平服了。就派人去跟汉王请求道："齐人狡诈，意外的变故很多，是个屡降屡叛的国家，南面和楚国相邻，如果不暂立一个代理王位的来镇压它，那齐国的情势是不稳定的。希望让我来暂代齐王之位，这对当前局势是较有帮助的！"在当时，楚项羽正把汉王围困在荥阳，攻势十分猛锐，汉王的情势十分危急！韩信派的人到达汉营，呈上信件，汉王打开信件一看，勃然大怒，骂道："我被围困在这儿，早晚都盼着望着，需要你来帮我打退敌兵！你倒要自立为王呢！"张良、陈平在一旁暗中踩了一下汉王的脚，贴着汉王的耳边小声说道："我们汉军正处在不利的情势之下，难道还能禁止韩信称王吗？不如就乘此机会立他为齐王，好好地对待他，叫他自己设法好好地守住齐国。不这样，恐怕就

为守。不然，变生。”汉王亦悟，因复骂曰：“大丈夫定诸侯，即为真王耳，何以假为！”乃遣张良往立信为齐王，徵其兵击楚。

要发生变故。”汉王听说，也醒悟过来了，将计就计，接着又骂道：“大丈夫既然平定了诸侯，要做就做真王才对，干什么请求做假王呢？”就立刻派张良去立韩信为齐王，并征调他的部队来打楚国。

楚已亡龙且，项王恐，使盱眙人武涉往说齐王信曰：“天下共苦秦久矣，相与戮力击秦。秦已破，计功割地，分土而王之，以休士卒。今汉王复兴兵而东，侵人之分，夺人之地，已破三秦，引兵出关，收诸侯之兵以东击楚，其意非尽吞天下者不休，其不知厌足如是甚也。且汉王不可必，身居项王掌握中数矣，项王怜而活之，然得脱，辄倍约，复击项王，其不可亲信如此。今足下虽自以与汉王为厚交，为之尽力用兵，终为之所禽矣。足下所

楚国已经丧失一员大将龙且，项王也有些恐慌，就派盱眙人武涉，去游说齐王韩信道：“天下人全都苦于秦的暴政，已经很久了，大家一同约好协力消灭秦王朝。目前秦已经被灭了，大家根据功劳，分割土地，各自称王，并且这样可以使将士兵卒们得到休息。现在汉王又兴兵向东，来侵夺别人所分的土地，已经吞并了封在秦地的三王，又带了部队出关，聚合了其他诸侯的兵力，来向东打我楚国。我看他的意图非全部并吞了天下诸侯，他是不肯罢休的，他是这样不知足，贪心之至！而且汉王这个人是十分靠不住的！他的性命有好几次掉在项王的手掌中，项王都可怜他而放他一条生路。谁知道他一得到逃脱的机会，立刻就违背了盟约，又来攻击项王，他是这样一个不可亲近，不可信赖的家伙。现在您虽然自以为跟汉王是有深厚的交情，替他尽力打仗，将来恐怕终于会被他暗算的。您之所以能够

以得须臾至今者，以项王尚存也。当今二王之事，权在足下。足下右投则汉王胜，左投则项王胜。项王今日亡，则次取足下。足下与项王有故，何不反汉与楚连和，参(音三)分天下王之？今释此时，而自必于汉以击楚，且为智者固若此乎！”韩信谢曰：“臣事项王，官不过郎中，位不过执戟，言不听，画不用，故倍楚而归汉。汉王授我上将军印，予我数万众，解衣衣我，推食食我，言听计用，故吾得以至于此。夫人深亲信我，我倍之，不祥，虽死不易。幸为信谢项王！”

保存性命到今天的原因，主要是因为项王还活着的缘故啊！目前究竟天下大势属于汉王或楚王，这举足轻重的关键，就在您的取舍了。您如果向着西边，那就是汉王胜了；如果帮助东边，那就是项王的天下了。如果项王今天被消灭，那么第二个就轮到来收拾您了。您和项王本来就有老关系，何不跟楚联合起来一起反抗汉王呢？这样一来，我们不就可以三分天下称王吗？现在您放弃了这个机会，认为确信刘邦是靠得住的，而去攻打楚王，作为一个聪明人，原来就应该是这个样子吗？”韩信听了这番话，拒绝了他的好意，说道：“我在项王那儿做事，官位不过是个拿着戟，担任警卫的宫禁武官，建议也不肯听，计谋也不被采用，所以才背弃楚而投奔汉。汉王让我掌上将军的印信，给了我好几万部队，汉王把自己的衣服脱下来给我穿，把他吃的食物给我吃，听我的话，用我的计策，所以我才能够有今天这样的成就。人家对我十分亲信，我如果背叛他，这是不会有好结果的，虽然到死，我也不会改变心意。希望您替我辞谢项王的美意。”

武涉已去，齐人蒯通知天下权在韩信，欲为奇策而感动之，以相人说韩信曰：“仆尝受相人之术。”韩信曰：“先生相人何

说客武涉走了之后，齐国人蒯通，也知道目前天下大势，举足轻重的关键是操在韩信手中，想要用一个特殊的计策来感动他，就用他曾经学过的相人术来劝说韩信，他说道：“在下曾经学过相人术，懂得相法。”韩信说：“先生相人术的方法如何？”蒯通回答说：“一

如?”对曰:“贵贱在于骨法,忧喜在于容色,成败在于决断,以此参之,万不失一。”韩信曰:“善。先生相寡人何如?”对曰:“愿少间。”信曰:“左右去矣。”通曰:“相君之面,不过封侯,又危不安。相君之背,贵乃不可言。”韩信曰:“何谓也?”蒯通曰:“天下初发难也,俊雄豪桀建号壹呼,天下之士云合雾集,鱼鳞杂遝(音沓),熛(音标)至风起。当此之时,忧在亡秦而已。今楚汉分争,使天下无罪之人肝胆涂地,父子暴骸骨于中野,不可胜数。楚人起彭城,转斗逐北,至于荥阳,乘利席卷,威震天下。然兵困于京、索之间,迫西山而不能进者,三年于此矣。汉王将数十万之众,距巩、洛,阻山河之

个人的贵或贱,在于看骨骼的形象;忧或喜,在于看脸上的气色;成与败,在于看他的性情对事情有无决断力;用这三个条件来综合看相,保险万无一失!”韩信说:“好极了,先生请您相相我看,究竟命运如何?”蒯通回答说:“希望您叫身边的人退下,我好单独跟您谈。”韩信说:“身边的人都走开了,您开始相吧!”蒯通说:“从您的面相看来,您将来最高不过封侯,而且还会遭到危险,从您的脊背看来,将来真是贵不可言。”韩信问道:“这话怎么说?”蒯通说:“天下的英雄豪杰们,他们刚开始发动抗秦,只要有人自立为王,登高一呼,天下的有志之士,全都聚合到一处来了,多得像云兴雾涌,鳞次栉比,快得像火之乱飞,风之疾起。在那段时间里,大家所忧虑的,是如何消灭暴秦罢了。现在的情况,是楚王与汉王双方在争夺天下,使得天下那些无辜的老百姓,死伤遍野,父毙子亡,尸骨抛弃在荒野,不计其数。楚国人从彭城起义,到处战斗,无往不利,以至把汉王围困在荥阳,乘他军事上的得利,席卷大部分土地,使得天下震动。然而他的军队在京与索二地之间,无法动弹,阻于西部山区而不能向前推进,已经是三年了!汉王率领了几十万部队,占据了巩和洛阳,仗着山区和河谷的复杂地形,来抵抗楚兵,一天进

险，一日数战，无尺寸之功，折北不救，败荥阳，伤成皋，遂走宛、叶之间，此所谓智勇俱困者也。夫锐气挫于险塞，而粮食竭于内府，百姓罢极怨望，容容无所倚。以臣料之，其势非天下之贤圣固不能息天下之祸。当今两主之命县(音悬)于足下。足下为汉则汉胜，与楚则楚胜。臣愿披腹心，输肝胆，效愚计，恐足下不能用也。诚能听臣之计，莫若两利而俱存之，参分天下，鼎足而居，其势莫敢先动。夫以足下之贤圣，有甲兵之众，据强齐，从燕、赵，出空虚之地而制其后，因民之欲，西乡为百姓请命，则天下风走而响应矣，孰敢不听！割大弱强，以立诸侯，诸侯已立，天下服听而归德于齐。

攻好几次，不能进得尺寸之地，常常打败仗，无法挽救，以至有荥阳之败仗，成皋的伤亡，就逃到宛城和叶县之间，这就是智的一方无所用其智，勇的一方无所乘其勇的窘境了！至于乘胜的锐气，被山区的险隘所挫阻，而守险的一方，内部又粮食空虚，老百姓因为长期陷于战争，故精疲力竭，十分怨恨，日夜盼望战争早日停止，因为他们已经到了无所归宿的地步。照我的估量，在这种情势之下，如果不是天下最贤圣的人，就一定不能平定这天下的大祸患。目前刘、项两王的命运，就挂在您的手上：您如果替汉王出力，那就是汉王的胜利；如果帮助楚王，那就是楚王胜了。臣现在愿意把内心的真意披露给您，倾献肝胆，以诚相告，贡纳我的不成熟的意见，可是唯恐您不能采纳。如果真正能够接受臣的献计，最好的办法，不如对双方都保持良好关系，不帮任何一方去消灭对方，让他们都存在下去，这样您便可以跟他们三分天下，像鼎的三足一样相互维持着，在这种形势下，刘、项双方谁都不敢先动手。至于以您的聪明才智，拥有最好的武装部队，占领着强大的齐国，牵制着燕国和赵国，再出兵去收复刘、项双方兵力不足之处，牵制着他们的后方，顺着百姓们的愿望，出兵向西，去为百姓们讲话。阻止楚、汉之争斗，那天下百姓对您的反应，像风、像回声一样地快速传布，到了那个时候，谁敢不听从您的意见哩！把大国的地盘减缩，把强国的势力

案齐之故，有胶、泗之地，怀诸侯(之)[以]德，深拱揖让，则天下之君王相率而朝于齐矣。盖闻天与弗取，反受其咎；时至不行，反受其殃。愿足下孰虑之。”

韩信曰：“汉王遇我甚厚，载我以其车，衣我以其衣，食我以其食。吾闻之，乘人之车者载人之患，衣人之衣者怀人之忧，食人之食者死人之事，吾岂可以乡利倍义乎！”蒯生曰：“足下自以为善汉王，欲建万世之业，臣窃以为误矣。始常山王、成安君为布衣时，相与为刎颈之交，后争张黡(音眼)、陈泽之事，二人相怨。常山王背项王，奉项婴头而窜，逃归于汉王。汉王借兵而东下，杀成安君泜水之南，头足异处，卒为

削弱，用来分封已经失去土地的各国诸侯，各诸侯都已分土立国，那天下诸侯没有不听命于你的，并且还会感念你对他们的恩德。根据从前的齐国故地，拥有胶河、泗水流域等的地方！您现在用恩德来安抚诸侯，对他们礼遇谦让，那天下的君王们，一定相率来到您齐国朝拜了！我听古人说：‘天赐给你你不取，反会受到祸咎，时机来了你不去实行，反会受到灾难。’希望您好好地深思熟虑这件事。”

韩信说道：“汉王待我十分厚恩，把他的车给我乘，把他的衣给我穿，把他的饭给我吃。我听古人说：乘过人家车子的人，要给人家分担患难；穿过人家衣服的人，也该给人家分担忧虑；吃过人家饭的人，就得为人家卖命，我怎可以唯私利是图而违背正义呢！”蒯通说道：“您自以为和刘邦友善，想要帮助刘邦建立万世的功业，臣私意以为您是错了！想当初常山王张耳和成安君陈馀，二人的关系像生死兄弟一样，后来因为张黡、陈泽事件，两人就变成了仇敌一样。常山王背叛项王，捧着项王使者项婴的头逃走，而投降到汉王麾下，汉王就借了他的部队，向东进军，在泜水之南，杀掉了成安君，结果是身首异处，这样的交情，终于被天下人所耻笑。这两个人的相

天下笑。此二人相与，天下至欢也。然而卒相禽者，何也？患生于多欲而人心难测也。今足下欲行忠信以交于汉王，必不能固于二君之相与也，而事多大于张黡、陈泽。故臣以为足下必汉王之不危己，亦误矣。大夫种、范蠡存亡越，霸勾践，立功成名而身死亡。野兽已尽而猎狗亨（音烹）。夫以交友言之，则不如张耳之与成安君者也；以忠信言之，则不过大夫种、范蠡之于勾践也。此二人者，足以观矣。愿足下深虑之。且臣闻勇略震主者身危，而功盖天下者不赏。臣请言大王功略：足下涉西河，虏魏王，禽夏说（音悦），引兵下井陉，诛成安君，徇赵，胁燕，定齐，南摧楚人之兵二十万，东杀龙且，西乡（音向）以报，此所谓功无

交往，他们的感情，可以说是天下最深厚的了，然而到临了弄得你也想把我捉来杀了，我也想把你捉来杀了，这是什么原因呢？毛病就出在彼此贪心不足，而且人心是变幻莫测的。现在您要用忠信之道来和汉王相交往，势必不可能比陈馀、张耳二人的相交更巩固吧，而你们之间的事情，恐怕要比陈泽、张黡事件重大得多。所以臣认为您过分相信刘邦不会加害到您，这也是错了！以前大夫文种和范蠡把已亡的越国恢复，使勾践重新称霸于诸侯，结果等到功成名就，一个被杀死，一个逃身湖上。野兽已经被捕捉完了，而接着就该把猎狗给宰了！至于以交朋友的情感而言，那就不如张耳和陈馀之间的深厚，拿忠与信的道德标准来说，最多也不过像大夫文种、范蠡之于勾践。这两类人，可以供你看清人情世故了，希望您多多考虑。而且臣听古人说：勇猛、谋略使得主子震动时那就有生命的危险，而功劳、业绩超过天下所有的人，那就到达了顶点，无法赏赐了。现在让臣来报报您的功绩吧：您渡过西河，虏了魏王，擒了夏说，带着兵通过井陉，杀了成安君，攻打赵国，威胁了燕国，平定了齐国，向南摧毁了楚国二十万大军，又向东杀了楚将龙且，西向汉王报捷，这就是前面所说的功绩第一，天下没有第二个人可以比得上，而且再也没有一个人能够

二于天下，而略不世出者也。今足下戴震主之威，挟不赏之功，归楚，楚人不信；归汉，汉人震恐：足下欲持是安归乎？夫势在人臣之位而有震主之威，名高天下，窃为足下危之。”韩信谢曰：“先生且休矣，吾将念之。”

超出您了。现在您负有名震主子的威势，拥有无法赏赐的大功，您去归附楚，楚人不会信赖你；去助汉，汉人又怕你：您挟着这样的情势往哪儿去呢？至于从情势上看，您毕竟还居于臣子的地位，但你却有使君主感到压迫的威势，你的声誉，已经是天下第一，我真为您感到危险、不安！”韩信谢谢他的好意说道：“先生请您别说了，让我考虑考虑吧！”

后数日，蒯通复说(音税)曰：“夫听者事之候也，计者事之机也，听过计失而能久安者，鲜矣。听不失一二者，不可乱以言；计不失本末者，不可纷以辞。夫随厮养之役者，失万乘之权；守儋石之禄者，阙卿相之位。故知者决之断也，疑者事之害也，审豪氂(音厘)之小计，遗天下之大数，智诚知之，决弗敢行者，百事之祸也。故

过了几天之后，蒯通又劝说韩信道：“一个善于听取意见的人，定能预先见到征兆的，遇事能反复考虑，才能掌握成败的关键，听取错误的意见，或做了错误的决定而能够长久安全，不发生问题的，实在是少见的事！一个人如果听取十个意见，竟连一两次失败都没有，那真是个智者，如此旁人的闲言碎语是无法迷惑他的！一个人如果考虑问题，从来不会本末倒置而能轻重得宜的，一定是个胸有成竹的人，如此旁人的花言巧语是无法去搅乱他的！如果一个人随遇而安，甘心情愿作人家的奴仆杂役，就会失掉掌握君权的机会了！留恋满足于有限的俸禄，就会失掉为卿作相的地位。所以当机立断是聪明的人，遇事迟疑不决，一定坏事！对于鸡毛蒜皮的小事，精打细算，就遗忘了天下大事，如果一个人的智慧，足以预

曰'猛虎之犹豫,不若蜂虿(音钗去)之致螫;骐骥之跼躅,不如驽马之安步;孟贲之狐疑,不如庸夫之必至也;虽有舜禹之智,吟而不言,不如瘖聋之指麾也'。此言贵能行之。夫功者难成而易败,时者难得而易失也。时乎时,不再来。愿足下详察之。"韩信犹豫,不忍倍汉,又自以为功多,汉终不夺我齐,遂谢蒯通。蒯通说不听,已详(音佯)狂为巫。

知事情的变化,而因为决心不够,迟迟不做的话,这是一切事情失败的祸根。常言道:'猛虎爪牙足以伤人,但因犹疑不用而被人擒获,反不如小小蜂虿,却能以尾端的毒刺螫伤了人;千里马不前行,反不如劣马能够稳步前进;虽然勇敢得像孟贲,如果犹疑不前,倒不如一个平庸的人能够达到目的;虽然有舜、禹一般的大智慧,但却闭着口一语不发,还不如又聋又哑的人打打手势的效果好。'这话最重要的意义就是能付诸实行。至于功业不容易开创而却容易失败,时机很难遇到但却很容易错过的。机会啊,机会啊,机会是不会再来的了!希望您仔细考虑它吧!"韩信犹疑不定,不忍心背叛汉王,又想到自己有这么多的功勋,汉王终究不会把我的齐国夺去的,于是拒绝了蒯通的建议。蒯通看到劝说不被韩信采纳,就装疯冒充巫者以避祸。

汉王之困固陵,用张良计,召齐王信,遂将兵会垓下。项羽已破,高祖袭夺齐王军。汉五年正月,徙齐王信为楚王,都下邳。

汉王在固陵地方,跟项王战斗,吃了败仗,于是听取张良的献计,招约齐王韩信,于是带兵到垓下参与会战。项羽被打败了之后,刘邦乘韩信毫无准备,夺去了他的军权。汉王五年正月,改封齐王信为楚王,都城在下邳。

信至国,召所从食漂母,赐千金。及下乡南昌亭长,赐百钱,曰:"公,小人也,为德不

韩信到了自己的封国,找到了当年给他饭吃的漂母,送给她千金。又找到了下乡县南昌亭长,赐给他一百个钱,对亭长说

卒。”召辱己之少年令出胯下者以为楚中尉。告诸将相曰：“此壮士也。方辱我时，我宁不能杀之邪？杀之无名，故忍而就于此。”

道；“您是个没有见识的人啊！做好事有始无终。”又把那位侮辱自己，命令他从胯下爬过去的人，任命作巡称捕盗的武官。并且告诉他的部将们道：“这位是壮士，当他侮辱我的时候，我难道不能杀了他吗？杀他又没什么名目，所以当时就忍了下来，而能有今天这样的成就’。”

项王亡将钟离眜家在伊庐，素与信善。项王死后，亡归信。汉王怨眜，闻其在楚，诏楚捕眜。信初之国，行县邑，陈兵出入。汉六年，人有上书告楚王信反。高帝以陈平计，天子巡狩会诸侯，南方有云梦，发使告诸侯会陈：“吾将游云梦。”实欲袭信，信弗知。高祖且至楚，信欲发兵反，自度无罪，欲谒上，恐见禽。人或说信曰：“斩眜谒上，上必喜，无患。”信见眜计事。眜曰：“汉所以不击取楚，以眜在公所。若欲捕我以自媚于汉，吾今日死，公亦随手亡矣。”乃骂信曰：“公非长者！”

项王从前的一员逃亡在外的将领，名叫钟离眜，家住在东海朐县伊庐乡，一向跟韩信交情不错。项王死后，他就逃亡投奔了韩信。汉王很记恨眜，听说他在韩信那儿，就下令叫楚国捕拿眜。那时韩信刚回到封国，到所属的县邑去巡视时，进进出出都严陈兵卫。汉王六年，有人打报告，说是楚王韩信造反。汉高帝采用了陈平的计策，天子要到各国诸侯封地内去巡视，南方有个云梦泽，派使臣通知各诸侯到陈地相会，告诉他们说：“我要到云梦地区去游玩。”其实暗地里要算计韩信，可是韩信一点儿也不晓得内情。高祖将要抵达楚境，韩信觉得不对，要发兵造反，自己忖度是无罪的，想要亲自去见高帝，又怕被捉去。有人就劝说韩信道：“您把钟离眜杀了，带着他的头去见皇上，皇上一定很高兴，那就没事了！”韩信就约了钟离眜来，商议公事。钟离眜说道：“汉王之所以不来攻您楚国，因为有我钟离眜在您这儿，如果要把我杀了，自动去讨好汉王，我今天死了，您也会紧跟着送命

卒自刭。信持其首，谒高祖于陈。上令武士缚信，载后车。信曰："果若人言，'狡兔死，良狗亨；高鸟尽，良弓藏；敌国破，谋臣亡。'天下已定，我固当亨！"上曰："人告公反。"遂械系信。至洛阳，赦信罪，以为淮阴侯。

的。"于是就破口大骂韩信道："你不是一个讲仁义道德的人！"终于拔剑自刎了。韩信拿着钟离眛的人头，到陈地去拜见高帝。皇上叫武士们把韩信捆绑起来，放在后面一辆车上。韩信说道："真像人家说的：狡黠的兔子死了，会捉兔子的狗也就宰了吃啦；高飞的鸟射完了，那张好弓也就收起来了；敌人被消灭了，谋臣也就要除掉了。'现在天下已经平定了，我难道真该被烹了吗？"皇上说道："有人告您造反。"于是用刑具把韩信锁缚起来。到达洛阳，赦免了韩信的罪，封他为淮阴侯。

信知汉王畏恶其能，常称病不朝从。信由此日夜怨望，居常鞅鞅，羞与绛、灌等列。信尝过樊将军哙，哙跪拜送迎，言称臣，曰："大王乃肯临臣！"信出门，笑曰："生乃与哙等为伍！"上常从容与信言诸将能不，各有差。上问曰："如我能将几何？"信曰："陛下不过能将十万。"上曰："于君何如？"曰："臣多多而益善耳。"上笑曰："多多益善，何为为我禽？"信曰："陛下不能

韩信知道汉王对自己的才能又怕又恨，常常借口生病不能朝见，也不随从出行。韩信从此以后，早晚心中都十分不快，平日家居，闷闷不乐，自以为跟周勃、灌婴之类的人地位相等为羞耻。韩信有一次去拜访将军樊哙，樊哙卑躬屈膝，恭迎恭送，自己说话时都称臣，说道："像您这样有封王地位的大人物，肯到寒舍来，真是臣的光荣！"韩信走出了门，笑道："我这一辈子，竟然和樊哙这些人处在同一地位！"皇上曾经和韩信闲谈，讨论到将领们的本领，彼此各有不同，高低不一。皇上问道："像我的才能，能带多少兵？"韩信回道："陛下最多不超过十万人。"皇上问道："带兵的事，对你来说呢？"韩信说："臣是兵愈多愈好。"皇上笑道："既然是愈多愈好，为什么还会被我

将兵，而善将将，此乃信之所以为陛下禽也。且陛下所谓天授，非人力也。”

捉住呢?”韩信说道:“陛下您不善于带兵，但却擅长于控制大将。这就是韩信之所以被陛下捉住的原因。而且陛下这种才能是天生的，不是人力可以做到的。”

陈豨拜为钜鹿守，辞于淮阴侯。淮阴侯挈其手，辟左右与之步于庭，仰天叹曰:“子可与言乎?欲与子有言也。”豨曰:“唯将军令之。”淮阴侯曰:“公之所居，天下精兵处也;而公，陛下之信幸臣也。人言公之畔(音判)，陛下必不信;再至，陛下乃疑矣;三至，必怒而自将。吾为公从中起，天下可图也。”陈豨素知其能也，信之，曰:“谨奉教!”汉十年，陈豨果反。上自将而往，信病不从。阴使人至豨所，曰:“弟举兵，吾从此助公。”信乃谋与家臣夜诈诏赦诸官徒奴，欲发以袭吕后、太子。部署已定，待豨报。其舍人得罪于信，信囚，欲杀

陈豨被封为巨鹿郡的郡守，到淮阴那儿去辞行，淮阴侯拉着他的手，撤去左右侍候的人，跟他在院子里散步，仰天长叹了一声，说道:“您可以跟我谈些知心话吗?我有些话想和您说呢!”陈豨说道:“一切听将军的吩咐!”淮阴侯说道:“您现在去镇守的地方，是天下兵力最精的地方，而且，您又是皇上的亲信宠幸的臣子，如果有人说你造反了，皇上一定不会相信，再有人来告你造反，皇上就会起疑心了，第三批的人来告你造反，一定会气得火冒三丈，自己带兵去打你。我和你配合做内应，从京城里起兵，天下大事便可成功了。”陈豨一向知道韩信是能用兵带将的，相信他的计谋，说:“一定遵奉您的指示!”汉王十年，陈豨果真造反了。皇上亲自带兵前往平乱，韩信藉口有病，不随高帝出征。暗地里派人到陈豨那里送信说:“尽管发兵打仗，我会从这儿帮助您!”韩信就和家将们商量，黑夜里假传圣旨，赦放那些被没入官里的许多囚徒和罚劳役的犯人，要想领着这批人来偷袭吕后和太子刘盈。一切部署停当了，就等候陈豨那方面的消息。韩信家的门客，得罪了韩信，韩信

之。舍人弟上变，告信欲反状于吕后。吕后欲召，恐其党不就，乃与萧相国谋，诈令人从上所来，言豨已得死，列侯群臣皆贺。相国绐信曰："虽疾，强入贺。"信入，吕后使武士缚信，斩之长乐钟室。信方斩，曰："吾悔不用蒯通之计，乃为儿女子所诈，岂非天哉！"遂夷信三族。

把他关了起来，想要杀了他。那个门客的弟弟就向吕后密告韩信要造反的种种设计安排的情况，吕后接到密报，想叫韩信来，但怕他万一不肯就范，就找了萧相国来商议。派一个人假冒是从皇上那儿来的，说是陈豨已经被高帝捉住杀了，所有在朝的列侯、群臣都要向吕后道贺，萧相国欺骗韩信道："您虽然生病，但这天大喜事，您勉强一下，也该进宫去向吕后道个贺。"韩信进入后宫，吕后预先埋伏的武士，立刻把韩信绑了起来，就在长乐宫的悬钟室中，把韩信杀了。韩信正要被斩首的时候，说道："我后悔没有接受蒯通的计谋，现在竟被妇人小子所骗，这岂不是天意吗？"于是杀了韩信的父、母、妻三族所有的人口。

高祖已从豨军来，至，见信死，且喜且怜之，问："信死亦何言？"吕后曰："信言恨不用蒯通计。"高祖曰："是齐辩士也。"乃诏齐捕蒯通。蒯通至，上曰："若教淮阴侯反乎？"对曰："然，臣固教之。竖子不用臣之策，故令自夷于此。如彼竖子用臣之计，陛下安得而夷之乎！"上怒曰："亨之。"通曰："嗟乎，冤哉亨

高祖平定了陈豨，由部队中回来，到达京城，见说韩信已经被杀死，心中又高兴又怜悯，问道："韩信死的时候，又说了些什么话？"吕后说道："韩信说，恨当初没能采用蒯通的计策。"高祖说道："蒯通啊！这是齐国一位有名的辩士啊！"于是下诏命给齐国缉拿蒯通。蒯通捉来了，皇上说道："是你教唆淮阴侯造反，是吗？"蒯通回答说："是的！本来我就是要教唆他造反的。可是这小子不听我的话，所以才使自己夷灭了三族。如果那小子听了我的话，陛下您又如何能杀得了他呢！"皇上生气道："把他给我丢到锅里烹了！"蒯通道："啊呀，你烹了我那可

也!”上曰:“若教韩信反,何冤?”对曰:“秦之纲绝而维弛,山东大扰,异姓并起,英俊乌集。秦失其鹿,天下共逐之,于是高材疾足者先得焉。跖之狗吠尧,尧非不仁,狗因吠非其主。当是时,臣唯独知韩信,非知陛下也。且天下锐精持锋欲为陛下所为者甚众,顾力不能耳。又可尽亨之邪?”高帝曰:“置之。”乃释通之罪。

是冤枉呀!”皇上问道:“你教唆韩信造反,烹了你还有什么冤枉的?”蒯通回答说:“当秦王朝的法度败坏,政权解体时,太行山以东地区大乱,各国诸侯纷纷都起来自立,有志之士都像群鸦般聚集在一起。秦王失去他的君位,天下的人共同追逐秦国所已失去的帝位,于是才能高人一等的,脚程比别人快的,先得到了帝位。大盗跖所养的狗,见到了古之贤君尧就狂吠,并不因为尧是坏人,而是狗所鸣吠的对象,只要不是它的主人,它就吠叫!在那个时候,臣心目中只知道一个韩信,根本不知道您陛下。而且普天之下,时时让自己磨砺精炼,保持锋锐状态,想要做陛下您所做事业的人多得很,大家都想当皇帝,但是,他们的能力不足罢了!难道您又能把他们全部烹了吗?”高帝吩咐道:“放了他吧!”于是就赦免了蒯通的罪。

太史公曰:吾如淮阴,淮阴人为余言,韩信虽为布衣时,其志与众异。其母死,贫无以葬,然乃行营高敞地,令其旁可置万家。余视其母冢,良然。假令韩信学道谦让,不伐己功,不矜其能,则庶几哉,于汉家勋可以比

太史公说:我到淮阴去,淮阴地方的人对我说,韩信即使还是个平民的时候,他的志向、抱负就和一般人不一样。他的母亲死了,穷得没有钱来办丧葬的事,然而他却各处去寻求又高又宽敞的坟地,要让那坟地旁边可以安顿得下一万家。我去参观他母亲的坟地,果真像人们所说。假如韩信学一些道家的谦让之道,不夸耀自己的功劳,不骄傲自己的才能,那他对汉家的功勋,真可

周、召、太公之徒,后世血食矣。不务出此,而天下已集,乃谋畔逆,夷灭宗族,不亦宜乎!

以上比周公、召公、姜太公等的对周朝的贡献,子子孙孙,都可以一直享受殊荣,获得祭祀。不朝这方面去努力,而在天下大局已定,才来阴谋叛逆,杀了他的全家,不也真是罪有应得吗?

评议

《淮阴传》有正写,有特笔。叙淮阴计画及其战功,此正写也。虽说得酣畅淋漓,犹在人意想之中。叙武涉之说淮阴,蒯通之说淮阴,则以最详明最痛快之笔出之;叙淮阴教陈豨反汉,则以隐约之笔出之,正以明淮阴之不反。而“挈手避左右”云云,乃当时罗织之辞,非实事也。又恐后人误以为真,更以蒯通对高祖语安置于传末,而曰“竖子不用臣之策,故令自夷如此。”夫曰“不用”,曰“自夷”,则淮阴之心迹明矣。凡此,皆所谓特笔也。

至于淮阴失处,在请为假王与后来羞与绛、灌为列,故传亦不为之讳。而赞语“学道谦让”数句,责淮阴处,似迂而实正,即起淮阴质之,亦应无可置对。“天下已集,乃谋畔逆”,与《绛侯世家》“不以此时反”数句同意。此出以含蓄,更觉佳妙。

篇内“韩殷王皆降”,按本纪,“韩王昌不听,使信击破之”。此云“降”误。“六月,魏王豹”云云,按“六月”当作“五月”。“信与张耳以兵数万,欲东下井陉击赵。”按《张耳陈馀传》,事在汉三年,此处失书。“齐王广亡去”,按广与龙且同时见杀,《高纪》、《月表》、《田儋传》及《汉书》可证,此言“亡去”误。“汉王怨昧”,按高祖即帝位矣,何以仍称“汉王”?此与下文“汉王畏恶其能”句同误。“汉十一年,陈豨果反。”按豨反在十年九月,此亦误。

李将军列传

李将军广者，陇西成纪人也。其先曰李信，秦时为将，逐得燕太子丹者也。故槐里，徙成纪。广家世世受射。孝文帝十四年，匈奴大入萧关，而广以良家子从军击胡，用善骑射，杀首虏多，为汉中郎。广从弟李蔡亦为郎，皆为武骑常侍，秩八百石。尝从行，有所冲陷折关及格猛兽，而文帝曰："惜乎，子不遇时！如令子当高帝时，万户侯岂足道哉！"

李将军广，是陇西郡成纪县的人。他的先祖叫做李信，在秦朝时做将军，就是追到燕太子丹的那个人。他们老家在槐里，后来才迁移到成纪。李家代代都学习祖先的射箭手法。汉文帝十四年匈奴兵大举侵入萧关，李广就以良家子弟参加军队，抵抗匈奴。因为他善于骑马、射箭，杀了很多敌人的首级，所以被封为中郎。李广堂弟李蔡也被封为中郎，他们都是侍从皇帝的武骑常侍，俸禄八百石。李广曾经侍卫文帝出行，每当他冲锋陷阵、抵御敌人和搏斗猛兽的时候，文帝就说："可惜啊！你真是没遇到好机运，如果你生逢高祖争天下的时代，封个万户侯也不算什么。"

及孝景初立，广为陇西都尉，徙为骑郎将。吴楚军时，广为骁骑都尉，从太尉亚夫击吴楚军，取旗，显功名昌邑下。以梁王授广将军印，还，赏不行。徙为上谷太守，匈奴日以合战。典属国公孙昆(魂)邪为上泣

等到汉景帝继位，李广被封为陇西都尉，后来又改封为骑郎将。吴、楚七国军队叛乱的时候，李广被任命为率领骁骑的都尉，跟随太尉周亚夫攻打吴楚叛军。在昌邑城下夺取了敌人的军旗，功名大扬。但因为梁孝王私自授与李广将军印信，封他为将军，所以回朝以后，没有得到朝廷的封赏，被任命为上谷太守，匈奴兵每天都来和他交战。典属国公孙昆邪向皇帝哭诉说："李

曰："李广才气，天下无双，自负其能，数与虏敌战，恐亡之。"于是乃徙为上郡太守。后广转为边郡太守，徙上郡。尝为陇西、北地、雁门、代郡、云中太守，皆以力战为名。

广才气天下没有第二人，自仗他的本领高强，常常和敌人战斗，这样下去，恐怕有一天会发生意外。"于是景帝就把他改封为上郡太守。后来李广又转任边郡太守，由边郡太守又改任上郡太守。他曾经做过陇西、北地、雁门、代郡、云中各地的太守，都以和匈奴奋力作战出名。

匈奴大入上郡，天子使中贵人从广勒习兵击匈奴。中贵人将骑(音计)数十纵，见匈奴三人，与战。三人还射，伤中贵人，杀其骑且尽。中贵人走广。广曰："是必射雕者也。"广乃遂从百骑往驰三人。三人亡马步行，行数十里。广令其骑张左右翼，而广身自射彼三人者，杀其二人，生得一人，果匈奴射雕者也。已缚之上马，望匈奴有数千骑，见广，以为诱骑，皆惊，上山陈(音阵)。广之百骑皆大恐，欲驰还走。广曰："吾去大军数十里，今如此以

当匈奴大举侵入上郡的时候，景帝派一个宦官跟随李广训练军队，来抗拒匈奴。宦官带领了几十名骑兵，纵马奔向前方。看到了三个匈奴人，就和他们战斗起来，这三人转身放箭，射伤了宦官，把他带去的骑兵都快杀半，宦官急忙逃到李广的营帐。李广说："这一定是匈奴的射雕能手！"于是李广就带了一百名骑兵，快马加鞭的去追赶这三个人。这三个人没骑马，步行而走。走了几十里，李广追上了他们，李广命令他的骑兵左右散开，从两边包抄，由他亲自射杀那三人：射死二人，活捉一人，果然是匈奴射雕人。把他绑好骑上马，远远望田，几千个匈奴骑兵过来，匈奴兵一见李广，以为是汉人诱敌的疑兵，都大吃一惊，立刻上山列下了阵势。李广的一百名骑兵，也十分害怕，都想掉转马头往回奔驰，李广说："我们离开大军有几十里的路，现在这一百人如果

百骑走，匈奴追射我立尽。今我留，匈奴必以我为大军[之]诱(之)，必不敢击我。”广令诸骑曰：“前！”前未到匈奴陈二里所，止，令曰：“皆下马解鞍！”其骑曰：“虏多且近，即有急，奈何？”广曰：“彼虏以我为走，今皆解鞍以示不走，用坚其意。”于是胡骑遂不敢击。有白马将出护其兵，李广上马与十余骑奔射杀胡白马将，而复还至其骑中，解鞍，令士皆纵马卧。是时会暮，胡兵终怪之，不敢击。夜半时，胡兵亦以为汉有伏军于旁欲夜取之，胡皆引兵而去。平旦，李广乃归其大军。大军不知广所之，故弗从。

就这样往回走，匈奴兵追来用箭射杀，大家马上就会被杀光。现在大家留下来不走，匈奴兵一定会认为我们是为后面的大军先来引诱敌兵的，绝对不敢攻击我们。”李广命令所有的骑兵说：“往前进发。”前进，走到离开匈奴阵地不到二里多路的地方，停了下来。李广又下令说：“大家都下马，同时把马鞍卸下来。”他手下的骑兵说：“敌人那么多，又靠得那么近，万一马上有了危急，怎么办？”李广说：“那些匈奴兵，还以为我们会退走，现在大家都卸下了马鞍，表示不走，这样正好使他们确信我们是诱敌的骑兵。”因为这样，于是匈奴骑兵就不敢来攻击他们。那时，有一名骑白马的匈奴将领，出阵来监护他的士兵。李广骑上马，带着十几个骑兵，边跑边放箭，射死了那个匈奴白马将领。又重回到他的队里，卸下了马鞍，他命令士兵就放开马匹，睡卧地上。这时刚好天色已晚，匈奴兵始终觉得他们可疑，不敢来攻击。到了半夜，匈奴兵也认为汉朝有大军埋伏在旁边，想要趁夜偷袭他们，所以就带兵撤离了。第二天天亮，李广才回到他的大军营部。大军营部不知道李广所往的方向，因此就没有跟去支援。

居久之，孝景崩，武帝立，左右以为广名将也，于是广以上郡太守为未央卫尉，而程不识

过了几年，汉景帝死了，汉武帝继立。武帝左右的大臣，认为李广是名将，可以重用，于是李广就从上郡太守的任上，被改封为未央的卫尉，而程不识也被任命为长乐

（音志）亦为长乐卫尉。程不识故与李广俱以边太守将军屯。及出击胡，而广行无部伍行陈，就善水草屯，舍止，人人自便，不击刀斗以自卫，莫（音幕）府省约文书籍事，然亦远斥候，未尝遇害。程不识正部曲行伍营陈，击刀斗，士吏治军簿至明，军不得休息，然亦未尝遇害。不识曰："李广军极简易，然虏卒犯之，无以禁也；而其士卒亦佚乐，咸乐为之死。我军虽烦扰，然虏亦不得犯我。"是时汉边郡李广、程不识皆为名将，然匈奴畏李广之略，士卒亦多乐从李广而苦程不识。程不识孝景时以数直谏为太中大夫。为人廉，谨于文法。

宫的卫尉。程不识从前和李广二人，都任边郡太守，率领军队驻防边境。在他们出关攻打匈奴的时候，李广的行军没有部曲编制和行列阵势，靠近水草好的地方驻扎，士兵人人都感到便利，晚上也不敲铜锅巡更放哨预防敌人，军部简化一切公文簿册，但是也在远处布置了侦察岗哨，从没遇到过危险。程不识对部队编制、行列阵势、营地驻扎等都严格要求，晚上敲铜锅巡更，文书官吏办理考绩等公文簿册不眠不休，军队时时操练，得不到休息，但也不会遇到危险。程不识说："李广的军队命令、编制都非常简单，但是敌人如果突然之间来侵袭他，他就没法阻挡了。可是他的士兵们也都很安逸快乐，大家都愿意为他效死命。我的军队虽然军务纷难忙乱，但是敌人也不敢侵犯。"这个时候，汉朝边界的各郡上，李广、程不识都算是名将。但匈奴惟独怕李广的计谋战略，士兵们也大多数愿意跟随李广，而嫌程不识太严厉。程不识在汉景帝的时候，因为屡次直言进谏，就被封为太中大夫，做人清廉，对朝廷的条文法令，执行得很严谨。

后汉以马邑城诱单于，使大军伏马邑旁谷，而广为骁骑将军，领属护军将军。是时单于觉

后来，汉朝用马邑城来引诱单于，派大军埋伏在马邑旁边的山谷里，李广被任命为骁骑将军，附从护军将军韩安国。那个时候，单于发现了引诱他的计谋，就逃走了。

之,去,汉军皆无功。其后四岁,广以卫尉为将军,出雁门击匈奴。匈奴兵多,破败广军,生得广。单于素闻广贤,令曰:"得李广必生致之。"胡骑得广,广时伤病,置广两马间,络而盛卧广。行十余里,广详(音佯)死,睨(音逆)其旁有一胡儿骑(音计)善马,广暂腾而上胡儿马,因推堕儿,取其弓,鞭马南驰数十里,复得其余军,因引而入塞。匈奴捕者骑数百追之,广行取胡儿弓,射杀追骑,以故得脱。于是至汉,汉下广吏。吏当广所失亡多,为虏所生得,当斩,赎为庶人。

所以汉军都没有战功。四年以后,李广从卫尉转任为将军,率领军队出雁门关讨伐匈奴。因为匈奴兵多,所以打败了李广的军队,俘虏了李广。单于在平时就听说李广很有才能,因此下令说:"得到李广一定要活捉回来。"匈奴骑兵俘虏了李广,那时李广正受了伤。匈奴兵就把李广放在两匹马中间,让他躺在用绳子结成的网袋里。走了十多里路,李广装死,斜眼瞧见他旁边有一个匈奴少年骑着一匹好马。李广突然一跃,跳上匈奴少年的马,就把匈奴少年推下去,跌落在地上,又抢走了他的弓,他用力鞭马,向南奔驰了几十里,又收集了他的残余部队,于是就率领着这些人进入塞内。匈奴骑兵好几百人,在后面追赶他,李广边逃边拿起匈奴少年的弓,射杀追赶的匈奴骑兵,这样才幸而逃脱。于是他回到了京师长安,汉廷就把李广交付法庭去审讯。法官认为李广所损失、所伤亡的士兵太多了,他本人又被匈奴活捉,就判决他应当斩首。李广用钱赎了死罪,被降为平民。

顷之,家居数岁。广家与故颍阴侯孙屏野居蓝田南山中射猎。尝夜从一骑出,从人田间饮。还至霸陵亭,霸陵尉醉,呵止广。广骑曰:"故李

一下子,他在家已住了几年,他和前任颍阴侯灌婴的孙子灌强一起隐居田野,住在蓝田南山中,打打猎。曾经有一个晚上,他带了一个随从出游,和别人在田野间一起喝酒。回来到了霸陵亭,陵县尉喝醉了酒,大声地喝叱,禁止李广通行。李广的随

将军。”尉曰：“今将军尚不得夜行，何乃故也！”止广宿亭下。居无何，匈奴入杀辽西太守，败韩将军，后韩将军徙右北平。于是天子乃召拜广为右北平太守。广即请霸陵尉与俱，至军而斩之。

从说：“这是前任李将军。”县尉说：“就是现任将军也不能违犯宵禁，何况是前任将军呢！”把李广扣留下来，宿在驿亭里。过了不久，匈奴攻进关内，杀了辽西太守，打败了韩将军（安国）。韩将军后来改封到右北平，死在任所。于是天子就召见李广，封他为右北平太守。李广随即请求武帝，准许遣派霸陵县尉和他一起去右北平，到了军中，就把他斩了。

广居右北平，匈奴闻之，号曰“汉之飞将军”，避之数岁，不敢入右北平。

李广镇守右北平，匈奴知道了，号称他为“汉朝的飞将军”。都躲开他，好几年都不敢侵入右北平。

广出猎，见草中石，以为虎而射之，中石没镞，视之石也。因复更射之，终不能复入石矣。广所居郡闻有虎，尝自射之。及居右北平射虎，虎腾伤广，广亦竟射杀之。

李广出去打猎，看到草里一块石头，以为是老虎，一箭射去，射中石头，把整个箭头都射了进去。过去一看，原来是石头。于是就重新再射，始终就再也射不进石头里了。李广从前所驻守的各郡，听说有老虎出现，就常亲自去射杀它。等到驻守右北平，射杀老虎时，老虎跳跃起来，扑伤了李广，但李广终竟也射死了老虎。

广廉，得赏赐辄（音哲）分其麾（音辉）下，饮食与士共之。终广之身，为二千石（音担）四十余年，家无余财，终不言家产事。广为人长，猿臂，其善射亦天性也，虽其

李广非常清廉，得到朝廷的赏赐，立刻就分赏给他的部下，都和士兵在一起吃喝。李广这一生，总共做了四十多年俸禄二千石的官吏，家里没有多余的财物，但是李广却始终也没有去过问一下家产的事。李广这个人，身材高大，手臂像猿猴般，又长又灵活。他善于射箭，也是一种天赋，即使他

子孙他人学者,莫能及广。广讷(音纳)口少言,与人居则画地为军陈,射阔狭以饮。专以射为戏,竟死。广之将兵,乏绝之处,见水,士卒不尽饮(音印),广不近水,士卒不尽食,广不尝食。宽缓不苛,士以此爱乐为用。其射,见敌急,非在数十步之内,度(音夺)不中不发,发即应弦而倒。用此,其将兵数困辱,其射猛兽亦为所伤云。

的子孙和别人跟他学习射箭技术的,都比不上李广。李广口才迟钝,平常很少说话。和人闲居时,就在地上画军阵,从高处放箭射地上宽窄的行列,箭能够直立在窄的行列中算获胜,箭射到宽的行列中,或是没有直立起来,都算输,射出行列以外,也算输。依照输的情况,决定罚酒的数量。他一生专门用射箭做消遣,一直到死都是这样。李广带领的军队,走到水源缺乏、粮食断绝的地方,找到水,士兵们不全喝到,李广就滴水不沾,士兵不全吃遍了,李广就一口不尝。对待士兵十分宽厚,要求宽,不苛刻,所以士兵们都爱戴李广,很高兴被他任用。他射箭的习惯,看见敌人逼近了,如果不是在几十步可以射中的范围里,就不发射,但只要他一放箭,弓弦响处敌人立刻应声倒毙。所以他带兵出征,常常受到敌人的围困和侮辱,他射猛兽也常常被扑伤。

居顷之,石建卒,于是上召广代建为郎中令。元朔六年,广复为后将军,从大将军军出定襄,击匈奴。诸将多中首虏率,以功为侯者,而广军无功。后二岁,广以郎中令将四千骑(音计)出右北平,博望侯张骞将

封了没多久,石建死了。于是武帝召见李广,让他替代石建做郎中令。元朔六年,李广又被任命为后将军,跟随大将军卫青的军队,从定襄出塞,征伐匈奴。和李广一起出征的将领们,大多数因为斩下敌人的首级足够,符合军中的律令,因为这次军功而封了侯。却只有李广这支军队没有功劳。两年以后(武帝元狩三年),李广以郎中令率领四千骑兵从右北平出塞,博望侯张骞

万骑与广俱，异道。行可数百里，匈奴左贤王将四万骑围广，广军士皆恐，广乃使其子敢往驰之。敢独与数十骑驰，直贯胡骑，出其左右而还，告广曰：“胡虏易与耳。”军士乃安。广为圜陈（音阵）外向，胡急击之，矢下如雨。汉兵死者过半，汉矢且尽。广乃令士持满毋发，而广身自以大黄射其裨将，杀数人，胡虏益解（音懈）。会日暮，吏士皆无人色，而广意气自如，益治军。军中自是服其勇也。明日，复力战，而博望侯军亦至，匈奴军乃解去。汉军罢（音疲），弗能追。是时广军几没，罢归。汉法，博望侯留迟后期，当死，赎为庶人。广军功自如，无赏。

带领一万名骑兵，也和李广一起出征，出塞后，两支军队就从不同的路线进军。李广军队大约前进了几百里路，匈奴左贤王带领了四万名骑兵来包围李广，李广军的士兵们都非常害怕，李广就派他的儿子李敢骑马疾驰，去探察敌情。李敢单独和几十名骑兵前去，一直贯穿匈奴的重围，从他们左右两边的阵线突围而出，回来报告李广说：“匈奴兵很容易对付。”军中的士兵这才安心。李广命令所有士兵排成圆形的阵势，大家都面向外。匈奴兵加紧攻击，箭落下来就像雨点一样。汉兵死了一大半，箭又快射光了。李广就命令士兵把弓拉满，不要发射。他亲自拿着大黄弩弓射匈奴的副将，一连杀了好几个人，匈奴兵才渐渐地散开。这时，刚好天色已晚，官兵都吓得面无人色，但李广的神情意态却十分自然，而且更加整饬军队。军中官兵从此后都非常佩服李广的勇敢。第二天，他又和敌兵奋力作战。这时博望侯张骞的军队也到达了，于是匈奴兵才不敢再包围，撤退离去。汉军都很疲倦了，所以没法追赶。这时，李广的军队几乎全军覆没。打完战，回到汉廷，根据汉朝法令，博望侯张骞耽误了行程，延误了军期，应当处死。张骞用钱赎回了死罪，被降为平民。李广功过相抵，没有得到赏赐。

初，广之从弟李蔡

当初，李广的堂弟李蔡和李广一起侍

与广俱事孝文帝。景帝时，蔡积功劳至二千石。孝武帝时，至代相。以元朔五年为轻车将军，从大将军击右贤王，有功中率，封为乐安侯。元狩二年中，代公孙弘为丞相。蔡为人在下中，名声出广下甚远，然广不得爵邑，官不过九卿，而蔡为列侯，位至三公。诸广之军吏及士卒或取封侯。广尝与望气王朔燕语，曰："自汉击匈奴而广未尝不在其中，而诸部校尉以下，才能不及中人，然以击胡军功取侯者数十人，而广不为后人，然无尺寸之功以得封邑者，何也？岂吾相不当侯邪？且固命也？"朔曰："将军自念，岂尝有所恨乎？"广曰："吾尝为陇西守，羌尝反，吾诱而降，降者八百余人，吾诈而同日杀之。至今大恨独此耳。"朔曰："祸莫大于杀已降，此乃将军

奉汉文帝，到景帝的时候，李蔡的功劳累积起来，已经做到二千石的高官。武帝的时候，做到了代相国。在元朔五年被任命为轻车将军，跟随大将军卫青攻打匈奴右贤王有功，合于军中的律令，被封为乐安侯。元狩二年中替代公孙弘为丞相。李蔡人品在九品中是属于下品里面的中等人物。名望、声望都比李广低得多，可是李广却没有得到爵位和封邑，官只做到卫尉、郎中，没超过九卿，但李蔡却被封为列侯，官位做到三公。李广手下的那些军官和士兵们，甚至有的也得到了侯爵的封赏。李广曾经和观察云气、预占吉凶的阴阳家王朔闲谈说："自从汉朝攻打匈奴以来，我李广没有一次不参加战争。我所率领的各部军队里，校尉以下的军官，他们的才能还比不上中等的人，但是由于攻打匈奴的功劳，而受到封侯的有几十人。我李广的才能并不比别人差，可是没有得到一点儿可以获得侯爵封邑的功劳。这是为什么呢？难道是我的相里不应该封侯还是本来命里注定这样呢？"王朔说："将军自己仔细回想一下，是否曾经做过自己认为遗憾的事？"李广说；"我曾经做过陇西太守，有一次羌族反叛，我用许引诱他们投降。但那投降的八百多个羌人，却又被我设诡计把他们在同一天都杀了。直到现在，使我感到最大遗憾的事，就只有这一件。"王朔说："会降灾祸的事，没有比杀死已经

所以不得侯者也。”

投降的人更严重的，这就是将军之所以不能封侯的原因呀！”

后二岁，大将军、骠骑将军大出击匈奴，广数自请行。天子以为老，弗许；良久乃许之，以为前将军。是岁，元狩四年也。

广既从大将军青击匈奴，既出塞，青捕虏知单于所居，乃自以精兵走之，而令广并于右将军军，出东道。东道少回远，而大军行水草少，其势不屯行。广自请曰：“臣部为前将军，今大将军乃徙令臣出东道，且臣结发而与匈奴战，今乃一得当单于，臣愿居前，先死单于。”大将军青亦阴受上诫，以为李广老，数奇，毋令当单于，恐不得所欲。而是时公孙敖新失侯，为中将军从大将军，大将军亦欲使敖与俱当单于，故徙前将军广。广时知之，

两年以后（即元狩四年），大将军（卫青）、骠骑将军（霍去病）率领军队大举出征匈奴，李广好几次自己向武帝请求随行。武帝认为他年纪太大，不答应；过了很久，才准许他随行出征，任命他为将军。这一年，是元狩四年。

李广随着大将军卫青出征匈奴，出了塞以后，卫青抓住了一个匈奴人，问出了单于所在的地方，他就自己率领了精锐部队去追赶单于，却命令李广的部队和右将军（赵食其）的部队合并，从东路出发。东路稍嫌迂曲遥远，而且水源、草料又少，大军既不能屯兵不动，又不能行军前进。李广就自动向卫青请求说：“我的任务本来是前将军，现在大将军却把我改调从东路行军。况且我从少时就开始和匈奴作战，一直到今天，才得到一次和单于相对敌的机会，我愿意去打前锋，先和单于一决生死。”大将军青曾暗中受到过武帝的警告，认为李广年龄太大，命运又不好，不要让他和单于对敌，因为这样子恐怕不能达到预期的目的。而这时公孙敖刚刚被废为平民，失掉了侯爵。这次出征，他做中将军，跟随着大将军，大将军也想要让公孙敖和他一起对抗单于，所以调走了前将军李广，李广当时也知

固自辞于大将军。大将军不听,令长史封书与广之莫(音幕)府,曰:“急诣部,如书。”广不谢大将军而起行,意甚愠怒而就部,引兵与右将军食其合军出东道。军亡导,或失道,后大将军。大将军与单于接战,单于遁走,弗能得而还。南绝幕(音漠),遇前将军、右将军。广已见大将军,还入军。大将军使长史持糒(音被)醪遗(音未)广,因问广、食其失道状,青欲上书报天子军曲折。广未对,大将军使长史急责广之幕府对簿。广曰:“诸校尉无罪,乃我自失道。吾今自上簿。”

道内情,所以坚决地向大将军推辞。大将军不接受他的请求,命令长史写了一道公文,交给李广的幕府,又说:“大将军命你赶快遵照公文上的命令,率兵到右将军的部队去。”李广不向大将军告辞,就动身出发。心里非常忿怒不快地带兵去右将军的营部,和右将军赵食其的军队合并从东路出发。他们的军队因为没有向导,所以迷了路,耽误了和大将军约定的军期。大将军和单于交战,单于逃走,也没有收获,就只好班师回来。他们从南方度过了沙漠,正好遇见前将军和右将军。李广谒见了大将军后,回到自己的军中。大将军派长史拿了干粮和酒来给李广。于是就问一下李广、食其二人迷路的经过情形,卫青要上书报告天子军中的曲折情形。李广没有回答,大将军的长史急切地催促李广手下的幕僚到大将军那里去受审对证。李广说:“校尉们都没有罪,是我不小心迷失了路,我现在亲自到大将军的幕府去接受审讯。”

至莫府,广谓其麾下曰;“广结发与匈奴大小七十余战,今幸从大将军出接单于兵,而大将军又徙广部行回远,而又迷失道,岂非天哉!且广年六十余矣,终不

到了幕府,李广告诉他的部下说:“我从少年时开始和匈奴作战,大小战役也有七十多次了,现很幸运地能跟随大将军出征,又能和单于的军队对敌,但是大将军却把我的部队调开,让我走那条迂回遥远的路,军队偏又迷了路,这岂不是天意吗,况且我已经六十多岁了,毕竟不能再和那些

能复对刀笔之吏。"遂引刀自到。广军士大夫一军皆哭。百姓闻之,知与不知,无老壮皆为垂涕。而右将军独下吏,当死,赎为庶人。

舞弄笔墨的书吏去打交道呀!"于是就拔刀自杀了。李广手下的将士们全都了哭了。百姓听到李广自杀的消息,不论年老的、年轻的,认识他的、不认识他的,都为他流泪。因此就只有右将军赵食其一个人移送法庭,本应处死刑,赵食其用钱赎回死罪,削职,降为平民。

广子三人,曰当户、椒、敢,为郎。天子与韩嫣(音偃)戏,嫣少不逊,当户击嫣,嫣走。于是天子以为勇。当户早死,拜椒为代郡太守,皆先广死。当户有遗腹子名陵。广死军时,敢从骠骑将军。广死明年,李蔡以丞相坐侵孝景园壖地,当下吏治,蔡亦自杀,不对狱,国除。李敢以校尉从骠骑将军击胡左贤王,力战,夺左贤王鼓旗,斩首多,赐爵关内侯,食邑二百户,代广为郎中令。顷之,怨大将军青之恨其父,乃击伤大将军,大将军匿讳之。居无何,敢从上雍,至甘泉宫猎。骠骑将军去病与青有亲,

李广有三个儿子,名叫李当户、李椒、李敢,都任郎官。当天子(武帝)和韩嫣一起戏耍时,韩嫣对天子稍微有点不礼貌,当户打韩嫣,韩嫣逃走。因此天子认为他很勇敢。当户很早就死了,武帝封李椒为代郡太守,两个人都比李广早死。当户有个遗腹子,名叫陵。李广在军中死掉的时候,李敢正跟随骠骑将军霍去病从军。李广死的第二年,李蔡身为丞相,却侵夺了汉景帝陵园前大道两旁的空地,犯下重罪,应当收押,让法吏查办,李蔡不愿受审讯,也自杀了,侯爵封邑被朝廷撤销。李敢任校尉,跟随骠骑将军攻打匈奴的左贤王,奋力作战,抢夺了左贤王的战鼓和军旗,斩下很多敌兵的首级,武帝赐给他关内侯的封爵,封地有食邑两百家,替代李广做郎中令。过了不久,李敢因为怒恨大将军卫青没有听从他父亲李广的请求,使得李广因为迷路而自杀身亡,所以把大将军打伤了。大将军隐瞒了这件事,避讳不谈。又过没多久,随从武帝到雍县的甘泉宫去打猎。骠骑将军霍去病和

射杀敢。去病时方贵幸，上讳云鹿触杀之。居岁余，去病死。而敢有女为太子中人，爱幸，敢男禹有宠于太子，然好利，李氏陵迟衰微矣。

卫青有甥舅的亲戚关系，就把李敢射死了。霍去病当时正当显贵又受武帝宠幸的时候，所似武帝就把这件事隐瞒起来，而故意说李敢是被鹿撞死的。过了一年多，霍去病也死了。李敢有个女儿，是太子的侍妾，很受太子宠爱。李敢的儿子李禹，也受太子的宠幸，但他很贪利，李氏家族的声望地位一天天地衰落了。

李陵既壮，选为建章监，监诸骑。善射，爱士卒。天子以为李氏世将，而使将八百骑。尝深入匈奴二千余里，过居延视地形，无所见虏而还。拜为骑都尉，将丹阳楚人五千人，教射酒泉、张掖以屯卫胡，数岁。

李陵到了壮年以后，被提拔为建章营羽林军的长官，监督羽林军的骑郎们。他擅长射箭，十分爱护手下的士兵。天子认为李家世代为将，因此让李陵率领八百名骑兵。李陵曾经带兵深入匈奴地域二千多里的地方，过了居延海，视察了一下地形，没有遇见敌人就回来了。又被封为骑都尉，率领丹阳境内楚人五千名。在酒泉、张掖一带教练射术，以防卫匈奴。

天汉二年秋，贰师将军李广利将三万骑击匈奴右贤王于祁连、天山，而使陵将其射士步兵五千人出居延北可千余里，欲以分匈奴兵，毋令专走贰师

几年以后，正是天汉二年的秋天，贰师将军李广利带领三万骑兵，在祁连、天山攻打匈奴右贤王，又派李陵带领他的弓箭手五千名步兵，从居延北方出发，大约有一千里路，武帝是想要分散匈奴的兵力，不要让匈奴兵单单地攻向贰师将军的部队。李陵到了

也。陵既至期还，而单于以兵八万围击陵军。陵军五千人，兵矢既尽，士死者过半，而所杀伤匈奴亦万余人。且引且战，连斗八日，还未到居延百余里，匈奴遮狭绝道，陵食乏而救兵不到，虏急击招降陵。陵曰："无面目报陛下。"遂降匈奴。其兵尽没，余亡散得归汉者四百余人。

约定的军期，就撤兵回来了。在归途中遇到单于，单于用八万士兵包围李陵的军队，攻打他们。李陵的五千名士兵，箭射光了，大部分的人都战死了，但是他们所杀伤的匈奴兵却也有一万多人。他们一边撤退，一边抵抗，接连奋战了八天，回来还不到居延一百多里的地方，匈奴兵拦住狭谷，截断了他们的归路，李陵缺乏粮食，而救兵又不到，敌人加紧攻击，又诱导李陵投降。李陵说："我没有脸再回汉廷去见皇帝了！"于是就投降了匈奴。他的军队全部覆没，其余逃亡分散，能够回到汉朝的只有四百多人。

单于既得陵，素闻其家声，及战又壮，乃以其女妻陵而贵之。汉闻，族陵母妻子。自是之后，李氏名败，而陇西之士居门下者皆用为耻焉。

单于得到李陵以后，因为平常就听到李家的声望很高，等到和他交战的时候，又很佩服李陵的英勇表现。于是就把他女儿嫁给李陵，使他有尊贵的地位。汉朝知道了这件事，就把李陵的母亲、妻子、儿子都杀了。从此以后，李家的声名败坏，陇西地方的士人，凡是曾在李氏门下做过宾和客的，都为这件事感到羞耻。

太史公曰：《传》曰"其身正，不令而行；其身不正，虽令不从"。其李将军之谓也？余睹李将军悛

太史公说：《论语》上说："在上位的人，本身行为正当，不用命令，人民也会照着去做，如果本身行为不正，即使下命令，人民也不愿听从他。"这不正是指李将军吗？我曾看到李将军诚恳谨厚，就像个乡下人，嘴里不

悛悛如鄙人,口不能道辞。及死之日,天下知与不知,皆为尽哀。彼其忠实心诚信于士大夫也?谚曰“桃李不言,下自成蹊”。此言虽小,可以谕大也。

善于说话。在他死的那天,天下无论认识他的和不认识他的,都为他哀悼。这正是因为他那忠实的品质,真正地感动了士大夫们。俗语说:“桃树、李树不会自我吹嘘,可是因为它们的花朵好看、果实好吃,自然而然人们就会到这儿来,日子一久,树下被人们走出了一条路!”此段话虽然短小,倒也不妨用它来比喻李广人格的伟大。

评议

不曰韩信,而曰淮阴侯;不曰李广,而曰李将军,只一标题间,已见出无限的爱慕景仰。此篇用意尤在“数奇”二字,而叙事精神更在射法一事。赞其射法,正所以深情其数奇也。篇首而文帝曰“惜乎子不遇时”云云,已伏数奇之根。以后叙击吴楚还赏不行,此一数奇也;叙马邑诱单于无功,此一数奇也;叙赎为庶人,此一数奇也;叙出定襄无功,此一数奇也;叙出右北平军功无赏,此一数奇也,直至引刀自刭,乃以数奇终焉。其数奇之旁写,则以从弟李蔡事为趁也,以望气王朔语为趁也,以天子诫卫青语之趁,并借以点明眼目也。其数奇之余波,则当户之早死也,敢之被射杀也,陵之生降也,又“李氏陵迟衰微”、“李氏名败”云云,皆是极端叹其数奇处。

至叙其射法,曰“广家世世受射”,曰“射匈奴”,曰“射雕”,曰“射白马将”,曰“射追骑”,曰“射石”,曰“射虎”,曰“射阔狭以饮”,曰“射猛兽”,曰“射裨将”,曰“善射亦天性也”,曰“其射见敌急,非在数十步之内,度不中不发”,末又附李陵之善射、教射,与篇首“世世受射”句相应。或正或侧,或虚或实,直无一笔犯复。盖太史公负一世奇气,郁一腔奇冤,是以借此奇事而发为奇文。赞语曰:“彼其忠实心诚信于士大夫也。”

传一代奇人，而以“忠实”两字为归宿，手眼俱超，压倒一切。

篇内“陇西成纪人也”。按成纪，汉初属陇西郡，其后改属天水郡。在史公作史之时，已属天水矣，而犹称陇西者，殆从其始言之也。“徙上郡”，按此三字，当在下文“匈奴大入上郡”之上。“匈奴必以我为大军诱之。”按各本“大”字上衍“将”字，非是。“于是广以上郡太守为未央卫尉。”按上文言广为上郡太守，后乃转为陇西、北地、雁门、代郡、云中。“公卿表”于元光元年书“陇西太守李广为卫尉”，则此言“上郡”，亦非是。“韩将军后徙右北平”，按《汉书》“北平”下有“死”字。“后三岁，广以郎中令将四千骑出右北平”，按此乃元狩三年也。考《名臣表》、《匈奴传》及《汉书·武纪》、《匈奴传》，皆以此事列入元狩二年，则此“后三岁”三字，当作“后二岁”为是。观下文叙元狩四年广为前将军，云“后二岁”，此处之误尤明。“李陵既壮”，按此下后人妄续。天汉事《史》不载，且与《汉传》不合。又篇内凡称“武帝”处，俱当作“今上”。

游侠列传

韩子曰:“儒以文乱法,而侠以武犯禁。”二者皆讥,而学士多称于世云。至如以术取宰相卿大夫,辅翼其世主,功名俱著于春秋,固无可言者。及若季次、原宪,闾巷人也,读书怀独行君子之德,义不苟合当世,当世亦笑之。故季次、原宪终身空室蓬户,褐衣疏食不厌。死而已四百余年,而弟子志之不倦。今游侠,其行虽不轨于正义,然其言必信,其行必果,已诺必诚,不爱其躯,赴士之厄困,既已存亡死生矣,而不矜其能,羞伐其德,盖亦有足多者焉。

韩非子说:“儒者以舞文弄墨而破坏法度,侠士以威力挟辅人而触犯禁令。”这两种人韩非子都有批评,而读书人常称美他们。至于像那以权术巧诈取得宰相卿大夫的职位,辅佐当代的君主,功名记载在历史上,反而没有人说什么。至于像那季次、原宪,是贫穷人家子弟,勤苦读书,胸怀独特的君子的德操,抱守道义不肯和世俗苟合,当世的人也讥笑他们。所以季次、原宪毕生居处破屋蓬户,穿粗布衣服,连粗食都不能吃饱,但是死后已经四百多年了,世传弟子们还想念他的言行,到今不忘。至于说到游侠之士,他们的行为虽然和正义不合,然而他们说话必守信,行事必果敢决断,答应别人的必诚信,牺牲自己生命,去救济别人的艰难困苦,可以说是历经生死存亡的关头了,但不夸扬自己的才能,羞耻表彰自己的德义,这样也有值得赞美的地方呀。

且缓急,人之所时有也。太史公曰:昔者虞舜窘于井廪,伊尹负于鼎俎,傅说匿于傅险,吕

况且危难的事情,是人生所难免的。太史公说:从前虞舜修廪凿井都受到困窘,伊尹也做过厨夫拿过鼎俎,傅说也在傅险做过泥工,吕尚在棘津受困,管夷吾还做过囚

尚困于棘津，夷吾桎梏，百里饭牛，仲尼畏匡，菜色陈、蔡。此皆学士所谓有道仁人也，犹然遭此灾，况以中材而涉乱世之末流乎？其遇害何可胜道哉！

犯，百里奚曾经给人喂牛，孔子在匡地遭受围困，在陈、蔡两国挨过饥饿。这些都是读书人所称道的仁人君子，还遭受这样的灾难，何况是中材的人而处极度衰微的乱世呢？那他们遇到灾害怎么可以说得完呢！

鄙人有言曰："何知仁义，已飨其利者为有德。"故伯夷丑周，饿死首阳山，而文武不以其故贬王；跖、蹻暴戾，其徒诵义无穷。由此观之，"窃钩者诛，窃国者侯，侯之门仁义存"，非虚言也。

世俗的人说："知道仁义有什么用呢？已经受到利益的就是有德。"所以伯夷认为周攻伐纣是不道德的行为，饿死在首阳山，而文王武王也不因为伯夷饿死而贬损他的王业。盗跖、跻凶奉乖戾，为人所唾弃，然而他的党徒却歌颂他的德义无穷。由此看来，庄子所说的"偷窃很小的腰带钩要被诛杀，窃君位的人反而为诸侯，诸侯家里所做的，都合乎仁义"，并不是随便说的呀！

今拘学或抱咫尺之义，久孤于世，岂若卑论侪俗，与世沈浮而取荣名哉！而布衣之徒，设取予然诺，千里诵义，为死不顾世，此亦有所长，非苟而已也。故士穷窘而得委命，此岂非人之所谓贤豪间者邪？诚使乡曲之侠，予季次、原宪比权量力，效功于当世，不

现在囿于片面的见闻，或拘泥于小义，株株自守，以至于与世隔绝的读书人，那里可以比得上言论卑下、随同流俗、与世浮沉去追取荣耀声名的呢！然而平民游侠之辈，自立取予的节操，重视言出必行的信守，使千里远的人都称诵他的风义，即使为义牺牲，也不顾虑世人的是非，这也是他们意志坚决的长处，并不是苟且敷衍的人可以做到的。因此读书人遇到穷困窘迫就希望得到他们的帮助，这不也是一般人所称的圣贤豪杰一类的人吗？假使以乡里曲巷的游侠之士，和季次、原宪来比较权势力量，看

同日而论矣。要以功见言信,侠客之义又曷可少哉!

看谁对社会有贡献,那真是不可同日而语了。如果以对社会贡献和言必有信的观点来看,侠客的风义如何可以没有它呢!

古布衣之侠,靡得而闻已。近世延陵、孟尝、春申、平原、信陵之徒,皆因王者亲属,藉于有土卿相之富厚,招天下贤者,显名诸侯,不可谓不贤者矣。比如顺风而呼,声非加疾,其势激也。至如闾巷之侠,脩行砥名,声施于天下,莫不称贤,是为难耳。然儒、墨皆排摈不载。自秦以前,匹夫之侠,湮灭不见,余甚恨之。以余所闻,汉兴有朱家、田仲、王公、剧孟、郭解之徒,虽时扞当世之文罔,然其私义廉絜退让,有足称者。名不虚立,士不虚附。至如朋党宗强比周,设财役贫,豪暴侵凌孤弱,恣欲自快,游侠亦丑之。余悲世俗不察其意,而猥以朱家、郭解等令与暴豪之徒同类而共笑

古代平民的侠士,已经不可得而闻了。近世延陵季扎、孟尝君田文、春申君黄歇、平原君赵胜、信陵君魏无忌诸公子,都因为是国君的亲属,凭藉封土及卿相的富厚,延揽天下的贤士,因此显名于诸侯,不能说不是贤者了。这譬如荀子所说的顺着风而呼喊,声音并没有加大,而听的人特别清楚,这是凭着形势罢了,并不困难。至于像那闾里曲巷的侠士,修饰德行,砥砺名节,声名传遍于天下,没有不称赞他的贤能,这才是难以做到的呢!然而儒家、墨家都排斥摈弃而不载录。从秦以前平民行侠的事迹,消灭不可得见,我觉得非常遗憾。以我所听到的,从汉兴以来有朱家、田仲、王公、剧孟、郭解等人,虽然时常违犯当代的法网,但是他们私人的道义,为人廉洁退让不夸扬自己的功劳,有可以称赞的地方。声名不是随便得到的,许多人附和他们也不是偶然的。至于像那个朋党营私,尊崇强横,互相勾结,施舍钱财以役使贫穷的人,依仗豪门强暴去欺凌孤弱,放任纵欲以满足自己欲望的人,那也是游侠之士所憎恶的。我哀伤世人没有看清事实,而仍以朱家、郭解等人和豪门强暴的人一样而共同耻笑他们呢!

之也。

鲁朱家者，与高祖同时。鲁人皆以儒教，而朱家用侠闻。所藏活豪士以百数，其余庸人不可胜言。然终不伐其能，歆其德，诸所尝施，唯恐见之。振人不赡，先从贫贱始。家无余财，衣不完采，食不重味，乘不过軥牛。专趋人之急，甚己之私。既阴脱季布将军之厄，及布尊贵，终身不见也。自关以东，莫不延颈愿交焉。

鲁国朱家和高祖同时的人，鲁地的人大都推崇儒教，只有朱家以任侠出名，被包庇救活的豪杰之士有好几百人，其他平凡的人受他庇护的更多得说不完。但是始终不矜夸自己的才能，也不要别人感佩他的恩德，只怕再遇见那些曾经受他施舍救济过的人。赈济人家的不足，先从最贫贱的开始。他自己家中则没有多余的钱财，所穿的衣服都是旧的退色的，吃的很简单，没有超过两种菜，出门乘坐的是小牛拉的车。专心救济别人的急难，甚至把别人的急难看得比自己的私事还重要。曾暗中解救季布将军的困穷危迫，以后季布地位尊贵了，终身不愿再见季布。从函谷关以东地方的人，没有不伸长着脖子仰慕朱家的风义，愿意和他做朋友的。

楚田仲以侠闻，喜剑，父事朱家，自以为行弗及。田仲已死，而洛阳有剧孟。周人以商贾为资，而剧孟以任侠显诸侯。吴楚反时，条侯为太尉，乘传车将至河南，得剧孟，喜曰："吴楚举大事而不求孟，吾知其无能为已矣。"天下骚动，宰相得

楚地田仲以游侠传闻天下，喜欢使剑，像服侍父辈那样服侍朱家，自己认为行为比不上朱家。田仲死后，而洛阳地方有剧孟。洛阳人都靠着经商过活，而剧孟以任侠显名于诸侯。汉景帝三年，吴、楚诸侯兴兵反叛，那时条侯周亚夫做太尉，乘驿站的车子到洛阳，把剧孟请到军中去，很高兴的说："吴、楚诸侯兴兵作乱而不聘请剧孟，我知道他们没有什么作为了。"当时天下动乱，大尉把剧孟的地位

之若得一敌国云。剧孟行大类朱家,而好博,多少年之戏。然剧孟母死,自远方送丧盖千乘。及剧孟死,家无余十金之财。而符离人王孟亦以侠称江淮之间。

得看像一个敌国那么重要。剧孟行为像朱家,而喜欢六博戏,大多是少年的游戏。剧孟母亲去世时,从远地来送葬的有千辆的车马。剧孟死后,家中没有十金的财产。和剧孟同时的,有符离人王孟在江淮一带以游侠闻名。

是时济南瞯氏、陈周庸亦以豪闻,景帝闻之,使使尽诛此属。其后代诸白、梁韩无辟、阳翟薛(况)[兄]、(陕)[邓(左夹)]韩孺纷纷复出焉。

当时济南人眼(右间)氏、陈地周庸,也以豪侠闻名,景帝听到这消息,派遣使者把这批人都诛杀了。以后代郡有白氏、梁地有韩无辟、阳翟有薛兄、陕地有韩孺等豪侠,又纷纷的再出现。

郭解,轵人也,字翁伯,善相人者许负外孙也。解父以任侠,孝文时诛死。解为人短小精悍,不饮酒。少时阴贼,慨不快意,身所杀甚众。以躯借交报仇,藏命作奸剽攻不休,及铸钱掘冢,固不可胜数。适有天幸,窘急常得脱,若遇赦。及解年长,更折节为俭,以德报怨,厚施而薄望。然其自喜为侠益甚。既已振人之命,不矜其功,其阴贼著于心,卒发于睚眦如故

郭解,轵地人。字翁伯,是当时著名相士许负的外孙。郭解的父亲因任侠,在孝文帝时被诛杀死。郭解为人短小精悍,不喝酒。少年时残忍狠毒,感触到不满意的事,被他杀害的人很多。不惜牺牲性命为朋友报仇,屡次藏匿亡命之徒,犯法劫夺,以及私自盗铸钱币,偷掘坟墓盗取殉葬财物,更是不可胜计。但天给他好运,凡是遇到官吏追捕形势紧急时,常常能够逃脱,或是逢到大赦。到郭解长大时,转变行为收敛自己,以恩德报仇怨,给别人很丰厚,对人家要求很少。更以行侠仗义而感到自足。救了别人的性命,而不夸耀自己的功劳,但内心仍旧残忍狠毒,遇些小事突然爆发的习性,仍旧和从前一

云。而少年慕其行，亦辄为报仇，不使知也。解姊子负解之势，与人饮，使之嚼。非其任，强必灌之。人怒，拔刀刺杀解姊子，亡去。解姊怒曰："以翁伯之义，人杀吾子，贼不得。"弃其尸于道，弗葬，欲以辱解。解使人微知贼处。贼窘自归，具以实告解。解曰："公杀之固当，吾儿不直。"遂去其贼，罪其姊子，乃收而葬之。诸公闻之，皆多解之义，益附焉。

样。而同伴仰慕他的行为，也常常替他报仇，不让他知道。郭解姊姊的儿子仗着郭解的势力，和别人喝酒，让人干杯，如果别人酒量不行，也要强灌下去。有一次，别人愤怒，就拿起刀把郭解姊姊的儿子杀死，逃亡而去。郭解姊姊愤怒的说："以我弟弟翁伯的义气，别人杀了我儿子，还捉不到凶手。"于是把尸体放在路旁，不埋葬，要让郭解难堪。郭解派人暗中察访，知道凶手的住处。凶手没有办法就向郭解自首，把经过情形告诉郭解。郭解说："你杀他是应该的，我的外甥没有道理。"就放掉凶手，归罪于姊姊的儿子，于是收尸埋葬了。大家听见这消息，都称赞郭解处理得宜，更加依附他。

解出入，人皆避之。有一人独箕倨视之，解遣人问其名姓。客欲杀之。解曰："居邑屋至不见敬，是吾德不脩也，彼何罪！"乃阴属尉史曰："是人，吾所急也，至践更时脱之。"每至践更，数过，吏弗求。怪之，问其故，乃解使脱之。箕踞者乃肉袒谢罪。少年闻之，愈益慕解之行。

郭解每次出行，人都躲避他。只有一个人傲慢的坐着看他，郭解派人问他姓名，门下客要杀他。郭解说："住在家乡不受人敬重，这是我的德行不好，他有什么罪呢？"于是暗中告诉县尉说："这个人是我所看重的，轮到他服役的时候，请免掉他。"每到轮值服役时，有好多次，县吏都不找他，他就奇怪，问是什么缘故，才知道郭解替他说情的；对郭解傲慢的人于是袒衣露体向郭解谢罪。里中少年听见这件事，更加仰慕郭解的行为。

洛阳人有相仇者，邑

洛阳人有相互仇恨的，乡里贤人豪

中贤豪居间者以十数，终不听。客乃见郭解。解夜见仇家，仇家曲听解。解乃谓仇家曰：“吾闻洛阳诸公在此间，多不听者。今子幸而听解，解奈何乃从他县夺人邑中贤大夫权乎！”乃夜去，不使人知，曰：“且无用，(待我)待我去，令洛阳豪居其间，乃听之。”

侠从中调停的有十数人，始终不能解决。有人就去找郭解。郭解夜晚去见仇家，要给他们调停，仇家勉强听从郭解的劝告。郭解就对仇家说：“我听说洛阳诸公在居间调停的，你们多不听从，现在你们给我面子听我调解，我怎么可以从外地来侵夺别人乡里中贤豪调停的事呢？”于是连夜走了，不使人知道，并且说：“不要听我的调解，等待我走后，还是请洛阳豪侠居中调停，你们听他们的吧！”

解执恭敬，不敢乘车入其县廷。之旁郡国，为人请求事，事可出，出之；不可者，各厌其意，然后乃敢尝酒食。诸公以故严重之，争为用。邑中少年及旁近县贤豪，夜半过门常十余车，请得解客舍养之。

郭解平时态度恭敬，不敢坐车到县府公堂。到其他外郡去，替别人请求事情，事情可以解决的，就解决了；不可以解决的，也都能满足各人的心意，然后自己才敢吃酒饭。所以大家都尊重他，争着替他效劳。乡里少年及邻县的贤士豪侠，夜半到郭解家来的，常常有十多辆车子，迎接郭解家的门客回去供养。

及徙豪富茂陵也，解家贫，不中訾，吏恐，不敢不徙。卫将军为言：“郭解家贫不中徙。”上曰：“布衣权至使将军为言，此其家不贫。”解家遂徙。诸公送者出千余万。轵人杨季

武帝元朔二年，把豪族富家迁移到茂陵，郭解家贫穷，不合迁移的标准，但名字又在迁移的名单中，官吏恐惧上级怪罪，不敢不迁移他，卫青将军替他说：“郭解家贫穷，不合迁移的标准。”皇上说：“一个平民能使将军替他说情，这样看起来，他家里不会贫穷。”郭解家就被迁移了。乡里大家送行的出钱一千多万。

主子为县掾，举徙解。解兄子断杨掾头。由此杨氏与郭氏为仇。

解入关，关中贤豪知与不知，闻其声，争交欢解。解为人短小，不饮酒，出未尝有骑。已又杀杨季主。杨季主家上书，人又杀之阙下。上闻，乃下吏捕解。解亡，置其母家室夏阳，身至临晋。临晋籍少公素不知解，解冒，因求出关。籍少公已出解，解转入太原，所过辄告主人家。吏逐之，迹至籍少公。少公自杀，口绝。久之，乃得解。穷治所犯，为解所杀，皆在赦前。轵有儒生侍使者坐，客誉郭解，生曰："郭解专以奸犯公法，何谓贤！"解客闻，杀此生，断其舌。吏以此责解，解实不知杀者。杀者亦竟绝，莫知为谁。吏奏解无罪。御史大夫公孙

轵县人杨季主儿子做县里官吏，是他提出郭解名单才被迁徙的，所以郭解哥哥的儿子就杀了杨县吏的头。从此杨氏和郭氏两家就成为仇家。

郭解迁徙入关后，关中贤士豪陕，无论认识不认识，听到郭解的声名，争先和他结为友好。郭解人矮小，不喝酒，出门没有随从的车马。以后又杀了杨季主。杨季主家人上书申告，有人又把他杀死在京师皇宫前阙下。皇上得到消息，就命官吏拘捕郭解。郭解逃亡，把他母亲家属安置在夏阳，自己逃到临晋。临晋地方人士籍少公本来不认识郭解，郭解假冒别人姓名，并因而要求籍少公帮他逃出关。籍少公放走了郭解，郭解转逃入太原，所经过的地方往往把行迹告诉招待他的主人家。因此官吏拘捕他，就按他的行踪追查到籍少公那里。少公畏罪自杀，追查线索的口供断了。很久才捕到郭解。彻底追查他所犯的罪过，被郭解所杀的人，都在大赦以前。有一次，轵县有儒生陪侍使者坐，座中客人称誉郭解，这个儒生就说："郭解专作奸邪犯法的事，怎么可以称为贤士呢？"郭解的同伴听见了，就杀了这个儒生，把舌头也割断了。官吏因此责求郭解交出杀人犯，郭解实在也不知道杀人的是谁。而杀人的终竟没有追查到，没有人知道是谁。官吏判决郭解无罪。御史

弘议曰:“解布衣为任侠行权,以睚眦杀人,解虽弗知,此罪甚于解杀之。当大逆无道。”遂族郭解翁伯。

大夫公孙弘说:“郭解以平民身分为任侠行使权势,以一点小事就必要报仇杀人,郭解虽然不知道,这个罪比郭解杀人还要重,判决郭解大逆无道的罪。”就诛杀郭解一家。

自是之后,为侠者极众,敖而无足数者。然关中长安樊仲子,槐里赵王孙,长陵高公子,西河郭公仲,太原卤公孺,临淮儿长卿,东阳田君孺,虽为侠而逡逡有退让君子之风。至若北道姚氏,西道诸杜,南道仇景,东道赵他、羽公子,南阳赵调之徒,此盗跖居民间者耳,曷足道哉!此乃乡者朱家之羞也。

从此以后,做游侠的人很多,都倨傲不值得提起。但是关中长安有樊仲子,槐里有赵王孙,长陵有高公子,西河有郭公仲,太原有卤公孺,临淮有倪长卿,东阳有田君孺,虽然为游侠,然而谦虚退让有君子的风度。至于像那北方的姚氏,西方许多姓杜的,南方仇景,东方赵他、羽公子,南阳赵调那一类人,简直是在民间的盗跖,更不足道了!这可以说是过去侠士朱家的羞耻呀!

太史公曰:吾视郭解,状貌不及中人,言语不足采者。然天下无贤与不肖,知与不知,皆慕其声,言侠者皆引以为名。谚曰:“人貌荣名,岂有既乎!”於戏,惜哉!

太史公说:我看郭解,状貌比不上一般中等人材,言语也不动人,但是天下无论是贤与不肖,认识和不认识,都仰慕他的声名,谈论游侠的都会提到他的姓名。谚语说:“人能用荣誉来为容貌,那还会衰朽穷尽吗!”唉!可惜呀,不能得到善终呀!

评议

游侠一道，可以济王法之穷，可以去人心之憾。天地间既有此一种奇人，而太史公即不能不创此一种奇传。故传游侠者，是史公之特识，非奖乱也。通篇以“缓急人所时有”句为关键，以“儒侠”二字为眼目，开首即曰“儒以文乱法，而侠以武犯禁”。以侠之犯禁与儒之乱法者比，便非一味推许。以下随以儒侠对发，见儒固有以文乱法，而季次、原宪等非其伦也；侠固有以武犯禁，而朱家、郭解等非其伦也。后文又以卿相之侠形出布衣之侠，而更言游侠之士与豪暴之士不同，以终一篇之旨，意思最为深厚，评量极为公允。所举游侠之徒，有朱家、田仲、王公、剧孟、郭解诸人，而叙郭解独详者，以史公亲见其人，深悲其死之冤，故言之津津，不胜感慨。篇虽简短，纯是一团精神结聚，自是史公极用意文字。

赞语独举郭解，其推重可知。“于戏，惜哉！”为郭解伤，并以自伤也。篇内“近世延陵、孟尝、春申、平原、信陵之徒”，按延陵、季子非侠，且不可言“近世”，更不可与四君相比，疑此衍“延陵”二字，《汉传》无。“乘传车将至河南，得剧孟，喜”。按《汉书》作“乘传东将”。此“车”字疑“东”字之误。“陈周庸”，按《汉书》作“周肤”，此“庸”字疑“肤”字之误。“陕韩孺”，按《汉书》“韩”作“寒”。“举徒解”，按《汉书》改曰“禹之遂族郭解”。“翁伯”，按“翁伯”二字疑衍。“长陵高公子，西河郭公仲，太原卤公孺”，按《汉书》作“高公子、郭翁中、鲁翁孺”。

滑稽列传

孔子曰:“六艺于治一也。《礼》以节人,《乐》以发和,《书》以道事,《诗》以达意,《易》以神化,《春秋》以义。”太史公曰:天道恢恢,岂不大哉!谈言微中,亦可以解纷。

孔子说:“六经对于治理国家,作用是相同的。《礼经》可以节制人的行为,《乐经》可以诱发人的和气,《书经》可以借知人类行事的成败,《诗经》可以表达情意,《易经》可窥知天地的神奇变化,《春秋》可以明白微言大义。”太史公说:“天道宽广,岂不伟大!言谈如稍稍切中事理,当可消除世间纷争。”

淳于髡者,齐之赘婿也。长不满七尺,滑稽多辩,数使诸侯,未尝屈辱。齐威王之时喜隐,好为淫乐长夜之饮,沉湎不治,委政卿大夫。百官荒乱,诸侯并侵,国且危亡,在于旦暮,左右莫敢谏。淳于髡说之以隐曰:“国中有大鸟,止王之庭,三年不蜚又不鸣,王知此鸟何也?”王曰:“此鸟不飞则已,一飞冲天;不鸣则已,一鸣惊人。”于是乃朝诸县令长七十二人,赏一人,诛一人,奋兵而出。诸

淳于髡是齐国的赘婿,身高不到七尺。为人滑稽,口多辩才。他屡次出使诸侯之国,未曾屈辱使命。齐威王的时候,喜好隐语,又好彻夜饮酒,逸乐无度。沉溺于淫乐酒色中,而不治理政事。把政事托付给卿大夫。朝中百官荒淫,政治败坏,诸侯都来侵略。国家的危亡,就在旦夕之间。齐王左右的人都不敢进谏。淳于髡用隐语进谏说:“都城中有一只大鸟,落在国王的朝廷中。这只鸟三年来不飞,也不叫。请问国王知不知道这是什么鸟?”威王说;‘这只鸟不飞则已,一飞就冲上云霄,不叫则已,一叫就使人惊异。”于是就召见七十二个县长入朝奏事。当时奖励一个好县长,杀了一个坏县长,发兵御敌。诸侯十分惊恐,都把他们所侵掠

侯振惊，皆还齐侵地。威行三十六年。语在田完世家中。

齐国的土地交还给齐国。强大的国势盛行三十六年，详细情形都记载在《田完世家》里。

威王八年，楚大发兵加齐。齐王使淳于髡之赵请救兵，赍金百斤，车马十驷。淳于髡仰天大笑，冠缨索绝。王曰：“先生少之乎？”髡曰：“何敢！”王曰：“笑岂有说乎？”髡曰：“今者臣从东方来，见道傍有禳田者，操一豚蹄，酒一盂，祝曰：‘瓯窭满篝，污邪满车，五穀蕃熟，穰穰满家。’臣见其所持者狭而所欲者奢，故笑之。”于是齐威王乃益赍黄金千溢，白璧十双，车马百驷。髡辞而行，至赵。赵王与之精兵十万，革车千乘。楚闻之，夜引兵而去。

齐威王八年，楚国派遣大军攻打齐国。齐王派淳于髡出使赵国，请求出兵相救。交给他百斤黄金，十辆马车。淳于髡仰脸大笑，连系帽子的带子都笑断了。齐威王说：“先生嫌少吗？”淳于髡说，“怎么敢嫌少。”齐威王说：“既不嫌少，刚才为什么笑呢？”淳于髡说：“今天我从东面来的时候，看到在路旁有祷祭田地的人，拿着一个猪蹄，一杯酒，祝祷说：‘高处狭小的地方收获满笼，低下平坦的地方收获满车；五谷繁茂成熟，米粮堆积满家。’我看见他拿的祭品太少，而所祈求的太多，所以笑他。”于是齐威王增加他的行资黄金一千镒、白璧十对、车马百乘。淳于髡就辞别了威王来到赵国。赵王给淳于髡十万精兵，一千辆裹有皮革的战车。楚国听到了这消息，当夜就撤兵回去了。

威王大说，置酒后宫，召髡赐之酒。问曰：“先生能饮几何而醉？”对曰：“臣饮一斗亦醉，一石亦醉。”威王曰：“先生饮一斗而醉，恶能饮一石

齐威王非常高兴，在后宫陈设酒肴，召请淳于髡饮酒。问他说：“先生能够饮多少酒才醉？”答道：“我饮一斗也醉，一石也醉。”威王说：“先生饮一斗就醉了，怎么能饮一石呢？你能把道理说给我听吗？”淳于髡说：“当着大王之面赏酒给我

哉！其说可得闻乎？”髡曰：“赐酒大王之前，执法在傍，御史在后，髡恐惧俯伏而饮，不过一斗径醉矣。若亲有严客，髡帣韝鞠𦜕，待酒于前，时赐余沥，奉觞上寿，数起，饮不过二斗径醉矣。若朋友交游，久不相见，卒然相睹，欢然道故，私情相语，饮可五六斗径醉矣。若乃州闾之会，男女杂坐，行酒稽留，六博投壶，相引为曹，握手无罚，目眙不禁，前有堕珥，后有遗簪，髡窃乐此，饮可八斗而醉二参。日暮酒阑，合尊促坐，男女同席，履舄交错，杯盘狼藉，堂上烛灭，主人留髡而送客，罗襦襟解，微闻芗泽，当此之时，髡心最欢，能饮一石。故曰酒极则乱，乐极则悲；万事尽然，言不可极，极之而衰。”以讽谏焉。齐王曰：“善。”乃罢长夜之饮，以髡为诸侯主客。宗室置酒，髡尝在侧。

喝，执法的官吏站在旁边，记事的御史站在背后，我非常害怕地低头伏地饮酒，喝不了一斗就醉了。如果父亲有贵客来家，我卷起衣袖，曲着身子，捧着酒杯，在席前侍奉酒饭，客人时常把喝剩的酒赏给我，屡次端着酒杯敬酒，喝不到二斗就醉了。如果老朋友很久不曾见面，忽然间见到了，高高兴兴地讲一些过去的事情，说一些私人的情话，大约喝上五六斗就醉了。若是乡里间聚会，男女杂坐，巡行酌酒劝饮，久久流连不去，又作六博、投壶的游戏，配对比赛。握手不受罚，眉目传情不禁止。面前有坠下的耳环，背后有失落的簪子。我内心很喜欢这情调，大约喝上八斗酒只醉二三分。饮酒到日暮天晚的时候，一部分的客人已离席而去。于是男女会在一起，促膝而坐，鞋子混杂在一块，杯盘零乱不堪。堂上的灯烛灭了，主人留下我而把客人送走。女人的罗襦衣襟已经解开，隐约能闻到香气。这时我心中最快乐，能喝一石酒。所以说：酒喝得大多就容易发生乱子，欢乐到极点就会感到悲哀。所有的事情都是这样。这也就是说一切的事情都不可过分，过分了就要衰败。”用这些话来讽谏齐威王。齐威王说：“你说的很好！”于是就停止了彻夜饮酒的事情，用淳于髡来主管诸侯国间外交的事务。齐王宗室摆酒席宴客，淳于髡常在一旁作陪。

其后百余年，楚有优孟。

在淳于髡以后一百多年，楚国有优孟。

优孟，故楚之乐人也。长八尺，多辩，常以谈笑讽谏。楚庄王之时，有所爱马，衣以文绣，置之华屋之下，席以露床，啖以枣脯。马病肥死，使群臣丧之，欲以棺椁大夫礼葬之。左右争之，以为不可。王下令曰："有敢以马谏者，罪至死。"优孟闻之，入殿门。仰天大哭。王惊而问其故。优孟曰："马者王之所爱也，以楚国堂堂之大，何求不得，而以大夫礼葬之，薄，请以人君礼葬之。"王曰："何如？"对曰："臣请以彫玉为棺，文梓为椁，楩枫豫章为题凑，发甲卒为穿圹，老弱负土，齐赵陪位于前，韩魏翼卫其后，庙食太牢，奉以万户之邑。诸侯闻之，皆知大王贱人而贵马也。"王曰："寡人之过一至此乎！为之奈

优孟原来是楚国的乐官，身高八尺，富有辩才，常常用说笑的方式讽谏楚王。楚庄王的时候，有一匹喜爱的马，给它穿着五彩鲜艳的锦衣，养在富丽堂皇的房屋下面，睡在没有帷幕的床上，拿切好的枣干来喂他。后来马因为长得太胖而死了。庄王使群臣替它办丧事，想把它用棺椁装敛起来，用大夫的礼仪埋葬它。左右的人都争论这件事，以为不可以这样做。庄王下令说："有人再敢以葬马的事来进谏的，就杀死他！"优孟听到了，走进殿门，仰起脸来大哭。庄王觉得很奇怪，问他为什么哭。优孟说："这匹马是国王所喜爱的。就凭楚国这样大的国家，有什么事情办不到的？国王却用大夫的礼仪来埋葬它，太轻了。请国王用人君的礼仪埋葬它。"庄王说："如何用人君的礼仪来埋葬它？"优孟回答说，"臣请求国王用雕刻花纹的玉做棺材，用文梓木做椁，用楩、枫、豫、樟等木做题凑。派甲士挖圹穴，使老人和儿童背土。齐国、赵国陪侍在前面，韩国、魏国在后面护卫。庙堂祭祀用太牢为祭品，封给万户大的地方作为它的奉邑。诸侯听到了这件事，都知道大王轻视人而贵重马！"庄王说："寡人的过

何?”优孟曰:“请为大王六畜葬之。以垅灶为椁,铜历为棺,赍以姜枣,荐以木兰,祭以粮稻,衣以火光,葬之于人腹肠。”于是王乃使以马属太官,无令天下久闻也。

楚相孙叔敖知其贤人也,善待之。病且死,属其子曰:“我死,汝必贫困。若往见优孟,言我孙叔敖之子也。”居数年,其子穷困负薪,逢优孟,与言曰:“我,孙叔敖子也。父且死时,属我贫困往见优孟。”优孟曰:“若无远有所之。”即为孙叔敖衣冠,抵掌谈语。岁余,像孙叔敖,楚王及左右不能别也。庄王置酒,优孟前为寿。庄王大惊,以为孙叔敖复生也,欲以为相。优孟曰:“请归与妇计之,三日而为相。”庄王许之。三日后,优孟复来。王曰:

错,竟到这种地步吗!怎么办呢?”优孟说:“请替大王把它当作六畜来葬埋:在地上挖个土灶作为椁,用铜铸的大鼎作为棺,用姜枣调理,下面铺上木兰树的皮,用粳米为祭品,用大火炖煮,埋葬在人的肚肠中。”于是楚庄王就使人把马交给主管宫中膳食的太官,不要使天下人听到他贱人贵马的事情。

楚相孙叔敖知道他是一个贤德的人,待他很好。后来孙叔敖生病快要死的时候,嘱咐他的儿子说:“我死了以后,你必定很贫困。那时你就去见优孟,说‘我是孙叔敖的儿子’。”过了几年,孙叔敖的儿子生活很贫困,背着柴薪在路上遇到优孟,对优孟说:“我是孙叔敖的儿子。父亲将死的时候,嘱咐我贫困时就去找优孟。”优孟说:“你不要到远处去,以免国王以后找不到你。”马上做了孙叔敖的衣服帽子穿戴起来,和孙叔敖的儿子很融洽的交谈,以模仿孙叔敖的言谈笑貌。过了一年多,模仿得像孙叔敖了,连楚庄王和左右的人也辨认不出来。有一天楚庄王设酒席请客,优孟上前为楚庄王敬酒。庄王大为惊异,以为孙叔敖又复活了。庄王因怀念孙叔敖,想用他作楚相。优孟说:“请国王让我回去和妻子商量商量,三天后再决定。”庄王准许了他请求。三天以后优孟又来见庄王。庄王问他说:

“妇言谓何?”孟曰:“妇言慎无为,楚相不足为也。如孙叔敖之为楚相,尽忠为廉以治楚,楚王得以霸。今死,其子无立锥之地,贫困负薪以自饮食。必如孙叔敖,不如自杀。”因歌曰:“山居耕田苦,难以得食。起而为吏,身贪鄙者余财,不顾耻辱。身死家室富,又恐受赇枉法,为奸触大罪,身死而家灭。贪吏安可为也!念为廉吏,奉法守职,竟死不敢为非。廉吏安可为也!楚相孙叔敖持廉至死,方今妻子穷困负薪而食,不足为也!”于是庄王谢优孟,乃召孙叔敖子,封之寝丘四百户,以奉其祀。后十世不绝。此知可以言时矣。

“妻子怎么说?”优孟说:“妻子说:千万不要做楚相,楚相不值得做。像孙叔敖做楚相的时候,忠贞廉洁治理楚国,楚王才能够称霸主。现在他死了,他的儿子没有立锥之地,贫困得每天靠打柴来维持生活,如果做楚相会像孙叔敖那样,还不如自杀!”遂唱道:“住在山里耕田很辛苦,难以获得食物。出来做官,贪污卑鄙的有余财,而不顾耻辱。想要死后家庭富足,又恐怕接受人家的贿赂,败坏法纪,作奸犯科而触犯了大罪,自身被杀而家庭也灭绝,由此看来贪官怎么可以做呢?想到做个清廉的官,遵奉法律尽忠职守,到死都不敢做坏事,清官又怎可以做呢!像楚相孙叔敖,一生操守廉洁,现在妻儿却靠打柴为生。清官实在不值得做!”于是楚庄王向优孟谢过,就召见孙叔敖的儿子,封在寝丘四百户的地方,以供孙叔敖祭祀之用。自此以后十代不曾断绝。像优孟这样才算是懂得讲话时机的了!

其后二百余年,秦有优旃。

在优孟以后二百多年,秦国有优旃。

优旃者,秦倡侏儒也。善为笑言,然合于大道。秦始皇时,置酒而天雨,陛楯者皆沾寒。优旃

优旃是秦国的戏子,是个小矮子。善长说笑,而且能够合乎大道。秦始皇的时候,宫中设酒席宴客,正遇到天下雨。在阶下执着盾牌站岗的卫兵,衣服都淋湿

见而哀之,谓之曰:“汝欲休乎?”陛楯者皆曰:“幸甚。”优旃曰:“我即呼汝,汝疾应曰诺。”居有顷,殿上上寿呼万岁。优旃临槛大呼曰:“陛楯郎!”郎曰:“诺。”优旃曰:“汝虽长,何益,(幸)雨[中]立。我虽短也,幸休居。”于是始皇使陛楯者得半相代。

了,冻得很厉害。优旃看见了很怜悯他们。对他们说:“你们想休息吗?”卫兵都说:“非常希望休息。”优旃说:“如果我呼唤你们,你们就高声回答说‘有’!过了一会儿,宫殿上向秦始皇敬酒,呼万岁。优旃靠在栏干旁大声呼叫到:“卫兵!”卫兵说:“有!”优旃说:“你们虽然长得很高大,有什么好处?可怜在雨中站立!我虽然矮小,却很幸运地能够在屋里休息!”于是秦始皇使卫兵减半值班,轮番接替。

始皇尝议欲大苑囿,东至函谷关,西至雍、陈仓。优旃曰:“善。多纵禽兽于其中,寇从东方来,令麋鹿触之足矣。”始皇以故辍止。

秦始皇曾经招集群臣商议,想要扩大畜养禽兽的苑囿,东面到函谷关,西面到雍和陈仓。优旃说:“很好!多养些禽兽在里面。敌人从东面攻过来,使麋鹿去用角牴他就够了!”秦始皇因此就停止扩大苑囿的计划。

二世立,又欲漆其城。优旃曰:“善。主上虽无言,臣固将请之。漆城虽于百姓愁费,然佳哉!漆城荡荡,寇来不能上。即欲就之,易为漆耳,顾难为荫室。”于是二世笑之,以其故止。居无何,二世杀死,优旃归汉,数年而卒。

秦二世皇帝即位,又想要漆他的咸阳城。优旃说;“主意很好!皇上即使没有提出,我也将向皇上请求,漆城虽然浪费人民的钱财使人民愁苦,可是漆起来的确好!把城漆得平滑滑的。敌人来了也爬不上去,如果愿意这么做,替城墙上漆的工作是容易的,困难的倒是那座让城墙荫干的大房子怎么建造呢?”秦二世皇帝笑了起来,因此就打消了这个计划。过了不久,二世皇帝被杀,优旃归属汉朝。过了几年就死了。

太史公曰:淳于髡仰

太史公评论说:淳于髡仰脸朝天大

天大笑，齐威王横行。优孟摇头而歌，负薪者以封。优旃临槛疾呼，陛楯得以半更。岂不亦伟哉！

笑，齐威王就能横行天下；优孟摇头歌唱，打柴为生的人得以受封，优旃靠着栏干大声喊叫，阶下的卫士有一半能够替换。这些不都是很奇伟的事吗！

褚先生曰：臣幸得以经术为郎，而好读外家传语。窃不逊让，复作故事滑稽之语六章，编之于左。可以览观扬意，以示后世好事者读之，以游心骇耳，以附益上方太史公之三章。

褚少孙先生说：我很荣幸能够因为明白经术而做郎官，而且喜欢读史传一类的书。同时不自谦逊，写作了六章滑稽的故事和言论，编在后面，可供阅读，舒畅心神，留传给后人看。好事的人看了，可以愉悦心胸，刺激耳目。所以把它附在前面太史公所写的三章故事的后头。

武帝时有所幸倡郭舍人者，发言陈辞虽不合大道，然令人主和说。武帝少时，东武侯母常养帝，帝壮时，号之曰"大乳母"。率一月再朝。朝奏之，有诏使幸臣马游卿以帛五十匹赐乳母，又奉饮糒飧养乳母。乳母上书曰："某所有公田，愿得假倩之。"帝曰："乳母欲得之乎？"以赐乳母。乳母所言，未尝不听。有诏得令乳母乘车行驰道中。当此之时，公卿大臣皆敬重乳母。乳母家子孙奴从者横

在武帝的时候，有一个宠爱的戏子名叫郭舍人。他所说的话虽然不合乎大道，却能使人主听了心意和乐喜悦。武帝年小的时候，东武侯的母亲曾经抚养过他。武帝长大了就称她做大乳母。大乳母经常一个月要入朝晋见武帝两次。有一次大乳母入朝晋见，武帝下诏使他宠爱的大臣马游卿拿五十匹帛赏赐给大乳母，又拿酒食干粮奉养乳母。大乳母上书说："某某地方有块公田，希望能够租借给我。"武帝说："乳母想要得到那块公田的话，就赐给乳母。"大乳母所说的话，没有一次不听从。又下诏乳母可以坐车在御道上行走。在这个时候，朝中的公卿大臣，都敬重乳母。乳母家里的子孙奴仆侍从等，在长安市中横行霸道，在大街上拉

暴长安中，当道掣顿人车马，夺人衣服。闻于中，不忍致之法。有司请徙乳母家室，处之于边。奏可。乳母当入至前，面见辞。乳母先见郭舍人，为下泣。舍人曰："即入见辞去，疾步数还顾。"乳母如其言，谢去，疾步数还顾。郭舍人疾言骂之曰："咄！老女子！何不疾行！陛下已壮矣，宁尚须汝乳而活邪？尚何还顾！"于是人主怜焉悲之，乃下诏止无徙乳母，罚谪谮之者。

住人家的车马，抢夺人家的衣物。这个消息传到了朝中。武帝听到了，不忍心用法律来治乳母的罪。主管的官员奏请武帝把乳母的家室迁到边疆上去。武帝批准了。乳母将要入朝见武帝当面辞行，先去见郭舍人，向郭舍人哭泣。郭舍人说："你入朝见皇上，马上就辞别离去，走得快快的，并且要屡次回头看皇上。"乳母按照郭舍人的吩咐，告别了武帝，很快地离去，并且屡次回头看。郭舍人大声骂乳母说："嗳！老太婆，为什么不快点走！陛下已经长大了，难道说还需要吃你的奶生活吗！为什么还不住地回头看！"于是武帝可怜她，感到很悲伤，就下令不要迁徙乳母，反把谗害乳母的人迁谪到边疆上去了。

武帝时，齐人有东方生名朔，以好古传书，爱经术，多所博观外家之语。朔初入长安，至公车上书，凡用三千奏牍。公车令两人共持举其书，仅然能胜之。人主从上方读之，止，辄乙其处，读之二月乃尽。诏拜以为郎，常在侧侍中。数召至前谈语，人主未尝不说也。时诏赐之食于前。饭已，尽

武帝的时候，齐国有一个人叫东方朔，好读古书，喜爱经术，看了许多史传杂说的书。东方朔刚到长安的时候，到公车署上书，一共用了三千个木简来书写。公车令两个人共同抱持它，仅能举得起来。皇上从藏书的官署阅读它。停阅时，就在所读过的地方打上一个勾号。读了两个月才读完。下令任东方朔为郎官，经常在宫中皇上身边侍奉。屡次叫他到跟前谈话，人主都很愉快。有一回皇上当面赐给饮食，吃过饭，他把剩下的肉全部放在怀中带走，衣服都弄脏了。皇上屡次赐

怀其余肉持去，衣尽汙。数赐缣帛，檐揭而去。徒用所赐钱帛，取少妇于长安中好女。率取妇一岁所者即弃去，更取妇。所赐钱财尽索之于女子。人主左右诸郎半呼之“狂人”。人主闻之，曰：“令朔在事无为是行者，若等安能及之哉！”朔任其子为郎，又为侍谒者，常持节出使。朔行殿中，郎谓之曰：“人皆以先生为狂。”朔曰：“如朔等，所谓避世于朝廷间者也。古之人，乃避世于深山中。”时坐席中，酒酣，据地歌曰：“陆沉于俗，避世金马门。宫殿中可以避世全身，何必深山之中，蒿庐之下。”金马门者，宦（者）署门也，门傍有铜马，故谓之曰“金马门”。

给缣帛，都是肩担手提而去。把人主所赏赐的金钱缣帛都用在长安市中选娶年少貌美的女子上。大抵娶过来一年左右就弃去，另外再娶。人主所赏赐的钱财，完全用在女人身上。人主左右的一些郎吏，大都叫他狂人。人主听到了说：“假使东方朔在职管事，不做这些荒诞的行为，你们怎么能赶得上他呢？”东方朔任用他的儿子为郎官，又做了侍谒者，经常持节出使。东方朔行走在殿中，郎官问他说：“人都以为先生是个狂人。”东方朔说：“像我东方朔这样的人，就是所说的避世在朝廷中的人。古时候的人，则避世在深山中。”有一回在宴会中吃酒兴起，蹲在地上唱歌道：“隐居在俗世中，避世在金马门。宫殿里边可以隐居避世，保生全身。何必要潜隐在深山之中，栖息在草庐之下。”所谓金马门就是宦者官署的门。因为在门旁边有铜马，所以叫做金马门。

时会聚宫下博士诸先生与论议，共难之曰：“苏秦、张仪一当万乘之主，而都卿相之位，泽及后世。今子大夫修先王之

有一回在宫中聚会，博士诸先生们与东方朔议论，共同责问他说：“苏秦和张仪，一遇到万乘的君主，就被任为卿相，恩泽施及后代。现在您老先生修习先

术，慕圣人之义，讽诵《诗》《书》百家之言，不可胜数。著于竹帛，自以为海内无双，即可谓博闻辩智矣。然悉力尽忠以事圣帝，旷日持久，积数十年，官不过侍郎，位不过执戟，意者尚有遗行邪？其故何也？”东方生曰：“是固非子所能备也。彼一时也，此一时也，岂可同哉！夫张仪、苏秦之时，周室大坏，诸侯不朝，力政争权，相禽以兵，并为十二国，未有雌雄，得士者强，失士者亡，故说听行通，身处尊位，泽及后世，子孙长荣。今非然也。圣帝在上，德流天下，诸侯宾服，威振四夷，连四海之外以为席，安于覆盂，天下平均，合为一家，动发举事，犹如运之掌中。贤与不肖，何以异哉？方今以天下之大，士民之众，竭精驰说，并进辐凑者，不可胜数。悉力慕义，困于衣食，或失门户。使张

王的道术，仰慕圣人的仁义，诵读《诗》、《书》及诸子百家的言论非常的多，又有文章著作，自以为海内无人比得上，可以说是博闻辩智了。可是您竭尽能力用尽忠心来事奉圣明的皇帝，经过了数十年长久的时日，官衔不过是个侍郎，职位不过是个执戟卫士，想来您的品行有差失吗？这是什么原因呢？”东方先生说：“这绝不是您们所能尽知的。那时候是一个时代，这时候又是另一个时代，怎么可以同样看待呢？在张仪、苏秦的时代，周天子的政权衰败，诸侯都不去朝觐，都凭藉着武力强权去征伐，相互用兵威侵略，后来并成十二个国家，势力不相上下，得到名士的就强大，失去名士的就灭亡。所以他们的言辞被人主听信，所行的事都能通达，身居高位，恩泽延及后代，子孙长享荣华富贵。现在这个时代就不同了。圣明的皇帝在上位，恩德流布天下。诸侯都服从，威势惊动四夷。把四海以外的土地连成一块乐土，生活非常安定，天下太平，合成一家。举办事情，有如运动于手掌中那么容易。在这样的情形下，贤和不肖的人，能有什么不同的表现呢？当今天下这么大，人民这么多，用尽精力到处游说，竞相会聚于都城中想谋取一官半职的人，实在太多了。他们尽力行义，仍不免衣食短缺，甚或失去投靠的门户。假使

仪、苏秦与仆并生于今之世，曾不能得掌故，安敢望常侍侍郎乎！传曰：‘天下无害灾，虽有圣人，无所施其才；上下和同，虽有贤者，无所立功。’故曰时异则事异。虽然，安可以不务修身乎？《诗》曰：‘鼓锺于宫，声闻于外。鹤鸣九皋，声闻于天。’。苟能修身，何患不荣！太公躬行仁义七十二年，逢文王，得行其说，封于齐，七百岁而不绝。此士之所以日夜孜孜，修学行道，不敢止也。今世之处士，时虽不用，崛然独立，块然独处，上观许由，下察接舆，策同范蠡，忠合子胥，天下和平，与义相扶，寡偶少徒，固其常也。子何疑于余哉！”于是诸先生默然无以应也。

张仪、苏秦和我同生在今天这个时代，他连一个掌故的官都得不到，又怎么能够得到侍郎呢？古书上说：‘天下如果没有灾害，即使有圣明的人，也无法施展他的才德；在上位的人和在下位的人如果能和衷共济同心同德，即使有贤能的人，也不能建立他的功业。’所以说：‘时代不同了，事情也随之而改变。’虽然如此，怎么可以不努力去修养品德呢？《诗经》上说：‘在宫殿中敲钟，声音可传闻到外面。鹤在水泽深处鸣叫，声音可以传达于上天。’果真能够修养好品德，还忧虑什么不能荣显呢？姜太公亲身实行仁义七十二年，遇到周文王，得以施行他的主张，封在齐国，子孙享国七百多年而不绝。这就是士人所以日夜努力修学行道而不敢停止的原因。现代的处士不被当时任用，就超然自立，孑然独处，向上学习许由的为人节操，向下考察接舆的处世态度，谋策如同范蠡，忠心合乎子胥，在天下和平的时代，行义持正，缺少同伴和徒众，这本是正常的情形呀！您们为什么对我有疑心呢？”于是诸先生就静静的不说话了。

建章宫后阁重栎中有物出焉，其状似麋。以闻，武帝往临视之。问左右群臣习事通经术者，莫能知。诏东方朔视之。朔

在建章宫后阁的中重栏中，有一个东西跑出来，形状像一只麋鹿。有人报告给武帝，武帝跑去看。问身边熟知事务通达经术的人，没有人知道。武帝诏东方朔来看。东方朔说：“我知道它是什么东西，

曰:“臣知之,愿赐美酒粱饭大飧臣,臣乃言。”诏曰:“可。”已又曰:“某所有公田鱼池蒲苇数顷,陛下以赐臣,臣朔乃言。”诏曰:“可。”于是朔乃肯言,曰:“所谓驺牙者也。远方当来归义,而驺牙先见。其齿前后若一,齐等无牙,故谓之驺牙。”其后一岁所,匈奴混邪王果将十万众来降汉。乃复赐东方生钱财甚多。

请赐给我美酒好饭,让我好好享受一餐,我才说。”武帝说:“可以。”东方朔又说:“某某地方有公田鱼池蒲苇好几顷地,陛下赐给我,我才说。”武帝说:“可以。”于是东方朔才说道:“这就是所说的驺牙呀!远地的国家将要慕义归化,驺牙就先出现。它的牙齿前后一样,大小相等而没有大牙,所以叫做驺牙。”以后过了一年多,匈奴混邪王果然带领十万人来投降。武帝又赏赐东方朔很多钱财。

至老,朔且死时,谏曰:“《诗》云‘营营青蝇,止于蕃。恺悌君子,无信谗言。谗言罔极,交乱四国’。愿陛下远巧佞,退谗言。”帝曰:“今顾东方朔多善言?”怪之。居无几何,朔果病死。传曰:“鸟之将死,其鸣也哀;人之将死,其言也善。”此之谓也。

到了老年,东方朔将要死的时候,向武帝说:“《诗经》上说:‘往来乱飞的苍蝇,落在藩篱上面。和乐的君子,不要听信谗言。谗言不止,天下就要大乱。’希望陛下远逐便巧善佞的人,斥退好谗言害人的人。”武帝说:“现在东方朔却有很多好话!”觉得很奇怪。过了不久,东方朔果然生病死了。古书上说:“鸟到快死的时候,叫声特别悲哀,人到快死的时候,说出的话很有道理。”就是这个意思吧。

武帝时,大将军卫青者,卫后兄也,封为长平侯。从军击匈奴,至余吾

武帝的时候大将军卫青,是卫皇后的哥哥。封为长平侯。他带兵去打匈奴,到余吾水边才回来。斩了许多敌人的首

水上而还，斩首捕虏，有功来归，诏赐金千斤。将军出宫门，齐人东郭先生以方士待诏公车，当道遮卫将军车，拜谒曰："愿白事。"将军止车前，东郭先生旁车言曰："王夫人新得幸于上，家贫。今将军得金千斤，诚以其半赐王夫人之亲，人主闻之必喜。此所谓奇策便计也。"卫将军谢之曰："先生幸告之以便计，请奉教。"于是卫将军乃以五百金为王夫人之亲寿。王夫人以闻武帝。帝曰："大将军不知为此。"问之安所受计策，对曰："受之待诏者东郭先生。"诏召东郭先生，拜以为郡都尉。东郭先生久待诏公车，贫困饥寒，衣敝，履不完。行雪中，履有上无下，足尽践地。道中人笑之，东郭先生应之曰："谁能履行雪中，令人视之，其上履也，其履下处乃似人足者乎？"及其拜为二千石，佩青緺出宫

级，俘掳了许多敌人，功劳很大。回来后，武帝下令赏赐黄金一千斤。大将军走出宫门，齐人东郭先生，以方士的才能待诏于公车署，当路拦阻卫将军的坐车，拜见大将军说："有事要向将军禀告。"大将军把车停住，把东郭先生叫到跟前。东郭先生靠近车旁边说道："王夫人最近很得皇上的宠爱，可是她的家庭贫穷。现在将军获得黄金一千斤，如果把一半送给王夫人的父母，人主听到了，一定很高兴。这就是所谓的奇策便计。"卫将军谢他说；"很幸运先生告诉我这个便利的计策。我一定遵照先生的话去做。"于是卫将军就用五百金做为王夫人父母亲的献礼。王夫人把这事告诉了武帝。武帝说："大将军不懂得做这件事。"问他谁替你出的计策？卫将军回答说："是待诏东郭先生。"于是皇上下令召东郭先生，任命他为郡都尉。东郭先生长期待诏于公车官署，贫穷困苦，饥饿寒冷。衣服都穿破了，鞋子也不完好。走在雪中，鞋子只有上面的鞋帮而没有下面的鞋底，两只脚完全踏在地上。路上的行人看到了都笑他，东郭先生回答他们说："谁能走在雪地里，教人家看到了，脚的上面是鞋子，鞋子下面却像人的脚的样子呢？"等到他被任命为二千石的官，佩带着印绶，走出宫门，去向

门,行谢主人。故所以同官待诏者,等比祖道于都门外。荣华道路,立名当世。此所谓衣褐怀宝者也。当其贫困时,人莫省视;至其贵也,乃争附之。谚曰:“相马失之瘦,相士失之贫。”其此之谓邪?

户东告辞,以前与他同官待诏的人,都在都门外设飨送行,一路光荣显耀,在当代建立美名。这就是所说的穿着粗布衣,怀抱着宝玉的人。当他在贫困的时候,没有人去理他,等到他显贵了,就争相归附他。俗话说:“相马因马瘦而看走了眼,相士因其贫穷而看错了人。”大概就是这个意思吧!

王夫人病甚,人主至自往问之曰:“子当为王,欲安所置之?”对曰:“愿居洛阳。”人主曰:“不可。洛阳有武库、敖仓,当关口,天下咽喉。自先帝以来,传不为置王。然关东国莫大于齐,可以为齐王。”王夫人以手击头,呼“幸甚”。王夫人死,号曰“齐王太后薨”。

王夫人病很重,人主亲自去看望她的病,问她说:“你的儿子将要封为王。你要封他在什么地方?”王夫人回答说:“希望把他封在洛阳。”人主说:“不可以。洛阳有藏武器的仓库和藏米谷的敖仓,位当交通的关口,是天下的咽喉。从先帝到现在,相传不在洛阳封王。不过自关以东的国家,齐国最大,可以封为齐王。”王夫人用手敲着头呼叫道:“幸运之至!”所以,王夫人死后,就称为齐王大后薨。

昔者,齐王使淳于髡献鹄于楚。出邑门,道飞其鹄,徒揭空笼,造诈成辞,往见楚王曰:“齐王使臣来献鹄,过于水上,不忍鹄之渴,出而饮之,去我飞亡。吾欲刺腹绞颈而死。恐人之议吾王以鸟兽之故令士自伤杀也。鹄,

从前齐王使淳于髡到楚国去进献鸿鸟。淳于髡出了邑城的大门,走在路上,鸿鸟飞去了。于是只提着空笼子,假造了一篇说辞,去见楚王说:“齐王使我来进献鸿鸟,经过水上,不忍看着鸿鸟干渴,放他出来饮水。结果他离我飞去了。我想用刀刺腹用绳索绞颈自杀,恐怕别人将非议君王为了鸟兽而使士人自杀。鸿鸟是羽毛类的东西,有很多相似的。我想买

毛物，多相类者，吾欲买而代之，是不信而欺吾王也。欲赴佗国奔亡，痛吾两主使不通。故来服过，叩头受罪大王。”楚王曰：“善，齐王有信士若此哉！”厚赐之，财倍鹄在也。

一个相似的来代替，这样做又不诚实而欺骗君王。我想逃奔到其他的国家去，又伤心两国君主的使命不能相通。所以我才来认过磕头，请大王治我的罪。”楚王说：“很好。齐王竟有这样诚信的人！”大大的赏赐他。所赏赐的财物比鸿鸟不飞走还多一倍。

武帝时，征北海太守诣行在所。有文学卒史王先生者，自请与太守俱，“吾有益于君”，君许之。诸府掾功曹白云：“王先生嗜酒，多言少实，恐不可与俱。”太守曰：“先生意欲行，不可逆。”遂与俱。行至宫下，待诏宫府门。王先生徒怀钱沽酒，与卫卒仆射饮，日醉，不视其太守。太守入跪拜。王先生谓户郎曰：“幸为我呼吾君至门内遥语。”户郎为呼太守。太守来，望见王先生。王先生曰：“天子即问君何以治北海令无盗贼，君对曰何哉？”对曰：“选择贤材，各任之以其能，赏异等，罚不

武帝的时候，征召北海郡太守到行在。有一个文学卒史王先生，自动请求与太守同行，说：“我会对你有好处。”太守答允了他。其他的府掾功曹都对太守说：“王先生好喝酒，话多而不实在，恐怕不可以同去。”太守说：“王先生想要去，不好违背他的意思。”因而就和他同行。到了宫下，待诏在宫府门。王先生只拿着钱买酒与卫卒仆射等一同饮酒，每天喝得醉醺醺的，从不去看望他的大守。太守要入宫跪拜天子，王先生对户郎说：“希望您替我把我们太守叫过来，到门内的地方我从远处和他说话。”户郎就替他呼叫大守。太守走过来看见王先生。王先生说：“天子如果要问您如何治理北海郡而使北海郡没有盗贼，您如何回答？”太守回答说：“选择贤能的人，各按照他的能力而任以官职。奖赏才能超异的人，处罚

肖。"王先生曰:"对如是,是自誉自伐功,不可也。愿君对言,非臣之力,尽陛下神灵威武所变化也。"太守曰:"诺。"召入,至于殿下,有诏问之曰:"何于治北海,令盗贼不起?"叩头对言:"非臣之力,尽陛下神灵威武之所变化也。"武帝大笑,曰:"於呼!安得长者之语而称之!安所受之?"对曰:"受之文学卒史。"帝曰:"今安在?"对曰:"在宫府门外。"有诏召拜王先生为水衡丞,以北海太守为水衡都尉。传曰:"美言可以市,尊行可以加人。君子相送以言,小人相送以财。"

不肖的人。"王先生说;"如此回答,是自我称誉自我夸功,是不可以的。希望您回答说:不是臣的能力,都是陛下的神灵威武所感化的。"太守说:"好!"太守被召入宫中,走到殿下,有诏令问太守说:"您怎么治理北海郡而使盗贼不兴起?"大守叩头回答说;"这不是臣的能力,完全是陛下神灵威武所感化的。"武帝大笑说:"啊呀!我怎么能得到长者的言语称赞呢?是谁教你的?"太守回答说:"是文学卒史教我的。"武帝说:"文学卒史现在在那里?"太守回答说:"在宫府的门外。"于是武帝下诏召拜王先生为水衡丞,以北海太守为水衡都尉。古书上说:"美好的言辞可以换取尊位,高贵的德行可以施给别人。君子用嘉言送人,小人用钱财送人。"

魏文侯时,西门豹为邺令。豹往到邺,会长老,问之民所疾苦。长老曰:"苦为河伯娶妇,以故贫。"豹问其故,对曰:"邺三老、廷掾常岁赋敛百姓,收取其钱得数百万,用其二三十万为河伯娶

魏文侯的时候,西门豹为邺令。西门豹到了邺城,召集长老问人民有那些疾苦的事情。长老说:"人民苦于为河伯娶妻子,因此很贫困。"西门豹问为河伯娶妻子的情形。长老回答说:"邺地的三老、廷掾,每年向百姓征收赋税,收取人民的钱财,所得的钱有百万之多。他们用二三十万替河伯娶妻子,然后与巫婆一同把

妇，与祝巫共分其余钱持归。当其时，巫行视人家女好者，云是当为河伯妇，即聘取。洗沐之，为治新缯绮縠衣，闲居斋戒；为治斋宫河上，张缇绛帷，女居其中。为具牛酒饭食，十余日。共粉饰之，如嫁女床席，令女居其上，浮之河中。始浮，行数十里乃没。其人家有好女者，恐大巫祝为河伯取之，以故多持女远逃亡。以故城中益空无人，又困贫，所从来久远矣。民人俗语曰'即不为河伯娶妇，水来漂没，溺其人民'云。"西门豹曰："至为河伯娶妇时，愿三老、巫祝、父老送女河上，幸来告语之，吾亦往送女。"皆曰："诺。"

剩余的钱平均分了拿回家去。这时候，巫婆到百姓家中看到女孩子美好的，就说：'这个女孩应当作河伯的妻子。'就把她聘娶过来，为她洗澡沐浴，替她治办新丝绸的衣服，并在河岸边搭建斋宫，挂上红色的帷幔，使女孩居住在里面，静静地斋戒。又杀牛造酒为她准备饭食十几天，然后一同把斋宫再加以装点粉饰，如同嫁衣的床席一般。教女孩坐在上面，放在河中漂行，刚漂浮了几十里就沉下去了。所以有漂亮女孩儿的人家恐怕大巫婆为河伯娶他的女儿，都带着女儿逃到远方去了。因此城里的人越来越少，越来越贫。这种情形已经很久了。所以人民俗语常说：'如果不为河伯娶妻子，大水来了就淹死！'"西门豹说："等到替河伯娶妻子的时候，三老、巫婆、父老们把女孩送到河边上，希望来告诉我，我也要去送行。"长老们都答道："是！"

至其时，西门豹往会之河上。三老、官属、豪长者、里父老皆会，以人民往观之者三二千人。其巫，老女子也，已年七十。从弟子女十人所，皆衣缯

到了替河伯娶妻的时候，西门豹到河边上去相会。三老、政府的官员、地方的豪长以及村里的父老都到了，连去参观的人民一共有二三千人。大巫婆是个老女子，年纪已经七十岁。跟随着十几个女弟子，都穿着单薄的缯衣，站在大巫婆

单衣,立大巫后。西门豹曰:“呼河伯妇来,视其好丑。”即将女出帷中,来至前。豹视之,顾谓三老、巫祝、父老曰:“是女子不好,烦大巫妪为入报河伯,得更求好女,后日送之。”即使吏卒共抱大巫妪投之河中。有顷,曰:“巫妪何久也?弟子趣之!”复以弟子一人投河中。有顷,曰:“弟子何久也?复使一人趣之!”复投一弟子河中。凡投三弟子。西门豹曰:“巫妪弟子是女子也,不能白事,烦三老为入白之。”复投三老河中。西门豹簪笔磬折,向河立待良久。长老、吏傍观者皆惊恐。西门豹顾曰:“巫妪、三老不来还,奈之何?”欲复使廷掾与豪长者一人入趣之。皆叩头,叩头且破,额血流地,色如死灰。西门豹曰:“诺,且留待之须臾。”须臾,豹曰:“廷掾起矣。状河伯留客之久,若皆罢去归矣。”邺吏民大惊恐,从是以后,不敢复言为河伯娶妇。

的后面。西门豹说:“把河伯的新娘子叫过来,看看她美不美,”就把女孩从帷帐中领到西门豹面前。西门豹看了看,回头对三老、巫婆、父老说:“这个女孩不美,麻烦大巫婆到河中去报告河伯,等到另找到美丽的女子,后天再送去,”就教吏卒一同抱起大巫婆丢到河中去。过了一会儿,西门豹说:“巫婆为什么这么久还没有回来呢?弟子快去催他!”又把大巫婆的一个弟子投到河中去。过了一会儿又说:“弟子为何这么久还不回来呢?再使一个人催去!”又把一个弟子投到河中去。一共投入河中三个弟子。西门豹说:“巫婆弟子都是女人,不能禀告事情,麻烦三老到河中去禀告明白。”又把三老投入河中。西门豹头上插着笔躬身作揖向着河水站着等了很久的时间。长老、官吏在旁边观看的都非常害怕。西门豹回头对大家说:“巫婆、三老不回来,怎么办?”又想教廷掾和豪长一人再到河中去催促。廷掾豪长都跪在地上磕头,把头都磕破了,血流满地,脸色如死灰一般。西门豹说:“好罢!暂时再等一等。”等了一会儿。西门豹说:“廷掾起来罢!大概河伯留客太久了,你们都回去。等河伯有消息来再说吧!”邺地的官吏和人民都很害怕,从此以后不敢再说为河伯娶妻了。

西门豹即发民凿十二渠，引河水灌民田，田皆溉。当其时，民治渠少烦苦，不欲也。豹曰："民可以乐成，不可与虑始。今父老子弟虽患苦我，然百岁后期令父老子孙思我言。"至今皆得水利，民人以给足富。十二渠经绝驰道，到汉之立，而长吏以为十二渠桥绝驰道，相比近，不可。欲合渠水，且至驰道合三渠为一桥。邺民人父老不肯听长吏，以为西门君所为也，贤君之法式不可更也。长吏终听置之。故西门豹为邺令，名闻天下，泽流后世，无绝已时，几可谓非贤大夫哉！

西门豹就征发人民开凿十二条沟渠，引漳河的水灌溉农田，所有的田地都得到灌溉。当西门豹开渠的时候，人民凿渠较为烦苦，都不愿干。西门豹说："人民可以同他们乐享成果，不可以在一件事开始时与他们共同谋画。现在父老子弟虽然以为我给你们带来很多辛苦，但是百年以后，必能使父老的子孙怀念我的话语。"到现在都能得到河水灌溉的利益，人民因此家给人足。十二沟渠都横经驰道。到汉朝建国的时候，高级官吏以为十二条沟渠横经驰道，彼此相距又很近，不可以。想要合并渠水，在将到驰道的地方，合三渠做一个桥。邺地的人民父老都不肯听从高级官吏的话，认为这些渠水是西门君所开凿的，贤君的法式是不可以更易的。高级官吏终于听从人民的意愿而放弃并渠的计划。所以西门豹为邺令的事，名声传扬于天下，恩泽流传到后代，永远没有完了的时候。岂可说不是贤大夫吗？

传曰："子产治郑，民不能欺；子贱治单父，民不忍欺；西门豹治邺，民不敢欺。"三子之才能谁最贤哉？辨治者当能别之。

古书上说："子产治理郑国，人民不能欺诈；宓子贱治理单父，人民不忍心欺诈，西门豹治理邺地，人民不敢欺诈。以上三个人的才能，那一个最贤呢？"研究治道的人，当能分辨得出。

评议

《滑稽传》是太史公游戏文字,唐人小说之祖也。写极鄙极亵之事,而开首却从六艺说入。在史公之意,以为常经常法之外,乃有此一种诙谐人物,于世无害而于事有益,可见天地之大,无奇不有也。“谈言微中,亦可以解纷”,即此二语,已得滑稽要领,一篇主意正在于此。以下杂采诸书,涉笔成趣。只叙淳于髡、优孟、优旃三人事迹,而局阵开拓,若写数百年事者;所谓狮子搏兔,亦用全力也。

赞语若雅若俗,若正若反,若有理若无理,若有情若无情,数句之中极嘻笑怒骂之致,真是神品。褚先生所续,虽亦可观,然较之《史记》,蔓弱甚矣。

篇内“语在《田完世家》中”,按《田完世家》无隐谏一节,疑是后人删之;或谓此传是虚述,乃史公之偶疏也。“威王八年,楚大发兵加齐”,按威王在位三十六年,未尝与楚相闻。若威王八年,并无他国来伐,安得有楚兵加齐,赵王救齐之事,《说苑·复恩》、《尊贤》二篇,说此事一云“楚、魏会晋阳,将伐齐,齐王患之”;一云“诸侯举兵伐齐,齐王恐”。亦无可考。“其后百余年,楚有优孟。”按孟在楚庄王时,髡在齐威王时,楚庄元年至齐威末年,凡二百七十一年,何云孟后髡“百余年”乎?宜《史通》之辨其误也。“齐、赵陪位于前,韩、魏翼卫其后”,按楚庄王时未有赵、韩、魏三国,此系后人所增无疑。“其后二百余年,秦有优旃”。按旃在始皇时,汉初乃卒;自楚庄即位至于汉初,凡四百余年,不得云“二百余年”。

货殖列传

老子曰："至治之极，邻国相望，鸡狗之声相闻，民各甘其食，美其服，安其俗，乐其业，至老死不相往来。"必用此为务，輓近世涂民耳目，则几无行矣。

老子说："政治推行的极致，就是国和国之间疆土相邻，彼此可以看得见，鸡狗叫声也互相听得到。但各国的人民都以为他们所饮用的食物最味美，他们所穿著的衣服最漂亮，各人觉得当地的风俗最能使自己享受无上的逸乐，各人都觉得他们所从事的工作最富乐趣，人们直到衰老，直到死亡，彼此之间也都不会互相交往。"如果一定要把老子说的这些当成我们专心致力的目标，挽救近世之风，也只有把人民的耳目全都堵塞起来，那几乎是行不通的。

太史公曰：夫神农以前，吾不知已。至若《诗》《书》所述虞夏以来，耳目欲极声色之好，口欲穷刍豢之味，身安逸乐，而心夸矜埶能之荣。使俗之渐民久矣，虽户说以眇论，终不能化。故善者因之，其次利道之，其次教诲之，其次整齐之，最下者与之争。

太史公说：神农以前的事情，我已经不知道了。至于《诗》、《书》所记述的虞、夏以来的社会，都是耳目想要享尽声色的美好，口想要吃尽肉类的香味，身体想要舒适快乐，而心里想要夸张自己权势的荣耀。使得这样的风气慢慢地感染到人民，到现在已经很久了。就是用精妙的言词，挨家挨户地去劝导，也不能改变他们这种倾向的。所以最好的方法是顺其自然发展，其次是顺势引导到好的方向，再其次是教训他们，又其次是用压制的手段使行为齐一，最坏的方法是用武力夺取他们的需求。

夫山西饶材、竹、

大行山以西山区出产丰富的木材、竹

縠、纻、旄、玉石;山东多鱼、盐、漆、丝、声色;江南出柟、梓、姜、桂、金、锡、连、丹沙、犀、玳瑁、珠玑、齿革;龙门、碣石北多马、牛、羊、旃裘、筋角;铜、铁则千里往往山出棋置。此其大较也。皆中国人民所喜好,谣俗被服饮食奉生送死之具也。故待农而食之,虞而出之,工而成之,商而通之。此宁有政教发征期会哉?人各任其能,竭其力,以得所欲。故物贱之征贵,贵之征贱,各劝其业,乐其事,若水之趋下,日夜无休时,不召而自来,不求而民出之。岂非道之所符,而自然之验邪?

子、谷木、苎麻、旄牛、玉、石等;以东平原出产大量的鱼、盐、漆、丝、乐器、颜料等;长江以南出产柟木、梓木、生姜、桂皮、金、锡、铅、朱沙、犀角、玳瑁、珠玑、象牙、皮革;龙门、碣石以北牧地多马、牛、羊及它们的毛、皮、筋、角,而周围大到一千里的产铜、铁的矿山,像棋盘上的棋子一样,到处排列着。这是各地产物的大概情形,这些物品都是中国人民所喜爱的,也是风行习惯之衣着、饮食、养生、送死之所依赖。所以要靠农民的耕种,才能得到粮食;要靠虞人在山泽的开发,才能得到山林、矿物、水产等物品;要靠工人的制造,才能得到器具;要靠商人的贸易,才能流通货物。这难道要用政令去打发、征召、约束他们的工作吗?各行业的人都发挥他们的专长,竭尽他们的力量,去求得他们的欲望。所以物价贱时,人人要买,这就是涨价昂贵的征兆;物价贵时,人人不买,这就是跌价贱落的征兆。这都是自然调节的。人人勤勉他们的职业,愉快地从事他们的工作,好像水往低处流,日夜没有停止的时候。不必去征召,他们就会自个儿工作;不必去请求,他们就会出产货品。以上一切,不都是符合“道”和自然的应验吗?

周书曰:“农不出则乏其食,工不出则乏其事,商不出则三宝绝,虞不出则财匮少。”财匮少

《周书》说;“农民不生产,就缺乏粮食;工人不生产,就缺乏器具;商人不贸易,就会使食物、用器和自然财富这三种宝物隔绝不通。虞人不生产,就缺乏财货。”财货缺

而山泽不辟矣。此四者，民所衣食之原也。原大则饶，原小则鲜。上则富国，下则富家。贫富之道，莫之夺予，而巧者有余，拙者不足。故太公望封于营丘，地潟卤，人民寡，于是太公劝其女功，极技巧，通鱼盐，则人物归之，繦至而辐凑。故齐冠带衣履天下，海岱之间敛袂而往朝焉。其后齐中衰，管子修之，设轻重九府，则桓公以霸，九合诸侯，一匡天下；而管氏亦有三归，位在陪臣，富于列国之君。是以齐富强至于威、宣也。

乏，山泽的资源就不能开辟了。这四件事是人民衣食的来源，来源大就富足，来源小就贫乏。上可以富国，下可以富家。贫乏或富足的原因，并不是别人夺取或送给他们的，而是聪明的就能富裕，笨拙的就会贫穷。因此，从前太公望被封在营丘，这是一块盐碱地，住民又很稀少，于是太公就勤勉妇女纺织，织出极精巧产品，并开发了鱼产和盐产，使四方的人民和物资都归聚到这儿，就像绳索那样络绎不绝地前来，就像车轮上的辐条从周围凑合到车轴一样地来到齐国。所以天下人都穿戴齐国制造的顶冠、束带、衣服、鞋子，东海和泰山之间的小国诸侯恭敬地朝见齐国去了。后来齐国一度衰弱了，管仲重新整顿太公的旧业，设置掌管钱币的九个官府，使得齐桓公成了天下的霸主，九次召集诸侯，共同尊崇周天子；而管仲家因而也筑有三归之台，虽然他的地位只是诸侯的大夫，却比各国的国君还富有。齐国的富强，一直继续到威王、宣王的时代。

故曰："仓廪实而知礼节，衣食足而知荣辱。"礼生于有而废于无。故君子富，好行其德；小人富，以适其力。渊深而鱼生之，山深而兽往之，人富而仁义附

所以管仲说："粮食充实，人民才知道礼节；衣食足够，人民才知道什么是荣誉、什么是耻辱。"礼节是产生于富有之时，而消失于贫乏之时。所以贵族富有了，就能施行恩德，平民富有了，就能做好工作。河水深了，鱼儿自然就产生；山岳深了，野兽自然就栖息；人富有了，仁义自然就归附。富

焉。富者得势益彰,失势则客无所之,以而不乐。夷狄益甚。谚曰:“千金之子,不死于市。”此非空言也。故曰:“天下熙熙,皆为利来;天下壤壤,皆为利往。”夫千乘之王,万家之侯,百室之君,尚犹患贫,而况匹夫编户之民乎!

人得了势,名声越显赫;失了势,门客离去,就不快乐了。这种情形在夷狄更是如此。俗话说:“财产有千金的富家子弟,不会受刑死在街市上。”这的确不是空话。所以说:“天下人快快乐乐,都是为着追求财利;天下人吵吵闹闹,都是为着奔走财利。”那兵车千辆的国王、食邑万户的诸侯和百户的大夫尚且都怕穷,何况是那些编列在名册上的平民呢。

昔者越王勾践困于会稽之上,乃用范蠡、计然。计然曰:“知斗则修备,时用则知物,二者形则万货之情可得而观已。故岁在金,穰;水,毁;木,饥;火,旱。旱则资舟,水则资车,物之理也。六岁穰,六岁旱,十二岁一大饥。夫粜,二十病农,九十病末。末病则财不出,农病则草不辟矣。上不过八十,下不减三十,则农末俱利,平粜齐物,关市不乏,治国之

从前越王勾践困守在会稽山上,而任用范蠡、计然。计然说:“要知道军事就要从事战备,因此,要知道货物的生产季节和社会需求的关系,才算是知道货物。季节和需求的关系能够明确,则所有天下货物的供需行情,就能看得很清楚了。年岁在金时就会丰收,在水时就会歉收,在木时就会饥荒,在火时就会干旱。干旱时就要先预备船,水涝时就要先预备车,这才是掌握货物涨跌的道理。是六年丰收,六年干旱,十二年有一次大饥荒。出售的谷子每斗价格二十钱,农人就要吃亏。每斗价格九十钱,商人就要吃亏。商人吃亏,钱财就不流到社会;农人吃亏,田地荒芜,不去开辟。因此谷价最高不超过八十,最低不少于三十,那么农人、商人都有利。平均出售的谷价随物价的弹性而起伏,关卡的税收和市场的供给

道也。积著之理，务完物，无息币。以物相贸，易腐败而食之货勿留，无敢居贵。论其有余不足，则知贵贱。贵上极则反贱，贱下极则反贵。贵出如粪土，贱取如珠玉。财币欲其行如流水。”修之十年，国富，厚赂战士，士赴矢石，如渴得饮，遂报强吴，观兵中国，称号“五霸”。

都不缺乏，这乃是治国的道理。至于屯积货物的道理，务须积贮完好牢固可以久藏易售的货物，才不会有滞销的弊病。以货物去贸易时，容易腐败或腐蚀的货物就不要久藏，或屯积以求高价。能论断货物的过剩或不足，就知道物价涨跌的趋势。涨到极限就会下跌，跌到极限也会上涨。上涨到极限时，就要把屯积的货物如低贱的粪土一般快速抛售出去；下跌到极限时，就要把下跌的货物如宝贵的珠玉快速收购进来。钱财货币要它通行，就像流水不断一样。”勾践用计然的策略施行十年，越国富有，用厚重的金钱去收买战士，使战士勇赴战场，去蒙受箭射石打，就像口渴时求饮水的迫切，终于报了仇而消灭强大的吴国，然后带兵北上中原示威诸侯，称号“霸王”比拟春秋五霸。

范蠡既雪会稽之耻，乃喟然而叹曰：“计然之策七，越用其五而得意。既已施于国，吾欲用之家。”乃乘扁舟浮于江湖，变名易姓，适齐为鸱夷子皮，之陶为朱公。朱公以为陶天下之中，诸侯四通，货物所交易也。乃治产积居。与时逐而不责于人。故善治生

范蠡既已帮越王刷洗了被围会稽的耻辱以后，长叹说：“计然的策略有七项，越国只用了五项就能如愿报仇。他的策略已经行之于国，我要把它行之于家。”于是坐小船飘游大江湖泊之上，改名换姓。到齐国，自己就叫“有罪被流放的盛酒皮囊”；到陶，叫“朱公”。朱公以为陶居天下的中央，与各诸侯国四通八达，是货物的交易要地。于是经营产业，屯积货物，垄断居奇；乘时投机，追逐利润，而不必苛求责任于他所任用的贤人。所以善于经营产业，要能择用贤人，

者，能择人而任时。十九年之中三致千金，再分散与贫交疏昆弟。此所谓富好行其德者也。后年衰老而听子孙，子孙修业而息之，遂至巨万。故言富者皆称陶朱公。

而又把握时效。他在十九年之间，三次赚得千金的财富，再分一些给他贫穷的朋友和远房同姓的兄弟们，这即是所说的富有就能施行恩德呀！他年老力衰后，任听由子孙持家，子孙继承他的事业，不断地生财，以至有上亿金的家产，因此后世只要说到富豪，都推崇陶朱公。

子赣既学于仲尼，退而仕于卫，废著鬻财于曹、鲁之间，七十子之徒，赐最为饶益。原宪不厌糟糠，匿于穷巷。子贡结驷连骑，束帛之币以聘享诸侯，所至，国君无不分庭与之抗礼。夫使孔子名布扬于天下者，子贡先后之也。此所谓得势而益彰者乎？

子赣曾学于仲尼，离开后到卫国作官，又利用抛售和屯积的方法，经商于曹国、鲁国之间。孔仲尼的七十个学生中，以端木赐最富饶有钱。原宪却穷得连糟糠都吃不饱，栖身在简陋的里巷中生活。子贡则坐着四马并辔齐头牵引的车子，带着束帛作礼品，到各国去访问，接受诸侯的宴请。而且他所访问国家的君主，对他只行宾主之礼。孔子的名声所以能够满布天下的原因，乃是子贡在人前人后吹嘘的。这就是所说的得到形势之助，而使孔子名声更加显著的呀！

白圭，周人也。当魏文侯时，李克务尽地力，而白圭乐观时变，故人弃我取，人取我与。夫岁孰取谷，与之丝漆；茧出取帛絮，与之食。太阴在卯，穰；明岁衰恶。至午，旱；明岁美。至酉，穰；明岁衰恶。至子，大旱；明岁美，有水。至卯，积著

白圭，周人。正当魏文侯叫李克开发土地资源时，白圭却很愉快地观察时节的变化。别人生产过剩低价抛售，他就收购；别人高价索求时，他就出售。当谷成熟时，他收购谷子，而出售蚕丝、油漆。当蚕茧出产时，他收购丝帛、丝絮，而出售谷子。当太岁在卯那年丰收，第二年歉收；到太岁在午那年干旱，第二年收成好；到太岁在酉那年又丰收，第二年又歉收；到太岁在子那年大干旱，第二年收成较好；后又遇水涝，终于回

率岁倍。欲长钱，取下谷；长石斗，取上种。能薄饮食，忍嗜欲，节衣服，与用事僮仆同苦乐，趋时若猛兽挚鸟之发。故曰："吾治生产，犹伊尹、吕尚之谋，孙吴用兵，商鞅行法是也。是故其智不足与权变，勇不足以决断，仁不能以取予，强不能有所守，虽欲学吾术，终不告之矣。"盖天下言治生祖白圭。白圭其有所试矣，能试有所长，非苟而已也。

到太岁在卯之年。他囤积的货物比一般年份大致要增加一倍，要增长钱的收入，就要收购下等谷子，要增长谷子石斗的容量，就要收购上等的谷子。他淡薄饮食，控制嗜欲，节省衣服，与劳动的奴隶同苦同乐。但争取赚钱的时机，好像猛兽猛禽取食物一样迅速。因此他说："我经营产业，就如伊尹、吕尚的计谋，孙武、吴起的用兵，商鞅的行法一样。所以有人智慧不足去应付形势的变化，勇敢不足去果断判决，仁德不足去收购抛弃，强壮不足去坚守屯积，则虽然要学习我的经营术，我始终是不会告诉他的呀！"天下人谈赚钱生财的都效法白圭，白圭是尝试过而又有成就的，不是随便的呀！

猗顿用盬盐起。而邯郸郭纵以铁冶成业，与王者埒富。

猗顿是靠挖掘盐池发迹的，而邯郸的郭纵是靠冶炼铁矿成业的，财富可比于国王。

乌氏倮畜牧，及众，斥卖，求奇缯物，间献遗戎王。戎王什倍其(偿)[当]，与之畜，畜至用谷量马牛。秦始皇帝令倮比封君，以时与列臣朝请。而巴(蜀)寡妇清，其先得丹穴，而擅其利数世，家亦不訾。清，寡妇也，能守其业，用财自

乌氏倮经营畜牧业，牲畜养到很多时就全部卖掉，然后求购奇美的丝织品，暗地送给国外戎族的国王，戎王以十倍价值的牲畜还赠给他，使得他的牲畜多到不能以头数计，而要用谷子来做计算的单位。秦始皇命令倮比照有封地的贵族，按时与大臣到朝廷谒见皇帝。而巴蜀的寡妇名清的，她的祖先得到朱砂矿，而垄断利益有好几代人，家产多得不能计算。清是一个寡妇，能守祖先的事业，用钱财来保护自己不被侵

卫,不见侵犯。秦皇帝以为贞妇而客之,为筑女怀清台。夫倮,鄙人牧长,清,穷乡寡妇,礼抗万乘,名显天下,岂非以富邪?

犯。秦始皇认为她是一个贞节的妇女而以客礼招待她,并为她建筑一座“女怀清台”。那乌氏倮是乡野之人,是牧场的主人,清是偏僻乡野的寡妇,却受到天子的礼遇,名声显扬天下,这不都是依赖他们的财富吗?

汉兴,海内为一,开关梁,弛山泽之禁,是以富商大贾周流天下,交易之物莫不通,得其所欲,而徙豪杰诸侯强族于京师。

汉代兴起,国内统一,开放城关、桥梁的封锁,解除开采山泽的禁令。因此使富商、大贾得以周行天下,所有交易的货物无不流通天下,满足各方的欲望。而又把豪杰、诸侯、名族迁到京师长安。

关中自汧、雍以东至河、华,膏壤沃野千里,自虞夏之贡以为上田,而公刘适邠,大王、王季在岐,文王作丰,武王治镐,故其民犹有先王之遗风,好稼穑,殖五谷,地重,重为邪。及秦文、(孝)[德]、缪居雍,隙陇蜀之货物而多贾。献(孝)公徙栎邑,栎邑北却戎翟,东通三晋,亦多大贾。(武)孝、昭治咸阳,因以汉都,长安诸陵,四方辐凑并至而会,地小人众,故其民益玩

关中——从汧水、雍水以东到黄河、华山之间,肥沃的平野有千里,自虞、夏起这里就以上等田来缴田税了,到公刘定居邠,大王、王季迁居岐山,文王经营丰邑,武王治理镐京。所以这些地方的人民还有先王遗留下来的风尚,喜好农耕,种植五谷,重视土地的价值,而且不敢做坏事。到了秦文公、缪公定都在雍,雍居陇、蜀资物交流的孔道,有许多商人。献公迁都到栎邑,栎邑北与戎、狄对峙,东与韩魏相通,也有许多大商人。武王、昭襄王治理咸阳,后来即为汉都长安,又设诸陵县。四方人、物像辐条聚集车轴一样而来会合,地方很小,人口又多,所以咸阳人民喜欢玩弄奇巧的事和从

巧而事末也。南则巴蜀。巴蜀亦沃野，地饶卮、姜、丹沙、石、铜、铁、竹、木之器。南御滇僰，(僰)僮。西近邛、笮，笮马、旄牛。然四塞，栈道千里，无所不通，唯褒斜绾毂其口，以所多易所鲜。天水、陇西、北地、上郡与关中同俗；然西有羌中之利，北有戎翟之畜，畜牧为天下饶。然地亦穷险，唯京师要其道。故关中之地，于天下三分之一，而人众不过什三；然量其富，什居其六。

事工商业。南方是巴、蜀。巴、蜀也是肥沃的原野，土地富于生产栀子、姜、朱沙、石材、铜、铁和竹、木做成的器具。巴、蜀南方控制滇、僰两国。僰出奴隶，西方连接邛、笮两国，笮出产马和旄牛。巴、蜀四周山岭阻塞，依赖千里的栈道，与北方的关中无所不通。只由褒、斜两个山口，系住通外的孔道，输出多出产的货物，来交换所缺少的东西。天水、陇西、北地、上郡与关中有同样的风俗。这些地方的西方有羌中的地利，北方有戎、狄的牲畜——畜牧业的富饶为天下第一。然而地方穷困、险要，对外通路都以京师长安为收束点。所以关中土地，虽面积居天下三分之一，人口也不过十分之三，但估量其财富，却占十分之六。

昔唐人都河东，殷人都河内，周人都河南。夫三河在天下之中，若鼎足，王者所更居也，建国各数百千岁，土地小狭，民人众，都国诸侯所聚会，故其俗纤俭习事。杨、平阳(陈西)贾秦、翟，北贾种、代。种、代，石北也，地边胡，数被寇。人民矜懻忮，好气，任侠为奸，不事农商。然

古时唐尧定都河东，殷商定都河内，东周定都河南，这河东、河内、河南三地在天下之中，就像鼎的三足，历代王者屡次在此地建都，所建立的国家各有数百年或上千年，土地狭小，人民众多，是各国诸侯所聚会的地方，所以人民风俗器小俭啬而熟于世故。杨和平阳两邑，向西可通商于秦、狄，向北可通商于种、代。——种、代在石邑以北，地方靠近东胡，数次被掠夺，人民崇尚强直、好胜，自命侠义，任做坏事，不从事农业、商业，但因靠近北方夷狄，出征军队常常开到，使中国内地对这儿的输出时时有

迫近北夷，师旅亟往，中国委输时有奇羡。其民羯羠不均，自全晋之时固已患其僄悍，而武灵王益厉之，其谣俗犹有赵之风也。故杨、平阳陈掾其间，得所欲。温、轵西贾上党，北贾赵、中山。中山地薄人众，犹有沙丘纣淫地余民，民俗懁急，仰机利而食。丈夫相聚游戏，悲歌慷慨，起则相随椎剽，休则掘冢作巧奸冶，多美物，为倡优。女子则鼓鸣瑟，跕屣，游媚贵富，入后宫，遍诸侯。

赢余。当地各民族杂居，从晋国尚未分裂时已剽悍得可怕，到赵武灵王统治时更是厉害。当地的民俗还带有赵国的风尚，所以杨、平阳两邑的人民在此间就得靠机会谋生来实现他们的愿望。温、轵两地，向西通商于上党，向北通商于赵、中山。——中山土地瘠薄，人口众多，在沙丘还有纣王留下的殷商遗民，民俗急躁，仰赖投机谋利求生，男子相聚游戏，歌声悲凉慷慨。白天公然用椎杀人，掠夺财物，晚上暗地挖坟劫棺，制作奇巧，冶铸私钱，多拥有奇美的物品，并做歌手艺人。女子则弹着琴瑟，拖着鞋子，到处献媚于权贵富豪，进入后宫，充斥在诸侯之家。

然邯郸亦漳、河之间一都会也。北通燕、涿，南有郑、卫。郑、卫俗与赵相类，然近梁、鲁，微重而矜节。濮上之邑徙野王，野王好气任侠，卫之风也。

邯郸也是漳河、黄河间的一大都会，北通燕国、涿鹿，南有郑国、寻国。——郑国、卫国的风俗与赵国相似。但地方靠近鲁国和大梁，所以人民稍微庄重而好气节。卫国都濮阳是濮水上的都会，后来迁都到野王，野王人民好气节任侠义，这乃是卫国的风尚。

夫燕亦勃、碣之间一都会也。南通齐、赵，东北边胡。上谷至辽东，地踔远，人民希，数被

燕故都蓟也是渤海和碣石山间的一大都会，南通齐国、赵国，东北与东胡交界。从上谷至辽东，土地辽远，人口稀少，有好几次被东胡侵扰。与赵国、代国的风俗很相

寇，大与赵、代俗相类，而民雕捍少虑，有鱼盐枣栗之饶。北邻乌桓、夫馀，东绾秽貉、朝鲜、真番之利。

似。人民如老鹰一样的捷悍，而很少能思虑问题。土地出产很多的鱼、盐、枣、栗。北方连接乌桓、夫馀，东方控制秽貉、朝鲜、真番的地利。

洛阳东贾齐、鲁，南贾梁、楚。故泰山之阳则鲁，其阴则齐。

洛阳东方通商于齐国、鲁国，南方通商于梁国、楚国。所以泰山的南麓是鲁国，北麓是齐国。

齐带山海，膏壤千里，宜桑麻，人民多文采布帛鱼盐。临菑亦海岱之间一都会也。其俗宽缓阔达，而足智，好议论，地重，难动摇，怯于众斗，勇于持刺，故多劫人者，大国之风也。其中具五民。

齐依山靠海，肥沃的土地有千里，适宜种植桑麻，人民多出产彩绸、布、帛、鱼、盐。临菑是东海、泰山间的一个都会。他们的习俗是从容豁达，知识丰富，爱好议论，质地稳重，不会轻浮，害怕团体的争斗，勇于个人的刺杀，所以常有劫夺人的事，这是大国的风尚呀！它的国民——士农商工贾都具备。

而邹、鲁滨洙、泗，犹有周公遗风，俗好儒，备于礼，故其民龊龊。颇有桑麻之业，无林泽之饶。地小人众，俭啬，畏罪远邪。及其衰，好贾趋利，甚于周人。

邹、鲁靠着洙水、泗水，还有周公传下来的风尚，民俗喜好儒术，具备礼制，所以人民小心谨慎，颇多桑麻的产业，而没有山林、水泽的资源。土地小，人口多，节俭吝啬，害怕犯罪，远避邪恶。等到它衰蔽时，人民爱好贸易，追求财利，比周人还厉害。

夫自鸿沟以东，芒、砀以北，属巨野，此梁、宋也。陶、睢阳亦一都会也。昔尧作(游)[于]成

从鸿沟以东，芒、砀以北，都是广大的平野，这就是梁、宋。定陶、睢阳是这儿的都会。古时尧兴起于成阳，舜打鱼于雷泽，汤定都于亳，民俗还有这些先王留下的风范，

阳，舜渔于雷泽，汤止于亳。其俗犹有先王遗风，重厚多君子，好稼穑，虽无山川之饶，能恶衣食，致其蓄藏。

行为重厚，多君子，好耕种。虽没有山川的富饶，却能穿吃不好的衣食，以便蓄储收藏。

越、楚则有三俗。夫自淮北沛、陈、汝南、南郡，此西楚也。其俗剽轻，易发怒，地薄，寡于积聚。江陵故郢都，西通巫、巴，东有云梦之饶。陈在楚夏之交，通鱼盐之货，其民多贾。徐、僮、取虑，则清刻，矜已诺。

越、楚有三个区域的风俗。从淮北、沛、陈、汝南、南郡以西，属西楚。民俗轻浮剽悍，容易发怒。土地瘠薄，少有蓄积。江陵是从前楚国都的郢城，西边交通巫、巴，东边有云梦泽的富饶。陈在楚与夏的交会，是鱼盐的转运站，居民多商人，徐、僮、取虑的人民清廉刻苦，重视诺言。

彭城以东，东海、吴、广陵，此东楚也。其俗类徐、僮。朐、缯以北，俗则齐。浙江南则越。夫吴自阖庐、春申、王濞三人招致天下之喜游子弟，东有海盐之饶，章山之铜，三江、五湖之利，亦江东一都会也。

彭城以东，东海、吴、广陵一带是东楚。民俗类似除、僮。朐、缯以北，民俗同于齐。浙江以南，民俗同于越。吴是阖庐、春申君、刘濞三人招致天下喜爱游说的士人来聚的地方，东边有海盐的富饶，以及章山的铜矿，三江五湖的资源，也是江东的一大都会。

衡山、九江、江南、豫章、长沙，是南楚也，其俗大类西楚。郢之后徙寿春，亦一都会也。而合肥受南北潮，皮革、

衡山、九江、江南、豫章、长沙是属于南楚，民俗很像西楚，楚国都郢城，后来迁到寿春，寿春也是一大都会。合肥为长江、淮河支流所经过，是皮革、腌鱼、木材的聚集

鲍、木输会也。与闽中、干越杂俗，故南楚好辞，巧说少信。江南卑湿，丈夫早夭。多竹木。豫章出黄金，长沙出连、锡，然堇堇物之所有，取之不足以更费。九疑、苍梧以南至儋耳者，与江南大同俗，而杨越多焉。番禺亦其一都会也，珠玑、犀、玳瑁、果、布之凑。

地，与闽中、干越风俗相杂。因此南楚的人民花言巧语，很少信用。江南地低潮湿，男子短命。多出产竹、木。豫章出产黄金，长沙出产铅、锡，但储量不多，开采所得常不足补偿支出。九疑山、苍梧山以南到儋耳一带大抵与江南风俗相同，尤其与杨越相同最多。番禺是这里的一大都会，是珠玑、犀角、玳瑁、水果、葛布的聚散地。

颍川、南阳，夏人之居也。夏人政尚忠朴，犹有先王之遗风。颍川敦愿。秦末世，迁不轨之民于南阳。南阳西通武关、郧[徇]关，东南受汉、江、淮。宛亦一都会也。俗杂好事，业多贾。其任侠，交通颍川，故至今谓之“夏人”。

颍川和南阳是夏王朝遗民所居住的地方。夏人为政崇尚忠厚朴实，这里还有夏先王传下来的风尚，使颍川人敦厚谨慎。秦代末年曾迁徙不法之民到南阳，以资感化，南阳西边交通武关、郧关，东南边汇集汉水、长江、淮河。宛是一个都会，民俗混杂，好劳动，多商贾，放任侠义，与颍川相交通，到现今还叫他们为“夏人”。

夫天下物所鲜所多，人民谣俗，山东食海盐，山西食盐卤，领南、沙北固往往出盐，大体如此矣。

天下各地的货物，有出产多的，有出产少的，各地人民的习俗也因而不同，太行山之东吃海盐，太行山之西吃池盐，五岭之南，大漠之北，也往往有许多地方出盐，因地而异的情形大体就是这样。

总之，楚越之地，地广人希，饭稻羹鱼，或火

总而言之，楚、越地方，地广人稀，食用米饭和鱼羹，烧草耕田，蓄水除草。瓜果螺

耕而水耨，果隋蠃蛤，不待贾而足，地执饶食，无饥馑之患，以故呰窳偷生，无积聚而多贫。是故江、淮以南，无冻饿之人，亦无千金之家。沂、泗水以北，宜五谷桑麻六畜，地小人众，数被水旱之害，民好畜藏，故秦、夏、梁、鲁好农而重民。三河、宛、陈亦然，加以商贾。齐、赵设智巧，仰机利。燕、代田畜而事蚕。

由此观之，贤人深谋于廊庙，论议朝廷，守信死节隐居岩穴之士设为名高者安归乎？归于富厚也。是以廉吏久，久更富，廉贾归富。富者，人之情性，所不学而俱欲者也。故壮士在军，攻城先登，陷阵却敌，斩将搴旗，前蒙矢石，不避汤火之难者，为重赏使也。其在闾巷少年，攻剽椎埋，劫人作奸，掘冢铸币，任侠并兼，借交报

蛤，不必从外地购买，就能自给自足。由于土地肥沃，天然食物很多，没有饥荒的忧虑。以致人民都偷懒混日子，没有储蓄，多数是贫家；没有财产。所以长江、淮河以南，没有受冻挨饿的人民，也没有千金财产的富家。沂水、泗水以北，适宜种植五谷桑麻、饲养六畜，土地小，人口多，屡次蒙受水旱的灾害，人民只能多储蓄，所以秦、夏、梁、鲁等地方的人民，喜爱农业生产，又重视劳动农民。三河、宛、陈等地方也是这样，而且还经营商业。齐、赵的人民很聪明灵巧，靠投机谋财利。燕、代的人民既耕田，又畜牧，又养蚕。

依照这样看来，贤人在朝廷谋画、议论，为主子守信、尽节，山岗洞穴中的隐者，自命清高，到底他们都是为着什么呢？都只是为着厚利呀！所以官吏搜刮少些，就能做得长，但长久的累积，就富起来了。商人赢利少些，营业扩大，也能富起来。求富是人的本性，不须学习，就会去追求的。所以军队中的勇士，攻城时抢先登上，冲锋时陷阵退敌，斩杀敌将，争夺敌旗，冒着箭射石打，不避赴汤蹈火的危险，为着是重赏的驱使呀！住在乡里的少年，杀人灭尸，抢劫作奸，挖坟盗宝，私铸钱币，伪托侠义去并吞财物，假借友情去报复仇敌，暗中夺杀，不怕

仇，篡逐幽隐，不避法禁，走死地如骛[者]，其实皆为财用耳。今夫赵女郑姬，设形容，揳鸣琴，揄长袂，蹑利屣，目挑心招，出不远千里，不择老少者，奔富厚也。游闲公子，饰冠剑，连车骑，亦为富贵容也。弋射渔猎，犯晨夜，冒霜雪，驰坑谷，不避猛兽之害，为得味也。博戏驰逐，斗鸡走狗，作色相矜，必争胜者，重失负也。医方诸食技术之人，焦神极能，为重糈也。吏士舞文弄法，刻章伪书，不避刀锯之诛者，没于赂遗也。农工商贾畜长，固求富益货也。此有知尽能索耳，终不余力而让财矣。

法禁，冒着犯死罪的危险，像快马一样的奔往，其实都是为着财利呀。现在那些赵、郑地方的姑娘，讲究化妆，弹着鸣琴，拖着扬起的长袖，穿着尖头的舞鞋，用眼挑逗，用心招引，不辞辛劳，千里外出，招来顾客，不论是年老或年轻的，这也是为厚利而奔忙的呀！游手好闲的贵公子，衣饰则戴冠佩剑，外出则车马成排，这是为着要炫耀富贵而装扮的呀！猎人、渔夫，不分早晚，冒着霜雪，奔驰于深坑山谷，不顾猛兽的伤害，这是为着要捕得美味的食物呀！奔走赌场，玩斗鸡，纵走狗，变色争吵，夸耀本领，其所以一定要争得胜利，为着是怕输钱呀！靠医术、方技吃饭的人，精神焦虑，竭尽技能，这是为着看重食粮谋生呀！官府的吏士，舞文弄墨，玩弄法律，私刻图章，伪造文书，不怕砍头杀戮，这是为了收到别人的贿赂呀！农、工、商、贾各业贮蓄成长，本就在追求富有、增加财货，每种人都用尽智能，始终不会留余力而把财富让给别人的。

谚曰："百里不贩樵，千里不贩籴。"居之一岁，种之以谷；十岁，树之以木；百岁，来之以德。德者，人物之谓也。今有无秩禄之奉，爵邑之入，而乐与之比者，命

俗语说："贩柴的不超出一百里去贩卖，贩粮的不超过一千里去贩卖。"要住一年的，只能种谷；要住十年的，能够种树；要住百年，就能种德。所谓德，就是得到人的意思。现在有人既没有官职俸禄的供奉，也没有封爵领土的收入，但富有的快乐可以和这些贵族相比，这叫做"素封"。贵族封建

曰“素封”。封者食租税，岁率户二百。千户之君则二十万，朝觐聘享出其中。庶民农工商贾，率亦岁万息二千(户)，百万之家则二十万，而更徭租赋出其中。衣食之欲，恣所好美矣。故曰陆地牧马二百蹄，牛蹄角千，千足羊，泽中千足彘，水居千石鱼陂，山居千章之(材)[楸]。安邑千树枣；燕、秦千树栗；蜀、汉、江陵千树橘；淮北、常山已南，河济之间千树萩；陈、夏千亩漆；齐、鲁千亩桑麻；渭川千亩竹；及名国万家之城，带郭千亩亩锺之田，若千亩卮茜，千畦姜韭。此其人皆与千户侯等。然是富给之资也，不窥市井，不行异邑，坐而待收，身有处士之义而取给焉。若至家贫亲老，妻子软弱，岁时无以祭祀进醵，饮食被服不足以自通，如此不惭耻，则无

主吃人民的租税，每年每户为二百担谷子。有一千户封地的国君，则每年就有二十万担的收入。凡朝天子、聘诸侯、祭鬼神的费用，都在这里开销。平民——农、工、商、贾，如有万金的财产，每年也有二千担的利息收入，如一户有百万金的富家，也有二十万的利息收入，除雇人代役、租税等费用都在这里开销之外，还可以满足衣食的欲望，放纵豪华的生活了。所以说：新兴平民地主的经济活动，在陆地上，养马五十匹，养牛一百六十七头，养羊二百五十头，草泽养猪二百五十头。在水中，池塘每年生产鱼一千石。在山林，每年砍伐木材一千株，每年可以收成的计有：安邑有一千株枣树，燕、秦有一千株栗树，蜀、汉、江陵有一千株橘树，淮北、常山以南，以及黄河、济水之间有一千株楸树，陈、夏有一千亩漆树，齐、鲁有一千亩桑、麻，渭川有一千亩竹子。在大国有一万户人家的大城，外城郊外有一千亩每亩可收谷子一锺的田地，或有一千亩可作染料的栀子花和茜花及二十五亩生姜、韭菜的菜园，这些地主的收入与封地千户的贵族相等，所拥有的东西都算是富足的财产。他们不必上街市干活，不必到外县奔苦，可以坐在家里不劳而获，以“处士”的名义来取用享受。至于那些贫穷人家，父母年老，妻子弱小，逢年过节不能祭祀会餐，饮食衣服不能自给，这样还不知羞愧，那么真

所比矣。是以无财作力，少有斗智，既饶争时，此其大经也。今治生不待危身取给，则贤人勉焉。是故本富为上，末富次之，奸富最下。无岩处奇士之行，而长贫贱，好语仁义，亦足羞也。

没有可以比喻的了。所以没有钱财的穷人，只能出卖劳力谋生；略有钱财的，才能以智巧去求小财；富饶的，就可以乘时投机发大财，这是一般求财的方法呀！谋算生计，如不必危害到自身的安全就能取用享受，那么就是贤人也努力去求。所以靠农耕致富的为上等，靠工商致富的为次等，靠抢劫作奸致富的为下等。如果没有像山岗隐者的真正清高中品行，而却长久穷贱，爱谈仁义，这真是羞耻的事。

凡编户之民，富相什则卑下之，伯则畏惮之，千则役，万则仆，物之理也。夫用贫求富，农不如工，工不如商，刺绣文不如倚市门，此言末业，贫者之资也。通邑大都，酤一岁千酿，醯酱千瓨，(酱)[浆]千甔，屠牛羊彘千皮，贩谷粜千锺，薪稿千车，船长千丈，木千章，竹竿万个，其轺车百乘，牛车千两，木器髤者千枚，铜器千钧，素木铁器若卮茜千石，马蹄躈千，牛千足，羊彘千双，僮手指千，筋角丹沙千斤，其帛絮细布千钧，

凡是普通的贫民，对比自己财富多十倍的人就要屈服，对多百倍的就要害怕，对多千倍的就要受他的役使，对多万倍的就要做他的奴隶，这是不得不然的道理。要由贫穷去求得富有，农人不如工人，工人不如商人。像从事刺绣文采的手工艺，就不如在市场倚门做生意来得好，这是说从事末业经商，是穷人致富的资本。在交通发达的大都市，一年在市场上交易需要：酿一千瓮酒，一千瓶醋腌的肉酱，一千坛似醋的薄酒，屠宰一千头的牛、羊、猪，贩卖一千钟的谷子，一千车的柴草，造总长一千丈的船只，一千株木材，一万株竹子，一百辆马车，一千辆牛车，一千件涂漆木器，一千钧铜器，一千担未漆木器、铁器和各种染料，二百匹马、二百五十头牛、一千头羊和同数的猪，一百个奴隶，一千斤兽筋、兽角、丹沙，一千钧丝布、丝絮、细布，一千匹彩色丝布，

文采千匹,榻布皮革千石,漆千斗,蘖曲盐豉千荅,鲐鮆千斤,鲰千石,鲍千钧,枣栗千石者三之,狐鼦裘千皮,羔羊裘千石,旃席千具,佗果菜千钟,子贷金钱千贯,节驵会,贪贾三之,廉贾五之,此亦比千乘之家,其大率也。佗杂业不中什二,则非吾财也。

一千担粗布、皮革,一千斗漆,一千瓶酒曲、盐豆豉,一千斤海鱼、刀鱼,一千担小杂鱼,一千钧腌鱼,三千担枣子、栗子,一千张狐、貂皮裘,一千担羔羊皮裘,一千件毡毯,一千钟各类水果蔬菜。同时还有一千贯放高利贷的资金,由掮客经营供需,收取回扣,贷给厉害的商人抽三分利息,贷给老实的商人抽五分利息,掮客的收入可以比得上有兵车千辆的贵族之家,这是大致的情形。其他的行业如果没有二分的利润,就不是可以追求的财富了。

请略道当世千里之中,贤人所以富者,令后世得以观择焉。

以下大略说明那个时代千里范围里,有才干的人如何致富的原因,使后世的人得以观摩有所取舍。

蜀卓氏之先,赵人也,用铁冶富。秦破赵,迁卓氏。卓氏见虏略,独夫妻推辇,行诣迁处。诸迁虏少有余财,争与吏,求近处,[处]葭萌。唯卓氏曰:“此地狭薄。吾闻汶山之下,沃野,下有蹲鸱,至死不饥。民工于市,易贾。”乃求远迁。致之临邛,大喜,即铁山鼓铸,运筹策,倾滇蜀之民,富至僮千人。田池射猎之乐,拟于人君。

蜀卓氏的祖先,是赵国人,经营冶炼铁矿致富,后来秦国打败赵国,流放卓氏,卓氏被掳获后,只有他们夫妇推车用步行到被流放的地方,其他同时被掳获的赵人,稍有多余的钱财,就相争贿赂秦国负责的官吏,要求迁放到近的地方,结果被安置在葭萌,但卓氏说:“这个地方狭小瘠薄,我听说汶山之下有肥沃的原野,长有如蹲鸱形的大芋头,到了凶年仍不饥荒,人民在市街作工、经商。”于是要求迁到远处,到了临邛,很是高兴,便开采矿山,熔铸生铁,运用计谋,用滇蜀地区的人民,使他富有得奴仆多到一千人。他在田园水池游猎的享乐,比拟于国君。

程郑，山东迁虏也，亦冶铸，贾椎髻之民，富埒卓氏，俱居临邛。

程郑也是秦国从太行山以东流到蜀的富户，他也从事冶金工业，把产品销售到挽髻如椎的南越人民，他的财富与卓氏相抗衡，同住在临邛。

宛孔氏之先，梁人也，用铁冶为业。秦伐魏，迁孔氏南阳。大鼓铸，规陂池，连车骑，游诸侯，因通商贾之利，有游闲公子之赐与名。然其赢得过当，愈于纤啬，家致富数千金，故南阳行贾尽法孔氏之雍容。

宛孔氏的祖先，是魏国大梁人，炼铁为业。秦国攻伐魏国后，把孔氏迁到南阳，他大规模熔铸金属，开辟池塘养鱼，成队车马交游于诸侯，因而得到经商发财的方便，由于赠与诸侯出手慷慨，如游闲的贵公子的名声一样。家中财富多到数千金。他赠与很多，但赚得更多，胜过那吝啬小气的商人，所以南阳人做生意，完全效法孔氏雍容大方的手法。

鲁人俗俭啬，而曹邴氏尤甚，以铁冶起，富至巨万。然家自父兄子孙约，俯有拾，仰有取，贳贷行贾遍郡国。邹、鲁以其故多去文学而趋利者，以曹邴氏也。

鲁人俗尚节俭吝啬，而曹邴氏特别厉害，他以炼铁起家，财富多到万万而不可计，但家中父兄子孙相约，要俯仰之间对任何有用的东西都加以利用，有借贷交易关系的地方，遍布天下各地。郑、鲁人民所以大多抛弃文学而追逐财利的原因，是受曹邴氏的影响。

齐俗贱奴虏，而刁间独爱贵之。桀黠奴，人之所患也，唯刁间收取，使之逐渔盐商贾之利，或连车骑，交守相，然愈益任之。终得其力，起富数千万。故曰“宁爵毋刁”，言其能使豪奴自饶而尽其

齐国俗习以奴隶为低贱，而只有刁闲喜欢他们，看重奴隶。狡猾聪明的奴隶，是人所害怕的，而只有刁闲收留使用他们，让他们替他去追求渔、盐、商业上的利益，甚或替他坐着成队的车马，去交结地方主官，刁闲愈信任他们，愈能使他们尽力，替他赚得财富几千万。所以有人说：“宁可免去求官爵，而为刁闲卖力。”

力。

是说能够使唤豪强的奴隶,让他们为主人的财富而尽力。

周人既纤,而师史尤甚,转毂以百数,贾郡国,无所不至。洛阳街居在齐秦楚赵之中,贫人学事富家,相矜以久贾,数过邑不入门,设任此等,故师史能致七千万。

周王城洛阳人已经很俭约吝啬,而师史更是厉害,他的运货车辆以百计,通商到天下各地,无所不到。洛阳位在齐、秦、楚、赵等国之中央,街巷的贫民在富家中学做生意,并以长久经商来矜夸,经常在各国经商走动,即使几次经过自己乡里也不回家。师史就是做这工作,才能致富七千万。

宣曲任氏之先,为督道仓吏。秦之败也,豪杰皆争取金玉,而任氏独窖仓粟。楚汉相距荥阳也,民不得耕种,米石至万,而豪杰金玉尽归任氏,任氏以此起富。富人争奢侈,而任氏折节为俭,力田畜。田畜人争取贱贾,任氏独取贵善。富者数世。然任公家约,非田畜所出弗衣食,公事不毕则身不得饮酒食肉。以此为闾里率,故富而主上重之。

宣曲的任氏祖先,做督道的粮仓官吏,秦朝败亡的时候,起兵反秦的豪杰都在争夺金玉,而只有任氏用地窖储藏谷子。后来楚、汉在荥阳对抗,农民不能耕种,米价一担涨到万钱,任氏卖谷大发其财,使得豪杰所有的金、玉统统流入任氏所有,任氏因此而致富。一般富人都争相奢侈,而任氏屈其富人的身分崇尚俭约,亲自力行耕田、畜牧。田地、牲畜,一般人都要争取低价买入,只有任氏要品质优良而又高价买入,使任氏数代都能富有。但任氏的父亲在家约束:不是己家种的养的,不穿不吃;公事没有做完,则自身不能喝酒吃肉。他就以这样做为乡里的表率,所以富有而国君很器重他。

塞之斥也,唯桥姚已致马千匹,牛倍之,羊万头,粟以万钟计。吴楚七

边塞的开拓,只有桥姚得以经营牧业,养马一千匹,牛二千头,羊一万头。所换得的粟以万钟计算。吴、楚七国起兵反

国兵起时，长安中列侯封君行从军旅，赍贷子钱，子钱家以为侯邑国在关东，关东成败未决，莫肯与。唯无盐氏出捐千金贷，其息什之。三月，吴楚平，一岁之中，则无盐氏之息什倍，用此富埒关中。

抗汉中央朝廷时，长安城中的列侯、封君都要从军出征，征途所需的费用向高利贷借取，放贷的人以为反抗的侯国都在函谷关东，关东军事成败尚未决定，恐怕贷出不能收回而不出借。只有无盐氏出面取出一千金放贷，利息为本金十倍。三个月内吴、楚平定，一年之中，无盐氏的利息收入十倍本金，因此成为关中的富豪。

关中富商大贾，大抵尽诸田，田啬、田兰。韦家栗氏，安陵、杜杜氏，亦巨万。

关中的富商大贾大抵都属于田家的人：田啬、田兰。而韦家的栗氏，安陵和杜县的杜氏，家财亦达万万不可计。

此其章章尤异者也。皆非有爵邑奉禄弄法犯奸而富，尽椎埋去就，与时俯仰，获其赢利，以末致财，用本守之，以武一切，用文持之，变化有概，故足术也。若至力农畜，工虞商贾，为权利以成富，大者倾郡，中者倾县，下者倾乡里者，不可胜数。

以上这些地主都是最显著突出的，既没有爵位、封邑、俸禄，也不是靠玩法、作奸致富的，而是能归纳买卖原理，能够乘时吞吐，而获得赢利的。要从经商来猎取资财，从投资土地来保护资财，不计一切蛮横的手段来夺取，然后交通王侯用政令来保护，这是方法变异的大概，所以值得记述。至于从事农、牧、工、山林，以及商贾的经营者，他们为着追求权力、财利致富，大经营者的权利可以压倒一郡，中者可以压倒一县，小者可以压倒一乡，这种人多得不可胜数。

夫纤啬筋力，治生之正道也，而富者必用奇胜。田农，掘业，而秦阳以

节俭和劳动，是生财的正路。但求富的人，还必须用奇巧制胜。耕田是拙劣的行业，而秦阳却靠它成为一州的首富；盗

盖一州。掘冢，奸事也，而田叔以起。博戏，恶业也，而桓发用(之)富。行贾，丈夫贱行也，而雍乐成以饶。贩脂，辱处也，而雍伯千金。卖浆，小业也，而张氏千万。洒削，薄技也，而郅氏鼎食。胃脯，简微耳，浊氏连骑。马医，浅方，张里击钟。此皆诚壹之所致。

坟是犯法的坏事，而田叔却靠它起了家；博戏是恶劣的行业，而桓发却靠它富有；走路叫卖是男子的贱业，而雍乐成却靠它富饶；卖油脂是耻辱的事，而雍伯却能得到千金；卖水浆本是小生意，而张氏却能赚到千万；磨刀是小技艺，而郅氏却能过富贵生活；卖羊肚是小玩意儿，浊氏却能有成队的车马；马医是浅陋的方技，张里却能有贵族的享受。这些人都是精神专一才能致富的。

由是观之，富无经业，则货无常主，能者辐凑，不肖者瓦解。千金之家比一都之君，巨万者乃与王者同乐。岂所谓"素封"者邪？非也？

依照这样看来，致富并不只靠一种行业，财货并没有固定的主人，有才能的能从四方搜集，没有才能的却到处散失。有千金的商家，可比一个都会的封君；有万万财产的大富翁，可以同国王一样享乐。难道所谓的"素封"，不是这样吗？

评议

《史记》一书，于古今人物记之详矣，几于无格不备矣。而于书之将终，乃传货殖，举生财之法，图利之人，无贵无贱，无大无小，无远无近，无男无女，都纳之一篇之中，使上下数百年之贩夫竖子、伧父财奴，皆赖以传，几令人莫名其用意所在。或曰崇势利也，或曰有所感激也，纷纷议论，不一而足。是皆以私心窥太史公，究不得太史公之用心也。《诗》曰："哿矣富人，哀此茕独。"《书》曰："丹厥庶民，既富方谷。"《易》曰："何以守位？曰仁；何以聚人？曰财。"至《大学》之为书，所言者皆修、齐、治、平之道，而于终篇言生财之道独详。史公此传，正本其意。盖财货者，天地之精华，生民之命脉。困迫豪杰，颠倒众生，胥是物也。惟圣贤及一二自修之士能不受其束缚，其余几尽在范围之内，而可卑之毋甚高论哉！

通篇可分两大段，又可分为数截。前半是富国富家，后半是本富、末富、奸富。前半是叙汉以前事，后半是叙汉以来事。此所谓分两大段者也。若分为数截，则起首总论为一截；太公诸传为一截；“汉兴”以下叙天下人民土俗为一截；“由是观之”以下为一截；卓氏诸传为一截。一截是一样文法，一样笔力。其格调之排宕，起伏之层迭，笔致之诡激，句法之变化，无奇不有，又无一相复，洋洋乎巨观也。合全部书读之，凡百余篇未尽之意，皆发于此，如神龙掉尾，如海风回澜，又如河将入海，分为九派，一气混茫之中却自历历分明。本是以观，庶得其真，一切众评都可删除矣。

篇内“老子曰”云云，按杨升庵氏谓史公将信己说，而先引《老子》破之，此健吏舞文手也。“輓近世涂民耳目”，按“輓近世”与“至治之极“正相应”，故《索隐》谓“輓”与“晚”同。有释“輓”为“挽”，谓挽回近世之俗者，大谬。“故善者因之”云云，按此数句，与《大学》“生众食寡”四句相表里，于此见史公经济。“丹沙、犀”，按《通志》“犀”下有“象”字。“故物贱之征贵，贵之征贱。”按二句精透警辟，大似诸子粹语。“岂非道之所符，而自然之验邪？”按钟氏惺曰：“加一‘道’字，又加一‘自然’字，便深。”“贫富之道，莫之夺予，而巧者有余，拙者不足。”按此数句，说得鬼神不测。“天下熙熙，皆为利来；天下壤壤，皆为利往。”按“来”字古音“离”，与“熙”字为韵；“壤”字一作“穰”。“当魏文侯时，李克务尽地力。”按《汉书·食货志》“李悝为魏文侯，作尽地力之教，国以富强”。此作“克”误。“而巴蜀寡妇清”，按“蜀”字衍，《汉书》作“巴寡妇清”。“及秦文、孝、穆居雍隙”，按“孝”当作“德”；又《通志》无“孝”字。“献孝公徙栎邑”，按此“孝”字亦衍。“武昭治咸阳”，按“武”当作“孝”。“因以汉都，长安诸陵”，按“汉都”，《通志》作“北邻”。“多美物”，按《汉书》“美”作“弄”。“微重而矜节”，按“矜”当作“务”。“则清刻，矜已诺”，按“矜”亦当作“务”。“而合肥受南北潮”，按《汉书》“潮”作“湖”。“息二千户”，按“户”字衍，《汉传》无。“鲰千石,鲍千钧”,按《汉书》作“鲰鲍千钧”。“佗果菜千钟”,按《汉书》无“佗”字;又果可以钟量,菜不可以钟量,则“菜”字当为“采”字之误,《正义》所谓“采取之”也。“有游闲公子之赐与名”,按《汉书》无“赐与”二字。“刀闲”,按“刀”字各本作“刁”,皆误。《玉篇·刀部》云:“刀亦人姓。”“故师史能致七千万”,按《汉书》作“十千万”。“田啬”,按《汉书》作“田墙”,人姓名。“而桓用之富”,按《汉书》“桓”作“稽”。“而雍伯千金”,按《汉书》“雍伯”作“翁伯”。“卖浆小业也”,按《汉书》作“卖酱”。“而郅氏鼎食”,按《汉书》作“质氏”。“此皆诚壹之所致”,按“诚壹”二字精微。盖天下之事,无大小巨细,未有不诚壹而能致功者也。“能者辐凑,不肖者瓦解”,此即变化“巧者有余”二语,而此更佳妙。“岂所谓‘素封’者邪,非也?”按一篇热闹文字,而以淡语结之,了而不了,妙不可言。

太史公自序

昔在颛顼，命南正重以司天，(北)[火]正黎以司地。唐虞之际，绍重黎之后，使复典之，至于夏商，故重黎氏世序天地。其在周，程伯休甫其后也。当周宣王时，失其守而为司马氏。司马氏世典周史。惠襄之间，司马氏去周适晋。晋中军随会奔秦，而司马氏入少梁。

在古代，颛顼帝曾命南方首长名重的专管天事，北方首长名黎的专管地事。在唐尧、虞舜的时代，重黎的后嗣仍旧掌管这一方面的职事，直到夏、商二代，重黎氏掌管天地诸事，做得很好。到了周代，受封程国伯，表字休甫的，便是重黎的后裔。当周宣王时，南正黎的后代脱离了世掌天地的官守，别为司马氏。从此司马氏便世代掌管周史。周惠王、襄王的时候，司马氏离开周朝到了晋国，晋中军官随会逃到了秦国，不久司马一族又转入少梁。

自司马氏去周适晋，分散，或在卫，或在赵，或在秦。其在卫者，相中山。在赵者，以传剑论显，蒯聩其后也。在秦者名错，与张仪争论，于是惠王使错将伐蜀，遂拔，因而守之。错孙靳，事武安君白起。而少梁更名曰夏阳。靳与武安君阬赵长平军，还而与之俱赐死杜邮，葬于华

自从司马氏离周往晋，这一族人便分散了，有的在卫国，有的居赵国，也有些留在秦国的。在卫国的一支，名司马喜的，做过中山相。在赵国这一支，因善剑术而显名，蒯聩便是这一支的后嗣。在秦国的名司马错，和张仪争论，秦惠王就命错为将带兵伐蜀，攻下蜀地后，就命错作郡守。司马错的孙儿司马靳，随事秦武安君白起。这时少梁已改名阳夏。靳和武安君大败赵兵，坑杀赵长平军数十万，回到秦国，靳和白起都被赐死在杜邮，靳葬在华池这个地力。靳的孙

池。靳孙昌，昌为秦主铁官，当始皇之时。

儿名昌，昌做过秦国的主铁官，正当秦始皇的时候。

蒯聩玄孙卬为武信君将而徇朝歌。诸侯之相王，王卬于殷。汉之伐楚，卬归汉，以其地为河内郡。

蒯聩的玄孙名卬的曾为武信君的部将，巡察朝歌一带。这时天下大乱，诸侯擅自封王，项羽封司马卬为殷王。汉王刘邦领兵伐楚，卬降了汉王，卬原有的封地改置为河南郡。

昌生无泽，无泽为汉市长。无泽生喜为五大夫，卒，皆葬高门。喜生谈，谈为太史公。

司马昌生无泽，无泽做过汉长安市长。无泽生喜。喜做过五大夫，死后，都葬在高门。喜生谈，谈为太史公。

太史公学天官于唐都，受易于杨何，习道论于黄子。太史公仕于建元元封之间，愍学者之不达其意而师悖，乃论六家之要指曰：

太史公从唐都学天文星官的学问，从苗川人杨何受《易》学，又从黄生研究黄老的学术。大史公曾在武帝建元、元封年间做过官，他对于当时学者固执师说，墨守一家，使学术不能通流的风气，感到万分困惑，于是专论六家的要旨说：

《易大传》："天下一致而百虑，同归而殊涂。"夫阴阳、儒、墨、名、法、道德，此务为治者也，直所从言之异路，有省不省耳。尝窃观阴阳之术，大祥而众忌讳，使人拘而多所畏；然其序四时之大顺，不可失也。

《周易系辞传》："诸子的学说，尽管有百虑，其实是一致的；他们所循的途径虽殊异，而其归趋仍是相同的。"我们可以说阴阳、儒、墨、名、法、道德六家，都是想致天下于太平盛世。但因立场不同，以至于各自观点，使用的方法，就大有差别，于是有的家能把握着重点，找到正确的方向，有的就不能了。我曾分析阴阳家的方术，太多而琐细，忌讳的事物太多，使一般人受到拘束，许多事都不敢大胆的去做，但他们主张顺着四时的秩序去作业，却是不可违反的。儒

儒者博而寡要，劳而少功，是以其事难尽从；然其序君臣父子之礼，列夫妇长幼之别，不可易也。墨者俭而难遵，是以其事不可遍循；然其强本节用，不可废也。法家严而少恩；然其正君臣上下之分，不可改矣。名家使人俭而善失真；然其正名实，不可不察也。道家使人精神专一，动合无形，赡足万物。其为术也，因阴阳之大顺，采儒墨之善，撮名法之要，与时迁移，应物变化，立俗施事，无所不宜，指约而易操，事少而功多。儒者则不然。以为人主天下之仪表也，主倡而臣和，主先而臣随。如此则主劳而臣逸。至于大道之要，去健羡，绌聪明，释此而任术。夫神大用则竭，形大劳则敝。形神骚动，欲与天地长久，非所闻也。

家的学说太广博，很难找出它的纲要，所以在研究的时候，用力虽多而功效很少，因此他们所说的一切，不能完全听从。但是，他们制定君臣父子彼此相处的礼节和夫妻们或者长辈和晚辈间礼数的分别，是一定不能更改的。墨家过于俭啬，难以遵守，因此他们的说法，也不能完全实行，但是他们务实节用的宗旨，是不可以废弃的。法家严酷不讲情感，但是他们把君臣上下的分位等级分得很清楚，这一点是不能改变的。名家容易使人拘执于名而失却真实性，但是确定名实的配合，不能不注意。道家教我们精神集中，一动一合不露形迹，使万物丰足善美。他们的学术，是本着阴阳家顺守四时的秩序，采纳儒家、墨家的长处，撮取名家、法家的要点，随着时代的需要，配合人事的变化，待人做事等一切措施，没有不适宜的。意旨简明扼要而容易把握，用力少而收功多。儒家就不同了。他们认为君主应该是普天下的表率，君主提倡什么，臣下应该附和；君主在前面走，臣下应该紧紧地跟在后面。像这样，那么，君主太苦，而臣下倒反而清闲了。再说大道的要点是：除去雄健和羡欲，不玩弄聪明。不可舍此而自任其术，一个人的精神太过用会疲困的，身体太劳累会生病的，如果你的精神和身体常常过劳而没有适度的休息，你却希望长寿和天地同春，这是办不到的。

夫阴阳四时、八位、十二度、二十四节各有教令,顺之者昌,逆之者不死则亡,未必然也,故曰"使人拘而多畏"。夫春生夏长,秋收冬藏,此天道之大经也,弗顺则无以为天下纲纪,故曰"四时之大顺,不可失也"。

阴阳家对于阴阳、四时、八位、十二度、二十四节,各有一套教令,规定人们哪些事可以做,哪些是要禁忌的,如果人们顺守这些教令,就会昌达得福,违反这些规定,不是死就会亡,未必一定是这样的。所以我说容易使人拘束而不敢大胆地去做事。可是阴阳家所说的春天万物发生,夏天成长,秋天收获,冬天储藏,这是自然界的重要法则,如果我们不遵守,那么一切事务便没有头绪了。所以我说:四时的顺序,是不可以错乱的。

夫儒者以六艺为法。六艺经传以千万数,累世不能通其学,当年不能究其礼,故曰"博而寡要,劳而少功"。若夫列君臣父子之礼,序夫妇长幼之别,虽百家弗能易也。

儒家把六艺当做宗法,《六经》除经文本身外,连以后的传记说解等著作不下千万种,像这样多的典籍,使得后世学者,加上历代祖孙父子世守一经,仍不能够通晓其大义,穷尽一个人毕生的岁月,也不能详尽六经中的典制。所以我说:儒家学说太博而难以找到要领,用力虽勤而收功却少。可是分列君臣父子间的礼数,序次夫妇长幼尊卑的分别,任何一家,都不能更改的。

墨者亦尚尧舜道,言其德行曰:"堂高三尺,土阶三等,茅茨不翦,采椽不刮。食土簋,啜土刑,粝梁[粢]之食,藜霍之羹。夏日葛衣,冬日鹿裘。"其送死,桐棺三寸,举音不尽其哀。教

墨家也崇尚尧舜的道术,引述尧舜的德行说是:堂止三尺高,土做的阶不过三级,用茅草盖的屋顶未曾修剪整齐,用原木做的屋桷未加断削,吃的是土做的簋里面所盛的饭,饮的是土做的瓦器里面所盛的羹汤,饭用粗米做的,汤用豆叶做的,夏天穿葛制的单衣,冬天着鹿皮裘衣。他们葬死者用桐木做棺,厚不过三寸,号丧不过于哀

丧礼，必以此为万民之率。使天下法若此，则尊卑无别也。夫世异时移，事业不必同，故曰“俭而难遵”。要曰强本节用，则人给家足之道也。此墨子之所长，虽百家弗能废也。

恸。他们的丧礼，就是这样的简单，来作为一般人的表率，使天下的人奉以为法则。像这样的作风，尊卑就难以分别了。我们想到时代改变，事业自然不尽相同，所以说过于俭约，后人难以遵从。总之，务实节用，确是人们兴家富足的最佳途径了，这是墨家的长处，任何一家都不能废弃的。

法家不别亲疏，不殊贵贱，一断于法，则亲亲尊尊之恩绝矣。可以行一时之计，而不可长用也，故曰“严而少恩”。若尊主卑臣，明分职不得相逾越，虽百家弗能改也。

法家不分是亲属，是疏远，也不管谁有地位，谁是平民，一概依法律来决断他的罪行，这样，像亲爱我们的亲属，尊重我们的长上这种重恩谊的伦理，就一无所有了。这是在适当的时机处理某些事件，可以行得通，但决不可长久施行的。所以说：他们是刻薄寡恩、不讲情感。至于主张君长至上，部属次之，划清职责权限，谁也不许超越，这是任何一家都无法改变的。

名家苛察缴绕，使人不得反其意，专决于名而失人情，故曰“使人俭而善失真”。若夫控名责实，参伍不失，此不可不察也。

名家过于明察，纠缠不清，使人们反省寻思，不得其究竟，一切以名称为决断，而违背了一般常理。所以我说，令人拘于名约而失掉一事的真实性，如果根据他的名称，要求他应该有某种实际，举三个或五个多数的事物来相互参验考证，可以得出较正确的结论，这一点，确实是值得我们注意的。

道家无为，又曰无不为，其实易行，其辞难知。其术以虚无为本，以

道家主张“无为”，又说“无所不为”，他的理论，可以实行，但他们讲的话，一般人不容易了解。他们的学术，以虚无为根本，

因循为用。无成势,无常形,故能究万物之情。不为物先,不为物后,故能为万物主。有法无法,因时为业;有度无度,因物与合。故曰"圣人不(朽)[巧],时变是守。虚者道之常也,因者君之纲"也。群臣并至,使各自明也。其实中其声者谓之端,实不中其声者谓之窾。窾言不听,奸乃不生,贤不肖自分,白黑乃形。在所欲用耳,何事不成。乃合大道,混混冥冥。光耀天下,复反无名。凡人所生者神也,所讬者形也。神大用则竭,形大劳则敝,形神离则死。死者不可复生,离者不可复反,故圣人重之。由是观之,神者生之本也,形者生之具也。不先定其神[形],而曰"我有以治天下",何由哉?

以因循为手段,没有一成不变的形势,所以能推究万物的情状。应付事物,不一定抢先,也不一定居后,而是因物为制,所以能够主制万物,立法或不立法,因时务而决定,一种制度的决定,也必须和事物相配合。所以说,圣人不贵机巧,牢守着因时、通变这个原则。虚无是道的本来,因循是君主应把握的纲领,让群臣都有表现,使人尽其才。实际和他的名声相切合的叫做"端",实际和名声不相应的叫做"窾"。"窾"是空的意思,说空话而无事实根据的,不要听信,那么奸邪小人就少了。谁贤、谁不才,自然易分,是黑的、是白的,就充分地表现在你的眼前了。这样,忠奸、贤愚听随君主去任用,什么事办不好呢?这种作风才真正是懂得大道,浑合通同,了无痕迹,普天下都仰戴他的光辉,也不知道如何去歌颂他、去感谢他。这是无为而治的好处。一个人的生存是赖有精神,精神是寄托在形体上的。精神过度使用会衰竭,身体太劳苦会病倒,精神和形体都受到戕害,两者脱了节,人只有死路一条。人死不能复生,离去的也不能回来,所以圣人特别重视它。从这一点看来,精神是生命的根本,形体是生命的寄托所在。人若不先保爱他的精神,却要说我会治理天下国家,你能做到吗?

太史公既掌天官,不治民。有子曰迁。

太史公掌管天官的职务,和民政无关,比较轻闲些。他的儿子名迁。

迁生龙门，耕牧河山之阳。年十岁则诵古文。二十而南游江、淮，上会稽，探禹穴，窥九疑，浮于沅、湘；北涉汶、泗，讲业齐、鲁之都，观孔子之遗风，乡射邹、峄；厄困鄱、薛、彭城，过梁、楚以归。于是迁仕为郎中，奉使西征巴、蜀以南，南略邛、笮、昆明，还报命。

迁生在龙门，在黄河以北、龙门山以南这块地方，过着耕种牧畜的生活。十岁的时候，诵读古文经书。二十岁，从北方南下游历淮河、长江一带，曾经登上会稽山，去探寻民间传说已久的禹穴，勘察舜所葬的地方九疑山。顺道渡过沅水、湘水，再北返渡过汶水、泗水，到过齐、鲁两国的大都市，同当地的学士大夫讨论学术，观察孔子在阙里等处留下来的风教，在邹县峄山举行过古代乡射大典。在鄱县、薛县、彭城等地，也遭遇到一些困难，再经过梁国、楚国回到了家乡。这时迁作郎中，奉到汉朝使命，往西方征讨巴蜀以南等处，往南经略卬、笮、昆明等据点，有功班师回朝。

是岁天子始建汉家之封，而太史公留滞周南，不得与从事，故发愤且卒。而子迁适使反，见父于河、洛之间。太史公执迁手而泣曰："余先周室之太史也。自上世尝显功名于虞夏，典天官事。后世中衰，绝于予乎？汝复为太史，则续吾祖矣。今天子接千岁之统，封泰山，而余不得从行，是命也夫，命也夫！余死，汝必为太史；为太

在这一年内，武帝建立汉朝的封禅大典，可是太史公因事留居洛阳，不能参与这一盛典，含恨将死。他的儿子迁恰在此时结束西征的使命，回来在河洛地方拜见了父亲。太史公紧握迁手哭着说："我们先代本是周的太史，远在古代唐尧、虞舜时做过南北正，功名显赫，主管天官事物。后代中途衰微，祖业将会断送在我的手中吗？你若能重做太史，就可以上承祖业家学了。现在皇上承接千年以来的大统，封祭泰山，我未能从行，这是命运啊！是命运啊！我死后，你一定做太史，如做太史，切勿忘却我想要完成

史，无忘吾所欲论著矣。且夫孝始于事亲，中于事君，终于立身。扬名于后世，以显父母，此孝之大者。夫天下称诵周公，言其能论歌文、武之德，宣周、邵之风，达太王、王季之思虑，爰及公刘，以尊后稷也。幽、厉之后，王道缺，礼乐衰，孔子修旧起废，论《诗》《书》，作《春秋》，则学者至今则之。自获麟以来四百有余岁，而诸侯相兼，史记放绝。今汉兴，海内一统，明主贤君忠臣死义之士，余为太史而弗论载，废天下之史文，余甚惧焉，汝其念哉！”迁俯首流涕曰：“小子不敏，请悉论先人所次旧闻，弗敢阙。”

的著作啊。讲到孝道，自然从侍奉双亲开始，其次便是忠于君上，最后是要做一个顶天立地的大丈夫，留芳万代，使得父母也能分享一份光荣，这是《孝经》中最重视、最要紧的几点。我常想到，天下的人称颂赞扬周公，是因为周公能够撰述歌颂文王、武王的德业，宣扬周、邵二公的风教，表达太王、王季的思虑，再上推到公刘，这样追述周代历史，来推尊他们的始祖后稷。可是到了幽王、厉王以后，平治天下的王道没有了，礼乐教化也式微了。孔子不得已要振作颓废，修复旧业，于是整理《诗》、《书》，创作《春秋》，学术界到了现在仍奉此书为宝典。从鲁哀公十四年猎获麟兽，《春秋》绝笔，算到现在，已四百多年，列国相互兼并，以攻战为能事，没有人过问历史方面的事。可是汉朝开国，海内已经统一了，这四百多年中间，可想到有很多明主贤忠臣死义的人士，我做太史，没有把他们记载下来，断绝了天下的历史，我非常恐惧，内心时刻不安，你该仔细地考虑考虑吧！”迁低下头流着眼泪回答说：“儿子虽不才，情愿将先人所积存下来的重要史料，全都加以编撰，不敢缺略。”

卒三岁而迁为太史令，紬史记石室金匮之书。五年而当太初元年，十一月甲子朔旦冬至，

老太史公死后三年，迁即作了太史令，研读史记以及国家藏在石室金匮的书籍。又五年为武帝太初元年，十一月初一甲子，节令是冬至，汉朝改创历法，实行太初历，

天历始改，建于明堂，诸神受纪。

遍告群神，在明堂里宣布，从此遵用夏正。

太史公曰："先人有言：'自周公卒五百岁而有孔子。孔子卒后至于今五百岁，有能绍明世，正《易》传，本《诗》、《书》、《礼》、《乐》之际？'意在斯乎！意在斯乎！小子何敢让焉。"

太史公说："我先父他说过：'从周公逝世后，经五百年天生孔子。孔子逝世后算到现在又有五百年了，这是一个大有为的时代，有人能够继承盛世，整理《易传》，上接《春秋》，推考《诗》、《书》、《礼》、《乐》的精义，然后有所述作。'有意这样做吗？有意这样做吗？小子自当继述先父的志业，挑起五百年来重建史记这一划时代的重任，怎敢轻率地谦让呢？"

上大夫壶遂曰："昔孔子何为而作《春秋》哉？"太史公曰："余闻董生曰：'周道衰废，孔子为鲁司寇，诸侯害之，大夫壅之。孔子知言之不用，道之不行也，是非二百四十二年之中，以为天下仪表，贬天子，退诸侯，讨大夫，以达王事而已矣。'子曰：'我欲载之空言，不如见之于行事之深切著明也。'夫《春秋》，上明三王之道，下辨人事之纪，别嫌疑，明是非，定犹豫，善善恶恶，

上大夫壶遂问我说："以前孔子为什么要作《春秋》？"太史公回答说："我听董仲舒先生说过：'周室王道衰败废驰，孔子在鲁国做司寇官，遭至诸侯的嫉妒，大夫的阻碍。孔子知道自己的好言没有人采纳，自己的道术学说无法实行，这该怎么处理，于是决定根据鲁国史记，从鲁隐公元年直到鲁哀公十四年，把这二百四十三年中间的人和事，分出谁是谁非，为天下万世定出一个标准。有时贬斥诸侯，有时诛讨大夫，无非要达成王纲的目标。'孔子说：'如果只讲空话是无用的，不如举出《春秋》上的人和事来证明是非得失，这样就切实得多了。'《春秋》这部著作，往上说是讲明夏禹、商汤、周文武三代圣王的治道，往下说又能辨别人事的纪纲，也就是建立伦理法则。它可分别嫌疑，明断是非，不让人犹豫不决，奖励好

恶,贤贤贱不肖,存亡国,继绝世,补敝起废,王道之大者也。《易》著天地阴阳四时五行,故长于变;《礼》经纪人伦,故长于行;《书》记先王之事,故长于政;《诗》记山川谿谷禽兽草木牝牡雌雄,故长于风;《乐》乐所以立,故长于和;《春秋》辩是非,故长于治人。是故《礼》以节人,《乐》以发和,《书》以道事,《诗》以达意,《易》以道化,《春秋》以道义。拨乱世反之正,莫近于《春秋》。《春秋》文成数万,其指数千。万物之散聚皆在春秋。《春秋》之中,弑君三十六,亡国五十二,诸侯奔走不得保其社稷者不可胜数。察其所以,皆失其本已。故易曰'失之豪厘,差以千里'。故曰'臣弑君,子弑

人好事,惩罚恶人恶事,尊重贤能者,贱视不肖者。已亡的国家,保存它的国名;已绝的世代,找出能继承的后嗣;有偏差的地方,予以补救;已废置的事体,重新振兴,这些都是王道、王政最重要的纲领啊。拿《春秋》和群经作一比较观,《易经》著明天地阴阳四时五行的原理,所以长于变化的道理。《礼经》指出人伦的大经大法,是以行为见长。《书经》记叙尧舜三代的政事,故以政治理论著称。《诗经》记载山川溪谷禽兽草木雌雄,故以土风民谣见长。《乐经》鼓舞人们向上自立,故以和顺为主题。《春秋》辨正是非,故长于处理人事。归纳来说,《礼》可以节制人的行为,《乐》用来引发人心的和平气息,《书》是讲政治的,《诗》是表达情意的,《易》是讲大化流行的,《春秋》是以义为标准的。五经各有它们的长处,但是我们整理乱世,使它重回到太平盛世,那就只有仰赖《春秋》了。《春秋》不过几万字,但它的大义便有数千条,万物的离散聚合,都可以从《春秋》里知道它的梗概。《春秋》当中,被弑杀的君主有三十六人,遭灭亡的有五十二国,至于到处奔走流浪,不能保有自己的社稷宗庙的,可多得很。我们仔细分析他们变乱败亡的原因,都是丢掉了最要紧的根本啊。所以《易传》说:'在源头上有了过失,其差错的巨大就会一泻千里,其后患每至无法收拾。'因此《易传》上也说:'臣下杀君,

父，非一旦一夕之故也，其渐久矣’。故有国者不可以不知《春秋》，前有谗而弗见，后有贼而不知。为人臣者不可以不知《春秋》，守经事而不知其宜，遭变事而不知其权。为人君父而不通于《春秋》之义者，必蒙首恶之名。为人臣子而不通于春秋之义者，必陷篡弑之诛，死罪之名。其实皆以为善，为之不知其义，被之空言而不敢辞。夫不通礼义之旨，至于君不君，臣不臣，父不父，子不子。[夫]君不君则犯，臣不臣则诛，父不父则无道，子不子则不孝。此四行者，天下之大过也。以天下之大过予之，则受而弗敢辞。故《春秋》者，礼义之大宗也。夫礼禁未然之前，法施已然之后；法之所为用者易见，而礼之所为禁者难知。”

儿子杀父，绝不止是一朝一晚的事件，它的逐渐积累，次第发展，一定有很长的一段历史，绝不是突然会发生的。’所以说一国的领袖，不能不读《春秋》。如果不读，就是谗邪小人站在你的面前，你也看不清楚；乱臣贼子紧跟在你的后面，你也不会发觉。做臣子的，如果不读《春秋》，就会对常见的事，固执前例而不知作适当的处置，一旦遭遇突发事件，更没有紧急应变的能力了。做君主的、做父亲的若不明了《春秋》大义的话，容易蒙受最臭而不可以洗刷的恶名。做臣子的，如果不熟知《春秋》的大义，定容易陷落在篡位杀上的法网里不能自拔，加以死罪，也无法辩明。实际上做臣子的每认为是应当做的而盲目地去做了，他们不晓得大义所在，史官给他加上一句空话，他却无法推卸掉。人们不明礼义的要旨，做出了君不像君，臣不像臣，父亲不像父亲，子女不像子女的事。假如君不像君，臣下就敢于冒犯他；臣不像臣，易遭杀身大祸；父亲不像父亲，就是糊涂昏聩；子女不像子女，就是忤逆不孝。上面这四种行为，算是天下最大的过失，拿天下最大的罪过加在他的头上，他只有低下头来承认，决无理由推托的。因此可以肯定，《春秋》确是礼义的大宗啊。当一件事尚未形成以前，礼可以事先禁止它，一件事已经完成了，法律便可以制裁你了。法律可以制裁的事件容易见到，可是礼制所禁止和防范的事件,一般人是不容易察觉到的。”

壶遂曰:“孔子之时,上无明君,下不得任用,故作《春秋》,垂空文以断礼义,当一王之法。今夫子上遇明天子,下得守职,万事既具,咸各序其宜,夫子所论,欲以何明?”

壶遂又问:“当孔子时代,在上没有圣明的君主,他自己又无权无位,他只好作《春秋》,靠着空空的史文来断定礼义,把《春秋》当作了帝王的法典,这是不得已吗?现在先生在上遇有明君,自己又在供职,国家有许多事务已经兴作,朝野上下各得其所,可以说有条不紊。现在先生要想撰述,不知道究竟是准备阐明些什么?”

太史公曰:“唯唯,否否,不然。余闻之先人曰:‘伏羲至纯厚,作《易》八卦。尧舜之盛,《尚书》载之,礼乐作焉。汤武之隆,诗人歌之。《春秋》采善贬恶,推三代之德,褒周室,非独刺讥而已也。’汉兴以来,至明天子,获符瑞,封禅,改正朔,易服色,受命于穆清,泽流罔极,海外殊俗,重译款塞,请来献见者,不可胜道。臣下百官力诵圣德,犹不能宣尽其意。且士贤能而不用,有国者之耻;主上明圣而德不布闻,有司

太史公回答说:“是的,不不,不然。但我也有自己的看法。先人曾告诉我说:‘伏羲最温和厚重,划出《易经》的卦爻。尧、舜的盛德记载于《尚书》,后代制礼作乐来表彰他。汤王、武王隆盛的功业,诗人咏歌不绝。《春秋》褒奖好人,贬斥恶类,推考三代的盛德,褒扬周代,不仅专事讽刺讥切而已。’汉朝开国以来,有圣明的天子,得到祥瑞应兆,建立封禅大典,改元颁朔日,更换服饰的颜色,承受天命,宇内洋溢着清和的气氛。大汉的德威,广被在寰宇。海外不同风俗的国家,经过多次的传译,到中国边关来申请朝贡内服的,多得无法计算。臣下百官尽力诵扬天子的大德,总觉得所表达的不过万分之一。何况有贤能的人才,若是闲散在野,这是作国君的耻辱;主上确是圣明,而他的德业不能广播使大众都知道,这是主管某一部分的职官未曾尽到责任。更

之过也。且余尝掌其官，废明圣盛德不载，灭功臣世家贤大夫之业不述，堕先人所言，罪莫大焉。余所谓述故事，整齐其世传，非所谓作也，而君比之于《春秋》，谬矣。”

何况我专掌史籍，放弃圣明的大德，没有记载，埋没功臣世家贤士大夫的功业，未曾传达给后世，忘却先父的遗言，这是一件极大的罪过了。我只是述说故事，整理世代的传授而已，这不是创作呀，足下拿来比作《春秋》，就大错了。”

于是论次其文。七年而太史公遭李陵之祸，幽于缧绁。乃喟然而叹曰：“是余之罪也夫！是余之罪也夫！身毁不用矣。”退而深惟曰：“夫《诗》、《书》隐约者，欲遂其志之思也。昔西伯拘羑里，演《周易》；孔子厄陈蔡，作《春秋》；屈原放逐，著《离骚》；左丘失明，厥有《国语》；孙子膑脚，而论兵法；不韦迁蜀，世传《吕览》；韩非囚秦，《说难》、《孤愤》；《诗》三百篇，大抵贤圣发愤之所为作也。此人皆意有所郁结，不得通其道也，故述往事，思来者。”于是卒述陶唐以

于是开始讨论比次这些资料。又过了七年，太史公因替李陵辨冤而遭到大祸，被关进监牢里，因之自己叹息说：“我自己造孽啊，是我自己造孽啊！身体遭到毁伤，还有何用呢？”可是又冷静地想了又想，说：“像《诗》、《书》这一类的作品，文字不多含意微妙，还不是想要表达一个人的志意罢了。以前西方首席诸侯文王，被纣王囚在前羑里时，曾推演出《周易》的卦爻；孔子在陈、蔡二国，遭到了厄困，就作《春秋》；屈原放逐到江南，著了《离骚》；左丘失明后，编撰了《国语》；孙子的脚受了重刑，自作《兵法》；吕不韦流放到蜀地，作了《吕氏春秋》；韩非被秦国囚禁，有《说难》、《孤愤》等名篇的问世；《诗经》三百篇，大概是先圣先贤抒发自己的悲愤而创作出来的。像上面所举的这些不朽名作家，他们都是内心积愤已久，没有发泄的地方，所以才叙述往事，以开示未来的人吧。”于是决心叙次唐尧以来，到汉武帝获得白麟那一年止，上下两千

来，至于麟止，自黄帝始。

多年，仿《春秋》绝笔于获麟的故事，作了《史记》，从黄帝开始。

维昔黄帝，法天则地，四圣遵序，各成法度；唐尧逊位，虞舜不台；厥美帝功，万世载之。作《五帝本纪》第一。

缅怀古代黄帝，仰取天地的法象，建立伦理纲纪，此后颛顼、帝喾、尧、舜四位圣天，遵守先代统序，都为后世立下法度。唐尧让出帝位，舜也谦逊不敢自居。赞美帝功，留传到万世以后。因作《五帝本纪》第一。

维禹之功，九州攸同，光唐虞际，德流苗裔；夏桀淫骄，乃放鸣条。作《夏本纪》第二。

禹的大功，平治洪水，使九州的人同享太平，在唐虞两代，光宠一时，他的德业流布到子孙。到了夏桀因其放纵骄横，被放逐于鸣条。因作《夏本纪》第二。

维契作商，爰及成汤；太甲居桐，德盛阿衡；武丁得说，乃称高宗；帝辛湛湎，诸侯不享。作《殷本纪》第三。

契是商代的始祖，后有开国的成汤；太甲在桐改过向善，是伊尹盛德的感召；武丁因有傅说为相，史称中兴的高宗；纣王受荒于酒色，诸侯不再朝奉纳贡。作《殷本纪》第三。

维弃作稷，德盛西伯；武王牧野，实抚天下；幽、厉昏乱，既丧酆、镐；陵迟至赧；洛邑不祀。作《周本纪》第四。

农官名弃为周的始祖，后世立德以西伯文王为至盛。武王于牧野一役，代殷而有天下，到了幽王、厉王又昏庸糊涂，酆镐古都，付之烽火，东周逐日衰微，到了赧王，宗祀也斩断了。作《周本纪》第四。

维秦之先，伯翳佐禹；穆公思义，悼豪之旅；以人为殉，诗歌《黄鸟》；昭襄业帝。作《秦本纪》第五。

秦的先人名伯翳的曾辅佐大禹，到秦穆公为五伯之一，悼念秦国在崤山死义的将士，用三良殉葬，诗人作《黄鸟》一章来歌伤此事，后来秦昭王、襄王才奠定了帝业。作《秦本纪》第五。

始皇既立，并兼六国，销锋铸鐻，维偃干

始皇即位后，吞灭了六国，销毁兵刃铸成钟鐻。他希望停息干戈兵革，自号为始皇革，尊号称帝，矜武任力；二世受运，子婴降虏。作《始皇本纪》第六。

帝，穷兵黩武，逞其强力，二世即位不久，子婴就作了降虏。作《始皇本纪》第六。

秦失其道，豪桀并扰；项梁业之，子羽接之；杀庆救赵，诸侯立之；诛婴背怀，天下非之。作《项羽本纪》第七。

秦王无道，豪杰纷纷起义，项梁聚众倡首，项羽继起为统帅，杀庆子冠军，救赵国的危急，诸侯拥立了他。可是他杀了已降的子婴，又背弃义帝怀王，天下就不心服了。作《项羽本纪》第七。

子羽暴虐，汉行功德；愤发蜀汉，还定三秦；诛籍业帝，天下惟宁，改制易俗。作《高祖本纪》第八。

项羽暴虐，汉王有功有德，以蜀汉为根据，转而平定三秦，诛灭项籍，奠定了帝业。天下已太平，于是才改制度、易风俗，作《高祖本纪》第八。

惠之早霣，诸吕不台；崇强禄、产，诸侯[之]谋之；杀隐幽友，大臣洞疑，遂及宗祸。作《吕太后本纪》第九。

惠帝早崩，外戚诸吕当权，但不得民心，吕后加重吕禄、吕产权力，诸侯都为此事担心。吕后大戮宗室，杀了隐王、幽王，大臣更加恐惧，遂有吕氏之乱。作《吕太后本纪》第九。

汉既初兴，继嗣不明，迎王践祚，天下归心；蠲除肉刑，开通关梁，广恩博施，厥称太宗。作《孝文本纪》第十。

汉室开国不久，惠帝早崩，不知谁当继立，大臣决定迎立藩王。文帝承位，天下心服，他首先废除肉刑，拓展交通，博施仁恩，世称太宗，毫无愧色。作《孝文本纪》第十。

诸侯骄恣，吴首为乱，京师行诛，七国伏辜，天下翕然，大安殷富。作《孝景本纪》第十一。

诸侯拥兵骄横，吴王率先作乱，朝廷发兵征讨，七国乱事一平，天下又安静富庶了。作《孝景本纪》第十一。

汉兴五世，隆在建元，外攘夷狄，内修法度，封禅，改正朔，易服色。作《今上本纪》第十二。

汉室传国已过五代，最隆盛的时期，是武帝建元年间，对外攘斥夷狄，对内修正法度，举行封禅大典，改正月，颁朔日，更换服色。作《今上本纪》第十二。以上是十二本纪。

维三代尚矣，年纪不可考，盖取之谱牒旧闻，本于兹，于是略推，作《三代世表》第一。

三代的历史久远，年纪多不可考，只有根据传世的谱录和古代文献，大略地推算罢了，用作《三代世表》第一。

幽、厉之后，周室衰微，诸侯专政，《春秋》有所不纪；而谱牒经略，五霸更盛衰，欲睹周世相先后之意，作《十二诸侯年表》第二。

周幽王、厉王以后，王室逐渐卑微，诸侯各自为政，《春秋》也不能全记。历代谱书所论次，五伯代有盛衰，要知道周代诸侯先后所经历的大事，作《十二诸侯年表》第二。

春秋之后，陪臣秉政，强国相王；以至于秦，卒并诸夏，灭封地，擅其号。作《六国年表》第三。

春秋以后，诸侯国内的陪臣也专政了，较强的侯国更僭号称王。到了始皇，并吞中原本土，尽收六国封地，专号始皇帝。作《六国年表》第三。

秦既暴虐，楚人发难，项氏遂乱，汉乃扶义征伐；八年之间，天下三嬗，事繁变众，故详著《秦楚之际月表》第四。

秦王暴虐，楚人发动事变，项羽又残暴横行，汉王仗义而起，经过八年的战伐，天下有三次极大的嬗代，事务多，变故也众。因详著《秦楚之际月表》第四。

汉兴已来，至于太初百年，诸侯废立分削，谱纪不明，有司靡踵，强

汉室开国直到武帝太初这一百年间，诸侯有新立的，有废黜的，有分封子弟的，有削小封地的，当时的谱纪不太清楚，主管

弱之原云(以)[已也]世。作《汉兴已来诸侯年表》第五。

的官无法接续下去,从这儿或许可以看出这些诸侯所以强大削弱的原因罢了。作《汉兴以来诸侯年表》第五。

维(高)祖元功,辅臣股肱,剖符而爵,泽流苗裔,忘其昭穆,或杀身陨国。作《高祖功臣侯者年表》第六。

高祖创业时,有许多开国元勋辅佐他,他们好比一个人的左右臂和两只大腿,汉朝和他们剖分符节,封赐爵位。他们子孙也受到荫袭,传世一久,分不出昭穆,也有的身遭杀戮或废为庶民而国祚绝灭。作《高祖功臣侯者年表》第六。

惠景之间,维申功臣宗属爵邑,作《惠景间侯者年表》第七。

惠景二帝年间,重封功臣的后嗣,宗室子弟也多赐与爵位和郡邑。作《惠景间侯者年表》第七。

北讨强胡,南诛劲越,征伐夷蛮,武功爰列。作《建元以来侯者年表》第八。

在北方曾征讨强大的匈奴,在南方诛灭过劲悍的越人,连年用兵征服蛮夷,以军功封侯的便多了。作《建元以来侯者年表》第八。

诸侯既强,七国为从,子弟众多,无爵封邑,推恩行义,其势销弱,德归京师。作《王子侯者年表》第九。

诸侯既已强大,像吴楚七国等,子弟自然众多,却没有爵邑,于是汉朝推恩爱屋及乌,分封七国的子弟,使他们感戴京师的隆恩。作《王子侯者年表》第九。

国有贤相良将,民之师表也。维见汉兴以来将相名臣年表,贤者记其治,不贤者彰其事。作《汉兴以来将相名臣年表》第十。

一国的贤相、良将,是民众的表率,读到汉室开国以来的将相名臣年表,有才能的人记取他们的政绩,普通人也会传达他们的掌故。作《汉兴以来将相名臣年表》第十。以上是十表。

维三代之礼,所损

从三代时的礼制往后考求,每一朝代

益各殊务,然要以近性情,通王道,故礼因人质为之节文,略协古今之变。作《礼书》第一。

对于典章制度,有时减少,有时增加,总之以"合乎人情、有王道精神"为大原则,因此礼是根据人情物理而加以节目文饰,配合着古今时势的变易而制定的。作《礼书》第一。

乐者,所以移风易俗也。自《雅》、《颂》声兴,则已好《郑》、《卫》之音,《郑》、《卫》之音所从来久矣。人情之所感,远俗则怀。比《乐书》以述来古,作《乐书》第二。

音乐的最大功能,是它能够转移和改善风俗,从有《雅》、《颂》乐开始,一般人总喜好郑国、卫国的音乐,这两国的音乐,传世很久了。人情最容易受音乐的感召,就是极远的外国人,也易怀柔向化,仰慕中国,历述自古以来音乐的兴盛和衰微。作《乐书》第二。

非兵不强,非德不昌,黄帝、汤、武以兴,桀、纣、二世以崩,可不慎欤?《司马法》所从来尚矣,太公、孙、吴、王子能绍而明之,切近世,极人变。作《律书》第三。

没有兵力不能强大,没有德化更不能昌隆,黄帝、汤王、武王因此而兴,桀王、纣王的秦二世昧此而亡,人们对此难道能不慎重吗?《司马兵法》就一直受人们尊重。太公望、孙武子、吴起、王子成甫,又相继加以发扬。期使切合近代,穷究人事的变化。作《律书》第三。

律居阴而治阳,历居阳而治阴,律历更相治,间不容翲忽。五家之文怫异,维太初之元论。作《历书》第四。

律虽处阴而可以牵制着有形象的阳;历处阳而又和潜在的阴有关连,律历彼此紧密关连相互发生作用,丝毫不容许忽视。五家的历法各不相同,只有太初颁制的历法较为正确。作《历书》第四。

星气之书,多杂禨祥,不经;推其文,考其应,不殊。比集论其行事,验于轨度以次,作《天官书》第五。

讲述星象的书籍,内容杂有吉凶祸福,不常见,推求上面的文字,再考证它的应验,没有殊异。然后综合历代史迹,验对日星所行的轨道躔度加以论述。作《天官书》第五。

受命而王，封禅之符罕用，用则万灵罔不禋祀。追本诸神名山大川礼，作《封禅书》第六。

承受天命而作帝王的，对于封禅的符应很少注意到，不敢举行这一大典。如果行此典礼，那么群神没有不被奉祀的。于是探求群神和名山大川的祀典，作《封禅书》第六。

维禹浚川，九州攸宁；爰及宣防，决渎通沟。作《河渠书》第七。

大禹疏通河川，九州人民过着安定的生活，禹更能分杀水势，防止洪水泛滥，小的沟渠水道也加以疏导，使水患减少。作《河渠书》第七。

维币之行，以通农商；其极则玩巧，并兼兹殖，争于机利，去本趋末。作《平准书》以观事变，第八。

货币的发行，为了使农夫、商人各通有无，促成交易。可是商业发达，民众争习巧伎，财富集中少数人，发生兼并，以大吃小，豪取巧夺的事增多，一般人多放弃本业争营商贾了。作《平准书》以观察世俗的演变为第八。以上是八书。

太伯避历，江蛮是适；文武攸兴，古公王迹。阖庐弑僚，宾服荆楚；夫差克齐，子胥鸱夷；信嚭亲越，吴国既灭。嘉伯之让，作《吴世家》第一。

太王想传位给季历，太伯先逃到南方蛮夷地方。后来文王、武王崛起于西岐，继承古公的王业。太伯的后人吴王阖庐杀了王僚自立，国势大振，楚国宾服了。夫差又战胜强齐，杀了子胥，盛尸革囊而投于江中。专听奸佞伯嚭的话和越王亲近，终为越王所灭，为了表彰和赞美泰伯让国的高风。因作《吴世家》第一。

申、吕肖矣，尚父侧微，卒归西伯，文武是师；功冠群公，缪权于幽；番番黄发，爰飨营丘。不背柯盟，桓公以昌，九合诸侯，霸功显

申伯为吕氏的祖先，其族后来削弱，所以太公初时微贱，后来投归西伯，文王、武王尊他为国师。他的功勋为群公的冠军，太公长于权谋韬略，到了年高发黄，封在齐国的营丘。传到了桓公，能坚守柯地的盟约，声威大振，作诸侯的盟主，为五伯中的第一

彰。田阚争宠,姜姓(解)[鲜]亡。嘉父之谋,作《齐太公世家》第二。

位伟人。其后田恒、阚止争宠,田氏篡齐,姜姓就此灭亡,追溯到尚父的谋略,确是可贵。作《齐太公世家》第二。

依之违之,周公绥之;愤发文德,天下和之;辅翼成王,诸侯宗周。隐、桓之际,是独何哉?三桓争强,鲁乃不昌。嘉旦《金滕》,作《周公世家》第三。

成王年幼即位,对于国是或依从,或违背,全赖周公决定大计,周公多用文教德化,使天下的人一片和乐,他辅助成王,诸侯莫不尊仰王室。他的儿子伯禽封在鲁国,到了桓公,杀兄自立,这是什么作风?三桓争权相攻,鲁国从此更衰微了。想到周公旦作《金滕》篇,要求代替武王去死,这是何等的义气。作《周公世家》第三。

武王克纣,天下未协而崩。成王既幼,管、蔡疑之,淮夷叛之,于是召公率德,安集王室,以宁东土。燕(易)[哙]之禅,乃成祸乱。嘉《甘棠》之诗,作《燕世家》第四。

武王灭纣之后,天下还没有平定就崩逝了。成王年岁幼小,管叔、蔡叔怀疑周公,淮夷乘机反叛,于是召公大义勤王,安抚了周室内部,使东方一带保持宁静。有功赐封燕国,后来燕王哙让位于奸相名子之的,酿成大乱。读《甘棠》一诗,想到后人对召公的怀念不已。作《燕世家》第四。

管、蔡相武庚,将宁旧商;及旦摄政,二叔不飨;杀鲜放度,周公为盟;大任十子,周以宗强。嘉仲悔过,作《管蔡世家》第五。

管叔、蔡叔监抚纣王的儿子武庚,无非要安抚殷代的遗民。及周公代理天子职权,管、蔡不服,伙同武庚作乱,周公大义灭亲,杀了管叔鲜,放逐蔡叔度,乱事才平息了。文王妃子太任生了十个儿子,有的在朝从政,有的分封在各国,周室赖有这批干部来保卫王室。后来蔡叔度的儿子名叫仲的,知道悔过受封赐爵。作《管蔡世家》第五。

王后不绝,舜禹是说;维德休明,苗裔蒙

圣王的后嗣不应该绝灭,舜、禹的盛德光大,后代莫不悦服怀念。他们的后裔沾了

烈。百世享祀，爰周陈杞，楚实灭之。齐田既起，舜何人哉？作《陈杞世家》第六。

祖先的光荣，历代享有祀典，周朝封舜的后人在陈国，封禹的子孙在杞国，虽为楚所灭，但天不绝陈后，田氏又篡夺了齐国，舜是何等圣明啊！作《陈杞世家》第六。

收殷余民，叔封始邑，申以商乱，《酒》、《材》是告，及朔之生，卫顷不宁；南子恶蒯聩，子父易名。周德卑微，战国既强，卫以小弱，角独后亡。喜彼《康诰》，作《卫世家》第七。

周朝收拾殷代遗民的时候，康叔才封在卫国为君，后经商人变乱，周朝又有《酒诰》、《梓材》两篇文告，一面警惕殷民，一面开示康叔一些为政的道理。到了卫侯朔，卫国又不宁静，后来灵公夫人南子讨厌世子蒯聩，蒯聩出奔在外，他的儿子名辄留在卫国，此后辄抗拒他的父亲回国，父子间没有了名分。到周室卑弱，战国七雄逞强，小弱的卫君名角的，反而最后灭亡。读到《康诰》，令人想慕康叔，作《卫世家》第七。

嗟箕子乎！嗟箕子乎！正言不用，乃反为奴。武庚既死，周封微子。襄公伤于泓，君子孰称。景公谦德，荧惑退行。剔成暴虐，宋乃灭亡。嘉微子问太师，作《宋世家》第八。

可惜箕子啊！可惜箕子啊！正直的话无人采纳，后来作了别人的奴仆。纣子武庚死后，周朝封微子于宋国。后来宋襄王和楚兵作战，因为重义气的缘故，宋军大败，自已倒受了伤，一点也下悔恨，《春秋》特别称美他。景公有谦逊的美德，天星向后退却，剔成君暴虐无道，宋国才遭到灭亡，钦仰微子念念不忘宗国访问太师，叹恨殷室的衰亡。作《宋世家》第八。

武王既崩，叔虞邑唐。君子讥名，卒灭武公。骊姬之爱，乱者五世；重耳不得意，乃能成霸。六卿专权，晋国以

武王崩逝后，成王封弟叔虞于唐，是晋国的始祖，到了穆侯给太子取名仇，史家认为太不恰当，后来果为曲沃武公所灭。到了献公，宠爱骊姬，酿成五代的祸乱，公子重耳在国外历经丧乱，反而成就伯业。后来六

耗。嘉文公锡珪鬯,作《晋世家》第九。

重黎业之,吴回接之;殷之季世,粥子牒之。周用熊绎,熊渠是续。庄王之贤,乃复国陈;既赦郑伯,班师华元。怀王客死,兰咎屈原;好谀信谗,楚并于秦。嘉庄王之义,作《楚世家》第十。

少康之子,实宾南海,文身断发,鼋鳝与处,既守封禺,奉禹之祀。勾践困彼,乃用种、蠡。嘉勾践夷蛮能修其德,灭强吴以尊周室,作《越王勾践世家》第十一。

桓公之东,太史是庸。及侵周禾,王人是议。祭仲要盟,郑久不昌。子产之仁,绍世称贤。三晋侵伐,郑纳于韩。嘉厉公纳惠王,作《郑世家》第十二。

维骥騄耳,乃章造

卿专权,晋国被三家瓜分。嘉美文公勤王,天子亲赐圭玉鬯酒,作《晋世家》第九。

楚国的祖先,经重黎创业,吴回继起,到了殷朝末年粥熊出世以后,便有谱牒可考了,周朝起用熊绎,接着有熊渠。到了楚庄王,战胜陈国后,又恢复他的国号。引兵伐郑,大败郑军,又赦免郑伯。伐宋一役,因为东人华元说出宋人饥饿的实情,庄王立刻撤退,确是难能可贵。到了怀王客死在秦国,是因为他不听屈原的忠告,反信子兰的谗言,是自取其咎,楚遂为秦所灭。嘉美庄王的义风,作《楚世家》第十。

少康的儿子无余封在越国,远处南海,越国人剪去头发,身上涂着花纹,常和鼋鼍等水族接近,世代住在封禺山下,奉祀大禹。到了勾践为吴军所败,困守会稽,这时候才重用文种、范蠡,嘉美勾践本出蛮夷,但他能勤修德义,灭了强大的吴国,又尊服周室。作《越王勾践世家》第十一。

郑桓公采用周大史伯的建议,迁往东土。庄公时,侵取成周的稻谷,王朝的人不服,纷纷议论,权臣祭仲,常和各国约盟,郑国还是不能强盛。郑于产有仁者风度,世代有贤人的美名。后来三晋带兵来侵略,郑就为韩国所灭。嘉美厉公能拥立惠王,作《郑世家》第十二。

造父善于御马,可是要有良马像骥、

父。赵夙事献，衰续厥绪。佐文尊王，卒为晋辅。襄子困辱，乃禽智伯。主父生缚，饿死探爵。王迁辟淫，良将是斥。嘉鞅讨周乱，作《赵世家》第十三。

骒耳等，才能够表现出造父的技能。赵夙在晋献公时，很有表现，他的儿子名衰，能承继家风。他辅佐晋文公，尊奉王室，是晋国的人才。其后赵襄子被围困于晋阳城，反而灭了智伯。到了赵武灵王，自号主父，因为公子章、公子成争国，公子成带兵包围主父宫，粮食断绝，主父采取小鸟充饥，因而饿死。赵幽缪王名迁即位，行为乖僻，不信任良将李牧，以致败亡。嘉美赵鞅能讨平周乱，作《赵世家》第十三。

毕万爵魏，卜人知之。及绛戮干，戎翟和之。文侯慕义，子夏师之。惠王自矜，齐秦攻之。既疑信陵，诸侯罢之。卒亡大梁，王假厮之。嘉武佐晋文申霸道，作《魏世家》第十四。

毕万封于魏地，卜官事先就知道了。到了魏绛，晋侯的弟弟扬干，搅乱了行阵，魏绛杀了扬干的御者以彰军法，戎翟前来乞和。魏文侯尊崇学术，奉子夏为师长。惠王夸大自满，遭到齐秦的攻伐。魏王怀疑信陵并夺其兵权，诸侯因此不肯帮助魏国。魏王假被秦兵虏去，降为仆役，魏国亡了。嘉美魏式子佐文公建立伯业，作《魏世家》第十四。

韩厥阴德，赵武攸兴。绍绝立废，晋人宗之。昭侯显列，申子庸之。疑非不信，秦人袭之。嘉厥辅晋匡周天子之赋，作《韩世家》第十五。

韩的祖先名厥的积德仗义，保护赵氏孤儿名武的，使他继承赵衰，不废贤臣的后嗣，晋国的人都尊敬他。到了韩昭侯，起用法家申不害，能显名于诸侯，到了王安，不专任韩非，为秦人所攻而国亡。嘉美韩厥能辅佐晋国，改正周室的赋政，作《韩世家》第十五。

完子避难，适齐为援，阴施五世，齐人歌之。成子得政，田和为

陈宣公时，陈国有内乱，完子逃到了齐国，传了五代，赒急济贫，齐人都歌颂他们的德惠。到了成子，掌握齐国大权，到了田

侯。王建动心，乃迁于共。嘉威、宣能拨浊世而独宗周，作《田敬仲完世家》第十六。

和，请命于天子，自立为齐侯。到了王建，不战而降秦，秦国迁徙王建于共县，国亡。嘉美威王、宣王能挽救乱世独尊周室，作《田敬仲完世家》第十六。

周室既衰，诸侯恣行。仲尼悼礼废乐崩，追修经术，以达王道，匡乱世反之于正，见其文辞，为天下制仪法，垂六艺之统纪于后世。作《孔子世家》第十七。

周室衰微以后，诸侯越发放纵。仲尼痛惜礼和乐有的不行于当时，有的早已散亡，因此他要提倡经学，重建王道政治，挽救乱世，使它重返太平，于是著书立说，为天下后世制定伦理法则，要把《六经》当中的大义和条理永远传留给后世。作《孔子世家》第十七。

桀、纣失其道而汤、武作，周失其道而春秋作。秦失其政，而陈涉发迹，诸侯作难，风起云蒸，卒亡秦族。天下之端，自涉发难。作《陈涉世家》第十八。

因为夏桀、殷纣的昏庸无道，汤王、武王才起来革命；周室王纲不振，孔子不得已而作《春秋》，建立一王的大法；秦朝的暴虐专横，陈涉于是揭竿而起，诸侯接着响应，像强风的扬起，密云的团聚，终于扫灭了暴秦。但首先发动的是陈涉呀！作《陈涉世家》第十八。

成皋之台，薄氏始基。诎意适代，厥崇诸窦。栗姬偩贵，王氏乃遂。陈后太骄，卒尊子夫。嘉夫德若斯，作《外戚世家》十九。

汉王登成皋台，薄姬才得宠，后来尊为皇太后；窦姬被迫勉强到了代邸，后来也作了太后，窦长君、窦少君因之作了贵戚；栗姬恃宠骄横，景帝因立王夫人为皇后；陈皇后太骄嗔，武帝把她废掉，别立卫子夫为皇后。这些女人各有她们的作风，作《外戚世家》第十九。

汉既谲谋，禽信于陈；越荆剽轻，乃封弟交为楚王，爰都彭城，以强

汉用巧计，在陈擒回韩信，因为越地、楚国民俗轻狂，喜欢抢劫，高祖因之封他的少弟名交的作楚王，来坐镇这一带，建都彭

淮泗，为汉宗藩。戊溺于邪，礼复绍之。嘉游辅祖，作《楚元王世家》二十。

城。加强淮水、泗水一带的防线，因系宗室，正好作汉朝的屏障。到了楚王戊，因谋反事败而自杀，元王交的儿子名礼的继作楚王。嘉美游辅佐高祖有功，作《楚元王世家》第二十。

维祖师旅，刘贾是与；为布所袭，丧其荆、吴。营陵激吕，乃王琅邪；怵午信齐，往而不归，遂西入关，遭立孝文，获复王燕。天下未集，贾、泽以族，为汉藩辅。作《荆燕世家》第二十一。

高祖刚起事时，刘贾常带兵相从或作外援，韩信被废后，割信原封地一半封贾为荆王，后黥布反叛，攻击贾，贾败逃走，丧失了封国荆吴之地。营陵侯刘泽因用先生以言语说动吕太后，封为琅邪王。后来齐王令祝午挟持琅邪王到了齐国，不让他回去，不久以计脱身西奔入关，因拥立文帝有功，改封泽为燕王。当时天下未定，刘贾、刘泽因是宗室，作了汉室的屏藩。作《荆燕世家》第二十一。

天下已平，亲属既寡；悼惠先壮，实镇东土。哀王擅兴，发怒诸吕，驷钧暴戾，京师弗许。厉之内淫，祸成主父。嘉肥股肱，作《齐悼惠王世家第》二十二。

天下已经太平，刘家亲属较少，高祖的庶子名肥最先长大，高祖六年，封肥为齐悼惠王，镇守东方一带。后来哀王擅自兴兵，想诛灭吕氏族人，势有可为，奈因哀王外家驷钧为人残暴，京师大臣不肯拥立哀王，因不得帝位。到了厉王和他姊姊私通，主父偃奉命到王府勘问，厉王畏罪自杀。嘉美刘肥，能为高祖开国的臂助，作《齐悼惠王世家》第二十二。

楚人围我荥阳，相守三年；萧何填抚山西，推计踵兵，给粮食不绝，使百姓爱汉，不乐为楚。

楚兵围汉王于荥阳，楚汉对峙，经时三年，萧何这时坐镇关中安抚大行山以西的地方。不断从后方输送兵员和粮饷，使百姓爱戴汉王，不肯为项羽出力。作《萧相国世

作《萧相国世家》第二十三。

家》第二十三。

与信定魏，破赵拔齐，遂弱楚人。续何相国，不变不革，黎庶攸宁。嘉参不伐功矜能，作《曹相国世家》第二十四。

和韩信联兵平定魏地，击破赵军，攻下齐城，大大地削弱了楚人的势力。继承萧何作相国，一切都没有变更，百姓过着安康的生活。嘉美曹参不夸功也不逞能，作《曹相国世家》第二十四。

运筹帷幄之中，制胜于无形，子房计谋其事，无知名，无勇功，图难于易，为大于细。作《留侯世家》第二十五。

在营幕里面连用策略，无形中制胜了敌人。子房计划过某一事件，谁也不知道是他出的主意，也不曾因勇敢而立过军功，再困难的事，他会从容易处着手，再重大的事，他也会从细微的地方去完成。作《留侯世家》第二十五。

六奇既用，诸侯宾从于汉；吕氏之事，平为本谋，终安宗庙，定社稷。作《陈丞相世家》第二十六。

他使用六个奇妙的计划，使得诸侯归服汉室，戡定诸吕的祸乱，是陈平主谋的，终于使宗庙得安，社稷稳定。作《陈丞相世家》第二十六。

诸吕为从，谋弱京师，而勃反经合于权；吴楚之兵，亚夫驻于昌邑，以厄齐赵，而出委以梁。作《绛侯世家》第二十七。

诸吕合纵，想削弱京师权力，绛侯周勃一反常态，深通权变，矫命夺去诸吕兵权，因而诛灭了他们。吴楚二国谋反，周亚夫驻重兵于昌邑，意在控制齐、赵，而不理梁王求救。才三个月而乱事已平。作《绛侯世家》第二十七。

七国叛逆，蕃屏京师，唯梁为扞；偩爱矜功，几获于祸。嘉其能距

七国造反，屏障京师的，只靠梁国人，孝王以为自己是皇上的弟弟，持宠夸功，几乎遭到大祸。嘉美他能抗拒吴楚二国的兵

吴楚，作《梁孝王世家》第二十八。

变，作《梁孝王世家》第二十八。

五宗既王，亲属洽和，诸侯大小为藩，爰得其宜，僭拟之事稍衰贬矣。作《五宗世家》第二十九。

景帝有十三个王子，五个母亲所生，同母者为同宗，所以叫五宗，五宗都封了王，亲属间相处得非常和睦。诸侯们大的、小的，都是王室的屏藩，每个人各得其所，僭分越轨的事，自然减少了。作《五宗世家》第二十九。

三子之王，文辞可观。作《三王世家》第三十。

皇子闳为齐王，旦为燕王，胥为广陵王，三子封王时，大臣上疏，天子策告，文章华丽，值得观赏。作《三王世家》第三十。

末世争利，维彼奔义；让国饿死，天下称之。作《伯夷列传》第一。

后世唯利是争，只有他倾向正义，把君位让给弟弟，自己却饿死在首阳山，天下没有一个人不尊仰他的。作《伯夷列传》第一。

晏子俭矣，夷吾则奢；齐桓以霸，景公以治。作《管晏列传》第二。

晏子很俭朴，管夷吾就奢侈多了，齐桓公因有管仲而称伯天下，景公也赖有晏子而齐国得享太平。作《管晏列传》第二。

李耳无为自化，清净自正；韩非揣事情，循势理。作《老子韩非列传》第三。

李耳主张无为、听其自然，主张清静不烦扰，自然走上正轨；韩非懂得老子的学问，仔细估计一件事情，循着它的势路和条理去做。作《老子韩非列传》第三。

自古王者而有《司马法》，穰苴能申明之。作《司马穰苴》列传第四。

自古以来的帝王，都重视《司马兵法》，穰苴能够发扬光大。作《司马穰苴列传》第四。

（非信廉仁勇不能传兵论剑）[非信仁廉勇不能传剑论兵书]，与道同符，内可以治身，外可

如果不懂得信守、廉洁、仁慈、勇敢这四种德目，就不能够传习兵法，讨论剑术，当然更难符合军事学、武术的原理了。懂得这些，在家知道修身，出外更可以应付突发

以应变，君子比德焉。作《孙子吴起列传》第五。

的事变，君子们认为这就是武德了。作《孙子吴起列传》第五。

维建遇谗，爰及子奢，尚既匡父，伍员奔吴。作《伍子胥列传》第六。

楚平王的太子名建，遭到谗言，这事波及到伍奢，平王囚禁奢，他的长子伍尚前往救父，次子伍员逃往吴国，借兵报仇。作《伍子胥列传》第六。

孔氏述文，弟子兴业，咸为师傅，崇仁厉义。作《仲尼弟子列传》第七。

孔子传述文献，三千弟子前往受业，后来多为师傅，他们尊重仁德，又以义鼓励自己。作《仲尼弟子列传》第七。

鞅去卫适秦，能明其术，强霸孝公，后世遵其法。作《商君列传》第八。

商鞅从卫国投往秦国，用他的法术，使秦孝公强大称伯，后代还奉行他的法术。作《商君列传》第八。

天下患衡秦毋餍，而苏子能存诸侯，约从以抑贪强。作《苏秦列传》第九。

天下诸侯都因为连衡的事而头痛，因为秦如虎似狼，贪心不足，当时只有苏秦能够保存诸侯的国家，他提倡合纵来压制贪强的秦国。作《苏秦列传》第九。

六国既从亲，而张仪能明其说，复散解诸侯。作《张仪列传》第十。

六国已经订立纵约携起手来，张仪懂得合纵的内容，他瓦解了诸侯团结的阵线。作《张仪列传》第十。

秦所以东攘雄诸侯，樗里、甘茂之策。作《樗里甘茂列传》第十一。

秦国所以能击破东方强大的诸侯，全出于樗里、甘茂的策划。作《樗里甘茂列传》第十一。

苞河山，围大梁，使诸侯敛手而事秦者，魏冉之功。作《穰侯列传》

度越河山，围攻魏都大梁，使山东诸侯束手而臣服秦王的，是魏冉的功绩。作《穰侯列传》第十一。

第十二。

南拔鄢郢，北摧长平，遂围邯郸，武安为率；破荆灭赵，王翦之计。作《白起王翦列传》第十三。

在南方攻下楚国都城鄢郢，北方击杀赵国长平军四十几万，包围了首都邯郸，这是武安君白起作统帅时立下的大功；击破楚国，灭了赵国，是王翦的计划。作《白起王翦列传》第十三。

猎儒墨之遗文，明礼义之统纪，绝惠王利端，列往世兴衰。作《孟子荀卿列传》第十四。

涉猎儒家、墨家的遗著，通晓礼义的统绪和纲要，制止梁惠王谈“利”的动机，说明历史上兴盛、衰亡的原委。作《孟子荀卿列传》第十四。

好客喜士，士归于薛，为齐扞楚、魏。作《孟尝君列传》第十五。

喜欢接待宾客、贤士，贤士们都来到了薛地，替齐国抵御楚、魏二国。作《孟尝君列传》第十五。

争冯亭以权，如楚以救邯郸之围，使其君复称于诸侯。作《平原君虞卿列传》第十六。

听信韩人冯亭的说词，争取一时的小便宜，往楚请救兵解除邯郸的围困，使赵王仍旧列名诸侯。作《平原君虞卿列传》第十六。

能以富贵下贫贱，贤能诎于不肖，唯信陵君为能行之。作《魏公子列传》第十七。

自己有富贵的身分，而对贫贱的人很有礼貌，自己有才有能，而甘受无才无德的人的屈辱，只有信陵可以做到。作《魏公子列传》第十七。

以身徇君，遂脱强秦，使驰说之士南乡走楚者，黄歇之义。作《春申君列传》第十八。

冒着死罪的危险，让君主逃出虎口，使那些游说的人士群集楚国的，是黄歇的义风所感召。作《春申君列传》第十八。

能忍诟于魏齐，而信威于强秦，推贤让位，二子有之。作《范睢蔡泽

能忍受魏、齐的折辱，却在强秦大显身手，后来把相位让给贤士，这是范、蔡二子的行谊。作《范睢蔡泽列传》第十九。

列传》第十九。

率行其谋，连五国兵，为弱燕报强齐之仇，雪其先君之耻。作《乐毅列传》第二十。

联合五国的军队，替小小的燕国报复了强大齐国的深仇，洗雪了燕先君的耻辱。作《乐毅列传》第二十。

能信意强秦，而屈体廉子，用徇其君，俱重于诸侯。作《廉颇蔺相如列传》第二十一。

能在横蛮无理的秦王面前得意，却能委屈自己尊敬廉颇，二人和衷体国，同时受到列国的尊重。作《廉颇蔺相如列传》第二十一。

湣王既失临淄而奔莒，唯田单用即墨破走骑劫，遂存齐社稷。作《田单列传》第二十二。

齐湣王丧失首都临淄逃到了莒城，专赖田单以即墨作基地击退燕将骑劫，才保住齐国的社稷。作《田单列传》第二十二。

能设诡说解患于围城，轻爵禄，乐肆志。作《鲁仲连邹阳列传》第二十三。

能够用诡辩的说辞，解除了邯郸的紧急围困，把禄位看作粪土，随自己的意志去做什么。作《鲁仲连邹阳列传》第二十三。

作辞以讽谏，连类以争义，离骚有之。作《屈原贾生列传》第二十四。

藉文辞来讽切谏诤，用同类的事物作譬喻以表扬正义，《离骚》就具有此种条件。作《屈原贾生列传》第二十四。

结子楚亲，使诸侯之士斐然争入事秦。作《吕不韦列传》第二十五。

秦安国君中男名子楚，在赵国作人质，贫困没有内援，吕不韦为他结欢华阳夫人，子楚得立为秦太子，又使得列国的贤才纷纷地投向秦国。作《吕不韦列传》第二十五。

曹子匕首，鲁获其田，齐明其信；豫让义不为二心。作《刺客列传》第二十六。

齐、鲁两国在柯地盟会，曹沫用匕首威胁齐桓公，鲁国得以收回失地。齐人也不肯背信，豫让为智伯报仇，义不反顾。作《刺客列传》第二十六。

能明其画，因时推秦，遂得意于海内，斯为谋首。作《李斯列传》第二十七。

纵观天下局势，确定重大的计划，力劝秦王吞灭六国，统一海内，秦国建立大一统的帝国，是由李斯主谋定策的。作《李斯列传》第二十七。

为秦开地益众，北靡匈奴，据河为塞，因山为固，建榆中。作《蒙恬列传》第二十八。

替秦国广拓疆土，把北方的匈奴赶走，筑长城万余里，渡黄河，据阳山，以巩固国防，建置榆中。作《蒙恬列传》第二十八。

填赵塞常山以广河内，弱楚权，明汉王之信于天下。作《张耳陈馀列传》第二十九。

镇守赵国，据保常山，开拓河内，削弱楚国的势力，建立汉王的威信。作《张耳陈馀列传》第二十九。

收西河、上党之兵，从至彭城；越之侵掠梁地以苦项羽。作《魏豹彭越列传》第三十。

彭越曾作游兵侵袭梁地，断绝楚军后援和粮秣，项羽深感头痛。作《魏豹彭越列传》第三十。

以淮南叛楚归汉，汉用得大司马殷，卒破子羽于垓下。作《黥布列传》第三十一。

黥布据淮南一带，背叛楚国，投向汉王，布到九江，劝说楚大司马周殷降汉，终能击破项羽军于垓下。作《黥布列传》第三十一。

楚人迫我京、索，而信拔魏、赵，定燕、齐，使汉三分天下有其二，以灭项籍。作《淮阴侯列传》第三十二。

楚军逼近京索，情势危急，韩信在这时候攻下魏、赵，平定燕、齐，使汉王三分天下占有二分，因之灭了项籍。作《淮阴侯列传》第三十二。

楚汉相距巩、洛，而韩信为填颍川，卢绾绝籍粮饷。作《韩信卢绾列

楚、汉两军在巩洛一带对峙的时候，韩信镇守颍川，卢绾截断项籍的粮饷。作《韩信卢绾列传》第三十三。

传》第三十三。

诸侯畔项王,唯齐连子羽城阳,汉得以间遂入彭城。作《田儋列传》第三十四。

诸侯叛离项王时,齐王田横带兵数万人攻击项羽于城阳,汉王乘机败楚进入彭城。作《田儋列传》第三十四。

攻城野战,获功归报,哙、商有力焉,非独鞭策,又与之脱难。作《樊郦列传》第三十五。

攻取城镇,战于原野,获得军功回来,樊哙、郦商出力最多,不但随侍左右,听汉王的驱遣,又常在万分危急的时候拼死命救出汉王。作《樊郦列传》第三十五。

汉既初定,文理未明,苍为主计,整齐度量,序律历。作《张丞相列传》第三十六。

汉朝初定天下,还谈不上文治,张苍作主计官,统一度量,整理律历。作《张丞相列传》第三十六。

结言通使,约怀诸侯;诸侯咸亲,归汉为藩辅。作《郦生陆贾列传》第三十七。

和列国订结盟言、交换使节、慰勉安抚诸侯,使他们亲附汉王,作汉室的屏藩辅佐。作《郦生陆贾列传》第三十七。

欲详知秦楚之事,维周緤常从高祖,平定诸侯。作《傅靳蒯成列传》第三十八。

对于近代秦、楚间大小事情,知道最详细的人,莫过于周緤了。因他常随从高祖,平定诸侯。作《傅靳蒯成列传》第三十八。

徙强族,都关中,和约匈奴;明朝廷礼,次宗庙仪法。作《刘敬叔孙通列传》第三十九。

将豪门大族迁入关中,和匈奴订立和约,明订朝廷礼节,条列宗庙仪文。作《刘敬叔孙通列传》第三十九。

能摧刚作柔,卒为列臣;栾公不劫于势而倍死。作《季布栾布列

化刚强为柔和,终为汉臣,栾公不惧死罪要纵身跳进油鼎(烹刑)。作《季布栾布列传》第四十。

传》第四十。

敢犯颜色以达主义，不顾其身，为国家树长画。作《袁盎晁错列传》第四十一。

敢正言直谏，冒犯天子脸色，使主上行动合于道义，从不不考虑己身的安危，为汉家建立长远的大计。作《袁盎朝错列传》第四十一。

守法不失大理，言古贤人，增主之明。作《张释之冯唐列传》第四十二。

遵守法度，不失大体，引述古代贤人，使主上益发明白事理。作《张释之冯唐列传》第四十二。

敦厚慈孝，讷于言，敏于行，务在鞠躬，君子长者。作《万石张叔列传》第四十三。

为人厚重、慈爱、孝顺，不善辞令，可是他说到即刻做到，一生恭敬谨慎，确是忠厚长者的风范。作《万石张叔列传》第四十三。

守节切直，义足以言廉，行足以厉贤，任重权不可以非理挠。作《田叔列传》第四十四。

很有操守，为人爽快直道，有义气可以称得上廉洁，他的行为更可以鼓励人们向上，担任重要职位时，决不接受无理的要求。作《田叔列传》第四十四。

扁鹊言医，为方者宗，守数精明；后世(修)[循]序，弗能易也，而仓公可谓近之矣。作《扁鹊仓公列传》第四十五。

讲医术，扁鹊是医家大宗，他技艺精明，后代遵循他的余绪来治病处方，不能变更，仓公的医术和扁鹊相差不多。作《扁鹊仓公列传》第四十五。

维仲之省，厥濞王吴，遭汉初定，以填抚江、淮之间。作《吴王濞列传》第四十六。

刘仲是高祖的兄长，因为刘仲还不错，封仲的儿子名濞的为吴王。汉初定天下，濞强壮有气力，令他镇抚江淮一带。作《吴王濞列传》第四十六。

吴楚为乱，宗属唯婴贤而喜士，士乡之，率

吴楚二国起兵作乱，诸窦同宗中只有窦婴能干好交游，士人多来投奔他，带领重师抗山东荥阳。作《魏其武安列传》第四十七。

兵坚守荥阳,以抗拒山东诸侯。作《魏其武安列传》第四十七。

智足以应近世之变,宽足用得人。作《韩长孺列传》第四十八。

智谋可以应付当时的事变,宽容使得他广结人缘。作《韩长孺列传》第四十八。

勇于当敌,仁爱士卒,号令不烦,师徒乡之。作《李将军列传》第四十九。

作战勇敢,待士兵仁爱,号令简单易行,军队对他衷心服从。作《李将军列传》第四十九。

自三代以来,匈奴常为中国患害;欲知强弱之时,设备征讨,作《匈奴列传》第五十。

从三代开始,匈奴常来侵犯,是中国的一大祸患。要深知匈奴或强或弱的形势,随时戒备,相机讨伐。作《匈奴列传》第五十。

直曲塞,广河南,破祁连,通西国,靡北胡。作《卫将军骠骑列传》第五十一。

卫将军领兵直出雁门云中以西等边塞,收河南地置朔方郡;骠骑将军进攻祁连山,大破敌军,开通西国,使北胡残破不敢南下。作《卫将军骠骑列传》第五十一。

大臣宗室以侈靡相高,唯弘用节衣食为百吏先。作《平津侯列传》第五十二。

大臣和刘氏宗室,彼此自夸豪华,只有公孙弘节约衣食,以领导百官改善风习。作《平津侯列传》第五十二。

汉既平中国,而佗能集杨越以保南藩,纳贡职。作《南越列传》第五十三。

汉朝平定中原以后,南越王赵佗能安抚百越等地,坚固南方屏障,向汉朝称臣进贡。作《南越列传》第五十三。

吴之叛逆,瓯人斩濞,葆守封禺为臣。作

吴王濞造反时,兵败,东瓯人斩杀濞,坚守封山、禺山为根据,称臣于汉朝。作《东

《东越列传》第五十四。

越列传》第五十四。

燕丹散乱辽间，满收其亡民，厥聚海东，以集真藩，葆塞为外臣。作《朝鲜列传》第五十五。

燕太子丹的旧部逃散在辽东，朝鲜王名满收容这些逃亡的人，屯聚海东，他安抚了真番，坚守边塞，作为汉朝的外臣。作《朝鲜列传》第五十五。

唐蒙使略通夜郎，而邛笮之君请为内臣受吏。作《西南夷列传》第五十六。

唐蒙奉命经略西南，通使夜郎，巴蜀以处邛、笮等君长，皆请内服，愿作汉朝的管吏。作《西南夷列传》第五十六。

《子虚》之事，《大人》赋说，靡丽多夸，然其指风谏，归于无为。作《司马相如列传》第五十七。

司马相如曾作《子虚赋》、《大人赋》，这两篇赋文辞华丽，事多浮夸，但赋的宗旨还是在讽喻谏诤，主张无为而治。作《司马相如列传》第五十七。

黥布叛逆，子长国之，以填江、淮之南，安剽楚庶民。作《淮南衡山列传》第五十八。

淮南王黥布造反，高祖封少子长为淮南王，镇守江、淮以南一带，安抚素好劫掠的楚国民众。作《淮南衡山列传》第五十八。

奉法循理之吏，不伐功矜能，百姓无称，亦无过行。作《循吏列传》第五十九。

奉行法令，遵循文理的官吏，不夸有功，也不自称才能，百姓未曾赞美他，却也没有过失。作《循吏列传》第五十九。

正衣冠立于朝廷，而群臣莫敢言浮说，长孺矜焉；好荐人，称长者，壮有溉。作《汲郑列传》第六十。

衣冠端庄整齐，他在朝廷上，群臣没人敢讲虚伪的话，汲长孺是一位矜持方正的君子；喜欢推荐人，大家称他为直道长者，郑庄是一位有气节的先生。作《汲郑列传》第六十。

自孔子卒，京师莫崇庠序，唯建元元狩之间，

从先圣孔子逝世以后，京师里很少重视高等教育，只有武帝建元、元狩年间，

文辞粲如也。作《儒林列传》第六十一。

儒学昌盛,文风大振。作《儒林列传》第六十一。

民倍本多巧,奸轨弄法,善人不能化,唯一切严削为能齐之。作《酷吏列传》第六十二。

民俗不务本业(农桑),巧诈的人多,作奸犯科的人钻窥法令的缝隙,要藉道德礼俗去感化他们是毫无效果的,只有严刑重罚才能制服他们。作《酷吏列传》第六十二。

汉既通使大夏,而西极远蛮,引领内乡,欲观中国。作《大宛列传》第六十三。

汉朝已和大夏互派使节,西方极远的蛮族,他们伸长颈子望着中原,想要瞻仰中国的农冠文物。作《大宛列传》第六十三。

救人于厄,振人不赡,仁者有乎;不既信,不倍言,义者有取焉。作《游侠列传》第六十四。

别人有危难肯去救援,别人困穷,肯去赒济,有仁人的风度;不失信、不背弃诺言,世人都钦佩他们的义行。作《游侠列传》第六十四。

夫事人君能说主耳目,和主颜色,而获亲近,非独色爱,能亦各有所长。作《佞幸列传》第六十五。

事奉君主的人,使得君主心平气和地看他们的行动,听从他们所讲的话,而得到宠幸,不仅他们人漂亮,论才能也各有他们的长处。作《佞幸列传》第六十五。

不流世俗,不争埶利,上下无所凝滞,人莫之害,以道之用。作《滑稽列传》第六十六。

不和世俗同流合污,也不和别人争权夺利,对上不肯谄媚,对下也不骄傲,从容大方地应付一切人,这是道家"因应"的做法,别人也不必存心去伤害他们。作《滑稽列传》第六十六。

齐、楚、秦、赵为日者,各有俗所用。欲循观其大旨,作《日者列传》第六十七。

齐、楚、秦、赵等国,国度不同,国内的占卜家因为民间风尚不同,卜筮的方法也各相异,要统一地看看他们(日者)的宗旨何在。作《日者列传》第六十七。

三王不同龟，四夷各异卜，然各以决吉凶。略窥其要，作《龟策列传》第六十八。

三代用龟不同，四夷的卜法也不同，但用它来判断吉凶却是一致的，大略举出它的要点。作《龟策列传》第六十八。

布衣匹夫之人，不害于政，不妨百姓，取与以时而息财富，智者有采焉。作《货殖列传》第六十九。

一个普通平民，他们不触犯国家的政令，也不妨害百姓。或是买进，或是卖出，要看时机来决定，这样增加他的财富，聪明的人也认为有可取的地方。作《货殖列传》第六十九。

维我汉继五帝末流，接三代(统)[绝]业。周道废，秦拨去古文，焚灭《诗》、《书》，故明堂石室金匮玉版图籍散乱。于是汉兴，萧何次律令，韩信申军法，张苍为章程，叔孙通定礼仪，则文学彬彬稍进，《诗》、《书》往往间出矣。自曹参荐盖公言黄老，而贾生、晁错明申、商，公孙弘以儒显，百年之间，天下遗文古事靡不毕集太史公。太史公仍父子相续纂其职。曰："於戏！余维先人尝掌斯事，显于唐虞，至于周，复典之，故司马氏世主天官。至于余乎，钦念哉！钦念哉！"罔罗天下放失旧

想我大汉承继五帝的遗风，以按三代的传统志业，周朝末年，秦代除去古文，烧毁《诗》、《书》等古代典籍。因之明堂、石室、金匮、玉版等处所藏的图书，都散失损坏了。汉朝开国后，萧何整理法令条文；韩信重述兵法；张苍拟就律历方面的章法和程式；叔孙通制定礼节和仪式，于是，学术风气渐开，《诗》、《书》等古籍也不断地慢慢出现了。从曹参推荐盖公专讲黄帝老子的学问后，贾谊、晁错也发扬申不害、商鞅等法家的学问，公孙弘因为懂得儒家的学术而显名朝廷，这一百年中间，天下已发现的遗文古事，都集中在太史公的府第。太史公仍旧父子相继总领这一要职，因之叹息说："回想先人曾掌管这一事务，在唐、虞时很有名气，到了周代又主管这一职务，可以说司马氏世代主持天官，直到我自己，敬慎的记着！敬慎的记着！"尽量搜集天下散失的

闻，王迹所兴，原始察终，见盛观衰，论考之行事，略推三代，录秦汉，上记轩辕，下至于兹，著十二本纪，既科条之矣。并时异世，年差不明，作十表。礼乐损益，律历改易，兵权山川鬼神，天人之际，承敝通变，作八书。二十八宿环北辰，三十辐共一毂，运行无穷，辅拂股肱之臣配焉，忠信行道，以奉主上，作三十世家。扶义俶傥，不令己失时，立功名于天下，作七十列传。凡百三十篇，五十二万六千五百字，为《太史公书》。序略，以拾遗补艺，成一家之言，厥协六经异传，整齐百家杂语，藏之名山，副在京师，俟后(世)圣(人)君子。第七十。

文献，帝王大业的建立，要推考所以然，详察它的结果，在极盛的时候要观察它日渐衰落的原因，再从历史人物的实际行动来对勘考验。约略推考三代，纪录秦汉，最早从黄帝开始，看到现在，作十二本纪，科别条举，纲目都具备了。同一时代而世次相异，年代先后不易明了，作了十表。有关礼乐制度的减少或增加，律度历法的新创或更改、兵机权谋、山川形势、鬼神奥秘，天和人的感应、协调，如有窒碍，需加变通，于是作八书。二十八个星宿，环绕着北斗；又譬如车轮，三十只幅，环集在同一毂上，方能不断地运转。如腿、臂一般地辅佐大臣，恰好和星辰、辐毂相配称，他们忠实守信，坚守臣道，以奉事主上，作三十世家。他们扶持正义，有超人的风范，紧握着风云的际会建立功业，留芳百世，作七十列传。计本纪十二、表十、书八、世家三十、列传七十，总共一百三十篇，五十二万六千五百字，叫做《太史公书》。序次大略，藉以收拾散佚，弥补阙漏，成为专家的著述。协合《六经》传记，整齐百家杂说，正本藏在名山(藏书的府库)，副本就放在京师，留待后圣君子。第七十。

太史公曰：余述历黄帝以来至太初而讫，百三十篇。

太史公说：我撰述自黄帝以来，直到武帝太初，共一百三十篇。

评议

《论语》一书，孔子所言也，篇末仍以孔子结，如"尧曰"以下，历尧、舜、禹、汤、周而终于"宽则得众"数语是；《孟子》一书，孟子所言也，篇末仍以孟子结，如"由尧舜"以下，历叙尧、舜、禹、汤、周文、孔子，而终于"至今"数语是；《史记》一书，太史公司马迁所言也，篇末仍以史迁结，如一百三十篇而终于《自序》是。盖《自序》非他，即史迁自作之列传也。无论一部《史记》总括于此，即史迁一人本末，亦备见于此。其体列，则仿《易》之《序卦传》也，《诗》之《小序》也，孔安国之《尚书》百篇序也，《逸周书》之七十篇序也。其文势，犹之海也，百川之汇，万派之归，胥于是乎在也。又史迁以此篇为教人读《史记》之法也，凡全部《史记》之大纲细目，莫不于是粲然明白。未读《史记》以前，须先将此篇熟读之；既读《史记》以后，尤须以此篇精参之。文辞高古庄重，精理微旨，更奥衍宏深，是史迁一生出格大文字。故楼氏昉曰："世家源流，论著始末，备见于此。"何氏良俊曰："其文字贯串，累累如贯珠，灿然存目。文章之奇伟，孰有能过此耶！"钟氏惺曰："观太史公执迁手而泣，迁俯首流涕，千古而下，五十余万言，字字声声，且一本之孝亲，依傍于孔子《春秋》著书者，何等原委，而但以文字读之耶！"陈氏仁锡曰："太史公百三十篇小序，杂用韵语，最为高古也。"

篇内"错孙靳"，按《汉书》"靳"作"蕲"。"无泽生喜"，按《汉书》作"无怿"。"尝窃观阴阳之术。大祥。"按《汉书》作"大详"。"形神骚动"，按《汉书》作"蚤衰"。"因物与合"，按《汉书》作"兴舍"。"不先定其神"，按《汉书》"神"下有"形"字。"而迁为太史令"，按"令"字疑"公"字之误。"悼豪之旅"，按"豪"字疑"崤"字之误。"大臣洞疑"，按"洞"字疑"恫"字之误。"天下三擅"，按"擅"字疑"嬗"字之误。"作《汉已来诸侯年表》"，按《汉书·迁传》无"汉已来"三字。"作《高祖功臣侯者年表》"，按《迁传》无"侯者"二字。"作《惠景间侯者年表》"按《迁传》作"《惠景间功臣年表》"。"作

《吴世家》第一”,按“吴”下脱“太伯”二字,《迁传》有。“作《周公世家》第三”,按“周公”上脱“鲁”字,《迁传》有。“作《燕世家》第四”,按“燕”下脱“召公”二字。“作《卫世家》第七,”按“卫”下脱“康叔”二字。“作《宋世家》第八”,按“宋”下脱“微子”二字,《迁传》俱有。“作《越王勾践世家》第十一”,按《迁传》作“《越世家》”。“作《田敬仲完世家》第十六”,按《迁传》无“敬仲”二字。“作《荆燕世家》第二十二”,按《迁传》作“《荆燕王世家》”。作“《孟尝君列传》第十五”,按昔人称四公子,以原、尝、春、陵为次;《史》以尝、原、陵、春为次,其实“陵”当居首也。《迁传》以《孟尝君列传》为第十六,《平原君虞卿列传》为第十五,而“平原”下无“君”字,“作《淮阴侯列传》第三十二,”按《迁传》“淮阴侯”下有“韩信”二字。“作《樊郦列传》第三十五”,按《迁传》误增“苍”字,各处皆无。“作《傅靳蒯成列传》第三十八”,按《迁传》“成”下有“侯”字。“作《平津侯列传》第五十二”,按《迁传》作“《平津主父传》”,无“侯”字。“作《东越列传》第五十四”,按《迁传》作《闽越列传》。“维我汉继王帝末流”云云,按此段总收作史本旨,一篇大文字束摄汇结处,朴质高浑,最不可及。“于戏!余维先人尝掌斯事”云云,按此段仍从开端溯起,往复回绕,与“余先周室之太史”段一样声吻,叫应有神。“原始察终,见盛观衰”,按此八字,道出作本纪之旨。“并时异世,年差不明”,按此八字,道出作表本旨。“天人之际,承敝通变”,按此八字,道出作书本旨。“忠信行道,经奉主上”,按此八字,道出作世家本旨。“扶义俶傥,不令己失时立功名于天下”,按此十五字,道出作列传本旨。“凡百三十篇,五十二万六千五百字”,按此处总算篇目字数,必不可少,文之质古,即在于此,陈仁锡以为本注,失之。“厥协《六经》异传,整齐百家杂语”,按二句自评甚确,绝不溢宂。“藏之名山”云云,按数语截然自任,大书特书,一部《史记》必如此,方结得住。“太史公曰”云云,按篇已完矣,又缀此数语,较前未增一义,却添出无限神情,令后之读者想象史公作史已完,不肯歇笔光景。

图书在版编目(CIP)数据

史记(普及本):文白双栏对照/(西汉)司马迁著,
陈书良 周柳燕整理,李景星评议 —长沙:中南大学出版社,2011
ISBN 978-7-5487-0368-6

Ⅰ.史... Ⅱ.①司...②陈... Ⅲ.①中国历史:古代史-纪传体
②史记-译文 Ⅳ.K204.2

中国版本图书馆 CIP 数据核字(2011)第 160760 号

史记(普及本)

司马迁 著
陈书良 周柳燕 整理
李景星 评议

□**责任编辑** 谢贵良
□**责任印制** 易红卫
□**出版发行** 中南大学出版社
社址:长沙市麓山南路 邮编:410083
发行科电话:0731-88876770 传真:0731-88710482
□**印　　装** 长沙市宏发印刷有限公司

□**开　　本** 850×1168 1/32 □**印张** 13.75 □ **字数** 341 千字
□**版　　次** 2011 年 12 月第 1 版 □2016 年 3 月第 3 次印刷
□**书　　号** ISBN 978-7-5487-0368-6
□**定　　价** 28.00 元